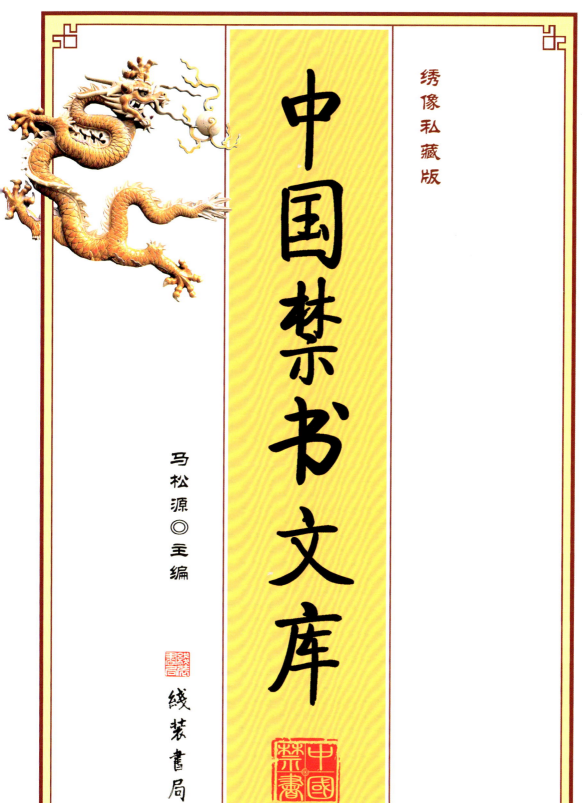

绣像私藏版

中国禁书文库

马松源◎主编

线装书局

图书在版编目（CIP）数据

中国禁书文库．1/ 马松源主编．－－北京：线装书
局，2010.3
ISBN 978-7-5120-0092-6

I. ①中… Ⅱ．①马… Ⅲ．①古典文学－作品综合集
－中国 Ⅳ．① I212.01

中国版本图书馆 CIP 数据核字（2010）第 027201 号

中国禁书文库

主　　编：马松源
责任编辑：崔建伟　赵　鹰
封面设计：博雅圣轩工作室
出版发行：线装书局
地　　址：北京市西城区鼓楼西大街 41 号（100009）
　　　　　电话：010-64045283
　　　　　网址：www.xzhbc.com
印　　刷：北京彩虹伟业印刷有限公司
字　　数：3600 千字
开　　本：787×1092 毫米　1/16
印　　张：336
彩　　插：8
版　　次：2010 年 3 月第 1 版 2010 年 3 月第 1 次印刷
印　　数：1-1000 套
书　　号：ISBN 978-7-5120-0092-6

定　　价：4680.00 元（全十二卷）

ISBN 978-7-5120-0092-6

9 787512 000926 >

·皇家藏禁书·

　　我国古代藏书历史悠久，据说早在春秋时期，已有相当规模的私人藏书出现。至清代，藏书楼盛极一时，皇家大内藏书更是善本云集，珍籍满目。如今，历经频繁战乱、政权更迭、火灾盗窃，这些官廷藏书楼早已物是人非，其中所藏珍籍又身在何处？

第一篇　皇家藏禁毁私刻本

《国色天香》（明·吴敬所）
清·康熙藏光齐堂私刻本　现存北大图书馆
《赛花铃》（清·白云道人）
清初本衙藏板本　现存中山大学图书馆

第二篇　皇家藏绣像珍稀秘本

《香闺秘史》（清·西泠狂者）
清·顺治藏绣像秘本　现存北大图书馆
《雨花香》（清·石成金）
清·乾隆藏皕宋楼秘本　现存清华图书馆

第三篇　皇家藏绝世孤本

《双凤奇缘》（清·雪樵主人）
清·道光藏卧云书阁孤本
现存上海复旦大学图书馆
《照世杯》（清·酌元亭主人）
清·乾隆藏皕宋楼刊本
现存上海复旦大学图书馆

第四篇　皇家藏古手抄真本

《春秋配》（明·不题撰人）
清·乾隆藏清刻手抄真本　现存大连图书馆
《玉含珠》（清·醒世居士）
清·雍正藏醉月楼手抄本　现存北大图书馆

· 名家藏禁书 ·

　　古今名人，一直为文化领域的聚焦人物。由于其特殊的社会地位和较高的社会知名度，因而其风流雅趣，一言一行都为大众所瞩目。名家藏书其独特之处是精品多、善本多，私著秘记多，有较浓厚的个人色彩且不易为外人所见。代表着我国历代藏书文化的最高水平，一直以来都是各自历史时期人们追捧的目标和后世竞相争睹的对象。

第一篇　鲁迅藏书

《锦帐春风》（明·伏雌孝主）

鲁迅藏明崇祯笔耕山房刻本

《阴阳斗》（清·不题撰人）

鲁迅藏光绪聚珍堂本

第二篇　蒋介石藏书

《风流和尚》（清·不题撰人）

蒋介石藏手抄真本

《玉楼传情》（清·江南随园主人）

蒋介石藏清福文堂刊本

第三篇　康生藏书

《蝴蝶杯》（清·储仁逊）

康生藏手抄真本

《梧桐影》（清·不题撰人）

文革时康生藏啸花轩刊本

《空空幻》（清·梧岗主人）

康生存本衔藏版本

第四篇　郑振铎藏书

《合浦珠》（清·烟水散人）

郑振铎存海源阁私藏本

《听月楼》（清·不题撰人）

郑振铎存清道光年间刊本

·民间藏禁书·

　　历代的藏书事业，无论官家藏书、民间藏书、寺观藏书或者书院藏书均对中华文明的发展、社会的进步做出了各自的贡献，甚至可以说，没有藏书文化，便不会有中国的历史文化。四大系统中，民间藏书又具有不可替代的特殊的地位，正如浩瀚的海洋不可缺少涓涓细流的汇入，许多珍贵的典籍正是通过民间藏书这一绵延不绝的渠道得以保存和流传。

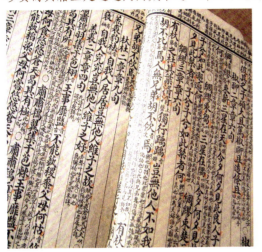

第一篇　民间藏手抄真本

《旧宫芳草》（清·李渔）

大连图书馆藏手抄本

《梅花洞》（清·白云道人）

荷兰汉学院藏存世手抄本

第二篇　民间藏绝世孤本

《金谷怀春》（明·楚江仙隐石公）

阿英藏明校点孤本

《跨天虹》（清·鸳林斗山学者）

中国艺术研究院戏曲研究所藏嘉业堂刊本

第三篇　民间藏禁毁私刻本

《春灯影》（清·无名氏）

中国社会科学院文学研究所藏文光堂私刻本

《定情人》（清·不题撰人）

赵强藏稀世私刻本

第四篇　民间藏绣像珍稀秘本

《情梦柝》（清·惠水安阳酒民）

文廷式藏绣像珍惜本

《鸳鸯配》（清·携李烟水散人）

钱曾藏珍稀秘本残卷

　　百年中国沧桑巨变，三代伟人，铸就辉煌。孙中山、毛泽东、刘少奇、邓小平等作为领导国人创造世纪伟业的一代领袖，其雄才伟略，经国治世的奇谋，震铄古今的成就，多得益于其超强的政治素质及根植于中华传统文化沃土中的素养。其藏书品位之高，角度之独，读书之丰，领悟之深，古今罕有能及。伟人私藏禁书珍品，我辈读之，须穷思极智；我辈品之，定会有受用无穷之感。

第一篇　孙中山藏书

《绣像大明传》（清·不题撰人）
"孙中山纪念馆"藏楼外楼刊本

第二篇　毛泽东藏书

《贪欣误》（明·罗浮散客）
私刻本现存"毛主席故居"
《五色石》（清·笔炼阁主人）
毛泽东藏清刊本

第三篇　刘少奇藏书

《五凤吟》（清·云间嗤嗤道人）
刘少奇存原哈佛大学藏本
《浙湖三奇传》（明·三台馆山人）
现存"刘少奇纪念馆"
《幻中游》（清·步月斋主人）
刘少奇藏乾隆三十二年刻本

第四篇　邓小平藏书

《狐狸缘全传》（清·醉月山人）
邓小平藏敦厚堂刊本
《警寤钟》（清·云阳嗤嗤道人）
邓小平藏乾隆延南堂本
《章台柳》（清·不题撰人）
邓小平藏清醉月楼刊本

　　积财者以财为幸，藏书者以书为荣。如果说，文化是一个地区、一个民族的身份象征，那么，文化在一定程度上也借助藏书得以保存和延续下来，而藏书家就像那保存并传递火种的人。藏书家们嗜书如命，他们的藏书有一些是公共图书馆所没有的。藏书家们日积月累藏书的过程，陶冶了情操，提高了个人文化素质和修养。许多藏书家，虽然生活过得很俭朴，但他们学富五车，令人肃然起敬。

第一篇 （明·王世贞）二酉堂藏书

《情楼迷史》（清·佚明）

二酉堂存清醉月楼刊本

第二篇 （明·范钦）天一阁藏书

《鸳鸯影》（清·樵云山人）

阿英旧藏，现为天一阁藏书

《粉妆楼》（明·罗贯中）

天一阁藏善本

第三篇 （清·瞿绍基）铁琴铜剑楼藏书

《香舌缘》（明·花月痴人）

铁琴铜剑楼藏咸丰元年富楼堂刊本

《蜜蜂计》（清·储仁逊）

现天津方言手抄本存铁琴铜剑楼

第四篇 （清·黄丕烈）海盐西涧草堂藏书

《醒世第二奇书》（清·天然痴叟）

西涧草堂藏光绪乙未上海书局石印本

《钟情丽集》（明·邱浚）

西涧草堂藏皕宋楼刊本

海外藏禁书

　　十九世纪末到二十世纪中叶，我国社会极为动荡，使我国的藏书遭到极大的破坏。很多书籍，由于历史的原因，如文化交流、贸易往来或被侵略者的疯狂掠夺，散失于海外诸国。而这些书籍在国内或被禁毁或是绝版或湮灭于战火之中，因此流失于海外的版本就成了绝本，一些残卷即使在海外也是当世仅存之绝世佳作，使国人难窥其究。因此，海外藏书所收录的无一不是当世之绝孤之本，其文物价值极高。

第一篇　流失海外的独藏足本

《八洞天》（清·笔炼阁主人）
原刊本现藏于日本内阁文库
《风柳情》（清·邗上蒙人）
光绪九年石印本独藏韩国岭南大学中央图书馆

第二篇　海外藏绣像绝世孤本

《风月梦》（清·邗上蒙人）
现存巴黎国立图书馆
《伴花楼》（清·苏庵主人）
现存大英图书馆

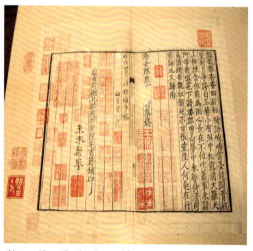

第三篇　流失海外的绝世残卷

《山水情》（明·佚名）
残卷现存日本东京大学图书馆
《锦香亭》（清·古吴素庵主人）
岐园藏残卷本现存日本东京大学图书馆

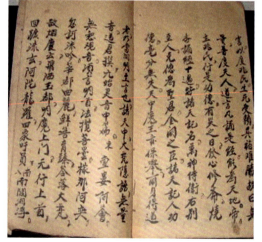

第四篇　流失海外的珍稀手抄本

《银瓶梅》（清·不题撰人）
清珍稀手抄本现存美国国家图书馆
《梦中缘》（清·李修竹）
绝世手抄本现存大英图书馆

前　言

清代金圣叹先生曾云:"雪夜闭门读禁书,不亦快哉!"是文人雅事,更是传统文人的一件隐秘乐事。这种压抑与释放机制为禁书在阅读中引发的快感加上了多么好的注脚!"禁止"的确给"游戏"平添了许多神秘的乐趣。

纵观古代书籍的被禁毁,很多时候是打着冠冕堂皇的幌子进行的。比如说清代《四库全书》的编撰。《四库全书》是乾隆皇帝亲自组织的中国历史上一部规模最大的丛书。由总纂官纪晓岚穷毕生精力,率三百六十位一流学士成书于公元一七七二年。该书包括经、史、子、集四部,三千四百六十一种书目,七万九千零三十九卷,总字数将近十亿,可谓超级文化大典。但是,这个工作本身也是在借"编书"而"焚书"。

与秦始皇赤裸裸焚书不同,乾隆皇帝的禁毁书籍做得含情脉脉。其具体的做法是,借编修《四库全书》这一名义而号召"献书",把隐散于民间的丰富藏书征集至朝廷,然后进行筛选。与朝廷趣味不合的,统统加以销毁。所以有人说,乾隆编纂《四库全书》,其目的不在文化而在政治。而据海宁陈乃干《禁书总录》中的统计,乾隆皇帝毁书的总数是:全毁书目二千四百五十八种,抽毁书目四百零二种,销毁书版目五十种,销毁石刻二十四种。其销毁书籍的数目,显然远远大于被收录的数目。

书籍的被禁毁,一般而言有两个方面的原因:其一,因为文化禁忌的缘故,比如色情、暴力的书刊;还有一类,则是政治方面的原因。前一类在古代中国以及古代西方都屡有出现。但是,随着社会包容度的增强以及人们文化观念的变化,一些书籍被逐步解禁,甚至畅销起来。还有一些书,则进了垃圾堆,永世不得翻身。至于后一类的问题,往往要在政治局面出现转机以后才会面世。这类书籍,一旦被允许面世,往往可以收到洛阳纸贵的效果。

让人感觉有趣的是,一本书的命运如何,往往并不完全取决于当权者的意志。甚至,很多时候还会出现恰恰相反的问题。比如《金瓶梅》,历代屡屡禁毁,最终却反而成就了这本书。

禁书各国都有,只是民族不同,国度不同,其法律、风俗习惯也不同,禁的标准有别罢了。禁书不一定是坏书,这是毋庸置疑的。在某个时代特定的政治背景和社会环境里,某几本书不被认可,被当局用权利加以封锁,而成了禁书。这种情况中外历史上并不鲜见。但"青山遮不住,毕竟东流去"。时代不断地向前发展,时光不住地向前流逝。比如现在,这套《中国禁书文库》就像迎来了春天的小草一般,从密密的暗室中走出来,掸去尘埃,重见天日。此套文库精选中国古代五十余部影响最大,遭禁最久,在禁书史上评价最高的代表作品,让雅好禁书收藏的读者一睹为快。

禁书总要有自身的价值才会遭禁,读一本禁书也就成了有识之士共同的想法。米兰·昆德拉在《不能承受的生命之轻》里借弗兰茨的口说,"相信我,你们国家的一部禁书就胜过这图书馆里随口乱喷的亿万言!"不可否认的是,经过少数人判定的危险书籍,可能正是公众知识不可或缺的来源。

今天,一般禁书已经不存在真的禁了,这无论如何,还是要感谢改革开放,否则,像我们这类普通老百姓,一辈子也只能听着这些书名揣想了。想象这个东西最要命,不了此心愿,真是茶不思饭不想的。不管怎么说,生活在今天这个时代,可以选择自己喜欢的书,可以自由自在地阅读,是一种幸福。

目　录

皇家藏禁书

第一篇　皇家藏禁毁私刻本

《国色天香》

《赛花铃》

第二篇　皇家藏绣像珍稀秘本

《香闺秘史》

《雨花香》

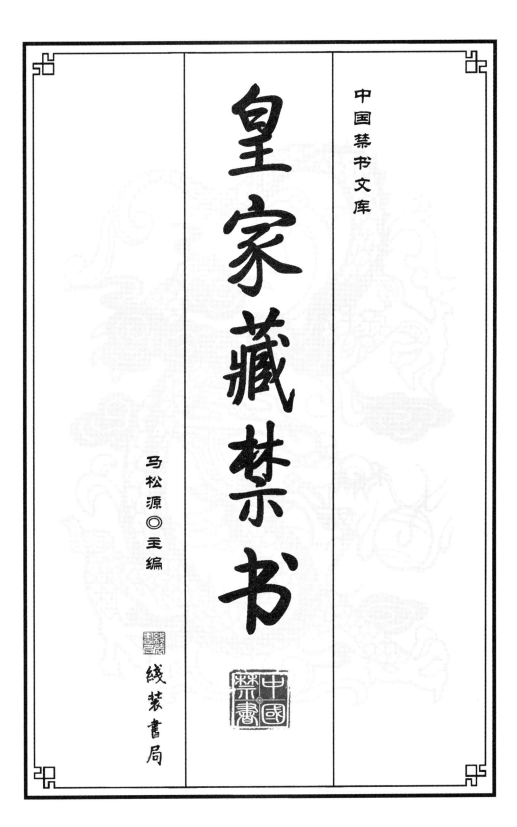

中国禁书文库

皇家藏禁书

马松源◎主编

线装书局

皇家藏禁毁私刻本

第一篇

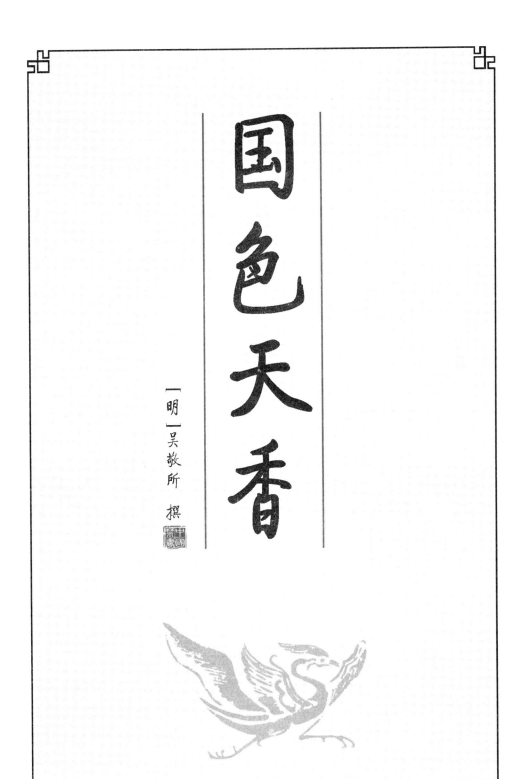

国色天香

[明] 吴敬所 撰

卷一

龙会兰池录

宋南渡，汴郡中都路人蒋生世隆，年弱冠，学行名时，以韩苏自许，凡天下名士，倾资相结纳。金逃将蒲寮兴福，拜为异姓兄弟。兴福仇家高琪术虎索之甚急，世隆乃照别于蒋家村。临行间，以杭笔为约，各有诗赠，具录于此。世隆诗曰：

"水萍相遇自天涯，文武峥嵘兴莫赊。仇国有心追季布，蓬门无胆作朱家。蛟龙岂是池中物，珠翠终成锦上花。此去从伊携手处，相联奎璧耀江华。"

兴福诗曰：

"金戈耀日阻生涯，鹏鸟何当比海赊。楚王不知伊负国，子胥怎放父冤家。情深渊海杯中酒，义重丘山萼上花。直到临安桃浪暖，一门朱紫共荣华。"

彼时兴福百口家眷俱没金都，惟兴福寸铁卫身，万夫莫敌，后得投于世隆。时欲归宋，又恐蹈于故辙，乃树跕旗于蕉苇间，变易姓名，人莫知之。虽李妙真亦以勍敌相遇，横行江上。闲居山寨，每有鸿鹄冲天之想，口记诗词甚多，聊记一二附览。诗曰：

"九代簪缨显大功，炮花烟散雾时中。望门谁信无张俭，窝我公然有祝融。鸾凤何堪栖枳棘，蛟龙毕竟动天风。"又诗曰：

"虎头山寨势岩峣，韩白英雄建将标。江上老人恩未报，箕中亡命恨难消。云关不锁归乡望，星帐犹疑赶早朝。何日紫微开泰运，龙泉敛锷赞萧曹。"

时金迫元兵，自中都徙汴。宋边城近汴者，又迫金兵而杭。光州固始黄尚书复家，从众南奔。时复受韩侂胄命，训犒江淮，家中藏获，一时瓦解。惟复妻暨一女同奔，

名曰瑞兰，年方十八，才色冠世。盖初生时，家有杨妃兰，独艳一枝，异香经月。尚书执瑞兰之兆，每以椒禁是图，凡有求婚者而不允之。至是遇难，彷徨草野，女谓母曰："昔有黄公生二女甚美，诈名丑陋，卒无问者。今乱离中宜用此策。"乃涂抹似癫妇，往来莫有虞者。时夜宿荒村，口占诗词，聊记其形迹云：

"天骄肆马下南都，烟火凌空泪寡孤。燕雀问巢何处有，鸡豚寻屋旧人无。玉颜今信为身累，肉食谁能为国谋？安得华夷归一统，太平臣子共三呼。"

世隆新筑精舍，期通万轴，以魁天下士，平居自许曰："大丈夫功名当玉采，事业须韩、范，鹪鹩一枝，何足轩轾！"年已二十，玉犹未种。有妹名瑞莲，丝亦不牵于人，盖其心之所图者大，匪夷所思。今倏遭乱，兄妹相携而遁。夜宿林薄间，诗词甚多，不能尽录，聊记《虞美人》词云：

生平不识离乡曲，灯下书怀足。老天作忠喷豺狼，万万千千，鼠窜闹彷徨。　家山一梦知何处，兄妹泪如雨。何时玉烛再光辉，把我六亲，骨肉完璧归。

又诗曰：

"天步殷忧鬼亦愁，控弦百万出幽州。红颜路上啼王嫱，黎首林间聚楚囚。当国豪雄心作剑，边城将校血成油。何时天地能开泰，南北生灵喜不休。"

金闻元追宋，又防金兵马纵横。大散关上，瑞兰失母，世隆失妹。适宋孟珙、赵方克金兵人定。相寻，莫知去向。瑞兰母，汤思退女，得世隆妹林下，偕往和州。世隆遍寻妹，"莲""兰"音似，瑞兰闻名，自石窦中出。一见世隆，方知其非母氏。谂询来历，皆逃兵人。世隆见瑞兰有殊色，目送良久，曰："不意草莱中有此奇怪，信所谓非习而见之者以为神矣。"瑞兰见世隆容声儒雅，亦觑其芹泮中人，心其属之。世隆疑其罗敷，语，实乃女子，约为婚姻，乃偕入浙。

瑞兰徐行，口占一调写怀。世隆闻之，叹曰："吾只为卿有国色，不意又有天才。千载奇逢，间世之数也。"口占一诗以戏之，瑞兰亦和之。

瑞兰调云（《虞美人》）：

弓鞋小，径路险崔巍。魔竖只应随鹿去，燕孩安可傍鹰飞？事急且相随。

乡天杳，惆怅几时归？风打柳腰南北转，雨催花泪长短垂。云散月将辉。

世隆诗：

"胡马嘶风闹北边，好花散落石崖前。喜伊千里来相见，愧我何当任二天。琴上未弹凰觅凤，丛中自信雀逢鹯。古称乐重亲知己。粉面休须暗泪涟。"

瑞兰诗：

"冒锋骯骸遍山边，触目伤心步不前。廊庙无人能捧日，江湖有我亦忧天。孤行险径因随虎，鸟入深丛只为鹯。回首乡山千万里，罗襟无奈泪涟涟。"

于时世隆瑞兰行向五关，一道坦夷。村居野宿，皆群官族。世隆于瑞兰，但目成影望而已。至新安境，星散坠分，世隆独携瑞兰荆山而南。时兴福倚江行劫，路转乌林，钲鼓喧天，旌旗蔽野。瑞兰计无所逃，竟欲自裁。世隆固止之，指匿蔽于树中，独向麾前请命。行三十余步，中间主将则兴福也。候见间，投戈下拜。各道详曲，且喜且悲。世隆乃向树唤出瑞兰，兴福执义嫂叔礼见甚恭。瑞兰固请行。世隆乃别曰："君独不识戴渊耶？"兴福曰："兄来，则陆机矣。何言期青蝇报市，会于临安。"兴福赆世隆金帛数百，指潇湘镇路最宁。世隆曰："承教。"遂别就道。

世隆瑞兰出芝山北路，虽康洞蓬艾芃森，世隆口占诗词，挑瑞兰野合。瑞兰亦口占拒之。世隆迫于私，有无赖状。兰泣曰："妾岂不近人情者哉！谑麻赠芍药，胡为至于我耶？"世隆叹曰："古人谓鸡肋，食则无肉，弃则可惜，正予今日事矣。"兰誓不允，世隆亦喜其执义之是。其时诗词。聊记于此，以为有识者逆志云。

世隆诗云：

"一枝芍药出天京，板荡谁为万里城。杜珏已能擒叛虎，张生安肯放孤莺。苍麻帐里花双美，绿草毡中日五更。莫待明朝萍水散，人从何处问卿卿。"

瑞兰诗云：

"病脚崎岖死一般，眼眶无尽泪潺潺。鸳鸯野合颜何厚，虱在风中骨亦寒。我愿您期游洞府，君休设计斩花关。若将再问阑珊事，龙女双班入越山。"

又世隆长短句：

"君不见神女出高唐，暮雨朝云恋楚王。西华岳里注生娘，玉钗脱下付刘郎。又不

中国禁书文库

国色天香

见岳阳楼上何仙姑，洞宾醉里戏葫芦。十二珠帘花落尽，飞身便过洞庭湖。神仙自古尽贪凡，洞府谁能保万全。伊人不是贪脂粉，伊人无奈惜芳年。可怜薄倖无相爱，有情终不似无情。车欲直，马欲横，凤凰不肯笑相鸣。早知分薄空相见，曾似当初独自行。独自行，安得许多惊。独行还得无担累，独行何有心如碎。心如碎，人成鬼，人成鬼兮正为谁？今朝担带许多难，今朝节节骨生寒。梦里不知身是客，茫中还要恋虚欢。临安三百里，一望石云间。鹤去也，石台闲。石台闲，春色缘何得再看。天汉汉，路漫漫，安得神翁加撮合，赤绳囊里赤绳缠。流水不推自然急，浪头风送载花船。"

瑞兰调云（《朝中措》）：

日色映流霞，手爪乱交加。忆昔当年贵重，今朝错落风沙。　　红颜薄命，路旁债主，眼下冤家。不谓今宵浪静，钲锽怎样催花。

还照间，方至潇湘镇。吕文德初为镇尉，一方倚为全城。士民安堵市肆，行商多丛聚其间。世隆住瑞兰于迎芳亭，遴得大邸，乃引瑞兰入邸。邸居镇央，主人则黄思古也。外设行房十余，以待羁旅，内设大厦三所，以承宦族。每所琴棋书画，花木芬芳。世隆喜其清致，不吝赁赏。驻足少顷，则有奚童二人、丫鬟二人，爨汤设酒，奉承澡饮。时瑞兰新浴出，蓬鬓风姿，分外逼人。世隆迎视欲狂，笑曰："真所谓天下一女矣。"口占五言诗十二韵赠诸。奉酒间，瑞兰亦占一律以复。至于酒圣酒贤、平原青州，绝不入口。世隆固强诸饮，瑞兰固怯。世隆顿杯起曰："计欲助海棠春睡耳，岂真以宰革啖宋万耶！"亦不终席而罢。

世隆诗云：

"主人思古黄，借我一仙房。眼下风尘客，杯中豆蔻汤。掩扉推绣履，倚几脱罗裳。雪貌消浮屠，冰肌觉净凉。琼花开后土，玉树沃云浆。妃子娇无力，胎仪体自香。冲锋疑未允，想象兴何当。浪静登仙峰，烟开下客廊。牡丹新出水，天马暗行疆。对面如千里，描情赖一筋。桃花心未动，柳絮性徒狂。安得何仙子，今宵醉岳阳。"

瑞兰调云（《卖花声》）：

胡马渡银河，闹动干戈。蒙君福荫千万多，此意此情终有报，君莫蹉跎。

送我归乡窠，媒结藤萝。一生缘分属哥哥。要把风花闲地设，这事难呵！

薄夜灯明，侍婢进安眠酒，世隆怒不沾唇。瑞兰起奉，十分款曲。世隆曰："卿奉酒，乃范弹冠缕耳，岂真情耶？"兰曰："君勿太诬人。"世隆曰："非诬卿也，正醉重瞳脱沛公计耳。"兰笑而止。世隆曰："死者复生，生不愧死，桑林美约，今亡矣夫！"兰曰："妾非轻诺寡信者，第以义有不可耳。"世隆曰："何不可？"兰曰："使君自有妇，罗敷自有夫。"世隆曰："是何言也。生雀未射而卿关女，又于鼻颈徵之矣。"瑞兰语塞："将身携重宝，效蔡琰赎。"世隆笑曰："吾儒家书中金屋车马，等闲事耳，奚重宝为！"兰曰："书中有女颜如玉，何用妾之弃人？"世隆曰："国色非书中有也。"瑞兰觇世隆意笃，佯如厕，兔脱东房。世隆忿不自胜，如焚如割，即房窗间谕以一歌。瑞兰亦制一调以宽之。

世隆歌云：

"生平不识亦风流，偶遇神仙下楚州。入眼人间何处是，天然的砥挂心头。五关幸脱单于老，乌林又遇孙彪到。伊人保护不胜多，担尽千烦与万恼。今朝平步入潇湘，拟将云雨遍牙床。谁知酒后机心变，翻身逸走入东房。东房门户壮秦关，万方挑战尽空还。心头悴乱浑如醉，身上慌忙骨自寒。呜呼已矣蒋世隆，无限恩情一梦中。有缘千里终相逢。人生争似玉人身，玉人身上不相离。暮随帐里温香体，朝随镜下画蛾眉。当年恩爱欲何如，今宵恩爱只如此。弓藏鸟尽竟何言？恼杀牡丹花下死。花下死兮奈渠何，奈渠何兮无奈何。窗家咫尺天涯远，唱破人间薄倖歌。"

瑞兰调云（《水龙吟》）：

强胡百万长驱，边城瓦解人如草。风流才子，桑林绝处，奴家作靠。一路扶持万千，又脱乌林凶盗。这恩情许大，铭心刻骨，岂甘丢倒。　　送我归家下落，把全身从容图报。一枝芍药倍红，百岁春光偕老。看人间野合鸳鸯，羞杀我，君休道。

世隆曰："卿欲归家图，不惟刘备宽荆州岁月，亦张仪以商于诳楚耶？"瑞兰曰："岂敢为是哉。所以归家者，正欲白双亲，备六礼，百岁咸恒，使君得为良士夫，妾不失为相门子女。私自择配，鲁姬所以玷于曾子来也。世隆闻相门之说，讯其实，方知乃祖丞相黄潜善，乃翁尚书复。沉想良久，虽怜其流落，益自喜其佳遇，则曰："崔莺非相女耶？自送佳期，至今称为双美。今娘子所遭之难固大于崔氏，而不念我耶？"兰曰："崔氏自献其身，乃有尤物之议，卒焉改适郑恒，今以为羞。妾欲归家图报者，正以此患耳。"世隆曰："卿言乃鹧鸪啼耳。"兰曰："何也？"世隆曰："行不得哥哥。"兰曰："无患也，至则行矣。"世隆曰："决行不得。一至卿家，狴关猰守，因鬼见帝渴睡，莫敢强委命哉！"兰曰："妾自有处，何烦君虑。"世隆曰："彼时亦不得自主也，况重宝名重天下，求之者众，生恐鹿走他人，徒负乔知之绿珠怨耳。"兰曰："君独不识钟建负我者哉？妾以此言告君，宁不三骰十九色于君耶？"世隆曰："卿欲季干，恐尚书不楚王何。"兰曰："妾筹之熟矣，保无恙。"世隆曰："生今涸鱼掉尾，宁待西江水以求活耶？"兰曰："采叶与自落，迟速无几何。"世隆曰："巧迟不如拙速，况事急矣，才说姑待明日，亦不可也。"兰曰："急客缓主人，千日亦须等待，安得荷剑逐蝇耶？"世隆曰："如卿言，我绝望矣。"遂制《潇湘梦》一词以别之。词曰：

"笳鼓喧天，貔貅无数。玉仙子桑下相逢，再三恳怙。丑豺狼不谙光景，把亲妹丢开忘顾。携手向南行，看一枝好处。万万千千凑补，谁料风平浪静，翻旗覆鼓。罗带壮金汤，又把重门深固。千婉转，万婉转，张目挺身，恁我怎生摆布？何谓当日我如山，何谓今朝我如虎？不念我一途风露，好多辛苦。怀尽了山盟野誓，变尽了云朝雨暮。看世上人间，唯有这个妇人铜肝铁肚。天兮天兮何诉！从今割断虚花债，明月三更，卿也去，我也东走，莫把有情风月，着这无情耽误。再不回头也，有这个冤家，花下都是黄泉路。呜呼！一曲潇湘词，今宵懊恨为谁奏？送卿去也，永作欺人话谱。"

瑞兰闻其词，且惊且喜，推户出曰："晋国亦仕国也，未闻仕如此其急也。"世隆曰："既云仕国，君子之难仕，何也？"瑞兰曰："其如玉盏下地何！"世隆曰："桑海亦有田时，不必更多说。"搂以就寝。瑞兰曰："妾尚葳蕤，未堪屑越。愿君智及而行之以仁，幸甚。"世隆曰："谨领。"方会间，瑞兰半推半就，罗袜含羞卸，银灯带笑吹。再三叮咛，千万护持。翡翠衾中，桃花浪转，支左吾右，几不能胜。腰倦鬓松，扶而不起，仔细温存而已。顷之，渐入佳境。妙自天然，似非人间有者。虽兰桥、巫峡、芙蓉城之遇，殆未能加于此。信是一刻千金，只恐春宵不永者矣。云收雨霁，瑞兰以骄娘渍者指示世隆，曰："不意道旁一骊龙珠为君摘碎，败麟残甲，万勿弃置。"

世隆曰："千里马骨犹值五百金，况真千里马者哉！勿虑。"时世隆遇异心忙，仿佛如梦。顷之，乃其真也，又皇皇然，而有所求。瑞兰将坚晋鄙，但玉符既窃，铁锥又至，一夜花城，兵将折冲，似不能支。时有口占诗词甚多，聊记一二，以表龙会兰池之行实云。

世隆诗云：

"生平不省入花关，倏到花关骨尽寒。焚玉漫夸游楚峡，巫神今夜下巫山。帕污未破红梅子，被暖能言白牡丹。寄语载花船上客，后滩风浪易前难。"

瑞兰诗云：

"生平不省出堂阶，草昧叨逢蒋秀才。明月几曾厢下待，好花却就路旁开。山盟应许藏金匮，春兴犹疑窃玉钗。为道葳蕤浑未惯，春风消息谩重来。"

世隆诗曰：

"冒尽风波上钓台，夜光珠里蚌初开。扪心难舍天然色，信口方知不世才。窗下只惊花下死，枕中宜向月中来。夜深不是贪重饵，冒尽风波上钓台。"

瑞兰和云：

"今宵不负望英台，架上蔷薇带血开。愧我本无倾国色，喜君真有冠天才。金沙江里风初过，云梦山间雨又来。一路花筹都算尽，今宵不负望英台。"

世隆会真三十韵：

"仙子生光国，胡囚出北畿。山村逃猾虏，桑野拜新知。张琪扶崖女，钟郎负楚姬。心明非是伴，事迫且相随。鸳鸯羞苟合，鹡鸰苦相持。结草恩何在，看花愿已违。更猜韩信走，又虑相公追。函谷关虽固，金牛路上低。窗前伸郁抑，几上闷蹰躇。拟断华歆席，笑开杨素扉。罗裆含愧卸，银烛趁慌吹。神女初登峡，天孙懒上机。花心红杏小，遍体白鹅肥。怕杀江风恶，叮咛舟楫迟。莺衔珠串起，风转鬓云欹。懒散娇无力，分明忍皱眉。细餐甘榄味，剥落鸡头皮。鏖战浑如梦，绸缪肉似泥。疑成连理骨，化作一团坯。忘却谁为我，何知我有伊。欢娱难口说，妙处自心知。云雨重重报，阳春点点迷。会真何日了，万古话佳期。"

世隆会瑞兰后，日夜衽席花酒。瑞兰每以晋侯六疾戒世隆。世隆曰："我自乐此，不为疲也。"瑞兰曰："世岂有酒色交攻而不败者乎？尝有诗云：'鸟低山木，犹巢其颠；鱼浅渊泉，又定其窟。'又曰：'握月担风，罔思后日；迷花乱酒，取足今时。'又

有云：'酒后人为席，不顾千金之体；花中日作宵，恐孤百岁之期。'又曰：'两斧伐孤树，君自为之；钩月带三星，吾不忍也。'"启词骈骊，多有不述。世隆虽奇其才而重其心，但惑溺已深，撷取倍于他日。尝有芳咏甚多，聊记其略，以彰意云。

世隆短篇：

"天若不爱色，星宿无牛女。地若不爱色，木无连理枝。天地都爱色，吾人当何如。古称花似色，将花一论之。惜花须起早，谁肯看花迟？折花须折蕊，谁肯恋空枝？花色有时尽，人有年老时，及时爱花色，莫待过时悲。"

世隆诗词意虽陋，亦风月家所有。瑞兰见之，忸怩曰："如君诗见天下，妾之名节扫地矣。不但妾羞，亦天下妇人羞。"世隆曰："玉真夜半私语，崔莺二十年前晓寺，亦谁为之？"瑞兰曰："崔莺二十年前乃自陈之，其羞郎之心犹在。若玉真夜半私语，乃好事者笔力，何以为玉真羞？"乃相携拜月于东庭。世隆顾谓瑞兰曰："月白风清，如此良夜何。"因会于亭，遂拟亭曰"拜月"，制《拜月亭赋》及《花房十咏》于此云。

拜月亭赋：

"腊月既望，蒋子游于潇湘之亭，天光如昼，万籁无声。博山香炽，银烛初明，栏杆十二，花稍倒影。百卉春芳，淡风暗随。方俯仰间，有一异人，降之于庭。霓裳缥缈，残妆不整，微笑春生，莲步散行。似非尘寰惯见，不顾花木储精，艳夺瑶池之王母，羞坏座上之飞琼。心通麻饭，情重蓉城，思而难得，疑而后惊。恍惚少定，乃前拜曰：'昔庄周梦为蝴蝶，初不知孰为庄周，孰为蝴蝶。予今见异人于庭，初不知孰为异人，孰为嫦娥。是知嫦娥者，天之异人也；异人者，地之嫦娥也。庄周以梦子以真，但为云阶下拜，而不俟于西厢待矣。'乐甚，把酒为之一问曰：'予言何如？'异人曰：'然。'乃相与歌曰：异人非我兮，谁为之夫？我非异人兮，谁为之妇？今宵非月兮，谁为之媒？天为幄兮地为茵，风前一枕，月其主之，何必再问于绳丝之老人？"

春宵十咏：

"少年红粉共风流，锦帐春宵恋不休。兴魄罔知来客馆，狂魂疑似入仙舟。脸红暗染胭脂汗，面白误污粉黛油。一倒一颠眠不得，鸡声唱破五更秋。"

其二曰：

"对垒牙床起战戈，两身合一暗推磨。采花戏蝶吮花髓，恋蜜狂蜂隐蜜窠。粉汗身

中干又湿，云鬟枕上起犹作。此缘此乐真无比，独步风流第一科。"

其三曰：

"梅花帐里笑相从，兴逸难当屡折冲。百媚生春魂自乱，三峰剪彩骨都融。情超楚王朝云梦，乐过飞琼晓露踪。当恋不甘纤刻断，鸡声漫唱五更钟。"

其四曰：

"二八娇娆冰月精，道旁不吝好风情。花心柔软春含露，柳骨葳蕤夜宿莺。枕上云收双困倦，梦中蝶锁几纵横。何缘天借人方便，玉露为凉六七更。"

其五曰：

"如此风流兴莫支，好花含笑雨淋漓。心慌枕上颦西子，体倦床中洗禄儿。妙处不容言语状，娇时偏向眼眉知。何须再道中间事，连理枝头连理枝。"

其六曰：

"邸深人静快春宵，心絮纷纷骨尽消。花吐曾将花蕊破，柳垂复把柳枝摇。金枪麈战三千阵，银烛光临七八娇。不碍两身肌骨阻，更祛一卷去云桥。"

其七曰：

"仙子娇娆骨肉均，芳心共醉碧罗茵。情真既肇桃源会，妙促西施柳叶颦。洞里泉生方寸地，花间蝶恋一团春。分明汝我难分辨，天赐人间吻合人。"

其八曰：

"花兵月阵暗交攻，久惯营城一路通。白雪消时还有白，红花落尽更无红。寸心独晓泉流下，万乐谁知火热中。信是将军多便益，起来却是五更钟。"

其九曰：

"两身香汗暗沾濡，阵阵春风透玉壶。乐处疏通迎刃剑，撼机流转走盘珠。褥中推枕真如醉，酒后添杯争似无。一点花心消灭尽，文君谩讶瘦相如。"

其十曰：

"暗芳驱迫兴难禁，洞口阳春浅复深。绿树带风翻翠浪，红花冒雨透芳心。几番枕上联双玉，寸刻闹中当万金。尔我谩言贪此乐，神仙到此也生淫。"

世隆色度太过，永铅戕而荣卫枯，病几不振。瑞兰惊悸。时有镇山庙海神甚灵，瑞兰将命奚童祷。世隆虽病，语瑞兰曰："世岂有祷于神而不死者乎？盖今之神，古之人。神尚不能自宥其死，况能宥其死于人乎？"瑞兰曰："何以见之？"世隆曰："予尝

稽董狐《搜神鬼记》，释迦乃维摩王子。观音，妙庄王女。达摩至卢能，托芦传钵，六叶卒干汉溪。佛祖则宜春县人，曰即肃。老君则楚县人，曰李耳。张真人道陵，乃汉张良后。许真人逊，晋零陵令。吴真人猛，时真人奇，皆晋时人。天王封于唐太宗征高丽间。福神蒋子死于钟山下。唐葛周三将军，周宣王时人。赵玄坛名公明，秦始皇时高士。关公羽封义勇武安王，始于宋道君。茅君匡裕，庐山法祖。钟馗受享，自玄宗一梦。万回国公，又张家子。灶神张单，厕神何丽卿，户神彭质、彭君、彭矫。虐神，颛顼三太子。厉神曰伯张，隋朝乃见。火回禄，水玄冥，备存左氏。卿何苦而惑之？"瑞兰曰："祷禳古有之，子产亦公孙泄良止，而郑人安况病一人耶？"世隆曰："左氏所以为诬也。夫海神广利广德，又有曰天妃勒封护国庇民，而强盗海中，专借其力于舟楫风波之中。顾乃受其享献，乐其金帛，纵盗害民，其可胜记！信神明之最灵者莫如海神，既不能灵于海盗，顾能灵于我耶？卿勿复言。"瑞兰曰："痊病有二道，巫与医而已。君其欲医乎？"世隆喜而从之。得折肱家而克济。但世隆病中每念于花月，兰以死拒，乃止。尝稽其医中诗咏一二，以备玩焉。

药名诗曰：

"血竭天雄紫石英，前胡巴戟指南星。相思子也忘知母，虞美人兮幸寄生。茑宿全朝当白芷，马牙何日熟黄精。蛇床蝉腿渐阳起，芍药枝头万斛情。"

药方诗曰：

"国老不能和百药，将军无计扫余殃。黄连何为连身苦，龙骨应知骨自香。吐露清愁情已阙，金花在目兴应忙。蛇床独活相思子，此德当归续命汤。"

世隆病渐痊。主人思古邀梨园子弟侑贺于西阁。世隆起见，笑曰："此顽童也，生所羞比。"思古曰："何谓顽童？"世隆曰："具载三风十愆中。"思古意犹未解。世隆具以晋姜男破老，汉弄儿来梦儿，太子承乾事告。思古乃出净酒奉喜。席罢，瑞兰曰："妾闻黄公娼言，地中病者，非傀儡侑神，则用梨园子弟，舍是则病后有变。"世隆曰："傀儡制自师涓，以怒纣，陈孺子窃之以助汉，何为祸？何为福？况梨园所演，一皆虚诞。蔡伯喈孝感鹤鸟，指为无亲；赵朔亡而谓借代于酒坚，韩厥立赵后而为伏剑于后宰门，晋灵公命獒犬、鉏弥以杀赵盾，乃归之屠氏，膳夫蒸熊掌不熟，断其手指，以人掌代熊掌。男人莫看《西厢》，女人莫看《东墙》，固以元稹之薄，秀英之陋，然始终苟合，亦非实事。陈珪受月梅写帕之投，终为夫妇。郭华吞月英绣鞋之污，卒几于

死，或冒为《玉匣》。萧氏之夫本汉娄敬，诈曰文龙。刘智远之祖本于沙陀，诈曰汉裔。以苏秦之游说，云长之忠义，寇准之于舜英，蒙正之于千金，皆非所演，中体能从其侑贺，只自诬耳，又岂可允从之哉？"瑞兰曰："非兄熟于故典，何以到此。"乃相携出于邸楼门。楼亦佳境，四窗天设图画，帘泊燕莺，日供弦管，人如在华胥中。世隆强瑞兰立会，兰曰："白龙鱼渚乌乎可？"世隆曰："楚王兰台景也，何妨。"时有口占一律，以示意云。

世隆诗曰：

"神仙自古好楼居，楼上风流更有余。柳骨经霜争似旧，花心冒雨谩如初。洞宾破橘描飞鹤，妃子沉香引醉鱼。昨夜星家应骇月，女牛出局会天墟。"

世隆楼会后，又犯阴阳。瑞兰曰："大丈夫何不自拔至是耶？"世隆曰："其如花神迫人何！"瑞兰曰："妾无赖之过也。愿君千万珍重。"时乌鸦日噪，兰心惊有大故。世隆曰："王梅溪谓鸦为忠臣，东方朔占鸦吉多凶少。卿非夷隶治，何以识其音，顾亦惊之若是耶？"兰曰："不但此也，妾亦多异梦。"世隆曰："从心莫如梦，卿心予病故耳。"瑞兰曰："梦关人者大。鹤九其龄，羊存其身，射月炊日，朱箜先进第十一，皆以梦得之。妾梦异，必有异事，非关君病而已。"方议论间，床帏忽然自裂，瑞兰泣下。世隆曰："变怪亦不足深信，犬作人言，猿代婢爨，鼠谈客死，杯酒化血，鼓出于庭，未闻竟为凶也。"瑞兰曰："君徒以大口诬人耳。妾自保一死足矣。"潸然而泪，世隆曰："卿勿忧，我以未病卜之。"时甲寅已卜，得泽水困卦，甲应巳体，犯三刑五位，卯才逢劫，子地合父，入空腾蛇，又临应动。世隆始惧，曰："非我绝子，子将绝我矣。"乃作诗禳之。

世隆诗曰：

"乾坤不泰万遭屯，遯过师中尚旅尘。未济当时成既济，同人何日见家人。腾蛇直应妻逢劫，驿马临时父合身。只喜眼前些少好，阴将阳掩不胜春。"

瑞兰曰："如君诗，是亦李崔州寇莱州渡海谶矣。"

言未几，闻庭外声，瑞兰出觇帘下，则一鹦鹉栖庭桧，隶役纷纷呼引不归。鹦鹉见瑞兰，飞入叩头呼曰："玉娘子万福。"——盖鹦鹉乃尚书向使虏得之，养十余年，名曰飞郎。有古徐丞相比归，隶役欲入，取飞即归驿报尚书曰："瑞兰娘子在那大屋间。"尚书命庶男留儿跟往。——盖留儿乃尚书侍婢所生，母弃乱中而留其儿，因名曰留儿。——一至黄公店，见瑞兰于廊右，相持而泣。从者又达尚书来，父子相见，哀恻过甚。世隆闻之，曰："怪今至矣，奈何！"尚书询其因，瑞兰陈之至"寄身世隆"处，尚书怃然曰："坏我杨妃兰矣！"敕令同归。瑞兰曰："桃花犬犹不忘主，蚩蚩巨虚，何曾负蟨？况瑞兰以人名，可以鸟喙耶？"尚书曰："尔忘父母，则枭獍矣，其罪尤大。"瑞兰曰："前日瑞兰，则父母之子，今日瑞兰，则世隆之妻。襞袍蚕女，从夫妇耶，抑从父母耶？"尚书曰："汝忘大史，噉弃后氏耶？"瑞兰曰："后氏私法章于家，罪在后氏。瑞兰以世隆为钟建，时无昭王，私作乐尹，罪固不专在于瑞兰。"尚书曰："父一而已，汝独不念蔡仲耶？"复又曰："汝不行，我将以沉香母待汝矣。"兰泣曰："傅殷为龙女传书，洞庭君尤高其义，恳为婚姻，况人扶瑞兰于难，今又卧病于床，使瑞兰遽从父归，令人饮恨九泉，瑞兰安忍为之！"尚书亦怜之，乃令引出。

瑞兰入，谓世隆曰："妾知有今日事久矣，徒君不入人言耳。"时世隆病残骨立，瑞兰扶出，祝曰："举棋不定，弗胜其偶，君尚扪虱对桓温，勿视其巍巍然，否则乐昌镜破矣。"世隆曰："我今无能为也。但以卿为泰山耳。"出见尚书，不能自立坐，仆于东坡椅上。尚书怒曰："岂以碧纱笼中乘龙耶？"瑞兰曰："吕蒙正亦以渴睡汉受欺，状元天下将何如？"尚书曰："不必言，世岂有此人能乘风破万里浪乎？"瑞兰曰："古称美人者，汉李夫人，犹曰'吾病久色衰'，今世隆色因病耳。愿尚书且效平原君，以毛遂备数。"尚书怒，世隆起而入。

尚书随拘黄思古家长幼立阶下，欲为打鸭惊鸳鸯计。思古举家惊怖，因劝分异者，瑞兰久之乃诈入整妆，赠世隆以半衫，曰："此浣火也，来日以此为约。"盘桓顾盼，不忍倏离。尚书立迫，瑞兰忿恨气绝。尚书命留儿扶之，登车而去。其时相别诗调，亦有可怜者，具录于此。

瑞兰调《一剪梅》云：

潇湘店外鬼来呵，愁杀哥哥，闷杀哥哥。伊人自作扑灯蛾，去了哥哥，弃了哥哥。把头相向泪悬河，怎舍哥哥，漫舍哥哥。此归花案不差讹，生属哥哥，死属哥哥。

世隆调《望江南》云：

堪愁处，风急力难支。司马只惊消渴死，文君谩唱别离词。愁泪遍胭脂。

扶头起，祝付莫相疑。于祐宁无相会日，张仪还有可言时。欲去仍踌躇。

瑞兰乐府云：

"泪潺潺，愁破肝。别君易兮见君难。见君何处是，除在梦魂间。呜乎命薄兮瑞兰！"

世隆乐府云：

"云白兮山青，篾响兮人行。云雨山兮还相见，我与卿兮从此分程。卿卿兮，未知何日见卿卿。"

瑞兰至水站，尚书用苏合丸疗苏。

世隆病床间，得思古家老少扶持。又镇有豪士仇万顷、杨邦才等数人，重其斯文，常交互相慰。又有陈自文者，素以风情谢世隆曰："以子之才，承事赵孟，必得近幸，岂专为彼一人哉？"世隆曰："佳人难再得，况遇知己之至耶！"自文曰："妇人太美者必有大恶，贺太后以女人能悟之，况足下豪杰男子耶？"世隆曰："如先生所言，则以世隆为季益矣。其如崔小士何！"自文曰："君以花为癖矣，希再保重，焉知玉箫不再合耶？"世隆曰："但看将来有昆仑奴耳。否则王宫又梵矣。"自文辈归，世隆为夜坐不寐者，一夜口占诗词甚多，聊记其可采者，以见新别之愁态云。

世隆诗云：

"昨夜床中妇对夫，床中今夜独夫孤。羡鱼不懈空张网，失兔为因误守株。念我有心逢得意，笑伊无眼识相如。于今病骨增愁恨，一曲西风子夜啼。"

又云：

"昨夜床中万斛情，床中今夜万愁生。为谁陷入颠狂府，被魅迷来惑溺坑。我亦忍遭胯下辱，伊终难拔眼前钉。于今独坐潇潇闷，一曲相思夜五更。"

尚书至临安，夫人已先至官邸数月矣。相见间，悲喜交集，一家爱恋，皆辐辏庭间。瑞兰见夫人，哀不自胜。少顷，夫人以瑞莲事语尚书，呼出见间，一如家人礼。瑞兰私以世隆事白母，夫人亦乘间语及。尚书曰："我岂老耄者哉？使有封伦，我亦能扬公寿矣。"夫人曰："贾香偷韩寿，奈何？"尚书曰："张贺家五嫁者，犹为宰相妻

也，无妨。"夫人曰："闻世隆有司马一题地，尚书何吝卓王孙？况瑞兰尝曰：'父不姚雄，我当封发矣'。"尚书曰："决不以隋珠弹雀也。此后勿复陈。"

夫人觇尚书意笃，日又求婚者蝟毛，亦令易志。瑞兰不允，每以稿砧在辞。因思潇湘旧迹，乃以一亭改匾曰《拜月》，祈以誓心香而存世隆也。尝有拜月诗咏甚多，聊记一二，以表瑞兰冰霜之守云。

瑞兰诗曰：

"亭前拜月夜黄昏，暗想当年欲断魂。娄敬不来几十载，肖娘自负万千春。伊如有分应逢我，我亦何心再望人。自古玉英终不嫁，几曾误作百年身。

又云：

"亭前独拜泪汪汪，说到心头只自伤。念我一家都美腽，为谁千里独凄凉。画眉风月今何在，结发江山事已荒。问道云间归北雁，无双消息寄何乡？"

时当首岁，仇万顷辈诣世隆，效文琰击钵。世隆曰："诸兄才捷不让古十石矣，生何敢复梦得自待？"万顷曰："生虽千钱售三十文，不待磨墨停笔。但今海内士与元白争锋者，唯卿一人而已。何辞为？"世隆曰："诗因名美，名因诗显，愧生二者俱未。"万顷曰："何以言之？"世隆曰："晋张率作诗，李纳每以为不足，率后诈作沈约制，则纳字字称佳。信诗不因名而显乎？近有龙太初，诗学高迈，诣王荆公谈诗，郭公父犹谓之，及咏'鸟去风平篆，朝来日射星'之句，王、郭始不敢谓秦无人，龙生因以显名天下。"万顷曰："不但张率受侮，文士皆相轻。王荆公咏菊，且有以'不似春花落'鄙之者。苏东坡乐府，亦有以制词如诗鄙之者。诗果以名显乎否也？蔡确因甑山诗被贬，孟浩然以'不才明主弃'一句见恶，至于'枫落吴江冷'，又为吴祐累。诗其能至患害者有之，况于名乎！"世隆曰："王、蔡公，今人亦能知之，则亦以名显也。"万顷曰："兄此议论，尤出人意表。"因对五辛，醉咏而别。世隆思瑞兰意笃，制《送愁文》并诗咏，具录于此。

送愁文云：

"八年除夕，蒋氏子馆予于潇湘。五辛宴罢，落落皇皇，无以为怀，客语予曰：'良辰不再，子独快然，无乃为愁鬼所绊乎？'予曰：'愁，信有鬼乎？'客曰：'有之。妖不自作，由人而兴。三思重色而花妖至，崇韬喜淫而虎崇生。古人自寡其妖者亦多。'予曰：'如此奇妖，计将安去？'客曰：'禳之而已。昔子产息良消之怪，尧佐祭

游弈之神，至诚所钟，自足以歆之。'予信客言，遂束刍灵，祭诸门外，殷勤至恳，盖将草雉禽狝，人其人而去之也。禳毕，闭门就席，愁鬼忽又在左右间，令予心碎，令予肠断，令予泪倾，令予魂消，令予如有求而弗得。予始愕然叹曰：'客其欺我者也！愁鬼可禳，何其我愁之尚在耶？'鬼曰：'君不必咎客也，但当自咎耳。鬼有曰风流，曰愁闷，二者常相表里，不可遽逐。'予倾听之，矍矍方惊，鸣竹爆，出桃符，焚紫盆，鬼笑自如；又将起，将赵钟茶垒而唉之，鬼笑愈加。予始曰：'鬼何笑我为哉？'鬼徐徐而言曰：'风流之鬼，唯恐其不来；愁怨之鬼，人恐其不去。幽于偏见，罔达于相倚之机，此其为我笑也。'予闻言有趣，拱手而问曰：'愚不能进，愿安承教。'鬼曰：'居，吾语妆。天下古今，忧喜同根。福兮祸所伏，老子之言，乐极必成哀，陶妻识之。子既恋于风流，则风流之中便有愁。两鬼相依，步不容离，世岂有风流而不愁者哉！君今特欲去我，而不知风流之鬼所当先。是犹日行怕影，影愈随。孰若先风而去，以为投阴灭影计耶？否则，虽效韩公之祭五穷，柳子之骂三尸，亦无益于事矣。予扪心而思曰，风流者，吾终身之裘葛膏粱也，岂能去哉？况我二人不但入子之心，且入子之膏肓也，更迭相寻，何有终期？'言讫，倏然若薨，如风如雨，鬼则飘然而不可知，特剩其愁以遗予。予不得已，就灯对酒，为消此愁，成千万分中之一二。"

柳梢青调云：

　　楚岐云收，西厢月暗，竹爆飞声，玉友归程。罗衾泪滴，绣枕魂惊。

　　花中永中膏盲，起来对坐谁适情？半盏孤灯，几杯浓酒，一柳梢青。

又诗曰：

"玉人别后阻关山，心碎黄昏独倚栏。柏柿曾看鞭橘荔，杉羊反悟宝靴鞍。油干盏里心还在，炭热炉中骨自寒。何日神仙偏爱我，红消春色出熬垣。"

又云：

"病损公然骨似柴，飞琼分薄阻云阶。色摊门外驱犹在，愁鬼心头去复来。一盏梅花空见色，两盘烛泪自成堆。何时借起神磨勒，深院蔷薇赶夜开。"

一日，瑞兰、瑞莲相携游亭，瑞兰心切世隆，神思恍如有失，言语问答，多不自持。瑞莲疑其私，辞归，兰许之。莲匿于太湖石后，觇其来者何人。久之无踪。但见

瑞兰长噫洒泪曰："天曰君而已。"莲往讯其实，兰怒曰："我身即汝，敢相诬耶？"瑞莲以欢言谢，乃辞归，匿于前所。瑞兰意瑞莲之果于归。兰焚香祝天"保佑蒋生出"。未几，刺背曰："莲得闻矣。同室兄弟，何相瞒之甚耶？言通无患。"瑞兰泣而不言。良久，诵一词以答。聊记于此。

词曰：

"妹氏何如致我，我有许多不可。忆昔旧情人，泪沾巾。

望断潇湘，那里病损相如痊未？要说许阑珊口难开。"

瑞兰语及蒋生世隆，中都路人，瑞莲亦泣下。瑞兰疑其前人，骇愕者久之。核实，乃兄妹。因道病别时事，相对涕泣。少顷，尚书召瑞兰曰："来使云潇湘人亡矣。子当从婚。"盖尚书立计，间其易志也。瑞兰号泣仆地。瑞莲闻之亦然。尚书夫人方知其为瑞莲兄。数日间，瑞兰穿素，朝夕私奠，遣仆僮永安持牲文祭于黄公家。至，则世隆在坐，与友人陈自文联笑。永安具以情告。世隆执文读之，笑曰："一死一生，乃见真情。世隆死者复生，娘子生不愧死矣。美节成双，不可及也。"瑞兰方知尚书作良平计也。但其祭文贞心义气，秋霜烈日，世隆友人多瞻视之。

祭文云：

"维某年某月某日，弃人瑞兰黄氏，谨以牲醴，哀奠于义夫蒋生世隆之灵曰：呜呼伤哉！妾别君时，自以死生君矣。所以不死者，亦为君一块肉在耳，讵意君先弃妾耶！妾遭草昧，荷君更生，心固不让于钟建之负季芈，力尤不忝于元稹之负崔莺。殆将一生永赖，百岁偕欢，孟光之案可以举，桓公之车可以挽，袁芦之妆台可以下。昊天不吊，竖鸟为妖，日月居诸，彩鸾分道，固吾父之见疏贾老，亦吾君之分薄韩郎。但血誓之未坚，而心香之犹在。玉箫再合，特托诸天；金镜重完，委之乎命。白璧不须于来客，红绳终结于老人。讵又变生分外，报入帏中，欢声未续而哀声之辄举，暂别已难而永别之何当。意者将主长白而起有妆欤？将室瑶芳而堂番雨欤？抑将袭渊商而修文泉府欤？胡为还造化之速，一至于是耶？呜呼天兮！云胡不灵！妾生有此，不如无生。伤君者妾，伤妾者谁？伤妾所以伤君，伤君亦以伤妾。一则伤君之春秋方盛，一则伤妾之身事何依；一则伤君之文翰未酬，一则伤妾之良偶空期；一则伤君之旅魂飘飘，一则伤妾之躯命亦无几。更有可伤者，尤在于我君盖棺之时，口难禁而目不瞑，身虽寒而心尚在，魄虽散而冤魂犹未消。况喉鹤啼猿，付诸行客；村醪野饭，孰为主人？仆雁凶鱼，偶托羔童而到我焉耳。东方杳矣，梦草何求？麻姑逝矣，魂香何收？赵十四君已矣，血泪传衣之恼，何以绸缪"愁城坚锁，闷海难消；束刍人遗，扬粉天遥。君其有知乎？则妾身犹有所伸；君其无知乎？则安心止于自怜。但英雄精气通于山岳，豪烈神光贯乎云霄。观之郑良止之作厉，杨子文之作福，桑维翰之作仇，可觇君其必有知也已。君今有知，则断臂之贞心，割鼻之义胆，坠楼赴水之方骸烈骨，妾敢自恃，而君亦可自慰于九泉之下矣。洒泪拜辞，濡鸡示曲。倘洋洋如在于苦蒿之余，勿吝生前之我爱者于我乎一歂。呜呼！天兮人也，奈何！奈何！"

时宋设文武科，罗网异才，兴福诣潇湘，邀世隆具往临安。

世隆途想瑞兰，弗胜愁闷。兴福觇其意，多方安慰，尝曰："弟至京师，愿为押衙。"世隆曰："非章台其人也。"兴福曰："彼自延赏耳，兄何不韦皋自待？"世隆亦稍弭，住寓临安东南街。

值花朝，士多花会，世隆乃写一轴兰，上有青龙栖而不得之状，标额曰"龙会兰池图"，仍题一小引云："龙襟四海祉五湖，车驾八方云南顾，乃欲栖兰焉，何哉？或以兰有似于神潭五花欤？亦有似于天台红叶欤？胡为欲栖之如是耶？予尝观之《易》矣，乾系龙，同人释以兰。夫同人乾居上，离居下，独以兰显而不及于龙焉，盖亦离为之累耳。然龙者天下之灵物也，其世隐；兰者天下之瑞物也，其世显。惟其隐，故隐，故能人于兰之瑞；惟其显，故能藏于龙之神。龙会兰池，信取诸此而已。呜呼兰兮，龙病久矣，时无孙真人，谁与谋！"图成，令人鬻诸尚书家人永安，倩人置诸兰轩右。偶值瑞兰散游一玩，读至小引"人兰之瑞""藏龙之神"，乃知世隆手段，及至"兰兮龙病"处，噫嗟良久，曰："龙兮来矣。"乃延乳母张氏人，示以情素，给金数颗，赎浣火衣，仍附书一章。

瑞兰书目：

"奉观图引，玉琢金雕，有天然之巧；神态仙模，无尘俗之累，非天下大英雄不能及此。寅惟潇湘别后，暮鼓夜钟，暗增怀抱；霜天晓月，徒起相思。一日三秋，废诗于座右；千回万转，骇元集乎窀间。加以加多孙秀，每慕绿珠之美；人似敏中，尤图柴氏之婚。月道东西，孟氏嗟陈郎而未还；花墙内外，秀英慨文举以何归。愁妖闷鬼，后先牵绊；别经离凶，日夜夹攻。心思纷纷，未知死所也。但封发之心，一生莫改；露筋之节，至死犹坚。齐瑟虽工，谩变好竿之想；曾珠最曲，惟储巧线之来。既而蜀关天险，假金牛以通路；乌国海遥，从社燕以归轩。事机美昭，可卜玉箫之再合；意气投欢，停看鸾凤之双飞。伏愿移花月案于度外，济风云事于眼前。鲲离海峤，远接吕臻之风；鹏入天池，近载仁祖之恩。则古之卢诣，安得专美；今之薛氏，亦敢有芳矣。匆匆寄意，赐宥为情；东风多厉，千万自珍。勿以妾为深念，不胜仰至。"

张氏至世隆客寓，先以求浣火衣为词，世隆曰："郑服不衷，为身之灾。寒儒悬鹑者也，焉有此?"张氏以"出自小姐"为言，世隆诈曰："秦白狐裘，狗盗矣。"张氏曰："君勿犹豫，妾乃是小姐命使也。"乃示以金。世隆曰："中流失楫，一瓠千金，娘子去矣，赖此为镜中人，何金赎为?"张氏曰："媪乃娘子之私人，娘子乃君之私人，人不同而私同。君若怀异，则水母无虾，终身不获词以私矣。"世隆理其词，出衣授之。张氏乃以书献。世隆玩之，喜跃欲狂，乃制书一章并诗二律，付之以归。

世隆书曰：

"寅惟娘子琼枝瑶叶，名重于九棘三槐；国色天姿，骄出乎十洲三岛。假使狼烟不起，南北庆丰亨之盛；鸟道无虞，官氏安豫大之休；则娘子虎豹开岩，鬼神莫得瞰其状；鳞鸿路绝，奸雄安得进其私? 昊天不吊，边防为之失守；日月居诸，士女以之遁生。丑人世隆，尘缘有在，千里相逢于道左；国步多艰，一旬方稳于杭中。杯酒论私，几至楚弓之失；春词告绝，方成赵璧之归。凤舞鸾颠，恍若从天而下；花盟月誓，端然非人所能。讵意金橘多酸，夙起曹郎之恨；野禽唱祸，迭来韩虎之凶。无可奈何，花已落去，曾似相识，燕不来归。一日三秋，益重相如之病；寸心万里，徒增荀灿之愁。与其失诸于今，孰若无得于前；与其易于别，孰若难于遇! 世隆念此，淹然无复人间意。但樊瓠约在，终结神州之会；蚕女心存，竟完桑府之成。柳毅义人，龙女之婚不改；钟郎负我，羊娘之存犹在。倘乐昌之镜终破，而元稹之诗亦空题矣，则亦命也，数也，卿之薄也。天兮人兮，龙其奈何! 兹者驿使既通，而赤绳之结可偶，涸鱼在辙，而江水之恩何迟。伏愿蓝桥夜月，适载裴航之遇；巫峡明云，速承神女之欢。

桃源麻饭，华岳玉钗，瑶台之晓露，早与神仙共脱尘累。无任霓看聿仰之至。"

诗曰：

"潇湘店里凤双飞，天造妖风翼已垂。一片芳心千片碎，十分花债九分移。梦中岂悟身为客，醉后还将月想伊。星友今朝通露阁，玉人谩唱误佳期。"

又诗：

"一道盘桓恋子都，谁知病里散葫芦。卿家富贵今如旧，我处风流绝已无。蔡仲何曾戕女婿，雍姬自误好儿夫。今朝欲整潇湘案，案上争能认故吾？"

张氏携衣书而来，瑞兰喜曰："合浦珠至矣。"及启书视，笑语张氏曰："顾其人，非微之矣。但西厢之月，未可待于今日。"张氏曰："男子用情，惟欲取足于一己之私，奚暇他顾？"瑞兰曰："蒋君曾不念此一时也，彼一时也。彼一时前无牛袭，后无舆曳，听其自便。今日相公法峻，阁宇蜀难，不惟彼无所入，我亦将无所出，虽鬼兵万千，何所施其术耶？"张氏曰："将何词以释之？"瑞兰曰："汝以慕客寓，列人李吉者告之云：今日岂为饮食来耶？况京畿夜禁，谁敢来往？勿故为扑灯蛾，幸甚！"乃回诗二律，云次韵。

瑞兰次韵云：

"忆别潇湘马似飞，伤心千里泪长垂。情深东海终难尽，判定南山永不移。司马此生专为我，文君虽死也从伊。不须再导风花案，一线红丝百岁期。"

又云：

"犬戎当日闹燕都，万里江山破荻芦。花月窃盟天下有，风流独步世间无。张生只恐忘崔氏，秦后何苦离丑夫。要把潇湘前案整，夜深怕杀执金吾。"

世隆时将文战，见瑞兰诗来，亦允其说。揭晓，世隆文魁天下，堂吏报尚书，时适瑞兰偕夫人在坐，瑞兰喜跃，白夫人曰："正潇湘其人也。"夫人喜谓尚书曰："公何不识卢肇耶？"尚书笑曰："尘埃中若识天子、宰相，则人皆物色之矣。"夫人因祝尚书拟婚，尚书许之。瑞兰随具柬并诗来贺焉。

诗曰：

"渤海从来不可量，英雄事业破天荒。当年曾受风尘苦，今旦方依日月光。五色云中惊太史，六龙驾上耸天王。从兹慰却鳌头梦，鸾凤妆台可夺芳。"

世隆受冰赠鞭，仍见瑞兰贺柬，笑曰："今日亲，则前日亲，谨领。"乃行大礼。

其婚书则同年友、榜眼仇万顷所制。万顷细知二人情曲，盖将针尚书而剂天下后世之渺寒士者，其书假世隆叔祖一春主婚，画六十四卦组织云。

"盖闻《易》系家人，重两姓合欢之好；《诗》称桃实，垂百年偕老之期。以至《书》传姒姁，《礼》存坊记，《春秋》逆女之笔，无非为婚媾者立指南。但谋肇于人，缘定于天，睹诸朱氏之箜篌，韦郎之翠钿，李姓之履信坊，富家贵家不能夺贫，子弟之三骰十九色者可知。寅惟尊府，槐棘嗑芳，江南草木知名；华夷布节，海外鹰熊仰视。正区区小顽，肥遁边方，自履逡遭之地，并边内郡，幸蒙豫大之天。谦居恐坠，蛊坏益深。矧小侄世隆，铅椠自颐，慨时升而未允；草茅方困，念睹光以何能。第以乾坤否剥，师旅震临，艮山兑泽，偶奏合和之曲；离火坎泉，妙传既济之欢。加以令小姐巽德攸恒，真南国之蘋蘩，丰才素畜，冠谢家之柳絮。自谓同人永相亢俪，讵期大有辄出妄灾。过飞鸟而睽孤之豕以见，失包鱼而归妹之羊攸存。第托天缘妒损，而雷涣之剑徒解；国是鼎元，而楚和之璧随来，簪缨宦族，既称孚萃之异；褞襫野人，亦羡复需之奇。人情如此，信犹贤于梦卜也。兹申赍帛，特表讼德之旧，载荐损期，停看革文之新。伏愿桃夭咏唱，而宜家宜室之作范；椒子协闻，而衍子衍孙之呈祥。至九十其仪，百两其御，俗之富，何足赘。辰下涣风串柳，恶日筛梅，万希台重，上荐天申，不悉。"

尚书受礼，一览婚书，怀诸袖中，恚曰："呼牛呼马，亦应之矣。"后知万顷所制，心甚衔之。时择四月望日夜行赘礼，灯月交辉，清天一色，金紫送迎，沉檀薰馥。世隆环珮玎鸣，冠簪焜映，人望之如神仙然。平生索婚不获者，今乃知其天才国色，成定难移，古往今来，佳期罕偶，甘心贴服，莫敢云何也。

世隆入，瑞兰泣曰："不意今日复见汉官威仪。"顷之，侍婢数十，珠翠鲜明，进席奉醪，添香树灯。瑞兰官样整妆，仙姿增艳，宛然神仙之下降也，世隆合卺，几不能自持。瑞兰悟，命侍婢散。世隆曰："卿真豪杰也。"瑞兰曰："妾不豪杰，兄将亡赖矣。"乃就帏叙旧，情悃甚周。时有联句，聊记于此。

联云：

"新人本是旧情人（世），丹桂嫦娥喜绝伦（瑞）。淮下谁能知韩信（世），洛阳今已识苏秦（瑞）。英雄手段真无赛（世），仙子光容自有真（瑞）。笑我初婚自是假（世），怜伊兴逸骨将魂（瑞）。寸心千里尘都扫（世），半刻千金案又存（瑞）。爱虎于兹登虎穴（世），得鱼从肯下鱼纶（瑞）。万般富贵天然处（世），一种风流分外恩（瑞）。深院花心仍带雨（世），洞房物色尽逢春（瑞）。破莲分肉根犹在（世），食蔗到头味更真（瑞）。酒后添杯休强醉（世），茅前效尤易成熏（瑞）。晋兵鏖战雄难敌（世），问客纵横计莫陈（瑞）。无可奈何田旱久（世），还曾相识燕楼频（瑞）。芙蓉帐里疑为梦（世），翡翠衾中妙入神（瑞）。大盗曾闻惊惠子（世），鸡鸣方喜脱田君（瑞）。不须人作同心结（世），仍是天生连理身（瑞）。从此风流终百岁（世），相怜相爱更相亲（瑞。"

灯夜，瑞兰曰："兄今见妾，乐乎？"世隆曰："何待言！"瑞兰曰："尤有甚于见妾者。"世隆曰："乐尽于此矣，无他也。"瑞兰曰："瑞莲在妾家。"且告以其详。世隆喜跃不胜，欲召见，瑞兰阻之曰："蜘蛛作道，不可以风。兄忘其伤于虎乎？"

次晓，瑞兰邀瑞莲入见，兄妹相逢，宛若梦中，信是天启其衷，而为不世之奇逢也。少顷，出拜尚书夫人于堂上。一家庆会传都城，翰墨士大夫诗贺甚多，不在行录。其妹瑞莲，后乃命配友人同年探花贾士恩。

世隆尝有《风花》一作，聊记于此：

蒋生世隆谓玉人瑞兰曰："予今二人鱼水相欢矣，同事风花，则有文房四子，曰笔、曰墨、曰纸、曰砚而已。不假以恩，宁无沙中偶语乎？"瑞兰曰："俞。"及拜笔曰拜花郎，墨曰磨花伯，砚曰合花子，纸曰通花太使。四子拜封，将之任，笔不悦，曰："予制自皇帝，管于蒙恬，爵于韩文公，今乃拜郎，次于三子之下，宁不为文房之王潘乎？"诘诸墨曰："子何功？居吾上？"墨曰："韩文公，唐臣也。玄宗，唐君也。子虽重于韩，其视我化道士、步天宫而重于唐君者孰高？"笔不敢与争。又诘诸砚曰："汝端溪居士以寿静称，乃亦侈然居吾上乎？"砚笑曰："予即墨侯耳。管城子，列爵唯五也。侯与子，孰先？"笔由是语塞。乃诘诸纸曰："子何人也，亦欲右吾乎？"纸曰："予生于蔡，制于薛，庄重于五凤楼韩家，任乎治，则泣山东之父老；任乎檄，则起枋头之奸雄。尔固不敢与墨争，而敢当我乎？"笔笑曰："子亦欲方诸墨砚耶？子非我，则空函所以羞殷浩；我误子，则露布所以羞苏缄。子当下我必矣。"纸大笑曰："子非我则铁书银钩何所施？描花模月将付诸谁？"争辩不已。砚释之曰："要皆风花中人也，何苦争高？所可慨者，洞房六子耳。曰床、曰帐、曰褥、曰衾、曰毡、曰枕，空预风花之列，而不受风花之荫，行将为介子推矣！"笔、纸曰："信其伤哉！"乃相率而白诸

蒋生案下。蒋生曰："非诸子为言，予亦长颈鸟喙矣。"乃拜夏玉床曰迎花力士，拜翡翠衾曰护花元帅，拜游仙枕曰转花将军，拜芙蓉褥曰和花虞候，拜五花毡曰帖花招讨，拜狮子帐曰统花都尉。六子受封，乃与四子分班受命。顷之，护花元帅曰："诸将受封矣，谁其主之？"统花都尉曰："诸将无主，愿蒋生为主。"洞房诸子飓言曰："吁，蒋生其封花主也。"文房四子曰："何偏也？蒋生主风，娘子主花可也。"洞房六子曰："主花者无风，主风者无花，如此两子亦无乐乎其为主矣。"四子曰："两子无以为乐，以其所有，易其所无，天下之乐，孰加于是？今日都共成两主之欢，复何言！"

一日，瑞兰携世隆游后园，见亭匾曰："拜月"，沉思久之，笑曰："子其念潇湘旧迹乎？"瑞兰曰："然。"世隆曰："生观今日，则娘子之终身可知矣。"遂制《拜月亭记》以表潇湘之遗迹。其记云：

古人名亭，所以示不忘也。欧阳不忘山水，名以丰乐；希文不忘清素，名以濯缨焉。忠肃不忘荣归，名以衣锦；潇湘主人以潇湘之亭名于临安官舍，其亦有所不忘者矣。亭有月，月有人，设榻一张，焚香一柱，拜于玲珑之间，其不忘者，情耳。情之所在，时则随之。时乎束刍人遗，鸿鲤天遥，参商地阻；其拜也，满地虫声，过墙花影，心伤千里，泪洒盈襟。人愁也，月愁也，亭固愁亭也，愁其不忘已。时乎绳囊永固，鸾凤交飞，妆台并游；其拜也，兰麝薰芳，丝罗映色，一唱一随，一歌一舞。人乐也，月乐也，亭固乐亭也，乐其不忘已。忧乐不同，而同于不忘，情至是，其亦钟矣。予尝以是问诸亭，亭则无知；问诸月，月则无言；问诸心，心则无征，进而问之友人，友人付之一笑耳。三致问，始言曰："月与天地久者也，尔我之情，其月之于天地乎！宁容忘？"予曰："情不忘矣。"记之。附风、花、雪、月四词于左：

风袅袅，风袅袅。冬岭泣孤松，春郊摇弱草。收云月色明，卷雾天光早。清秋暗送桂香来，拯夏频将炎气扫。风袅袅，野花乱落令人老。

花艳艳，花艳艳。妖娆巧似妆，锁碎浑如剪。露凝色更鲜，风送香常远。一枝独茂逞冰肌，万朵争妍含醉脸。花艳艳，上林富贵真堪羡。

雪飘飘，雪飘飘。翠主封梅萼，青盐压竹梢。洒空飞絮浪，积槛耸银桥。千山浑骇铺铅粉，万木依稀挂素袍。雪飘飘，长途游子恨迢遥。

月娟娟，月娟娟。乍缺钩横野，方圆镜挂天。斜移花影乱，低映水纹连，诗人举盏搜佳句，美女推窗迟夜眠。月娟娟，清光千古照无边。

卷二

刘生觅莲记（上）

　　刘一春，字茂华，号熙寰，江东人也。世居重叠山华村之西，为故家旧族，祖先广积阴功。父武南公，为庠生，有重名，厚于德，富于学，而未发，尝自信曰："吾有儿必显。"生三子：一奉，一春，一泰。一春自幼聪颖，禀逸韵于天陶，含冲气于特秀。甫十五，即留心武事，弓马精熟，以鹰扬自期；忽思"挽二石弓，不如识一丁字"，遂弃武，专于文。年十八，补邑庠生，猎史搜经，著述日富，远蜚清誉，卓冠士林。人以其才似贾谊，称为"洛阳子"。

　　时有母舅马二皋，知府邻省。生极为舅妗所钟爱，生父命生饯送。舅欲与之偕，生以秋试在念，送二程而返。过一凤巢谷，有老人称知微翁，数术甚高，戥曜幽壑，采真重崖，僻结草庐于山麓。生亦仰其名，特拜求今岁之数。老人先书一红纸帖于门曰："今日主喜事福人至。"生至恳数，书二句付生，曰："觅莲得新藕，折桂获灵苗。"生不解，求明示。老人又画一人手持一圭，下书"己酉禾斗"字。生曰："吾当于己酉发科乎？然非其时矣。"老人笑曰："数之说微，微则为验。但前行。知此不过三日。"生辞退。

　　次日，至一村。绿水护居，竹篱遮舍，其家姓赵名思智，号乐水散人，盖生之受业恩师也。因进访，师喜，款留备至，寓生于东厢之梅轩前。时属孟春末旬，寒玉堆芳，冰葩散馥。生步于梅下，诵古诗一首：

　　　　玉堂清不寐，寒夜漏声长。吟到梅花处，诗成字也香。

　　复举手整冠，仰数梅花。见古梅压短墙东西，闻隔墙似有女声者，乃以折梅为由，履扁石窥之。一女浅妆淡饰，年可十六七，手执梅枝，口中吟曰："今日看梅树，新花已自生。"忽回头见生，遽掩其身。生心赞曰："冰肌玉质，不亚寿阳，笑出花间语，独擅百花之魁。不意尘埃中有此仙品！"俄而师至，与生游于适然园。至红甫亭，亭中有桃花纸挂屏，针刺小诗一绝：

小园日涉已成趣，引得东风到草堂。惟有芳桃解春意，笑舒粉脸待刘郎。

生玩之，似有喜意。师笑曰："此吾甥女所书，自幼爱观史籍并词话，触处皆喜题诗。渠父不知戒，吾以谓非女子长技，往往规之。昨与寒荆到小园，又有此绝句矣。昔吾姊梦李白送轴而生，盖不凡女也。"生极心慕口赞，返至树下，独立久之，自思："题诗之女，必隔墙所见者。"忽忆知微翁之数，占首悟曰："人持一圭，乃'佳'字也；己酉二字，乃'配'字也。所谓佳配者，其此乎？不然，何以曰'解春意'？又曰：'待刘郎'？又不然，何不先不后而见诗睹面，适当三日之期也？微生有幸，当不避赴梅之嫌；淑女多缘，幸尚免标梅之叹。吩咐梅花自主张，为我作媒妁，何如？"

次日又至，隔墙自沉吟曰："今朝梅树下，定有咏花人。"用意窥之，则杳不可见。欲久留以图再面，自度不可。辞师而归，悒悒曰："此别一见无由，何有于配？知微翁、知微翁，其戏我矣！"

越日，禀命父母，携琴负笈，游学外处。泛舟至落石村，推篷望之：柳拖新绿，桃染初红。乃停舟水涯，步于堤上，吟曰：

"弱柳含颦弄楚腰，孤舟趁日渡低桥。闲花有意迎征袖，回首黄鹂过别梢。"

时有一老者，须发皓然，衣冠闲雅，一舟一仆，飘然而来，适与生值，见生年少可掬，知其非常人，因询生所以。生语之故。老人张目视生曰："华村刘二郎，其执事否？"生曰："然。"老人喜甚，盖生之父与老人素契者。老人姓金，名维贤，号守朴野老，年逾六旬，性好交纳，而家极饶裕，且崇礼乐善，乡誉颇隆。与生执手谈曰："吾家岁延名师文士，为课儿计，又与尊翁契厚，其枉留文旌，以续通家旧好。"生欣然从之。至家，馆生于东堂左室。

时守朴翁有名园，奇花异卉，怪石丛林，种种咸具，人羡之曰"小洛阳"。而其中有迎春轩。守朴翁逾数日，叩师以生所学，师大誉为名世器；而其子名友胜者，亦于父前延誉不已。守朴翁加敬，迁生于迎春轩中。窗外有修竹数竿，竹外有花坛一座，其侧有二亭，一曰晴晖，一曰万绿。亭畔有碧桃、红杏数十株。转南界一小粉墙，墙启一门，虽设而不闭者。墙之后，垒石为假山，构一堂，匾曰"闲闲"。旁有小楼，八

三一

窗玲珑，天光云影，交纳无碍。过荼蘼架而西，有隔浦池。池之左，群木繁茂，中有茅亭，匾曰"无暑"。池之右，有玉兰数株，筑一室曰"兰室"。斜辟一径，达于池之前，跃鱼破萍，鸣禽奏管，凡可玩之物，无不夺目惬情。尽园四围环以高墙，凡至园者，必由迎春轩后一门而入，扃其门则清闲僻静，极乐世界也。守朴翁以绝人往来，故独居生于此。遣一俊仆，名守桂，承值以伴生，年十五，尽秀逸，且识字，善歌唱，性驯而雅。生悦之，留于座侧，教以诗曲，训以书翰，即能领略，呼曰爱童。

生至坛前，配红匹绿，胎青孕紫，芳径闲闲，一尘不到，深以为幸。趁步徐行，见梅枝横覆墙上，叹曰："风景不殊，梅下折花人何在？昔以三日为期，今数日不瞻矣。使此过遇所见，假以时日，当不至空相忆也。"转高西顾，池前一室，有小轩，遥见"培桂"二字；波汶上槛，日缕摇窗，精熠殊甚。生意谓书室，径由斜径往窥之：珠帘高卷，绝无一人；其中之所有，皆女工所需之物，杂以文几之具。恐有人觉而返。

次一日，洗砚于鱼池，坐兰室中，闻窗内有嘻笑声。生悄步池侧，忽见手持绣鞋，可三寸许，置于帘外石上，仅露纤纤一手，吟曰："碧栏杆外苔痕湿，果是将来换绣鞋。"又一应声曰："今欲晒向西窗，趁晚晴乎？"生闻之，思："幽僻处有此，其董永之织女乎？其孙恪之袁氏乎？"未见，又凭窗而吟曰：

> 芳心荡漾，夜来愁拥梅花帐。风送清香，熏彻孤衾梦不成。　　隔檐莺闹，为人鼓出相思调。体怯轻寒，连理羞将病眼看。（《减字木兰花》）

长吁一声，初不知有生之在其侧，探首帘外，生亦突抵帘前。两面忽一相觑，其女低声曰："帘外一生，美如冠玉，非天台路何以至此？"命侍女取绣鞋而入。生初见之，月眉星眼，露鬌云鬟，撇下一天丰韵；柳腰花面，樱唇笋手，占来百媚芳姿。尽态极妍，颜盛色茂，恍若玉环之再世，毛施之复容，其美难将口状；而通词句，雅吟咏，又疑奇花而解语，真所谓仙宫只有世间无者也。生猛然自失曰："此奇货可居也！乍遇间而自手及足、自面及心，总收一目，知微翁所云佳配，又果在此乎？有女怀春，吉士诱之，吾今所寓，无异梅轩，使不至此，几虚过一生矣。"久立未忍遽去，意女已回避，而不知端于帘内窥生。生佯为不见者，曰："外面令人倍惆怅，里头举眼自分明矣。"因朗赋一词，以作词战之先锋云：

> 和光艳，春盈面，掀帘晴昼香风扇。人寂寂，愁如织。暖风倦体，看花无力。　　雕梁畔，双来燕，喃喃诉出愁多遍。倾城色，初相识，佳词赋，

也漏春消息。(《撷芳词》)

生自思:"游学每遇故知,已出非意,园名洛阳,轩曰迎春,若将有待予之至者,况静所遇文姬,与师处相见,才貌难伯仲。数日之数,二接才丽,益不易得,何幸中之幸也!"乃书知微翁之数于壁间,忆女室而吟曰:

"西邻之女洵矣哉,入眼平生未有也;微生今日有何幸,不期而遇知音者。"

又思:"女性幽静,外言难入,而乃出口成章如是,深喜其可以笔句动也。"作《如梦令》以自幸:

> 日暖风和时候,玉女花前邂逅。谩赋启朱唇,轻递脂香未透。欣骤,欣
> 骤,有日相如琴奏。

后女知此情为生所觉,心生愧赧,每玩景临风,常定睛不语者移时。盖闻生之词,接生之貌,爱生之才,若动隐情而口不可言耳。而生心亦未尝一刻不在女也。为雨阻,绝步园中。后值晴霁,辍卷纵观。适守朴翁命爱童持罗衣授生,童因尾生闲步。生指女室问之,童曰:"此吾邻孙氏所居。其女名芳桃,改名碧莲,年已十八,诗赋词歌、琴棋书画、刺绣工夫,无不完备精绝。早丧其母,未曾许配,故其父择此居之。买一邻女以伴莲,姓曹,名桂红,后改名素梅,少莲娘二岁,视如亲妹,无一间言,谙文墨,美姿容,莲娘之亚也。尝于培桂轩中联四景诗,迭为酬和,以为得趣。尝谓梅曰:'国朝若开女进士科,吾期夺传胪首唱,亦许尔共步瀛洲。'闻者每羡,而卒无能睹一面、得一词者。其父性喜外出探友,或竟日而返,或信宿而归,归则爱独处一室而无亲人。"生闻言,心神不胜踊跃,嘱童曰:"为我严锁外门,吾今爱静,无事则免使他人入来。"童会生之意,唯唯笑曰:"吾固知此门锁钥非童不可也。"生初闻其为芳桃,忽忆师处所见,继又闻其为碧莲,猛省知微翁所云,于是念莲之心更切矣。复题于壁曰:"直须杜门绝客,深下一团工夫,定叫铁杵成针,不负远来夙志。"客至,见之,咸以生不喜交接,故候谒者亦稀。生亦自谓数有可乘,乃私号"爱莲子",冀自遇于碧莲,口占一词,名曰《临江仙》:

> 一睹娇姿魂已散,满腔心事谁知?东瞻西盼竟差迟。装聋还作哑,似醉
> 复如痴。　　我欲将心书尺素,倩人寄首新诗。个中暗与约佳期,不知何年
> 更何月,何日更何时。

时有友李见阳拉生郊游，生与偕行。适数妓斗草于得春亭下。询之，皆乐平巷中名妓，一曰李月英，一曰高巧云，一曰包伊玉，一曰许文仙。生亦喜花柳趣，心甚留爱，乃曰："今日之行，触眼见琳琅珠玉，皆子美诗中黄四娘也。"同兴谈笑移时。偕至印月溪边，睹鸳鸯浴水，粉蝶穿花，因曰："诸妹俱士女班头，吾欲择其一，以缔永好，先唱《忆秦娥》词，能续成者即取之。"生徐曰：

"春堤曲，一溪水漾新纹绿，鸳鸯弄日，晴沂对浴。"

文仙执生之手，嘻嘻然应曰：

"和风不断香馥郁，墙头粉蝶相随逐。相随逐。双双飞入，花间并宿。"（《忆秦娥》）

词成，群口喝采，生敬且爱，期约而回。

坐窗下，花影横栏，春香飘户，有寂寥意。命童磨墨，拂笺挥一歌，使童歌之：

"薄试轻罗散幽趣，莺唇燕舌番新句。东风引我入桃源，含笑桃花红满树。问花何事笑东风？笑我不饮空归去。我即解衣典醇醑，醉春买乐红芳处。只愁东风不久情，吹作一天轻红絮。着意看花花不红，百计留春春不住。春老花残将奈何，袖薄难胜泪如注。"

歌罢，同步于万绿亭前。爱童挥小扇以逐飞蝶，生亦促之。忽二蝶争花，堕花下，相抱不解。生拆之，对童而笑。童笑曰："物之性犹人之性，释之、释之，毋拆散姻缘也。"生弃蝶，成《西江月》词：

三月韶光过半，一年胜景堪奇。伤春自个谩徘徊，偶睹游蜂堕地。

款款柔情莫托，殷殷吩咐蜂媒。惟期及早效于飞，不负花前一对。

越夕，生嘱爱童守门，径访妓家。文仙出《娇红记》，与生观之。曰："有是哉！有始无终，非美谈也。"留宿而回。

后日，守朴翁设宴，坐中红袖，正前妓巧云、文仙也。至晚，文仙自荐于生。

次日将别，守朴翁至，曰："近来多冷落，文仙一名妹，欲留数日，以畅文兴，才子佳人，光我庄圃。"生欢甚，携文仙剧饮于假山之小楼。时玉兰开盛，又携酌于兰室，问柳答花，搜联构句，两相畅逸，名珍情会。生曰："卿名不在楚莲香之下，幸同枕席，誓不相忘。"文仙曰："里流泽薮，不足以辱君子。吾有一路指君，君其图之。"生问其故。文仙指莲室曰："个中一女，姿容绝世，美丽超群，赋性聪明，词华炳烨。

吾有一友，窃窥之，羡曰：'美哉妙矣，诸好备矣，此诚无价宝也。'闻惟一侍女为伴，先结侍女之心，庶可渐入佳境。且以君之岂弟俊逸，无有求而不得者。然须慎之密之，毋炫巧致拙。"生谢曰："是教当书绅，是情当刻骨，此言出在卿口，入在吾耳，幸毋他泄。"文仙曰："君固不下申厚卿，我也不为丁怜怜，亦何疑焉。"乃取一犀簪，解一香囊留赠而别。生观之，亲绣一绝句：

"独坐纱窗理绣针，一丝一线费芳心。从求知己亲相赠，佩取殷勤爱我深。"

生始感文仙爱己出于真诚，而情亦眷眷，不忍少忘。至午，素梅以生窗之左有海棠花，偷步摘之。少爱童抱瓮注水，适至浇花，戏谓梅曰："吩咐偷花者：可一不可再。"梅曰："一之未甚，再思可矣。"童曰："一摘使花好，再摘使花稀也。"因以水湿其手，梅牵童衣拭之，反若有意于爱童者。童忙入谓生曰："素梅在窗外，年虽少，有丰韵，可挑也。"生故出，拥其归路。梅摘花而返，生喜揖之，梅怀不安之状。生笑曰：

"花下睹妖娆，含羞称万福。相对两难言，花艳惊郎目。"

梅求路不得，曰："先生当路于此，男女无以别于途。君子避女流，故不能少让我也？吾非迷失女子，胡为关津留难？"生曰："为汝初犯窃盗，今欲盘诘奸细耳。"各嘻然相视而笑。生忆文仙之言，心自计曰："不将我语和他语，未卜他心知我心。"乃戏问曰："卿卿果芳桃之侍妹名桂红者乎？抑果碧莲之侍妹名素梅者乎？"梅曰："先生止游诗书之府，何由知闺阁之名也？"生绐曰："吾昨梦登太华山，至西天阙，入广寒宫，履嫦娥殿，亲得数名指示，故此积诚候卿。今得见之，正应佳梦矣。乞先为刘一春道意，后有万千未谈之衷曲也。"梅曰："此春梦也。吾非小红，便逞张生家语。吾当有一场发落！乍间姑免究。"执花而行，复回顾，低念"刘一春"者数四。生尾其后，曰："刘一春送。"梅戏应曰："回！"生垂手顿足曰："妙妙！女果以张生待我，则虽呢訾栗斯、喔咿儒儿以事女，亦甘心也。"返室，爱童曰："此女不速自来，焉得秋毫无犯，作无事人乎？"生曰："事勿欲速，恐耳属于垣，则名教扫地也。且喋喋利口，有无限风趣，此一物亦足以释西伯矣。梅尚如此，莲更何如。安排牙爪，以为降龙伏虎之计，此第一着也。"童曰："牵肠挂肚在莲娘，送暖偷寒在素梅，诈谋奇计在相公，热心冷眼在小童。吾若守口如瓶，决不败乃公事。好为之，好为之！"生暗喜曰："成吾志者，子也。今日丧心病狂亦由汝，赏心乐事亦由汝矣。"

梅归，对莲备道生语，且有誉生意。莲故作不理，偷书一歌于窗外：

"莺声清晓传春语，道说与游人，趁我娇华，莫放歌《金缕》。杜鹃一夜叫声喧，呼凄风，唤妒雨。促吾直往天涯去，要寻乐地谁为主？"

生至，味之，自觉莲之留意甚速，喜焉如狂，曰："且记此词，为他日负赖表记。"然时或见莲，则见其故逞百媚之姿，或微露可疑之状，或掩窗自蔽，或以目流情，或与桂红相谑，或正色不可动。假意真情，不可测识。而生亦未与莲亲接一语。且此有守桂，彼有桂红，亦未敢深信。故会面虽屡屡，心旌虽摇摇，而每为首鼠之状。

一日，生抱闷，步于墙西之别圃，转至假山，见碧莲俏妆轻服，面带喜容，纤手露金镯，捻并蒂花枝，视双蝶斗舞。蝶稍进，则随而观之。蝶渐近假山，生略少避，喜曰："蝴蝶甚着人。"莲已见生，故作不见，反翻袖促蝶。生逼近，曰："古有司花女，于今见之，诚闺分之秀也。"乃整衣肃冠，施一长揖。莲徐徐置花石上，含媚答礼，仍自执花，偷目觑生。生以正目视莲，各默默者久之。生笑曰："幽花如处女。"莲举花视之，曰："此东坡闲话。"生指花枝低赋一绝曰：

卿手捻花枝，花敢与卿斗。卿貌觉羞花，花应落卿后。

莲曰："君不怕花怪乎？"生曰："然则卿爱我矣。"莲面红，曰："先生大胆。"举扇自蔽，欲返。生前诉曰："自见之后，未领笑语，企慕之悃，山高海深。每谓卿如琼林琪树，常欲在目前，奈咫尺天涯，劳心怛怛。昨睹佳句，今寻得此乐地，愿借假山以为巫峰，纵委身风露，犹瞑目泉壤也。且楚词有曰'乐莫乐兮新相知'，何太自郑重如此？"因执莲之扇而牵之。莲假手放扇于生，目生，低声曰："读书人但轻自己之手足。更不重他人之耳目耶？"生曰："四无人声，惟有子知我知耳。"莲曰："天知、地知，奈何？"生曰："天地无阴阳乎？"彷徨不能自持，遂执莲手，曰："到此地位，工夫尤难。此未语可知心者。虽铁石打成心性，亦当慈悲嗟愍！"斯时也，生魂已飞天外。莲曰："姜，娇体也，乃相煎太急，今日胆落于君矣！此臂今当断君，亦何取于姜？且此何地也，此何时也，此何事也，姜与君何如人也，而敢犯礼侵义若是也？"力欲脱身，堕下金镯。生方拾之，而素梅适至。

生避于树下。梅曰："料莲娘被困，故独马单枪至此，可同我回。"莲与俱返，体若悚惕者，谓梅曰："此生技痒，触物便吟，岂其锦心绣口，故吐句皆若宿构耶？"梅笑而不答。又曰："此生貌欺潘岳，见之岂不欲投果？"梅又笑而不笑。又曰："此生出语温存，动容腼腆，必多情而重义者，今日反累彼怀抱矣。"梅又笑而不答。又曰："此生远之则可爱，近之则可畏，何也？"梅又笑而不答。莲有惭色，欲行不行者久之。生尚兀立不动，形如槁木，心如沸鼎，方叹曰："天乎，天乎！救兵卒至，解围白登，所谓对面不相逢者乎！相见不相亲，不如不相见。惊饵鱼，伤弓鸟，何缘再得。"因作

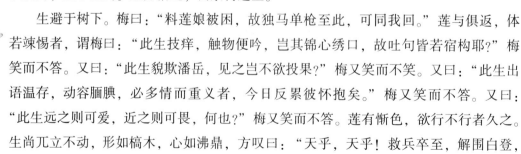

《行香子》词，书于莲扇：

> 山石之旁，红绿齐芳。遇佳娥，正出兰房。娇娇媚媚，巧样梳妆。更好风韵，好标致，好行藏。　绝世无双，不比寻常。尽吾戏调何妨，止应配我、个样新郎。谩眼空劳，心妄想，兴徒狂。

书罢，见扇骨上细刻"刘一春"三字，乃知莲之念己，更觉愈不能遗。

至晚，莲梅秉烛相对而坐。梅曰："刘生显两番手段，皆为我等轻举深入之故。试以几日坚壁不出，彼敢斩关而入否？"莲曰："然。"遂强习女工。

生自假山会后，懵懵如痴，昏昏若寐，食焉而不知其味，坐焉而不知其处，寐焉而不知其旦，或入大堂，或趋讲丈，或归书室，或游别地，眼之所见，意之所接，皆假山也。盖无根而情自固矣。书史之功顿废，笔砚之事顿忘。或低吟树下，或从步池边，或登眺小楼，而莲梅踪迹，绝不可见。一日，邀友杨文陵访文仙。文仙迎生，有笑容，多喜意。少叙杯酌，酒半酣，欣欣相告曰："别后思君，如心悬一物，恐妨君正业，不敢奉迓。前为君卜一筮，昨为君起一数，又以君年月日时与知命者推之，皆大魁之吉兆也。吾亦阅人多矣，多伶多俐，多才多美，无逾于君。当奋祖鞭，以看花上苑。得君捷，妾亦分荣矣。"生谢曰："爱我哉！金石之论，可宝终身。"别文仙而归。复至假山，春景融融，终不能忘前遇也。取锥刻一歌于竹：

"四际春光入望中，杏开十里红霞簇。两对黄鹂调娇舌，三声五声新腔曲。唤起离人百感伤，千愁万恨填心腹。不如意事常八九，云雨巫山空二六。何如一醉忘世情，同与七贤坐修竹。"

书毕，转至晴晖亭，有素纸一幅，柱上偶悬一针，生持之，且思且行。忽见小桃一株，夭夭可爱，猛记红雨亭之诗，叹息曰："此芳桃也，能解吾意乎？"乃以师处桃花挂屏绝句复以针刺之，以针定于兰室之壁上而回。遇爱童持玉簪花来，种于花坛。命童往视莲室。

莲方绣一袋。童至，曰："前见刘相公有香囊一枚，自谓精绝，今莲娘所制更妙也。明当与一赛。"莲曰："刘相公为谁？"曰："名一春，字茂华，号熙寰，改号爱莲子。"曰："何处得来？"曰："家重叠山华村之西。"曰："何为家汝家？"曰："吾主相识之子。"曰："今何不去？"曰："吾主延致攻书，图其耸壑昂霄耳。"曰："学问何如？"曰："去年游泮，文武两全，鸿才海富，逸思泉涌。"曰："为人何如？"曰："制行英卓，动容俊雅，立志温和，趋向超拔。"曰："家望何如？"曰："故家子，读书种，仁人之裔。杜中丞、郝中书欲谋为婿而不就，故今欲俟宝窗消息，可以知其为人矣。"莲见生清扬逸洒，已动心注，而闻童之言，企仰愈真，谓童曰："汝为刘生修一生谱牒，作一身行状。"俟童回，私叹曰："是天遣此生以贻相思之种也。初见若尔，后将奈何；见犹若尔，别将奈何！断送一生，惟有此矣！"愈觉足不宁地，强梅以观花为由，将窥生室。而爱童归，正与生道及碧莲询生之语，立于窗外。莲乃返至花屏间，见二绝句：

"凝目花间忆粉腮，一腔烦恼逐春来。花如解得无聊意，长向刘郎闷里开。"

又诗：

"小门昼永春岑寂，安得斯人共一床。自是洛阳花下客，刘郎不是老刘郎。"

莲谓梅曰："汝解此绝意乎？乃改集句诗也。诗意极巧，小门'小'字，改'千'字也；一床'床'字，改'舫'字也；自是'自'字改'曾'字也；不是'不'字，改'今'字也。初，刘原父以年老续婚，故谓'老刘郎'；今彼寓小洛阳为客，明示我以未曾有婚之意。然以岑寂，何预他人？而遽欲斯人共一床，则伤于欲速而无礼。"梅曰："彼谓'斯人'者，何人也？"莲曰"斯人者，斯人也，必求其名以实之，则凿矣。"与梅并立，久无语。梅曰："何思？"莲曰："吾亦欲改集以和。适为诗才所窘，安排句法，已难寻，较是输他一首矣。"梅曰："还有一首。"袖出一绝，与莲观之，乃针刺成者。莲见之，曰："怪哉！怪哉！异哉，异哉！有是事哉！"梅曰："何故？"莲曰："汝未知来历。此吾作于母舅园中红雨亭挂屏上，亦以金针刺成。此帖汝得于何地？天地间有此意外偶然事，其神运乎？其鬼输乎？竟莫测所自也。"梅曰："吾昨得于池右之兰室。意谓莲娘所书样，于形迹太露；使出于刘君，不知何由得之？"莲长吁曰："是园素无外人，吾尝由此无忌，今与我共之矣。又况岂无他人，当敛足缩步，辍笔息吟，以自韬晦。然吾书此时毫无着意，自今验之，似字字有情。苟诗作凭，良缘天启，则韩夫人之红叶再流御沟何异也。"

正论间，生推门而出，见莲梅俱在，步又中止，倚花而偷望之。花面与粉面争娇，脂香与花香竞馥，自不忍舍，叹曰："凡间仙人，可以疗饥。"又叹曰："碧莲、素梅者，千万人中两人耳。"占词二阕，书于手帕：

爱杀芬芳春一点，娇姿压倒杨妃。倚花注目已多时。枯肠聊止渴，饿眼暂充饥。　对面重逢无妙策，费吾一段心机。何时亲帖艳丰颐。玉钗挂吾首，罗袖拂吾衣。（《临江仙》）

花满枝，蝶满枝，恋恋迷香不忍归。迎暄晒粉衣。盼佳期，算佳期，尽付书斋懒睡时。春情许梦知。(《长相思》)"

莲归，犹折花在手，蝴蝶绕花而飞，梅曰："蝴蝶有情，相随不舍，其为花乎？其为莲娘乎？"莲曰："爱花则为花，爱我则为我，何怪蝴蝶之迷恋也。"命取笔，书一《爱花词》于东檐之壁：

　　一枝花外漾新晴，卖花声里春光泄。正解语花娇，山花子艳，后庭花未结。猛睹蝶恋花梢，也须索赏宫花，沉醉花阴歌笑彻，待醒来，向柰子花前，木兰花畔，斗百花奇绝。莫放雨中花谢，落路花飞，断送了赏花时节。等闲间落花红满地，又早见石榴花吐迎新热。金钱花散美人愁，菊花新处情人别。冷清清开到腊梅花，意孜孜揉碎梅花雪。(二十牌名)

后生见之，料莲所作，笑曰："花固可爱，岂知春可惜乎？"对一《惜春词》，并书于后：

　　春从天上来，春霁和风扇淑。沁园春景巧安排，花柳分春，有流莺宿。单衣初试探春令，喜的是画堂春满，锦堂春足。那更庆春泽畔，正雪消春水来，有鱼游春水分波绿。玉楼春盎日初长，忽看海棠春放，春光好，好看无拘束。又何如登帝春台，赏汉宫春，谩醉春风中，齐唱彻宜春令曲。休轻放绛都春光，武陵春去，春云怨惹愁眉蹙。(二十牌名)

题罢，回至坛前，抱膝而坐，心自计曰："吾之见莲者，邂逅也。吾之寓此也，暂也。吾之窥莲者，私也。莲之爱我者，幸也。彼此之传情歌咏者，礼所禁也。吾志之所期者，未可必也。知微翁所云者，渺茫之数也。而莲之年则已及笄，而必有他适矣。吾欲乘邂逅之暂，触礼之所禁，侥幸以行吾私，焉保其不他适而必符此数、必遂吾志乎？使我后日要丑妇，则我当为我惜，而彼亦当惜我。使彼终身伴拙夫，则彼当为彼惜，而我亦当惜彼，眷眷情绪，两下湮沉矣。然既生春，又生莲，天行方便，必无此事也。"怅怅然自为问答久之。又欲至文仙处以散积闷，值守朴翁带二歌童携酌于闲闲堂。生醉甚。翁斟大卮劝生，生力辞。守朴翁曰："吾羡子有八斗之才，倚马可待，今以情字为韵，若能立就一绝句，吾当代子饮之。"生即应曰：

燕春台外柳梢青，昼锦堂前醉太平。好事近今如梦令，传言玉女诉衷情。
（八牌名）

守朴翁素质直，初不知生之寓意有在也，但笑曰："玉女，即嫦娥也。今秋必要高中。"尽欢而别。

后莲睹生所对之词，叹曰："何物老奴生此宁馨儿！美口声，铮铮乎敲金戛玉；卖俊俏，蔼蔼然惜玉怜香。如百戏场中子弟，件样精通。风月前容吾二人唱和，足称劲敌。悠悠苍天，悠悠苍天，有志难酬！仰呼无益，万般心绪付之一声叹吁！若错过此生，则春风徒笑我矣。"乃以春、花二字结之。

"雕栏春色上花梢，花底春莺巧更娇。春为花开添富贵，花因春到逞娇娆。花容不久春空老，春景无多花暗消。几欲留春了花言，落花春梦杳迢迢。"

莲以此诗书于片纸。偶爱童持瓦盆到池边觅取小鱼，梅见之，亲至，问："欲何为？"曰："刘相公近因兴闷，欲取置几案，窃其活泼之趣耳。"梅递莲诗于童，曰："兴趣在此，何以鱼为。"童曰："何故？"梅曰："汝不见《爱花》《惜春》二词乎？今两下合而为一，见之则兴自活泼矣。"童持归奉生，述梅之言。生阅之，不觉鼓舞。

自是，莲常凝目窗外，又恐生之见，又恐生之不见；意欲绝生，情不忍绝；意欲许生，身不敢许；每羞涩依依，有不可形状意。面对小轴，乃美女怯春图，莲戏之曰："吾因春无奈耳。尔无知，何作此郁结状也？"乃赋于其上曰：

万斛新愁眉锁住，凭栏不赋啼鹃句。终朝理恨几时舒，良工难画相思处。

多情对此愁千绪，心随风逐沾飞絮。不如将心托笔寄丹青，落得不知春归去。（《步蟾宫》）

又书一词于绿窗之侧，浓淡笔，短长句，以坚生志、写己怨也。

春山愁压慵临镜，忆芳菲，嗟薄命。望中烟草连天，座里花阴斜映。空度流年，虚浪美景，谁把佳期牢订。对景怨东风，无语垂帘静。　　狂风浪蝶多情兴，争抱一枝红杏。鹧鸪隔树喧声，唤动惜春心性。燕子双双，莺儿对对，花也枝枝交并。

莲书未毕，因庆娘处女使至，亟入接问。少顷生至，诵之，知其为《昼夜乐》词而未韵未成，取笔续之曰："百物总关情，何事人孤零。"（《昼夜乐》）时鹦鹉处于槛内，连呼："有客"。生曰："客是谁？"莲于内低应曰："忽到窗前，疑是君矣。"自为卷帘，见生犹执笔而立，对生曰："有客，有客。"生执其笔，相揖于隔窗。生曰："只分窗内外耳。我见莲娘多妩媚，想莲娘见我亦如是也。"莲未及对，忽回首，梅立于后。曰："所言公，公言之。"莲逸别室。生曰："主人何避客之深也？"犹不忍去，抚窗窥内。梅亦曰："何为至此？得非欲窥见室家之好乎？"生曰："为室家不足，无奈看花洛阳，以收天下春。"梅又含意曰："先生儒者，当折桂枝，醉春红，占春魁。今穿花至此，岂三年力学不窥园者乎！"因笑倚窗侧，以袖拂生。生亦倚身窗外，以手抚梅曰："莲娘情何如？"曰："不浓不淡。"生曰："绣户春风暖，想莲娘心热矣。"梅曰："青灯夜雨寒，恐先生心冷耳。"正谑间，莲至，命梅煮茶。梅少退。莲至前，将露私言，似欲接手，而童已至。梅内指曰："鬼仆又来矣。"各默默而散。童曰："适来王谢诸公为订文会，叩门至轩中，吾善计回之去。恐夜来摄踪，识破行径，故唐突而来请。"生曰："甚是。"步至东，坐于湖山石上。爱童拂拭落花。生曰："昔日相逢，碧桃初放，今梅酸溅齿，春气将阑，天上好景，人间乐事，顾不为我一留也。"作词送春：

> 残花无奈黄昏雨，那更更长苦。枕头听得子规啼，叫道春光今去几时回。
> 东君不管离人老，花信凭谁讨？一生须得几青春，尽在书斋做个忆春人。

次日，生忆玩词之处，已深感莲之惠然肯近，而尚未能接一心话。会愈多则情愈恋，话更难则念更深，云破月来之时，花落门扃之际，皆恼人滋味也。占《贺圣朝》词：

> 痴心偷步巫山下，枉自担惊怕。胸前着次，心肠干热，谁人堪话。
> 书中之女千金价，甚日青鸾跨？心似风筝，身如傀儡，悬悬牵挂。

又《春光好》：

> 春已矣，树浮青。少啼莺。数点催花雨，美声不可听。
> 心事千头千脑，幽斋孤影孤形。谁问玉人曾约否？半应承。

又三字诗：

月升树，花影重。酒未醒，愁又浓。

莲亦自见生之后，常无言静坐。素梅侍侧，一目视莲，久不移。莲曰："视我何为？"梅曰："近来善风鉴，能模心相。"莲曰："何如？"梅曰："口内无言，心中有事。"莲曰："然，今日情思不爽，兼倦人天气，恨不能寄悉天上，埋忧地下。第取琴，试操一曲，余音似前弦。"梅为之设几焚香，置琴于上。莲方整弦，遽曰："指力倦，琴音散，不若以棋较胜负。"梅又为之设棋枰。下未终局，遽推枰而起，自理绣工。又曰："眼昏，不便针线，暖酒较手技可也。"酒至未饮，则曰："恐醉，姑置之。"梅曰："消遣我太甚。今日何异常日？如此，信必有故。"莲曰："予实不知。"梅曰："他人有心，予忖度之矣。"莲曰："无浪言，为我卷帘，细数落花，何如？"梅掀帘，曰："外间世情甚不美。"曰："何故？"曰："绿暗红稀，飘零颜色，春去矣。"莲喟然曰："春去乎？春亦解误人乎！"梅曰："春不误人，人有误春者。"莲曰："吾惜春，非误春也。"梅曰："惜春何不留春？"莲曰："春肯为我留乎？"命取手轴，书曰：

夜雨生愁
烟雨妒春声不歇，无故把繁华摧折。看歙网留春，斜兜花瓣，不放东君别。　　隔槛下香和恨结，泪滴处衣罗凝血。正冷落佳人，柴门深闭，刚是愁时节。（《雨中花》）

春风积怨
春风几度，空把青年误。古道堆红无数，妆点东君归路。　　乐事于今半已空，园林绿遍消红。咫尺窗纱，万里衷情，吟付东风。（名《青玉案》）

静里凄寥
闹嚷嚷春景无涯，近一簇香车，远一簇香车。雨筛风搅攘韶华，打一夜梨花，飘一夜梨花。心病也，意儿慵，对一霎纱窗，倚一霎纱窗。情重也。泪儿枯，叹一声冤家，念一声冤家。恁黄昏帘幕重遮，鼓一部青蛙，送一部青蛙。（名《闺怨蟾宫》）

望中索莫
小鸟窥人惊枝去，一声啼歇。

莲方书，梅笑曰："刘先生于窗外多时矣。"莲曰："何不早言。"欣然投笔而起，探首外望，乃诳也。莲甚不快，遂置前词，和衣而卧。而生果至，梅复曰："刘先生于窗前候久矣。"强之不能起。久之，梅诳生曰："莲娘见君至，反就枕。"生曰："其似恨我乎？"梅曰："非惟恨，抑且恨。"生曰："容我一见请罪，何如？"梅曰："君罪太多，罪不容于请。"曰："我得何罪？"梅曰："窃窥邻女，眼罪也。吟赋诗词，口罪也；攀花弄管，手罪也；勤步窗前，脚罪也；用意轻薄，心罪也；私闻窃听，耳罪也。然连日疏阔，一身都是罪也。"生曰："前诸罪可恕，末后一罪，我自认之。"遂悒悒而回。

至晚，莲于枕上问梅曰："刘君此际果岑寂否？"梅曰："有守桂在。"莲曰："汝比得守桂否？"梅笑曰："然则莲娘其岑寂乎？春色恼人眠不得，当坐以待旦。今日春阑，当高枕无忧矣。"莲不答。少刻，梅假睡，莲频呼之，不应，曰："年幼未谙伤春也。"梅闻之暗笑。莲视残灯尚在，起而独坐，书一歌：

> 花落啼鹃后，纷纷逐晚风。与我似相识，轻轻入帘栊。春色殊怜我，傍我频相从。春光何富饰，也败风雨中。妾颜花作面，春去谁为容？膏沐懒去事，绿云成飞蓬。兰室怯情晓，停针倦女工。春去知还在，春畴情转通。蓦地有长吁，茫然兴复空。寄语伤春者，为我惜飞红。

越数日，生与其友关世隆、张文杰者，游酌于园中。未几，诸葛钧至，相与畅饮于万绿亭。世隆曰："今日刘、关、张复会于桃园，可无侑酒者乎？"文杰笑曰："凭军师处之。"生曰："吾熟一妓，招之则来。得一点红，足以消酒。"遣人邀文仙，则已去迹多日矣，生稍兴，勉强联句，俱至大醉。生涤手，独至池边。适莲卷帘，面池独立，因生手挥残沥，授一帕于外，带一香囊。生拾之，左右瞻顾，欲以称谢，而爱童先诸友至，莲遥见，长叹避之。生忌友之觉也，即与偕返，送友出。命童访文仙所在，乃知鸨儿之故，欲卖之，恐其不允，诒之行者。故去数日，而生不知也。生闻，似有所失，举莲帕，检视绣袋，更忆文仙所赠，又乱一心曲矣。作词念之：

> 章台多柳枝，此枝世稀有。爱尔美恩情，到我十之九。别来梦亦劳，天涯几翘首。思聊聊在心，念卿卿在口。料聊也同心，有我相思否？

又因投帕之惠，扣手歌《凤凰阁》词：

记当初花下，分明传约。思量就把芳心托。岂料书生福薄，竟成空诺。能勾向他行着脚？　你也不合，常把眼来睃着。怎知书幌添萧索。奈何哉，这病根几时芟却。直若到空梁月落。

自后，莲情愈浓，心怀恍恍。素梅亦悉莲之情，恐蹈他故，再四以言语而试之。莲笑曰："汝欲以绛桃碧桃、三春三红之事待我，如伤风败俗诸话本乎？"梅曰："此事恐非儿女子所可自行。刘君前程万里，自远大之器，就之恐玷彼清德，绝之恐丧彼性命。差毫厘而谬千里，其端在此。勿谓素梅今日不言也。"莲正色曰："何以刘君为惜哉！女子之身，贱之则鸿毛，贵之则万金也。鼎当有耳，岂不闻女子妄从可贱，汝弗疑。"长叹不语者移时。复谓梅曰："自思天下有淫妇人，故天下无贞男子。瑜娘之遇辜生，吾不为也。崔莺之遇张生，吾不敢也。娇娘之遇申生，吾不愿也。伍娘之遇陈生，吾不屑也。倘达士垂情，俯遂幽志，吾当百计善筹，惟图成好相识，以为佳配，决不作恶姻缘，以遗话把。吾度刘君之意无不可，草草之事不难为，而所以不敢轻举妄行者，盖长虑却顾耳。然刘君之用情于我者，专矣。日月凡跳，如隙驹壑蛇，深欲息意不思春，恐报刘君之日短也。"作一词：

一睹仙郎肠欲断，断肠枉自痴痴。痴心长日拟佳期。期郎还未定，定有害相思。　思深偏切愁人梦，梦中添下孤恓。恓惶泪滴几多时。时动文君想，想在俏相如。（《临江仙》）

倚床而坐，体若不胜。梅曰："弱体不胜衣，为郎憔悴多矣。"莲曰："惟悴无伤，恐不能自悴憔而止也。"梅亦虑老父觉之，劝以勉强笑语。良久，莲笑谓梅曰："汝年纪长矣，名桂红不谐，私呼汝为红娘可乎？"桂红笑曰："莲娘欲作崔，使刘君为张乎？今外无高墙，内无夫人，旁无和尚，邻无犬吠，以培桂迎春为普救西厢何不可？而愿时时清白，刻刻崖岸，则向所云'不敢'者，真也？伪也？诚也？假也？"莲面有惭色，徐曰："吾欲尊汝故尔，谁为汝演西厢记也？"梅曰："以桂红呼红娘为尊，莫若以素梅为媒婆之为愈尊也。"莲默然含泪曰："吾于刘君幸无失德，自以汝可寄心腹，故不少存形迹。今汝舌剑唇枪，吾何为吞声忍气？吾拼索性，汝做得干净人也？"梅执莲手，跪而告曰："吾为戏言，娘何僻见乎？生待我若亲，贱奴岂草木人耶？"莲曰："汝知否，刘君尚未娶故耳。"

至晚，具云履一双、美女一轴、金扇一柄、水晶糖一匣，自取一谜，今梅馈生。梅伴曰："吾无副，不可行。"莲曰："两国相争，不斩来使。彼若敬主及使，汝自解纷。"

梅欣欣而行。至迎春轩，独见爱童，而不见生。将回，童出挽之。曰："何所闻而来？何所见而去耶？"梅曰："'礼闻来学，不闻往教'，是以来不见子充，乃见狡童。是以去。"童曰："凡物必有偶，刘相公已心匹莲娘，吾与汝未有下稍，汝若肯舍身普施，吾当得好眼看承。两人深相结，共保快活无忧也。"梅不答。童强之入，与共坐于北窗之小床。梅曰："非我求童蒙，童蒙求我。汝事刘相公久，学无赖贼作偷花汉耶？且刘相公尚未有成说，尔何敢僭先？"童曰："高材疾足者先得焉。刘相公亦让我一头地矣。"为之搂定香肩，持素手，松钮扣。而生睡已起，遽推门出，见二人之状，戏之曰："卧榻之侧，岂容他人鼾睡耶？"童曰："非敢越礼，特欲小试，为行道之端耳。"梅有惭色，敛衽整衣曰："君可谓入幕之宾矣。"因视童而微笑。生亦目童，作摇首状，童即避出。生执梅之手，引就坐，曰："吾设此位以待卿久矣。今日之事，须极热为之。"梅曰："两国相争，不斩来使。"生曰："莲娘之意何如？"梅曰："已受重戒而来，不许，不许！"乃以碧莲彻夜念生岑寂之语、假寐之事，悉对生述之。生曰："肯念我之岑寂哉？得莲念，胜天怜念矣。然念念不忘，我心更切也。"又曰："汝年幼，未暗伤春，我当教汝。"梅曰："汝男子，那识女情？我亦生而知之，不劳尊诲。"因袖出莲所贻者与生，曰："此莲娘雅赠，欲得君详一谜也。"生细玩之："云履无底，美女躔胸。"笑曰："吾揣其意回之。"

"禁足书窗外，幽怀且放开。漫言心地热，苦尽自甘来。"

生曰："是否？"梅："得之矣。"梅回，见童于窗外。童曰："恐莲娘冷静，代妆奉陪。"又附耳曰："谢我方便之恩。"径自笑回。

至晚，生以香扇坠一个、玉绦环一副、枕头席一领、老人图一幅奉答。嘱童奉莲，曰："亦欲详一意耳。"莲收之，复于生曰：

"要弄偷香手，终存窃玉心。若能同枕席，永赋白头吟。"

生得之曰："知我者其莲乎！"

自此以后，虽绝步于园中，而驰心于池侧者不能忘。乃抵书投地曰："原初来意，本欲寻新温故，以期进取。今所遇若是，虽孔情墨守，何以堪之。抽黄数墨之心，易为倚翠偎红之句；登天步月之想，翻为尤云殢雨之情。然只愁佳人难再得，不忧富贵不逼人也。"书一短词于扇面：

"寂寂寥寥度此春，朝朝暮暮两眉颦。重重叠叠眼添新。句句声声心里事，孤孤子

子客边身。思思想想意中人。"（《浣溪沙》）

带爱童，锁外门，赴丛芳馆会。

莲偶至轩前，拨纸窗窥之，见琴侧有一对云：

"惜花恨春去，折桂待秋来。"

又见红纸帖云：

"觅莲得新藕，折桂获灵苗。

喜事福人书"

莲细思不能解。适几上有幅花笺，乃书一歌行，并二绝句：

"自思忽自笑，甘为何等人？句中说秦晋，笔底约朱陈。我意欲作假，君心要认真。闻道洛阳花似锦，偏我来时不遇春。

绝句：

月清秦阁冷，云近楚山低。春色刚来至，东君错放归。

又：

霜节透高枝，横窗月上时。成林应有日，可待凤凰栖。"

素梅忙至，曰："此刘君寓室也，哪敢独行！幸不至，使其卒至，则书室为阳台矣。"莲曰："好容易！是谁敢？"梅笑曰："极会，敢极。会敢者，刘先生也。"莲曰："吾亦不敢。"梅曰："不敢请耳，固所愿也。"莲曰："吾亦不愿。"梅曰："愿是不愿，不愿是愿。"莲曰："吾无愿乎尔，子为我愿之乎！"梅曰："两相情愿，各无异悔。"莲不答，亦不欲行，梅曰："忠言不入，炫玉求售，非计之得也。"径先去。莲初意以生无一面之识，无一丝之因，适一时之遇，才一窗之隔，今而至于朝暮见，且两月余，男子所无之事，识礼甘犯之，而尚不及罄一心谈。着意制《桃源忆故人》及《贺新郎》二词，瞰梅睡，怀以探生。偶生他出，意已不悦，又值素梅见之，不可久持。乃留一戒指并原制二词于诗笺上，以界尺压之，仍闭窗而去。

生归，童先见而拾之。至晚，生就月坐于坛前。童曰："适于几上得解愠方二纸，宽愁散一枚，可以疗郁结之疾。欲得之乎？"乃以诗笺、戒指呈生。生曰："得于何来？"童曰："此必莲娘之贻，亲至不遇，留而去之。然幸吾先收，使他人得之，奈何！"生曰："彼亦谅吾室无别至者故耳。然机不密则害成，当用为戒。"生诵之，至"放归""不遇"句，思莲有枉就意，深自悔曰："近来跬步不出，不见亲次玉趾，今偶尔他适，即失此良晤，岂瞰亡而来与？岂好事多磨而然与？数之穷、命之蹇、缘之悭、会之难、运之厄、遇之否，一至于此！信事之成，不在于人之计较也。"乃集古诗成兴体四章：

林有朴樕，其叶蓁蓁。靡日不思，西方美人。野有蔓草，维叶蓁蓁。窈窕淑女，洵有情兮。　山有蕨薇，其叶牂牂。我之怀矣，曷其维忘。　隰有苌楚，其叶蓬蓬。子无良媒，忧心有冲。

（林有朴樕四章，章四句）

又沉思："留一戒指，不知寓何意？或戒我休折野花乎？或戒我休生妄想乎？或戒我休忘此情乎？或戒我休荒书史乎？或戒我休得苦心头乎？或戒我休得急心性乎？或戒我休得遽思归乎？或戒我休对人前说破乎？"心焉惶惑，排解更难。而莲又以微恙少出，素梅终夜不离左右，生欲求一面而不可得。乃画莲花一枝，肖己像于侧，名曰："爱莲图"，悬于书壁，常常对之。想其坐，则曰"座上莲花"；想其貌，则曰"面似莲花"；想其词，则曰"口出莲花"；想其行，则曰"步步生莲花"。又画梅花一枝，题其上曰：

"铁石肝肠冰玉肌，风中雪里逞标枝。殷勤结尔一知心，为春传送新消息。"
每对此二书，则悠悠荡荡，愁喜交集。

一日，微雨初过，跃鱼戏水，生带爱童，钓于隔浦池。吟云：

"化龙原有日，暂伏在清流。万丈深潭难设计，且将蚓饵钓鳌头，早上金钩，早上金钓。"

莲先见之，谓梅曰："刘君未谙钓术，所谓水滨之役夫也。"梅曰："钓术何如？"莲不答。梅喻其意，掀帘指生曰："临渊羡鱼，何不退而结网？"生闻之，即抵窗前。梅遽闭其窗曰：

"休挼佳怀休假呆，好将哑谜细论猜。我家门户重重闭，春色缘何得入来？"
生索然沮兴，曰："前日佳情方沐，而今日又复变卦，焉得以隔浦池目为浣溪沙，以培桂轩署作回心院乎？"即弃钓归室，将爱童而睡。

睡起，即令童取酒，饮至醉，枕书隐几。闻扣门声，放之入。乃金友胜，因至书坊，觅得话本，特持与生观之。见《天缘奇遇》，鄙之曰："兽心狗行，丧尽天真，为此话本，其无后乎？"见《荔枝奇逢》及《怀春雅集》，留之。私念曰："男情女欲，何人无之？不意今者近出吾身，苟得遂此志，则风月谈中又增一本传奇，可笑也。"送友胜出，愈醉不可及，复隐几而卧。

又闻扣门者，乃守朴翁内侄耿汝和也。是人刻而妒，奸而险，唱和每出生下，而反好胜，生稍轻之；又尝对生求守桂，生不与，故有憾于生。是日偶至，见生窗有

《烛影摇红》一词，尽含风味。素知他侧居一女，心甚疑之。而生尚酩酊，汝和因强生解其词。生朗诵一遍，因被酒，漏言曰："吾心可成金石，虽苏张更生，弄转圜之舌，不能间我爱也。"汝和乘醉以言挑之，生笑曰："吾始睹其貌，心之而不置，吾既得其词，手之而不释，意者同志相得与？"汝和故作不解。生吟曰：

"隔池美姬，女中解魁。今朝重睹西施。奈情猿怎持？兴言念之，心如醉兮。纵然今夜于飞，恨佳期已迟。"（《四字令》）

汝和曰："此事何所据？"生袖出碧莲《桃源忆故人》词递汝和观之，曰："汝虚甘罪，所供是实。"爱童计不知所出，适欲接之，而汝和即怀去。生曰："自我得之，自我失之，亦复何恨！"又大笑就寝，童捧之而睡。至夜半言之，而生眢然不记也。徐徐问其词，生曰："昨日果大醉耶？"童尤之曰："三爵不识，矧可多乎？小事糊涂，而大事亦糊涂，此何等事，而可不避人目？风流罪过，已今供招，而又虚名实祸者，奈之何！且耿生素肯发人之私，今又得此，必是报闻于吾主，自疑图祸隙矣。久念使人惊怖。"生彷徨曰："怪哉！喜为忧根，福为祸本，吾志从此休，吾行从此劣。岂非祸从手发耶？"又曰："吾固无足惜，奈玷莲娘何！乃知酒之流祸矣。许文仙真圣人也，许文仙真圣人也！"因绕几而行。童亦不乐。生曰："汝未知我心，近日心事有势不得行者，但欲醇酒求醉耳。"

至午，守朴翁招生与汝和饮于私室，生再四不欲行，久之，曰："诗云'岂不欲往，畏我朋友。'我之谓与？"勉强赴酌。汝和对生微笑，曰："酒道真性。"又曰："勿忧，明早还汝。弟怜几月好用心，羡汝一人独专乐耳。献出守桂，自有商量。"生遂杂以他词，幸守朴翁不觉。生乃俯意卑词，小心俛貌，不敢出气。汝和扬扬自得，略不为礼。生劝以大觥，汝和曰："尔亦欲吾醉，乘中处事耶？故不饮。"生亦不能对。爱童行酒，心抱不平。偷至汝和窗外，湿纸窗窥之，见莲词压于砚侧，喜曰："得来全不费工夫，可谓慢藏矣。刘相公之福，孙莲娘之幸也。"逾窗窃取而归。

生别汝和，不胜忿惧，而爱童呈是柬词，道其所由。生如梦初觉，如醉方醒，抚童背谢之，曰："微子，则吾不知所终矣。今幸全璧归赵，如合浦珠还，深荷百朋之锡，纵彼能吹毛求疵，亦与白赖而已。"

后汝和失柬所在，意童窃去，呼童质之，将欲白于守朴翁，童惧，先于守朴翁处短之，且捏诉以妒生之故。而是日，生之家童至。生父母以生久不归，因召之。生默然。然以耿子为嫌，"吾且归，可以消猜释忌。"故辞翁欲行，而终不能舍碧莲也，作回文一绝：

"牵情最恨别，人仙美少年。"

又词一阕：

> 风里杨花轻薄性，银烛高烧心热。香饵悬钩，鱼不轻吞，枉把钩儿虚设。桑蚕到老丝长绊，针刺眼泪流成血。思量起枯枝花朵，果儿难结。　　海样深情忍撇，似梦里相逢，不成欢悦。出水双莲，摘取一枝，可惜并头分诉。猛期月满会姮娥，谁知是初生新月，折翼鸟，甚是于飞时节。（《花心动》）

生将行，私嘱童曰："耿生为吾所轻简，实为汝故，致成嫌隙，汝亦当自爱。吾去后，老翁前有蓁斐，汝亦当周旋粉饰。"童曰："相公至此，爱敬者无分小长。此人龊龊傲视，吾家大小皆嫌。吾已于主翁前道过，彼虽置万喙，决亦不信。但行矣，不久且当奉迎。"生至园中，见莲窗紧闭，料不得见，作词付童曰："莲娘处为我申意。"即日辞行。

汝和终有憾于生，于翁前暴其过。翁终以先入之言为主，而心不直之，乃曰："刘生至日，吾梦见池中一鲤化龙，一春即乘之而去。吾重其所梦，慕其为人，因处之于此，期飞扬为吾光。且视彼待汝亦谨厚，故汝陷人不义，乃面朋面友耳。吾不愿汝曹有此行也。"汝和愧且恨，自至生寓，见窗壁题吟，愈嫉之。托以觅生为由，径达莲所。

时莲与梅共坐窗下，相与谈生，曰："久不见刘生，近日不知作何状？"梅曰："刘君者，国士无双，人物第一，必非久下人者也。"莲曰："何谓？"梅曰："刘君有何郎之貌，有子建之才，有张敞之情，有尾生之信，惜其淹扬子之居，塞田洙之遇，是以昼兴贾生之叹息，夜怀宋玉之悲伤耳。今乍与之会，如饮醇醪，不觉自醉矣。"莲曰："吾所见亦然。但昨晚梦刘君别我而回，我留之，彼云：'被人妒陷，聊以避谤'。初不知其故也。"

适耿汝和直至前，莲与梅不及避。汝和遽曰："刘熙寰在否？"梅曰："吾处深闺，君处书室，是惟风马牛不相及也。孰为熙寰？君为谁？其误入桃源矣。"汝和曰："吾乃耿相公，为《桃源忆故人》，故至此。故人知君，君不知故人，何也？"梅无以对。汝和又诳曰："刘一春本微家子，吾辈羞与为伍。今得罪于吾翁，已作逐客，决无复来之理。汝若恋恋有故人情，乃明珠暗投耳。"径拂袖笑声而去。

莲闻之，惶惶如有失，呜呜不能语，茫茫无容身之地，谓梅曰："知人知面不知心。此必刘君不能自慎，以致露丑于人。情欲之事可遣，失身之罪难逃。今后宜吞刀割肠，饮灰洗胃。免使青蝇玷玉。"少顷，又见汝和昂然往来于隔池，扬言曰："迎春轩今为吾行乐窝矣。"莲曰："刘君必被此人妒陷无疑，敛迹避狂，料有以也。"梅曰："刘君挽不留，耿子推不去。使刘君若在，岂使耿子至此！"值守朴翁至，汝和潜回。莲令梅密扃其窗，非事则不启，以避耿也。

次日，爱童扣窗不获，转至欣欣亭后，见莲、梅共立于石榴树下。莲邀童入，问其故。童亦为生讳之，莲怀少释。童出袖中云笺，曰："此刘相公辞贴也。"拆观之：

万种相思未了偿，被人生嫉妒，又参商。花前笑语尚留香。轻别也，能得不思量？　寄语嘱莲娘，莫忘前日话，换心肠。好将密约细端详。卿知否，吾意与天长。(《小重山》)

莲未知生来期，情不能舍，亦成一词。

二郎神去竟何之？重叠山西。亭前柳前空啼鸟，满庭芳草萋萋。我怨王孙薄幸，声声谩诉凄其。　长相思忆旧游时，春锁南枝。而今仲夏初临也，疏帘淡月容辉。试问阮郎归未。念奴娇怯谁知！(《风入松》十四牌名)

爱童归，正遇汝和于迎春轩。汝和笑迎，问之曰："汝自何来？"曰："来处来。"不顾而去。汝和嗔之曰："媚刘子，牵莲娘，蔽主耳目，皆此顽童，其过之首罪之魁乎！"然汝和虽妒之，而至此亦未如之矣。

卷三

刘生觅莲记（下）

生于守朴翁家，行舟出门，听一谶语：忽一小舟相值，二书童各执莲花，相与联句曰：

"馥馥碧莲花，有分旧吾手。异日掇莲房，取次求新藕。"

一驾舟者曰："大官好捷才！决中，决中！"生惊喜曰："此即知微翁'觅莲得新藕'之句也。数与谶合，或者其有验乎？"行未二里，又遇一舟，闻笙鼓声，乃生友乐昌时、卜可仕挟妓高巧云、包伊玉游碧荷渚，邀生过酌。舟舣而行。巧云曰："曾得文仙踪迹乎？昔与吾为姊妹们，行动坐卧，心心口口皆刘相公也。"生喟然曰："纥乾山头之雀，不知漂泊何所，芦花明月，寻亦无处，身不由己，琵琶别舟。今见卿，又动往想矣。"各别而归。

家居将旬日，独行，独步，独坐，独吟。买乐无文仙矣，吟咏无碧莲矣，传情无素梅矣，承值无爱童矣，想迎春轩之景益切，则抱耿汝和之恨益深。常书空作"咄咄"语，默地自念隐语曰："吾当火烧其耳，水淹其目，木塞其口，不足以泄其恨。"当食食忘，当寝寝废，虽父母亦不解其意也。

一日，会一奉、一泰于友仁馆而回，独处书楼，见月散余辉，形影相吊，歌曰：

"峦屿献翠兮，天际云开。云际月来兮，光浸楼台。清光莹澈兮，照我孤独。孤影相吊兮，遐想多才。"

次日整骑，往万石山探友。适舟自南来，推篷者，守桂也。生于马上问曰："胡为乎来哉？必有以也。"童曰："奉主翁命来请。"生返骑，曰："不去则辜莲，欲去则忌耿，如进退掣肘何？"童曰："耿氏为吾主不悦，已随父至辽东。吾来时，莲娘、梅姐皆有私嘱，此行安稳，不必犹豫也。"生以手加额曰："此天助吾！"辞父母启行。父嘱曰："守朴翁为我契交，汝当执弟子礼，用心举业，无孤留汝意。"生受命登舟。童曰："颇怀莲娘否？"生出新制《半天飞》曲。命童唱之：

"花样娇娆，便有巧手，丹青怎画描，越地把芳名叫，能勾在怀中抱"倘就了凤鸾交，我再替你画着眉梢，整着云翘，傅着香腮，束着纤腰。多媚多娇，打扮做个观音貌。不羡当年有二乔。

费尽心情，他作怪蹊跷不志诚。假意儿胡答应，不顾我添新病。实为你渐劳形，只落得吃着虚惊，挨着残更，抚着愁胸，怨舒前生，双眼睁睁。无缰意马难拴定，何日堂开孔雀屏？"

即晚抵旧寓。时守朴翁构一亭于隔浦池上，初成，上署一匾，浼生书之。又晤知微翁之数，欣然大书曰"觅莲亭"。心自喜曰："又增我一乐地也。"

次日，天色暄热，生设几于无暑亭中。命童取文具，连挥数幅。有迎春轩之诗，有晴晖、万绿亭之歌，有闲闲堂之记，有兰室、无暑亭之词。皆各书以真草篆隶，字字龙蛇，章章星斗，焕然新目，整饰可爱。守朴翁创一见之，不觉鼓掌曰："重劳珠玉，蓬筚生辉。"

薄暮，置酒觅莲亭中，邀师生共赏之。生视池中，有并头莲数枝，庆幸不置。翁曰："吾种荷几年，今始睹此莲，盖为子而瑞也。"生让不敢当。时月东升，正照莲纱窗，生凝眸熟视，若欲飞渡。忽其师扣桌歌曰：

"新亭趁晚泛霞觞，槐阴微剩雨余凉。鸳鸯跃处晴波滉，开遍荷花风亦香。夜阑披月扶归去，醉诵《南山》诗一章。"

守朴翁亦作一词，名《秋波媚》：

　　碧天夜色浸闲亭，荷香带露清。身边皓月，杯中诗思，分外风情。

　　临风对月联诗句，诗成醉亦醒。一觞歌罢，万声俱寂，四壁空明。

其师与守朴翁命生为觅莲亭词，生承命曰：

　　向晚新亭共赏，荷开香溢壶浆。爱莲情似藕丝长，心与波纹荡漾。

　　欲把莲房撷取，宛隔在水中央。鸳鸯两两睡黄粱，做个宿花模样。（《西江月》）

守朴翁笑曰："少年词趣，自是逸洒。"取笔，命生书于粉壁。题曰"爱莲子—春

生酒后与师占《百字令》：

　　脂唇粉面，记相逢，才是伤春时节。耽忆贪思，又早是、捱过两三四月。用尽机关，搜穷计较，滋味空亲切。言挑语弄，两下都无休歇。　　欲待丢下冤家，闷心头、系了千绳百结。病态愁肠，暗地里，不觉吞声哽咽。忧怨之心，相思之病，万口浑难说。有分乘龙，毕竟寻个欢悦。

少顷，爱童对生曰："相公觅莲亭词嫌于太露，恐耿生之外有耿生也。"

后翁果以觅莲亭之词，忆耿汝和之言，追思闲闲堂之句，亦不能无疑于生。忽留童于内，命女使绣凤送茶果。生晚谓童曰："自至此，未见女使。今日独遣美婢至，果何意？昔有倚草附木之妖，得无以我独居而窃至弄人耶？"童曰："婢名绣凤，吾主所爱，不必外疑。但我家家政甚肃，无分毫犯清议。前有耿子之说在焉，知不以此试真伪邪？"生大悟曰："汝言亦大有理，真智囊也。"

越日黑晚，又留守桂，命绣凤携酒果，至则扃其门，凤从容以大卮劝生。生视之，比前加衣饰，有比昵态。生曰："久有守桂，何劳汝至再？且幕夜无人，使我不安。请归内。"凤甚爱生，真不欲即行，目生曰："守桂有他事，未得陪。因无人，故至此。昔耿官人欲求伴少刻而不可得，今反不欲我一伴耶？"生曰："谁遣尔来？来意何谓？"凤曰："遣命出家主，既来之，则安之，亦当惟命是从矣。"生曰："君子不为昭昭申节，不为冥冥堕行。汝在此，无能损我。如嫌疑，何敢酒一卮。"谢而遣之。未出门，守朴翁带爱童候于门外已久，进与生叙谈，夜分而回。生倍服童之言，而守朴之疑冰释矣。

莲自生归之后，意绪沉沉，百不经处，惟翻阅书本，检考诗词。几上有《草堂诗余》，信手揭之，见《卜算子》词云："有意送春归，无计留春住。毕竟年年用着来，何似休归去。目断楚天遥，不见春归路。"掩卷叹曰："是词能道吾心中语。"改其末韵云："绣阁佳人也是愁，暗泪飘红雨。"是时莲之表妹邵庆娘，乃母姑之女也，幼常居处，甚相得，以冬间于归，恐又不得会，特至候莲，莲父留之。故莲虽知生之已至，而不敢窥园者数日。生亦自以来久，不获一见，心亦疑之。且莲以汝和之事为戒，生以绣凤之试为嫌，彼此两存形迹。但令童往觇，亦不识庆娘，不敢交一语而返。生候晚，乘月纵步，又闻莲父笑声彻处，作六言、七言，自吟而回：

"相遇美人未偶，绿窗恨我东西。一笑阳台梦到，依然秦岭云迷。"

一自花飞怨杜鹃，谁知今日尚无欢。平生欠却鸳鸯债，捱尽相思思未完。

后庆娘方归，莲又以母舅乐水寝疾，偕父往视，独留梅看家。

生次日至其处。梅于觅莲亭上倚栏看花，见生，口称："久违！"即诉汝和之事。生问莲娘启处。梅曰："舅氏有疾，父子往探，剩吾作空房主人。索居闲处，难免沉默寂寥，无人惜我之孤零也。"生曰："客斋旅榻，自歌独咏，有愁如海，精卫难填。吾为汝心动神疲，其如汝坚持雅操何！"梅含笑曰："今晚不弃，开窗以奉欢笑。"生佯曰："吾正人，岂可近花月之妖？使爱童伴汝。"梅曰："所谓己不用而使子弟为卿者也。然则君言果不足信乎？"生曰："真戏耳。敢忍自外，非人情也。"

生晚造之，梅推窗曰："自南过荼蘼架，转欣欣亭，则可以入此室矣。吾将俟君以著乎。"而生入莲房，极其精洁，纱帐垂钩，宝炉香袅，镜台春盎，翠簟风生。房之内房后窗外有花坛花屏，盆鱼凤竹；内列瑶琴，并文几玩器，旁一桌，有诗词史籍。壁间张小小诗画，皆莲亲笔。侧侧小房，凡女工所需之物咸具。东池一室，莲父设榻，扃其门，不可入。生曰："自海棠开后，望到如今，未由亲履。今幸睹之，如入仙宫、游月窟，敢忘盛德之权舆乎！且为耿汝和秉心不良，特与吾为水火，今乃远行，岂非数乎！"因坐于内房。梅自出整小酒。时春台上有花盆，尚留一朵，生戏题于粉壁：

"东君瞒我去何急，望中翘首追无及。忙重韶光去收拾，遗下一枝芳可把。我今笑折手中执，娇客一睹喜交集。贯来不许啼鹃泣，醉中常对胭脂湿。"

梅具酒进房，时几上有宋玉《讽赋》、司马《美人赋》。生方阅之，梅乃施其上服，表其褒衣，自横陈于生之旁，逸兴飘飘，若不可已。生曰："佳人先有情乎？"梅曰："情之所钟，正在吾辈。情之一字，莫须有。今夕之会，上至天，下至地，东西南北，惟吾两人在也。当两下舒畅，以勾凤帐。自非天崩地陷，夫复何忧？"生猛思曰："宋玉尚不忍爱主人之女，长卿犹不肯私自陈之姬，吾所以用意于碧莲者，盖欲谋为百年计耳。彼素梅纵为侍女，亦良家处子也，何得波颓澜溢，以妄污清质乎？"乃气服于内，心正于怀，取笔书："不可"字于粉壁。梅曰："君子当洒洒不羁，吾不忍先生苦心，折节自献，烈火干柴，已同一处，君何得无丈夫志？且嘉会难逢，何阳拒之深也。"生曰："欲心固不可遏，然须于难克处克将去，使吾为清清烈丈夫，卿为真真贞女子，不亦两得之乎！"梅曰："向与童将谐而遽休，今与君将欢而见弃，然则君将为口头交而已与？"生笑曰："此天欲以完节付二人故耳。且色胆天大，欲火易燃，识透

则不为所使。若前缘已种，而得莲娘为压寨夫人，则当使卿为带来洞主，决不忍舍汝萧何之妙情，断不敢忘汝善才之大德也。"相与侃侃正谈，举杯迭饮。梅亦收拾尘心，倍加爱重，曰："君可与阮籍辈齐名矣。"生曰："吾非薄情汉，特誓于此生，弥敢失节，故不首为乱阶。然见色则为色引，视花则为花牵，终不能遗诸胸中，是吾私也。"命梅启窗以验月色。忽守桂持灯来，生命入行酒，因备问碧莲徇及于舅氏，始知其为业师赵乐水之甥女，大惊异。以知微翁之数、红雨亭之诗及见碧莲于隔墙之事，备述于梅。特莲有《怀春百咏》并平昔得意佳句，集为一帙，题曰"留春一话"。梅闻生之言，心大异之，故并以此集示生。生啧啧称羡，题诗于集后：

"春心摇曳，无寻蝶使。姻缘簿里，偷添名字。新词一阕缔新盟，佳配双成偿夙志。"（《哭岐婆》）

天将旦矣，同童返室，即修一书，命人驰师问疾。莲启观之，乃刘一春柬也，亦始知其为母舅之徒。昔尝一面，今又同园，追思红雨亭之绝句，盖天启也。而情倍念生，不欲久留，幸以舅恙稍可，先父而归。

甫入门，即问梅曰："汝晓我与刘君异事乎？"梅曰："不晓。"曰："汝知刘君在乎？"曰："不知。"曰："汝见刘君面乎？"曰："不见。"曰："刘君来乎？"曰："不来。"曰："汝曾一去乎？"曰："不去。"曰："然则刘君又回乎？"曰："不回。"曰："刘君怪我乎？"曰："不恼。"曰："何时学得此二字文！然则刘君忘我乎？"曰："何日忘之？终身不能忘。"曰："刘君思我乎？"曰："岂不尔思？去后常相思。"因指壁上之句，曰："此刘君亲手书也。"指集后之词，曰："此刘君亲笔写也。"指内室之床，曰："此刘君亲身坐也。"莲作色曰："我略不在，汝引贼入界，汝私于刘君已不可言，而显迹留壁，更不忌老父觉之耶！"自起为灭其迹。梅曰："彼自咏花耳，关渠何事"" 更述生行止端方，和而不流，料今访古，盖不多得。莲闭目摇首曰："孰有盗跖而施仁义者乎？入宝山而空手回者乎？伶俐人至此寻汝学本分者乎？"梅曰："予所否者，天必厌之。谓予不信，有如皎日。"莲曰："天日哪管此事。"梅又尽道刘君好处，誉之不啻口出。莲曰："汝誉刘君，举之如欲升之天，进之而欲加之膝，异日容吾试之。"

逾日，守朴翁双寿，莲亦往贺。莲父与生与外席。酒酣，翁与众宾散步园中，历历指引，阅生佳作。莲父甚重生，恨相见之晚。

次日，莲父具酌于舍，邀生雅叙。生规行矩步，色温貌恭，口若悬河，百问百对。莲父愈敬之若神。生归，莲父醉寝，莲出立于葡萄架下。生望之，奇葩逸丽，景耀光起，比常愈美。生步近低声曰："仰蒙款赐，未及请谢。"莲曰："草率奉屈，幸荷宠

临。"生曰："久不会谈，可坐一谈否？"莲曰："家君不时呼唤，可速回，改日当话。"忽闻窗内人声，莲急行，坠下金钗一股。生拾之，曰："客中乏荆钗之聘，此殆天授也。"珍藏入室。

至次晚，莲使梅至，索钗。生执梅之手，曰："事急矣，惟卿可任大事，安刘者必卿也。苟推心置腹，使我如鱼得水，敢不报效曹公乎！"梅曰："先生且休矣。倘画虎不成，有何面目见江东父老？"生曰："巫云崐玉，眩眼撩心，情若投胶，势同陌路，吾方寸乱矣。"梅曰："君衷志不回，慕柳下惠之不乱。向使莲娘首肯，而君一曰'宋玉'，二曰'长卿'，一曰'烈丈夫'，二曰'贞女子'，以谩讲道学，则彼颜之厚，何以自洗？"生曰："酒逢知己饮，诗向会人吟，然骐骥騄駬惟孙阳睨盼，彼若不以先配为可耻，则吾自另有制度矣。"梅曰："二人所谈，所见略同。但婚姻重事，非一小丫鬟贱女流足以了此。"生曰："举目无亲，知心有几？卿其图之。"笑书一曲曰：

"密约多遭，杳杳无消耗，火喷祆神庙。卿卿当鹊桥。低驾天河，早渡仙娥到。春意沁鲛绡，那时当赠缠头报。"（《步步娇》）

梅曰："恐力不足耳，敢望报乎？"生付钗于梅，曰："愿如是钗，早得相会可也。"赠以玉环、小诗一绝：

"会贪隔蒲莲，难禁花心动。要结玉连环，先会钗头凤。"（四牌名）

梅行，目生笑曰："天下有如此痴人，乃知宋玉、长卿未是俊物。"

生送梅出，携童坐小楼待月。须臾月来，命童取酒邀月而饮。生知莲父赴里社日休会，而二女独居，命童取琴，鼓而吟曰：

彼美人兮，巧笑倩兮，美目盼兮。婉兮娈兮，终不可谖兮。　　乃如之人兮，我不见兮。念我独兮，劳心惨兮，使我不能餐兮。　　子兮子兮，履我阔兮。燕笑语兮，行与子逝兮，无使我心悲兮。（《美人》三章，章五句）

莲亦刚以步月在外，闻琴声，呼梅听之，笑曰："刘君无道理，乃以琴心挑我，使诱人套子。琴虽工，其如我之不好何。二人切莫理会，令其兴沮，彼且归矣。"莲口虽宽，而心实急，盖欲梅赞己行也。而梅不解意。故莲足欲行而趑趄者屡屡，命梅期生曰："我倦欲眠君且去，明朝有意抱琴来。"

次夜生往，久候不见，倚池侧石栏望之。惟见窗内隐隐有灯，且阴云四合，有寂寥意，长叹而归。盖莲意以生至，必抵己室，又羞颜于先往，故假寝内房，命梅候于窗下。梅亦趁凉误睡，及醒时，生已回。莲至夜半不睹生，以为生反爽信矣。

中国禁书文库

国色天香

次晚，生命童先睡，复至亭畔。闻欣欣亭后有洞箫声，清亮可爱。顷之，碧莲为懒梳妆状，持凤箫，扇掩酥胸而来，飘飘若仙子之下临凡世。见生，伫立不动，生迎而揖之。莲侧身斜视而拜，举箫谓生曰："亏吹此以引凤凰。"生大喜曰："卿其真莲娘耶？其姮娥耶？其神女耶？吾其真见耶？其饿眼生花耶？其醉中梦里耶？"莲曰："凡胎俗质，何劳误爱如是。"回头顾后，又复四望。生曰："何故？"曰："我极熟素梅，见之犹觉有畏心。"生曰："我极熟爱童，见之未免有疑心。盖欲心则起畏，私心则生疑，情背固然也。"莲曰："夜来有约，何忍背之？"生曰："卿自背我，我何曾卿也。"莲笑出一词，云："昨夜候君子不至，作此记闷者。"生月下观之：

"懒上牙床，懒下牙床。捱到黄昏整素妆。有约不来过夜半，念有千遍刘郎。"

生跃然曰："吾昨夜候卿不出，亦作一词，见之绝倒，大为奇事，卿试阅之。"

"朝也思量，暮也思量。满拟今宵话一场。人面不知何处去，念有千遍莲娘。"

莲失色曰："如是哉，如是哉！只此可作一番话本。非一心一口，何由一词一意？得君子如此，不负平生。今当以二词为一阕，名曰《同心结》。"生曰："是则然矣。月下止吾二人，眼前意卿一决。"莲佯笑曰："今夕止谈风月，醉翁之意不在酒，面后心事，束之高阁可也。"生曰："半榻旅情，一腔苦思，无剖诉，忧心如醒。今俯降玉颜，赛郭翰仙女，大慰祈望多矣。月白风清，畅怀可意，能念我之孤零而见怜，亦苦尽甘来之惠也。"莲曰："吾无七宝枕，奈何？"生曰："会合分离，在此一举，毋作宽宽话。"莲执手曰："会久矣，思切矣，两相信深矣，恶风波经历矣，得事君子，愿亦遂矣，遇亦幸矣，千怨万怨尽除矣！假未结发之真夫妇也，少生携二，当以一个字了余生，夫复何言！"因倚身生怀，生欲强之，同至迎春轩中。莲曰："如斯而已乎。君子未室，下妾未嫁，怨旷两生，情投事引，粗容鄙质，固不敢有辞于君子，但星月盗欢，终为野合，倘乐聚未几，朝吴暮越，则乐昌镜破，延平剑分，纵君子有书中之玉，妾当为泉下之尘，是可虑也。历观古今之情胜者，惟娱目前，不思身后，故往往扇丑扬污，他美莫赎。妾与君子足称一世佳配，焉忍遽自轻之！"生曰："将奈之何？"莲曰："求我庶士，迨其谓之。幸君子不弃，浼一伐柯，订为婚好，庶得以白首相随，殆愈于偷香窃玉多多也。妾见熟矣，岂君子见不及此乎？"生曰："吾欲迷魂汤，不食益智粽，故昏昏至此。浼媒诚非绝德，求亲亦非犯禁，向所谓退而结网者，此与异日下玉镜之台，坦东床之腹，则今虽生与蛮夷居，日与魑魅游，依依然百千万日所不辞也。但择婿在尊翁，聘妇由吾父，二人虽同心，恐未免成龃龉耳。"莲曰："上苍配合，尺寸不爽。且为子择妇得妾焉，何患君家见弃？为女择婿得君子焉，何患吾父有辞？但所虑者，数与福分耳。然心已许君子，身岂有二三，君子详之。媒妁固非妾所浼也。"

生曰："谋事在人，成事在天。然据吾所见之数，以度所遇之缘，以验将来之福，则料在必谐。进谒吾师，适逢佳句，一也；游学逢旧，不期又遇，二也；耿子起妒，已值远行，三也；年齿相若，默契同心，四也。至于事之必成，则注定已久，曾向与梅姐露其端，而未与卿卿说其详耳。"

莲喜问其故。生曰："吾初春谒吾师之前一日，凤巢谷有知微翁，精数术，吾投问之，许我'佳配'二字，又曰'觅莲得新藕'。故向一见卿于梅下而已动心，今再见卿于池侧而即留意，岂知前后所见即是一名。故荷亭之匾吾即名曰'觅莲'，以应前数；所谓得藕之藕，盖必佳偶之偶也。不然，卿固深闺艳女也，无故而相窥，则视生为何等轻薄子哉！"莲曰："信有是，则相如当北面，文君甘下风，吾二人之数，岂偶然也。"因共至觅莲亭上以瞻是匾并《西江月》词。二人凭栏倚肩而坐，虽牛女之夕不减也。莲曰："今夕何夕，巧笑之瑳，其啸也歌，如此邂逅何！相思之债，今日可勾，姻媾之好，今宵亲订，百岁千朝，幸无轻弃。恐蛟龙得云雨，终非池中物，异日富贵，无忘今日在池亭上也。"生曰："卿可为深虑矣，天下岂有负人一春子哉！"莲曰："今夜视昨夜，心事霄壤，第不知后夜视今夜何如耳。"各各相视而笑。莲曰："礼之至严者，男女也。妾与君子略无夙昔之好，而吟风咏月，至倾腹吐心，是礼外之情也。吾二人行事，何异墙花露柳哉！"生曰："不然。情之至重者，男女也。生与卿卿已有半年之会，而守信抱负，绝寸瑕点辱，是情中之礼也。吾二人心事，则如青天白日矣。"

又携手共至假山，以宣春间不谐之郁。时团月在空，皎皎如昼。生细观莲，抚其肌体，莹然冰姿，湛然月质，深自庆曰："无福也难招也。知微翁预占我为喜事福人，岂应在卿身上乎？钝口拙舌，敢申一赞，实非虚誉，卿以为何如？"

"娇滴滴，月下芳卿。笑欣欣，自可人情，两山淡淡，双水澄澄。软软柳腰弄弱，小小莲步徐行。绿扰扰宫妆云挽，微喷喷檀口香生；浓艳艳脸如桃破，柔滑滑肤似脂凝。纱袖笼尖尖嫩笋，一种种露出轻盈。诗句兮灿灿，歌韵兮清清。天造就齐齐整整，袅袅婷婷。真真的苎萝堪并，端不数崔氏莺莺。呵，今日里谆谆盟约，何日是意融融、乐陶陶，遂一钩新月带三星。"

莲曰："嘉奖太过，恐盛扬之下，其实难副，深自愧也。"

时爱童睡醒，夜已过半，久不见生，探步莲处，适逢素梅于外，二人各言其故，大笑不已。童曰："孙刘二人终非好相识也，私期暗约，已及数月，不为城阙奇逢，必为丘中乐事矣。"梅曰："莲娘贤女子也，刘君真君子也。大德不逾，乌有苟行？两为才炫，少露锋芒，久有积心，觅期望罄，必相与步月清谈。试往寻之，休得惊恐。"童目梅曰："半帘良夜风和月，一对青年我共伊。乐时乐地，无以逾此，愿以其所有易其

所无，而了所未了，何如？"梅曰："且不了罢。"童曰："吾有对句，还我便罢。"曰："何对？"曰："守桂官，培桂轩前逢桂姐，得其所哉。"梅应曰："爱莲子，觅莲亭上哄莲娘，不可道也。"童曰："好对。同往何如？"梅曰："不便。"

童行未数十步，二人背月而来。生问曰："何至此？"童曰："睡醒无聊，偶成《西江月》词，会中无以为乐，敢弄斧班门，以助一笑。"莲蹑生足，曰："去。"生曰："听，无伤也。"童嘻然曰：

东舍多情才子，西邻有意佳人，看来何等热亲亲，恩爱一言难尽。

不见不胜萦挂，乍逢乍觉欢欣，可怜未遂洞房春，常把诗词传信。

莲笑曰："强将之手无弱兵。昔有弄臣，今有弄童，童殆在之匹矣。"生曰："童比得素梅否？年幼未谙调情，吾常岑寂也。"莲曰："何为有此语？"曰："吾得于假睡中。"莲定睛不语，隙地而笑，不与生别，径去。生与童返，称莲之真见厚情。

莲至，求门不得。梅曰："为莲娘逾垣而相从，故我闭门而不纳。"莲曰："两贤岂相厄哉？"梅放手，曰："适刘君携手而同行，何乃过门而不入也？"乃又拱手曰："今夜亲遇盗跖，入宝山、学伶俐，岑寂之债勾完否？"莲以实告，曰："此事惟我能之，亦惟刘君子能之。身亲经历，殆信汝向日之言不我诳也。然吾极恼假睡者。"梅沉思曰："何谓？"曰："窃听人言。"曰："非假寝，何由得真言？"莲曰："何以对人言之？"曰："可与言而言，表莲娘独癀寐之真情耳。"后生得莲约，不能自举。

忽一日，守朴翁至，语及通家话，情义恳切。命童取酌，饮于荷亭。生指女室，问翁曰："吾数日前见一女于隔池，前日又睹二女于隔窗，仪容秀雅，气象闲都，得大家风范，何与吾丈同园，而且不限彼此也？"翁笑曰："看得何如？君欲得之否？"生曰："焉敢望此。"翁命守桂："至吾书房匣中，取写就启来。"启至，乃守朴翁奉生父者。翁持启谓生曰："此吾邻孙氏女。其父，前日会中沧渊公，少吾一岁，为至交者。无妻儿，止一慧女，故付产于我，就吾室居，已及五载。是如德色双全，写作两妙，尝自矢不配凡子，是以高门望族求婚未获，吾子得此佳配，所谓君子好逑也。因未禀命尊翁，未敢擅举。明日宜结婚姻，当达是启，以为撮合山。"生喜甚，且感且谢，曰："知微翁验矣。"

次日，翁遣人至生家。生父特至守朴翁家恳媒，乃知生父与莲父为同庠友，昔同交游者也。守朴翁即过孙氏议，誉生为佳坦。而莲之母舅乐水公适有书至，莲父与守朴翁共观之：

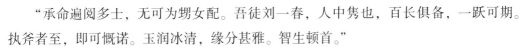

"承命遍阅多士，无可为甥女配。吾徒刘一春，人中隽也，百长俱备，一跃可期。执斧者至，即可慨诺。玉润冰清，缘分甚雅。智生顿首。"

二人执此书大笑，二媒不约而同，益信婚姻之数定矣。莲父曰："此生，金石君子也。小女多缘，倚此玉树，附此松柏，有何他辞。"

莲父名士龙，号沧渊，曾补庠生，雅好山水，不干仕进，行乐二十余年，自访友吟酌之外，别无营心。家资素厚，而止得莲。初，莲之母善相，对莲父曰："吾女怀生颇异，当颖敏出群，后必有放达之才。才充则性逸，然少心昂然，幼貌端庄，逸中有检，万无一虑。且夫主必贵，因夫贵及可预喜者，恨吾不及见之。尔得所依，生女胜生男矣。"后母丧，沧渊尝为女卜婿，屡对赵乐水曰："吾欲觅一快婿，以托终身。若得才郎雅称斯女，余无计也。"及守朴翁偕乐水书至，故欣然从之，即订择日行礼。莲曰："天岂从人愿乎！"梅曰："二人花前月下，万约千期，月下花前，千期万约，都为乾热，而媒氏片言寸柬，即成终身姻契，信哉'娶妻如之何，匪媒则不得'也。"笑成三五七言：

"月之前，花之下，用尽两家心，说了千般话。冰人双脚系红丝，天河早愿银桥跨。"

莲喜，奉生书曰：

"妾自觌君子，情窦丝牵，言句不法，热中无能自持。盖自幼失仪，蹈此丑相。反躬沉思，汗颜丑貌，过蒙不贱，屡暗惠私诚，邀盟星月。妾恐寒盟贻哂君子，是用眷眷切虑，癙寐永叹，若坠深谷。何幸自天作对，得侍蘋蘩，俾数时花月情，假诺成真，眉睫耀喜，梦寐增荣。自此对时，凤恨灰散。前日无聊之句，不屑觌矣。快中草布，素梅即刻可遣回。外象牙香筒一对，玳瑁笔屏一面，不足珍，供文几一玩具。酷吏欺人，万千宝贵，宝贵万千。妾莲敛衽拜。"

又细字书曰：

"据有定配，此柬实为赘词。喜不自胜，聊以志喜。笔札有罪。"

生得书，曰："莲娘心多，欲汝即回。吾与汝今有瓜葛亲亲之情，幸叙不妨。"梅曰："人苦不知足，既得莲娘，复欲外生根业耶？守志不终，恐宋玉、长卿笑人，莲娘候久起疑矣，姐夫不惧哉？"生即复书：

"重佩卿爱，仰奇无涯，笔舌难谢。追思唱酬，得只言片句。如宝和璧隋珠，自揣犹以逾越抱愧，敢望金石月盟，俯缔丝萝而不鄙予？又荷云笺，心口尽词飞示，客窗得此，如病渴怀嚼清冰，令人心骨透爽，泠然解恨。梅姐不敢久留，谨以琥珀珠二枚、水晶镇纸一座奉答。前坠金镯，陪我岑寂之思，甚不忍忘，谨附璧上。余情欲露者，

中国禁书文库

国色天香

六一

弗惮梅姐再往复。春生再顿首。"

次日，守朴翁以七夕，设酌小楼。散归，坐月，梅至，邀生至荷亭。莲具攒酌于亭上，曰："前会匆匆，今家尊以朱陈二家轮约自往，尚三日示回，故假牛女之夕，屈话通宵，以贺喜。"生曰："今宵比前夜更何如？"莲曰："似为胜之。"生曰："早信数定，梅树下即可浣媒，何用许多唇舌为花月粉饰文貌？"莲曰："得之若易，无比相亲，情极始谐，殊为两快。"因命素梅行酒。莲及问童，生曰："今名分已定，不敢与矣。"共与谈今古，相敬如宾。莲曰："君子可谓风流学士，使寓邮亭，则风光好词当盈箱积案矣。"生曰："古有官妓，达人随地生春，偶通一笑，于官箴、于心术、于阴骘亦无大损。惟知其为驿卒之女，则当以良家人礼待矣。而乃一夜弄丑，故人笑秀实，至今齿冷，若以吾一生心地遇之，虽百熙载，焉能浣我哉。"莲曰："假山初会时，君子罪拟得不合否？"生曰："竹窗私顾时，卿罪亦在未减。然月下之会，乃见真性，此卿之所以为卿，我之所以为我也。"莲曰："古人远绝女色，如防火水中，避溺山隅，良有以也。"生曰："但存心里，正何必痛绝而远之？女有夜投者，吾哀其穷，收之而已耳。今有托妻寄子者，果绝德乎？鲁男子者，不能信心、不能克己者也。且天地间无私物，分中所得私何？在夫惟妾，在妻惟夫，无分毫可假。是可苟也，孰不可苟也。此上见得分明，自无难遏之欲。吾与卿熬煎至今，梅姐周旋身侧，亦过欲心第一关矣。"莲曰："一夜话胜十年书。"生曰："读书不识节义字，所学何事？"莲深然之。时值天光，各各回室。

越数日，槐黄逼眼，桂香薰心，生欲赴省应试。莲知生之踏槐也，绘一折桂图，书一《步蟾宫》词于上，命梅贶生。

次日，守朴翁送之，曰："今日此行，准期发解。"生曰："岂望翰飞，终愁迹滞。但不敢自诿康子，以伴孙山。"抵家而行。途中见山含烟紫，鸟憩翠阴，口吟一绝：

"落日山含紫，千山鸟树声。长途人怯马，琴剑伴西行。"

后棘闱战罢，生独处一室，功名在心，百无聊赖。城西有一胜湖，碧域千顷，不断嬉游，四时萧鼓，亦乐地也。生步于湖堤，俄阴一舟，坐数游女。近视，一女貌类碧莲。生祈一谶语，视女："今日游湖，明日可看迎举人。"生喜甚，买醉步回，乘醉卧于西窗。良久，见一女逾窗而入。生迎曰："吾昨游胜湖，有美女貌类于卿，甚加想念，今幸远临，客馆之乐遂矣。"莲曰："别后寤寐思服，此战君必奏凯，故特远来。人生乐事，惟在登科，欲以朝夕荣耀。"生呼童备酒，为莲洗尘。闻一人推门，甚凶恶。视之，乃耿汝和，愤然入室，肆为丑詈，以为莲私奔，特自辽东带三五恶少至，必欲得莲。生大愤，以铁如意碎其首，恶少惊散。忽然而醒，乃梦也。起而坐，闻街上传捷声，生以《诗经》中式第十四名。越数日，会同年于公所，作一词：

圣世崇文网俊英，棘闱共奏凯歌声。谫材误厕明经史，笑逐诸公学步瀛。

初显姓，乍扬名，忘将方寸负生平。预其学个经纶策，拟待他年答圣明。
（《鹧鸪天》）

生家闻报，贺者排门。莲作《再团圆》词，遥为生庆。词曰：

朱衣点额，文场一捷，何乐如之？鳌头独占，龙门跃过，稳步天梯。

青云路上，月中桂子，折得新枝。长安春暖，马蹄蹀躞，杏花吟诗。

时登科录至马二皋处，不胜欣慰，而适升兵备副使。有土贼金三重者，称虎将军，号百胜战，聚众作寇。二皋以生便弓马，且少年，不欲其连捷，因差人迎生。生欲荣归毕姻，而偶得此信，叹曰：“人为财役，士为技忙，我之怀矣，自贻伊戚矣！”

及归，过拜乐水，即拜守朴翁家，于胡处止宿焉。时届季秋望后，月色正明，夜半，微闻扣窗声。视之，素梅立月下。生欲求莲一见。行未十余步，莲亦至，贺生曰：“妾闻君子捷，大称平生。别已两月，又闻有远行，伤春未已复悲愁，何日赋归与，使妾免立石之望也。”生曰：“别后值凄凉天气，莫以我故，致减容颜，惟强饭强笑为佳耳。”又嘱梅曰：“久荷深情，未酬分寸，莲娘起处，为我周旋。”莲又嘱曰：“此去客途甚赊，早晚当护风霜，到彼宜防进退。使群盗未平，须效赋诗退虏，毋必欲杀贼奴致躬冒矢石也。”梅曰：“彼此情非立谈能罄，露冷衣襟，难为娇体。”生曰：“不过三四月，决有回期，拚割今者之悲，以待将来之欢。”各相看而别。

次日告归，求爱童为伴，守朴翁赠之。童亦喜得所依，快心特甚。

至家，生父命行。生偕家童、爱童并本县差送夫役而往。深谷逶迤，而生是涉，高山岩岩，而生是越，途路倦体，离思萦心，占一词：

“辞故里，拂行鞭，人倦长途马不前。一担新愁挑着去，谩劳枕上自熬煎。”（《捣练子》）

生抵任，舅氏劳之曰：“尔青年，但知章句，未谙事体，以后出仕、居卿，必有任性使势、强占侵夺之弊，若今不肖士夫所为，致往往为人诬讪，羞亲辱祖，损德隳名，皆由不曾经历之故，故人人以少年高科为不幸。此行历途路、涉江河、任劳苦、经饥渴、冒风霜，亦足以老才坚志。且住衙内，略晓宦情官况，于仕籍上不无少补。故招尔来，可省吾言。"生曰："然。惟舅舅教之。"

此时金贼死，群盗无首，逃散者多。生喜遣家童归报平安。嘱私致封书于莲。莲拆观之：

"一别来，隔离别恨关几重，有如许高大，惟梦中私越以会卿，不知亦开门接我以话一通宵否？抵任后，幸群盗渐散。然日夕难挨，茫茫间阔，吾意八九十月矣，计来未满旬日。独坐悉苦，每一念之思，顷迷心忽，浮身如土偶，肠骨欲沸热，强起步之，竟昧南北。回想荷池之侧，如瑶台仙界，如阆苑蓬莱，欲再于此领佳句，何能，何能！各天遐想，无欢有恨，无乐有愁。始知别离之况，在百情中为独苦。短笺百诉，长漏无传，无奈，无奈！月夕之嘱，言犹在耳，临灯修楮，心悬妆次矣。短词达意，祟昭好好。"

> 夜阑梦难收，宋玉多情我结俦。千点漏声万点泪，悠悠。霜月鸡声几段愁。　难展皱眉头，怨句哀吟送客秋。蟋蟀床头调夜曲，啾啾。又听惊人雁别楼。（《南乡子》）
>
> 忆思多处红珠滴，秋叶落添愁。　寂寂孤身客，通信托归鸿。（逐句迴文《菩萨蛮》）

莲读罢，谓梅曰："刘君之思吾，犹吾之思彼也。"即集古曰：

"行行重行行，与君生别离。遥遥万里帆，茫茫终何之。如何有所思，而无相见期？终须一相见，并得两心知。"（集古两句体）

莲自生去后，已过月余，未尝举目视窗外，未尝移步至池边，未尝试笔挥一词，未尝启口吟一句，惟镇日静坐，略习女工。至是登楼，感望中之情，叹曰："古树栖成阵，空山叶做堆。如此天气，奈离人何！"偶成二词：

> 飘荡寒风天色愆，帐里佳人，暗老应无奈。霜里荷房今又败，碧莲冷落无聊赖。　盼望郎君天海外，种种新愁，交付谁人卖？为君褪却腰围带，为君兜下伤秋债。（《蝶恋花》）
>
> "愁思锁眉峰，愁损芳容。愁肠寸结泪抛红。愁对银釭增叹息，愁转加浓。　愁自举金钟，愁倚屏风。愁闻樵鼓送冬冬。愁拥孤衾寒似铁，愁整薰栊。"

俄而素梅至，手持白绫帨一条。莲接之，曰："此帨洁白可爱，足堪题写。试集古五言古风一章，或珍藏，或远寄，待刘君子观之，表别后怀思之意，何如?"碧莲口念，素梅书之：

"彼美洛阳子（任昉诗），词气浩纵横（杜甫诗）。学成文武艺（神童诗），于今独擅名（李白诗）。自嗟贫家子（杜工部），非质不足营（谢惠连）。知子之好之（诗经），怜君如弟兄（杜子美）。喜在常相近（苏武），劝君勤六经（杜子美）。朗月同携手（沈炯），逍遥步两楹（曹子建）。生为并蒂花（陆鲁望），春风语流莺（李太白）。分手信云易（萧琛），孤槎自客星（杜子美）。自君之出矣（鲍令晖），凛厉寒风升（曹毗）。莲寒池不香（鲍泉），芦冻白花轻（阴铿）。感此伤妾心（李白），万恨满心生（简文帝）。有怀无与言（王安石），愁吟与独行（方干）。欲言无子和（杂诗），绿琴歇芳声（韦应物）。玉簪久落鬓（刘孝威），淹涕闭金屏（何逊）。粉泪羞明镜（庾成师），结镜待君明（王融）。愁人心已枯（孟东野），金翠暗无精（宋孝武）。所思在远人（古诗）。回顾览园亭（陈琳）。升高临四野（鲍照），疏扉望远城（简文帝）。寸情百重结（范云），望极与川平（谢朓）。远极千里目（鲍照），举目增凄清（孝武帝）。天目孤烟起（范云），落景照长亭（卢思道）。夕阴结间幕（谢惠连），层云郁冥冥（陆机）。引领还入房（枚乘），托梦通精诚（王仲宣）。夜中枕席冷（刘屏山），挟纩如怀冰（杂诗）。幽闺多怨思（王筠），单眠梦里惊（阴铿），自羞泪无燥（江总），终怜梦泣琼（刘子翚）。静夜不能寐（魏明帝），历历听钟鸣（豫章王）。欲因晨风发（李陵），乘之以遐征（石崇）。无由一化羽（刘孝威），太虚不可凌（陆机）。爱聚双情款（宋孝武），含情易为盈（谢灵运）。独有相思意（祖孙登），丘山不可胜（鲍照）。思君令人老（古诗），慨然独抚膺（张茂先）。灼灼佳人姿（陈伯玉），谁能久荧荧（阮嗣宗）。哀哀自熬煎（韦应物），嗟嗟劳我形（张九龄）。寂寞对寒窗（萧子范），渌面照窗棂（古诗）。光照窗中妇（萧子范）。劳歌踟寝兴（杜工部）。论今无新喜（张华），愁与醉无醒（杜工部）。梅蕊腊前破（杜工部），寒华徒自荣（陶渊明）。嘹嘹度云雁（谢惠连），音音不可听（张九龄）。春人竟何在（梁元帝），羁栖尚甲兵（杜工部）。一身千里外（顾况），却来犹未能（周贺）。开屏写密书（邓铿），离恨正相仍（裴说）。谁谓情可书（谢宣远），心悲书不成（刘孝威）。久要谅有誓（谢惠连），归舟返帝京（杜子美）。何时当奉面（左九嫔），相见眼终青（杜子美）。甘与子同梦（诗经），永副我中情（陈思王）。"

梅书毕，曰："相思之意，若出天成，至矣尽矣，何中无联?"莲曰："予岂忘此，谁与为联哉?"梅笑而收之。

过月余，生欲辞归，舅妗恳留，勉强承命。时生接承上下，极谦以周，而又以文词弓矢冠绝一方，虽邻郡牧守，无不倾盖如故，相与赓和唱酬，名目益起。

一日，登衙后福全山，其上有留月松房，左有招风亭，右有驯鹤亭，又前有寄目亭，可以周览遍望。生坐台上，爱童带弓矢至，扮饰俏丽，动止轻活，愈见可爱。生抚之曰："汝亦为悦己者容耶？"童曰："聊落他邦无别伴，随行童仆作亲人。相公云云，何也？"生以立石上有一鹰，取弓矢在手，问天买卜曰："我家父母兄弟无恙，则一发中之。"果应弦而毙。又见古木上一鸦，又私卜曰："碧莲无恙，亦能中之。"鸦随矢落。生曰："快活哉！异方得一平安信矣。"童曰："不意能中如是，纪昌、由基不过也。"生曰："是不难。"有鹰自南而来，生曰："吾此外有喜事，则中此。"亦一发获之。童曰："即此三箭，可定天山。"生亦有喜容。坐亭上，与谈乡话。久之，见残照笼松，轻淫浮栋，忽动乡思，作绝句：

"旧愁万种推未开，又苦新愁眉上来。无限云山无限恨，思乡慵上望乡台。"

归与吟，夸文耀武，围炉而坐，饮于灯下。更一衣，袖里得碧莲旧词集古一阕：

"当时书语正堪悲（田昼），不用登临怨落晖（牧之），今在穷荒岂易归（郭勿甫）。酒盈杯（韩无咎），拨尽寒炉一夜灰。（吕蒙正）"（《忆王孙》）

又首尾联环二绝：

"客病恹恹有自知，相思最切月明时。灯花落烬人初睡，梦入香山带月驰。"

"梦入香山带月驰，觉来偏是五更时。鸡声啼落关情泪，客病恹恹有自知。"

后舅以事公出。有一婢曰云香，文雅而秀丽，妗信爱之，尝与生饮，则命香侍之，且许陪饮。舅之婢六七人，皆爱生，而云香尤甚，备切温存，常较手技，或与燕笑。生虽与之戏谈，而以碧莲为念，信誓自持，虽暗室相值，虽幽室久处，虽执手相欢，而无一丝苟简，盖良玉之温润而栗然，涅而不淄者也。然赋性天植，平易可亲，虽不媚人，人自近之。故常自欢幸曰："平生得结儿女子之缘，随处皆亲美丽，以有脚阳春、一路福星目我可也。"

一日，天气甚寒，香恐生客边衾薄，躬至生房，检生寝榻，见几上有花笺书散句而云"枕生寒，孤衾积冻。"香曰："吾亦虑此，何不早对吾言之？"又曰："会少欢应少，心多梦亦多。梦中相会时，休使遽分离。无情是鸡声，惊开梦里人。愁看灯影陪孤影，厌听鸡声催漏声。一种相思两处愁，两地相思一样愁。"香看毕，生自外来，觉有寒意，香解衣与生，生即服之。香询生曰："适阅数句，何多情思语也？"生曰："绊迹异方，思有千万，然亦奈之何！"香抚生曰："客处宜善排遣，而行有嗟，坐有叹，吾为二哥不祥。"生承香之慰解谆谆，又爱香之温情缱绻，乃令香闭门，引就床共坐，抚摩戏而试之。香不为动，自起开门曰："不可坐此，不愧轩中备酌敌寒，可即往。"生至，妗先已坐定。酒间，妗指香曰："能歌。"生出莲词，香歌之，余音嫋嫋，遏云绕梁。生赞赏不已。与香登望阙楼，闻雁声，生不乐。香曰："受恩深处，不殊于家。主母待君，过逾常格，妾虽下贱，亦足随侍，何乃自苦如是也？"生曰："汝亦知我心乎？游子思故乡，吾亦欲归耳，安能郁郁久居于此也。"作歌示云香曰：

"腊里客中身，客身今也久。惆怅登楼豁病时，嘹呖一声来雁口。殷勤封信问所之，尺书能寄吾乡否？雁飞不顾怀人情，我亦无言空翘首。望断孤飞魂亦飞，孤身常为北风羁。几树晚声送萧飒，落叶声中寒侵衣。斜阳满地鸦知返，何事游子无还期。愁转加，半床客梦绕梅花。无际长更眠不稳，催听寒鸡报晓衙。睡起凭高望乡国，归途多少云山遮。"

次日，生睡方起，忽云香与真真各折梅花一枝而来，皆以梅奉生。香曰：

"春在吾家了，殷勤赠一枝。广平才调好，得韵便吟诗。"

生独执云香一枝，曰："倒转又好。"因对香注目而笑，若有所思。真真见生内着云香小衣，即疑生有私于香而故遗落己也，嗔曰："色不如，诗不如，奉承不如，梅花亦不如也！"掷梅于地，怀憾而去。生忆碧莲之遇始于梅轩，云香之爱不殊素梅，睹物思人，无瑕礼真真。香见其去，笑曰："丑奴儿，又作此状。"生因作一词，名《丑儿令》：

　　佳人报道梅花发，暗度香尘。树缀琼英，放出梅稍雪里春。

　　一枝欲寄江南信，传与多情。望尽长亭，恨无南归驿使人。

残腊将尽，父母以生未娶，久在外省，而碧莲亦时有小恙，故遣前价召生。莲闻之喜，而价私至求书。莲预以五彩绣线结成二歌，效织锦回文之意，又书一阕于小笺。价至，生得家报，如珍万金，又得莲词，未启函如见面也。与云香观之，香曰："苏弱兰之巧、女相如之才也。"生曰："汝赛得否？"香曰："碔砆之如美玉。"生读之曰：

"妾望君兮水隔水，君望妾兮山隔山。惟有梦中情更切，不辞山水接君颜。枕边梦去心亦去，醒后梦还心不还。而今万点相思泪，焉能弹点到君间？

夜寂兮不哗，月明兮窗纱。有怀兮耿耿，所思兮天涯。尺素兮谁寄，望目兮云赊。吁嗟兮忘寐，知心兮灯花。"

又一《玉蝶环》词：

几时慵整乌蝉鬓，香消兰烬。临床修褚付亲亲，泪湿数行书信。　　近日衷情休问，欲言先恨。君颜远在五云端，目与行云无尽。

香曰："君所匹，有如此蕙。"复他顾曰："宜乎视我如道旁苦李也。"生略哂之。香又曰："当宽心。翁归，须赞行。第下妾缘悭，无由久视君子为恨。"生曰："清风无老日，明月有圆时，暂时虽不忍，后会谅有期也。"香潸然泪下，呜咽不禁。生问其故，香曰："心腹有苦事。"生曰："何不言？"香曰："吾志得谐，则不必言。不然，则汲汲过此生，无可言也。"生曰："汝志度得可谐否？"曰："易则至易，难则甚难。"生诘之，终不言。生亦不忍舍，小贴书一别词：

多时旅邸迟留，欲归难。今日未离行处，怕阳关。
轻别去，何缘再睹红颜。一夜清清好梦，到伊间。（《上西楼》）

香得词，含泪藏袖中。

至晚，香亦以小贴书《桃源忆故人》词，预以送生：

仰君德望山来重，咏月嘲风曾共。巾栉惭非鸳凤，情爱无限重。　　缘悭又值乡心动，念想都成春梦。未到先怀心送，一曲俚歌奉。

香方书毕，而主父自外回，置之袖中出迎。至真真房，取帕抹额，而二笺俱失于地，初不之觉，被真真拾之。真真不识字，意必有他说，因前憾，上是笺于主父。主父怀之，私谓生妗曰："云香，吾知其颇识字，不意其工于题咏。然据此二词，则是婢似有浪子野心。岂以吾甥之循循雅饰者，而亦留情儿女子耶？"妗素爱生，且素怜香，解之曰："吾察生举动颇端，常令香为彼行酒，男女各敬爱，故相牵恋如此。观其词，足徵其行之无他矣。"舅曰："明日赠之，俾两情允惬，何如？且已为仕途中人，置作别室，无伤也。"妗大喜，俟舅出，坐于密室，令小鬟秋翠呼云香与生来，谓生曰："汝曾作词与香否？"谓香曰："尔曾作词送行否？"二人默然失色。妗曰："我知无害，词落于真真，真真上于主翁处矣。"生大愧，无言而去。云香跪而告曰："毫忽举动，主母素知，可一方便否？"妗备以语之，且嘱以弗言。香方释曰："塞上翁之意，失马不足忧也。"至夜，又书一笺授生。生曰："汝慢藏殃及池鱼，今又何词？王真真知

否？"香曰："君试观之。"

"尘埃弱质兮若转蓬，王孙未遇兮恨忡忡。云笺一幅兮偶成功，丝萝有日兮附乔松。与君行兮缅挹春风，我心写兮谢彼苍穹。"

生沉思曰："岂易得哉。"亦不以着意。香微笑不止。生曰："何笑?"曰："若果有此事，岂不至乐至乐也哉！但今夜明月，无颜见主翁，特至与君画策耳。"生曰："由他。"又问以前日涕泪之故。香又堕泪曰："妾非君舅衙为粗婢也。原为苗氏之女，小名秀灵，赖母训，通文墨、列传，少负女秀才之誉。父以纳粟补官，任府事，过雁岭，夜被盗逐散。吾于茂草中潜形。次日遇府主过，讳姓易名，乞哀求活。虽不以常婢待我，然不得不与真真辈为伍。思亲不得见，家无可归，身未有主，故遇君子不得不动心耳。若得侍君子、事莲娘，运帚操箕，磨墨捧砚，亦免失为下人妇也。"生怜而礼之，曰："吾不知，慢卿多矣。然必欲我从，则是谋非吾所能及也。"会秀英与爱童至，香驰去。

次日，舅妗设宴饯生，命小媿促云香出拜，衣裳楚楚，威仪棣棣，堂然大家状也。妗见之喜。生疑，问故。舅曰："是女非凡婢，可以侍吾甥。汝善待之。客路花枝，少添春色，不必辞。"生喜过望，方悟知微翁"折桂获灵苗"之句，二书童取次"求新藕"之言，复名云香为秀灵。生谓之曰："古人有获人之女而为之嫁者，吾为汝择配正名，汝欲之乎?"秀灵曰："吾志已决，他非所愿矣。"生偕童辈辞舅妗而行。二皋差人舟护送，各各加厚赠。

生在舟中对秀灵谈遇碧莲始末，且曰："莲娘新匹，秀灵远从，人间俊艳，一网收尽，吾当高筑铜雀以锁二乔。昔时素有此志，今果然矣。"至晚，秀灵另设寝具。生强曰："汝惧真真见之耶?"秀灵曰："此行幸有终身之托，明日侍帏房、拂衾褥，固不敢辞。但莲娘未遂于归，而下妾先承私爱，于心安乎? 正嫡妾之分，当自今日始。"生正容谢之，曰："好议论，吾不如。"

逾数日，舟次于清源市头，值年家，停舟往候。爱童闲行小巷，数妓倚门献笑；一妓自骑回，讯之，乃许文仙也。文仙亦认爱童，童即驰报生。生特至，问曰："汝何至于此? 天幸适逢其会。"文仙曰："君别后，相念惟心，意欲谢烟花、洗脂粉以守君，鸨儿揣知此意，以他词给我，与一闽人游，泛舟至此，复陷我，规利而去。前耿汝和过，因与君厚，曾嫁侮于我。若得借升合湘水以救涸鲋，此君凤昔之余爱也，敢不衔结以报。"因询碧莲之事，并生别后情及远行之故。生悉告之，且曰："久念真情，今在难中，吾当援拔。"即谋于秀灵，以百金赎焉。生曰："长条虽近他人手，鸾胶幸续

断弦声。更相得贺可也。"与之偕至舟中，谓之曰："此系官舫，更非闽人之舟比。"文仙曰："向谓得君捷，妾亦分荣，今荣及于妾矣。多谢，多谢!"至晚，文仙亦辞生，荐寝于苗。生曰："反见外乎？"文仙曰："侧室尚未谐欢，路花岂宜窃趣？俟君归后，当整旧好，惟命也。"生曰"汝亦能之乎？好议论，吾不如。家人离起于妇人睽，汝二人不睽矣。吾当成汝之美。"生在舟中伴此二丽，歌童曲韵，溢耳陶情，乐极无涯，欢爱有待，可谓登仙舟、行世上，真奇遇也。

后经凤巢谷，生慕其前数大验，将欲问终身事，诚意登访，而知微翁已灭迹游五山矣。生返舟，值仲春末旬，草色浮青，野菜添绿，而夹岸莺花，无异去年春景。生对文仙曰："汝记得春亭之词乎？《忆秦娥》一阕，吾二人之月老也。"文仙曰："有往日然后有今日，诚不敢忘。"又，生对秀灵曰："《上西楼》一阕，吾二人之媒约也。"秀灵曰："莲娘何自而得之？"曰："红雨亭一诗，又吾二人之冰人也。"文仙曰："男女有词，婚姻赖之。如之何其废词也？"各各谑笑。忽爱童指前村曰："此见龙湾，抵家不及百里矣。"生喜，吟曰：

"忽指前村近，行行意自欣。风尘他处客，花柳故乡春。客思归诗思，新人共旧人。倩言灵韵鹃，传信慰亲亲。"

翌日，至家。武南翁选日为生毕姻。莲父欲以素梅为从。梅曰："老父子居，晨昏当代温清。"言甚恳切，莲父不强。

佳期已至，生行亲迎礼。重以他乡返斾，获就新婚，桃夭逞媚，黄鸟喈鸣，正之子于归时也。乐水偕守朴翁毕集，咸谓："新郎新妇，足称佳儿佳妇，遽此佳配，人间绝稀。非先人种德，文福双齐，何以至是!"

暨晚，生谓莲曰："相会周年，今偿此志，想前度刘郎今又来矣。今晚比觅莲亭上之夜更又何如？"莲曰："又觉胜之。盖假山之会面矣而未心也，琴箫之会心矣而未真也，荷亭之会真矣而未亲也。至今合卺之会，则……"莲笑而不竟其言。生曰："何故？"莲曰："自君子别后，肠一日而九断，心一夜而九飞，引领成劳，破粉成痕，立影对孤躯，含啼私自怜耳。另久而有今日，思久而有今宵，何谓不乐也。"莲又指自身曰："此无足贵，但虽与君子幽会多时，而此身仍为处子，亦足以少盖前愆。使前日惟欲是从，则今宵之愧容，无由释矣。"生唤秀灵至前，述其言，抚其膺曰："彼亦仍处子也。"莲重感而敬之。是晚，共赋一词，莲曰："君有题柱才。"生曰："卿比生香玉。"莲曰："乐意相牵丝幕红，万愿今农足。"生曰："桂榜喜书名。"莲曰："洞房谐花烛。"生曰："并禅比肩入绣帷，两两鸳鸯逐。"（《卜算子》）

生于枕上视莲，若人中之仙也；生自视，若仙中人也。得意处，与寻常伉俪大不相侔。生歌曰：

"天上姮娥降尘世，堆出万般娇俏。不弃寒微，德音来教。争夸天喜加临，更羡门阑光耀。休谈孟光，不数温峤。妙、妙、妙！愿得卿难老吾常少，谩唱低随，永赋白头欢笑。"

莲曰："向欲窃玉偷香，今幸同枕席，白头之愿遂矣。惜不令耿汝和知之。"少顷，秀灵至前，生笑谓曰："惜不令王真真见之。"又指秀灵，戏谓莲曰："不必以此介嫌，未见卿时，知微翁已为我先聘定矣，卿向见'折桂获灵苗'之数是也。"莲曰："文仙吾尚爱之，况于苗乎。"秀灵喜歌柏梁诗：

"绿纱窗外莺声晓，小桃枝上春光好。百年夫妇伸偕老，旧恨前思今日了。兰香吐篆烟袅袅，红丝新结同心巧。才郎万斛明珠宝，女貌千娇冠尘表。昨宵好合情多少，洞房自有蓬莱岛。交颈鸳鸯比翼鸟，乐宵好合情多少，洞房自有蓬莱岛。交颈鸳鸯比翼鸟，乐事应浓愁应扫。云情雨意方倾倒，绸缪恨却鸡声早。妾惭体质尘埃眇，荷辱垂青愿相保。樛木恩覃思结草，聊成新句歌喉小。"

莲曰："妙哉！始吾与素梅亦颇自许，今又得秀灵，乃知天之赋人无尽，君才之感召一至是也。"愈爱愈敬，呼为"妹妹"。自此家庭之际，其乐也融融矣。

生后承父母之命，迎莲父养之。为爱童娶素梅。文仙归后，生另处一室，小婢一人事之，待如家人，莲父、秀灵皆爱之，无间言，衣饰食用，皆与己同。

一泰随发科，同登进士。生任国博，历任至少参。居官清慎慈和，所至有去思。父母受封，即乞归养，捐俸资以周亲族乡邻之贫乏者。所居之前，辟一花园，广培草木，饶绿繁红，引水为池，环以石栏，临池构小堂，署曰"清白"。堂之后有文昌楼，又后有聚珍阁，遍积古今书史，时阅览其中。著所得，以立言不朽。池之东，面池一室，署曰"寄趣"。池之西，面池一室，署曰"逃尘"。俱备有玩器。春、夏、秋、冬择方隅为四亭，春曰"数花亭"，夏曰"来薰亭"，秋曰"晚翠亭"，冬曰"耐寒亭"。堂之前有池，为一轩，署曰"自得轩"。轩之侧有观音堂，文仙朝夕焚香。轩之前有一室，四壁列名人古画，而置己行乐于中室。左右列两厢房，前种松、竹、梅，署曰"三友居"。侧穿一径，周绕于文昌楼之后。别置一室，养瑞鹤，列瑶琴，署曰"琴鹤所"。侧穿一径，以四时花木夹道为屏，直通于清白堂前。家政悉宰于一奉。生日与父母兄弟游乐于斯，或与宾朋剧饮，或与亲戚宴集。或与莲娘游，则必命秀灵、文仙侍饮，以素梅、爱童行酒。熙然春盎，逍遥光景间，耽风月以寄诗词者将三十年。

莲娘、秀灵事舅姑以孝闻，待一家以顺闻。各出一子一女，二子为大儒，一女适名门，夫妇共享上寿。其家五世同居，人人传妇夫。

卷四

寻芳雅集

元末时，秋官吴守礼者，浙之湖人也。初，论伯颜专权乱法，蠹国害民。疏上，忤旨，夺职放归。于是买田筑室，以训子为事。子名廷璋，字汝玉，号寻芳主人。涉猎书史，挥吐云烟，姿容俊雅，技通百家，且喜谈兵事，真文章班、马，风月张、韩也。守礼欲使子谋仕，生曰："今何时也？可求仕哉！水溢山崩，荧飞日食，天变不可挽矣。异端作乱，隶卒称兵，人变不可支矣。兼以侏儒御重位，腥膻执大权，直节难容，奸邪立党。予家本南人，何忍拜犬羊、偶豕豗乎？有田可耕，有庐可栖，适性怡惰，偃仰烟霞足矣，何必披袍束带，徒为夷虏所贵贱哉！况天人交变，运历将终，不几十年，必有真天子出。吾其俟之。"守礼闻言，亦服其识见之卓。

一日，以事辞父往临安，过蕴玉巷，见小桥曲水，媚柳乔松，更有野花衬地，幽鸟啼枝。正息步凝眸间，不觉笑语声喧于墙内，娇柔小巧，温然可掬。暗思："必佳娃贵丽也。"随促马窥之。果见美姿五六，皆拍蝶花间。惟一淡装素服，独立碧桃树下，体态幽闲，丰神绰约，容光潋滟，娇媚时生，惟心神可悟而言语不足以形容之也。正玩好间，忽一女曰："墙外何郎，敢偷觑人如此！"闻之，皆遁去。

生归寓，若有所失。情思不堪，因赋诗一律以自解云。诗曰：

"无端云雨恼襄王，不觉归来意欲狂。为惜桃花飞面急，难禁蝶翅舞春忙。满怀芳兴凭谁诉，一段幽思入梦长。笑语无情声渐杳，可怜不管断人肠。"

晨起，再往候之，惟绿树粉墙，小门深闭而已。俄见一老妪据石浣衣，生立俟久之，揖而进曰："墙内何氏园也？"妪曰："参府王君家玩也。"生曰："非其讳士龙者乎？"对曰："然。"生曰："彼有息女否？"答曰："有女二，长曰娇鸾，寡服未释；次曰娇凤，聘伐未谐。"生曰："为人何如？"妪曰："姿容窈窕，难以言述其妙矣。且能

工词章，善琴弈，而裁云刺锦，特余事耳。"生闻之，不觉神归楚岫，魄绕阳台，而求见之心益笃矣。因自喜曰："此吾老父契也。备赞谒之，以假馆为名，万一允焉，他日之事未可知也。"

于是持书及门，款曲之际，生进曰："家君自别麾下，日志林泉，不获进瞻伟范，徒仁寞耳。侄因游学贵地，遍索雅静居，俱不如意。昨闻名园闲旷，且极幽丽，欲贷少憩习业，未审尊旨如何？倘念夙交，特赐容爱，小子当效草环之报。"王老笑而言曰："尊翁与朽握手论契，已非一朝，彼此情犹至戚。今君弃家求名，盛举也，敢不如命。"且嘱之曰："日用之需，吾当任奉，毋使牵书史心可也。"

翌日，生遣随仆携琴剑书囊而往。王老乃馆生于池亭小阁中。生虽身居书室，心忆鸾娘，采青拾紫之念顿忘，而窃玉偷香之谋益计矣。处及旬余，心事杳杳，不胜悲叹。然王老见生举止端详，言词温润，接人待物，罔不曲尽理道，心甚爱之。虽夫人、二娇之前，亦尝以伟器目焉。

时台州李志甫作反，朝廷诏巩卜班总江浙军事行讨，王以武名亦与，因召生谓曰："正欲与君亲益，奈征蛮之制已下，行期旦夕矣。家中外事，望乞支任。"生一一允诺。明日，王备舟促装，送者驰骤。生晚归，心幸曰："待月之事可成矣。"

后一夕，鸾独坐卧云轩中，手弄花枝，影碎风旋，炉篆香遗，自念："金兰流水，不能倚玉树而遇知音，其为情也，诚不堪矣！"即呼侍婢春英者，——慧巧倜傥，亦艳质也，——同至后园集芳亭前，步月舒闷。忽闻琴声丁丁，清如鹤唳中天，急若飞泉赴壑，或怨或悲，如泣如慕，诚有耳接而心恰者。鸾即往，穿窗窥之，见生正襟危坐，据膝抚床而弹，清香袅袅，孤烛煌煌，望之若神仙中人。恐为生所觉，即呼春英，快快而去。归不能寐，适笔砚在旁，援书《如梦令》词云：

"正好欢娱彩幔，何事赤绳缘断。步月散幽怀，又被琴声撩乱。情愿，情愿，孤枕与君分半。"

自是，口虽不言，心则已领会矣。后夜复至，意为听琴计也。适生独立柳阴玩月，鸾不知而突至，见生报颜，与春英相笑而去。生意必鸾也，欲追不能及，欲舍难为情，因借柳为喻，遂书二律于壁云：

"沿溪弱柳绿方稠，牵惹离人无限愁。半娜腰肢风力软，长鬖眉黛雨痕愁。章台旧恨成虚度，汉苑新缘欲漫酬。缕缕含情休荡漾，画桥之外有朱楼。

烟锁长堤两渭城，浅妆浑恨别离轻。影临曲水如无倚，花入栏杆若有情。学舞柔姿轻掠燕，偷眠弱态引流莺，依稀可惜闲清夜，攀取疏斋续旧盟。"

生就馆三旬，见鸾仅再，心猿意马，不能自驯。因访知春英乃鸾得意婢也，欲面求无会。越二日，英独至园亭采茉莉花，生揖曰："露气未收，采何早耶？"英曰："迟恐为他人所得。"生曰："今采奉谁？"英曰："鸾姐酷爱，方理妆候簪。"生笑曰："然则惜花起早，诚然欤？但不知爱彼何如？"英曰："爱其清香嫩素也。"生曰："清香嫩素，子但知人爱花娇雅温柔，独不见花亦爱人乎？"英曰："花无情，何能爱人？"生曰："万一有情者爱之，我子以为何如？"英微笑不答，盒花而去。

明早，复会英于亭前。英曰："官人亦欲此耶？"生曰："欲则欲矣，恨未一攀。"英曰："盆花满亭，任采何害。"生曰："此花贵丽，不能自折，必欲仗人引手耳。"英即连摘数朵与生，曰："蕊瓣整洁，君试取之。"生佯受花，因把英手曰："子，敏人也，犹不悟耶？"即出碧玉环一双，跪而进曰："久怀鄙私，未获一展，吾子若许，方敢毕陈。"英扶起曰："既有高明，任言无隐。"生乃从容语曰："予自家干谒，蒙尊主款留，幸矣。但意不在索居也，实因墙外睹芳容，顿起攀花之念；柳边聆笑语，未承题叶之交。虽名节之系，吾不敢也。第风月之怀，人皆有焉。是以昼夜彷徨，梦魂颠倒，不愧兼葭托玉树，必期青鸾付娇鸾。所赖以道达维持者，吾子也。可不乘机动意，效待月之红娘；因事进言，法遗香之淑女？万一云雨之债得偿，纵使捐躯之报何惜，子其为我图之。"英见生丰姿俊俏，词气扬逸，心亦爱之，故觍色目生而言曰："先生将希圣希贤，何忍谋及乃事？娘子素冰清玉洁，岂容干彼以私？人谋固当忠，天理实难泯，吾不敢也。然而自古佳期雅会，多谐于月夕花朝，况今女貌郎才，或出于天授人与，敢不委曲引君归洛浦、周旋扶汝至阳台乎？所赐之物，义不敢领。"生强纳诸袖中而去。自喜事遂一二，归赋一律，以自庆焉：

"天台花柳暗，今喜路能通。密意传何切，幽怀话正匆。青灯空待月，红叶未随风。漫说鸾台远，相逢咫尺中。"

越数日，春英不至。生出庭前观之，见一小鬟手持香草。生曰："拾此何用？"鬟曰："浸油润发耳。"又曰："见春英否？"鬟曰："不见。"生曰："彼此一家，何为推阻？"鬟曰："吾值新姨房，彼为鸾姐所属，是以不见。"生曰："新姨为谁？"鬟曰："姓柳，名巫云，家翁之宠妾也。迩因远征，权为家长，郁郁不得志，惟吟哦以度清宵耳。"言毕，鬟去，春英适来。生语英曰："别后心事悬悬，痴病日笃，贤姐何不出一奇谋，以活涸辙之枯鱼哉！"英曰："吾尝为汝图矣，但芳心玉石，何能即开？迟之岁月可也。"生曰："予岂不谅，第势如累卵，信子所言是，犹输万里之米而救饥饿土也，事能济乎！"英良久曰："鸾姐知诗，不若制一词以挑之，何如？"生曰："善。"乃邀英至书阁中。方欲构思，见英侍立，星眸含俏，云鬟笼情，彼此互观，欲思交动。乃谓英曰："诗兴不来，春兴先到，奈何，奈何！"即挽英就枕，英亦不辞。金莲半起，玉体全偎，当芙蓉露滴之时，恍若梦寐中魂魄矣。生起，喜曰："予欲建策谋人，得子发轫。既能一战致捷，后虽有勃敌坚城，可破竹下矣。"英曰："但恐得手之日，不记发轫之人耳。"生曰："如有此心，神明共殛。"将行，索词。生一挥而就，乃《忆秦娥》也：

"相逢后，月暗箫声人病酒。人病酒，一种风流，甚时消受。无聊独立青青柳，恍然邂逅原非偶。原非偶，觅个良宵，丁香解扣。"

英度来久，急忙趋回，所索之词，竟遗于路。不意为小鬟所见，拾送巫云。云拆视之，曰："此情词也，娇鸾有外遇矣。执而白之渠母，免玷王氏风，可乎？"复自忖曰："彼母窘我，我亦无赖，又何苦自作怨？况闻吴公子潇洒聪明，愈于王老十倍，不若诈鸾词以先接之。"遂作《好事近》词以付，云：

"好梦久飘遥，一束将人轻撩。准拟月儿高，莫把幽期负了。曲房深幕护绞绡，留待多情到。此际殷勤报道：要轻轻悄悄。"

生方倚槛看花，忽见小鬟报曰："鸾姐有书，约公子一会。"生曰："春英可在？"鬟曰："侍老夫人，无暇。且鸾姐害羞，夜不设火。公子如约，竟过集芳亭，越小门，达太和堂，越迎晖轩，由左而旋，即鸾寝所。慎毋误也。"生得词，喜溢颜色，恨不得挥太阳归咸池，揭清光于石室。

少顷，远寺钟声，孤村灯影，一家人寂，满树鸦宁。生整衣冠，循路而入。正疑左右两道，小鬟已执香待矣。引至闺中，别一洞房，虽无灯烛之光，而月映纱窗，人物可辨。彼方巧妆艳服，莹彩袭人。生进揖曰："佳词下赐，厚爱何当！极慕深思，顿令尽释。"云亦答礼曰："久沽待价，拟弃于时，辱乾钟情，恍愧惭自献。"言毕，生抱曰："今服何不素耶？"答曰："幸接新郎，固宜易服。"生于此时，兴不能遏，乃为之解衣，并枕而卧。但见：酥胸紧贴，柳腰款款春浓；玉脸斜偎，檀口轻轻津送。虽戏水鸳鸯，穿花蝴蝶，未足以形容也。彼此多情，不觉漏下三鼓。生因谓曰："一自识荆桃下，几裂肺腑，万策千谋，今获遂愿。但不知长远之计何出耳！"巫因答曰："妾非娇鸾，主人侧室巫云也。偶得私词，不欲汝败，因而情动，以致蝇疵。况容貌虽殊，恩义则一，百年交好，今夕殆与君订矣。何必他顾，以自苦耶？"生得语，默忖曰："承主不拒，受惠良多，意属媚居，反淫爱妾，心虽不安，而悔无及矣。"云见生不答，复又慰曰："娇鸾不足异，其妹娇凤，学绣于予，眉秀而长，眼光而润，不施朱粉，红白自然，飘逸若风动海棠，圆活如露旋荷盖。且又工诗善弈，尝为回文歌，听者不自知其心怡神迥也，爱作懒鸦鬟，袅娜轻盈，甚是可目。今方十六，情事想渐识矣。意或鄙妾，当与君图之，何如？"生曰："自知愚拙，得遇仙姬，恨无以报雅爱，敢望吹嘘也。"云曰："君果厚妾，妾亦当厚君。必不以此介意。"言语间，窗外鸡唱。生求再会，云曰："愿得情长，不在取色。"生曰："亦非贪淫，但无此不足以显真爱耳。"阳台重赴，愈觉情浓，如此欢娱，肯嫌更永。事毕，口占一律以谢云，曰：

"巫山十二握春云，喜得芳情枕上分。带笑漫吹窗下火，含羞轻解月中裙。娇声默默情偏厚，弱态迟迟意欲醺。一刻千金真望外，风流反自愧东君。"

云亦答以复生，曰：

"浪说佳期自古难，如何一见即成欢。情浓始信鱼游水，意密方知凤得鸾。自讶更深孤影怯，不期春重两眉攒。愿君常是心如一，莫使幽闺翠鬓寒。"

诗成，披衣而散。

那娇鸾自月夜闻琴之后，一点芳心为生所鼓，但无隙之可乘耳。春英自愧失词，久不与生会；而生亦闻巫云之言，思鸾之心浅矣。云在风前，每每赞生。

一日，凤持素枕面，托云描花。云曰："吴公子博艺多才，丹青尤最，不若求彼一绘，岂不胜予哉？"凤曰："吴公子外人，倘求不雅。"云曰："彼父与家君至契，以理论之，兄妹间何避嫌为！"即呼鬟召生，生即往见。凤与云方并体而立，见生至，即掩云背。生进而揖，从容且恭，因而睨视。果然眉清眼媚、体秀容娇，诚婉若游龙，飘似惊鸿也；展转间，进退无主，景态万千，不能尽述，惟翠枝振振而已。云曰："屈君无事，凤姐有二枕面，敢劳公子一挥洒耳。"生曰："承命宜遵，但拙笔不足以当雅视。"凤微哂，欲言自止。生即按几运思，唾手而就。一描拳石水仙花，一描并头金莲花。意犹未足，又各题一绝于旁云：

"素质天成分外奇，临风袅娜影迟迟。孤衾寂寞情无限，一种幽香付与谁？"

"翠盖红衣水上芳，同心并蒂意何长。多情莫道年来瑞，还是风流学洞房。"

写完，呈上。凤不觉大喜而去。云曰："两日候君，何不一顾耶？"生曰："无小鬟，恐为他人所遇，故不敢耳。"云曰："今幸娇凤先去，可坐此一语。"即命小鬟候门，具酒与生对酌。问曰："向闻卿言，意为过誉。今阅之，卿言犹未尽也。天地生物之巧，何尽钟于此女耶！使我心胆不能自制，将若之何？"云曰："非我赞襄，焉识天台之路？"生乘酒兴，即抱云曰："卿德如山，涓埃无效。当以此心，铭之没齿。"即插手云怀，潜解云带。云亦情动，与生入帐，共效鸾凤，绸缪缱绻之际，恨前情犹未罄也。云起，谓生曰："娇凤读书知礼，不可苟动。彼婢秋蟾者，亦颇通文。凤之情性，蟾素谙识，诚能以计得之，凤可不日取矣。"生曰："予固愚疏，惟卿指示。"乃相与执手而别。

生方及门，见一女童持盒至前，口称："凤姐奉谢，望公子笑留。"生开视之，乃牙扇一柄，九龙香百枚。生急问曰："子非秋蟾姐乎？"对曰："公子何识？"生曰："久慕芳名，尝悬念虑。"将近身叙话，蟾即害羞别去。生因自悔，作《望江南》词以道之：

"春梦断，心事仗谁怜？寂寂归来情未遣。小窗幸接新缘厚，贶自天传。鬟翠展，相与欲留连。恍随莺燕忙飞远。望断红尘重怅然，徒使旅魂牵。"

越两日，生独坐凝思："有意者失意，无怀念者有情。"正唏嘘间，闻启户声，视之，乃秋蟾也。生曰："昨有柬寄答凤姐，子竟不将去。今复来，殆非忍心者。"因命坐。蟾辞曰："前日承画枕面，早检妆奁，不料为画眉灯烬所秽，自欲描补，笔法不类公子。凤姐知之，必笞挞矣，故特奔求，幸赐垂怜。"生即承命描焉。至毕，问曰："将何润笔？"蟾曰："谢在后耳。"生曰："笔还未尽，欲子发兴，何云后乎？"即抱蟾于榻。蟾力挣不能脱，意欲出声，恐两有所累，自度难免，不得已，从之。生试狎之，宛然一处子也，交会中甚有不胜状。生亦小心护持，不使情纵，得趣而已。将起，不觉猩红满衣，发鬓俱乱。生为之饰鬓，因谓曰："巫云与鸾、凤，孰胜？"蟾曰："鸾姐绰约，云姨丰艳，凤乃兼得，而雅逸尤过之。"生曰："情事何如？"蟾曰："固不可测。然昨见《惜春》诗云：无聊独立意徘徊，记得春来春又催。几片落花门静掩，数声啼鸟梦初回。微风入幕红绡篆，细雨收阶绿长苔。弱质自怜光景掷，晓窗羞试鬓中煤。观此，则情可识矣。"生又曰："子能挑否？"蟾曰："异姓骨肉，何萌此心？"生曰："世事纷纷，子尚认真耶？"蟾曰："今患眼，颇无兴，徐可图之。"生曰："予有一方，甚验，子肯持去否？"蟾曰："果有效验，何为不可。"生即录方，并致书于前曰：

"久荷胖朦，未伸寸悃，又蒙贶下，愧面惊心。自接芳容以来，神魂恍惚，不知其为何物也。及顾赐仪，仍益凄怆。执扇痛风流之未遂，燃香慨意气之难投。朝暮依依，莫测所事。近闻尊眸病热，又不暇自惜矣。顾影徘徊，犹患在体。千思万计，敬荐一方。倘得和平，则他日清目之本，谁曰不在是哉。"

书成，封付与蟾，兼完前枕，并持而去。

娇凤素爱生才，今得书，亦不甚怪，且医方治之，疾果愈。时暮春景候，幽禽乱呼，舞蝶相逐，生无聊，欲趋会巫云，以话得秋蟾事。道经迎翠轩，得一金凤钗，制极工巧可爱。生喜，取而藏之。及至云所，云已不在。复回故道，而凤与蟾方咄咄相视。生趋揖，曰："目患方除，今又竭功耶？"凤未及答，蟾在旁应曰："承方致愈，幸已涵明。早失一钗，特来此寻觅。"生曰："何以失之？"凤曰："无心而失之。"生曰："失虽无心，得者有缘。"凤曰："弃之而已。"生曰："金质凤名，何忍相弃？"凤曰：

"纵不忍，奈无觅何。"生曰："心诚求之，天下未有求而不得者矣。"凤怒蟾曰："汝在我后，眇不一看，安用汝为！"生出钗，曰："仆久蓄此，毋怒蟾矣。"凤接，笑曰："旧物耳，兄何欺？"生曰："绣闺书室，若隔天渊，而失钗竟入仆手，不可谓无缘也。敢云欺乎？"语未竟，报："鸾娘来。"生即趋出，漫成一词：

"访旧归来嗟不遇，转过迎晖，又与新人语。数句情言微自露，娇娥可是犹难悟。拾得金钗原有主，笑接殷勤，好把云鬟护。虽得相逢游洛浦，反教添我相思慕。"（《蝶恋花》）

日晚，仍赴云处。小鬟曰："被酒睡矣。"生揭帐视之，但见桃花映面，绿鬓欹烟，困思朦胧，虽画工不能模写也。生即解衣潜入衾内。云从梦寐中作娇声曰："多情郎，乃为穿窬行耶？"生曰："本入幕宾，何得相讶。"兴止而罢。生曰："卿知秋蟾事乎？"云曰："虽不知，试观其言，似与君相洽者。"生曰："何以见之？"云曰："还钗赐药，凤曾道来。"生曰："然则感予否？"云曰："纵彼不感，兄当从此机会。"生深然之，天曙而出。

一日清明，夫人代王祭扫，举家随行。凤以处女，得不与焉。生知其然，直抵其寝室。凤见生，惊曰："读书不知内外，所读何事？"生曰："客居寂寥，访景怡情，迤逦而来，不觉至此。"秋蟾从旁赞曰："早是亲雅，不然，取侮多矣。"生俯立鞠躬，莫敢进退。凤亦平颜，曰："姑舍是，后宜慎之。然既来，理不当空返。"乃劝生坐。但见画床锦幕，香气袭人，室虽不甚幽，广雅则若仙境，可爱也。正欲遍观，见几上有《烈女传》一帙。生因指曰："此书不若《西厢》可人。"凤曰："《西厢》，邪曲耳。"生曰："《娇红传》何如？"凤曰："能坏心术。且二子人品，不足于人久矣，况顾慕之耶！"生曰："崔氏才名，脍炙人口。娇红节义，至今凛然。虽其始遇以情，而盘错艰难间，卒以义终其身，正妇人而丈夫也，何可轻訾。较之昭君偶房，卓氏当垆，西子败国忘家，则其人品之高下，二子又何如哉？"凤亦语塞。

顷之，蟾捧茶至，因谓生曰："公子识此味否？"生曰："嫩绿旗枪，天池一种，味虽美，恨不能一饱尝耳。"凤曰："兄果欲，当奉少许，以助清趣。"生即拜曰："若蒙俯爱，愿粉身以谢。"凤觥然曰："兄病心乎？何语之颠倒也。"生曰："旅馆萧条，幽怀苦逼，昏昏卒梦，百事不复措情。卿忝兄妹之交，意宜怜惜，反过责耶？"凤又："然则兄思归乎？"生曰："携囊负笈，兴何匆匆也。一旦凤望投空，踌躇行止，正昔人所谓要归归不得者矣。"凤曰："何不倩一排遣？"生曰："知心在眼，欲倩久矣，其如不肯垂情耶！"凤稍意会，不辞而去。生因趋出，吟绝句二首以自叹：

"池平窗静独归时，一见娇娥心自痴。情殢不堪回首处，倚栏空赋断肠诗。乳燕飞飞莺乱啼，满腔心事被人迷。琴堂轸冷知音少，无限芳情带草萋。"

越数日，春英来园中。生招谓曰："别后耿耿，子忍不一顾耶？"英曰："予心亦然，但娇娘子常有恙，难相离耳。"生曰："向承许，杳不效力，岂为信人？"英曰："公子将别望，敢相强乎？"生笑曰："知心有几？"反顾间，秋蟾、小鬟亦至。生曰："不约而俱，良会也，安可虚负。试斗草一乐，劣者任胜者罚，何如？"众美皆曰："可。"时有翠色花一种，生先得之。秋蟾潜欲分之，英亦求惠，生方欲与，不料为小鬟所见，并力来夺。三女一男，混作一处。鸾度英来，又谅必遇生，忌有所私，亲往伺察。鸾已近身也，春、秋犹争笑自若。鸾叱曰："男女不相授受，而顾狎戏如此，体面何在！"众皆遁去，惟春英伏地请罪。鸾欲责谴，哀求而止。

后两日，英忿鸾之辱己也，乃盗鸾《如梦令》词及红凤头鞋一只与生，曰："此娇娘子手制，当为公子作媒。"生览之，大喜过望。候晚，密趋卧云轩。见鸾独立凝神，口诵"不如意事常八九"之句，生即在背接曰："何意不如？仆当解分一二。"鸾惊问曰："汝来此何干？"生曰："来赴约耳。"鸾曰："有何约可赴？"生出鞋，曰："此物卿既与之，今复悔耶？"鸾愕然，曰："此必春英所窃，兄何见欺？"生曰："然则'与君分半'之词，亦春英所作乎？"鸾不觉面色微红，低首不答，指捻裙带而已。生复附耳曰："白玉久沉，青春难再，事已至此，守尚何为？"即挽鸾颈，就大理石床上罗裙半御，绣履就挑，眼朦胧而纤手牢钩，腰闪烁而灵犀紧辏。在鸾久疏旧欲，觉芳兴之甚浓；在生幸接新目，识春怀之正炽。是以玉容无主，任教踏碎花香；弱体难禁，拚取翻残桃浪，真天地间之一大快也。生喜鸾多趣有情，乃于枕上构一词以庆之，名《惜春飞》：

"蝶怨蜂愁迷不醒，分得枕边春兴。何用鞋凭证，风流一刻皆前定。寄语多情须细听，早办通宵欢庆。还把新弦整，莫使妆台负明镜。"

鸾起曰："通宵之乐，实妾本心，第碍春英耳。"生绐曰："不妨，当并取之，以塞其口。"彼此正兴逸，遥见火光，望之，乃夫人也。鸾即使生逾窗而避之，鞋与词俱不及与。生且惧且行，不意小鬟在路，承命邀生。生不能却。至，则巫云方守灯以待。见生面色萧然，亲以手酌生，坐生膝上，每酌，则各饮其半，不料袖中鸾鞋为彼觉而搜之，生亦不能力拒，竟留宿焉。但生虽在云房，而一念遑遑，实属于凤。于是诈言早起就外，欲至凤所，意彼尚寝，当约秋蟾为援，以情强之。

谁知凤以宿妆起矣，云鬟半軃，梦态迟迟，何啻睡未足之海棠，雾初回之杨柳；独倚窗栏，看喜鹊争巢而舞。见生，问曰："举家尚在梦中，兄何起之早耶？"生曰："孤帏清淡，冷气逼人，欲使安枕，难矣。"凤亦凄然无语。少顷，几上小瓶插红梅一

枝，凤竟往添水，若不礼生者。生从后抚其背，曰："卿能惜花憔悴，独不念人断肠乎?"凤曰："人自肠断，于我何与?"生作意又问曰："向有小束，托秋蟾奉谢，不识曾赐览否?"凤亦作意答曰："虽有华章，但意思深长，语多不解，今亦置矣。"生曰："卿既不屑一观，当掷下还。"凤笑曰："恐还则又送人也。"生曰："身萍浮梗，见弃于人久矣，尚有谁送?"凤曰："新姨每每致爱，何谓无人?"生曰："果有之，但十巫云不足以易一卿耳。"凤又曰："得陇望蜀，兄何不知足耶。"生曰："噫！卿犹不谅，无怪其视我恝然也。盖欲取虞，不得不先取虢。至以灵台一点，惟卿是图，刺骨穿心，不能少释，予岂分情博爱者比哉。"凤见生言词恳切，颇亦感动，睨视生移时。而秋蟾报："夫人呼凤问事。"即与偕去。生亦出外，怏怏不能披卷。及夜，赋五言律云：

"话别幽窗下，情深思亦深。佳期凭素枕，乡梦恋重衾。自信人如玉，何妨钗与金。莫怜空凤侣，还拟再论心。"

鸾自通生后，忌春英眼，每降节下之，欲得其欢心。一日，英持玉丁香侍妆，失手堕地，竟损一角。鸾收匿而不问。英因德鸾，乃扣启曰："侍奉闺帏，久蒙恩育，倘有所使，当竭力以图报。"鸾曰："我无他，惟汝玉一节，两难周旋耳。"英曰："夫人性宽，即在所略，则下此俱不足畏。况娘子情人，即我情人也，何自生嫌疑?"鸾曰："汝既有美心，能引我一见乎?"英曰："不难。"即与鸾同至生室，相见欣然。因以眼拨生，曰："那人已回心，今夜可作通宵计矣。"生点首是之。正笑语间，忽索前鞋与词，已无觅矣。生遮以别言，鸾疑其执。生不得已，遂以实告。鸾重有不平意，少坐而去。

生虽喜得鸾，而以凤方之，则彼重于此多矣。是夜，因凤事未谐，郁郁不乐，伏枕而眠，不赴鸾之约。鸾久候不至，意为巫云所邀，乃怨云夺己之爱，欲谋相倾。然所恨在彼，而所惜在此，又不敢悖然自诀也。寝不能安，作《一丛花》词以写其意：

"晓来密约小亭中，戚戚两情浓。良宵挨尽心如痛，徒使我、望眼成空。红叶无凭，绿窗虚扃，何处觅飞鸿?

欲眠犹自倚熏笼，幽恨积眉峰。孤灯独守难成梦，凄凉了、一枕残红。不是缘悭，非干薄幸，都为妒花风。"

明早，鸾以此词命春英特送与生。生接览之，自悔无及，即同英入谢罪。过太和堂，望见凤立丽春馆下，看金鱼戏水。生使英先回，竟趋赴凤。凤问秋蟾曰："一雌前行，众雄随后，何相逼之甚耶?"生曰："天下事，非相逼，焉能有成?"凤整容施礼，而生已当胸紧抱，曰："今日乃入手耶!"凤怒曰："兄何太狂! 人见则彼此名损多矣!"生曰："为卿死且不吝，何名之有?"凤因且拒且走，生恐伤彼力，寻亦放手，但

随之而行，直至闺中。凤即坐而舒气，生蹲踞而前，曰："子诚铁石人耶。自拜丰姿，即劳梦寐，屡为吐露，不获垂怜，使我空池虚馆中，当月朗灯残之候，度刻如年，形影相吊，将欲思归，则香扇犹在目也，情束犹未还也，何忍一旦自弃。及至姑留，又以热心而对冷眼，甚不能堪。是以千回万转，食减容消，若痴醉沉昏然者，无非卿使之也。卿纵欲为彭娥德耀之行，何卿送人至此极乎！"言讫，不觉泪下。凤持生起，曰："妾非草木，岂谓无情，方寸中被兄索乱久矣。然终不显然就兄者，诚以私奔窃取，终非美满之福，只自招人议耳。况观兄之才学，必不久卧池中者，故父母亦爱兄敬兄。苟或事遂牵红，则偕老终身，妾愿足矣。计不出此，而徒依依吾前，何不谅之甚耶！"生曰："卿言诚是，但世情易变，后会难期，能保其事之必谐乎？倘或天不从人，则万斛相思，顿成一梦，必难复牵子襟以自诉矣，悔恨又当何如！"凤又曰："汝我情缘，甚非易得。此身既许于君，死生随之，复肯流落他人手哉！"即脱指上玉记事一枚、系青丝发一缕与生，曰："兄当以结发为图，以苟合为戒。"生袖中偶有鸳鸯荷包，亦与凤，曰："情联意绊，百岁相思。"正话间，秋蟾驰至，颇知此情，乃曰："彼此歃盟，不可无证。兄姻缘得意，妾亦有所托者。"即折髻上玉簪，以半与生，祝曰："君情若坚"；以半与凤，祝曰："姐志若白。绿鬓与交，苍头无斁。"生、凤笑而收之。生感凤意，口占《清夜》词一阕云：

"兰房兮春晓，玉人起兮纤腰小。誓固兮盟牢，黄河长兮泰山老。莺愁兮蝶困，绿阴阴兮红翠。密约兮虽都苦，沉梦兮难醒。"

凤亦以词答生，词名《点绛唇》。

"默步庭闱，无端又被狂郎见。排莺狎燕，顿使酥胸颤。订说盟言，半怯桃花面。情洽处，且休留恋，早中金屏箭。"

生回间，莺见，挽生手，同至寝所，恣行欢谑。枕席中所讲会者，千态万状，虽巫云辈，远拜其下风矣。事阑，日已西向。莺起，挽生而坐，自含五和香，以舌舐生口中；或使生吸茶，又自接唇而饮。倦倦之情，实未有如莺之极者也。是夜，复留生。生颇倦，婉辞而出。莺疑有他就，终不快于巫云。

生自说盟之后，虽常会凤，或携手，或联肩，或笑狎赓歌，或花月下对膝以话心事，无所不至，但语一及淫，则正色曰："妾岂淫荡者耶？妾果淫荡，兄亦何贵于妾！"每每不能相强而罢。一日，房前新荷盛开，谓生曰："出污而婷婷不染，垂实而颗颗含香，真所谓花之君子也。"生曰："凌波仙子，香色俱倾人矣。然当娇红嫩绿时不趁一赏，则秋风剥落，虽欲见，得乎？"又一日，与生并坐，秋蟾忽持新蛾来，两尾相连，四翅绰约。因谓凤曰："物类钟情，卿何固执？"凤掷蛾不语。生亦愀然曰："大丈夫欲

为一蛾不可得，虚生何为！"语虽感伤，而凤终坚守。

是夜归馆，适月朗风清，因作诗以自怨云：

"相逢不若未相逢，赢得心牵意亦忡，独立小栏凭往事，汪汪两泪泣西风。

当初邂逅望成欢，今日谁知恩意难。镜里好花溪映月，不能入手即能看。

佳期不偶惜芳年，设尽盟言也枉然。情重几回心欲裂，青灯夜雨梦魂颠。

着意寻花花正酣，相思两字用心探。伤情无奈恓惶处，一嗅余香死亦甘。"

吟一句，嗟叹一声，不觉以闷郁之怀，感风露之气，二鼓就寝，寒热迭攻。明旦，不能起。馆童言于夫人，夫人命求汤药以治之。然生素脱洒，今患此，心益躁则病益剧，留连三五日，犹勿药也。巫云、娇鸾俱遣人问候，惟凤若不知者。正忆忖间，秋蟾在目，且持蜡丸一枚奉生，曰："凤姐多致意。"生曰："吾病不在丸，子必知之。当覆凤，如不弃盟，时来一顾，九泉无憾矣。"蟾欲回，见几上所存诗稿，并拾以报凤。

凤得凶信，又味诗词，情意飘荡，心甚忧之。傍晚，密与蟾亲往问其疾。见生，执其手曰："兄达人，何不幸罹此？"生曰："一卧难起，自谓不得复睹芳容，此亦孽缘所羁，不自悔也。但凤愿未酬，使我饮恨泉下，卿亦独能恝然乎？"语未终，泪随言下。凤亦带泪谓生曰："妾身不毁，则良会可期，兄宜自爱。"亲出红帕，与生拭泪。见生面冷，又自以面温之。临别时，依依不能舍。乃解绡金束腰与生，曰："留此伴兄，胜妾亲在枕也。"含泪而去，且顾且行。

生虽未得通凤，然而脂香粉色，殆领会尽矣。况其意念惓惓，生亦感释，病为之少瘥。生匿不闻，欲瞷凤再至。越日，果来。近床问曰："两日颇快否？"生曰："痴病恹恹，未知此身孰有，敢望快乎！万一复理巾栉，当索快于吾卿，不识周旋之意何如耳。"凤欲宽生，乃曰："恭喜后，惟兄是从。敢执前见以负罪耶？"生不胜喜，病亦渐愈。

初起，即往候凤。凤见生，喜爱过于平日，因谓生曰："兄在患时，妾心胆几裂，夜不解衣者数晚。忧兄之情，行止坐卧不释也。今幸无恙，绵远之期可卜矣。"因出词以示生：

"缘乖分薄，平地风波恶。得意人而疾作，两处一般耽搁。书斋相问痛泪魂，孤衾拚与温存。忍别归来心戚，一线红泉偷滴。"右调《青玉案》。

生亦出词，乃谢凤者也，词名《南乡子》：

"病起识红尘，患难方知益故人。襟扣含娇轻解处，情真：一枕酥香分外亲。报德愧无因，惹我相思恨转新。骨瘦不堪情事重，伤春，绿暗红稀再问津。"

彼此看讫，情话绸缪。生不觉兴动，欲求凤会。凤不允，生曰："卿言在耳，今又背之，守信者当不如是也。"凤曰："妾非爽信，但兄新愈，当迷云溺雨之时，能保其情之少少纵乎！倘有不虞，虽曰爱兄，实害兄矣。妾忍见耶？"生闻凤言，历历可听，亦不甚强之。

又越两日，生意无聊，本欲会鸾一叙，然意重情坚，不觉足为心使，沉吟之间，寂至凤室。以指击门，不应。生怒，推窗而入。凤方在围屏中拥炉背灯而浴，见生至，娇羞无措，即吹灭灯。生从黑中抱住，曰："正欲情胜，何相拒耶？"又以手摸其乳，小巧莹柔，软温香腻，虽寒玉酥鸡豆肉，不足以喻其妙也。因逼之就枕。凤度不可解，因诳生曰："凤世姻缘，今夜必偿兄矣。所虑者，兄花柳多情耳，万一抛人中道，使妾将何所归？必当对天证誓，然后就枕未晚也。"生以为然，乃曰："此素愿耳，何难之有。"即舍凤自誓。凤徐理衣，诈呼："秋蟾觅火！"竟从小门遁去。灯至，誓完，而凤已去久矣。生彷徨怅望，不能为情。秋蟾为生新愈，恐复激恙，因慰之曰："凤姐裸裎灯下，是以害羞，然心实未尝昧也。公子无欲速，则好事何患不成？今妾欲留公子，恐得罪凤姐，未敢也。不若游至新妙姨处一遭，何如？"及至，云已睡熟，不能进矣。急辞蟾投鸾，鸾尚未寝。见生闷闷不言，问之亦不答，鸾又促膝近生，曰："对知心人不吐露心曲，何也？"生难以实告，诈应之曰："才梦见杨太真试浴，正戏狎间，为风竹所醒，不得成欢。然而情状态度，犹隐隐在腔子中，所以恋恋不已若此也。"鸾曰："果郁此乎？妾虽不及太真，情则一也，即当与兄同浴，以解此怀。"乃命春英具汤，设屏秉烛，各解其衣，挽手而浴。生虽负闷，然当此景，情岂不动？即抱鸾于膝，欲求坐会。鸾亦任生所为。灯影中残妆弱态，香乳纤腰，粉颈朱唇，双湾雪股，事事物物，无非快人意者。生于此时，不魂迷而魄扬也哉！浴毕，即携手共枕，戏谑无所不至，而情事未可以言语所形容也。

生早起就外，思凤之念犹未释然。乃画美女试浴图，写诗于上，以道忿怨之意：

"灯前偷见一娇娥，试浴含羞脱绮罗。怯露芙蓉新映水，舒香荷芰啸凌波。云迷弱质欢情杳，月暗残妆梦想多。旧日相思合愈渴，兰汤不共待如何。"

生方掷笔，适凤使蟾候生起居，且曲为谢罪。生曰："吾当面责之。"即持画而入。凤见生，掩口笑曰："苟非遁去，几入虎喙。"生亦笑："狗盗之谋，何足为幸。"因出所题与观。凤曰："高才妙味，具见之矣。但今虽迷暗，岂无虚朗之日乎？"生曰："卿之操志，心领已深，第中热苦难忍耳。譬之于酒，醇醪在手，何忍弗醉，未有不取而吸之者也。譬之于花，芳葩在前，何忍望香，未有不嗅而攀之者也。苟为不然，至愚且负甚矣，人将不重嗤之耶！今卿具醇醪之美，芳葩之娇，而仆又非愚而负者，此其所以欲一吸且攀也，何自蹈守株缘木之行，徒作其人也哉！"凤曰："妾非忍心，虑

在远耳。兄知酒矣，独不知一泼而不能收耶？兄知花矣，独不知一开不能蕊耶？兄固非薄幸者流，妾实念及于此，若徒逞目前之欲，则合卺时将何以为质耶，是以今日之守，亦为兄守耳，兄何不谅之甚。"生曰："是则矣，吾恐媒妁未偕，归期在迩，一会且未知何日也，何合卺之可望乎！"

生言愈恳，凤不能当，即抱生于怀内，曰："兄何钟情之极！"生亦捧凤面，曰："向使病骨不起，则国色天香又入他人手，而温存款曲之情今将与卿永绝矣，此情安能不钟也。"凤又顿足起，曰："芳盟在迩，岂敢昧心。万一事不可料，有死而已，不忍怜香惜粉以负兄也。兄何出此言哉。"生不得已，乃难凤曰："适呈拙题，敢请一和。以刻香半寸为则。香至诗成，永甘卿议。不然，虽翅于天，鳞与渊，亦将与子随之。心肯灰冷耶？"生料凤虽聪慧，未必如此敏也。不意得命即成，无劳思索。

"夜静人闲浴素娥，曲凭深处解香罗。偷看舞燕冲红雨，戏逐轻鸳起绿波。意重不妨言意淡，情真何用讲情多。红泉一点应难与，无奈东君欲速何。"

香未至而诗先就，生亦无如之何，乃仰天叹曰："大丈夫死只死矣，何向儿女子口中取气耶！"即拂袖而出。生虽不得志，然亦直凤之言，高凤之节，未尝不私自叹赏，而爱慕之心益加切矣。

自是，生久居鸾处，将及旬余，绝不与凤一面。巫云间或会焉。凤则常使人问候，殆无虚日。时四月二十三，夫人度辰，召宴亲戚于忠烈堂，生亦在焉。内则巫云辈五六人，外则叔侄辈六七人，垂帘为蔽。优乐尽歌舞之美，水陆极龙凤之珍。聒耳充目，无非富丽者也。内有褚晴岩者，夫人侄也，亦事举子业，与生话甚投，因对弈赌酒。生棋虽优，然心眼常在帘内，连负三局，罚酒六大杯。凤恐致醉，密使小鬟视生。罢弈，生方收局，褚复逼生投壶。手虽把箭，而心愈属凤。故矢皆落地，又得酒四大觥，而生渐醉矣。凤见生扬言，恐失礼于人，急检王所合乾葛丸，贻生嚼之。三咽后，清爽如故。生得不及乱者，凤之力也。席罢，夫人先寝，事托巫云为理。

家人俱散，时近二更，生知无碍，即直造凤所。凤方坐床脱绣，见生至，且惊且喜，曰："兄久忙，何暇至此？"生曰："被斥之人，无颜求见。今蒙不醉之德，故来谢耳。"凤曰："果非妾，兄将不胜甚矣。"生移身近凤，曰："曲糵所酿，不过醉面，至于情意所绊，安能醉心。仆因卿，醉心甚矣，顾乃齐不一醒，何耶？"凤曰："兄果执迷，必欲以情事相尚，则秋蟾，爱婢也，亦颇俊艳，荐以代妾，何如？"生曰："卿误矣。燕石满囊，不若粒玉之能宝；驽蹄盈厩，何如一骥之可良。病入膏肓，心力俱困。若日荐代如蟾者，虽得不死于卿之前，凄凄孑孑，如穷鳞毙翼之所归。意在卿也，岂爱婢哉！"凤意稍解，但默默不言。生又进曰："天下有强奴悍寇，始虽甚恶之，及其

输情纳款，铺匐所哀之时，未尝不屈法怜宥。然则仆之于卿，亦可谓输款甚矣，而卿竟不少怜，岂奴寇之不若乎？"凤见生言恳恳，乃曰："兄意既如此，妾敢固爱？但姑待明夜可也。"生兴正发，即抱住，曰："仆肠颇短，不能优游以待。且人定回天，何况于子。"乃力推仆枕。凤亦不敢相却，任生解衣。翡翠衾中，轻试海棠新血；鸳鸯枕上，漫飘桂蕊奇香。情浓任教罗袜之纵横，兴逸哪管云鬓之撩乱。生爱凤娇，带笑徐徐；凤怜生病，含羞怯怯。肺腑情倾细舌，不由我香汗沾胸；绞绡春染红妆，难禁他娇声聒耳。从今快梦想之怀，自是偿姻缘之债矣。是夜，生为情欲所迷，将五鼓才睡。当旭日红窗，而生凤犹交颈自若。秋蟾恐惧人来，乃揭幔低声曰："阳台梦尚未醒耶？"生、凤乃惊觉，整衣而起。凤急饰妆，娇姿愈艳。生在旁大喜狂溢，乃缀《乐春风》一词以庆之：

"锦褥香栖，幽闺春锁。几番神思蓬瀛，今得身游梦所。风流何处值钱多。兰蕙舒芳芳，桃榴破颗。娇羞鸟娜，情重处，玉堂金谷皆左。才识得，一刻千金价果。"

凤观毕，曰："妾之蒲柳，不避淫污，一旦因兄致玷，诚以终身付之也。若曰暮暮朝朝，甚非所愿。惟兄谅之，则万幸矣。"亦口缀前词以复焉：

"鸾镜才圆，鹊桥初渡。暗思昨夜风光，羞展轻莲小步。杏花天外玉人酡，难禁眉攒，又何妨鬓軃。情谐意固，管什么，褪粉残红无数。须常记，一刻千金价果。"

是夜，娇鸾席散，欲得生一馨酒兴，乃自往邀生，至则野渡无人，几窗寂寂而已。因忿生不先会己而赴巫云，不知生在凤处也。于是欲决意谋云，而未得其便。一日，会台州人归，以军功报夫人。鸾乃重贿使，诈传王命："早暮衙内凄凉，可送新姨作伴。"使者得贿，果如计语夫人。夫人亦怜王在外，信而从之，即使云去。云患涉险，又以生故，不欲行。正踌躇间，生忽趋至，云曰："何来？"生曰："闻卿被召，时决有无。"云曰："诚然。"生曰："去则去矣，仆将何依？"云曰："一自情投，即坚仰托，正宜永好，常沐春阳，奈事不如人，顿令隔别，虽曰后会有日，而一脉心情，不得与鸾、凤辈驰骋矣。"生曰："事已至此，为之奈何！"乃相与执手嘘唏。而夫人以明当吉日，又使小鬟促云整妆。生夜即留宿云所，眷恋不可悉记。

早起，凤持纱衣一套，桂饼、梅丸各二封以贶。云因谓生曰："凤姐与我自从奉接闺帏，情同己出，况以公子之故，敢负斯心。汝百岁良姻，此行可力任矣，善自绸缪，毋生嫌隙。但不知他日待我何如事！"言讫泪下。凤与生亦大恸。正惜别间，报："夫人来送。"生即致意而出矣。然自巫云去后，夫人以凤无所托，命与俱，家事代云分理，是以人之出入、门之启闭，亲为防闲。鸾欲独任生情，今反两不得便，心窃悔焉。生亦怏怏失意，且遭连雨，益难为情。是夜，伏枕不安，漫成诗词各一首：

"熟梅小雨故连宵，旅馆愁来不待招。笔砚病余功课少，家乡去外梦魂遥。檐声逼枕添惆怅，灯影怜人伴寂寥。新绿满园虽可意，久虚寻赏任风摇。"

《香柳娘调》：

"对孤灯悄然，对孤灯悄然，夜阑人倦，雨声滴破相思怨。这情绪可怜，这情绪可怜，展转不成眠，懒把罗衾恋。想伊儿妙年，想伊儿妙年，肠断心灰，务谐姻眷。"

不料夫人荣役太过，忽卧一疾，不能起。风方侍汤药，而鸾密使春英报生。生乃以佷礼问安。回至太和堂散步，自思曰："此中旬日不登，风景入目顿别。"不意鸾突在后，相见各喜。鸾促而行，生逡巡不敢进。鸾曰："老母伏床，余皆无虑，兄宜宽心。"同行间，宛然风寝旧路。至则二闺紧贴，仅间一壁耳。坐谓生曰："向夜自走候兄，竟成不偶，何也？"生曰："想缘醉梦中，知罪，知罪！"又："那人去后，颇劳兄念耶？"生曰："相思情爱，何人无之？苟为不然，薄幸甚矣，卿亦何取于仆？"鸾不能对，乃出饼果，与生并体而食。正细话间，报："凤姐请议药方。"生即告出。鸾曰："暮夜无知，愿兄着意。"生曰："中门锁钥，谁则任之？"鸾曰："自有处。"

生及昏时，潜入太和堂，正欲扣门，鸾已先嘱英候矣。至，谓鸾曰："今何能此？"答曰："才与凤约，每夜轮伴老母，庶可节劳。幸吾妹如议，妾可常常而见，兄可源源而来。妾之为兄，无不尽意如此。"生不暇备谈，即与就枕。时方清和，狂荡甚过，千态万状，不能悉明。乃以足枕生股，手抚生腮，曰："观君丰神、情趣、色色可人，真大作家也，恨相见之晚。"生曰："但得此身在，永远可期，何晚之有？"语毕，鸾体颇倦，竟熟睡。生忆春英在近，不无动情者，乃轻舍鸾，索欢于英。英曰："鸾姐性酸，不敢仰就。"生曰："向无子，焉有今日？纵知，且不较，况在梦乎。"英感生情，即如命。交会间亦甚有趣。生虽战后，而眷恋新人，愈发豪兴。且其牡丹一朵，肥净、莹腻、窄浅，样是骇人，貌固不及诸美，而此实为最胜者也。生留连不忍去，英促之，复就鸾所。鸾亦瞑目不觉。东方白矣。临行时，鸾又约曰："后夜莫推佳会。"

生至园亭，默忖"轮伴"之言，思欲与风一款。及晚，密启中门，私趋内室。但见二闺杳然无人。生乃独卧风床，垂帏自蔽。候至更余，风来，起幔见生，半惊半笑。生亦笑曰："待卿久矣。"凤曰："正欲见兄，决一大事。"生曰："何以教我？"凤曰："一自见兄，情颇难制，说盟不已，又辱私奔，虽其反己怀惭，而事原夙定，不足追也。奈此来老母染病，俗言'喜可破灾'，求婚者日无停议。妾在女流，不敢自白。兄，丈夫列也，计将安图？"生曰："托迹门来，即承二大人俯爱，正愧一无所报，而可以此情闻乎？卿固慧人，若以己谋己，则势便而机投，倘谐所言，勉当恪遵，虽死不避。"凤低首蹙容，半晌不语，乃谓生曰："此事若图之老母，鸾姐在侍，必难允谐。

为今之计，兄争索尊翁一书、聘物一二件，竟送父任。老父素喜兄，而新姨又力赞，事想八九矣。苟得父命，纵母有别议，而妾可执以为词，岂不万全也哉？"生喜曰："此良策也，明当东归，一如卿议。"凤因命蟾备酒，自捧觞，谓生曰："此酌一则饯别，二则永诀。盖妾之一身既寄兄手，万一天不从人，妾宁碎玉而沉珠，决不忍抱琵琶过别船也。此行勉旃，不可草草。纵老父未许，老母他从，亦当再来一会，莫使万种恩情竟成疏逖，则妾死无憾矣！"言毕，悲咽不胜，泪下如雨。生亦愀然泣泪，唯唯承命。是夜虽与凤并头交股，奈欢心为离思所拘，未及构情而鸡已唱矣。凤乃枕上成绝句二首以送生：

"比翼初分肠断猿，离愁欲语复吞言，相思好似湖头水，一路随君到故园。

送别余情分外浓，行行独泛酒旗风。明朝此际凄凉处，凤枕鸾衾半截空。"

生即辞凤，入谢夫人。娇鸾知之，急使春英留生。生托以"家尊有书远召，故不敢违。多致意鸾姐，事完，当复来谒也"。鸾度不可留，乃送细果二盒、巾绢十衣为赆行之敬。

生抵家，备以王爱留之情、凤永谐之意，曲道于父。父不胜喜曰："此吾责也。"即为书及白金百两、彩缎二端、金钗环各二事，遣人往台求婚。

王得书，谓巫云曰："吴兵部家求凤姐亲，汝为何如？"云曰："簪缨世胄，才茂学优，何不可之有？"王笑曰："吾亦久蓄此意，但不欲自启耳。今当乘其来求索，以为赘，则吾老亦有托矣。至于花烛之事，且待贼平荣归，亲自校点也。"因以聘礼送归夫人，答书许焉。人还，生大喜如醉，因作《西江月》以自庆：

"久待西厢明月，今方愿遂丝乔。已知鸾凤下湘潇，何用信传青鸟。晓苑飞花有主，春田蕴玉成瑶。云桥再渡乐良宵，正是姮娥年少。"

生欲再往复凤，生父止之曰："前以客礼留连，今初聘结，不宜轻数，姑俟有便而往可也。"生郁郁不敢违。居家两月，人事、书史俱不介意，参前待侧，一凤之外无余思也。

不意巫云自别生后，朝暮思忆，食减容消，成一郁疾。王千方求治，毫不能愈。临终时，进小鬟谓曰："吾病已属膏肓，势在难救，然而取死之故，汝必知之。今亦不足言，但前有鞋词，有我身且不保，留之何用！汝持归，万福公子：我不能再见矣，当与凤姐永好耳。"言讫大悲，目亦寻闭。鬟急呼叫，竟无济。王乃从厚葬殓，募僧追荐，举枢寄安国寺中。虽甚痛悼，亦无如之何矣。

家中夫人受聘之后，病患日减。一日，时当七夕，乞巧于庭。二娇以夫人新食，筵极丰洁，又使英、蟾辈歌诗侑觞，而夫人终若不豫。娇鸾请之，因答曰："凤事告

吉，可谓得人，吾无忧矣。但汝父监军，未乞骸骨，汝年方壮，孤节难终，怀抱间所未释然者，犹坐此耳。汝自成欢，毋吾以也。"是夜，皆不乐而罢。

二娇回房，鸾独长叹不卧。英私问曰："娘子彷徨，得非忆吴公子乎？"鸾不答，但首点之。英曰："何不招之使来，徒自苦耶！"鸾曰："招之使来，置凤何地？"英曰："天下莫重者父母，所难者弟兄。今娘子与凤姐一脉所存，何不成以恩义，结以腹心，岂不快哉；顾乃各立门墙，自生成隙，此夺彼进，时忧明虑，不亦愚耶！"鸾又曰："汝言唯良，开我蒙蔽多矣。"即相与诣凤，曰："我汝骨肉，犹花两枝，本则一也。倘不见别，当以一言相告。"凤曰："遵命。"鸾曰："予与吴生有龌之爱，自拟终身以之。不料六礼先成，予亦窃幸。但今一去三月，颇烦念情，欲招之，则于妹有碍，欲舍之，则于心不忍。两可之间，敢持以质也。"凤怃然曰："不敢请耳，筹之熟矣。予之得配吴君，论私恩，姐当为先，执公议，妹忝为正。心欲相较，则分薄而势争。不若骨肉同心，事一君子，上不贻父母之忧，下可全姊妹之爱，不出户庭，不烦媒伐，而人伦之至，乐自在矣。但愿义笃情坚，益隆旧好，大小不较，无怀二心。妹之所望于姐者此耳，何必郁郁拘拘于形迹间哉！"鸾曰："妹果成我，我复何忧。"即为书邀生。

生托以他事，赴焉。及门，夫人待之，礼加于昔。出就池馆，有感风景依然，谩成一律云：

"园亭复得启窗扉，案积凝尘手怕挥。池净萍开鱼自跃，梁空泥落燕初归。深知一遇生难再，况是三奇世所稀。景色依然情事重，栏杆倚遍夕阳微。"

是夜，二娇度生必至，设酒以待。更初，生果入谒。鸾迎，谓曰："新女婿来矣。"生答曰："旧相知耳。"相笑而坐。语中道及姐妹同心事，生喜曰："情爱之间，人所难处也。二卿秉义，娥、英不得专美矣。"然亦自惭曰："而僭获奇逢，谨当毋倦盟心，少酬知己，二卿其尚鉴之。"鸾、凤皆唯唯。酒罢，生欲就凤。凤辞曰："凡事让长，妾不敢先。"生倾鸾，鸾又曰："奉礼新人，义不可僭。"相逊者久之。生不能主，乃曰："鸾娘不妒，凤卿不私，既在兼成，尤当兼爱。"即以一手挽鸾颈，一手拍凤肩，同入罗帏中。二娇虽欲自制，亦挫于生兴之豪而止。于是枕长枕，披大被，二美一男，委婉若盘蛇，屈贴如比翼，彼此行春，往来递爱，殆不知生之为生、鸾凤之为鸾凤也。

一日，新雨初收，凉风微动。生觉寂困，乃趋凤闺。凤方昼卧一榻，生欲乱之，才起裙，不料鸾至。鸾即低声抚生曰："兄欲何为？"生曰："刻心人阻我高兴。"乃舍凤狎鸾，推倒于榻头，取双莲置之两臂，立而猎之。兴趣不能状，情逸声娇，凤竟惊觉。生复逼体私凤，力拒不从。正持案间，鸾曰："凤妹独作清客耶？"乃助生开禅，纵情大战。事毕，鸾指生柄，曰："斯何物也？尝能授人如是？"凤笑曰："坚肉。"盖以生字"汝玉"也。生答曰："非此不能补缝。"盖以"凤"字同音也。鸾大笑而起。

一日，夫人以生馆寂寥，命迁之太和堂侧，意便供值，而不知益近娇所矣。鸾约凤携觞往贺，至，则生谓曰："胜会难逢，不可独乐，虽英、蟾亦宜侍坐。"二娇许之。酒至半，生令其取绯色，多得者为状头，余者听调。不料生果得五绯，而凤仅得一。乃使英执壶，蟾反觞，而鸾侑食，凤则歌以劝生：

"蛟起渊兮鸟出幽，红妆侍兮绿蚁浮。人生佳会兮不常有，及早行乐兮为良谋。古人有见兮能达，不甘利禄兮优游。邀明月兮歌金缕，披清风兮醉玉楼。惟此二物兮何友，取诸一襟兮奚求？堪嗟白驹兮易过，任汝朱颜兮难留。百年兮纵然能寿，其中兮几日无忧。所以偷闲兮及时买笑，赏心兮何惜缠头。殷勤把盏兮愿拚酩酊，岂可碌碌徒效蜉蝣。"

歌罢，鸾曰："今赌拳，当便宜行事，何如？"生曰："可。第无悔。"二娇欲难生，而胜算又为生得。秋蟾则在无算，生即抱蟾于怀，以手弄其乳；命鸾进酒，与蟾同饮，一吸酒，则一接唇，戏谑无所不至。生因大醉，众美扶挟而寝。

一日，中秋后晚，鸾凤宴生于卧云轩之庭中。饮至二鼓，星月愈皎。生曰："仆与卿等相与，乐则乐矣，未曾通宵。今夕颇良，不若再陈狼籍之杯盘，检点将阑之兴趣，席地而坐，互韵而歌，倦则对月长憩，醒则洗觞更酌，略分忘形，一乐可乎？"于是设重裀，铺绣褥，用矮几置菜果，罗坐其上。时凤履青金点翠鞋，生爱其纤巧俊约，则捧上膝头，把玩不忍释；又脱以盛杯流饮，笑傲戏乐，人间之所无。生兴不能遏，欲求凤会。凤曰："清光皓色中，何可为此？"生曰："广寒求此不能得，岂相妒耶。"即与凤交于褥间。事阑，英添香，蟾斟酒，鸾自起而庆生。生曰："姑待见渎后同饮，何如？"遂亦狎鸾，鸾亦不避。生因得大舒醉兴。然患其惠之不均也，欲次及英。英当生娇相接时，情已飘荡，此则任生所行，无甚难色。蟾度势必临己，先匿其迹。生方舍英觅蟾，已不在矣。生曰："金汤且克，何惧蕞绵。"乃遍索之，得于槐阴中之芙蓉架边，因笑曰："子固苦我，今能翅耶？"不暇枕席，即与狎戏。生兴固高，而酒又为助，蟾不能胜，正昏迷间，鸾、凤、春英皆至，遂止之。生夜大醉，诸美亦被酒回房，时漏五下矣。

自后朝出暮入，习以为常。一凤一鸾，更相为伴。或投壶花下，或弹棋竹间，或携手联赓，或连袂对酌，生之一身，日在脂粉绮罗中优游，而他不暇顾矣。因作《芳闺十胜》以自赏：

云鬟

梳罢香丝扰扰蟠，笑将金凤带斜安。玉容得汝多妆点，秀媚如云若可餐。
鸦色腻，崔光寒，风流偏胜枕边看。

雪股

娟娟白雪绛裙笼，无限风情屈曲中。晓睡起来娇怯力，和身款款倚帘栊。
水骨嫩，玉山隆，鸳鸯衾里挽春风。

凤眼

波水溶溶一点清，看花玩月特分明。嫣然一段撩人处，酒后朦胧梦思盈。
梢带媚，角传情，相思几处泪痕生。

蛾眉

淡月弯弯浅效颦，含情不尽亦精神。低头想是思张敞，一抹罗纹巧簇春。
山样翠，柳般新，菱花镜里净无尘。

金莲

龙金点翠凤为头，衬出莲花双玉钩。尖小自怜行步怯，秋千裙里任风流。
穿芳径，上小楼，浅尘窄印任人愁。

玉笋

春葱玉削美森森，袖拥香罗粉护深。笑撚花枝能索巧，更怜留别解牵襟。
机中字，弦上音，纤纤红用漫传心。

柳腰

娇柔一捻出尘寰，端的丰标胜小蛮。学得时妆宫样细，不禁袅娜带围宽。
低舞月，紧垂环，几回云雨梦中攀。

酥乳

脉脉双含绛小桃，一团莹软酝琼醪。等闲不许春风见，玉扣红绡束自牢。
温比玉，腻如膏，醉来入手兴偏豪。

粉颈

霜肌不染色融圆，雅媚多生蟾鬓边，钩挽不妨香粉褪，倦来常得枕相怜。
娇滴滴，嫩娟娟，每劳引望怅佳缘。

朱唇

胭脂染就丽红妆，半启犹含茉莉芳。一种香甜谁识得，殷勤帐里付情郎。
桃含颗，榴破房，衔杯霞影入瑶觞。

是月，台贼得平，且靖嵊峒保塞百余处。王以功领封敕归。至家月余，欲与生、凤完礼，不料奔走宴贺之事甚劳，箭疮顿发，流血数升而死。遗命嫁鸾，夫人则托生终养。

凤闻云死，固自痛惜，今又遭丧，哀毁愈切，绝不许生一会，虽见，亦不戏一语。生重其孝，不敢相夺，时在太和堂纳闷。不意小鬟自内出，见生，唱礼后即垂泪曰："新姨自公子而亡，公子不为新姨面戚，何耶"生曰："子不知耳。自去经年，指望再续旧好。今忽闻变，泪从心饮，苦自神知，欲求一面，无由可行，纵死以俟，戚亦难以尽我矣。"鬟怃然曰："公子情义如此，无怪吾姨之死犹恋恋也。"生急问曰："曾有言否？"鬟曰："余无嘱，惟愿与凤姐永好耳。且寄红鞋一只、书一束，不知何意。"生急索之，鬟曰："在我奁中，容即奉也。"生曰："随取何如？"鬟曰："可。"乃相与至巫云旧房。但见床几依然，箱厨积垢；及视鞋词，事迹如昨，怀人忆古，不觉凄然。生乃流涕大恸，鬟亦对泣。

生徐拭泪，抚鬟曰："我无云姨，亦不能至此。今日不料寸报毫无，竟成永别。云姨不可见矣，见汝犹见云姨也，敢欲与子重缔新欢，少偿旧恨，阴灵有见，谅在喜全。"即欲求速，鬟曰："主母果有意，但文鸳不足以托彩凤耳。"生曰："固情夺分，何伤，何伤。"鬟曰："纵无伤，亦与二姐有碍。"生曰："英、蟾且命自荐，何碍于子？"鬟笑而不答。生即挟至床中，为彼脱衣解带。相狎时，甚能承受，勇于秋蟾过多。生笑问曰："原红已落谁手？"鬟应声曰："昔时为老主所得。"生曰："惜哉！娇海棠何忍枯藤缠耶！"鬟亦笑曰："枯藤朽矣，海棠又傍乔木矣。祸福难凭，世情固不测如此。"生因伤感，不得尽兴而起。书馆茕茕，乃作挽云诗一章：

"忆别依依出画栏，谁知复见此生难。湘湖月缺波痕冷，巫峡云消山色寒。绣架寂寥针线断，妆奁零落粉脂干。灯残酒醒猿啼绝，空向西窗泪眼漫。"

是夜，宿于鬟处，鸾凤寂不知也。

三七后，生因告归，报父，欲举奠祭之礼。岂期娇叔士彪者，素流荡险恶，溺情花酒中，家殖始与王同，因此败落。王每讽诲，则以为轻己也，心甚衔之。王亡，举一子求嗣，欲利所有。夫人虑其不诚，不许，且以有婚辞。彪怒，乃诬生因奸谋命，竟鸣于官。官得士彪私，将产业一半与彪，以半与夫人赡老，断生在逃不究，二娇则令改嫁。生闻，奈公案已成，竟不能白。士彪大喜，以娇为他妇，则许聘缔。鸾谓凤曰："萧墙起变，骨肉相残，大事去矣！将若之何？"凤勃然曰："难测者外来之变，能定者吾心之天。今虽挫拂间关，正明义之秋，见节之日也。妹当与姐协力同心，坚盟守礼，万一恶叔悔悟而改，贪官罢黜以行，则卧云之会，终为可期。苟或不能，有死

而已。"鸾曰："妹有此志，我亦窃效微末，虽不能为贞节人，免使呼为淫劣妇足矣。"言论之间，悲惨特甚，乃相与大泣。自是，朝暮依依，唯生是念。而生在家，亦惟鸾、凤是图，奈断案之后，士彪严为关防，虽苍头孺子，不许私出入，恐与生有所约也。将及年余，竟不能通一纸。生欲抱义与逞，生父又力阻之，是以两相耽搁。二娇居处怨慕，所自排者，惟形之于诗词耳。有《四景闺怨》，录于后：

寂寂香闺昼掩门，飞花啼鸟两销魂。眉峰愁重应难尽，事到伤心谁与论！
蔷薇一架雨初收，欲候归舟频上楼。无奈梁间双燕子，对人何事语绸缪？
晓来强自试新妆，倦整金莲看海棠。不是幽人多懊恼，可怜辜负好春光。
开遍棠梨倚遍栏，无端瘦得带围宽。花前赋就相思句，留与归来仔细看。
窗下新裁白苧衣，等闲红瘦绿成肥。游人不是迷歌舞，飞尽杨花尚未归。
风定帘垂日正迟，篆烟袅袅午眠时。箪凉好梦谁惊觉，小院新蝉噪柳枝。
幽栏新笋渐成竿，独对南薰忆旧欢。露却酥胸香粉湿，倩谁与我掩齐纨？
惭愧红颜果薄缘，风流让与并头莲。兰汤自解丁香浴，怯怯娇姿不似前。
小庭梧叶乍惊风，立尽清阴盼落鸿。自信别来多寂寞，一缄犹胜未相逢。
好事蹉跎一梦如，应知今日悔当初。芭蕉绿满芙蕖放，十约佳期九度虚。
览镜消容为念君，恩情何忍等秋云。黄花不似愁人瘦，人比黄花瘦几分。
南楼待月负良宵，枫冷江空去路遥。无限凄凉蛩话彻，孤灯明灭泪痕消。
锦幕生寒怯翠环，天涯目断几云山。相思最是伤情处，野寺寒钟香霭间。
老干舒香已报春，不禁情动两眉颦。金尊未举心先醉，惟有梅花是故人。
挑尽残灯拨尽灰，芙蓉帐冷共谁偎？孤愁一段无凭着，斜倚薰笼梦几回。
芳心一点玉壶冰，谁肯轻捐万斛情。携手何时重赏雪，卧云轩下话平生。

鸾见诗，谓凤曰："妹有是心，予独无情乎？然诗妙矣，吾不能和，当以曲赓之。"亦成《四景题情》一套于左：

降都春

情浓乍别，为多才，寸心千里萦结。暗想当初，背地香偷曾玉窃。如今惹下相思孽，倒不如无情安贴。满怀愁绪，几能够对他分说？

出队子

兰芽长苗，又见春光早漏泄。莺莺燕燕飞成列。凝眸都是伤春物，娇滴棠梨，何心去折！

集贤宾

花飞碎玉飘香屑，凭栏目断天涯。猛听黄鹂声弄舌，唤起我离愁切切。狠心薄幸，闪得我罗裙宽摺。无聊也，自且把珠帘半揭。

黄莺儿

枝头梅乍结，困人天，微雨歇。南薰独对枉自嗟，冰弦懒拨，香泉懒啜。端为恩情一旦撇。心哽咽，泪湿纱衫，相看都是血。

玉胞抱肚

情乖爱夺，盼佳期，顿成永绝。空堪美，并蒂荷花。怎支吾，暮蝉声迭。兰汤浴罢鬓云斜，倩谁将我裥腰脱！

山坡羊

满地舞旋红叶，欲待题诗难写。近日临妆，不觉娇姿怯。亲瓜葛，梦与同欢悦。又被西风忽动檐头铁，顷刻惊开原各别。闷也，拍瑶台灯灭。怨也，掷菱花挤碎跌。

五供养

西厢待月，挨几个黄昏时节。相思滋味逐头断，秋来更彻。是谁家砧杵声频，捣得我忧心欲裂。芳盟尽属空，好事翻成拙。楚岫云遮，高唐梦蝶。

忒忒令

绣闺寒侵，把兽炉慢熬。叹蓝关，人阻截。几番间揉碎梅花，揉碎梅花，惜孤衾，香自洁。怕寒鸦，啼渐越。

侥侥令

愁结板桥霜，梦冷茅檐雪。书翠流红事已赊。甚时得破镜圆，断簪接。

尾声

相思担重苦难车，拚与他珠沉玉缺。你不见程姬，贞且烈。

是岁丁丑至元三年也。民间讹言朝廷拘刮童女，一时嫁娶殆尽。有赵应京者，新荫万户官也，家极富，性落魄不羁，好鹰犬博弈，素慕娇名，碍生，不能启齿。今闻讹言，乃以金五百，夜贿士彪，欲求娶凤。彪性贪，竟许之，且使老婢告夫人曰："我因一忿，以致参商。每念寡妇孤儿，不忍一见。不若另觅东床，别联新好，使老有所托，幼有所归，不亦可乎。况吴生官断，义难复全，彼必重婚，我何空守？"夫人未及对。凤即应曰："噫！是何言欤！吾叔利人之有，不义；割人之爱，不仁；既许而又背之，不信。吾与吴生，父母主盟，媒妁议礼，情义所在，人皆知之。今欲悔约而谋倾，固非君子厚德之道，亦岂妇人从一之心？拜复吾叔：吾头可断，吾身决不可辱也。”婢以此言达彪。彪知不可强，乃嘱赵子曰：“凤姐情义不屈，计取为宜。择一吉辰，尔多带从仆，以亲迎为名，从则可矣，如其不然，始以官势逼之，继以温言诱之，娇年幼质，必有所动，当不久负执迷也。”应京大喜，候日举行，不料为老仆抱其不平，竟走报凤。凤私度曰：“老贼所为，险恶无比，吾力既不能制，吾名又不可污，亦莫如之何也，已矣！”将欲自尽，乃作书遗生曰：

“难妾王娇凤敛衽拜大文元汝玉夫君大人辱爱下：始而说盟，君心既已属之妾；既而成礼，妾心亦已属之君。正议鱼水百年，不料风波一旦。使我有容不整，有花不簪，玩月反助清苦，吟诗适动幽思，一景一情，无非役吾神、扰吾梦者也。然犹早暮依依，不即为兄轻生者，盖冀彼有所悔耳。既悔，则乐昌复合、延平再还，隐忍之罪，不犹可赎也哉。岂意怙恶不悛，变中生变，移花于别种，割我良缘；辍玉于他田，断兄雅爱。当此时也，欲拼一死，慨兄面之未瞻；欲待苟全，痛妾名之已辱。故与其丧节以捐名，不若死者之为愈与？其徒死而不足以偿千百年之恨，又不若姑存自待，万一得见之为尤愈乎？生不可，死不可，进退两难，会离莫测，虽微躯弱质不足以伴贤哲者心，而断玉联金，尚犹在目也。兄忍蔑视而不为之痛耶？情惊缕缕，笔难遍传，聊上一缄，敢求来会，则妾死生有所诀矣。敢书，敢书。”

生得书骇愕，即兼道赴之。又不敢显然自进，乃匿于昔日浣衣之老妪家，持金为礼，使得通焉。挨至鼓余，二娇乃遣春英辈密开小门，放生私入。相见时，各各大恸，但不出声。凤因谓生曰：“愚姊妹幸与兄遇，恩爱已非一朝，准拟长松可依，朱弦得托，三生偕老，家室优游。讵意门墙起变，半路相抛，使海义山情，冰消瓦解。故今请兄至者，非他意也，将欲与兄一面，少释终天，必不忍冒耻辱身，甘作因风之柳絮，顺水之桃花。兄自此后，亦当善自珍养，候事少息，与吾姐伉俪百年，实妾至愿，万毋为妾以伤贵重也。”言讫，悲咽不胜，泪痕如线。生含泪曰：“好事多磨，佳期难偶，自古然者。今之所值，想亦仆命所该，何忍反累。”凤又谓鸾曰：“老贼属意在我，势不俱生，我死则无事矣。”生曰：“无累也。彼丈夫也，我丈夫也，吾何畏哉，必当出力与之较焉。”

正彼此议论间，春英谓生、凤曰：“天下事，权则通，泥则病。一时奋激，徒作沟渠，于事何益？不若默忍潜为，再图欢庆。”生怃然曰：“计得矣。昔相如窃文君以亡，辜生挟瑜娘而走，古人于事之难处者，有逃而已。今当买舟湖下，与凤姐乘月东归，僻径潜踪，待时舒志，彼求不得，纵有恶谋诡计，将何施哉！苟便可乘，续谋兼并，犹未晚也。"众美皆曰："善。"于是托邻妪周旋，略检妆资，与娇鸾掩泪而别。舟行时，鼓已三矣。

途中无聊，有联句《古风》一首云。生为首倡，凤次之焉。

"露气侵衣月在河，呀嗟好事反成磨。世间只有相思苦，偏我相思苦更多。今夜兰房灯火绝，大声唱别愁千结，归心一似恋帆风，叠叠重重急且咽。水静天空云惨凄，人离家远梦魂迷。依稀重缔生前愿，往事伤心怕再提。怕提往事姑拥膝，夹岸蘋芦秋瑟瑟。一篙撑出波涛中，免使鲸鲲受尘泱。悠悠世态古道残，人心尤险行路难。孤根此去托肥土，笑杀王郎成画虎。"

越日至湖，觅居凤凰山中，隐僻深幽，虽生父不觉也。

士彪以娇凤之变自激而成，然势不能救，徒悔而已。鸾虽与谋，亦困于孤立之苦，风晨月夕，思怨之情，不可胜记。聊录数章，为好事者一览。

春愁睡起不胜悲，往事颠危谁与持？魂逐游蜂身似借，肠牵飞絮意如痴。泪痕隐血心从落，脸气生香手自支。几度更深眠未稳，伴人惟有漏迟迟。

别时记得共芳尊，今日犹余万种恩。绣妒鸳鸯闲白昼，书空鱼雁盼黄昏。一番对月一成梦，几度临风几断魂。挑尽残灯凄切处，薄衾香冷情谁温！

晓妆台下思重重，懊叹何时笑语同？情傍游丝牵嫩绿，意随流水恋残红。当年自恨春如锦，今日应知色是空。回首雕栏情况恶，闲愁千里付孤鸿。

锦帐朝寒只爱眠，相思如水夜如年。新诗篆裂惭吟雪，旧事凄凉怕问天。酒去愁萦心一寸，梦回神绕路三千。人情变幻难凭计，何处鸾胶续断弦！

空庭草色翳苔茵，无奈深愁一样新。凤髻乱盘浑似懒，蛾眉淡扫不如人。梦中得合非真乐，帐里无郎实是贫，起傍花阴强排遣，数声杜宇更伤神。

凭栏无语怨东风，愁遇春归恨转浓。一枕凤鸾魂杳杳，半窗花月影重重。珮环声细千般懒，脂粉容消万事慵。纸短话长题不尽，殷勤寄取早相逢。

碧桃深处听啼莺，一似声声怨别轻。翠凤有情欹绿鬓，彩裙无力殢红缨。杨花未肯随风舞，葵萼还应向日倾。种种幽情羞自语，安排衾枕度初更。

无端日日锁双蛾，缕缕愁来叠似波。空忆高情疑是梦，难禁积恨欲成魔。堪嗟好事全终少，深憾佳期不偶多。拂鬓自怜还自叹，名花无主奈如何！

是岁，伯颜以罪徙龙兴，乃复科举制。生曰："此吾明冤之一大机也，当不可失。"即辞凤赴试，果领乡荐。及亲策，又中左榜。左丞相别儿怯不花素喜生才，竟选生为翰林承旨。生以未娶，奏闻朝廷，诏赐归娶。至家，贺者填门。生欲议日毕姻，凤谓曰："人情处安乐，不可忘患难。向与我姐说盟，协意事兄，今妾先举而背之，置我姐于何所？不若并妾送归，使老母上主，迎兄至家，与愚姐妹花烛，庶不失吾父赘兄之意也。亦且名正言顺，恶叔何辞！"生曰："此论甚当。"即为书达鸾，兼送凤回。

夫人、娇鸾闻之，大喜，乃择十月戊戌之吉——至正三年也，迎生行入赘之礼。乘鸾后，生谓鸾、凤曰："平生素愿，中道一阻，不料复有今日，天乎？人乎？但土彪之忿，未能少雪，岂丈夫耶？"凤曰："彼虽不仁，份在骨肉。若乘势而窘之，无有不便，但睥睨芥蒂，不惟情涉于薄，亦且量为不弘，故曰：'宁人负我，毋我负人'。兄能忍人之所不能忍，容人之所不能容，正大丈夫也，何留心于小小哉。"生喜，举杯大酌，因浩歌一绝云：

"拜罢天墀胆气粗，归来醉倩玉人扶。龙泉三尺书千卷，方是人间一丈夫。"

吟未终，春英报曰："叔叔才上缢，竟绝咽矣。"生笑曰："此天假手以快我也。"不料彪子见父之变，愧赧痛悼，亦相与投池中。急使人救援，得一最幼者。其余三子，皆夫人为之发丧，各各从厚殡殓。

家事悉生掌握，因谓夫人曰："错蒙厚爱，累罪良多。孰意天眷儒生，侥登一第，且人亡事白，两姓万全，岂非至幸者乎？若竟恋夫妻之爱而怡乐于外堂，使堂上者一无所恃，人子之情，不能恝然而无所系也。不若同至家中，处夫人于别院，所存房产，悉与彪叔之子，则在我有父子之养，在夫人有母子之欢，在孤有得所之托，将不两得也哉。"夫人曰："我年老志短，所为事一依公子。"生乃择日命驾，一家起行。官民有送生者，列鼓吹笙。舟中风景，不能尽述，有《临江仙》词以道之：

"心事今朝除悒怏，只怜云饶家乡。豪情骑鹤任翱翔。手扳仙苑桂，身惹御炉香。极目烟霞迷画舫，一天紫绿斜阳。远山偏向望中长。将何酬美景，宿酒醉新妆。"

至家，生父甚喜，即设宴宴夫人。酒罢，生偕鸾、凤寝。鸾与生笑语自如，独凤俯首凭几，若有所忆者。生问曰："我与卿历尽艰辛，幸得至此，正宜求乐而反含忧，何耶？"凤不答，但潜然泪下。生惶悚曰："仆果有罪，请试数之，何烦自苦如此。"凤曰："兄知今日聚合之乐，独不念昔年引见之功乎？"生曰："云姨盛德，今虽欲报，安从施哉？"凤曰："念我虽非抱育，然而恩情契重，则胜嫡也。幼年刺绣既沐提携，壮岁姻亲又承吹赞，本欲托我以终身，不料去而不复返。尔我于朱楼绮阁中吟诗酌酒，使彼孤魂旅枢流落他乡，麦饭香花，欲依无主，于情于份，安得不哀！"言毕，又泣。生抚抱曰："是我责也。非卿言，几作薄倖徒矣。然亦不难，明当遣人移枢至家，建醮以报，慎毋劳卿忧抑也。"生即使人往安国寺迁棺，往返月余方至，则请玄武观刘真人为法主，起建水陆斋七日。生、凤亦薰沐虔诚，昼夜不懈。醮毕，择后园空地筑圹以厝。

是夜，生因连日事扰，暂憩外书斋中，倦倚醉床之上。方闭目，梦见巫云徐步而前，貌饰如故，曰："别来忧恨，一旦感疾而亡，后会成虚，盟言难续，追思痛伤，然亦禄命所该。"语未终，生即抱住曰："久思无觅，今从何来？汝不死耶？"云曰："冥司以妾无罪，留妾在子孙宫中，候阴例日满，托生贵家。今蒙公子水陆超度，复授妾为本司掌册之官，侍伴天妃，安闲逸豫，得不入鬼箓尘寰者，皆公子惠也。今特致谢，聊释别来之情，嗣此不敢见矣。"含泪欲去。生又抱定，曰："子既成仙，何妨再见？"云曰："公子未知也。冥司立法，比世尤严，毫有所私，重罚不赦。公子善自珍爱，我检簿籍，有二贵子，合生汝门，不必我念，我当永别矣。"生急持其衣，云乃顿袂而去。生惊觉，余香犹在。生趋报凤曰："鬼神之事，昔尝议其佛氏之诬，以今观之，信有之矣。"凤问故，生以前梦悉为诵之。凤曰："若如此，我不负云姨矣。"及言得子事，凤又拊掌曰："果娠三月，未知璋瓦何如。"再回鸾，鸾亦怀娠同日，各大笑。生乃备牲醴致奠，鸾、凤则共作文以哭之：

"呜呼！以姨之贤，禄宜未艾；以姨之德，寿将天假。胡为乎云散秋空，雪消春海？何为乎玉玦光埋，花飞香碎？呜呼！姨虽逝矣，鸾将安赖；痛哉！凤虽在矣，姨何能爱。徒使帐锁余香，镜空鲜黛，无地通恩，有天难戴。呜呼！痛针刺之犹存，想音容之恍在。恨彼苍之无凭，夺玉人之何迈。是以肠断欲联，眼枯无奈，盼山知怨，望云兴慨。呜呼！仰仙魂之遥遥，望炉烟而长拜。苟或灵其有知，愿芳蘋之略采！"

后至正四年十月朔日，鸾、凤各生一子，俱在同时，闻者无不为异，因呼为"三奇、二绝"，乡间传诵不已。有好事者作词美之，不及尽录。

生慕果报之理，乃弃官营修，寡欲养气，开义井于路，造赈仓于家。族有寒微者助之，人有孤寡者给之，筑街盖殿，塑佛饭僧。凡有便于人之事，虽损己为之，不恤也。

生以二子由神力所致，乃名其鸾出者为天与，凤出者为天赐。七岁能明经，及长，文武俱优。正欲赴举业之科，奈张士诚以兵陷湖，生复挈家避难于凤凰山，不求闻达。一门三代，聚乐怡怡。或著述群书，或调议世务，或讴吟于青山绿水之前，或饮酌于清风明月之下。耕食凿饮，别是人间，不知其有红巾草莽之乱也。

及至正二十六年，大明兵取杭嘉湖等路，生父子喜曰："真天子出矣。急出报效，不失丈夫所为。有功即归，不可久恋取祸也。"生乃自荐。天与为李国公善长参谋，天赐为徐国公达部将。及攻略有功，我太祖封与为枢密官，赐为元帅之职。二子受命，不任而归。后李、徐二公使人迫之凤凰山，并祖、父不知去向矣。

卷五

双卿笔记

　　平江吴邑有华姓者，讳国文，字应奎。厥父曰衮，系进士出身，官授提学佥事，主试执法，不受私谒，宦族子弟，类多考黜。遂被暗论致仕，谢绝宾客，杜门课子。国文年方十五，状貌魁梧，天姿敏捷，万言日诵，古今《坟》《典》，无不历览，举业之外，尤善诗赋。会有司汇考，生即首拔，一邑之中，声价特重。

　　生父先年聘邻邑同年知府张大业之女，与生为妻。张无男嗣，止生二女，貌若仙姬，爱惜如玉，遍寻姆训，日夕闺中教之，故不特巧于刺绣，凡琴棋、音律、诗画、词赋，无不渔猎。长名曰端，字正卿，年十八，配生；次名曰从，字顺卿，年十六，配同邑卿官赵姓者之子。

　　是岁，生父母遣礼，命生亲迎。既娶，以新妇方归，着生暂处西厅书馆肄业。不意端与生伉俪之后，溺于私爱，小觑功名。居北有名园一所，乃衮宦游憩之地，创有凉亭，雕栏画栋，极其华丽。壁间悬大家名笔，几上列稀世奇珍，佳联掇画，耳目繁华，大额标题古今坟典，诚人间之蓬岛，凡世之广寒也。生每与端游玩其间，或题咏，或琴棋，留连光景，取乐不一。

　　一日，莲花盛开，二人在亭，并肩行赏。忽见鸳鸯一对，戏于莲池。端引生袂，谓曰："昔人有谓'莲花似六郎'，识者讥其阿誉太过，今观此鸟双双，绝类妾与君也。不识称谓之际，当曰鸳鸯之似妾与君乎？妾与君似鸳鸯乎？"生曰："予与君似鸳鸯也。"端曰："何以辩之？反以人而不如鸟乎？"生即诵古诗一绝以答之，云："江岛濛濛烟雾微，绿芜深处剔毛衣。渡头惊起一双去，飞上文君旧锦机。以是诗观之，此鸟虽微，然生有定偶，不惟其无事而双双同游，虽不幸而舟人惊逐，雌雄或失，终不易配，是其德尤有可嘉者。若夫吾人或先贫而后弃于妻，或后贵而遂忘乎妇，以此论之，

殆不如也。"端曰："或弃或忘，此买臣、百里奚夫妇之薄幸态耳，此奚足齿！但所谓鸳鸯之永不相违者，妾与君当以之自效也。"因归庭索笔，谓生曰："请各题数语，以为鸳鸯之叙可乎？"生曰："卿如有意，予奚靳焉。"乃首缀《一剪梅》词曰：

"菡萏初开雨乍晴，香满孤亭，绿满孤亭。一双鸂鶒泛波轻，时掠浮萍，共掠浮萍。"

端傍视，因曰："君词白雪阳春，固难为和，但各自为题，犹不足以表一体之情，君如不以白璧青蝇之玷为嫌，妾请终之，共成一词，何如？"生笑曰："得卿和之，岂不益增纸价耶？"欣然授笔。端续题曰：

"人传夙世是韩凭，生也多情，死也多情。共君挽柳结同心，从此深盟，莫负深盟。"

书成，二人交玩，如出一手，喜不自胜，相与款狎亭中。

不意文宗欲定科举，文书已到。生父闻知，即往西厅寻生，及至，其门早已阖矣；然犹意其在内也，归，令母唤之。夫妇俱不在室，衮大骇，因以端侍妾月梅者掬之，方知生、端频往园中游玩。父震怒不已。

月梅匆匆至亭报知，生、端惶惧潜回。父已抱气就寝，生往卧内，侍立久之，竟不得一语。盖衮虽止生一子，然治家甚严。生素性至孝，见父忿怒之深，恐伤致疾，乃跪而言曰："兹因北园莲茂，窃往一观，罪当谴责。但大人春秋高大，暂息震怒，以养天年。不肖明日自当就学于外，以其无负义方是训也。"父亦不答。时生母亦往责新妇，方出，见生战战不宁，乃为之解曰："此子年殊未及，故蹈此失。今姑宥之，俟其赴考取捷，以赎前罪。"父乃起而责之曰："夫人子之道，立身扬名，干蛊克家，乃足为孝。吾尝奉旨试士，见宦家子弟借父兄财势，未考之时，淫荡日月，一遇试期，无不落魄，此吾所深痛者。今汝不体父心，溺于荒怠，何以自振！汝母之言，固秀才事也，然此不足为重，欲解父忧，必俟来秋寸进则已，不然，任汝所之，勿复我见！"生唯唯而退。

至夜归室，惆怅不已。端至，亦不与言。端恐其怨己也，乃肃容敛衽而言曰："今者妾不执妇道，受谴固宜，贻咎于君，此心甚愧。但往者难谏，来犹可追。"遂取笔立成一词，以示自责之意，曰：

"雕栏畔，戏鸳鸯，彩笔题诗句短长。欲冀百年长聚首，谁知今日作君殃。裙钗须乏丈夫刚，改过从兹不敢忘。不敢忘，蘋蘩中馈，慰我东床。"

题讫，置之于几。生览毕，见端俛首倚席，有无聊之状，乃以手挽之，曰："予非怨卿，卿何有懑之深也。"然端平昔人前言笑不苟，是时见侍妾月梅在旁，心甚羞涩，但欲解生之忧，故不敢拒。于是给月梅曰："官人醉矣，汝且就睡，或有唤汝，当即起。"

梅去，端徐抚生背，曰："然则既非恨妾，殆恨亲乎？"生曰："亲，焉敢恨也。实自悔失言矣。"端询其故。生曰："向者欲慰大人之怒，乃以明日出外就学为对。今思欲践其言，则失爱于子；欲坚执不去，则重触乎父。是以适间不与子言者，正思此无以为计，而萦闷于怀，本他无所恨也。卿能与我谋之，则此心之忧释矣。"端曰："君言谬矣。妾与君今日之事过也，非大人之事过也。大人之责，宜也，君向者之对，正也。妾方欲改过不暇，容敢他有所谋乎！"生见端词严意正，乃曰："卿之所言，皆大义所在，固当嘉纳矣。但未见子有相慰之情，设使明日遽别，岂真无一节之可言？过而乃辟耳。"对曰："一节之妻，妾不敢自爱，他则无所可谋也。"生佯如不喻其意，乃与之戏曰："卿所谓不敢自爱者，果何事也？"端欣然不答。生故逼之，端笑曰："巾栉之事矣。"生曰："静夜无事盥沐，何用巾栉？"端语穷。生持问益坚，端曰："此事君不言而喻，如何苦以其难言羞人耶。"答问之际，不觉猎喜生，两相冷浃，生乃灭灯与端就寝。

次日，生往西厅，检点书籍，令家童搬往学中，乃入中堂，告辞父母。父亦竟不出见，但令母与生曰："今后必须有唤方可回来，不然，不如勿出也。"生领诺，默默而往。

至学，与诸友讲论作课，忽经一月。文宗到郡，诸友皆慕生才识，接次相邀。生以父严，不敢归家，惟着仆回，取行李合用之物，与友登程。乃致诗一首，令仆付端辞别。诗曰：

"自别芳卿一月余，潇潇风雨动愁思。空怀玉珥魂应断，隔别金钗体更癯。思寄雨云嫌雁少，梦游巫峡怕鸡呼。今朝欲上功名路，总把离情共纸疏。"

端得生诗，知其忆己之切，正欲摛思一词以慰之，奈生父促仆，匆匆不能即就。乃寻剑一口、酒一樽，并书古风一首以为勉。诗曰：

"丈夫非无泪，不洒别离间。仗剑对樽酒，耻为游子颜。复蛇一蜇子，壮士疾解腕。所志在功名，离别何足叹。"

仆至，以端诗呈生。众友觉之，意其必有私语也。相与夺之。及开缄，止古诗一首而已。众友相谓曰："此语虽非出自胸臆，然引用实当。观此，则其所作可知矣。诚不愧为华兄之敌偶也。"或疑曰："中间必有缘故。"复探生袖，因得其与端诗稿，诸友相与传观，鼓掌笑谑久之，然后启行。

及抵郡，则生之姨夫赵姓者，亦在候考。店舍相近，日夕相见，而赵子礼生仁厚。

又数日，文宗出示会考。生与赵同入棘围。试毕，本道对面揭晓发放，华生已考第一。其姨夫赵者，因溺于饮博，学业荒疏，已被考黜，抱气奔归。

时生与诸友在郡县送文宗，适有术士开张，道前谈相，士庶罗列，称验者万口如一。诸友谓生曰："在此列者，惟兄无不如意，盍往卜之？"生曰："术士之言，多出欺诳，不足深信。纵果如其言，亦无益于事。"内一友云："兄事弟已知矣，只为怕娘子，恐他于稠人之中说出根脚"生曰："非也。"又一友云："观前日所寄之诗，则华兄娘子必不如此。彼特吝财耳。"生笑曰："二者均非所忌，诸兄特过疑耳。"友曰："兄欲释二者之疑，必屈一相。"生曰："何伤乎。"诸友即拥生入帐中，曰："此相公害羞，我等强他来相，汝可试为评之。"术士见生容貌异常，熟视久之，乃曰："解元尊相，文齐福齐，不知欲随何处讲起？"生曰："目前足矣。"相者乃以富贵荣盛之事，按相细陈。诸友曰："此事我等俱会相了。只看得招妻、得子如何。"相者曰："妻皆贤，子亦有。"生诘之曰："贤则贤，有则有，乃若'皆贤''亦有'之言，相书载于何篇？"相者笑而答曰："此乃尊相之小疵，故未敢先告。解元问及，不得不言。所谓'皆贤'者，应招两房也；曰'亦有'者，应次房得之也。"生终不以为然。正欲辩之，比文宗起马。生令从者以钱偿之，奔送出城。

文宗既去，本日生与诸友言旋。及至邑，复往学中，乃令家僮先报于母，示以归省之意。母言于父，父曰："今日若子事业毕耶？任汝主之。"母不知父亦有与归之意，乃谓其"不与归"。端闻之，制诗一律，着仆付生，以坚其志。诗曰：

"闻君已夺锦标回，万叠愁眉渐扫开。字接风霜知富学，篇连月露见雄才。广寒有路终须到，丹桂期扳岂藉媒。寄语多情新宋玉，明秋捷报拟重来。"

仆以端诗与生，并述母言。生将端诗数上吟咏，以丹砂飞书，朝夕观之，以自策励。归宁之志，亦不复萌。

忽有客自生岳父之邑至者，生往拜，询以外家动履，客因以赵子失志捐馆告之。生伤悼不已。辞客归斋，思小姨虽未入赵门，然考时接见赵子，相礼甚恭，若不举吊，似为情薄。因以此意禀于父母，父曰："此厚道也，况外家久欠问安，一往即回可也。"

生得命，乃回，与端备礼而往。端修书一纸，临行付生曰："数字烦君带与阿妹顺卿，以慰其拂郁之心。"生曰："男女授受不亲，况彼我尤当避嫌，何以得达？"端曰："妾在家时，更有使女香兰者，君今去，妾父母必遣备君使令。令彼达之，得矣。"生乃以书收袖，别端而行。

将近，生令仆先行报知。张夫妇大喜，遂出门延生而入。至庭，生叙礼毕，张夫妇慰之再三，生亦申叙间阔。顷间酒至，主起揖就席，席间所谈，皆二氏家事，唯吊

丧一节，生以嫌疑，欲俟张道及然后举也。殊不知此子在日不肖，父母恶之，乡人贱之，张正悔为与婚，一旦而死，举家欣快，以此之故，所以席间不道。

时张夫妇俱在席，惟从与诸侍妾在内。从为人淑慎端重，不窥不观，无故不出中堂前者。生新至时，诸侍妾咸曰："大娘子新官人在外，今其坐正对窗棂，娘子曷往观之？"从叱之曰："彼丈夫也，我女子也，何以看为！"续后因童仆往来屡称生"才学为一时珍重，又与端相敬如宾"，而彼赵氏者众皆鄙之，心恒郁郁。今报已死，事闻信至，乃谓香兰曰："人言汝娘子姐夫恁般温雅，果信然否？"因与兰立于窗后潜视。见生才貌举动，俱如人言；又见父母特加敬礼，喟然叹曰："阿姊何修得此？予今后所择，若更如前，誓不归矣。"言罢，不觉有所感触，唏嘘之声，竟闻于席。然张夫妇年大，耳不及闻。生思："此必小姨，因见己而忆赵子也。"不觉勃然之色，见于其面，遂托醉求退。而张亦以婿途中劳倦，即促饭撤席。已而，果命香兰曰："此汝娘子官人，早晚盥沐，汝当奉巾栉。"因就令执烛导生寝。

生至寝所，乃取端书付兰，曰："汝既大娘子侍妾，可将此书奉与二娘子，千万不可失落。"兰接生书，即归，未看封皮，不知寄自端，以为出于生也；心中疑惑，慌至从房。

从正燃灯闷坐，见兰至，问曰："何事行急？"兰低语曰："一事甚好笑。"从曰："何事？"曰："华官人初到，与娘子又未相见，适间妾因照他寝所，乃以一书着妾付与娘子，不知所言何事。"从厉声曰："何有此举！快将出去！"兰忙将书藏袖内，趋出房门，不觉其书失落在地。兰去，被从捡之，乃私开就灯烛之，则端书也。正看间，兰寻书复至，从以手指兰曰："这贱人，险些被你误惊一场。此汝娘子之书，何妄言如此。"兰曰："妾实不知，然恰喜大娘子所寄，若寄自官人，娘子开看，岂复还乎。"从听其言，亦难以对，且佯答曰："将阿姊书看何如。"

"女兄端书奉贤妹顺卿汝次：叙别于归，数更蓂荚。思亲之念未尝忘，而日省无自；有家之愿虽已遂，然妇道未终。但幸主蘋蘩于中馈，大人无责备之心；侍巾栉于帏房，君子有刮目之顾。区区之心，窃自慰也。夫何鱼跃渊中，吾心克遂得天之私愿；讵意鸦鸣树杪，若郎遽有弃世之讣音！令人闻之，食不下咽。然而欲慰悲伤，当求所幸于不幸；要舒尊结，宜合难求于可求。吾闻赵子立志卑污，每称羞于奴仆；素行薄劣，恒致恶于乡间。彼身虽逝，喜温峤未下镜台，无累大德；尔年正青，幸伯牙能弹流水，岂乏知音？切宜善自遣排，以图后膺天眷；莫为无益之悲，致损生香之玉。予也，心远地偏，无由而会。今因檀郎赴吊，敬付寸楮，以慰汝怀。不宣。"

从读至"鸦鸣树杪，若郎遽有弃世之讣音"，不觉长吁数声，堕泪湿纸；又见"喜

温峤未下镜台，无累大德"，乃曰："阿姊何不写此在前，免人烦忙。"香兰曰："且更看后面何如。"二人看毕，乃知生专为举吊而来，从因谓兰曰："汝明早奉水，何不与华姑夫说知，叫他不必提起吊丧之事，那人虽死，我相公嫌他不如，只说敬来问安，岂不更美？"兰退，口虽不言，心下自忖："向者之书须误说，而彼竟问之，今又教他勿举吊丧之事，其喜生之心已动于窗后之一观矣。"

次早，生起着衣时，香兰在窗外潜知生已起，奉水盥生。生因问曰："书已达否？"兰想起昨夜错误之事，乃带笑答曰："已达矣。"生意兰笑己，固问之，兰曰："昨者妾错认书是官人的，俺娘子惊而怒焉。及开封，方知是大娘子的，所以可笑。"生拆之曰："汝误说有之。汝娘子识字，封外明写大娘子所寄，何待开封方知？"兰曰："彼时因妾失落在地，娘子拾得，欲背妾开看，未及详观护封，所以错认。"生听其言，默然良久，因复问曰："汝娘子那时更有言否？"兰乃述其"令勿往吊"之事。生深感之，曰："若非汝娘子示知，今日正欲亲诣往吊，未免竟犯此嫌。汝回见娘子，多上替我申谢。"

时生既不赴吊，张又固留，乃先命仆归。张夫妇询知生因与端观莲被责，出外读书，不与回家，考试后学中诸友又各移回，惟生一人在彼，甚是寂寥。张即遣人与生仆同至生家，禀以留生读书之意。衮喜曰："远于妻子"，欣然应允。时生不知，越数日，又辞归。张夫妇曰："贤婿欲归之急者，只为读书。老夫舍后有一小阁，略堪容膝，贤婿不弃，此地寂静，亦好用功。"生曰："国文忝在半子，荷悸上恩爱，喜出望外，但恐家君不容耳。"张因告以父母亦允之意。生思："归家亦不得与端相会，不如在此，免似学中寂寥。"乃遂拜诺。本日，即馆生于后阁。其阁门有二：一开于张之屋左，以通宾客游玩；一自中堂而入，要经从刺绣窗下而达。当日，张即令生由从出入，以避外人交接。

生至阁，文房毕具。张有门生数人，皆有才望，时令与生作课。居一月余，生工程无缺，但以久别于端，心恒闷闷，乃作《长相思》词一首以自遣。词曰：

"坐相思，立相思，望断云山倍惨吁，此情孰与舒？才可知，貌可如，更使温柔都已具，坚贞不似渠。"

生制成，欲留以寄端，乃以片纸书之，粘于书厨之内。忽兰至，曰："老夫人今日寿辰，开宴堂中，请官人一同庆赏。"生得命即出。经过窗前，闻兰花馥馥，生曰："何处花气袭人？"兰以手指窗。生趋视之，见一女子在内，手捻花枝。生知是小姨，慌道："不敢详视。"

及至堂，肴馔洁备，正将登席，张夫妇入屏后间语，又唤兰数声，方出。生疑议己之未遣礼也。其色甚惭，乃曰："今者岳母华诞，小婿缺礼，负愧殊深。"张慌慰之，曰："适间愚夫妇他无所言，因次小女与贤婿前未相见，今日汝岳母贱辰，遣兰唤小女出拜，以成一家之乐耳。"生色少定。少顷，兰与从至，母令与生叙礼。礼毕就坐，生侧目之，艳质与端无异，而妆点尤胜。女亦觑生，各相默羡。酒至半酣，生起为寿，次当及从。张曰："姊夫，客也，汝当奉酒。"二人酬酢之际，推让不饮。母曰："毋让，各饮二杯。"生一饮举回时，从方举杯未爵。兰与侍妾在傍代酌，私相语曰："外人来见，只说是一对夫妻。"从闻之，禁笑不住，将酒少喷于盏，托颜甚愧。生觉之，令兰再酌已酒，饮之，以掩其事。从竟只饮一杯，心甚德之，张夫妇不知其意，以生有酒力，乃与生更相酬奉。席罢，生醉往阁就寝。

次早，兰以生昨醉，奉水去，乃过从窗下。从在内呼曰："何往?"兰因顾焉，见从几上新寄兰花二串，兰指曰："何用许多?"从曰："汝试猜之。"兰曰："欲以一串与老夫人?"从曰："非也。"曰："欲与老相公乎?"从曰："相公素不好此。"兰思昨日生过此，曾问此花，意其必与生也，乃曰："吾知之矣。"从曰："果谁?"兰曰："莫非华姨夫乎?"从曰："是固是矣，但汝将去，不必说是我的。"兰首肯即行。至阁，生已起，久候水不至，因思："若非岳母寿辰，小姨无由得见。"乃作诗一律，以纪其美。诗曰：

"飞琼昨日下瑶楼，为是蟠桃点寿筹。玉脸晕融娇欲脆，柳腰袅娜只成羞。捧杯漫露纤纤笋，启语微开细细榴。不是愚生曾预席，安信江东有二乔?"

生正将诗敲推，听窗外有履声。生出视，见兰手执兰花，问曰："何以得此?"兰曰："妾正为往外庭天井摘此，所以奉水来迟。"生以为然。及接至手，见其串花者乃银线，因谓曰："此物非汝所有，何欺我也?"兰以从欲避嫌直告。生曰："以花与我者，推爱之情也；令汝勿言者，守己之正也。一举而两得矣。"遂作《点绛唇》一首以颂之：

"楚畹谢庭，风露陪香，人人所羡。嫦娥特献，尤令心留恋。厚情罕有，银线连行串，还堪眷。避嫌一节，珍重恒无倦。"

兰见生写毕，正将近前观其题者何语，生即藏于匣内。兰不得见，乃出，谓从曰："方才兰花因穿以银线，华官人即知是娘子的矣。感叹不已，立制一词。妾欲近视，即已收。此必为娘子作也。"从悔曰："彼处士子频来，倘有不美之句被人捡之，岂不自贻秽名乎!"心甚快快。兰："吾闻与他来往作文者已具书后日相请，但不知果否。若果，我与娘子往阁开他书厨一看，便见明白。"从深然之。

二人商榷方已，从母忽至房中，见从闷坐，曰："吾儿何不理些针指?"从曰："数

日不快，故慵懒矣。"母复顾窗壁，见新画一美人对镜，内题诗云：

"画工何事动人愁，偏把嫦娥独自描。无那想思频照面，只令颜色减娇羞。"

母览毕，思"画工何事动人愁"之句，谓从怨己之不与议婚也，遂谓从曰："前者人来与汝议亲，以赵子新亡，故未言及。今事已定，近又四五门相求，皆名门贵族，此事久远，未可轻许。今数家姓名俱言于汝，任汝自择，何如？"从不答。母又曰："此正事，直言无妨。"从隐几不应。兰因附耳谓母曰："老夫人且退，待妾问之，彼必不讳。"母退。

至夜，兰询从曰："今日老夫人谓娘子自择之事，何不主之？"从曰："此事吾亦不能自决。"兰举其最富盛者以示之，从曰："安知异时不贫贱乎？"兰曰："娘子若如此，则日月易掷，更待何时？今夜月明如昼，不如与娘子拜告卜之，如祝者纳焉。"从然其言。至更时，从与兰备香案，临月拜祷曰："如所愿者，乞先报以一阴一阳，而以圣终之"祝罢，乃以五姓逐一拜问，无一如愿。从沉吟半晌，近案再拜，心祝卜之，连掷三筊，皆如所祝。从乃长吁数声，掷筊于地曰："若是，则吾当皓首闺门矣，卜之何益！"兰曰："妾观娘子这回所卜之筊，皆如所祝，但不知属哪一家耳。何故出此不利之言？"从曰："汝何不察？此第六卜矣，不在五者之内。且卜以决疑，今事在不疑，尚何卜乎？"兰曰："但得如此，虽彼未在内，娘子有意，委曲亦可成之，果何患乎。"从曰："彼已娶矣。"兰知其所指者在华，亦不复问。忽闻房中侍妾有逐妾之声，恐母醒知觉，遂与兰归房内。

过二日，生果以友请赴席。兰与从潜往阁中，开生书斋房门并书厨，见其有思端之词一首，内有"坚贞不似渠"之句。从曰："世言'无好人'三字者，非有德者之言也。贞烈之女，代不乏人，华姨夫何小视天下，而遂谓皆不似阿姊乎？"乃以笔涂去"不"字，注一"亦"字于傍。再寻之，又得其题寿席之诗并颂兰花之词，遂怀之于袖。因思兰日夕与生相近，生不知私之，反过望于己，乃以笔题壁间而所画黄莺吊屏云：

"本是迎春鸟，谁描入画屏？羽翎虽可爱，不会向人鸣。"

从题毕，与兰遁回。

华生回房，正欲就枕，见吊屏上新题墨迹未干，起视之，乃有"不会向人鸣"之句，心甚疑，及看书厨，所作诗词未见，而欲寄端之词已改矣。华细思曰："此必香兰日前因不与看，故今盗去，而所改所题之意，皆欲有私于己而为毛遂之自荐也。"时香兰年方十六，性极乖巧，能逢迎人意，且有殊色，生屡欲私之，恐其不谙人事而有所失；及其见诗，欲心大炽，以笔书于粉牌曰："莫言不是鸣春鸟，阳台云雨今番按。"时岳母见生带醉而回，令兰奉香茶。生见兰至，曰："吾正念汝，汝今至矣。"兰视其颜色，知其发言之意，正欲趋出，生以手阖门而阻之，欲与之狎。兰不允，生以一手抱之于床，一手自解下衣，兰辗转不得开，即拽断之。兰自度难免，因曰："以官人贵体而欲私一贱妾，妾不敢以伪相拒，但妾实不堪，虽欲勉从，心甚战惧，幸为护持可也。"生初虽然之，然夫妇久别，今又被酒，将兰手压于背，但见峰头雨密，洞口云浓，金枪试动，穿云破垒。兰齿啮其唇，神魂飘荡，久之，方言曰："官人唯知取己之乐，而不肯怜人，几乎不复生矣。"生抚之曰："吾观汝诗并所改之字，则今日之事，正乐人之乐耳，何以怜为？"兰曰："妾有何诗？"生指吊屏示之。兰曰："所题、所改，皆吾二娘子午前至此为之，并厨内诗词，亦被袖去，与妾何干？"

生更欲问从有何言语，不意从见兰久于阁，意其必私于生。乃诈以母令，令侍妾往叫。兰忙趋出。从曰："汝出何迟？"兰仓卒无对。又见其两鬓蓬松，从诘之曰："汝与华官人做得好事！"兰不认。从曰："我已亲见，尚为讳！"兰恐其白于夫人，事难终隐，只得直告。

自后从一见兰，即以此笑之。兰思无以抵对，亦欲诱之于生，以塞其口。一日，因送水盥生，生见兰至，更欲狎之，兰曰："妾今伤弓之鸟，不敢奉命，但更有一好事，官人图之，则必可得。"生曰："无乃二娘子乎？"曰："然。"生曰："吾观汝娘子端重严厉，有难以非礼犯者。且深闺固门，日夕侍女相伴，是所谓探海求珠，不亦难乎！汝特效陈平美人之计，以解高帝白登之围矣。"兰曰："不然。妾观娘子有意于官人者五。"生曰："何以证之？"兰曰："官人初至而称叹痛哭，一也；误递其书，始虽怒而终阅之，二也；酒席闻妾等'似夫妻'之言即笑，三也；官人闻兰花而即馈之，四也；月夜卜婚惟六卜许之，乃怒而掷筊于地，乃问其故，曰'彼已娶矣'，她虽未明言是官人，然大意不言可知矣，此书有意乎官人也。以是观之，又何难哉？"生初意亦有慕从之心，然思是小姨，一萌随即过遏，及今闻一心惟许于己，且向者有相士"必招两房"之言，遂决意图之。因抚兰背曰：："是固是矣，何以教我？"兰曰："老相公与夫人择日要往城外观中还愿，若去，必至晚方回。官人假写一书与妾，待老相公等去后，妾自外持入，云是会晤相请。官人于黄莺吊屏诗末著娘子之名于下，潜居别所，妾以言赚之，必与妾来者。那时妾出，官人亦效前番而行，不亦可乎。"生手舞足蹈，喜之如狂，即写书付兰，乃作《西江月》一首：

"淑女情牵意绊，才郎心醉神驰。闻言六卜更稀奇，料应苍天有意。欲效帝妻二女，须烦红叶维持。他时若得遂双飞，管取殷勤谢你。"

兰去，生行住坐卧，皆意于从。至期，从父母果出。兰谓从曰："前者娘子所遗吊屏，何故将自己名字亦书在上？"从曰："未也。"兰曰："妾看得明白，若非娘子，必华官人添起的。"从不信。兰曰："如不信，今日华官人去饮酒，我与娘子亲往一观，即见真假。"从恐兰卖己，先令侍女先往园中观看。不知兰亦料从疑，预先与生商榷，将外阁门反闭，示以生由外门而出。侍妾回曰："阁内寂无一人，华官人已开大门去矣。"从因疑释，与兰同往。

兰开书房门，诈惊讶曰："娘子少坐，妾外房门失闭，一去即来。"从以为实，正欲以笔涂去吊屏名字，生见兰去，潜出，牢拴其门，突入书房，将门紧阖。从乃失措，跌卧于地。生忙扶之，谓曰："前荷玉步光临，有失迎迓，今敬谨候，得遇，此天意也。无用惶恐。"从羞涩无地，以扇掩面，惟欲启户趋出。生再四阻之，从呼兰不应，骂曰："贱妾误我，何以生为！"生复近前慰之，从即向壁而立，其娇容媚态种种动人。生亦效前番香兰故事强之，翻覆之际，如鹬蚌之相持。久之，从力不能支，被生松开纽扣，衣几脱。从厉声曰："妾千金之躯，非若香兰之婢比也。君忘亲义，如强寇，欲一概以污之，妾力不能拒矣，妾出，即当以死继之。"言罢僵卧于席，不复以手捍蔽。

生惨然感触，少抑其兴，谓从曰："娘子顾爱之心，见之吟咏，生已知之久矣。今又何故又拒之深也？"从哀泣而告曰："君乃有室之人耳，岂不能为人长虑耶！"生曰："长虑之事，子无感悦龙吷之拒，小生自有完璧之计。"从曰："君未读《将仲子》之诗乎？其曰'畏我父母'、'畏我诸兄'者，果何谓也？"生曰："予观令姊非妒嫉之妇，生当恳之，彼必从命。"从曰："纵家姊能从，姊妹岂可同事一人乎？且二氏父母，将何辞以达之也？事不能谐，妾思之熟矣。君能以义自处，怜妾之命而不污之，此德铭刻不忘也。"生曰："尧曾以二女妻舜，以此论之，亦姊妹同事一人矣，何嫌之有？"从曰："彼有父母之命，可也。"生曰："倘得其命，何如？"从不得已，曰："若此，庶乎其可矣。"生见从语渐狎，复欲要之，从曰："君尚不体妾心耶？君果有父母之命，吾宁为君他日之妾，今日死亦不允矣。"生曰："恐汝非季布之诺也。"从因解所佩香囊投之几，曰："愿以此为质，妾若负心，君以此示人，妾能自立乎？但恐铁杵磨针，成之难耳。"生知其心坚实，即送出阁。

从至阁门之外，思："前日香兰出迟，已即次发而笑之，今自留连许久，虽无所私，其迹实似。恐见兰无以为言。"趑趄难进。生不知，以为更欲有所语己，正欲近之；从见之，恐益露其情，促步归房。生怏怏回斋。

时兰等遇以户外喧嚷，出视，未见从回，从心少慰。但以生向者移至，己即不顾而回，恐生疑己无心于彼而败其踪迹，书一纸，令兰达之。

"失节妇张氏从敛衽百拜奉新解元应奎华先生大人文几：妾愧生长闺门，叨蒙母训，尝欲以妇道自修，期不负千古之烈女。故庭闱之外，无故不敢轻出。近者足下下临蓬筚，义忝眷属，或有所奉而不令者，盖推手足之爱己及之，非欲有私于足下也。及闻足下与之吟咏，妾甚悔之。欲达之父母，则恐累大德，不得已，犯行露之戒，欲去其所题之迹。今不幸偶有所遇，而致君之戏，此固知香兰引诱之罪，而长与足下，岂得为无过哉！但君之过如淡云之翳月，云去可以复明。若妾，今虽未受君辱，然整冠李下，纳履瓜园，婢妾之疑，虽苏张更生，不能复白，其过如玉壶已缺，虽善补者，亦不能令其无瑕矣。彼时仓卒，若得父母之命，当执箕帚于左右。妾归，终夜思之，必不可得。今后不必以此为怀。所冀者，乞赐哀怜，勿以妾之失节者轻薄于人。妾当闺阃终身，以为君报也。兴言至此，不胜悲伤，仁人君子，幸垂鉴谅！"

生鉴毕，深自怨悔，废寝忘餐，自思不能成，其误女终身。乃作书，欲告之端，令端代谋。

书令兰寄之。从知，与兰私开。内有二启，其一叙其久别之情，曰：

"书奉正卿娘子妆次：久违芳容，心切仰慕，寤寐之见，无夜无之。特以大人未有召命，不得即整归鞭，心恒慊慊而已。所喜者，令椿萱施恩同犹子，驯仆妾勤侍若家僮，数度日月，亦不觉也。乃若贤卿独守空房，有悬衾箧枕之劳，无调琴鼓瑟之乐，生实累之，生实知之。惟在原情，勿致深怨可也。秋闱在迩，会晤有期，无穷中悃，统俟面悉。"

其二直述己与从此事，欲令端谋之。从见之大惊，曰："何此子之不密也。"乃手碎其书。兰慌止之，曰："彼令妾寄，今碎之，将何以复？"从语之曰："彼感于予向者之书，不得已，欲委曲求之阿姊。然不知阿姊虽允，亦无益于事；倘不允，而触其怒，则是披蓑救火，反甚其患也，令予立于何地耶！不如予自修一书，书内略涉与华视眈之辞，与彼信同封去，彼必致疑，以此话之，或可得其怒与不怒之心，而亦不至于自显其迹矣。"兰曰："善，请急为之。"从乃修书曰：

"曩正想间，忽蒙云翰飞集。启缄三复，字字慰我彷徨。但此子不肖，自贻伊戚，不足惜。妾所忧者，椿萱日暮，莫续箕裘，家务纷纭，无与为理，不识阿姊亦曾虑及此否也？姐夫驻足后院，动履亨嘉，学业大进，早晚所需，妹令侍妾奉之，不必挂意。秋闱归试，夺鳌之后更当频遣往来，以慰父母之心。彼为人极其敦笃，吾姊不必嫌疑也。今因鸿便，聊此奉达，以表下怀。不宣。

从写至"早晚所需，妹令侍妾奉之"之处，乃伪写"妹亲自奉之"，然后用淡墨涂去"亲自"二字，乃注"令侍妾"三字施者，以启其致疑之端。再将二信同函封去。

端自生别后，日勤女工。或谓之曰："娘子富贵兼全，无求不得，无欲不遂，何自劳如此？"端曰："古人云：'人劳则思，思则善心生；逸则心荡，荡则未有不流于淫者。'吾之所为，份耳，何劳之足云。"端之为人，其贞重如此。及得生与从书，见其同缄，又见从书所份改"亲自"二字，心果大疑。乃复书与生曰：

"君归程在即，他言不赘，但所封贵札，缘何与舍妹同封？且舍妹书中所改字迹，甚是可疑。妾非有所忌而云然，盖彼系处子，一有所失，终身之玷，累君之德亦大矣。事若如疑，急宜善处，事若方萌，即当遏绝。慎之，慎之！"

生得端书开看之，乃有"同封""改字"之说，不知所谓。

兰因告以从改书、己寄之故。生大喜，以为得端之心，事可成矣。令兰以端书所谓"妾非有忌而云然"并"事若如疑，急宜善处"之语，报之于从。从曰："此奚足取？特触彼之怒耳。汝与华官人说知，此事必计出万全，然后可举而图之，苟使勉强曲成，使恶名昭著，予朝闻夕死矣。彼不日亦当赴试，最忌者醉中之语、感叹之笔，他无所言也。若夫不得正娶而终不他适者，予正将以此自赎前过，于彼何尤，于我何惜！"华闻其言，愈增感慕。

数日后，衮果走价促生赴科。张夫妇厚具赆礼送行。

生归，端细询前事，生备述始末之由，端大怃，生百喻之。端曰："实妾令君带书一节误之。"生举从卜并前相者"必招两房"之言告之，以为事出不偶。端曰："纵如此，汝必能如吾妹之所言，使娶之有名而无形迹，然后可也。"生曰："予有一谋，能使吾父母之听，但不知汝父母之心矣。"端曰："汝试言之。"生曰："予父母所忧者，惟在吾之子息。吾若多赂命相之士，令彼传言'必娶偏房，方能招子'，那时可图。"端曰："君年尚幼，彼纵与娶，亦在从容。"生曰："更令术者以夭促告之。"端乃徐曰："君之所言，似有可行者，君试急谋之。君计若行，妾父母之事，妾当任之矣。"

于是生一便治装往试。一见术士，即厚赂之。及至科比，又高中，捷书飞报父母与端知。

生词林战捷，举家欢忭，大治筵宴，厚酬来使。及生回，贺客既散，术士盈门，言生之命相者，皆不足其寿数，且云"急娶偏房，方能招子。"生又托病，不欲会试。父果大惧，恐生夭折，自欲纳妾。生母曰："汝年高大，不可。今诸术士皆言国文必娶偏房，方能招子，不如令彼纳之。"衮曰："恐儿妇不允。"生母曰："吾试与言之。"端初闻姑言，诈为不豫之色，及姑再三喻之，乃曰："若然，必媳与择，然后可也。"姑许之。

端乃与生谋往父母之家。端至，父母大悦，谓曰："汝郎发科，吾欲亲贺，为路途不便，所以只遣礼来，心恒歉歉。今日何不与彼同来？"女长吁数声。父母曰："吾闻汝与郎有琴瑟之和，故令同来，今看汝长吁，无乃近有何言？"端以从在旁，且初到，但曰："待明日言之。"

端前者因从所寄之信，终绐其与生先有所私，每怀不足彼之心，及问香兰，始知从确有所守，乃叹曰："幸有此计可施，不然，令彼有终天之恨矣。"因令兰相赞成。

时从犹不知端来之意。至夜，二人同寝，端举以语之。从难言，潸然泪下。兰在傍曰："今谋已属全，无琐隙之可议。妾以为娘子闻此以，实有非常之喜耳，何乃悲惨之深乎！"从抵目言曰："策固然矣，当予一人之失贻累于众。且纵得诸父母之听，亦非其本意。予所以苟养性命而不即死者，恐此心不白，愈起群疑，恶名万世，故不得已而图此万万不幸也。不幸之事，谁则喜之！"端亦为之感泣，更阑方寝。

次日，父母复问端长吁之故，端告以生纳妾之事。张曰："彼年尚幼，何有此举？汝不必忧，吾当阻之。"端曰："不可。此非郎之意，乃舅姑卜郎之命，必娶偏房，方能招子，故有是举。今势已成，则不能阻。不孝有三，无后为大，又不当阻。"张曰："然则何以处之？"端欲言嗫嚅。父母曰："何难于言也？"端曰："恐不见听，故不敢言。"父母曰："汝但言之，无不汝纳。"端曰："他无所言，但恐彼纳妾之后，时驰岁去，端色既衰，彼妇生子，郎心少变，所求不得，动相掣肘，不免白首之叹。端细视此郎前程万里，福泽悠长，阿妹尚未纳亲，欲令父母以妹妻之，使端无后日之忧，二氏有绵绵之好，不亦长便乎！"张曰："吾家岂有作妾之女！"端曰："姊妹之间，有何彼此。"张不答。端见父不听，掩哭入内。

张见端如此，虽不彼听，心亦甚忧。兰因曰："娘子初至，何不权且许之，与她闲乐几时，待她回日，又作区处。"张曰："此事岂可儿戏！"兰曰："既然如此，妾观二娘子，数时诸宦家相求，彼皆欲卜之，不肯轻许，岂肯与人作妾乎？何不令她自与她说，那时她见二娘子不允，自不能启口，而亦不得怨尤相公与夫人矣。"张夫妇曰："此说较可。"因令兰唤端，谓曰："吾儿不须忧闷，我二人俱依汝说，汝更要自与汝妹商量，她若不允，我二人亦难强之。"端伪曰："此事她知，决不肯从，只在父母决之。"张曰："此彼事也，任彼主之。"因唤从出，谓之曰："汝姊欲说汝作妾，可否，汝自裁之。"从语端曰："事系终身，不敢轻议。自彼人丧后，人来议亲，妹誓不问妻妾，惟如卜者，即纳之。阿姊之言，亦惟卜之而已。"父母以前卜许多，皆未准，这次岂即如卜？亦赞言令卜之。

是夜，端、从、兰三人同居房中，诈言所卜已吉，从已许之，报知与张。张笑曰："吾特宽汝之忧，卜岂能定乎？此事断然不可。"

端思无由得父之听，乃与从卧幽房中，令香兰诈言其"数日绝食，肌肤消瘦。"母心惶惧，苦劝于张。张亦重生才德，思欲许之，又嫌为妾，将欲不许，恐女生变，二者交战胸中，狐疑莫决。

生作会诸友亦闻其事，乃相率诣张，阴与赞成，且曰："尧以二女妻舜，后世称传，皆云盛事，孰得以此而少之？"张曰："诸贤之言固有然者，但此举实出小女，非吾婿意也。一旦举此，知者谓小女执性，委曲为之；不知者，将以老夫为趋炎之辈矣。今必俟彼自有惆求之诚，然后再作定议也。"

诸友退乃密修书寄生，备述张有允意，但得遣人造求，可谐其事。生以友书呈于父母，诈言以为不可。衮曰："此汝岳父盛意，子若却之，是不恭矣。可即遣媒妁往求，不宜迟滞。"生乃复书，转浼诸友婉为作伐。

诸友复造于张，述生远浼之意。张疑其诈，觉有难色。诸友乃出生书示之。张细认字迹，果婿所寄，又见书中言辞恳曲，不得已，乃曰："小婿若有此举，又承诸贤过谕，礼当从命。但我单生二女，不宜俱令远离，况且春试在即，要待小婿上京应试连捷回来，那时送小女于归未迟。"友即以张言语生。

生知岳父亲事已成，欣然禀于父母，连夜抵京。三场试罢，复登甲第，赐入翰林。生思若在翰林，无由完聚，乃以亲老为名，上表辞官。天子览奏，嘉其克孝，准与终养。

及回，父母备礼，俟生亲迎。张生妆资毕具。府县闻知，各具礼仪，金鼓卫送。

观者如簇，莫不赏羡。惟从眉峰锁纳，默默无聊而已。端知其意，于夜乃置酒静室，共叙畴昔，以解其闷。席间，端曰："此夜虽已完聚，但揆厥所由，实我寄书一节以启其衅，因作《西江月》一首以自责曰：

"女是无瑕之璧，男为有室之人。今朝不幸缔姻盟，此过深当予病。《记》云'内外不谨'，轲书'授受不亲'。无端特令寄佳音，以致针将线引。"

从曰："实妹不合私馈兰花，以致如此。与阿姊何与？"亦作诗一首以自责曰：

"杜宇啼春彻闷怀，南窗倚处见兰开。清芳拟共松筠老，紫茎甘同桃李偕。听羡欲投君所好，追思反作妾悬媒。几回惆怅愁无奈，懒向人前把首抬。"

生曰："二卿之言，固有然也。然以闭门拒嫠妇者处之，岂有此失？此实予之不德而贻累于卿也。"遂作《长相思》词一首以谢之。词曰：

"感芳卿，谢芳卿，重见姮娥与女英。二德实难禁。相也灵，卜也灵，姻缘已缔旧时盟。还疑宿世情。"

又诗一首以慰云：

"配合都来宿世缘，前非涤却总休言。称名未正心虽愧，属意惟坚人自怜。莫把微瑕寻破绽，且临皓魄赏团圆。灵台一点原无恙，任与诗人作话传。"

是夜完聚之后，倏忽间又轻数载。天子改元，旧职俱起叙用。生与端、从同历任所。二十余年，官至显宦，大小褒封，致政归田。

端后果无所出，惟从生一子，事端曲尽其孝。夫妇各享遐龄。时无以知其事者，惟兰备得其详，逮后事人，以语其夫，始扬于外。予得与闻，以笔记之。不揣愚陋，少加敷演，以传其美，遂名之曰《双卿笔记》云。

花神三妙传

至正辛酉三月暮春，花发名园，一段异香来绣户；鸟啼绿树，数声娇韵入画堂。正是修禊良辰，风光雅丽；浴沂佳候，人物繁华。时兵寇荡我郊原，乡人荐居城邑。纷纷雾杂，皆贵显之王孙；济济云从，悉英豪之国士。

江南俊杰白姓讳景云，字天启，别号潢源者，崇文学士裔孙，荆州别驾公子也。雅抱与春风并畅，丰姿及秋水同清。正弱冠之年，列黉官之选，抱骑龙之伟志，负倚马之雄才。乘此明媚朔朝，独步乌山绝顶，吟诗一首曰：

"玉树迎风舞，枝枝射汉宫。余襟犹染翠，飞袖想绫红。海阔龙吟水，山高凤下空。瑶天罗绮阁，独上骋阆风。"于是登书云之台，入凌虚之阁。

适有三姬在庙赛祷明神，绝色佳人，世间罕有。温朱颜以顶礼，露皓龄而陈词。一姬衣素练者，年约十九余龄，色赛三千宫貌，身披素服，首戴碧花，盖西子之淡妆，正文君之新寡；愁眉娇蹙，淡映春云，雅态幽闲，光凝秋水，乃敛躬以下拜，愿超化夫亡人。一姬衣绿者，容足倾城，年登十七，华髻饰玲珑珠玉，绿袍杂雅丽莺花，露绽锦之绛裙，恍新妆之飞燕；轻移莲步深深拜，微启朱唇款款言；盖为亲宦游，愿长途多庆。一姬衣紫者，年可登乎十五，容尤丽于二姝，一点唇朱，即樱桃之久熟；双描眉秀，疑御柳之新钩；金莲步步流金，玉指纤纤露玉；再拜且笑，无祝无言。白生门外视久，而不能定情，突入参神，祈谐所愿。三姬见其进之遽也，各以扇掩面而笑焉。生遂致恭，姬亦答礼。

姬各退，生尾随。乃知衣素练者，赵富贾第四女名锦娘。世居乌山，严父先逝，锦适于郑，半载夫亡，附母寡居，兹将二纪也。衣绿绡者，李少府长女，名琼姐。父任辰州，念母年老，留琼于家奉事祖母也。衣紫罗者，中督府参军次女，名奇姐。父

卒于宦，母已荣封，家资甚殷，下唯幼弟。时琼、奇居远城外，因避寇借居赵家，与锦娘为姨表之亲，故朝夕相与盘桓者也。三姬见生之丰采，有顾盼情。白生见姬之芳颜，有留恋意。既知所在，遂策于心，因僦赵之左屋附居，乃得与三姬为邻。

赵女微知生委曲之情，而春心已动。白生既得附赵女之室，而逸兴遄飞，因吟长短句一首云：

"十分春色蝶浮沉，锦花含笑值千金。琼枝戞玉扬奇音，雅调大堤恣狂吟。艳丽芙蓉动君心。动君心，何时赏？愿作比翼附连枝，有朝飞绕巫山峰。"

于时投刺比邻，结拜赵母，遂缔锦娘为妹，而锦亦以兄礼待生。然赵母庄严，生亦莫投其隙。

一日，母作寒疾，生以子道问安，迳步至中堂。锦娘正独坐，即欲趋避。生急进前，曰："妹氏知我心乎？多方为尔故也。予独无居而求邻贵府乎？予独无母而结拜尊堂乎？此情倘或见谅，糜骨亦所不辞。"锦娘曰："寸草亦自知春，妾岂不解人意？但幽嫠寡妹，何堪荐侍英豪；慈母严明，安敢少违礼法。"生曰："崔夫人亦严谨之母也，卓文君亦幽嫠之娛也。"生言犹未终，忽闻户外有履声，锦娘趋入中闺，生亦入母寝室问病。母托以求医，生奉命而出。复至叙话旧处，久立不见芳容，生懊恨而去。

诘朝，生迎医至，三姬咸在。见生，转入罘罳后，不见玉人容矣。生大怏快，归作五言古诗一首云：

"巫山多神女，歌舞瑶台边。云雨不可作，空余杨柳烟。芙蓉迷北岸，相望更凄然。何当一攀折，醉倒百花前。"

翌日，生奉药至，遇锦娘于东阶，不觉神魂飘荡，口不能言。锦骇曰："兄有恙乎？"生摇头。又曰："兄劳顿乎？"复摇首。锦曰："何往日春风满面，今日惨黛盈颜耶？"生良久曰："吾为妹，病之深矣，神思任飞越矣。若妹无拯援之心，将索我于地下矣。"锦笑曰："兄有相如之情，妾岂无文君之意？但春英、秋英日侍寝所、莫得其便；琼姐、奇姐绣房联壁，举动悉知。我为兄图之：兄但勤事吾母，若往来频速，或有间可投。"生前搜其袖，锦敛步而退，掷帕于地。生拾而藏之，进药母前。母呼锦至，谓曰："如此重劳大哥，汝当深深拜谢。"女微哂而拜，生含笑而答。复索炭烹药，女亦奉火以从。白生以目送情，锦娘亦以秋波频盼。两情飘荡，似翠柳之醉薰风；一意潜乎，恍晓花之凝滴露。盖形虽未接，而神已交矣。药既熟，女尝，进母。生在背后戏褰其裳，女转身怒目嗔视。生即解意，告归。女因送出，责曰："兄举动不敛，几败乃事。倘慈闱见之，何颜复入乎？昨日之帕，兄当见还，倘若转泄于人，俾妾名节扫地。"生曰："吾深悔之，更不复然。"遂各辞归，两地怏快。

自此，女坐绣帏，啮指沉吟，神烦意乱，寝食不安。日间勉强与二妹笑言，夜来神魂唯白生眷恋。生亦无心经史，坐卧注意锦娘，口念有百千遍，肠数已八九回，每欲索笔题诗，不得句矣。因屡候母兴居，往来颇见亲密；虽数次与锦相遇，终莫能再叙寒温。

一日，生至中堂，四顾皆无人迹，遂直抵锦娘寝室。适彼方闷坐停绣。生遇锦娘，一喜一惧；锦见白生，且骇且愕。生兴发，不复交言，遂前进搂抱求合。正半推半就之际，闻春英堂上唤声，女急趋母室，生脱身逃归。此时锦不自觉，琼姐已阴知之矣，题诗示奇姐曰：

"蛱蝶采黄英，花心未许开。大风吹蝶去，花落下瑶台。"

奇姐带笑亦和以诗曰：

"蝶为寻芳至，花犹未向开。春英妒玉蝶，摧到百花台。"

因曰："此生胆大如斗"。琼曰："此必先与四姊有约，吾姊妹当作磨兜坚（即谨言也）可也。"

白生锦娘佳会

翌夕，生入候母，锦见，尚有赧容。生坐片时，因母睡熟，生即告退。锦送至堂，天色将昏，杳无人迹。锦与生同入寝所，仓卒之间，不暇解衣，搂抱登床，相与欢会。斯时也，无相禁忌，恣生所为。秋波不能凝，朱唇不能启，昔犹含羞色，今则逞娇容矣。正是：春风入神髓，袅娜娇娆夜露滴。芳颜融融，恹悒罢战，整容而起。锦娘不觉长吁，谓生曰："妾之名节，尽为兄丧。不为柏舟之烈，甘赴桑间之期，良可丑也，君其怜之。但此身已属之君，愿生死不忘此誓。兄一戒漏泄，二戒弃捐，何如？"生曰："得此良晤，如获珠琳，持之终身，永为至宝。"生意欲求终夜之会，锦以侍女频来为辞，且曰："再为兄图之，必谐通宵约也。"因送生出，则明月在天矣。阖扉而入，静想片时，方忆琼姐、奇姐闻知，惶愧措躬无地。自是结纳二妹，必欲同心。

琼姐长于诗章，锦娘精于刺绣，昔时针法稍秘，至是女工尽传。奇姐茂年，天成聪敏，学锦刺绣，学琼诗章，无不得其精妙，遂为勿逆之交。锦之侍女春英，琼之侍女新珠，奇之侍女兰香，向皆往来香闺，今皆以计脱去。此锦娘之奇策，实为生之深谋。

此自母病既瘳，生亦盛仪称庆，仍厚赂童仆及诸比邻，事不外扬。母无疑忌，因得镇日来往，终夜与锦尽欢。

然琼、奇二姬属垣窃听，虽其未湛春色，岂无益然春情？中夜琼或长吁，锦知其情已动，暇间论及，锦挑之曰："外间颇议白哥骄肆，自予视之，亦然。"琼姐曰："豪门公子，年值青春，且风流人豪，文章魁首，将来非登金马院，则步凤凰池，无惑其骄人也。"锦知其有爱重之意，复曰："白哥放来有梦，与妹相会乌山。"琼晒曰："我本女流，渠是男子，内言不出，况可同游？是何言也，不亦异乎！"锦抚掌而笑曰："前言戏之耳。"

是夕，锦与生密谋，作古诗一首曰：

"绮阁见仙子，心心不忍忘。东墙听莺语，一句一断肠。有意蟠芳草，多情傍绿杨。何当垂清盼，解我重悲伤。"

锦以诗置琼绣册。琼见，晒谓奇姐曰："锦姐弄琼妹乎！书生放笔花也。我若不即裁答，笑我裙钗无能。"乃次韵曰：

"游春在昔日，春去情已忘。解笑花无语，看花枉断肠。自飞风外燕，自舞隔江杨。芳节平劲草，谁怜游子伤。"

琼本与锦联房，中间只隔障板，亦有门相达，但虽设常关耳。诗成，而生适来，因自板间传递。生见其词，叹曰："此琅玕妙句也，世间有此女娱乎！"乃援笔立答曰：

"花貌已含笑，爱花情不忘。黄金嫩颜色，一见断人肠。愿结同心带，相将舞绿杨。相如奏神曲，千载共悲伤。"

生亦于板间传递。琼见之，晒曰："白哥好逼人也，吾今不复答矣。"

自是，生入试届期，不暇复入锦堂。即日试毕，潜访故人。锦既尽欢，生亦尽乐。中夜，谓锦曰："细观琼姬，甚有美意。吾既得陇，又复望蜀，何如？"锦曰："君获鱼兔，顿忘筌蹄矣。"生誓曰："异日果有此心，七孔皆流鲜血。"锦曰："闻君誓词，痛焉如割。为君设策，事端可谐。"

是夜，乖三更睡酣，潜开门，入琼卧房，掀开帐衾。二姬睡熟，生按琼玉肌润泽，香雾袭人，皓白映光，照床如昼。琼侧体向内而卧，生轻身斜倚相偎，唯恐睡醒，不敢轻犯。片响，锦持被去，琼阴知觉矣。锦笑谓生曰："欲图大事，胆无半分，然吾妹必醒，吾当往试。"锦至，而琼已起，乃复巧说以情。琼正色曰："既不能以礼自处，又不能以礼处人！吾若隐忍不言，岂是守贞之女。若欲明之于母，又失姊妹之情。况吾等逃难，所以全躯，岂宜以乱易乱？"遂明蜡炬，乃呼奇姐，则奇已惊汗浃背，蒙被而眠矣。闻呼，犹自战惊，见火，瞿然狂起。琼笑曰："汝不被盗尚然，何况我亲见贼乎。"二人共坐，附耳细谈，载笑载言，千娇百媚。生在门隙窃视，真倾国倾城之容也。自此神思飘扬，无非属意琼姐。于时锦娘颇有逸兴，因与白生就枕。生即慕琼之雅趣，尽皆发泄于锦娘，摇曳戏谑多时。二女潜来窥视，少者犹或自禁，长者不能定情。

嗣是生慕琼之意无穷，琼念生之心不置。然琼深自强制，不肯吐露真情，但每日常减餐，终宵多饮水。奇知其情，密以告锦。数日，身果不快。锦娘抚床谓之曰："汝之病根，吾所素稔。姊妹深爱，何必引嫌？况吾翁即若翁，白丈非汝丈也？"琼曰："姊误矣。岂谓是与！"

居一二日，生来锦室。告以琼病，生遂问安。奇姐避入帐后。锦拽生裾登床，笑谓生曰："好好医吾妹。"锦呼琼曰："好好听良医。"锦因辞去。生留少坐。生问琼病，笑而不答。奇帐后呼曰："好与大哥细言，莫使夜来发热。"琼笑曰："有时亦热到汝。"生以玉簪授琼姐，琼以金簪复白生。生执手固请其期，琼以指书"四月十日"。

至期，生至，又复不纳。锦苦劝之，琼厉声曰："汝等装成圈套，络我于中，吾不能从，有死而已。"生闻言兴阑，锦亦含羞，而门遂闭。岂知其色厉而内和，言坚而情动，中夜窥颠鸾倒凤之状，遂尔发舞蝶游蜂之思，三次起欲扣门，害羞又复就枕，比生睡熟，扣扉不得开矣。顿增悒怏，神思昏沉。奇姐笑曰："姐食杨梅，又怕齿酸，不食杨梅，又须口渴。今番锦姐不管，白哥不来，牢抱衾枕，长害相思也。"

翌日，生偶以事见赵母，回至中堂，无人，因入锦娘寝所。琼自门隙度诗与生曰：

"玉华露液浓，侵我绞绡袜。神思已飘摇，中宵看明月。"

生见诗亦答曰：

"几回拽花枝，露湿沾罗袜。今夜上天阶，端拟拜新月。"

锦娘曰："琼姐已无輗軏，兄又不鉴覆车，徒使月老愁。此诗莫持去也。"奇姐窥视，笑曰："今宵断谐月老约矣。请四姐过此一议。"锦以诗度与琼曰："今夜若不谐，向后更不来。"琼见诗，含笑目奇。奇与锦附耳久之。

是夕，生未晚膳，锦分发春英买备。绐赵母曰："夏景初至，明月在天，姊妹三人意图赏玩。"母喜而不疑，因益其肴馔，且戒婢仆曰："汝辈无得混乱，与他姊妹尽欢。"因此固蔽重门，与生恣其欢谑，诚人间之极趣，百岁之奇逢也。

是夕，琼姐盛妆，枕衾更以锦绣，烂熳似牡丹之向日，芬芳如芍药之迎风。饮毕，奇姐密启重门，直趋赵母寝室，绐以"不胜酒力，姊妹苦劝而逃"。赵母甚欢，因与共

寝。琼忽失奇所在，锦亦不胜惊惶。既知其详，琼方就枕，固执不解衣带。生亦苦无奈何。锦隔房呼曰："何不奋龙虎之雄，断鸳鸯之带乎？"生犹豫不忍。琼苦告曰："慕兄上识，非为风情，谈话片时，足谐所愿。若必采春花，顿忘秋实，兄亦何爱于妹，妹亦何取于兄乎！愿兄以席上之珍自重，妹亦以石中之璞自珍，则兄为士中之英，妹亦为女流之杰。不尔，当自尽以相谢耳。"生不得已，合抱同眠。玉体相偎，金枝不挂。中夜，生复请曰："予为子断肝肠矣。"琼曰："吾岂无人意，甘断兄肝肠？但两玉相偎，如鱼得水，持此终身，予亦甚甘。何必弄玩形骸，惹人谈笑？兄但以诗教妹，妹亦以诗答兄，斯文之交，胜如骨肉。"生曰："自见芳卿，不胜动念，得伸幽会，才慰夙心。若更以枕席为辞，必以鬼幽相拒。"琼曰："妹亦知兄心，兄但体妹意。兄必索幽会，须待琼再生。"生知其意不可回，乃口占五言古诗曰：

"我抱月前兴，谁怜月下悲。空中云轻过，遥望岂相宜。千里神驹逸，谁能挂络羁。忍怀横玉树，无力动金枝。高唱大堤曲，神妃不肯吹。密云迷归路，际遇待何时？相失齐飞雁，茫茫空尔思。"

琼亦口占答曰：

"君识吾爱汝，那堪为汝悲。春花莫摧折，掩映亦相宜。神骏驰黄道，何须下羁络。飘飘月中树，谁能剪一枝？兰桥歌舞路，且待晓风吹。云度横碧海，春来也有时。愿至桃花候，油然为汝思。"

生笑曰："桃花，何时也？"琼曰："合卺之际耳。"生既竟夕不寐，女亦终夜不眠。诗韵敲成，东方既白矣。

锦娘至，曰："新人好眠，不知时候耶？"生曰："枉尔为月老，使我怨苍天。"锦笑曰："月老解为媒，能教汝作事耶？"琼姐和衣而起，生亦长叹下床。琼对锦曰："与白哥说一场清话，正快我敬仰之私。"锦曰："何以谢媒？"琼曰："多谢，多谢！"又问生："何以谢我？"生曰："相见不相亲，不如不相见；相亲不知心，不如不相亲。"及梳洗毕，固辞归。琼曰："不必出去，妹有一樽叙情。绣房无人往来，哥哥不必深虑。"生曰："早教我归去也，勿磨我成枯鱼。"锦娘："吾妹真好力量，一宵人畏如此。"生曰："不磨之磨，乃真磨也；无畏之畏，诚至畏也。"锦笑曰："我备细闻知，兄真无大勇，坐好事多磨，而又何畏乎？"生曰："掌上之珠，庭际之玉，玩弄令人自怜，何忍遽加摧挫。"时琼方对镜，锦为之画眉，且谓曰："我闻哥言，尚思软心，汝之所为，太无人意。"琼："知过，知过。"

少顷，奇姐入来，盛妆靓服，云欲回家。拜锦娘曰："暂别，暂别。"拜琼姐曰："恭喜，恭喜！"问曰："哥哥去矣？"琼曰："尚留在此。"时生出见，奇亦拜辞。生曰：“适有一事，欲来相投，终夜无虑，肝肠尽断。”奇笑不答，密谓琼曰：“姐夫何出此言？”琼以实告。奇笑曰：“姊姊如此固执，莫怪姐夫断肠。”生在锦房，闻言突至，曰：“愿妹垂怜，救我残喘。”奇姐逊避无路，被生搂抱片时，求其订盟，终不应。锦娘至曰：“吾妹年幼，未解云雨，正欲告归，兄勿惊动。”生方释手。琼抚其背曰：“阿姐且勿回家，我有一杯清叙。”奇娇羞满面，不能应声。琼戏之曰：“不食杨梅，今番齿软矣。”因共出细谈曰：“吾与贤妹，生死之交，向时同遇郎君，今岂独享其乐耶？细观此人，温润如玉，真国家之美器，天下之奇珍也。欲待不从，吾神已为所夺；若欲苟就，又恐羞脸难藏。妹若先归，而吾亦去。妹归虽坚白无瑕，吾去即枯槁憔悴。妹若有心，同此作伴。若必坚为贞女，岂忍吾染风流？”奇笑曰：“与姊同生同死，吾之盟也。与兄同欢同乐，非吾愿也。但白哥风流才子，我爱之何啻千金。但非垂发齐年，安敢兼葭倚玉？姊当怜我，我且不归，奉陪数时，少罄衷曲。”时琼、奇方掩扉而入，春英卒然扣门曰：“老安人来送姐姐。”锦应曰：“我留此饯行。”生舔舔（音忝炎，吐舌貌。）曰：“几误事矣！”

于是锦入见赵母，绐以为奇送行。母曰：“幼女和嫩花，不可多劝酒。”于是入百花园内，相对尽饮。锦出令以劝琼，奇勒琼以尽饮。锦自称“主婚大姊”，奇自号“年少冰人”。啐酒交欢，摘花相赠。琼姐不胜酒力，顿觉神思沉酣。正是：竹叶缀三行，桃花浮两脸，愈加娇嫩，酷似杨妃矣。

白生琼姐佳会

时日方转申，扶琼就寝。生、锦为解罗带，奇姐为布枕衾。琼半醉半醒，娇香无那，谓生曰：“妾既醉酒，又复迷花，弱草轻盈，何堪倚玉？”生曰：“窈窕佳人，入吾肺腑，若更固拒，便丧微躯。”生坚意求欢。女两手推送，曰：“妾似嫩花，未经风雨，若兄怜惜，万望护持。”生笑曰：“非为相怜，不到今日。”生护以白帕，琼侧面无言。采掇之余，猩红点点；检视之际，无限娇羞。正是一朵花英，未遇游蜂采取；十分春色，却来舞蝶侵寻。生于云雨之时，未敢恣其逸兴。只见：容如秋月，脸斜似半面姮娥；神带桃花，眉蹙似病心西子。锦衾漾秋水，娇态袭人；玉露点白莲，和风入骨。

生欲采而女求罢采，女欲休而生未肯休。神思飞扬，如风之拂柳；形骸留恋，如漆之附胶。诚天下奇逢，世间佳遇。斯时锦、奇窃视，莫不毛骨竦然。生既战休，琼谓之曰："妾生人世，落落此身，将图结王谢之姻，不意见崔张之事。但微躯已托之兄，愿终始如环不绝。"因以少时所佩玉环授生，永以为好。生曰："此奇遇也，吾当作赋以纪之。"琼曰："与兄联句何如？"生曰："甚妙。"时天将暮矣，于是明豹膏之烛，索文房之宝，揭得"林"字韵。生为之首倡，曰：

"爱朱明之佳候兮，花娇笑于上林（白景云）。风乍和而乍暖兮，黄莺巧调夫奇音（李琼姐）。兹良辰之可爱兮，展予布于花阴（白）。怨中闺之寂寥兮，憎飞蝶之侵寻（李）。予登瑶台以盼望兮，抚求凰之素琴（白）。修予容于鸾镜兮，饰环佩于绿襟（李）。上凭虚之绮阁兮，见绝色之奇琛（白）。与英豪而乍遇兮，拟天上之球琳（李）。缘秋波之转盼兮，飘荡子之芳心（白）。彼飘飘之元白兮，托孤凤以悲吟（李）。凭栏百种情思兮，横忧怀之恓恓（白）。守深闺以困念兮，亦凌风而顾影（李）。比天上之嫦娥兮，虞空思夫画饼（白）。亮中外之靡同兮，徒郁忧而自省（李）。谢月老之勤渠兮，登予身于巫山之岭（白）。朱履之遇金钗兮，惭花容之载整（李）。感芳卿之怜予兮，傍日边之红杏（白）。君似采蝶恋花兮，舞正阳之美景（李）。弄珠环于掌中兮，缅此生之何幸（白）。抱席上之奇珍兮，羞芳情之欲逞（李）。问予二人其何若兮，拟桃源之遇刘（白）。亦似文鱼比目兮，深芳沼之清流（李）。赛连枝之琪树兮，偎玉骨于青丘（白）。斜据胡床吟咏兮，宛银河之女牛（李）。并头莲花似汝与我兮，开菡萏于芳洲（白）。罗带同心共结兮，不解夫千秋万秋（李）。指九天以为誓兮，情方钟而思悠悠（白）。愿以曦日为正兮，吐誓词而含羞（李）。千金难买此良晤兮，诚人世之所好逑（白）。缘自天之五百兮，今夕谐此鸾俦（李）。软玉温香在手兮，身外更有何求（白）？作赋惓惓致祝兮，幸无使妾叹白头（李）。"

词赋既成，各书其一，女制二锦囊藏之。时樵鼓三更，琼倦而就枕矣。

生共枕片时，乃曰："吾去谢冰人，免叫她嗔恨。"遂开锦娘之户，上镂金之床。时锦睡酣，被生惊觉，曰："适自何来，遽集于此？今番月老功效何如？"生具陈初终，不敢隐寂。锦曰："吾悉闻矣，试君心耳。"生因求欢。锦固辞谢，曰："妾闻人亦有言，一座岂有两主？"生笑曰："非魏无知，臣安得进？"锦曰："冠玉之英，亦不背本。"因与之久谑。锦附耳曰："奇妹功亦不少，彼在东床独宿，兄可着意恳求，机会不可错过。"

时奇已醒，只得诈睡。奈生兴如狂，刻意求欢。奇幸着里衣，力以死拒，然形神虽未媾合，而骸骨亦尽偎依矣。牢拒甚久，坚守不从。生固请具期，奇答曰："后会有曰"。生苦恳，无奈何奇哀告不已。锦恐声迹外扬，乃起，劝生释手。

生既终夜不寐，不胜困倦，乃复就枕片时，赵家已进早膳。起而梳洗，以计脱归，不及告辞。琼甚悒怏，相送悒惶，泪倾春雨。琼既为生切念，又复为奇萦怀，寝食不安，衷肠闷损，唯锦娘调谐左右，曾莫得其欢心者矣。

三妙寄情唱和

是日，奇姐遣侍女兰香至，琼姐题七言古诗一首，密封付之。诗名《飞雁曲》：

"日斜身傍彩云游，云去萧然谁与伴？不见月中抱月人，泪珠点滴江流满。并头鸿雁复无情，不任联飞各分散。莫往莫来系我思，片片柔肠都想断。"

奇读其诗，不觉长叹。母问其故，权辞答曰："大姊病躁渴，欲求我药方。"母曰："明早即令兰香送去，不可失信于人。"奇乃步韵制诗，翌日送去。诗曰：

"彩云昨夜绕琼枝，千秋万秋长作伴。举首青天即可邀，何须泪洒江流满。江头打鸭鸳鸯惊，飞北飞南暂分散。归来不见月中人，任是无情肠亦断。"

琼见之，不觉掩泪。锦读之，亦发长叹曰："二妹皆奇才，天生双女士也。"然锦亦通文史，但不会作诗，生称为"女中曾子固"。至是，琼强之和。锦笑曰："吾亦试为之，但作五言而已。"诗曰：

"巫山云气浓，玉女长为伴。而今远飞扬，相望泪流满。襄王时来游，风伯忽吹散。归雁亦多情，音书犹未断。"

琼见锦诗，曰："四姊好手段，向来只过谦，若遇白郎来，同心共唱和矣。"锦曰："贻笑大方耳。"

适生令小僮奉杨梅与赵母，锦问曰："大叔安在？"答曰："往乡才回。"琼将锦诗密封与生，生意其即琼所为也。是夕，二姬度生必至。

生乘黑而至，琼且喜且怒，骂曰："郎非云中人也，乃是花前蝶耳！花英未采，去去来来；花英既采，一去不来。锦囊联句，还我烧之！"生曰："我若负心，难逃雷剑，实因家事，无可奈何。向来新词，卿所制乎？"琼曰："四姊新制。"生曰："曾子固能作诗乎？"琼曰："向来只谦逊耳。"生对锦曰："承教，承教！"锦曰："献笑，献笑！"

生曰："末二句何也？"琼曰："为二姐耳。"因道其由，及出琼奇二作。生曰："三姬即三妙矣。"琼笑曰："四人真四美也。"生曰："吾当奉和新诗，但适远归劳顿，求一瞌睡，少息片时。"锦曰："请卧大妹之房，以便谢罪。"琼曰："请即四姊之榻，亦可和诗。"二人相推，久而不决。锦良久曰："妾已久沐深波，妹犹未尝真味。决当先让，再无疑焉。"生乃携琼登床。是夕，稍加欢谑，然亦未骋芳情也。罢战之后，琼谓之曰："奇妹与吾共患难，结以同生死。今为爱兄，失此良友，兄妹之情虽得，朋友之义乖矣。"生曰："吾见三姬，均所注意，由此达彼，良有是心。但苦情为卿，方才入手，又思及彼，非越分妄求乎！况此女未动芳心，又坚宁耐，是以不敢强。卿何以为谋耶？"琼曰："此女心情比吾更脱，若驯其德性，犹易为谋。但恐见机不复来此，若更再至，易以图矣。且学刺而丽线无双，学诗而妍词可取，真女中英也。"因诵其《拜秋月诗》曰：

"盈盈秋月在中天，今夜人人拜秋月。高照地天今古明，看破千山万山骨。清辉不减度年华，光阴转眼如超忽。我心我心月自知，勿使青春负华发。"

生叹曰："奇才，奇才！恨不肯相倡和耳。"须臾，生起，与锦交欢。锦久待情浓，乃恣生欢晤。锦于得趣之际，未免畴出娇声，虽惧为琼所闻，然亦不能自禁矣。

次日，兵报戒严，狂寇肆集，琼、奇家眷，填满赵家。生欲入无门，乃绐于赵母曰："母有重壁，与儿为邻，欲寄小箱，未得其便。乞凿一小门相通，庶箧笥便于寄顿。"母爱生如子，遂言无不从。生即得计，即制小门，自此可达琼房，昼夜往来甚便。锦娘亦谓赵母曰："儿居幽爨，不宜见客。今逃寇人众，闲往杂来，愿西边诸门，儿自关锁。不用童仆，自主爨燎，与二妹共甘苦，俟寇定再区处。"母曰："正是如此。"此二计可比良、平、任苏、张莫测其秘矣。

奇姐自归后想生甚切，吟一绝曰：

"巫山旧枕处，那堪临别时。云卿频入梦，何日叙佳期？"

此日复至，琼喜不胜，问奇曰："别后思姊否？"奇曰："深思，深思。"又曰："思白兄否？"曰："不思，不思。"琼曰："何忍心若是？"奇曰："他与我无干。"琼曰："吾妹已染半蓝。"奇曰："任他涅而不缁。"大笑而罢。午后，因检绣册，得见前诗，指之曰："不思白兄，乃想佳期耶？"奇笑："久与姊别，思叙佳期耳。"琼笑曰："吾妹错矣。男女相会，是为佳期。本思云卿，如何推阻？"奇曰："但思何妨？"琼曰："吾为妹成之。"奇曰："大姊不须多事。"琼曰："恐妹又害相思。"奇曰："我从来不饮冷水。"琼曰："汝今番要食杨梅。"复大笑而罢。

是夕，赵母请奇叙别，琼推病不行。生自重壁而至，唯见琼姐在房，握手求欢，再三固拒。生曰："初开重壁，适迩启行，若欲空归，恐非吉利。"因和衣一会，琼赧赧羞容也。因述奇芳情，且诵其佳句，乃献策曰："今夜二更时候，兄当过此重门，牢抱鸳鸯，勿使飞去。"因附耳细语。生曰："吾已谕矣。"生暂归家。奇亦饮罢入房，谓琼曰："今夜我别处睡，只恐白郎复来。"琼曰："此时人乱如麻，白郎永不能至，若欲有心相见，除非夜半梦中。"奇不知重壁可通，只将锦房门固锁，乃曰："今夜任白郎至，不能过此门矣。"悉解衣，与琼共卧，怀抱如交颈鸳鸯。

夜半，奇姐睡熟，生自重壁而入。奇半醒半睡，以为即琼也。及蝶至花前，乃始惊觉。生曲尽蟠龙之势，奇嗔作舞凤之形。生亦无奈。奇曰："哥且放手，我非固辞，但琼姐相会劝渠，我岂独甘草率？"生曰："何以为誓？"奇曰："今宵若肯就，必早赴幽冥；明日若负心，终为泉下鬼。"锦琼呼曰："兄真无力量，今番又复空行。"奇曰："姊姊逼人。"因以首撞床柱，生急抱持，稳睡至天明，含羞不起，琼再三开谕，乃敛容下床。时生已去，琼问："今宵之约何如？"奇笑面点首。

是日，三姬皆盛妆，生为开佳宴。日前，生傲赵室，俱无一人居住；母亲从父宦游，生亦议婚未娶，因此得恣逸游。邀姬重壁过去，设案，当天诅盟。是时誓词，皆锦代制。锦先制姊妹三人告词，遂命拜参，当天焚奏。其词曰：

"维辛酉四月十九日，同心人赵锦娘、李琼姐、陈奇姐，虔爇明香，上告月府之神曰：窃以女生人世，魂托月华，是太阴之精灵，实微躯之司命也。锦等三人，缔为姊妹，如负月前之誓，决受月斧之诛。明月在天，俯垂照鉴。"

又制与生同盟告词，罗列展拜，上告穹苍。其词曰：

"维重光作噩之岁，正阳穀旦之时，同心人白景云、赵锦娘、李琼姐、陈奇姐，皆结发交也。荷天意之玉成，谅月老之注定。男若负女，当天而骨露形销；女若负男，见月而魂亡魄化。煌煌月府，皎皎照临。"

白生奇姐佳会

是夕，四人共欢，三鼓罢宴。琼、奇先归绣房，生、锦共撤肴馔。

奇含羞缩，欲背前言，琼曰："盟誓在前，岂敢相负？"奇执琼手，曰："真个羞人！将奈之何？"琼为撤去金花，奇又不解罗带。琼笑曰："吾妹有何福德，起动十七岁小姐作媒婆耶？妹夫来矣，衣带快解。"生亦突至，奇笑而从，因蒙被而眠。琼视生曰："慎勿轻狂，嫩花初吐也。"生笑而登床，只见云雨之际，一段甘香，人间未有，但略点化，即见猩红，生取而验之。奇转身遽起，谓生曰："十五载养成，为兄所破，何颜见吾母乎！皆姊姊误我也。"生细细温存，轻轻痛惜，待意稍动，乃敢求欢。奇曰："只此是矣，何必复然？"生曰："此是采花，未行云雨。二姬雅态，妹所悉闻，若不尽情，即丧吾命。"奇不得已，乃复允从。但见芳心虽动，花蕊未开；骤雨初施，何堪忍耐。乍惊乍就，心欲进而不能；万阻千推，口欲言而羞缩。愁眉重蹙，半脸斜偎。鸳枕推揎，顿觉蓬松云鬓；玉肌转辗，好生不快风情。虽其娇态之固然，亦其花英之未满。生亦轻试，未敢纵行，但得半开，已为至愿。须臾云散，香汗如珠，盖其相爱之情固根于肺腑，而含羞之态自露于容颜。固问真情，再三不应，贴胸交股而卧，不觉樵鼓三更。

琼姐举灯来，曰："吾妹得无倦乎？"生兴大发，拽琼登床，尽展其未展之趣。琼亦乐其快乐之情，真盎然满面春，不复为娇羞态矣。既罢，奇变曰："姊姊得无倦乎？"琼曰："但不如妹之苦耳。"三人笑谑，忽尔睡酣，日晏不起。奇姐之母，陈氏夫人也，在外扣门甚急。锦忙速唤，三人乃醒。生自重壁逃去，尤幸夫人不觉。琼因绐之曰："五更起女工，因倦，适就枕耳。"夫人谕奇姐曰："汝与大姊虽表姊妹，患难相倚，当如同胞，须宜勤习女工，不可妄生是非，轻露头面。昨赵姨欲汝三人同爨，不令女仆往来，此习勤俭一端，吾亦闻之自喜。"少顷，琼姐母亦至，见此二姬犹未梳洗，责琼曰："鸡鸣梳头，女流定例。此时尚尔，何可见人！"琼曰："五更起女工，因倦，复就枕耳。"二母信之而回，琼、奇胆几破矣。

奇深懊恨，琼亦赧然，相对无言，临镜不乐。奇曰："自今痛改前过。"琼曰："我亦大觉昨非。"锦隔墙呼曰："只恐白郎来，芳心又依旧矣。"奇曰："四姊固功之首，亦罪之魁。"锦笑曰："吾罪诚深，须宜出首。"奇曰："姊首何人？"锦曰："专首二姐。"奇曰："有何可据？"锦曰："诗句尚存。"琼曰："我与汝姊妹连和，从今作清白世界。"锦笑曰："江汉以濯之，不可清也；秋阳以暴之，不可白也。"奇曰："我当入侍慈母，不理许多闲非。"锦曰："不过三五更，复想叙佳期矣。"奇不觉发笑。锦娘启扉而入，曰："我欲为白哥制双履，愿二妹共乐成。"琼曰："谨依来命。"奇曰："吾弗能也。"锦曰："吾妹尚未知趣，他日偏尔向前。"共笑而罢。于是锦娘制履，二妹协功，日暮倦勤，共成联句。推琼首倡，为五言排律云：

"四月未明候（李），阳和乍雨天。榴花红喷火（赵），荷叶绿铺钱。公子游琼苑

（陈），奇英奉碧泉。柳暗迷归路（李），花香透坐筵。云钟敲清韵（赵），锦瑟奏初弦。意马牢牢系（陈），心猿荡荡牵。多情慵针线（李），得趣赋诗编。蛱蝶台前舞（赵），鸳鸯水上连。愿为连理树（陈），合作并头莲。信誓深银海（李），风流满玉川。文君如可作（赵），司马亦称贤。为制绿双履，高高步紫烟（陈）。"

锦笑曰："二姐口硬似铁，心软如绵。"奇曰："何以知之？"锦曰："看诗便知。"奇笑曰："君子戏言，不可戏笔。"琼笑曰："可是，可是。"是夜，生以朋友邀饮，不至。三姬无限恓惶，坐至四更方登床，比至鸡鸣，起梳洗矣。

生醉醒，不胜痛恨。清晨，即诣琼房，冀图一会，告以衷情。不意三姬各去候母。生疑事机漏泄，又惧心志变迁，题诗示琼曰：

"酩酊不知夜，醒来恨杀人。洞门空久坐，不见百花春。"

生坐久，不见三姬，又欲候文宗揭晓，怅怅而去。

琼归，见诗，笑曰："白郎夜来被酒，今朝无限恓惶。"奇笑曰："他醉由他醉，我醒还自醒。"锦笑曰："昨宵既已醉酒，今夜必定迷花。"少顷，家僮来报："文宗发案。"赵母令人去探消息。三姬相对深思，侧耳欲闻真信。久之，奇笑曰："白哥既有探花手段，必有折桂才能。此行决应高选，不须姊姊猜疑。"琼笑曰："汝是座上观音，说话自然灵圣。"锦笑曰："他只一夜夫妻，识破十年学问矣。"奇带羞含笑。时午膳犹未毕，家僮入报赵母曰："白家大叔考居优等矣。"赵母甚喜，来报三姬。锦、琼俱目奇，奇亦带冷笑。

赵母既退，锦、琼戏掖奇上坐，曰："阿妹真观音也，每事拜而问焉。"欢笑而罢。

是日黄昏时候，白生归，入见赵母，因请见李老夫人及陈夫人。夫人曰："好个清俊秀才，他日必成伟器。"生以所赏银花献之赵母。赵母分赐三姬，各妆为士宝花胜。奇姐一枝，尤加巧丽。琼姐戏以词曰（名《忆王孙》）：

"姮娥神已属王孙，坐对花神久断魂，燕语莺声不忍闻。想越黄昏，花胜鲜妍独倚门。"

四美连床夜雨

是夕，入三姬之室，谈笑尽欢，不觉樵楼起鼓。锦对琼曰："二姐尚未知趣，今夜当使尽情。"乃一与白郎解衣，一与奇姐解裙，勒之共卧。奇姐固辞。锦曰："自此以始，先小后大，以此为序，勿相推辞。"生然之。但见轻怜痛惜，细语护持。女须有深情，但未堪任重，花心半动，桃口含芳，生略动移，即难忍耐。生曰："但唤我作檀郎，吾自当释手。"奇固推逊，生进益深。奇不得已，曰："才郎且放手。"生被奇痛惜数言，不觉真情尽矣。相抱睡熟，漏下三鼓。

锦来，呼曰："琼姐相候多时，如何甘心熟睡？"生与锦去，即登琼榻。琼曰："愿君安息片时，相与谈话为乐。"因询奇佳兴，生细道真情。琼闻言心动，生雅兴弥坚，于是复为蜂蝶交。及罢，琼谓生曰："君为妾困倦如斯，妾不忍君即去，但锦姐虚席已久，君其将奈之何？"时锦立在床前，搂抱同去，相对极欢。

锦风月之态甚娇，生云雨之情亦动，在生已知锦之兴浓，在锦唯惧生之情泄。谓生曰："君风力甚佳，妾意欲已足，但欲姊妹为同床之会，不知君意何如？"生曰："此是人间之极欢，但恐二妹不允从耳。"锦曰："吾绐之使来，然后以情语之耳。"

于是，锦绐琼曰："白郎适来发热，如何是了？"琼方醒觉，闻言战惧，即起问安，被生搂定，乃告以锦意。琼只得曲从。锦复绐奇曰："白哥满身发热，琼姊在彼问安，汝何昏睡，不痛念乎？"奇曰："今奈之何？"锦曰："去问安便是。"奇遽起索衣，不得其处。锦曰："快去，快去！夜暮无妨。"适至床前，被生搂抱，只得曲从。生刻意求欢，三姬推让不决。生锐意向锦，锦辞曰："欲不可纵，乐不可极，向爱二妹妙句，兄当与之联诗，使妾得以与闻，亦生平之至愿也。"生曰："妙甚。"即床上口吟，生为首倡。曰：

"君不见瑶台高映碧天东（白），珠玑璀璨玉玲珑（赵）。又不见襄王朝来飞白马（李），日暮又复跨青骢（陈）。乍云乍雨迷花月（白），罗襟飘摇扬轻风（赵）。沉香亭北花盈砌（李），牡丹芍药海棠红（陈）。观花不饮心如醉（白），醉倒花前月朦胧（赵）。一片芳心作蝴蝶（李），飞来飞去入花丛（陈）。美人葱素紫罗绮（白），语笑

花间喜气葱（赵）。贻我佩环传心愫（李），复将心事托丝桐（陈）。柔情已为奇音动（白），忙忙飞舞采花蜂（赵）。与君窃药先奔月（李），森然火会广寒宫（陈）。广寒月色皎（白），报我三青为（赵）。玉华露液浓（李），想思梦来绕（陈）。锦花琼珮饰绮罗（白），赵姬慷慨扬清歌（赵）。投桃报李心深念（李），雷陈契合乐如何（陈）。今夕何夕此良晤（白），娇来锦袖舞婆婆（赵）。琼琳琼玖敌诗句（李），奇词清韵长吟哦（陈）。长吟哦，得句多（白），九天牛与女，此日共银河（赵）。鱼比目，戏新荷（李），山盟长翠长巍峨（陈）。吁嗟五色云霞霭（白），艳妍好结同心带（锦）。同心长系碧天云（李），勿使碧云游天外（陈）。云油油，不自由（白），神魂飞荡与云流（赵）。中天明月长为伴（李），愿伴千秋与万秋（陈）。我本修然一凤侣（白），今朝相伴三鸾俦（赵）。愿作在天双比翼（李），风雏对舞含娇羞（陈）。奇瑛勿为年华少，五百天缘犹未了（白），夭桃今已吐春情，片片轻红入芳沼（赵）。柳腰娇弱不禁风，风怒狂摇犹悄悄（李）。桃李不似锦琼英，抱露春融情窈窕（陈）。爱花都作连枝香，和雨和云到天晓。从今不作旧梦思，同心齐唱佼人僚（白）。"

次夕，遂为同床之会，推锦为先。锦娇缩含羞。生曰："姊妹既同欢同悦，必须尽情尽意。"琼曰："四姊何无花月兴？"奇曰："四姊何不逞风流？"于是生与锦共欢，锦亦无所顾忌。次及琼姐，含羞无言。锦曰："吾妹真花月，何乃独无言？"奇曰："彼得意自忘言也。"琼曰："如妹痛切，不得不言耳。"以次及奇，再三推阻，锦琼共按玉肌，生大展佳兴，轻快温存，护持痛惜。琼曰："夫哥用精细工夫。"生曰："吾亦因材而笃，自是而情已溢矣。至五更睡觉，斜月照窗，生疑为天曙，唤诸姬俱起，则明月在天。"奇笑曰："月白风清，如此良夜何！"琼因请曰："君之歌赋，已得闻矣，妙曲芳词，未之闻也。愿请教。"生曰："请命题。"琼曰："试调《蝶恋花》何如？"生曰："请刻韵。"琼因诵东坡"花褪残红青杏小"之章，因曰："君即此为韵，试看可与东坡颉颃否。"生吟曰：

"谁家宝镜一轮小，抛向云间，光遍罗帏绕。夜浅夜深今多少，玉露玲珑溅芳草。院宇深沉谁知道，惊梦残更，却被佳人笑。恨断楚天情悄悄，花暗蝶朦添烦恼。"

琼曰："甚妙！吾姊妹联句以和之，何如？"锦辞谢曰："非所长也。"奇曰："纵使不工，亦纪佳会。何妨，何妨。"于是琼为首倡：

"绿窗人静月明小（琼），银汉波澄，半向蓝桥绕（奇）。楚峡濛濛春非少（锦），淡淡巫云撷瑶草（琼）。不谓姮娥来知道（奇），惊起东君，自惊还自笑（锦）。闻睡鸭鸣鸦声消，几番惹得多烦恼（琼）。"

生叹曰："真三妙也。此生何幸，有此奇逢乎？"因复就枕，谈话衷情，不能尽述也。

自是，屡为同床之会，极乐无虞。不意笑语声喧，属垣耳近。有邻姬者，隶卒之妇也，疑生为内属，安有女音，遂钻穴窥之，俱得其情状矣。是夕，唯琼、奇在列，锦以小恙不与。次早，生过其门，邻妇呼曰："白大叔昨宵可谓极乐矣。"生诘其由，句句皆真。生不得已，奉金簪一根，求以缄口。妇笑曰："何用惠也，但着片心耳。"生因归告锦娘，且曰："姑勿与二妹知之，恐其羞赧难容也。"锦曰："此妇不时来此，况有洒洒风情，兼有'只着片心'之言，不为无意于君。君若爱身，不与一遇，机必露矣，君其图之。"生不得已，至晚，径诣邻妇之家，与作通宵之会。果尔得其真情，与生重誓缄口矣。

是夕，琼、奇嗔生不至，候至三更；锦不以告，但口占西句示之曰：

"谁知复谁知，花妖窗外窥。花阴月影动，犹自想花枝。"

琼、奇骤惊："异哉此言！幸详告我。"锦曰："昨宵事露矣。白郎去矣，尚望同床会乎！"于是为道其详，琼、奇泪涟。自是同床会散，生、姬深加敛迹矣。

庆节上寿会饮

越五月五日，生为赵母贺节。母亦置酒邀生，生辞。李老夫人、陈夫人各遣侍婢催之，生入谢曰："承诸大母厚意，但恐冒突尊严。"老夫人曰："彼此旅寓，何妨，何妨。"命三姬相见。琼、奇不出，生饮数杯，逡巡告退。老夫人曰："守礼之士也。"赵母曰："此儿无苟言，无苟动，真读书家法也。其亲宦游，无人照管，况当佳节，令其岑寂，吾心甚不安耳。"于是复备一席，令小歌送至生寓共饮。生制一词，名曰《浣溪沙》：

"晴天明水涨兰桥，画鹢箫鼓明江皋。翩翩彩袖拥东郊。倚阑干闷萦怀抱，武陵溪畔燕归巢。谁怜月影上花稍。"

小哥默记其词，归为夫人诵之。老夫人精于词章，琼之文史，皆老夫人手教者也，极口称善，以示三姬。三姬闻之悄然。老夫人曰："汝等不足白郎诗乎？未免谓其伤春太露耳。"三姬微笑。少顷，亦各散去。

是夕，生扣重壁小门，琼、奇固蔽不开。生扣既久，锦娘启扉。二姬见生，泪下如雨，固问不应，相对恓惶。生知锦泄前言，再三开谕，坐至三更，二姬乃曰："兄当厚自爱身，吾等罪当万死。即不能持之于始，复不能谨之于终，致使形迹宣扬，丑声外著，良可痛也。"因相与泣下。生曰："月前之誓，三以死生，况患难乎！卿不记申、娇之事乎？万一不遂所怀，则娇为申死，申为娇亡，夫复何恨！"生即剪发为誓，曰："若不与诸妹相从，愿死不娶。"三姬亦断发为誓，曰："若不得与白郎相从，愿死不嫁。"生曰："吾之不娶，佯狂入山，事即休矣；卿之不嫁，奈何？"琼、奇曰："吾二人幸未有所属，当以此事明之吾母。哥或见怜，幸也；不尔，则自刭以谢君耳。宁以身见阎王，决不以身事二姓。"生谓锦曰："于卿何如？"锦誓曰："生死不相离，离则为鬼幽。于君何如？"生誓曰："终始不相弃，弃则受雷轰。"于是四人相对尽欢，不复顾忌。

越十有三日，赵母诞辰也，生以厚仪上寿，且为三母开筵，复请三姬，同预燕席、李老夫人许之。时二姬亦上寿鞋、寿帕，且称觞焉。生筵适至，二姬趋避。李老夫人曰："相见无妨，赵姨之子，即汝表兄也。"——盖琼、奇之母皆产于林，与赵母为叔伯姊妹，故老夫人有是言耳。——二姬遂出相见，固逊不肯登筵。赵母曰："幼女畏生客，我与之区处。"于是置生席于堂之小厢，命小哥侍焉。饮至半酣，生与小哥出席劝酒。老夫人曰："酒不须劝，久闻高才，欲请一词为寿，何如？"生辞谢。老夫人曰："吾已见《浣溪沙》矣。"生曰："惶愧！"遂请命题。老夫人曰："莫如《千秋岁》。"生复请刻韵。老夫人曰："吾幼时尚记辛幼安有'塞垣秋草，又报平安好'之句，即赓此韵，尤见奇才。"生不假想，即挥毫曰：

"绿阴芳草，黄鹂声声好。瑶台上，华筵表。的的青鸾舞，王母霁颜笑。蟠桃也，千岁秾华深不老。

有玉山摧倒，南极先来到。玄鹤算，良非小。优游乾坤里，添筹还未了。备五福，鼓箧让寿考。"

李老夫人曰："真好词也。"唤琼姐曰："汝向时言能为之，今尚能制乎？"琼姐逊谢。夫人曰："聊试一词，以求教耳。"琼因制词曰：

"玉阶瑶草，报道年年好。绮阁上，琼台表。蟠桃生满树，采撷真堪笑。再结子，又是三千年不老。金樽频倾倒，王母乘鸾到。寿星高，乾坤小。人在华筵表，劝酬犹未了。齐嵩祝，万年称寿考。"

呈上老夫人。夫人曰："雷门布鼓，音响顿殊。"生曰："奇才，奇才！云所远让。"陈夫人目奇姐，曰："汝镇日与大姊谈诗，我不知云何。今聊试汝，汝其勿辞。"

奇出席拜老夫人与赵母，曰："献笑，献笑。"复拜生，曰："求教，求教。"老夫人曰："不必论诗，礼度自过人矣。"奇制词曰：

"瑶池绿草，近来长更好。朱明日，暄人表。况此薰风候，登筵人喧笑。华筵开，共祝那人长不老。好怀尽倾倒，寿星都来到。乘鸾客，才非少。倚马雄才，万言犹未了。吐芳词，长祝慈闱多寿考。"

李老夫人曰："妙哉词也！可谓女学士矣。"词毕，各就位。锦娘曰："请谢教。"于是即奉三母之觞，复过生席劝饮。时兰香自外持茉莉花来，既献三母、锦娘矣，一与琼，琼曰："送与小哥。"一与奇，奇曰："送与白官人。"兰香递与生，笑谓生曰："此花心动也。"锦厌其言，嗔目视之。生亦不快，奇殊不知也。少顷罢筵。

是晚，生入三姬绣房，为绸缪之会。与奇会毕，因谓曰："尔殊不检点，词中称扬太过。"奇曰："偶笔氛所至耳。"又备述兰香之言，奇遂大恚。

次晨，言之于母。母怒笞兰香，香曰："此言诚有，但戏与白郎言之，姐姐安得闻？必是白郎密以告姐，愿夫人察之。"夫人生疑，唤奇姐，谓曰："止谤莫如自修。"奇且复大恚。夫人与诘其得闻之由，奇姐语塞。锦适至，曰："此言锦实得闻，故以告妹。"兰香自是言亦塞，陈夫人自此亦生疑矣。

凉亭水阁风流

数日后，陈夫人语赵母曰："天气炎蒸，人咸染病。百花园凉亭水阁，可居三女于中，锢其出入，何如？"赵母然之。遂自琼、奇房后开门，恣其园亭逸乐；以为外之房门谨严，而不知内之重壁为便。虽诸侍女颇有猜疑，亦竟不知生出入之路。

一日，陈夫人诘春英曰："汝久侍深闺，宁知白郎事乎？"春英曰："无之。内外并不相见，又无侍婢交通，郎君何由得入？此一也。春初白郎常至，妾犹有疑，今无事辄数十日一来，此二也。且自三月寇警后，西带诸门俱严关锁，虽侍婢不得往来，白郎能飞度耶？"夫人之疑消。

生、姬每日于纳凉亭中欢谑，间亦多亵狎，独琼姐坚执不从。是月望日，生与锦、奇在临水阁中作乐，琼姐不至。锦作书，令奇姐招之。琼复书曰：

"劣表妹李琼琼敛衽启覆四表姊妆次：即晨夏景朱明，莺花流丽，莲白似六郎之一笑，榴红拟飞燕之初妆。鱼作态而戏金钩，鸟沾娇而穿细雾。纳凉亭上，习习清风；临水阁中，腾腾爽气，诚佳景也。况有文君之色，太真之颜，凭栏笑语；潘安之貌，相如之才，抚景写怀，岂不乐哉！然古人有言：'欲不可纵，纵欲成灾；乐不可极，乐极至哀'。

且媒慢岂端庄之度，淫亵真丑陋之形。读《相鼠》之赋，能不大为寒心哉！姊，女中英也；郎，士中杰也，愿相与念之。"

奇姐持书来，曰："莺莺不肯至，红娘做不成。此书中好一片云情雨意，要汝等跪听宣读。"生长揖曰："好姐姐！借我一观。"奇姐曰："要大姊深深展拜。"锦拜曰："好姐姐！借我一观。"奇姐出诸袖中。生、锦展读，笑曰："这云情雨意，岂不害了相思。不会作红娘，反会来卖乖。"锦曰："好好拜一拜还我。"生曰："我要她替莺莺。"搂谑多时，大笑而罢。

越十有七日，生闻其叔自荆州回，候接于都门之外。三姬亦以生是日不至，同在纳凉亭上女工。饭后，赵母具茶果，遣侍女春英等俱往省之，且密祝以瞰二姬所为。奇姐闻兰香呼门声甚急，笑曰："此婢又来探消息矣。今日若无状，决加之重刑。"二姬笑曰："汝今日不惧他矣。"及启扉，诸婢皆在，云赵母送茶，三姬谈笑啜茗。兰香步花阴，过柳径，穿曲堤，无处不至。奇姐索皮鞭以待，曰："以鞭马之鞭，鞭此婢也。"兰香行至芳沼之旁，扣掌笑曰："好笑，好笑！有一蒂开两朵莲花。"奇姐令桂香唤之，至则令跪于地。奇姐曰："汝自少事我，我有何亏汝？汝乃以无形之事，生不情之谤，汝欲离间吾母子耶？汝到亭中，众皆侍立，汝乃驰逐东西，欲寻我显迹耶？汝今寻着否？汝好好受责！"兰香叩首，曰："姐姐是天上嫦娥，兰香是嫦娥身边一兔。兔恐嫦娥薄蚀，无所依傍，乃爱护姐姐独至，故有前日之言。至如今日，因久不至亭中，偷闲遍阅佳景，岂是有心伺察？如有此心，罪当万死。且姐姐女流豪杰，白郎文士英豪，岂是相配不过？但恐轻易失身，白郎视姐姐如墙花，姐姐望白郎在云外，那时悔不及耳。兰香与姐姐同安乐，亦与姐姐共患难，安得不过计而曲防？"奇曰："无端造谤，尔罪何如？"兰香曰："固知罪矣。然亦姐姐不自检制耳。诗词属意，可疑一也；流目送情，可疑二也；分花相赠，可疑三也。众人皆有此疑，兰香安敢不告？若李琼姐之端庄，赵四娘之严谨，安有此谤？"奇姐大恚，鞭之流血。时琼、锦游芳沼之滨回，告奇姐曰："中莲花果开并蒂，此佳祥也。姑恕兰香，同去一看。"奇遂释之。

诸婢归，俱以并蒂莲告于赵母。母喜，邀李老夫人、陈夫人同赏。

酒既俱，老夫人持杯祝曰："老身一子，久官他方，致令女孙及笄未配，此老身之深虑也。今天赐佳祥，愿觅快婿。"又为陈夫人祝曰："愿奇姐早定良缘。"又为赵母祝曰："愿小哥早得佳妇。"时方登席，赵母请曰："有此佳祥，可召白生来看。"老夫人与陈夫人有不欲意，以赵母深爱，勉强从之，令秋英、小珠往召。归报曰："白大叔有客在，不知何事发怒。"赵母曰："春英颇晓事，可往探之。"复归，报曰："白大叔原配曾边总小姐，今曾老爷远宦边疆，白老爷不欲大叔远去成亲，曾老爷不欲小姐远归还亲，各有悔意。今年三月内，白老爷运粮入京，与曾老爷相遇，二人言竞，有书退悔。今白老爷遣大叔回家，为大叔再议婚姻，因此发怒。"赵母曰："大叔知我请他否？"春英曰："他陪叔爷吃饭，即来。"

少顷，生至，且细白之三母。李老夫人笑曰："有如此才即，何虑无妻。"赵母笑曰："儿勿虑，我与汝为媒。芳沼中有莲并蒂，此是祥瑞，第往观之。"生因与小哥同往，果见并蒂。生喜特甚。因慷慨饮酒，赋诗曰：

"中夏正炎蒸，百花何明媚。可笑老天公，凌波浮天瑞。并蒂莲花开，香风暗度来。瑶池游王母，绮阁泛金罍。向人娇欲语，酷似西施女。相对吴王宫，乘风相娇倨。日分双影流，风动两枝浮。羞向孤鸾镜，应知学并头。莫作等闲赏，交枝芳沼上。瑞霭为谁开，霞标著天榜。香韵远并清，双莺柳外鸣。应与两岐麦，同荐上玉京。"

呈之李老夫人。夫人叹曰："流丽清新，海内才华也。"赵夫人笑曰："可当聘礼否？"老夫人笑目锦娘，曰："汝三姊妹联句和之何如？"二姬推让，锦笑曰："但作不妨。白兄事同一家，万勿为异。"二姬然之。琼首曰：

"逢此仲夏景，花香柳自媚（琼）。两沼已含流，双莲何并瑞（奇）。风吹昨夜开，深疑天上来（锦）。为汝登池阁，因兹泛樽罍（琼）。潘妃浑不语，携手湘江女（奇）。吴壁喜相逢，二乔斜并裾（锦）。明沙水面流，盈盈合蒂浮（琼）。翡翠双飞翼，鸳鸯栖并头（奇）。王母瑶池赏，云车停水上（锦）。瑞宇已流春，天门初放杨（琼）。应识芙蕖清，哪占丹凤鸣（奇）。太常如可纪，图此上神京（锦）。"

老夫人见之，笑曰："皆女瑛也。"转呈与生，生惊叹曰："诸妹才华，近世莫比。"生饮三酌，辞归。母亦自是罢筵。

是夕，赵母谓李老夫人曰："鄙意欲以白郎配琼姐，何如？陈夫人亦极口赞成之。老夫人曰："吾意恐有事未真，议未定，且未识此生意向何如。"赵母曰："然。姑勿言，待其媒议之时，方可与言及此。"李老夫人曰："此事成，亦天也；不成，亦天也。"春英闻此语，以告锦娘。锦娘密以告生，且曰："兄可多遣媒博采，令老夫人闻知，彼乃无疑，自当见许。"生深然之。陈夫人亦有以奇姐配生意，但以相距六岁，心内迟疑。兰香乘间曰："婢昨送茶，被姐鞭挞，虽至血流，亦无怨心。但兰香细看姐

姐，却似有心白郎，莫若早以配之，则一双两好，天然无比。"夫人曰："岂有是事？汝勿多言！"

玉碗卜缔姻婕

生数日以叔在，不敢轻入琼室。叔亦遣媒人求亲。

是夕，生入锦房，与三姬商议，因曰："琼妹奇妹皆吾所欲，但势难兼得，为之奈何！"锦曰："吾观二妹所议，毕竟皆归于君，但不知谁先进耳。以鄙见论之，此事毕竟皆天也，非人所能为也。"琼让之奇，奇让之琼，各出誓言，恳恳切切。锦曰："勿推让，吾为汝分之。今宵焚香，疏告于天。各书其名，盛以玉碗，先得者今日议婚，后得者异日设策，非一举而有双凤之名乎？"生每日为此萦怀，闻锦言而深是之。遂具告天之疏，一挈得琼姐之名。奇笑曰："使吾姐为良臣。吾为忠臣，不亦美乎！"于是四人计定。

翌日，生言于叔，遣邻妇为媒，言于赵母。赵母以告李老夫人。夫人许之，择日报聘。赵母为具白金四十两，金花表里各二对，皆赵母所出也。邻妇执伐持书于李老夫人，其词曰：

"辰下双沼花开，九天瑞应。某窃计之：老夫人其千年之碧藕乎？仙阙流芳矣；令子老先生其千叶之绿荷乎？海内流阴矣；令孙女其霞标之菡萏乎？绣阁新香矣。兹者双花合蒂，瑞出一池，岂犹子景云果有三生之梦，乃应此合璧之奇耶？家兄远宦，命某主盟。赵母执柯，兼隆金币。丝萝永结，觊实倍于百朋；瓜葛初浮，瑞长流于万叶。"李夫人捧读，不胜欣慰，遂援笔复柬曰：

"即辰玉池献瑞，开并蒂之莲花，老身举酒祝天，愿女孙得快婿。岂是瑞不远于三时，庆遂成于一日！寅惟执事，名门豪杰；令兄天表凤凰，而令侄又非池中物也。何幸如之！然莲有三善焉：出于泥而不浊，其君子之清修乎！擢云锦与云标，其君子之德容乎！香虽远而益清，其君子之徽誉乎！愿令侄而像之，老身有余荣矣。睹蜡炬之生花，知百年之占凤；闻鹊媒之报吉，兆万叶之长春。"

生得书，甚喜，邻妇乘间戏生曰："小姐见书，喜动颜色，官人稳睡，不怕潜窥矣。"

　　生累日延客置酒，琼密经画，整整有条。老夫人宽其私，但付之不闻。奇姐虽自敛戢，与生情好益笃，阴自刺其双臂：左有"生为白郎妻"之句，右有"死为白家鬼"之句。生是夕见之，痛惜不已，双泪交流，苦无聊赖，自投于床。琼因劝奇与之共寝，生终夜倾泪如雨。自是，与奇为益密矣。

　　暇间谈论，奇谓琼曰："吾未知逮事白兄与否，然感此缱绻之情，虽糜骨何恨！"琼曰："除是我死，姊妹便休。若得事白郎，必不致妹失所。"锦隔壁呼曰："可令我失所乎？"琼笑曰："三人同功一体，安有彼此之殊。"锦复笑曰："吾妹念我否？"琼曰："成我之恩，与生我者并，岂不念功！"三人复大笑。自此，生、奇加意绸缪，又将越月。锦、琼亦体生意，恣其殷勤。时诸婢无不闻知，但皆不敢启口，惟兰香自恃美貌，每在生前沽娇，生屡诃之，因此怀恚，欲泄其机。至是为奇姐所恶，亦不敢言。锦、琼善自敛藏，内外不甚觉露。

　　自是南陆转西，九秋胜会，桂有华而擎宫月，姮娥亲下广寒；槐奏黄而舞天风，英俊忙驰夹道。生整治行装，入秋闱应试，与生相别，无限伤情。三姬共制秋衣一袭，履袜一双；绿玉之佩，黄金之簪，诸所应用，无不备具。琼姐制诗曰：

　　"良人将离别，泪洒眼中血。杜宇惨悲鸣，秋蝉凄哽咽。此情只自知，向汝浑难说。愿步入蟾宫，桂花手中掇。"

　　奇姐制诗曰：

　　"欲别犹未别，泪珠先流血。诉短及道长，既哽又复咽。不向夫君言，更对谁人说？唯愿折桂枝，高高双手掇。"

　　锦亦制诗曰：

　　"人别心未别，漫将苦流血。我因夫君凄，郎为妾身咽。行矣且勿行，说了又还说。折桂须早归，墙花莫去掇。"

　　老夫人、赵母、陈夫人各厚赠，诸亲友皆赠之。

　　白往至省，温习经书，届期入试。然慕念三姬，未尝少置。而姬亦于晨夕之下，对景无不伤情，乃至多寐之思，亦多叙忧离之思。生以三试既毕，遣仆抵家问安，既奉诸母珍奇，亦馈三姬花胜，致书恳切，不能尽述也。锦、琼见喜慰，奇姐转加惨凄，报书曰：

　　"妾陈奇姐敛衽复书于夫君白潢源解元文几：夏光已云迈矣，秋宇何凄凉也。每中夜凉风四起，孤雁悲鸣，则伏枕泪零，几至断绝。听砧杵之音，怒焉如捣；聆檐铎之响，如有隐忧。此时此情，何可殚述。缅想洒乐之人，宁识忧愁之状否耶？自昔乌山

邂逅，继以月下深盟。妾谓事无始终，将送微命；君谓此头可断，鄙志不渝。恳恳殷殷，将意君即妾也，妾即君也。水宿与俱，云飞与俱，偶隔一日，则想切三秋。今言别三十日矣，其殆九十秋欤！情胡不切，泪胡不零？天乎！吾何不为凉风，时时与君相傍；天乎！吾何不为飞鸟，日日向君悲鸣耶！妾与君誓矣，与君言矣，亮君亦见信矣，第恐时时乖违，机事傍午。将欲明之于母，又恐母不见怜；将欲诉之于人，又恐旁人嗤笑。讯天，天不闻也；问花，花无语也。其所以自图惟自树立者，惟有身死可以塞责。然死如有知，乘风委露与君相周旋，目乃瞑矣；死如无知，与草木同朽腐焉，则又不如久在人世，万一可以见君之为愈也。然此身实君之身，身不在君，则有死无二。如或惜死贪生，轻身丧节，则又不若朽草腐木之安然无累也。君其为我图谋之，存没之诚，此言尽矣。临书流泪，不能复陈。承惠玉粉胭脂、翠羽花胜，虽为睹物思人之助，实增谁适为容之悲。附以海物，愿君加餐；兼以凉鞋，愿利攸往。余惟棘闱魁选，海宇扬名，是妾等三人之至愿也。"

生仆至，授生书。生方与诸友燕集，展视未完，不能自禁，涕泪呜咽。友见其书，无不嗟叹，因曰："有此恳切，无愧潢源之重伤情也。"力叩所由，生不以告。自是功名之心顿释，故人之念益殷矣。

月终揭晓，生虽名落孙山之外，全不介怀。遂策马为抵家之行，与姬复会。然生之别时，祝奇姐曰："吾若得意而归，明与尊堂关说，恳求姻眷，必遂所怀。"以此牵情，心恒悒怏。然三姬见生之归，如胶附漆。诸母因生之至，便喜动颜容。是夕，过重壁小门，仍为同床之会。

生中夜长叹，锦抚之曰："功名有分，何必介怀。"琼曰："郎非为此萦怀，只为吾妹切念。"生曰："子真知我心者，为之奈何？"琼曰："吾与大姊有妙计矣。"生曰："愿闻。"琼曰："君将来必有荆州之行，且先具婚书一纸，表里一端，白金四锭，付与吾妹。俟君行后，陈姨必将议婚，吾二人决以实告，并以吾妹臂上刺文示之，然后上金币、婚书，则陈姨势不得已，事端可谐矣。"奇笑曰："计则奇矣，但颜之厚矣。"锦笑曰："如此可成，面皮可剥也。"生曰："向实为奇姐萦怀，今闻计心释然矣。"自是，留恋月余，欢好尤笃。

生父命仆来探秋闱之信，且命早至荆州。生不得已，起行。陈夫人谓生曰："此行未知得再见否？"因相对呜咽，两不能胜。生挥泪曰："姨娘幸勿出此不利之语，云愿姨娘天长地久，既有骨肉之恩，必顶丘山之戴。"陈夫人复流涕曰："我身寡子单，仗提携。"生曰："敢不从命。"夫人流涕而入。

三姬相送凄惨，诗词悲怨。诸母临别殷勤，致赠甚厚。及其策马在途，举目有山河之异；飞舟迅速，临流切风月之怀。发诸声歌之词，皆恋故人之语，则生之思姬何如，姬之思生亦如是矣。

锦娘割股救亲

时维腊月，寒气逼人，赵母体羸，忽膺重病。三姬无措，请祷于天，各愿减寿，以益母年，未见效也。锦夜半开门，当天割股。琼、奇见其久而不返，密往视之，乃知其由。嗣是和羹以进，母病遂愈。甲人闻知，上其事于郡县，郡县旌曰："教女之门。"有诗曰：

"乌山遥对华山西，花外风清乌自啼。已见文华推多士，哪知节孝属深闺。剖心从古忠名旧，割股于今徽誉奇。旌别圣恩行处有，谁踏芳躅映文奎？"

赵母置酒，诸眷毕贺。有杨把总者，闻锦娘之美，亦备礼称庆，以白金二十两为赵母寿，欲求见锦娘。锦既却其金，又不之见。杨欲以势挟之，先令邻人扬言，且唆以兼金厚利。锦娘曰："汝为我语刁军，我头可断，我身不可见也。"杨惧而止。是时三姬皆以志节更相矜奋，自生别后，不施脂粉，不出闺门，虽瑞月千门佳丽，三姬处之淡如，元宵乐地繁华，三姬不出游玩。其操守如此。

生自抵荆州后，既见父母，益念三姬，乃请于父曰："李老夫人，外大母也，殷勤主婚，盍遣人致谢焉。并候履，且订婚"父许之。生备金币，遣仆归访三母，且致书三姬。其书曰：

"同心人白景云书于三美人妆次：云此生何幸哉！昔时尊贵王公得一女媵焉，犹可以流声千古，况云兼有其三哉！皆天曹神女，仙籍美姬，色殊绝矣。文绚春花，词映秋水，才超卓矣。坚贞如金玉，洒落类风霞，气概英达矣。而云方幸绸缪之际，又闻交儆之言，其所以相亲、相期、相怜、相念，又日綑缊焉。则神游于美人之天，云此生何幸哉！追想曩时倚玉于芳栏，偷香于水阁，馨人间未有之欢，极人生不穷之趣，美矣，至矣。然此犹为窃药之会，今皆缔为月中之人，则月下深盟，其真无负。五百天缘，悠悠未了也。欣切，欣切。万里片心，但欲三妹勤事诸母。奇妹姻信未闻，日夕悬注，想志确情笃，则天下事固可两言而决也。急闻，急闻。身在荆州，神在桑梓，

计此情必见谅矣。无多谈俗，仅在别启中昭人。"

诸母得书喜甚，款仆于外堂。

时有朱姓者，贵宦方伯之家，与奇同乡，有子年方弱冠。闻奇之美，命媒求姻。陈夫人初未之许，后偶见朱氏子，貌美而慧，遂许焉。择日欲报聘，奇姐忽称疾，绝粒者三日。夫人惶惧，泣问所由。琼以实情告之。夫人曰："焉有是事？门禁森严，白郎能飞度耶？"琼曰："姨若不信此言，请看奇妹两臂。"陈夫人见之，骇曰："白郎在时何不与我言？今纵不嫁朱氏，后置此女何地？"琼曰："妹与白郎殷勤盟誓，生死相随，决不相背。"夫人曰："痴心男子，誓何足信！"琼遂启其箱，出白金四十两、表里各二对、婚书一纸，曰："此皆白郎奉以为信者也。"夫人曰："是固然矣，然天长地久，汝姊妹何以相与？"琼跪而指天曰："琼如有二心，随即天诛地灭。愿我姨娘早赐曲从。"夫人曰："我将不从，何如？"琼曰："妹已与琼雇矣，若姨不从，则妹命尽在今夕。"夫人堕泪，徐曰："痴儿，汝罪当死！亏我守此多年，亦无可奈何，只得包羞忍耻耳！此事锦娘知否？"琼曰："不知也。"夫人因抚奇身曰："汝私与白，得非慕白郎才郎乎？朱氏之子，俊雅聪颖，将为一世伟人，以我观之，殆过于白郎矣。"奇不对，琼曰："妹身失于白郎，既有罪矣，更委身于二姓，是荡子也，何足羡哉。"夫人首肯曰："固是矣，从今吾不强矣。"但礼币未受，琼犹有疑，因告于二母。二母亲奉礼币，劝陈夫人受之，夫人尚有靦容。夫人曰："天下之事，有经有权，善用权者，可以济经，不尔，便多事矣。"陈夫人因呼兰香置酒，以谢二母，且曰："早信此奴，无今日之祸矣。"三母即席，锦娘奉杯。而奇不出，乃独坐小榻。

奇姻事既定，陈夫人复书于生。锦、奇亦以书达生。遂遣仆归荆州矣。

奇姐临难死节

是时陈夫人以兵变稍息，归于本乡，不幸遭疾洽旬。奇往省之。未数日，寇苍复作，遂遣奇入城。嗣是盗益炽，夫人病益笃，欲昇之入城，则亟不可动。奇闻变号泣，步行往省。琼姐执奇手曰："寇贼弃斥，妹未可行。"奇曰："我宁死于贼手，岂忍不见母瞑。"因绝裾而行。及抵家，寇稍宁息。奇姐虞母不讳，先为置办棺衾。比至二更，闻官兵大至，众喜，以为无虞。至五更，乃知即是贼兵。鸡鸣，遂围浑江，剽掠男女数百。三贼突入陈夫人之房，见夫人病卧，欲逼之以行，夫人不起，抽刃欲兵之。时奇逃在密处，遽呼曰："勿动手，我代之。"遂出见贼，贼见其天姿国色，欢喜特甚，遂掠以行，并掳兰香及家僮数人而去。时陈夫人在床，犹未瞑目也。

贼闻官兵欲至，饭后退屯新升桥，至河沿宦署，将所掳男女尽禁其中。奇姐谓兰香及家僮曰："我为母病来，岂知为母死！我若不死，必被贼污，异日何以见白郎乎！"乃咬指血书于壁曰：

"母病不可起，夫君犹未归。妾身遭此变，兵刃讵能违！甘为纲常死，谁云名节亏。乘风化黄鹤，直向楚江飞。"

题毕，谓兰香、家僮曰："吾母子相从于地下矣，汝辈得归，可与小姐善事白郎。"复谓兰曰："吾当急死，稍迟，欲死不可矣。"乃语间，即取裾中所藏剃刀，以袖蔽面，自刎其颈，遂僵仆，血流满地。兰香抱之而哭。贼来，怒杀兰香。因询其由，乡邻备道。贼曰："我误矣，此节孝女也，勿污其尸。"于是舁而置之署后月台之上，以红绫被覆之，相与环泣。其节孝之感人如此。

是夕，有人来报，锦、琼举家号恸不已。琼姐愿以百金入贼营赎其尸，众惧不敢往。次日早，报："官兵杀退贼矣。"又报："陈夫人即世。"琼姐带秋英、新妹、小妹往收其尸；锦娘带春英殡敛陈夫人。时琼号泣登台，未至五步，尚闻奇姐长叹一声，骇曰："吾妹尚无恙！"急往抚之，则见其气已绝，颜色如生，尚带笑颜。琼曰："吾妹甘心死乎！"因令人舁归，与陈夫人同殡。遍寻兰香之尸，则为贼弃之水中，无复存矣。琼姐读其血题之诗，号泣仆地，绝而复苏。

琼姐抵陈夫人之家，与锦娘备办棺衾，殡殓完备，吊客盈门。二女亲为执丧。越三日，各为文吊之。琼词曰：

"呜呼哀哉！吾妹死矣，吾不忍言也。吾与妹岁距三周，居违五里，七岁已同游，十祀曾同学。吾母与若母，兄弟也；吾父与若父，连襟也。汝年十四，吾年十六，即闻兵变。惟时汝父先逝，吾父宦游，吾祖母与若母虑吾二人居乡莫便也，乃即赵姨之居居焉。坐则共榻，寝则同床，食则同甘苦。殆于今三年矣。幸得锦姊朝夕绸缪，兼以诸母殷勤教导，吾二人亦欣欣然至忘形骸。

嗣是共遇白郎，以骨肉之亲而重之以山河之誓；旋复同缔姻雅，以丝萝之旧而联之以五百年之缘。将谓生则同室，死则同穴，金石莫移也。讵意笑语方悬天匙箸之间，惨凄即见于须臾之际。妹爱母心切，不暇顾身；吾庆妹情真，临行拽裾。岂知据绝而吾妹去，妹去而祸变临。贼刃若母，妹安得不出；吾妹既出，身安得不死！然遭贼之

中国禁书文库

国色天香

一四一

时，则寅也，妹不死于寅者，将为全母之计；过此则卯也，夫妹不死于卯者，必其提防之深；及入营，则辰也，方入营，而吾妹死矣。释此不死，则妹宁有死时乎？

然闻妹将死之时，慷慨赋诗。吾细绎之，其首曰'母病不可起，夫君犹未归'，孝节见于词矣；次曰'妾身遭此变，兵刃讵能违'，慷慨以身杀矣；'甘为纲常死，谁云名节亏'，舍生而取义矣；末曰'乘风化黄鹤，直向楚江飞'，恋恋不忘夫君矣。是诗也，贼人犹自哀怜，况人乎！人见之，犹自惨切见琼乎！琼见之亦无可奈何也，使吾郎君见之，其悲哀痛之又若何邪！吾恐白郎为汝伤生，则吾亦为汝殒命矣。呜呼痛哉！吾今日所以不死者，诚惧伤君之生，益重妹不瞑之目。古人有死于十五年之前者，固已存孤；有死于十五年之后者，亦以全赵。琼之心犹是也，妹氏谅我心乎？呜呼已矣，吾目枯矣，吾言不再矣！

然尚有言焉：白郎若归，倘能不为儿女姑息之爱而为丈夫万世之谋。吾即汝平时玩好珍宝，市田若干永为祭奠之需；高大窀穸，永为同穴之计，则相离于今时者，当相合于永世。孰谓九泉之下，非吾聚乐之区邪！嗟夫痛哉！妹之容颜比秋月矣，文采若春花矣，性情类清风矣，气节做秋霜矣，孝诚动天地矣，余何忍言哉，余何能言矣！

呜呼！长江凄凄，寒风烈烈；山岳幽阴，天地昏黑，欲见汝容，除非梦中不可得。汝若至楚见白郎，道我肝肠片片裂！"

锦娘亦有哀词，其愁怨凄惨之状，不下于琼，但不能悉载也。母亦来会吊。奇有弟双哥，南七岁，赵母为之鞠育。丧书毕，母、二姬俱入城，凄凉之态，何可尽述！

生在荆州，遥望老仆不至，想见三姬甚殷，父母遣生归毕姻。琼父母亦遣仆来会姻期。生遂与其叔束装为归计矣。

白生原配曾边总之字徽音者，赋性贞烈，才貌超群，精通经史，尤善歌词，酷爱《烈女传》一书，日玩不释。闻其父与白氏悔亲，将再醮吴总兵之子，遂独坐小楼，身衣白练，五日不食。父母见其亟也，询知其故，因绐之曰："吾从汝志，岂不复然。"徽音乃渐起饮食。

吴之子，名大烈，亦将中豪杰，善用马上飞剑，掷剑凌空，绕身承接，妙捷如神，边庭敬之畏之。边总欲使徽音见其才能，谋之媒人，于正月中庭开角觝会，令家人悉升楼聚观。大烈坐于金鞍之上，衣文锦之袍，容如傅粉，唇若涂硃，掷剑倒凌，飞枪转接。众皆羡其才能，又复悦其美貌。女徐问于侍婢曰："此何小将军也？"柳青答曰："吴总兵公子也。"女即背坐不观。

次日，父母又遣兄弟道意，女复赋《闺怨》以见志。其词曰：

"怨中闺之沉寥兮，羌独处而萧萧。心侘傺而苦难兮，乃怀恨而无聊。悼余生之不辰兮，与木落而同凋。天窈窈而四黑兮，云幽幽而漫霄。雷轰轰而折裂，风荡荡而飘飘。岂予志之独愚兮，乃抚景而怊怊。爱伊人之不择兮，即芳苣为菰藻。木南指而若有所向兮，乃薰桂而申椒。鸟南飞而若有所栖兮，声嘤嘤而鸣乔。余胡兹之不若兮，对朔风之漉漉，噭娇音以哀号兮，怅乌山之相辽。问桑梓之何在兮，更寒修而迢遥。中庭望之有蔼兮，湛溢死而自焦。余非舍此取彼兮，虞纲常而日凋。谁能身事二姓兮，仰前哲之昭昭。余既称名于夫妇兮，敢废辙而改轺。芳芳烈烈非吾愿兮，望白云于诘朝。纵云龙而莫予顾兮，甘对月而魂消。天乎！予之故也，何怨中闺之沉寥云。"

闺赋既成，遂粘于楼壁，坐卧诵之，五日不食。父母惊讶，乃遣其弟二郎奉敕差往江南勾军，并送徽音归家完娶婚。临行，戒之曰："我前日退书既至，白郎再配无疑。若愿并娶，允之无妨。若不相成，讼之官府。要之，事难遥度万里之外，汝自裁之。"从行侍女二人：柳青、莲香也；童卒二人：熊次、丁鸾也。

二郎驰驿还乡，白马雕鞍，强弓利箭，众皆以为边帅，无敢近者。生回家，至中途，偶与相遇，见彼人强马壮，车骑森丽，遂踵其迹而行。比至邮亭，见一女下车，绰约似仙子，问力士曰："此是何人？"答曰："曾边总老爷小姐，回家完亲。"生疑，问叔曰："徽音回家完亲，不知更适何姓？请往省之。"因戒仆曰："勿露我姓名。"生遂投刺更以姓田。二郎延入相见。生问曰："乡大人自何来？"二郎曰："辽边。"生又曰："今何往？"

二郎曰："奉敕回家。"生又曰："贵干？"二郎曰："勾查军伍。"生曰："亦带宝眷耶？"二郎曰："送舍妹还乡成亲。"生曰："令妹夫何姓？"二郎曰："庠生白景云。"生曰："此兄娶李辰州之女，二月已成亲矣。"二郎曰："兄何以知之？"生曰："家君与之同宦荆州，故备知其详耳。"二郎："既知其详，愚不敢隐。"因述其终始。生笑曰："以尊翁之贵、令妹之贤，何惧配无公侯，乃关情于白氏之子乎？"二郎又诵其妹《闺赋》之章及夫不适二姓之意。生啧啧叹赏，复请二郎再诵，生一一记之。二郎曰："兄之聪颖，无出其右。"因留饮焉，相对尽欢。及二郎回拜，与叔相见，尽列珍馐畅饮。

自此同行，道上绸缪，不啻兄弟。二郎俱以实言，生终不以实告。叔见徽音节操，劝生并娶。生曰："侄非不欲，但既与奇姐保盟，此时必须两娶，倘一娶得三，获罪于士夫，见非于公议。虽父母，谓我何！且此女未必真心，二郎未必实语，云将探其真情。抵家，再为区处。"

次日，令其叔绐于二郎曰："舍侄实未议亲，令妹若肯俯就，甚所愿也。"二郎曰："但恐家妹不从耳。"二郎从容为妹言之，徽音唤柳青曰："取水来洗耳，吾不听污言

也。"因以生求婚诗进。徽音见之，呼莲香曰："取水来洗目，吾不观污词也。吾兄再谈此语，将送吾命江中。"自是二郎不敢言，生亦不敢谑。然生虽有敬慕徽音之意，而不敢为三人并娶之谋。日夜辗转，无可奈何。

一日，将抵家，与二郎别曰："吾实与兄言，白郎吾表亲，事必与我谋。今白郎已娶琼姐为妻，更有情人奇姐为次，令妹若去，置之何地？若令妹居长，彼必不甘；若令妹居下，堂堂小姐，岂后他人？以吾计之，唯有三人共结姊妹，可以长处和气，不知尊意何如？"生言既毕，因誓不欺。二郎乃与徽音共议，复于生曰："家妹身为纲常，非贪逸欲。若见白郎，可免失身之患，若论长幼，则亦无意分争。"生曰："如此则善矣。"翌日，相别。

生自荆州至家，与老仆途中相遇，已喜奇姐事谐。至日，人见老夫人、赵母矣。锦姐出见，面惨流泪。生甚怪之，因问奇姐及陈夫人，老夫人绐以在乡。生见锦娘惨容，力问其故，赵母不得已，言之。生大号恸，昏绝仆地，扶入卧床，昏睡不醒。老夫人祝锦娘曰："此生远归，伤情特甚，汝为兄妹，便可往省。万一失措，将奈之何！"是夕，锦率诸婢奉侍左右，生殊不与交言，终夜号泣饮水。

次早，往乡祭奠，锦、琼惧其伤生也，遣春英、新珠侍之。

生见枢即仆地，移时方苏。如是者四。生之叔见其甚也，代为祭奠，拥生肩舆以归。

生二日不食矣，老夫人彷徨，亲手进食。生不视，老夫人恚曰："汝欲毙老身乎！既知有陈姨，亦知有我；既知有奇姐，亦知有琼；且彼为子死孝，为女死节，夫复何恨？子岂不知天命，而为无益之忿耶！"赵母亦苦劝之，生稍进食因令人为奇招魂，立主以祀之、奇弟双哥，托锦为之抚养。奇枢在乡，情人为之守护。以白金为奇女祭田，具簿书为奇综家赀。其招魂词曰：

"哀哉魂也！予之招兮，魂何在乎？在九天兮。然魂为我死。岂忍舍我而之天兮？哀哉魂也！予之招兮。魂何在乎？在地下兮。然魂欲与我追随，乌能甘心于地下兮？哀哉魂也！予之招兮。魂何在乎？在名山兮。然山盟之情未了。魂得无望之而堕泪兮？哀哉魂也！予之招兮。魂何在乎？在沧海兮。然海誓之约未伸，魂得无睹之而流涕兮？哀哉魂也！予之招兮。魂何在乎？在东南兮。然金莲径寸，安能遨游于东南兮？哀哉魂也！予之招兮。魂何在乎？在花前兮。然言别而花容遂减，魂何意于观花兮？哀哉魂也卜予之招兮。魂何在乎？在月下兮。然月圆而人未圆，魂何心于玩月兮？

呜乎哀哉兮，滂沱涕下。无处旁求兮，茫茫若夜。予心凄凄兮，莫知所迸。岂忍灰心兮，乘风超化。反而以思兮，既悲且讶。畴昔楚江兮，梦魂亲炙。静坐澄神兮，精爽相射。乃知魂之所居兮，在吾神明之舍。

呜呼哀哉！魂之来兮，与汝徘徊。予之思兮，肠断九回，生不得见兮，葬则同堆。有如不信兮，皎日鸣雷。兴言及此兮，千古余哀。天实为之兮，谓之何哉。死生定数兮，魂莫伤怀。死为节孝兮，名彻钧台。愧予凉德兮，独恁困颓。魂将佑我兮。酌此金罍。"

碧梧双凤和鸣

自是，生为锦娘苦劝，渐理家政，稍治姻事矣。然自归后，未尝与琼相见，托锦达情。琼曰："言别期久，欲见心切。然郎为妹伤情，我亦为妹切念，悲哀情笃，欢爱意溺，且伊迩婚期，愿郎自玉。"锦复于生，生曰："吾此时忧切，非为风情。但偶有一事，欲见相议耳。"锦问其由，生具以徽音之事告之，且出其所作《闺赋》。锦以事告琼，琼曰："万里远来，若不并娶，彼将何之？吾固非妒妇也。"生托锦以事白之赵母及李老夫人，夫人曰："琼意何如？"锦曰："愿之。"李老夫人曰："待吾细思之。"

锦曰："彼边庭远至，若不得婚，必讼于官，似为不雅。"老夫人曰："娶之不妨。"锦因对生言，生大欢喜。

翌日，二郎遣旧媒来言姻事。生正犹豫之际，忽见来仆自荆州回，以生自起行后，父闻总兵遣女回家就亲，惧生为彼所讼，故遣仆致书，命并娶以息争端。生与叔意遂快。复书，请二郎面议。

次日，二郎白马雕鞍，皂盖方旗，侍从锦袍，金铠银镞，仪卫之盛，遂造白郎之门。生与叔衣冠迎接。坐定，二郎曰："请家姊夫相见。"生笑曰："不才路次轻诳公子，获罪殊深，愿公见谅。"二郎曰："早知是吾姊夫，途中不加意痛饮耶？"因两释形骸，款洽言笑。生大设席，二郎痛饮。婚期之议已成，二郎遣人归报徽音。生曰："吾附去书，看还醒目否？"

洗耳尚未干，忽闻佳信至。舟中探花郎，天上乘鸾使，何事重惨悽，应须多娇媚。蓝桥会有期，秋波频转视。

徽音见之，略无动容。盖平时喜愠不形、德性坚定固然也。

二郎至晚回家，为道详悉。亦治姻具生，涓于五月十一日毕姻。是日也，榴火飞红，灿烂百花迎晓日；莲金献瑞，芬香十里逐和风。满道上百二祥光，一帘中十分春色。车行马骤，广寒宫里姮娥来；乐奏声闻，阊阖殿前仙侣至。星郎游洛浦，济济跄跄；神女下瑶台，娇娇绰绰。更有丫环数辈，皆仙籍之名姬；僮仆几人，悉天曹之力士。登筵佳客何殊朱履三千，入幕女宾直赛巫山十二。其物华之盛，仪卫之多，不能尽述也。

客有善为援史者，作《碧梧栖双凤图》以献。生爱之，与徽音、琼姐联诗云：

"金井碧桐梧（生），高岗双凤呼。五色浮神彩（音），百尺长苍瑚。藻翩翔清汉（琼），风翎入翠图。银床萋奕叶，丹穴试双颅。阿阁朝阳地，楚宫栖凤都。齐声调律吕，合味荐醒醐。比翼终天会，冲霄千仞途。琼枝应向我，徽韵自知吾。绿荫留万载，瑞与九苞符。"

徽音入门之后，侍锦娘、琼姐无不周悉，奉赵母老夫人则尽恭敬。凡于生前有所咨禀，必托锦、琼代言，其贤于人远矣。自是，赵母与生为一家之好，锦娘与生尽始终之情。

生后擢巍科，登高第，官次翰苑为名士夫。徽音生二子，琼姐生一子，皆擢进士，后琼姐、奇姐、徽音与白生合葬于南洲之南，迄今佳木繁茂，多产芳兰，子孙履墓，里许闻香。世人皆以为和气致祥云。

卷七

客夜琼谈

卖妻果报录

张鉴，乃秀水人也，落魄无羁，不事生业，日惟买笑缠头，纵情趋薨，家计为之一空。其妻纺绩自给，略无怨意。鉴则反生薄幸，谋诸牙婆，贾妻于江南人，得重价焉。

妻负死不往，江南人驱迫下船。载至一处，四面都水乡，茂林中，崇垣叠屋。扣门，有老妪出，喜曰："行货至矣。"须臾，挥鉴妻入一室，木桶旋绕，不异囹圄。其中有妇十余，或有愁眉而坐者，或有挥涕而立者。鉴妻与俱终日不食，惟号泣以求死。守者怒究其故，鉴妻绐之曰："妾有金饰一匣，乃亡母所贻者，因夫浪费，不与之知，寄在邻家，自以不忍舍去也。"守者闻言，告于主人，欲利所有，不逆其诈也。遂复载之回。至，则鉴妻奔走叫冤，邻众悉聚。江南人被擒到官。比及拘鉴，先已遁去矣。情竟不白。

余适遇鉴妻，道及其事，因作《卖妇叹》一篇，欲献执政而不果，并载此集，以警世云：

"西家有女少且妍，嫁与东邻恶少年。可怜一旦成反目，宝剑拟绝瑶琴弦。西南有等拘人虎，潜令牙妪来吾所。百金无奈买佳人，落花已被风为主。悠悠夜抵武林村，独舍无邻牢闭门，其中坐卧多女伴，彼此泣下难相存。置身如在囹圄内，鹄寡鸾孤不成对。掠人更待掠人来，此时计财宁计类。晨昏逼逐下江船，江水茫茫恨接天。回首乡关云树隔，未知落在阿谁边。假令卖作良人妇，以顺相从苟不故。若教为妾得专房，负妒招嫌思不固。又或卖为富家奴，汲水负薪历苦途。供承少错即凌虐，有路难归空怨夫。无端堕落风尘里，向人强以悲为喜。知心日少恶交多，送旧迎新如免死。人间情爱莫妻孥，忍暂何异具起徒。寄言并致买臣妇，贫贱相守当永图。"

　　江南人深恨鉴妻之诈，不吝千金赎之，系以铁钮，恣加捶楚，不胜痛苦。过江时议欲卖与娼家。鉴妻受责颇多，绝粒又久，卧病竟不起矣。一日，忽长吁而逝，黑气弥漫，口有巨蛇跃出。居人甚骇，买棺贮而瘗之。

　　时遇医人经其处，草际见蛇蜕一条，腮下红白，异而收于囊，将为药饵之料。是夜，即梦少妇拜于前曰："妾，秀水人也，被夫卖至此地，不愿忍辱偷生，已致珠沉玉碎。但关山迢递，冤气越超。今公有龙舌之游，妾敢效骥尾之托，万弗疑拒，为幸！"言讫大恸。医人遂觉，反覆思之，莫晓梦妇所谓。及至嘉兴东栅外，少憩白莲寺前，药囊中闻阁阁之声，极力不能举。怪而启之，见蛇蜕化为白蛇，奋迅越湖而去。停望间，隔岸车水人倏然拥拂。急望其处，则蛇将一人噬其咽喉，绞结而难释。久之，人蛇俱死矣。审知其人即张鉴，昔尝卖妻于江南，其地即龙舌头上。始悟梦妇变幻之灵，报复之速。呜呼！人其可不慎欤？

联咏录

　　秀水通越门外二里，有潆水一潭，潭面广百步，而深则不可测也，且西受天目杭山诸源，湍急莫御。是以天气晴朗，有白光三道起自潭中，直冲霄汉，数里外人及见之。若遇阴霾，则波涛汹恶，往往为舟楫患。五代时，异僧行云者经其处，指潭叹曰："西南险害，无是过也！我当为大众息之。"遂聚土实潭，建殿其上。落成之夕，三光复自土中突起，僧曰："吾几误矣！"即设高案置香案，自诵咒于案下，光遂收散。达旦，僧即筑上求材，临流建庙，题曰"龙王之祠"。其三光起处，又造二浮图以镇。水势既平，湖冲又杀，往来者便之感之。于是钱王赐额"保安"，赠行云为"保安禅主。"及宋，改"景德禅寺"，至今仍之。

　　迄元至正中，有曹睿辈宦游过此，登饮其间，用唐人句分韵赋诗。忽一老人长髯深眼，骨肉峻峥，飘然策杖而至，曰："老夫去此甚迩，闻诸君高怀，不揣驾朽，亦欲效一颦于英达之前，何如？"诸人心虽嫌异，姑缓而止之。睿即首倡云：

　　"清晨出城郭，悠然振尘缨。仰观天宇宙，倚瞩川原平。竹树自潇洒，禽鸟相和

鸣。龙渊古招提，飞盖集群英。唱酬出金石，提携杂瓶罂。丈夫贵旷达，细故奚足婴？道义山岳重，轩冕鸿毛轻。素心苟不渝，亦足安吾生。"

范恂继咏：

"凌晨访古刹，幽气集柱阿。雕甍旭日炫，维宇晴云摩。疏松奏笙簧，修竹唱凤珂。禅翁素所随，名流世来过。俯涧漱寒溜，涉登扣悴萝。瀹茗佐芳醑，谈玄间商歌。遂令尘土壤，如濯清冷波。兹景诚奇逢，追游亦岂多？流光逐波澜，飞翼拔高柯。赋诗留苔萍，千载期不磨。"

牛谅继咏：

"灵湫闷驯龙，古殿敌金粟。僧归林下定，云傍檐端宿。伊余陪雅集，于此避炎酷。息阴悟道性，息静外荣辱。坐石飞清觞，堪欢白日速。别去将何如，留诗满新竹。"

徐一夔继咏：

"野旷天愈豁，川平路如断。不知何朝寺，突兀古湖岸。潭埋白云没，林密翠霏乱。胜地自潇洒，七月流将半。合并信难得，通塞奚足算！广文厌官告，亦此事萧散。风棂爵屡行，萝灯席频换。但觉清啸发，宁顾白日吁？吾欲记兹游，扫壁分弱翰。"

睿因请于老人，老人随口而应：

"忆昔壮得志，云雷任摩挲。指顾感蛟鲸，叱咤驱风波。已矣而今老，悠悠困江河。良会岂曾识，意契即笑歌。夕歌恋松柱，晚风洒蒲荷。流霞杂轻烟，凌乱袭袂罗。佳景洽高谊，何妨醉颜酡。因嗟开山子，空堂负秋萝。生年几能百，时光度槐柯。名利钓人饵，青冢豪杰多。笑彼奔走生，自苦同蚕蛾。经营计长久，一朝委汤锅。世路且险测，杯弈藏干戈。达人尚高隐，乌帽甘清蓑。江花脂粉胜，林鸟宫商和。石枕待春睡，新刍贮银螺。对此引深乐，天地奈我何！"

吟毕，众人骇然敬服，不以野老视焉。因请名问答，老人曰："予龙姓，讳云，字子渊，别号江湖游客。家本山之西，来有年矣。"众人喜，遂相与极谈，飞筋流饮。及酒阑兴尽，命彻登舟。老人拱手言曰："顷侧行旌，承不以樗鄙相拒，敢献一语酬报诸君，何如？"众皆应曰："愿受教。"老人曰："诸君夜发，以程计两日后当过钱塘。但遇江风初动，有黑云自西北行南，慎弗轻躁取悔。斯时也，果验愚言忠益，不敢枉谢，得求殿宇新之，则吾邻有光多矣，将不胜于谢乎？"众人口诺心非，相礼而别。未数步，回顾老人，忽不见矣。众皆壮年豪迈，不以为意，急行舟去。

及两日后，早至钱塘江上。风敛日融，江面平静犹地，欲过者争舟而趁。恂、谅、一夔促装使发，惟曹睿曰："诸兄忆景德老人之言乎？吾辈非报急传烽、捕亡追敌者，纵迟半日，何误于身？岂必茫茫然效商贩为得耶？"三人相笑而止。笑未已，风果自西徐来，又黑云四五阵从北南向。睿曰："一验矣。"三人曰："试少待。"顷间，黑云中雷雨大布，狂风四作，满江浪势连天，如牛马奔突之状。争过者数百人，一旦尽葬鱼腹，惜哉！曹睿因指谓曰："诸兄以为何如？"三人失色相谢，睿曰："烂额焦头，何如徙薪曲突？此无知魏先平陈受赏，君子美其于本不忘也。今非此老预告，则吾属亦化波心一沤矣，何能携手复相语哉！"三人曰："诚如兄言。"

遂送棹三塔湾下，访其僧，俱言西邻无龙姓之宅。曹睿默然良久。曰："噫！可知矣。咏诗起联及名号寓意，宛然一龙神也，何疑！其词居寺右，故曰'西邻'；所谓'名利钓人饵，世路且险测'诸言，警悟于吾辈甚谆切也。愚昧凡资，自不能释其意耳。"遂相与洁牲殽拜于祠下，以伸谢之。又各出白金三十斤为新殿之费。有僧某，辞不敢领。睿等谓曰："王之指救，再生大德也，虽欲市珠投报，水路难通，在耳教言，何忍忘者。况有身则能孚财，今纵无财，独不愈于无身乎？尔能敬忠其事，在山门亦孔荣矣，何用辞！"且顾谓二人曰："一宦劳身，几尔寄魂水府，幸存弱质，何当复蹈危途？不若听鸟家山，看花故里，醉眠风月光中，以副龙神讽嘱之意。不然，汤锅之祸信踵弊春蚕矣，能不畏哉！"三人皆唯唯应。即日同章告养，托病归田，可谓卓然达矣。今以"龙渊胜境"匾其门，盖亦承此意欤？

卧云幽士评：

世有契约借贷而反面不肯偿，乞暗蚤明而劳身亦恋禄者多也。今睿等虽免于难，使他人处此，反以福幸为自致矣，何能念及景德老人之言乎？况又非追索邀求而舍金如丸弹，非犯嫌被论而弃位如敝屣，卒能不负龙神所望，岂不诚贤达哉？

酒魁迷人传

元末有姓姜者，名应兆，世业耕教，为人谨且厚，里人多称之。然性恶酒，虽气亦不欲入息。遇乡社会饮，则蹙容不满，曰："食以谷为主，何事糟粕味耶？"日迈，邻老饮醉，身软不能支，姜因而扶归。见袖中块然，探之，金也。私自忖曰："田野无知，得此不为盗。况人昏路远，岂意我为？"遂窃入己。及归，酒醒觅金，金已亡矣，邻老泣于家曰："吾子以冤事直于官，三年不为理，吾子再诉之，官怒其梗顽，强以入罪，例准银为赎。吾老且病，何忍吾子久系缧绁中？乃典田鬻屋，得金一锭，昨醉遗途中，落他人之手。前以为虽失吾业，犹可以有吾子也，今并而无之，吾死矣。夫苟且所言，愿分半为谢。"姜虽闻其哀怨，未言，竟不动意。

是夕二更时，一馆生读倦，暂憩几上，闻门外啾唧有声。谛听之，有人似欲进者，喝曰："汝何物，敢行阻我？"又有人似执门者，应曰："我乃山桃厉鬼，司人门户，若遇妖魅，必斧而唼之。尔乃何物，抗然冒进，抑未知吾斧邪？"斯人徐谓曰："汝不识我，无怪其言之倨也。我姓米，字香夫，号洌泉清士。始祖醴酪君，起迹庖羲时，封居醉乡，不与夷狄氏善，族遂蕃衍，名通与禹，方将大用，奈为奸人所谗，疏斥而不录。延至夏桀，进秩瑶台士卿，与肉山脯林相左右。及事商，复遭际于桀，膺长夜之宠，以此名重天下。周遂计之，作诰数我，谪我为青州从事，我悔艾，即奋然修改。当春秋战国间，默然懒事，不求合于人。二世僭兴，念人主如六骥驰隙，乃悉耳目，穷心志，索我于荒寥穷散中，昼尔与俱，宵尔与游，脱有不见，则深思而呼召，亲幸之专，虽斯、高不能及也。自是名益尊，职益重，朝野群然慕其风味。故汉高仗我毙白帝于泽中，宋祖得于释兵权于席上。竹林助刘、阮之清声，禁掖发李贺之才思。子思辞我于馈者，可尽孝以明廉；寇准假我于澶渊，能安居而退虏。既颓阮氏之玉山，复入党家之锦幕。潜身比舍，敢夸毕卓豪情；息火成都，用显栾巴妙术。染海棠之号于杨妃，健草圣之豪于张旭。邀欢戚里，张镇周之尽法全恩；取令贼营，郭令公之出奇破敌。流芳靡世，统裔延长，自宋迄今，声名犹在。吾奉天帝命，来游汝家，纵欲持一斧以相拒，亦无奈我何！"人又回："果汝所说，世第若高远矣。然我非博古者，请再明之。"又似人答曰："汝犹未解乎？我世掌天下趋蘖事，非木怪禽妖之比，是以享幽非我不格，洽人无我不欢，敬我者圣贤致号，爱我者歌曲怡情，行己在清浊间，而处众则醇如也。尔欲知我，云尔已矣，他何有哉。"似执门者又问曰："然则汝业何事？"似欲进者又答曰："吾尝病软饱，因厌事，然犹日能与高阳徒偕竹叶、椒萜、霞泉、雪液辈五六人，泛水登山，穿花步月，无不在耳。倦则酣然一枕，事且不能扰也，况本无乎！"似执门者遂叹曰："汝真乐人矣，不识今何所居？"似欲进者复曰："居虽不一，但随寓所安。或市桥启肆，或湖舍悬帘；或清酿乎田家，或黄封之御院；或冲寒于雪朝茅屋之中，或遣兴于雨夕蓬窗之下；或随樵檐而穿云，或侣渔舟而钓月；或被儒貂，兴至吟斋，或因妓珰，换归舞阁。广哉居乎，遇使然也，皆非吾所愿也。岂若红杏村中，黄花篱下，小门流水，燕影莺声，使牧子放牛新草，行人系马垂杨，对持瓦砾之樽，以谙茅柴之味，心始陶陶然乐矣，何必优妓佐之，鼓舞维之，牌役强之，徒自取劳苦为哉!"问者又曰:"审汝言,尔殆鬼于酒者。今是之来,祸福抑何所主?"欲进者笑曰:"非敢为蘖耗之耳。主人亏行,阴窃人急迫之财,致父子无措,几死非命,上帝阴行遣罚,念汝家世有德于乡,不忍即殛,姑使我迷溺而报之也。"问者又回:"主人性俭饮,纵耗奚益?"欲进者答曰:"第自有处。"人又问曰:"吾闻酒有德,自古尚之,汝反欲为术,蘖于人果何术以逞耶?"欲进者答曰:"居,与汝语!当某宾主应酬,礼恭迎肃,钟磬焉,诗歌焉,衣冠楚楚,言语雍雍,虽进退俯仰间必中节度,此上饮也,我相之。及至杯盘狼藉,笑滤欢呼。攘臂厅中,僭阶越坐,始虽少闲乎礼,终必忘长幼、略尊卑,一惟以和乐为快,此中饮也,我主之。又有沽醪市脯,敛分派钱,撰号呼名,笑骂交错,归则携手街途,口似曲而糊模,身欲行而倾侧,日习为常、不以家为意者,下饮也,我阴使之。然犹未甚也。至若提壶市上,乞汁墦间,踉跳伛偻,成行逐伙,夜则寄梦桥亭,晓则悬瓢寺宇,蚁虱为邻而腥膻为袭,若而人者,不可谓非我困苦之也。又有承祖父之厚遗,不思守继,而乃酷与莲花君合,日挈无赖之徒,挥金纵饮,虽良朋至戚瞑眩切救而不入,必至房易主,子妾依人,犹且逞逞然鼻嗅心香,思欲一灶吸以偿愿,千方求办,弗得弗止,若而人者,不可谓非我沉昏之也。又有饕荤浆于显者,仰饮食于相知,迎走趋陪,终宵不厌,及其口腹相许,量不胜贪,头重足轻,顺入者悖也,浊气熏人,视沟渠溷厕中以为枕席在是矣,恬然眠卧而莫觉,若而人者,不可谓非我刻辱之也。又有被醉使狂,寻嗔生事,不合则拳足相加,或伤人,或杀人,由是羁縻官府,桎梏囹圄,伤者枝条,杀者抵死,罪未成而家先败,悔救何能及哉!若而人者,又岂非我有以颠倒之邪?"问者良久谓曰:"饮酌皆前定,果有之乎!合我且退,尔且行。"啾唧之声遂息。馆生大骇,及明,亦不敢泄。

午炊后,见应兆忽思酒,索于家人。家人曰:"厌糟粕者亦复如是邪?"应兆曰:"姑破俗可也。"然忻然拈壶满酌,至醉而罢。家人生徒辈俱异之。惟夜读者默识其意。

由是,日夜酣歌,遨游博饮,心虽知其失而势不可回,若有神使之者。不半年间而所窃之金悉偿酒税。醉则狂歌閚语,乡中人渐鄙之,生徒俱散。再三年,世遗资产尽变费以供口腹,衣衫垢结,容体羸枯。家人痛哭,谓曰:"追思丰乐人家,一旦伶仃至此!费者不可复完矣,而郎君素循善,何不改易弦辙,为训后人?不然,使亏玷世德,自郎君之身始,甚可羞也。"应兆不对,趋出,匿于村店中,买酒自遣。心怀愧忿,饮亦不成醉,沉吟俯首,至夜忘归。适店主涉事于外,其女见应兆雅饰,心欲私之,更馀,以言侵押应兆,遂行自献。应兆默忖曰:"向因一念之差,病狂流落,今虽修积及时,补且不逮,而况淫污非道以重之,死无所矣!"乃坚持固却,以为"不可,不可",竟秉烛待曙而还。

是夜寝熟，梦一人施礼床下，曰："吾，酒蘖也。前因不义，来醉汝心，四年于兹矣，昨夜一念起善，上帝知汝非怙恶者流，敕吾别游，不相迷扰，从此永辞。君宜亦勉。"觉来行雨如流，口呕一物堕地，令人起烛之，若血块然者。

及明，遂不思饮。试以酒置于前，厌恶如故。其子复立家成业，应兆亦享寿而终。

应兆之妻亲陆某者，尝书此事以垂戒。予因述此，以继陆某之志云。

翠珠传

翠珠姓王，禾城名妓也。丰姿婉润，声色绝群，人有慕之者，非重价不轻接。

一日，国学生潘某闻其名，盛资而往，因与之狎，情甚绸缪，分钗破镜，剪发燃香，誓同死生。交袂年余，而潘生之囊箧十荡八九于其门矣。已而赴试秋闱，两不能舍，临期泣执不胜。

潘因家随废落，监事羁迟，淹于旅者两载。后得解归；越日即往候。翠珠方坐中堂，同一富商对饮，见潘至，牾不为容，若不识一面者。及发言，竟以姓问。潘虽疑异，犹意其假托于人前也。明日再往，使家人召之别室。及相见，而情亦然。潘怒，出所剪发掷之，曰："子知此物乎！"翠始转颜回笑，近坐呼茶。而潘终汹汹不平矣，乃拂袖言旋。翠亦无援心。

归家大怒，以其事诉于友，欲砺刃以磔此恨。其友叹曰："娼行薄劣，本其故态，兄抑以为异邪？自昧而自蹈之，尤人何益！"潘意稍解，因作《解嫖论》以示人云：

夫人常情，非爱财则爱身也，非畏法则畏礼也，非虑前即虑后也，非好名则好胜也。人之于财，或以毫厘而贸易难成，或以分文而童仆笞挞，或以假借而朋友分袂，或以不均而兄弟构词。至于淫色，则倾囊橐破家资而欣为之，甚则甘饿殍胥盗贼而终身不悟也，谓之何哉？人之于身，或以坠马而畏骑，或以危舟而靳渡，或刺皮肤而艴然怒不可当，或有小疾而戚然恐不能起。至于淫色，则耗精神丧元气而恬然为之，甚则染恶疮耽恶疾而甘心不悔也，谓之何哉？且无禄者犯奸有罚，职役者宿娼有禁，法之可畏也明矣。今之人，缢死于旧院，刺杀于南楼，为嫁买而经官问罪，缘淫奔而出丑遭刑，可不羞之甚邪！色荒之训《书》有之，冶容之戒《易》有之，理之当鉴也明矣。今之人正气丧于邪气，名节丧于妖媚，居乡则见恶于闾里，居官则招议於缙绅，何弗思之甚邪？祖之有孙，愿其绳武以显我门庭，父之有子，愿其克肖以分我忧虑，今或为色破家丧命，辱其祖父，而祖父以此怨恨至于病且殁者甚多，是使其身为不孝不慈之身，虽有他能不足称也，光前之道，固如是乎？妻之有夫，望其为我之托而醮一不移，子之有父，望其为我之天而终身永赖，今或为色捐家废产，离其妻子，而妻子以此穷困见辱于人者恒多，是生其身为无礼无义之身，虽有豪才不足取也，裕后之道，又如斯乎？死于战者以勇名，死于谏者以直名，若死于淫色者名之为败子，为其败家也，名之为下稍，为其流落也，苟有好名之心者，当有所耻而不为矣。而人固安之，何其愚哉！业学者以文胜，业农者以耕胜，若出于淫色者或生乎男，何忍使之为优也？或生乎女，何忍使之为妓也？苟有好胜之心者，当有所择而不为矣。而人顾愿之，何其卑哉！或者以子美之四娘、安石之云月、东坡之琴操、陶谷之若兰为四公之乐，而不知此实四公之累也。或者以相如之窃玉、韩寿之偷香、张敞之画眉、沈约之瘦腰为四君之豪，而不知此实四君之玷也。故与其为项羽之斃虞姬，孰若为云长之斩貂蝉？与其为君瑞之谋崔莺，孰若为睢阳之杀爱妾？与其为申生之慕娇红，孰若为贾清之搬烟花？明此，于穷则为清白之君子；明此，于达则为正直之大夫；明此，于寒微则可以立家；明此，于富足则可以保业，所谓腰家仗剑与色不迷人云者。尝读《孔子世家》，见柳下惠坐怀不乱，鲁男子闭户不纳；读《晏婴实录》，见里妇顾婴微笑，晏子悔责数日之言；读《江右野史》，见冯商聘妾遣还、生子状元及第之报，乃喟然叹曰："不淫女色，非独爱身也，爱德也，而财又不足言矣；非独畏理也，畏天也，而法又不足言矣；非独虑后也，虑鬼神也，而前又不足言矣；非独好名也，好积善也，而好胜又不足言矣。知此，则楚馆秦楼非乐地也，乃人之苦获也；歌妓舞女非乐人也，破家之鬼魅也；传情递笑非乐意也，迷魂之乐意也；倒凤颠鸾非乐事也，催命之妖狐也。

引而伸之，触类而长之，虽家梅不可折，而况于野乎？虽女色不可淫，而况于人乎？鄙见如斯，人情自悟。"

后因复就秋试，夜泊江边，忽见富商立舟上，颜枯衣缕，为人执薄设之役。生异而问曰："尊官可念王翠珠否？"其商骇愕曰："公非中堂相会者乎？"潘曰："是也。"商即蹙容曰："仆因此妇迷恋，挥金与游，然犹未甚，后许携资嫁我，情好益笃，我始罄所有而与之，意为彼即我矣。岂知床头一空，前言若水，香消翠冷，爱转情飞。其母复妨恶，促我裹粮，逼我行笈，又且嗔儿挞婢，无非欲激逐我也。我不能当，隐忍走出，方欲鸣之官司，而母子已徙他所。无可奈何，以故依栖流落，寄食于人，又不知家园松菊之何如也!"言讫泪下。潘因招饮,以赆资十缗赠之而别。

及抵试,得领畿荐。荣回时,翠珠母子已舣舟迎叩矣。潘乃扬帆不顾,因使人摭辱之。

不数月,潘之友一夕饮散,经潘之门,见绿衣人驱二女子而立,悲啼不肯进。红衣人曰:"业已承认,又复何言?"又曰:"翠珠,翠珠,谁教你如此!"押之而入。友疑其事,早往访之,则潘家夜育二犬。急遣人寻问翠迹,母子以暴病夜卒矣。潘与友拍掌大笑,以为奇异。及乱呼以"翠珠",摇尾而应。呜呼!迷人诱引,所害者不止一儒一商也,天以此报,岂负珠哉!

买臣记

汉朱买臣者,旧吾郡由拳县人也,字翁子,与同邑严照垂髫相善,结为刎颈之交,且约曰:"苟相贵,毋相忘。"家虽甚贫,不喜生业事,惟好读书。夫妻艰于口食,遂采薪以为给。身担负,日读书,遇有悦解处,则吟哦讽咏之声迤逦道上。其妻常耻之,谓买臣曰:"丈夫立身,上不得弧矢以行志,下不能货殖以营生,筋骨体肤劳饿以倦,方且悲伤之不暇,而乃犯歌若得,窃为君所不取也。"买臣曰:"贫者士之常,若非分张求,则悖命矣,君子耻之。负薪行歌,何耻之有?"其妻复劝曰:"吾闻读书以治生为先,未闻作一词、撰一赋而可易斗粟于家、尺帛于女者。今君欲仗章句以却饥寒,计诚拙矣。况医、卜、农、工皆能立业,何不舍此务彼,徒久误足文场,困身艺圃,栖栖然效秦坑酸鬼以自苦哉?"买臣又笑谓曰:"富贵双途,贤者所难致。子以我为池中物耶?一旦云雷我假,鼓波沧溟,斯予得志之秋矣。何不俟命待时,徒怨奚益!"妻遂大怒曰:"邑中挟策之士连袂同升者十下八九,尔犹奔走,衣食且不逮,是天不欲竟尔业也。若复执迷而不改图,吾恐力尽计穷,沟壑有日,何得志之可望耶?"买臣乃长叹曰:"鸿鹄非燕雀所知。此苏秦、百里奚之见辱于其妻也。及其取相六国,辅政两朝,是卒前日见辱之人为之。二妇既不能料二子矣,子独能料我乎?"其妻怒且泣曰:"尔自执经以来,误我以久。及今思悔,犹且难为,而况痴比古人,梦想以邀难必之福,吾知啼号之态终不能免乎!仰望岂不愈绝乎!故或受我忠言,偕老可托,不然,

则巾帻不敢复侍矣！汝将何从？"买臣亦怒曰"丈夫志节岂为妇人所挠？汝身可无，我业决不可辍也。"妻遂再拜曰："半生既枉，再误何堪！吾虽浑迹于童婢之中，亦得以温饱终岁，岂不愈于铄骨销形，岂成冻馁之殍乎哉！从此请辞。"念不为止。将行时，邻家一犬趋，摇首尾，于后啮其裙，不使之走，似若劝阻之意，妇虽怒为挥喝，牢不肯脱。家中一鸡，亦相扑，啄其衣，又似啄其犬者。邻妪以为异，婉言援之。妻不纳，竟去，遂自嫁于杉青吏人。

买臣见妻去，不能为情，复歌以自遣云：

"朱买臣，朱买臣，行歌负担妻子嗔。恩情难系薄劣妇，一旦捐弃如轻尘。鸳鸯分翼比目破，孤灯举目无相亲。贫富于世果炎热，结发尚尔况路人！功名到手未为晚，太公八十遇泽新。细君何必苦反覆，吾岂樵柴终其身？朱买臣，何灾迍，食比玉粒衣悬鹑。自知一卷胜万贯，时不遇兮怨恨贫。数年衾枕一宵冷。飘风流梗同逡巡，回嗔何处已作喜，发云重整眉新鬃。朱买臣，莫笑濒，隐忍依旧肩横薪。山光泉韵两如脱，醉卧危石花为茵。翠萝青鸟暂宾主，芒鞋踏破岩头春。有时此斧利得柄，一斩天下之荆榛。歌残烟卷日已暮，松梢新月钓桂银。"

歌罢，忽自叹曰："古人功业成于激发者恒多，我何若尔也！"遂诣长安，上书。

时严照已贵，见买臣，即谓曰："吾幸先达，而故人犹寒如旧。负约之罪，鸣鼓难偿矣。"乃祝吾丘寿王，同荐买臣于武帝。帝召见，说《春秋》《楚辞》，甚悦其意，遂拜为中大夫，与司马相如，枚皋等，俾交相议论。

时东粤数反覆不轨，买臣请将兵数千，"浮海而下，可卷席取也。"帝又拜为会稽守。买臣至郡，即治战具，储粮草，发兵征之，一擎而破。帝壮其功，征为丞相长史。

时舟过杉青闸下，闸吏奔趋惶惧。其妻审知买臣也，即脱簪珥，拜伏舟次，曰："贱妾某氏也，事尊官有年矣，一念迫于饥寒，遂致分手。然心实未尝昧也。伏望沧海容流，泰山让土，追思花烛微情，不以妾为大罪，俾得破镜复圆，断弦再续，则妾万幸，万幸！"买臣长笑曰："汝记昔日之言乎？怨恨求离，以我为泥中蛆蜥，讵料贫贱未必常，富贵未必久，绝情断义，曾鸡犬之不若。而今又附势趋炎，置闸吏于何地？抚今追昔，扬水不能收矣！何乃冒方泮之颜、出重赧之色以求见我哉？羞死宜甘，强辞宜补。"言下，辟易莫敢对。良久，遂自投于河中而死。买臣即以尸首葬于亭湾，名曰："羞墓"。后人方孝孺题诗于亭云。备如左：

"芳草池边一故丘，千年埋骨不埋羞。叮咛嘱咐人间妇，自古糟糠合到头。"

宋梅尧臣诗：

"食藕莫问浊水泥，嫁婿莫问寒家儿。寒儿黧黑而无脂，骥子纵瘦骨格奇。买臣贫贱妻生离，行歌负薪何愧之？高车远驾建朱旗，铜牙文弩抨犀皮。官迎吏走马万蹄，江湖昼夜横白霓。旧妻呼载后乘归，海泪夜落无声啼。吴酒虽美吴鱼肥，依今豢养惭鸡犬。园中高树多曲枝，一日桂与桑虫齐。"

醒迷录

正德中，有忠告者，崇德人，祖、父俱显官，忠得以例授一儒官。为人豁达大度，傲物轻财，性喜博掷为戏，田产虽以万计，而自视恒约如也。又奉一纯阳师甚虔，出必问，入于礼；至于一肴一菜，不先祭则不敢自食。门下有友二人曰胡应圭、陆一奇者，日导忠以博饮事。忠虽视为知己，其如二子之口蜜腹剑何！不数年间，家业荡废，而二子则日益饶富。

一日，会忠昼卧，梦二道士纶巾羽衣，对忠语曰："子急悔心，不当恋溺。若苦艰之，后园松下之藏，犹可成立。至于胡、陆二子，吾已徵示其诛矣。"言毕，流汗浃背，觉来见供炉下足一纸飞扬，执以视之，题曰《醒迷余论》，墨迹犹鲜。其论附录于后：

"大抵事近于戏则易染，心涉乎利则难逃。是以赌博之事，不计大小久暂，皆足以废业丧心、招怨动气，甚者亏名玷节，露耻扬羞，又甚至败家者有之，亡身者有之。嗟呼！一念少差，竟迷于利，纵有所得，亦不能补其所损，况未必得乎！且以其事言之，灭礼义而尚凶强，去真诚以使机变，当场得失，交战营营，怒目扬声，无仪多厌，冒寒暑而莫知，甘饥渴而不顾，尽日终宵，虽劳不怨，耗神殚力，自苦何辜！且因多寡伤朋友之情，竞锱铢启是非之衅，儒者惰业，农者失时，商者荡资，工者怠事，耽身误己，未有若此之甚者也。及其彼此息争，胜败攸判，得者不足以偿劳，失者愈有以肌愕，割不忍之金，强慨然之态，久为囊物，顷付他人，赵壁隋珠，爱之不得，纵平日称为至契者，欲假分文，勃然变色，虽赧颜屈节以求之，不可得也。此时此际，忧容可掬，哽气频呼，内讼默思，欲追无及，人亦何苦而自取如此耶！及其临夜归家，吞声敛迹，含怨有仆，垢面有妻，子不为欢，母不为语，虽剩汁残羹，亦一吸而尽。犹且多营处置一谋，将作恢复之计，梦魂颠倒，博骋相从，甚者悲愤迭兴，寝寐俱废，

祸由此酿，疾由此媒。反而思之，非不得已事也，人亦何苦而自迷若此邪！及其或称贷于人，或沽典于己，急急孜孜，惟求再逞，饮食所在，若将不遑，视得若取诸寄也。岂知处既败之势难救，挟未盈之本无威气弱心荒，人皆可侮，猜红觅六，十无一从，千方之所获者，一旦失之而不足矣。属望虽殷，徒为空想之迹，人亦何苦而自戚如此邪！及其黄昏将近，意兴方浓，虽其心欲言旋，奈何势不由己，索烛求油，抛家寄宿，致悬父母之忧思，因爽亲朋之信约。遍寻无觅，童子倚门而迎，逐想难求，佳人守灯以待，吾方逞雄心，争博手，嚣嚣然自以为乐也。身亲不善，聚怨一门，反己怀惭，细思无益，人亦何苦而自玷如此邪！及其屡试不利，兴阻于空囊，志縻于稍短，袖手傍观，眼红心热，欲弃之则意有所难舍，将复之则力有所不能，踌蹰莫决，如醉如痴，家事不支，非惟不复措念，纵一勉强为之，亦恍然若失矣。昏迷沉溺，恋恋不忘，俯首凭几，形影相吊，人亦何苦而自溺如此邪！又有一等奸险小人，专一伺访良善，乘其可入之机，附以知己之列，言动之，利诱之，酒食结之，作阱成笼，不至于不入不已也。及其鬌发一把，钓饵一吞，始之所言，毫不能应，虚利虽无，实祸先至。且彼机械熟于久炼，诡诈出乎多端，色有铅沙，马有脱注，虽号精敏者亦堕术中，况以愚弱之身而当彼无穷之计，则其胜负不待对局了然可卜矣。即运郭况之金穴，输邓通之铜山，日亦不继，况其他乎！人反不悟于斯，必欲与之相驱骋焉，呜呼！是犹石没湍水，愈翻则愈沉也，羊触藩篱，弥逞则弥困也，求其能济事者，吾未之见也！已间或侥幸少得，人即怨尤，弱者引恨之以心，强者直拒之以色；又有狂罔之徒，从而诉于亲，告于友，讼于官司，体面大伤，廉节尽丧，较之微利，孰重孰轻？呜呼！辱害相系必至于斯而犹不知悔，更将何待邪！又尝知夫色也，古称五白，戏始牧猪，无金玉之质，无耆宿之尊，无耳目之见闻，其初蠢然一骨耳。切磋焉，琢磨焉，斯是矣。至于投叱之下，偏能顺小人、欺君子，宛转隐见之间，欲少假借而一毫无所容其能，卒亦付之蠢然之骨耳！呜呼！人灵万物，乃遑遑焉仰求于蠢然之骨，而又为蠢然之骨所窘困，可哀也哉！故择术贵精，与人贵正。苟不能择而与之，一旦误入于内，恬不知愧，及对达尊长者惟恐闻之，设若言友于此，亦仰面不敢赞一语。呜呼！肆欲于朋淫之日而曲文于君子之前，将欲塞耳盗铃、蒙头操刃者等耳，欲人之不闻且见也，何可得哉！况乎此行一开，百恶皆萃，纳污引侮，莫不由斯。贤者不为礼，富者不为托，智者目为愚，俭者鄙为败，父母恶为不肖，乡党指为下稍，小竞蝇头，致庶众谤，竞者未实，谤者有加，呜呼！以亲党不齿之名易难望之利，虽乡人不为，而人竟甘冒，可悲也！夫自取自溺者既如此，可哀可悲者又如彼，然而斯人之耽且好者何哉？不曰仗此肥家，则曰冀此取乐，噫！陋哉！言之过矣。天下之利，何事无之？明经足以干

禄，用武足以要封，鬻贩足以盈资，桑麻足以广积，皆事也，则皆利也，何以丧名节以求之乎？吾恐家未必肥，而空虚瘠弱之弊先速之矣，肥者果安在哉？天下之乐，何事无之？读书可以开襟胸，弹琴可以怡性情，种花可以观天机，养鱼可以寄生意，皆事也，则皆乐也，何必冒污辱以求之乎？吾恐乐未必取，而忧愁抑郁之思，先逼之矣，乐者固如此哉？况其转展相寻间，彼此两失，机杼脂膏暗铄于囊头之手，田桑汗血潜消于录事之家，所谓鹬蚌相持，渔人得利，正谓此耳。盍不鉴诸古人乎？忿心生于傅杀，致残鸿雁之情；淫行起于点筹，因造房帏之五；樗蒲百万，达者见机；坑堑二三，宦途有消；家产之俱尽，桓温几丧沟渠；担石之无储，刘毅将为浪荡；至于投马以绝呼，亡羊以从事，四绯以彰快，孤注以明穷，不胜枚举，而其为累一也。自古迄今，遗声尚臭，由今迨后，取法贵芳。故其白衣事省，黄口身闲，取此消遣，固无暇责矣。乃若言儒言，貌儒貌，服儒服，冠儒冠者，亦倡和成风，竞相笃好，史籍诗书，束弃高架，虽蒙尘积垢，而心灰志夺，视如仇敌，小而人事礼文因之尽废，及其较技抢选之时，风檐督影之下，荣辱相关，心手莫措，日之相与以为乐者，果能代我否邪？及今知改，则名可全，家可保，终身俊髦，苟遂昏迷，吾不知所了矣，何也？日月反照，无损于明；君子绳愆，不累其德。以陈元、周处之徒，尚自发愤改行，卒为善人，况吾辈号英达者不减元处，而未闻能自悔讼，岂以既招物议、改亦无救也欤？噫嘻！人孰无过，改之为难，过孰无因，原之为尽。向使商甲不悔桐墓，几为暴桀之君；汉武不下轮台，则亦亡秦之续。孰为改之，功不既大哉！"

忠读一过，悔叹移时。寻掘松根，得金一瓮，皆刻告氏字，必忠高曾物也，此故后人无有知者。

再往二子家，探胡瞎一目，陆跛一足，颓然皆残形矣。忠乃惊惶，自是绝不与相交接。

又以所得之资分人货殖，后致大富。胡、陆二子，渐至穷迫，老年携乞于途，人皆指以为鉴。仙师神报，亦显矣哉！

琴精记

鹤云者，乃邓州人，姓金也，美风调，乐琴书，为时辈所称许。宋嘉熙间，薄游秀州，馆一富家。其卧室贴近招提寺，夜闻隔墙有歌声，乍远乍近，或高或低。初虽疑之，自后无夜不闻，遂不以为意。

一夕，月明风细，人静更深，不觉歌声起自窗外。窥之，见一女子，约年十七八，风鬟露鬓，绰约有姿。疑是主家妾媵夜出私奔，不敢启户。侧耳听其歌曰：

"音、音、音，你负心。你真负心。辜负我，到如今。记得当时低低唱，浅浅斟，一曲值千金。如今寂寞古墙阴，秋风荒草白云深。断桥流水何处寻？凄凄切切冷，冷清清，教奴怎梦。"

女子歌毕，敲户言曰："闻君俊才绝世，故冒禁以相就。今乃闭户不纳，若效鲁男子行邪？"鹤云闻言，不能自抑，才启户。女子拥至榻前矣。

鹤云曰："如此良夜，更会佳人，奈何烛灭樽空，不能为一曲由也？"女子曰："得抱衾裯，以荐枕席，期在岁月，何必泥于今宵？况醉翁之意不在酒乎！"乃解衣共入帐中，馨尽缱绻之乐。迨隔窗鸡唱，邻寺钟鸣。女子起曰："奴回也！"鹤云嘱之再至，女子曰："勿多言，管不教郎独宿。"遂悄悄而去。

次夜，鹤云具酒肴以待，女子果来，相与并坐酬畅。女子仍歌昨文之辞，鹤云曰："对新人不宜歌旧曲，逢乐地讵所道忧情？"因更前韵而歌之曰：

音、音、音，知有心。知伊有心，勾引我到于今。最堪斯夕，灯前偶，花下斟，一笑胜千金。俄然云雨异春荫，玉山齐倒绛帷深。须知此乐更何寻。来经月白，去会清风，兴益难禁。

女子闻歌，起而谢曰："君之斯咏，可谓转旧为新，除忧就乐也！"彼此欢情更浓于昨。自是无一夕不会。花莳半载，鲜有知者。

忽一夕，女子至而泣下。鹤云怪问，始则隐忍，既则大恸。鹤云慰之良久，乃收泪言曰："奴本曹刺史之女，幸得仙术，优游洞天。但凡心未除，遭此滴降。感君同契，久奉欢娱。讵料数尽今宵。君前程远大，金陵之会，夹山之游，殆有日矣！幸惟善保始终。"云亦不胜悽怆，至四鼓，赠女子以金。别去未几，大雨倾盆，霹雳一声，窗外古墙悉倾倒矣。鹤云神魄飘荡，明日遂不复留此。

二年后，富家筑于基下，掘一石匣，获琴与金，竟莫晓此故。时闻鹤云宰金陵，悉其好琴，使人携献。鹤云见琴光彩夺目，知非凡材，顾然受之，置于石床。远而望立，则前女子就而抚之；近而视之，则依然琴也。方悟女子为琴精，且惊且喜。适有峡州之迁，鹤云得重疾，临死命家人以琴合葬。琴精之言，一一验矣。人有定数，物可先知，岂不信哉？

帛精记

洪武间，本觉寺有一少年僧，名湛然，房颇僻寂。一夕独坐庭中，见一美女，瘦腰长裙，行步便捷，而妆亦不多饰。僧欲进问，忽不见矣。明夜登厕，又过其前。湛然急起就之，则又隐矣。他人处此，必不能堪，况僧乎？

自是惶惑殊深，淫情交引，苦思不置。越两日，又徐步于厕。僧急牵其衣，女复佯为惭怍之态。再三恳之，方与入室。及叙坐，僧复逼体近之，渐相调谑间，竟成云雨。事毕，问其居址姓字，女曰："妾乃寺邻之家，父母钟爱，嫁妾之晚。今有私于人，故数数潜出，不料经此，又移情于汝。然当缄密其事，则交可久。不然，彼此玷矣！"僧唯唯从命。于是。旦去暮来，无夕不会。

将及期，僧不觉容体枯瘦，气息厌然，渐无生意。虽同袍医治，百端罔功。寺中有一老僧谓曰："察汝病脉，瘵症兼致。阴邪甚盛，必有所致。苟不明言，事无济矣！"湛然骇惧，勉述往事。众曰："是矣！然此祟不除，则汝恙不愈。今若复来，汝同其往，而踪迹之，则治术可施也。"

是夕，女至。湛然仍与交合。将行，欲起随送。女止之曰："僧居寂落，夜得美妇欢处，是亦乐矣！何苦自感如此。"湛然不能往，强而罢焉。翌日告众，众乃忖曰："明夜彼来，当待之如常。密以一物，置其身。吾等游于房外，俟临别时，击门为约。吾等协当尾随，必得而止，则祟可破矣！"湛然一一领记。

后一夕，湛然觉神思恍惚，方倚床独卧，女果推门复入。僧与私曲，益加温厚。

鸡鸣时，女辞去。僧潜以一羢花插女鬟上，又敲其门者之。众僧闻击声，俱起追察，但见一女由由而去。众乃鸣铃诵咒，执锡执兵相与赶逐。直至方丈后一小室中乃灭。此室传言三代祖定化之处，一年一开奉祭，余时封闭而已。

众僧知女隐迹，即踊跃破窗而入，一无所见，但西北佛厨后烁烁微光，即往烛之，则竖一羢帚耳。竹质润滑，枝束鲜莹，盖已数十年外物也。众方疑惑，而羢花在柄。因共信之。乃持至堂前，抽折一篾，则水流滴地。众僧益骇异。再折之，亦然。

以至篾篾皆如之。

众僧乃明灯细视，篾中非水，皆精也。湛然见之，悔悟惊惧，不能自制。于是，悉就焚之，扬灰于湖。湛然急以良剂调治，久之得平。而祟自此灭矣！

评曰：异怪弄人，数固当灭，而少僧幸免，人亦可鉴。

天缘奇遇（上）

祁羽狄，字子輈，吴中杰士也。美姿容，性聪敏，八岁能属文，十岁识诗律，弱冠时每以李白自期，落落不与俗辈伍，独有志于翰林。每叹曰："乌台青琐，岂若金马玉堂耶！"下笔有千言，不待思索。诗歌词赋，奇妙绝倒。且善钟王书法，又粗知丹青。时人目为才子，多欲以女妻之，皆不应。其姑适廉尚，督府参军也。姑早亡，继岑氏，生三女，皆殊色。长曰玉胜，次曰丽贞，三曰毓秀，随父任所，皆未适人。尚以衰老，乞骸骨归。时生以父爱，家居寂寥，郁郁不快。或散步寻诗，寄身林壑，或操舟访隐，傍水徘徊。

一日，与苍头溜儿入市，见一妇人，年二十余，修容雅淡，清芬逼人，立疏帘下，以目凝觑生。生动心，密访之，乃吴氏，名妙娘，颇有外遇。生命溜儿取金凤钗二股，托其邻妪馈之，妙娘有难色。妪利生之谢，固强之。妙娘曰："妾觑此郎果妙人也。但吾夫甚严，今幸少出，但一宿则可，久寓此，不宜也。生闻之，即潜入，相持甚欢，极尽款曲。即枕上吟曰：

"深深帘下偶相逢，转眼相思一夜通。春色满衾香力倦，瘦容应怯五更风。"

妙娘曰："妾亦粗知文墨，敢以吴歌和之：

别郎何日再相逢，有时常寄便时风。一夜恩情深似海，只恐巫山路不通。"

歌罢，天色将曙，闻外扣门声急。妙娘曰："吾夫回矣。"与生急拥衣而起，开后门，求庇于邻人陆用。用素与妙娘厚，遂匿之。

用之妻，周氏也，小字山茶，见生丰采，欲私之，生应命焉。茶曰："吾主母徐氏新寡，体态雅媚，殊似玉人，坐卧一小楼，焚香礼佛，守法甚严，但临风对月，多有怨态，知其心未灰也。姜以计使君乱之，可以尽得其私蓄。"生谢曰："乱人之守，不仁；冀人之财，不义；本以脱难而又欲蹈险，不智。卿之雅情，心领而已。"言未毕，一少女驰至，年十三四，粉黛轻盈，连声呼茶。见生在，即避入。生问："此女何人？"茶曰："主母之女文娥也。"生曰："纳聘否？"曰："未也。"

文娥入，以生达其母。母即自来呼之，且自窗外窥生。见生与茶狎戏，风致飘然，密呼茶，问曰："此人何来？"茶欲动之，乃乘机应曰："此吴妙娘心上人也。今碍有夫在，少候于此。"徐氏停眸不言久之。茶复曰："此人旖旎洒落，玉琢情怀，穷古绝今，世不多见。"徐氏佯怒曰："汝与此人素无一面，便与亵狎，外人知之，岂不遗累于我！"山茶亦佯作愠状，对曰："妾但不敢言耳。言之，恐主母见罪。"徐氏诘其故。山茶曰："此人近丧偶，主母约彼前来偕老。"徐氏惊曰："此言何来？"茶曰："彼言之，妾信之。不然则主公所遗玉扇坠，何由至彼手乎？"徐氏即探衣笥中，果失不见，徘徊无聊又久之。山茶知其意，即报生曰："娘子多上复：谨持玉扇坠一事，约君少叙，如不弃，当酬以百金。"生揣："事由于彼，非我之罪也。"乃许之。——盖徐氏三日前理衣匣，偶遗扇坠于外，为山茶所获。至是，即以此两下激成，欲俟其处久而执之，以为挟诈之计耳。

近晚，生登楼，与徐氏通焉。缱绻后，徐氏问曰："扇坠从何来？"生曰："卿之所赐，何佯问也。"徐氏曰："妾未尝赠君，适山茶谓君从外得者，妾以为然，故与君一叙。今乃知山茶计也。"徐氏悔不及，明早果以百金赠生行。生留一词以别之，名《惜春飞》。

"乘醉蜂迷莺不语，只是妙娘为主。玉坠凭谁取，又成红叶偕鸳侣。两地风流知几许，自喜连遭奇遇。愁对伤处，何时得共枕，重相叙。"

徐氏恨山茶卖己，每以事让之。茶不能堪，遂发其私。徐氏无子而富，族中争嗣，因山茶实其奸，鸣之于官。官受嗣者贿，竟枉法成案。徐氏以淫逐出，文娥以奸生女官卖，徐氏耻而自缢。生闻之，不胜伤痛，作挽歌以吊之曰：

"胡天不德兮，歼我淑人。情轻一死兮，我重千金。花残月缺兮，玉碎珠沉。俾生长夜兮，梦断芳春。遭此仇兮，何所伸。欲排云前代诉兮，奈力寡而未能。心耿耿兮思素思，神恍惚兮怀旧迹。泪潸潸兮滴翠巾，愁郁郁兮欲断魂。千回万转兮，痛我芳灵。灵其有知兮，鉴我微忱！”

生且泣且歌，不胜哽咽，乃散步林外，少放闷怀。不意新月印溪，晴烟散野，泉声应谷，树影坠地，生乃还步，蹈踽独行，凄惨愈切。忽闻后有环佩声，生回顾，见一女子冉冉而来；后随有女童，一掌扇，一执巾。生以为良家子也，意欲趋避。乃遥呼曰：“祁生何为避耶？”生疑为如戚，进步迎揖。然芳容奇冶，光彩袭人。生惊讶，未遑启问，女即曰：“妾玉香仙子也。朝游蓬岛，暮归广寒，拂扇则风行千里，挥巾则云幔九霄，非俗女也。因与君有尘缘，到此一相会耳。”生闻其言，疑为鬼魅，不敢近，但唯唯求退而已。女笑曰：“妾乃不如徐氏耶？君子日后奇遇甚多，徐氏不足惜也。”即携生手，同还生家。生闻其香气清淑，爱其纤指温润，亦不甚怪。然而夜深人静，重门自开，灯灭帘垂，明辉满室，生虽疑，不能却矣。与之共枕，颇觉绸缎。至五更，二女童报曰：“紫微登垣，壬申候驾。”女即整衣而起，与生别曰：“后六十年，君之姻缘共聚，富贵双全，妾复来，与君同归仙府矣。赠玉簪一根，扣之，则有厄即解；小诗一首，读之，则终身可知。”言毕，凌空而去。生望之，但见云霓五彩，鸾鹤翩翔，生始信其为仙也。即视其诗，乃五言一律：

“君是百花魁，相逢玉镜台。芳春随处合，夤夜几番灾。龙府生佳配，天朝赐妙才。功名还寿考，九九妾重来。”

生与玉香方合，精采倍常，颖悟顿速，衣服枕席，异香郁然。人皆疑其变格，而不知生所自也。

时廉参军致仕归，泊船河下，闻文娥官卖，即以金偿官，买与次女丽贞为婢。是日，生至讲堂，适闻廉归，惊曰：“此吾至亲，别十年矣。”即趋谒。廉闻生至，急请入，各以久疏慰问。廉尚曰：“尊翁捐馆，幸有子在。况于英发士也，但愿早遂青云，以慰尊翁之志。”生谦谢久之。廉呼岑氏出，且曰：“祁三哥在此，非外人也。”岑氏谓三女曰：“三哥有兄弟情，可随我见之。”惟丽贞辞以“晓起采茉莉花冒风，不快。”岑氏与玉胜、毓秀出见。生拜问起居，礼貌修整。岑见生闲雅，念：“得婿若此人，吾女何恨？”而胜与秀亦熟视生。生目玉胜妆艳，毓秀丰美，亦觉戚戚焉。廉问：“丽贞何在？”岑曰：“不快。”廉曰：“一别十年，今各长成，宁不一识面耶？”命侍女素兰催之，不至。再命东儿让之，丽贞不得已，敛发而出。但见云鬓半蓬，玉容万媚，金莲窄窄，睡态迟迟。生立俟之，自远而近，停眸一觑，魂魄荡然。相揖后，以序坐。岑以家事诘生，生心已属丽贞，惟唯唯而已。顷间，茶至。捧茶者，文娥也。生见文娥，文娥目生，两相疑喜。茶后，继之以饭，岑与三女皆在座。岑曰：“三哥不弃，肯

时来一顾乎？"廉曰："吾欲以家事托子辅，子辅宁即去耶？"三女皆赞之。而丽贞又曰："三哥倘以家远不便，凡有所需，一切取之于妹。"生以丽贞之言深为有情，即以久住许之。

是夕，寄宿东楼。生开窗对月，惆怅无聊，乃浩歌一绝以自遣云：

"天上无心月色明，人间有意美人声。所需一切皆相取，欲取些儿枕上情。"

生所歌，盖思丽贞"一切取于妹"之言也。歌罢，见壁间有琴，取而抚之，作司马相如《凤求凰》之曲。不意风顺帘间，楼高夜迥，而琴声已凄然入丽贞耳矣。丽贞心动，密呼小卿，私馈生苦茶。生无聊间，见小卿至，知丽贞之情，狂喜不能自制，竟挽小卿之裙，戏曰："客中人浼汝解怀，即当厚谢。"小卿拒，不能脱，欲出声，又恐累丽贞；久之，小卿知不可解，佯问曰："小姐辈侍妾多矣，倘舍妾，惟君所欲，何如？"生亦知其执意，乃难之曰："必得桂红，方可赎汝。"桂红，乃玉胜婢。小卿曰："桂红为胜姐责遣，独睡于迎翠轩，咫尺可得。"

生与小卿挽颈而行，果一女睡轩下。生以为桂红矣，舍小卿而就之，乃惊醒。非桂红，乃素兰也。兰在诸婢中最年长，玉胜命掌绣工。一婢拙于绣，迁怒于兰，责而逐之，不容内寝，怨恨之态，形于梦寐，适见生至，怪而问曰："君何以至此也？"生不答，但狎之。兰始亦推阻，既而叹曰："胜姐已弃妾，妾尚何守！"遂纳焉。生亦风流有情，而兰亦年长有味，鸳衾颠倒，不啻胶漆。生密问曰："丽贞姐如何？"兰曰："天上人也。"曰："可动乎？"曰："读书守礼，不可动也。且君兄妹，何起此心？"生愧而抱曰："对知心人言，不觉吐露心腹。"既而问："桂红与谁同寝？"兰曰："桂红，胜姐之爱婢也。此人聪慧，与文娥同学笔砚，今君以情钩之，亦可狎者。"生甚喜，至天明就外，作一词以纪其胜：

> 素兰花，桂红树，迎翠轩中，错被春留住。乖巧小卿机不露，借风邀雨，脱壳金蝉去，一杯茶，咫尺路，却似羊肠，又把车轮误。已向桂花红处吐。攀取高枝，再转登云步。

有调名《苏幕遮》

生早与素兰别时，天尚未明，偶遗汗巾一条，内包玉扇坠并吊徐氏词。小卿来唤素兰，见而拾，私示文娥曰："此祁生物也。"文娥观词，不觉泪下。丽贞理妆，呼文娥代点鬓翠。文娥至，则秋波红晕，凄苦蹙容。贞怪而问之。娥不能隐，以实告曰："吾母死，皆为祁生。今见其吊母词，是以不觉泪流。"丽贞索词观之，叹曰："真才子也。"取笔批其稿尾：

"措词不繁，著意更切。愁牵云梦，宛然一段相思；笔弄风情。说尽百年长恨。诚锦心绣口，可爱可钦；必金马玉堂，斯人斯职。然而月宫甚近，何无志于姮娥？乃与地府通忱。实有功于才子。"

其所批者，微其锐志功名，弗劳他虑；即令文娥持送还生。——时廉有族中毕姻，夫妇皆往。——生见文娥独来，携而叹曰："儿何以至此耶？"娥惟嗟叹，道其所以，乃出扇坠、吊词还生。生曰："汝从何得之？"娥曰："小卿自迎翠轩得之。今丽贞姐使妾奉还。"生且愧且谢。既而，见所批，又惊又喜，叹曰："世间有此女子，羞杀孙夫人、李易安、朱淑贞辈矣。"读至末句，叹曰："吾妹真姮娥也，仆岂无志耶！"送以末联为有意于己，乃以白纱苏合香囊上题诗一首，托文娥复之：

"聊赠合香囊，殷勤谢赞扬。吊词知恨短，批稿辱情长。愧我多春兴，怜卿惜晚妆。月宫云路稳，愿早伴霓裳。"

丽贞见诗大怒，挞文娥；待父母归，欲以此囊白之。毓秀知之，恐玷闺教，使二亲受气，急令潘英报生。时英年十七，亦老成矣，虑生激出他变，缓词报曰："秀姐知君有诗囊送入，甚是不足，乞入亲谢之。"生笑曰："秀妹年幼。亦知此味耶？"牵衣而入。秀以待于中门，以故告生。生惊曰："何异所批！"秀曰："彼微君耳，非有私也。"生茫然自失。秀曰："玉胜姐每爱兄，与妾道及，必致嗟叹；今在西鹤楼，可同往问计。"生含愧而进。玉胜见生，远迎，曰："三哥为何至此？"秀顾生，笑曰："欲坐登云客，先为入幕宾矣。"胜问其故。秀曰："兄有'月宫云路稳，愿早伴霓裳'之句，遗于丽贞姐。贞姐怒，欲白于二亲。今奈之何？"玉胜笑曰："妾谓兄君子人，乃落魄子耶？请暂憩此，妾当为兄解围。"即与秀往贞所。

贞方抱怒伏枕，胜徐问曰："何清睡耶？"贞乃泣曰："妹子年十七，未尝一出闺门。今受人淫词，不死何为！"胜与秀皆曰："词今安在？"贞不知胜为生作说客，即袖中以诗囊卷出。胜接手，即乱扯。贞怒，起夺之，已碎矣。贞益怒。胜曰："三哥，才子也。妹欲败其德，宁不自顾耶？"因举手为丽贞枕花，低语曰："三哥害羞，适欲自缢。送人性命，非细事也。"贞始气平。胜乃回顾素兰，曰："可急报三哥，贞妹已受劝矣。"

兰往，见生徘徊独立，而桂红坐绣于旁，亦不之顾，乃以劝贞事报生。生喜而谢之。兰挽生，曰："妾原谓此人不可动，君何不听？"又背指红，曰："可动者，此也。为君洗渐可乎？"生又谢之。兰附红耳曰："祁生反有意于子，今其惭忿时，少与款曲，何如？"桂红张目一视而走。兰追执之，骂曰："我教汝绣，汝不能，则累我。我一言，

即逆我。汝前日将胜姐金钏失去，彼尚不知，汝逆我，我即告出，汝能安乎？若能依我，与祁生一会，即偿前钏，不亦美乎？"桂红低首无言，以指拂鬓而已。兰抚生背，曰："君早为之，妾下楼为君伺察耳目。"生抱红于重茵上，逡巡畏缩，生勉强为之，不觉鬓翠斜欹。

兰下楼，因中门上双燕争巢堕地，进步观之，不意胜、秀已至前矣。兰不得已，侍立在旁，尊胜、秀前行。生闻梯上行声，以为兰也，尚搂红睡；回顾视之，乃胜与秀。生大惭。胜大怒，即生前将红重责，因抑生曰："兄才露丑，今又若此，岂人心耶！"生措身无地，冒羞而出。无奈，乃为归计。

明日，见廉夫妇，告曰："久别舍下，即欲暂归。"廉夫妇固留之。生固辞。乃约曰："子辄必欲归，不敢强矣。待老夫贱旦，再劳枉顾，幸甚！"生谨领而别。途中无聊，自述一首：

"洛阳相府春如锦，乱束名花夜为枕。弄琴招得小卿来，迎翠先同素兰寝。文娥痛而哭吊词，丽贞题笔一赞之。牵惹新魂发新句，转眼生嗔欲白之。绝处逢生得毓秀，恐玷园门急相救。潘英邀我中门侍，西鹤楼前惭掩袖。玉胜频呼入幕宾，相迎一笑问郎因。郎须少倚南楼坐，此去因先慰丽贞。丽贞兄妹欢情复，桂红巧绣娇如玉。素兰观燕往中门，胜、秀登楼皆受辱。一场藉藉复一场，两处相思两断肠。春光漏尽归途寂，何日同栖双凤凰？"

丽贞小字阿凤，故末句及之。

生去后，三女皆在百花亭看杜鹃花，东儿报曰："祁君去矣。"胜与秀相对微笑，丽贞独有忧色，停眸视花，吁叹良久，无非念生意也。玉胜不知，问曰："妹子尚恨祁生耶？祁生果薄幸，昨触妹，又辱桂红。被污之女，不可近身，已托邻母作媒出卖矣。"贞曰："彼辱妹，姊尚容之；彼辱婢，姊乃不容耶？"玉胜语塞。盖胜久欲私生，惟恐二妹忌之，又恨桂红先接之也。

贞是夕凭栏对月，幽恨万种，乃制一词，名曰《阮郎归》，自诉念生之情，每歌一句，则长吁一声。文娥等侍侧，皆为之唏嘘：

"闻郎去后泪先垂，愁云欺瘦眉。情深须用待佳期，郎心不耐迟。香闺静，寄新诗，眼前人易知。寸心相爱反相离，此情郎慢思。"

生归，不数日，为仇家萧鹤者所诬，发生父未结之事。鹤以官豪，捕生甚急。生夜渡，欲往诉当道，为守渡者所觉，执送萧氏。萧层堂叠室，将生禁后房，待事中人至，即送官理。生夜静忿郁，无以自慰，忽忆仙子"玉簪解厄"之言，乃祷拜，吟一词：

"撒天长恨几时休？两眼不胜羞。男儿壮年多困忧，何日一抬头？辙中鲋，一中鸠，望谁周？横铺铁网，高展金丸，毕何仇？"（《诉衷情》）

萧之妇，余氏也，乃世家女，名金园。其夫名震，往京所选。金园独居，闻户后歌声悲切，明早，使侍女琴娘访之，始知生故，叹曰："与父有仇，子复何罪？"私遣琴娘以甘露饼十枚馈生。生谢曰："此活命恩也，他日当衔环以报。"自后，琴娘时以饮食饷生。生媚意敛谢。琴娘悦之，因与之私，复乘间语金园曰："此生温如良玉，十倍吾主，今禁此，情甚可哀。"琴娘意欲释之。金园曰："昨亦梦神女命救此人，且云他日与汝皆当为彼侍妾，须无此理，甚可疑也。"送往窥之，果见生丰姿颖异，气宇温容。抵夜，以别钥启锁，匿入闺中，共枕恣欲。五更时，赠以白金十两，金钏一双，汗巾一条，与琴娘暗开重门，泣而送之，且以梦语生。生曰："岂敢望此！仆有玉扇坠，今以赠卿，日后果有幸会，当以此为记。"遂拜谢而去。

翌日，萧觅生，生已行矣。竟走京师，伏阙奏辩，为父雪仇。时赵子昂为翰林学士承旨，力赞生孝，得发御史观音保等勘问。萧惧，出万金营求左丞相铁木迭儿为之解纷息事，然亦不敢害生矣。

生由是避祸入山，发愤攻书。山下有名龚寿者，年六十。善相法，见生状，知其不凡也，每以柴米给生，相过甚厚。生感以恩，乃书一联于壁云：

远移萍梗宜无地，近就芝兰别有天。

又书一联以自儆云：

身居逆境时勤读，心到仇家夜梦亲。

生去后，丽贞虽念生，不过形于咏叹而已。而玉胜则慕生之甚，言动如狂。每强扶倦态，对镜画眉，不觉长吁一声，两手如坠。日就枕席，饮食若忘，梦中忽忽如对人语，及醒，则挥泪满床而已。闻贞有《阮郎归》调，令素兰索之，贞不与，胜知其必为生作也，亦自作一调，名《桃源忆故人》，亦道望生之意

"思思念念风流种，心为愁深如梦。绣衾象床如共，羞把寒衾拥。桂红楼上春心动，悔已多情残送。却笑自家愁重，番作巫山梦。"

廉至旦日。遣人邀生，知生受诬奏辩，嗟叹久之。及生入山读书，廉遣人送白金五两，白米六包，与生少资日用。玉胜自忖曰："祁生发愤，招之则不来，然其意惟在丽贞，诈招以贞书，或得一面。"乃具书，私付去人，且戒之曰："此丽贞书，密与之。"

小妹丽贞敛衽端肃拜：畴昔之心，岂敢自昧；掷诗之忿，实惧人知。月色空梁，不见知心到眼；风声泣树，徒知弱态伤神。近知往复大仇，识英才之可羡；今又入山

中国禁书文库

国色天香

一六九

愤志，知力学之有成。但情在寸心，终难自慰；人遥千里，岂易相通！满目云山，何处是凤凰栖止；一天星斗，几时成牛女欢期？顷刻相思，须更长欢。倘兄肯顾片时，小妹终身佩德。匆匆草字欠恭，伏乞情恕。不备。

妹贞再拜启

生得书，惊喜雀跃。然发愤之始，义不可行；欲复书，又恐廉知，但私寄曰："为我多多附谢小姐，书已领教矣。"生是日旧态复萌，几不自制，大书绝句于壁：

"海样相思思更深，一封珍宝抵千金。书中总有颜如玉，未必如渠满我心。"

一日，龚老访生，见壁上绝句，问曰："君有所思乎？读书之心，如明镜止水，倘有所思，则芥蒂多矣。安能有成？"祁生不觉汗颜。龚复慰曰："少年人多有此弊，况君未娶，宜不免此，老夫相君目秀眉清，天庭高耸，必享大贵。倘不齐，老夫有小女，名道芳，颇端重寡言，亦宜大福，他日愿为箕帚，何如？"生愧谢不已。

是岁，生起小考，补郡庠弟子员。

后数日，生整衣冠，往拜廉。廉一家慰贺。三女出见，皆曰："恭喜！"即宴生于恰庆堂，笙歌交作，酬酢叠行。至晚，银烛满堂，侍女环立，廉夫妇已醺，而生犹未醉。岑命三女以次奉生酒。玉胜举杯近生，语云"妾有言，幸君弗醉。"盖欲私生也。生不知，应曰："已酩酊矣。"丽贞举杯戏生曰"新秀才请酒。"生亦笑曰："何不道新郎饮酒？"贞愧而退，怒形于色。毓秀见贞不悦，及举杯奉生，乃曰："兄何以言，使贞姐含怒？"盖生以前所寄书有情，故量其易而忽之，不知其为玉胜计也。夜深散罢，生被酒，寝外馆。胜自往呼之，生不醒。胜恐馆童来觅，长吁而返，闷倚银釭，形影相吊，口占一词，且泣且诉：

"何事无情贪睡，席上分明留意。指日望郎来，要说许多心事。沉醉，沉醉，不管断肠流泪。"（调名《如梦令》）

生明早入谢酒，廉夫妇未起，独丽贞立檐前喂鹦鹉，亦未理妆。生前，戏曰："蒙见召，今至矣。"丽贞默然。生曰："何其不践书中之言乎？"贞曰："妾未曾有书，见何诈也？"生出书示之，乃玉胜之笔。贞大怒。生见贞不梳不洗，雅淡轻盈，清标天趣，如玉一枝，因笑解其怒，而突前抱回："纵非子书，天缘在矣。"时生精魄摇荡，心胆益狂，盖欲一近贞香，而死亦自快也。贞力挣不能脱，乃定气告曰："妾非无心者，但兄妹不宜有此。况兄未有妻，妾未受聘，何不一通媒妁，偕老百年，非良便乎？"适鹦鹉见生将贞抱扭，作人声詈曰："姐姐打，姐姐打！"其声甚急，生恐人至，脱贞而出。

然生之入也，玉胜乘人未起，早就生寝，欲了此念。见生不在，即为诗一首以示之：

"深院春风急，吹花入翰林。无缘空去也，留此寄知音。"

玉胜留诗而出，过中门，闻行步声，遥视之，即生也。以手招生，生急至。胜曰："无情郎从何来？"生以丽贞寄书事告胜。胜曰："实妾为之，非贞也。"即邀生同入含春庭后，就大理石床解衣交颈，水渗桃花，并枕颠鸾，风摇玉树，香滴滴露滋金盖，思昏昏骨透灵酥。

时红日渐高，毓秀已起，恐生苦宿酒，今东儿馈生以茶。东儿至生馆，但见一诗在几，寂无人迹。东儿取诗还报曰："祁生不知何往，但见几上此纸耳。"秀观之，叹曰："胜姐作不规矣。"时生与胜交散，各喜不为人知。胜理妆后作一词以纪其乐云：（名曰《蝶恋花》）

"风动花心春早起。亭后空床，一枕鸳鸯睡。归到兰房妆倦洗，几回义掬相思水。但愿风流长到底。莫使人知，都在心儿里。郎至香闺非远地，幸郎早办通宵计。"

胜以词使素兰寄生，且嘱生将几上诗毁之。生见词甚喜，然几上诗未之有也。生语兰曰："向曾许桂红，代偿金钏一双。"并和前词，以复胜：

"蝶醉花心飞不起。转过春亭，又把花枝睡。昔因采桂羞难洗，归家掬尽相思水。今日好花开到底。苦尽甘来，尽在心儿里。又愿春光同两地，胜如云路平生计。"

兰笑曰："'春光两地'，君得陇又望蜀耶？"生曰："非子不能知此趣也。"兰复胜，胜以为几上诗生匿之矣。

不意毓秀以诗示丽贞，贞亦以胜假书之故告秀。二人谋，欲露之。丽贞又念败生之德，不复在坐，欲行欲止，持于两疑。秀曰："今母昼寝，以书置母枕旁，母起见之，但知姊之私荡耳，不复知我计也。况纸上又无称号，亦岂累祁生耶？"丽贞曰："善。"秀往置之，立候母醒。文娥窃知秀事，私达于生。生曰："事急矣！"入告于胜。胜曰："秀立床前，何以窃之？"生曰："秀之所为，贞使之也。文娥，则贞好也，托文娥以贞命呼秀，秀必出矣。今先使素兰隐于门后，俟秀出，兰即入取之。"胜曰："计虽妙，奈文娥不肯何！"生曰："娥之母，我故人也。彼念其母，必肯念我。"呼文娥语之，果如命诣秀，曰："贞姐有言，急请一面。"秀出见贞，贞亦昼寝；秀急候母，诗已去矣。秀以文娥诱之，使贞责之。文娥惧，乘夜而逃，不知所去。玉胜得诗而恨二妹之共计也，作《风雨恨》一篇，以记其怒：

"风何狂，雨何骤，妒花不管花枝瘦。花瘦亦何妨，深嗟风雨忙。风不歇，雨不竭，同枝花，自摇折。幸得东皇巧护遮，风风雨雨曲栏斜。花枝不放春光漏，依旧清香到碧纱。"

一日，丽贞在碧云轩独坐凭拦，放声长叹。生自外执荷花一枝过轩，见贞长叹，缓步踵其后。贞低首微诵曰："本待将心托明月，谁知明月照沟渠！"生轻抚其背，曰："明月是谁？"贞惊，起拜，遮以别言，但问曰："此花何来？"生曰："自碧波深处，爱其清香万种，故下手采之。"贞曰："兄但能摘水中花耳。如天上碧桃，日中红杏，不与兄矣。"生曰："碧桃、红杏，恨未开耳。倘香心少放，敢不效蜂蝶凭虚向花间一饱耶？"贞曰："饱则饱矣，但恐饱后忘花耳。"生以荷花掷地，誓曰："如有所忘，即如此花横地。"贞含笑以手拾花，戏曰："映月荷花，自有别样红矣。兄何弃之？"正谈笑间，玉胜自门后见之，欲坏丽贞，报母曰："碧云轩甚有风，娘可往坐。"岑至轩，见生与贞笑语迎戏，乃发声大怒。自是，贞不复出，生亦远避西园矣。

生依依此情，每日入梦寐之态，形之于诗：

"长夜如年客里身，短衾消尽枕边春。晴江寂寞无心月，乡梦流连得意人。几度觉来浑不见，却才眠去又相亲。空亲恍惚非真会，赢得相思泪满巾。"

又五言一绝，又梦丽贞所作也：

"闲题心上事，空忆梦中人。哪得温如玉，殷勤一抱春。"

胜既败贞，尤不能忘秀也，乃诱秀曰："西园莲实茂盛，妹肯往一采乎？"秀未老成，乐于游戏，即欲往。胜曰："妹与东儿先往，我收拾针线即来。"秀果先去。胜度秀与生会，不免接谈，乃告其母曰："秀往采莲，乞令人一看。"岑每溺爱秀，闻秀出，即呼丽贞，同往西园。及至，见生与秀共拍一蝶，奔驰谑笑；生将得蝶，秀与东儿就生共夺之。岑骂曰："此岂儿女事耶！"生大惭，知岑必见疑，乃告归。

秀见贞随母，以为贞计也，甚恨之，反诉于玉胜。胜以为得计，复执之，秀深信矣。自是，秀以心腹待胜，事事皆胜听矣。

胜是夜招生共寝，生以屡败，不敢往，以诗别之：

"花开漏尽十分春，更有何颜见玉人？明明马蹄谁是伴，野桥流水闷愁云。"

胜得诗，知生决行，以玉臂一副、簪一根、琴一囊、锦一匹，并和生诗以赠之：

"细雨斜风促去春，有情人送有情人。偷闲须办来时计，莫使红妆盼白云。"

生回，虽感胜厚情，尤以丽贞为念，心甚怏怏。居家无聊，饮食俱废，临风对月，凄惨不胜。有一友，姓霍，名希贤。见生不快，扯生往妓家一乐。妓者王琼仙，生旧人也，见生至，甚喜，戏曰："贵人郑重，何人不求？"生不答。琼仙又叩之，生唯唯而已，虽樽俎间琼仙以百计挑之，生但低首吟哦，情思恍惚。琼仙固留生宿，生不得已，应之。枕席间，生毫不措意。琼仙欲动其心，夜半呼义妹等，并作一床，恣意承顺。生虽云雨，意自茫然。琼仙曰："君似有心事，何不对妾一言？"生告以丽贞未就

之故。琼仙曰："非廉氏阿凤乎?"生曰："何以知之?"曰："昨在竹副使家侍宴，有一客欲为竹公子作媒，是以知之。今君遇此，妾等不敢近矣。"生曰："廉有三女，长女未受聘，何先及次女?"曰："必欲求之，多在长女。"言未毕，溜儿驰报曰："宗师案临，宜往就试。"

生归，即赴试。廉知之，遣人馈赆。三女皆私有所赠。生登领，作词分谢之。词名《画堂春》，谢廉尚参军：

"孤身常托旧门墙，此恩海样难量。又须丰赆实行囊，书剑生光。深夏暂违颜范。新秋便揖华堂，时来倘试绿罗裳。展草垂缰。"

谢玉胜词，名曰《玉楼春》：

"含春笑解香罗结，相思只恐旁人说。腰肢轻展血倾衣，朱唇私语香生舌。无端又为功名别，几回梦转肝肠裂。嘱卿休作倚门妆，新秋共泛归舟月。"

谢丽贞词，名曰《小重山》：

"杨柳垂帘绿正浓。碧去轩内，情语喁喁。玉人长叹倚栏东。知音语，惹动芰荷风。猛地见慈容。总然多好意，也成空。相思今隔小山重。承佳贶，尽在不言中。"

谢毓秀词，名曰《卜算子》：

"惜别似伤春，春住人难住。蝴蝶纷纷最恼人，总把春推去。记取碧苔荫，胜似青云路。愁压行边忆心人，未走先回顾。"

生择日与溜儿就程。行至中途，天色已晚，寄宿一旅中。溜儿先睡，生温习经书。夜分时，闻隔墙啼泣悲切；四鼓后，闻启门声。生疑，先潜出俟之，见一女子，年可十五六，掩泪而行。生尾之。至河上，其女举身赴水。生执之，叩其故。女曰："妾家本陆氏，小字娇元，为继母所逼，控诉无门，惟死而已。"言罢，又欲赴水。生解之曰："芳年淑女，何自苦如此! 吾劝若母，当归自爱。"女曰："如不死，有逃而已。"生怜之，欲与俱去。但溜儿在本家，欲还呼之。女曰："一还则事泄矣，则妾不可救矣。顾此失彼，理之常也，愿君速行。"生见其哀苦迫遽，乃弃溜儿，与女傲一小舟，从小路而行。

一日，天色将晚。舟人曰："天黑路生，不宜前往。"生从之。停舟芦沙中，与女互衣而寝，情若不禁，生委曲慰之。女曰："妾避死从君，此身已玷，幸勿以淫奔待之，庶得终身所托矣。"生指天日为誓。女喜，作诗谢之：

"啼愁欲赴水晶宫，天遣多情午夜逢。枕上许言如不改，愿公一举到三公。"

吟毕，生方欲和韵，女侧耳闻船后磨斧声急，与生听之，惊起。问曰："磨斧为何?"舟人应曰："汝只身何人? 乃拐人女子。天使我诛汝。"盖舟人爱娇元之美，欲诛

生以夺之也。生惊怖，计无所出。乃舟人已有持斧向生状，生跃入水，口呼："救命!"忽芦丛旁有人应声而起，即以长竿挽生之发救之。生不得死。舟人见生救起，随弃舟下水逃去。而娇元亦无恙，反得一舟矣。

二舟相并，举火问名。舟中有一妇，问曰："君非祁生乎?"生曰："何以知之?"妇出舟相见，乃吴妙娘也。妙娘丧夫，改适一巨商，商与妙娘载货过湖，亦宿于此。商问妙娘："汝何识祁?"妙娘曰："亲也。"商以为真，遂相款焉。

明早，妙娘私馈生白金一锭，生谢别。然不能操舟，与娇元坐帆下，惟风之所之。行一日，止十余里。

近晚，泊湖上。娇元方淅米为餐，岸上忽呼曰："死奴!至此耶?"生起而视之，乃昨逃去舟人也。生知不免，即跳岸疾驰，几为追及。舟人尾生终日，饥不能前，故得免焉。

生纵步忙投，不知所之。遥见一丛林，急投之，乃道院也。生扣门入，见一道姑，挑白莲灯迎问所自来。生具述其故。道姑曰："此女院，恐不便。"生曰："殿宇下少憩，明早即行。"既而，又一青衣至，附耳曰："此生颇飘逸，半夜留之，人无知者。"道姑怃然，乃曰："先生请进内坐。"生进揖，问姓，道姑曰："下姓沙，法名宗净，年二十有七。"有道妹曰涵师，年二十有二，亦令见生。因与共坐，清气袭人，香风满席。生见涵师谈倾珠玉，笑落琼瑶，思欲自露其才，乃请曰："仆避难相投，自幸得所，皆神力也。欲作疏词，少陈庆扼，不亦可乎?"涵师曰："先生有速才能即构乎?"生曰："跪诵而已，何假构耶?"涵师喜，即引生拜于禅灯之下。生起焚香，应口而读，声如玉磬，清韵悠然：

伏以

乾坤大象，罗万籁以成一虚；日月重光，博八方面回四序。尘中山立，去外花明。掷玄鹤于九天，遥迎圣驾；跨青牛于十岛，近拜仙旌。羽狄一介书生，五湖逸十。欲向金门射策，逆族奇逢；谁知画舫无情，暴徒祸作。幸中流之得救，苦既迫而不追。四野云迷，一身无奈；两间局促，一死何辞。不意天启宿缘竟得路投胜院，清谈淡坐，出皓齿之素书。绿鬓挑灯，指黄冠之羽扇。俨乎仙境，恍若洞天。拘禁不祥，瞻仰日星之照耀。消磨多瘴，恭逢雅妙以周旋。谨拜清辞，上于天听。祈求禄佑，下护愚生。

读毕，师等赞曰："君奇才也。"因举酒酌赓，稍及亵语。宗净举手托生腮曰："君虽男子，宛若妇人。"涵师曰："夜深矣!"共起邀生同入共枕云雨，各自温存，不惜精力。而涵师肌肤莹腻，风致尤高。自是昼以次陪生，夜则连衾共寝。重门扃固，绝无人知。

生一夕月下步西墙，闻诵经声甚娇，乃吟诗以戏之曰：

沙门清月水花多，读罢禅经夜几何？

娇舌强随空色转，其心皆作死灰磨。

玄机参透青莲偶，悔悟应和白苎歌。

却与维摩作相识，不怜墙外病东坡。

隔墙诵经者即文娥也。昔外出，入此庵为西院主兴锡之弟。闻生吟诗，惊曰："此祁郎声也！何以至此。"追思往事，不觉长吁，亦朗吟一诗以试之：

为君偷出枕边情，玉胜愁消毓秀嗔。

脱知红尘今到此，隔墙好似旧时人。

生闻诗甚疑。明早潜访之。见文娥，相持悲咽，各问来历。生曰："仆累卿逃，不意又复见卿，真夙世缘也！"文娥之师兴锡见生闲雅，悦而匿之。生过几日又到宗净处，西院羁留，乐而忘返。

不意溜儿为陆氏失女，执送于官。而生为色所迷，试期已过，不复他念。日与涵师等剧饮赋诗，不能尽述。始记与兴锡等谈云：

苦海回头便是家，春惊铁树报琼花。

日光飞出尘中马，风力平收水底霞。

丹炉有烟终是火，篮田无玉岂生芽。

从今选髓留玄骨，不向玄门觅艳葩。

《题性弦斋壁》

不是凡民不是仙，壶中日月壶中天。

青山绿水皆为友，野鸟名花尽有缘。

林壑寄身闲似鹤，斋居养性莫如絃。

羽衣华发成潇洒，坐看芳溪放白莲。

《题宗净山房》

两两山离报好音，垒垒白石点疏林。

谷中鹿豕防人眼，壁上藤罗碍日阴。

无伴空悬徐孺榻，有香还抚伯牙琴。

冯渠海沸天雷发，净拂蒲园抱膝吟。

　　一日，两院道姑皆往一寡妇家作斋事，独留文娥伴生。生欲私之，娥曰："妾见众道姑日夜纵淫，唯妾居此甚苦。得君带归，敢惜一共枕耶？"生曰："我在此甚无益，思归亦切矣！岂忍弃卿？"因搂娥，撤其衣，举身就之。时文娥年十七，一近一避，畏如见敌，十生九死，痛欲消魂，不觉雨润菩提，花飞法界。事毕，生曰："卿他日肯为丽贞作媒乎？"娥曰："贞甚有情，况今年长，亦易乱之。君肯归，不必虑也！"自是，生与娥密为归计矣。

　　众姑自斋回，见生有归意，百计留之，无以悦生者。适有女童持礼来，揖众姑而去，生问何人，宗净曰："是前作斋事家使女金菊也。"生微笑。宗净疑生悦菊，即歆之曰："君肯安心寓此，当及其主母，况此婢耶？"生问主母为谁，净曰："辛太守之妻陈氏也。年虽四十而貌甚少年，今寡居数月矣。今择本月十五日来院柱香，我辈当以酒醉之，强留宿院。睡熟时，君即近之。倘事谐，则太守有一妾名孔姬，亦以网跨下矣。"生如其言。

　　至十五日，陈果被酒，假宿院中。宗净以鸡子清轻轻污其便处，如受感状。陈觉醒之，疑为男子所淫。开帐急呼金菊，不意菊亦被诱别寝。但见一灯在几，生笑而前。陈叹曰："妾欲守志终身，不意为人所诱。"生捧其面劝曰："青春不再，卿何自苦如此？"即解衣逼之，陈亦动情，竟纳焉。生多疲于色，而精力不长。陈久寡空房，而所欲未足。乃约生曰："妾夹间暗归，君可随我混入。"

　　生如其言，至陈家。孔姬尚睡中，陈欲并乱之，以杜其口，即枕前语曰："汝觉否？我带一伴客相赠。"孔醒见主，即有怒状。陈以势压之，终不从。生与陈处，凡十余日，终亦碍孔，不得肆志。

　　乃昼，一春意于孔姬寝壁，因题一词以动之，名曰《鱼游春水》。

　　风流原无底，一着酥胸情更美。玉臂轻抬，不觉双俀起。展乱旧微锦一机，摇摇杨柳丝千缕。好似江心鱼游春水。你也危楼独倚，辜负红颜谁为主，徒然晓梦醒时，慵妆倦洗。玉箫长日闲，孤凤翠衾，终夜无鸳侣。这等凄凉，谁为羡你！

　　孔姬览之，心少动。一日，生与金菊昼淫于双柏轩，而菊之同辈皆就之。三女一男，争春似滚；四衣五形，展锦如毯。孔姬自帘后视之，情遂恍惚，不能自守，乃缓步进曰："郎君入花丛矣！"生曰："清自清，浊自浊，卿自守足矣，何阻人兴耶？"孔笑曰："妾请偿之可乎？"生曰："卿回心尚何论耶！"遂与通焉。生喜作一词以谢之，名《浣溪纱》：

　　独抱幽香不傲春，而今春色破梨云。算来清净总无真。

　　正做百花丛里客，却逢千想意中人，谨托新词当谢亲。

　　时宗净与涵师等谋曰："我辈欲留祁君，故以陈夫人悦之。今祁乃恋陈，不复顾我矣！为今之计，共往擒之。陈若掩争，必得其财。祁与彼绝，必来我院，不两利乎？"

兴锡曰："祁君智士也。倘事泄先行，我辈空望矣。必先令一人，假宿于彼。我辈夜半围门，里通外应，无失算也。"众称善，欲择一人先往。娥乃进计曰："弟子与祁乡里，祁必不疑，弟子愿以抄化为名，入陈寝所，为众师内应。"师等信而遣之。文娥往见陈于萱寿堂，方与生并坐。文娥曰："久居于此，郎君乐乎？"复以眼私揆生。生乃舍陈等独步亭后，文娥尾生。告曰："今晚事坏矣！"生问其所以，娥告以故，且曰："妾与君急为归计，庶可自全。"生点首数次，计无所出。久之，往语陈曰："院中邀仆一茶，去当即来。"陈即使金菊随去，促之早还。生与娥、菊同就路，娥曰："大人欲使郎早还，菊姐可先往，免使人生疑矣！"生知娥意，乃为赞之。菊信而先行，娥乃挽生即从别路远遁。菊至院，久候不至，乃返。师等为陈卖己，而陈又为院中潜谋，互相成隙，自易各相为谋矣。

卷八

天缘奇遇（下）

时祁生与文娥得脱归，即投廉宅。廉自溜儿成狱，知生路中失所，以为不相面矣，今复得见，而又见文娥，举家甚喜。及丽贞、秀出，争问："久寓何地？且何以得遇文娥？"生一一道其所以，众皆惊叹。及不见玉胜，生问其故，乃知嫁竹副使子矣。怅然久之。至晚就馆，百念到心，抚枕不寐，乃构一词，名曰《忆秦娥》：

"空碌碌，春光到处人如玉。人如玉，旧时姻缘，何年再续？阿凤犹自眉儿蹙，文娥已许通心腹。通心腹，几时消了，新愁万斛？"

生晚睡起，才披衣坐床上，闻推门声，开帐视之，乃毓秀也。秀笑语生曰："胜姐多致意，出阁时肠断十回，魂消半晌，皆为兄也。有书留奉，约兄千万往彼一面。"生见秀窈窕，言语动人，恨衣服未完，不能下床，乃自床上索书。秀出书，近床与之。生即举手钩秀颈，求为接唇。秀力挣间，忽闻人声，始得脱去。生开缄视之，书曰：

"兄去后，安顷刻在怀。仰盼归期，再续旧好。不意秦晋通盟，想思愈急。故人千里，会晤无时。幸秀妹为妾心腹，劝妾且从亲命。妾尝亦劝秀善事吾兄，莫负少年。秀亦钟情者也。妾与兄枕边私爱，帐内温存，今皆已付秀矣。兄善为之，妾复何言。但此心常悬悬，欲得一面。兄无弃旧之心，妾有倚门之望。诚肯慨然再顾，实出寻常之万万也。"

胜在家时，与秀为心腹，每以生风致委曲形容，秀必停眸拊胸，坐起如醉，惟以生不归为恨。及是，生得书，知胜之荐秀也，乃舍所遗珠翠，自进还秀，且以胜书示之。秀佯怒曰："我亦如胜姐耶！"撇生而去。

生无聊，往坐迎暄亭。天阴欲雪，寒气侵人。文娥过亭，见生嗟叹，以为慕丽贞也。正欲动问，贞早已至生后。生不知贞来，长叹一声，悲吟四句：

中国禁书文库

国色天香

"风触愁人分外寒，潸然红泪湿栏杆。冻云阻尽相思路，梅骨萧萧瘦不堪。"

丽贞轻抚生背，曰："兄苦寒耶？"生惊顾，一揖，应曰："苦寒不妨，苦愁难忍耳。"贞因拉生共拥炉。生坐火前，以箸画灰，愁思可掬。贞佯问曰："兄思归耶？"曰："非也。"又笑而问曰："为那人不在耶？"生曰："眼前人尚如此，去人何暇计耶！"贞曰："妾未尝慢兄，兄何出此言！"生曰："仆每失言，卿即震怒，尚非慢乎？"贞笑曰："信有之，今不复然矣。"生曰："彼此有心，已非朝夕，千愁万恨，竟诒空言。今试期又将迫矣，一去再回，便隔数月，卿能保其不如玉胜之出阁乎？"贞低首不答。生因促膝近贞，恳其不言之故。贞叹曰："妾一见君，即有心矣，岂敢自昧？但恐鲜克有终，作一笑柄耳。"生长叹曰："事虑至此，终不谐矣。"适文娥自外执并蒂橘二枚进曰："二橘颇似有情。"生曰："有情不决，亦安用哉！"贞笑曰："决亦甚易，但恐根不固耳。"文娥知二人意，因谓曰："妾知贞姐与君思欲并蒂久矣，但君欲速成，贞恐终弃，是以久疑。妾今为二人决之。"谓："二人各出所有以订盟，作一长计，不亦可乎？"生曰："善。"即剪一指甲付贞，祝曰："指日成亲，百年相守。"贞乃剪发一缕付生，祝曰："青发付君，白头相守。"文娥曰："妾请为盟主。"因取橘分赠二人，祝曰："袂成连理，并蒂同春。然佳期即在今晚矣，有背盟者，妾当首出。"贞首肯之。

生喜而出，纵笔作一词，名曰《好事近》。

"好事谢文娥，便把眼前为约。准备月明时，获取个通宵乐。天生双橘蒂相连，唤醒相思魄。得到锦衾香处，把亲亲抱着。"

生把笔间，适潘英持一盒至，云："秀姐馈君金橘。"生启盒，又见一诗：

"甜脆柔姿渗齿香，数颗珍重赠祁郎。肯将此味心带记，愿付高枝过短墙。"

生见诗，知秀亦有允意，惊喜过望。潘英索生和韵以复，生狂喜不能执笔。英促之，生曰："诗兴不来，奈何？"英又促之，生曰："汝为发兴，可乎？"英不答。生闭门，抱英入幕，狂兴一番，不觉过度。英曰："来久矣。恐见疑。君既无诗，当自入谢之。"生有恍惚态，英苦促之，乃迎风而行。至秀所，秀已为母呼去矣。生又迎风而出，遂患寒热。又思赴约，愈觉憔悴，疾益加其。

是夜，秀与贞各料生必来，两处皆待。明早，知生病，咸往视之。往视之。生咄咄不能言，惟流涕而已。贞、秀执生手，各悲咽不胜。贞伏生胸前，慰曰："天相吉人，兄当自愈。好事多磨，理固然也。"顷间，岑氏至，二女退。岑命以汤药治之，生少愈。廉知之，谓岑曰："子轴有恙，呵移入迎翠轩便于调养。"

迎翠轩，益近二女寝所。一日，岑之父母庆寿，请岑并二女。岑以家事不能尽去，而生又养病内轩，无人调理，命秀掌家，与贞同去。生自是得秀温存，无所不至、生病十去八九。

一夕，以淫事戏秀。秀约曰："灯灭时，兄可就妾寝所，妾先睡俟之。"及秀将寝，愧心复萌，而又念生新愈，恐逆其愿，乃呼东儿诈睡己之床，且戒之曰："倘露机，汝即一死。"东儿从之。及生至，以为真秀也，款款轻轻，爱之如玉。生呼之，不应；以事语之，不答。生以其害羞，不疑。至早，求去，生挽之，且曰："举家无人，何必早起？"留之数四，天将明矣。生开帐视之，乃东儿也。生微微冷笑，东儿亦含笑而去。

生起，见秀，戏曰："卿非纪信，乃能诳楚。"秀谢罪不已。生曰："东儿作赠头可也，卿能免耶？"秀不答，惟曰："天寒，少坐可乎？"生曰："可。"秀命潘英治酒，与生对饮，每杯各饮其半，情兴甚浓。生以眼拨东儿出，东儿转手闭门而去。生抱秀，劝与之合。秀曰："待晚。"生曰："晚则又倩人耶？"半推半就，觉酒兴之愈浓；且畏且羞，苦春怀之无主。榴裙方卸，桃雨作班。眼濛濛而玉股齐弯，魂飘飘而舌尖轻吐。秀思生病，加意护持；生恋秀娇，倾心颠倒。虽精神之有限，奈欲罢而不能。顷之，东儿至。生拂衣而起。东儿叹曰："今得新人而弃旧人耶？"生以东儿自谓也，乃谢曰："焉肯忘卿。"东儿曰："妾何足言，彼荐秀者，其可忘乎？"生曰："此玉胜之德也，铭心刻骨而已。"东儿曰："既不忘，曷不一顾？"生曰："来日即往矣。"

时岑与贞归，生又属望于贞。不意玉胜亦知生之在家也，令人以诗招之，且托秀促生必至：

"一别流光已数年，相思日夜泪涟涟。新愁寂寞非嫌夜，旧事凄凉却恨天。罟网新丝蛛尚织，梁巢泥坠燕还联。谁知情重风流客，不管离人在眼前。"

生见诗，即往拜谒。

时副使在任所，惟妻小在家。而副使之继妻颜氏，名松娘，妾王氏，名验红，皆以淫荡相尚。见生与玉胜会面时悲咽相对，情甚凄惨，乃谓胜曰："令表兄何必流涕？少留于此，与汝常得相见，不亦便乎。"胜喜，语生。生亦私喜，乃就寓于新翠轩。

近晚，一女童持玉环紫绦，一事奉生，曰："妾，南薰也。奉主母松娘命，约君一叙。"生以亲故，不敢承命。南薰以绦作同心结，纳生袖而去。既而，又一婢女至，捧紫绫绢缀金剔牙赠生，曰："妾，金钱也。主之爱妾名验红，托为致意，君勿惊讶。"生曰："适松娘有命，奈何？"金钱曰："君今先往松娘，会后辞以避嫌，以就外宿。妾与验红谨候于此。"生如其言，登时潜入内寝。松娘已具酒饭于别室，邀生共坐，叙温存，杂谑浪，至夜分方就枕。生恐验红久待，力辞就外。松娘曰："一家以妾为主，何避之有？"着意留之，至鸡鸣时始得脱身。急投外寓，则验红已就内矣，惟金钱倦睡生榻，生问：“验红何在？”金钱曰：“久待不至，倦而返矣。”生怅然若有所失。然余兴未尽，抱金钱共枕。钱倦而含睡，解衣而贴席，任生所为。生乘其弱态，纵意猎之。钱瞑眼作娇媚声，卿卿若萧管，半晌乃平。复谓生曰：“验红不足贵，松娘有女，年十七，真佳人也，名晓云。君何不图之？”生铭其言，天明散去。

时验红不遂所欲，乃寄一词以招之，名《隔浦莲》：

“红兰相映翠葆，郎在香闺窈。云重遮娇月，巢深怨栖鸟。睡蝶迷幽草，频相告。鸳鸯同池沼，郎年少。通宵不起，何故恁般颠倒？有约偏违幽兴，独捱清晓。今本望郎至，任他殷勤，即须撇了。”

生得词，至晚会验红于外寓。松娘使人招生，生不至，知为验红所邀。自度色衰，不能胜红，乃集侍女南薰等十人，佩以兰麝，饰以珠玉，衣以锦绣，加以脂粉，宛然如花，纵欲纵淫，惟求快己。生沐其厚惠，欲其欢心，虽众婢同寝，而松娘必先徇其私，及松事罢，而众婢方共纵其欲。生于斯时不丧魂而为槁魄也，亦幸矣。

验红知生不能挽回，谋于金钱。钱曰：“晓云虽处子，颇谙情趣，妾当以春心挑之，倘事谐，则母子争春，情自释矣。”红曰：“善。”令金钱以计挑之。晓云每夜半窥其母之所为，亦颇动心，及红之挑，但含笑而已。

一日，晓云书一诗于几。红得之，喜曰：“计在此矣。”

“无端春色乱芳心，恍惚风流入梦深。泪渍枕边魂欲断，倩谁扶我见知音？”

晓云学于玉胜，字迹颇相类。红得云之笔，即命金钱付生，促以成事。生方与松娘对坐抚琴，金钱促步近生，若听琴状。适松娘起盥手，钱即以诗纳生袖，且附耳曰“那人诗也。”言毕而去。生视诗，以为玉胜之作，正虑胜以他就为非，每悒怏焉，又见诗，急赴胜处。

胜方午睡东兴轩。生视左右无人，乃以手举胜裙，徐徐起其股，跪而就之。胜惊醒，见生，叹曰：“兄已弃妾矣，何事回心一顾耶？”生谢曰：“此心惟天可表，岂敢弃卿，但为春色相羁，不容自措耳。”胜曰：“春色相羁。今何以得至此？”生曰：“思卿久矣，适卿又赐佳章，如不脱身一会，罪将何赎？”生且言且狎，胜有却生状。生一手为胜解裙，且劝曰：“姑叙旧耳，何相责之甚耶？”胜乃笑而从之。既而，问生曰：“妾有何章？”生以诗示之。胜曰：“此晓云笔也。云有此作，欲自献矣。但母之爱女，兄谨避之。”言未毕，金钱笑至，附生耳曰：“那人被验红留住久矣，可急往。”

生别胜往见红，即索云。红戏曰：“先谢媒，方许见。”生自指心，曰：“以此相谢，何如？”红即挽生入后轩。云果对镜独坐，见生至，低首有羞态。红乃携云手附生。生执其手，温软玉洁，狂喜不能自制，乃与红携云同就寝所。生为云解衣，而红

亦自脱绣，三人并枕。及生之着云也，云年少不能胜，啮齿作疼痛声状。红怜云苦，乃捧生过。以身就之；见云意少安，生兴少缓，则又推生附云，欲生之毕事于云也。及云力不能支，则红又自纳矣。代云之难而红便，一枕悲欢，或红而或云，两歧风月。岂料松娘俟生不至，知在红所，自往招之。出外门，及寝所，寂无人迹。进入小轩，见生方窘云，而红替兴于侧，不觉天理复萌，怒形于色，然所爱在女，而所惜在生，惟与红相戾而已。红恃素宠不惧，挽松娘袖，骂曰："上不正，则下乱！汝欲可为？"松娘怒，以手披红面。生与云跪泣，力劝不能上，乃为玉胜夫竹豪所知。豪，放荡士也，怒生乱其妹，欲谋杀生。

生方愧罪，避宿后园。豪使人俟生就寝，暗锁其户、夜深人静，欲举火焚之。玉胜知其谋，料豪不可劝，乃捐金十两，私托锁户者放生出，仍锁户以待火。夜深火发，救者咸至，豪以为生必死，而不知生之预逃也。

生乘夜渡河，次日至午，方抵廉宅。廉方会客，赏牡丹。生至，客皆拱手曰："久慕才名，方得瞻仰。"生逊谢就坐。酒半酣，客揖廉曰："名花满庭，才子在坐，欲烦一咏，尊意何如？"廉目生就命。生乃操笔直书，杯酒未干，诗已脱稿：

"烂漫花前酒兴起，诗魂拍入花丛里。露洗珊瑚锦作堆，风薰蝴蝶衣沾蕊。平章宅里说姚黄，沉香亭北呼魏紫。淡妆浓衬岂相同，朵朵绣出胭脂红。更有一枝白于面，恍似倚栏长叹容。春光有限只九十，莫把芳心束万重。名葩种种皆难得，十家根团千年泽。挥洒渐无草圣工，推敲便有花神力。兴高何用食万钟，诗富不愁无千石。且歌且舞拂芳尘，海峤霞铺锦绣茵。轻翠簇妆挥解语，点首东风欲飓尺。万恨莫辞金谷酒，一樽且近玉楼春。春光莫别花皇去，花皇且挽春光住。日日花前酒满杯，满杯春色花催句。诗酒春花同百年，何用浮生悲未遇。"

众客视毕，抚掌叹赏。有一老长于诗者，赞曰："此四声各六句体也，诗家最难，长庚之后，绝无此作。祁君一挥而就，岂非今之李白乎？"皆举杯称羡，尽醉而罢。

廉持诗人，示岑曰："子轺真天才也，他日必有大就。我欲效温峤故事，将丽贞许之，可乎？"岑曰："妾有此意久矣。"时文娥、小卿在侧，一驰报生，一驰报贞。贞正念生，忽得此报，喜动颜色。生得报，狂不自禁。是夜廉以酒醉，与岑早寝。生乃潜入，以指叩贞户。贞开户见生，且惊且喜，各以父母意交贺。生因牵贞袖求合。贞曰："兄郑重！待婚礼成，取洞房花烛之喜，不亦善乎？"生曰："天从人愿，事已决矣。况机不可失，尚相拒耶？"遂抱贞就枕，贞不能阻。六礼未行，先赴阳台之会；两情久协，才伸锦幔之欢。春染绞绡，香倾肺腑；恍若鸳侣，何啻鸾凤。诚仙府之奇逢，实人间之快事也。天明，生就外，贞以玉如意赠生。生曰："卿欲我如意耶？"一笑而别。

生喜，作一词以自道云：

"佳期私许暗敲门，待黄昏，已黄昏。喜得无人，悄入洞房深。桃脸自羞心自爱，漏声远，入罗帏，解绣裙。枕边枕边好温存，被已温，钗已横。爱也爱也，声不稳，尤自殷勤。惟有窗前，明月露新痕。近照怕及花憔悴，花损也，比前番，消几分？"（《江城梅花引》）

自是早出晚入，极尽缱绻。举家皆知，所未知者，廉夫妇也。光阴迅倏，又及试期。生辞廉夫妇及秀、贞赴科。贞私赠甚厚，不可悉记，惟录一词，名曰《阳关引》：

"才绾同心结，又为功名别。一声去也，愁千结，心如割。愿月中丹桂，早被郎攀折。莫学前科，误尽了良时节。记取枕边情，衾上血。定成秦晋同偕老，欢如昔。最苦征鞍发，从此相思急。安得魂随去，处处伴郎歇。"

生途中惟以贞为念，至旅邸，郁郁不宁，寝食皆废，作乐府一首，名曰《长相思》：

"长相思，心不绝，思到相思心欲裂。罗帏素月清不寐，泪如悬河积成血。山可崩，海可竭，人生不可转离别。别时容易见时难，长叹一回一呜咽。"

时有同赴科者，名章台，寄居花柳间，生因访之。章喜生至，拉一妓，名玉红，伴生。生虽同枕，若无情者。明日，又换一妓曹媚儿，生亦如之。又明日，换一妓乔彩凤，生亦如之。至于名妓马文莲、苏晚翠、赵燕宠、陈秋云、姚月仙，日易一人，轮奉枕席，生皆不以介意，惟以丽贞是念。然章台与生同席舍，欲利生之笔，必求一可生意者。至一院，众妓方聚戏，内一妓张逸鸿笑曰："昨晚妹子梦新解元是故人祁姓者。"生惊异，揖而问曰："令妹为谁？"曰："桂红。"生求见，妓曰："适一赴举相公请去，今晚不回矣。"生乃就宿逸鸿以待之。明日，桂红归，即玉胜婢也。因红与生私，怒而出之，媒利厚谢，私卖与妓家。至是，得与生会，凄惨不胜。既而，贺曰："昨梦君为榜首。"生喜而谢之。是夕，与桂红寝，幸得故人，少舒忧郁，乃浩然吟一首云：

"栖鹤楼中采嫩红，百花丛里又相逢。姻缘想是前生定，故遣功名入梦中。"

章台见生与红款厚，以为生溺于红，捐金百两，娶红以赠生。生知其意在代笔，遂拜而受之。三场后揭榜，生果第一，章亦在百名内。

时笙歌集门，宾客填坐，忽一家童秀郎者，忙奔报曰："廉参军事发，合家解京，危在旦夕，窖中有书持奉。"生为之惊倒，急开缄视书，曰：

"即殿元子辚行台下，尚在官时，右丞相铁木迭儿欲娶小女丽贞为妇。尚以彼蒙古人，不愿从命，竟触其怒，欲致尚以死。近赣州蔡九五作乱，岂以玉胜翁竹副使与彼同谋为不轨，遂破汀州宁化。尚久废弃，毫不与闻，今乃坐已知情，陷以同党。蒙上合家拿问。尚为权要所仇，分在必死，但家小辈不知下落耳。幸足下高科，必膺显擢。次女丽贞，愿操箕帚，其余乞念骨肉至情，一体照亮，九泉之下，必拱手叩谢也。身罹国法，锁禁甚严，情绪万千，笔不能尽。再拜。"

生视书，每读一句，则长叹一声，泪下如雨，即持书入示桂红。红亦捶胸哭曰："流落烟花，得君留恋，自喜故乡可归，相见有日，何不幸复遭此耶？"遂促生早上春官，以探消息，且曰："妾随去，与小姐辈一面足矣。"岂生以榜首各事所系，淹留月余，才得就路。

及至京，廉与竹氏父子皆以谋逆弃市矣。两家女子丽贞、毓秀、晓云，皆没入宫为婢。其余家小，各流三千里。生得信仆地，气绝而苏者数次。桂红再三慰解，生终不能已，乃设醴牲、作文遥奠廉于逆旅。时延祐二年冬十二月初三日也。

"呜呼！以翁之德，宜受多福；以翁之贤，宜享厚禄。胡为乎位止参军，胡为乎老见屠戮？呜呼！苍天既无酬贤报德之私，乃有林木池鱼之酷。每寄翁书，托其家属。今二女入宫，余丁窜北，叹箕帚之无缘，痛贞、秀之难赎。云散长空，月沉西陆；春归披庭，雪消阡陌。呜呼！翁真千古之冤，岂止一人之狱！翁视内亲，情由骨肉；今翁已矣，不可复续。聊举清樽，遥陈衷曲。呜呼痛哉！佺不能挽天以雪冤，宁不临风而长哭！"

祭毕，生愁苦无以自慰，遣秀郎访问两家寄迹之地。店主皆曰："入宫者入宫，流散者流散。只有一白面女子，身俊而雅，眉秀而长，香肩半匀，金莲甚窄，临入宫时留一缄，祝曰："新科祁解元来京，即与之。"生知为丽贞缄也，急遣秀郎以谢意索缄。生得缄开视，乃一诗也：

"八幅湘裙染血红，母流父死欲消魂。故人牵记鸳鸯梦，位显须开控诉门。自叹有天难共戴，应知无地再通恩。君心若似初相识，怜取蛾眉见至尊。"

果丽贞笔也，托生复仇。生得诗，痛人脊骨，魂不附体。每月白风清，浩然长叹，触景题情，无非念贞意也。有和贞韵一律，极尽哀慕之苦：

"淋漓衫袖血啼痕，不见多情几断魂。冷月笑人多伏枕，飞云为我渡长门。深仇可复宁辞力，偕老无缘竟绝恩。含泪羞消如意玉，倩谁传语赭袍尊？"

王如意，贞所赠也，生睹物思人，手不能释。每叹曰："丽贞，吾掌上珠也，今安在哉！"

时京师知生未娶，欲婚之者多，生皆不应。桂红劝曰："君取高科，岂有无妻之理？丽贞已入宫，无再会之期。他日仕途中议君溺于妓妾，不复婚娶，岂不重有玷乎？"生隐几垂泪，默然不言。红又谏曰："君以万金之躯，乃耽无益之苦，事出无奈，可别求佳偶，何仡意于难得之人耶？"生惟长叹不答。红因出汗巾为生拭泪，委曲劝之。生喟然叹曰："天下女子，岂有丽贞者哉？"红曰："丽贞固不易得，但多访之，或有胜于贞者，未可知也。君何绝天下之无人耶？"生曰："京城女子，我决不从。昔山中读书，感龚老之恩，以女道芳见许，后遇丽贞，遂失约。而道芳尚未受聘，不得已，其在此乎！"桂红谢曰："君可谓不忘旧矣。"即遣人归，以礼聘道芳。龚老以旧盟，送纳焉，但复曰："愿祁郎自重。余相祁郎当作三元，但眉生二眉，花柳多情，此亦阴鸳也。今已一元矣，后二元恐不可望。然连科危甲，位至三公，非世有者。幸以此言达之，以为他日之验。"

后生会试，名在第九。殿试拟居状元，但策中一段，颇碍权要：

"挟宫恩而居辅弼，半朝廷之官以为己随；酷刑法而肆贪婪，倾国家之财以为己出。山移日食，地震土崩，良有以也。"

时铁木迭儿以太后命为右丞，内外弄权，奸贪不法。见生策，大怒，遂以霍希贤为状元，而生乃探花也。将拜官，生辞不就命，愿请面奏。上召入，问曰："卿何为不欲官？"生奏曰："臣家素守清白，世受国恩，黄门待制，刺史稽勋，各有功绩，著在简端。独臣父为萧氏所陷，致使无辜。臣闻杀人之父，人亦杀其父。今臣既有不共之仇，又与冠裳之列，岂不上有忝于朝廷，下有忝于祖宗，中有负于所学？臣尚未娶，愿陛下念臣，一雪此冤，臣不惟不愿受官，亦愿终身不娶。"上闻之恻然，令侍御史往案其事。观音保知生微时已欲复仇，今不可挽矣。萧求于铁木迭儿，不能救，父子遂相继而死。

自是，金园、琴娘为众所欺，家日凌替，田产屋宇，消没殆尽。金园寄食于母家；琴娘遂为铁木迭儿所得，甚爱之。时赵子昂以诗画动天下，铁木迭儿每见子昂垂顾，必使琴娘捧砚，乞子昂之笔，子昂每呼为"玉砚儿"，铁木迭儿因赠焉，且曰："长使为君掌砚。"子昂笑曰："君子不夺人之所好。"铁木迭儿曰："君之笔，予所好也。以予之所好易君之所好，何不可者？"子昂因画五马饮溪图以谢之。又尝呼琴娘为"五马儿"，盖以五马图所易也。

及祁生拜翰林修撰，为子昂同僚。子昂每劝生娶，生曰："家贫无以为礼。"子昂甚怜之，叹曰："天使孝子受此穷独耶？"一日，于昂留生饮，半醉，与生联句，呼曰："五马儿捧砚来。"生心在诗，不暇他目，惟执笔而已。

"香郁金樽绿似油，几番沉醉曲城头（祁）。香云有态时时变（赵），野水无情处处流（祁）。好丑原来都是梦（赵），穷通常事不须愁（祁）。英雄自古多磨灭（赵），且向花前一醉游（祁）。"

　　琴娘时以眼视生。生忽见琴娘，遗诗不语。子昂曰："君尚有所思乎?"生曰："无。"子昂强之。生曰："心事不敢言。"子昂曰："如不言，罚以大觥。"使琴娘举觥于生前。生欲言不言，徘徊间，琴娘不觉泪下。子昂疑，强问所以。生不能隐，遂告以实。子昂叹曰："为萧氏婢，亦有救人之心，可谓贤矣。然君之故人，仆岂敢留?"即令肩舆送至生第。生感其思，作词以谢昂焉：

　　"玉堂风伯，醉后风流佳句得。忽见娇姿，泪眼凄凉捧玉卮。可怜病客，锦帐鸳鸯犹未结。重感瑶琴，不赠豪家只赠贫。"（名《减字木兰花》）

　　生见琴娘，问："金园何在?"琴曰："已还母家矣。"生叹息久之。

　　时蔡九五作乱，上命浙江枢密使张驴讨之。铁木迭儿恶生，累荐生为监军使。生与张挥旌策马，直抵贼垒，三战三捷之，贼众溃散。生因经略贼营，收其辎重及所掳妇女三千，各市其籍贯，放还。是夜，生喜功成，饮酒数斗，击剑而歌曰：

　　"一击剑兮定四方，星沉斗转兮夜苍苍。辞翰墨兮陷锋芒，功名奏凯兮殿天子之邦。安得美人兮共举觞，见我一笑兮为我解征裳。"

　　歌罢，见二军攘至帐前，相殴流血。生究其故，因放所掳妇女皆有所索，及一妇，自称宦家，且身无所有，军以势迫之，出一玉扇坠，二军争取，是以相殴。生见扇坠，叹曰："此徐氏故物，乃我所赠金园者，何以至此?"即令追其妇。妇至，即金园也。金园归母家，因贼至出逃，途中为贼所获。生纳之。

　　明日，生以捷书上闻，捷书中有一联云：

　　"臣等衣暂试于一戎，月连飞于三捷。鲸罪已戮，见东海之无波；氛气尽消，仰太阳之普照。"

　　捷书至，上方侍太后，太后捧捷书读，叹曰："军中有此笔，必出才子之手。"因问承旨赵子昂，子昂曰："此修撰祁羽狄笔也。此人自幼未娶，学识高才，且为复仇，孝行可加。今为监军使。"太后曰："求忠臣于孝子之门。此人既孝，则事君必忠，一战破贼，乃其小试耳。然而至今未娶，何也?"子昂曰："家贫无以为礼，是以未娶。"太后与上叹曰："使臣子贫而无妻，皆朕之罪。待班师，朕给以宝钞，再赐宫人四员，事彼归娶，以彰朕厚赏之恩。"遂即降旨班师。

　　生至京，得闻上意，密谋于宦官续无晖曰："上欲赐臣宫女四人，臣，吴中人也，有新入宫者，亦吴人，廉氏名丽贞，乞查访，得赐，当效犬马。"晖曰："鄙人有梅竹图，得君佳句，即效力如命。"生即题曰：

　　"漏泄春光有此花，冻雷惊动亦萌芽。九天雨露冰姿莹，咫尺云霄凤尾斜。青锁晓临闻禁笛，紫宸朝罢玉冲牙。高堂清逸悬图处，不比寻常力士家。"

元晖喜，即入宫。及出，见生曰："宫人十余，不能尽齿颊，将安得耶？"生不言久之。继而喜曰："我有玉如意，乃此人旧物，君持入宫，彼或见此，必自诉也。"元晖持而复入。过一侧殿，果一宫人见而问曰："此物何来？"晖曰："此吾友所赠也。卿何相问？"宫人曰："友为谁？"晖曰："祁修撰也。"曰："非羽狄乎？"曰："然。"宫人问未完，即流泪。晖曰："卿非廉氏丽贞否？"贞惊曰："君何识妾名？"晖告其故。贞大喜，即与毓秀、晓云共以金赠晖，皆求赐出。旁一宫人，亦关中女也，知贞等谋，亦愿出金求赐。晖并许之。及生见上，上果赐焉。

生受赐，谢恩还第，惟以得贞为念，不意秀与云皆与焉。相见，抱头号哭，悲泪交集。贞、秀与云收泪相拜谢。其一女尚掩面呜咽，生怪而问之，乃陆娇元也。自为舟人所逼，即欲赴水，舟人恶之，卖与一富家，富家有女该宫人，其母不忍，乃匿其女，而出元代焉。元自湖口别生，经历万苦，不意复得见生，是以惨甚。生再三抚慰，同载而还。

锦缆牵风，开墙漫水。白云江上，咿咿一棹笙歌；碧树滩边，泐泐半帆山色。心悬离合，情集悲欢。生命钩帘设宴，言笑恰然。酒半酣，生抚丽贞肩，叹曰："我与卿不意今日有此会也。"贞曰："吾入宫时留诗奉君，已有'无地通思'之叹，今幸合为一家，昔日之盟庶不负矣。"生曰："仆和卿韵亦有'偕老无缘竟绝恩'之句。今事出于无心，而凤愿已从。则少年时遇玉仙子赐诗一律云'相逢玉镜台'，盖与卿等会也；又云'天朝赐妙才'，盖今日上之赐以卿也。其言验矣，吾与卿等焚香拜空以谢之。"及众拜起，见双鹤绕舟，半晌而去。生喜，即命酌酒。琴娘起舞，桂红雅歌，毓秀点板，金园吹箫，晓云拨筝，娇元捧壶，丽贞执爵，共劝之曰："今日之乐，亦非寻常，愿君酩酊。"生曰："诚奇会也，因当一醉。但无诗不可以记胜，予为首倡，卿等继之。"

"把酒欢良会，犹疑梦寐中（生）。姻缘天已定（云），离合散还同（贞）。历难投金阙（元），留恩免剑峰（园）。狂雷中露发（秀），深院隔墙逢（红）。梅老莺初壮（贞），衾寒日已东（琴）。玉堂金挂绿（生），粉脸昔题红贞）。痛母心千里（秀），私恩拜九重（云）何方吴与越（琴），谁料始能终（元）。歌舞惭多辱（红），兴衰觉乱衷（园）。大家须一醉，何必诉穷通？"

生曰："琴娘之'吴越'、金园之'兴衰'，尚有恨耶？"琴、园谢以无心，各举爵奉生。生饮之，不觉沉醉。乃即舟中设长枕大被，众女解衣拥生而寝。生眷恋之情，人各及焉。

明早，过陈夫人宅，生登涯访之。陈甚喜，令孔姬出见，视生微笑，各理旧情。不意陈族中及外人皆知之，生乃避嫌还舟中。时差人馈答往为，凡三日，道姑宗净等知之，恨生不至，且与陈因生结仇，绝不往来，难以就陈见生，惟与众道姑怅恨而已。

时有道士刘志先，乃蔡九五党也，有妖术，因蔡败逃匿院中。宗净素知刘有术，请计于刘。刘曰："不难，夜即诛陈。"众不之信、是夜，祁生以绞绡帕寄诗于陈，陈方坐灯下读诗，因呼孔姬，语曰："祁君以此见寄，情亦切矣，奈不可近何！"

"数载想思窈窕娘，临风几欲断愁肠。而今久泊孤舟待，咫尺无缘到枕旁。"

孔姬未及答，忽户外有兵戈声。方欲趋避，忽然见一人长丈余，手持双斧，身披甲胄，发赤面青，形状其怪，向前喝曰："谁为陈也？"陈疑其盗，跪而告曰："妾，陈氏也。将军用宝，任将军取之。"其人曰："奉刘元帅令，取汝首级，焉用宝为。"言罢，斩陈首悬腰驰去。

孔姬合家惊倒仆地，不知所以。至晚乃苏，率婢辈同奔生舟，告以故，生遂匿焉。即令人访陈氏事。首级血流一路，直至院中。生知陈与院中不和，必为道姑所谋，托官府追究。各道姑惧祸，皆指刘。刘知不可脱，遂拥众作乱，杀伤官兵，不可胜计。

官府以变闻。上遣枢密使院判官章台督兵捕之。章即生之同科友也，将与刘战，请计于生。生曰："此人久处道院中，道姑必知其术，可先擒之。"章台令甲士擒宗净等数十余人。章究其术，众云："不知。"及加以酷刑，惟叩头流血，毫无所言。生往救之，宗净等已付军法，惟涵师与锡未受刃，急令止之。生曰："愿代君讨贼，以赎二人之命。"章回；"君能破贼，何惜二奴。"即令涵师与锡还俗归生。

生从容问锡曰："此贼在院所为何事？"锡曰："无他事，惟剪纸作戏具耳。"生曰："戏具何状？"曰："其状如甲胄之士。"孔姬在旁应曰："杀陈者，即甲胄士也。"生即入军中，令曰："人各持狗血一升。贼至，先以血冲之。"生乃自束戎装，以仙女所赠玉簪插于冠顶，且祝曰："玉香仙子曾云簪能解厄，今与贼战，宜卫我矣。"祝罢，即捣贼营，贼望生顶红光贯天，威风刮地，不觉失声而溃。生令军中冲以狗血，贼皆仆地。生就视之，皆纸人也。生命以火焚之，刘志先乃伏诛。残党七十余人，前舟人谋生者亦在内，生并斩之。遂与章别，发舟南还。章台崇酒于樽，作词以送之：

"千里故人，一尊席上，笑口同开。念五六年前，三千士内，随君骥尾，得占名魁。君受皇恩，妙龄归娶，一棹笙歌碧水隈。青霄立，见中天奎壁，光动三台。如君海内奇才，七步风流气似雷。况韬略兼全，两番灭贼，他年麟阁，预卜仙阶。沙燕留人，潭花送客，把手高歌一快哉。苍生望，愿早携鸳侣，共驾回来。"

时生归娶，妾媵女十余人矣。及道芳入门，恭敬自持，丽贞等甚畏之，而奴辈不

敢乱步。此亦大家之风范，才子之家箴也。生忆溜儿在狱，令人赍书至娇元母家，其父即以书告官，言："女在，与溜儿无干。"溜儿归，生以琴娘配之。

生娶毕蠹还京，恨铁木迭儿之肆恶，纠同内外监察御史四十余人，劾其"逞私国、难居师保之任"。上不听。铁木迭儿遂谋陷生，因出生为边方经略使。生即戎服跨马，以肃清边为己任。临行，吟诗以自誓云：

"三尺龙泉吐赤光，英雄千载要流芳。长驱直捣单于窟，烈烈轰轰做一场。"

生到任点军，残缺死者甚众。生查其妻小遗孤，编为一册。册内有一人与生同里间者，观其名，即陆用也。用以狡诈主母至死，遂问军。生以军令取用，时用以阵亡，其妻山茶入见。生问曰："汝夫既死，只身何托？"山茶叩首告曰："幸吴妙娘夫亦以贩卖官盐，问军到此，今其夫亦战死矣，而妙娘尚有私蓄，是以相依在此，苟全性命。"生曰："妙娘湖上之恩，乃我再生之主也。"即令人见。时分虽尊卑，而情同离合，会晤之顷，不觉泪下。生问妙娘："也否？"妙泣曰："恨无路耳。"生乃匿以为妾；山茶则以秀郎配之，将名概除之，以绝查究。妙娘曰："妾少为情客妻，壮为军人妇，年逾三十流落于此，幸君带归，不死足矣，敢借衾枕耶？"生曰："吾为重臣，美妾如簇，非爱卿色也。第卿乃始交之人，又有湖上之惠，岂为薄幸郎，身贵便忘贱耶？"是夜，挽妙娘同寝，喜甚，作《重叠金》词：

"少年一枕吴歌梦，春光怕泄惊相送。许久忆芳容，相逢湖水中。赠金知惠重，铭刻心尝颂。今日是天缘，难将贵贱言。"

生既得妙娘，即起马巡边，梯山航水，自北而南，名震蛮夷，威如雷电。一日，过廉、竹所流之地。廉夫人岑氏、竹夫人松娘已疾故矣，所存者，玉胜、验红及各婢耳。见生至，皆放声号哭，生亦恻然。玉胜挥泪问曰："闻二妹、晓云皆得侍左右，妾等不知生死，君宁忍耶？"生曰："卿等暂止此。待还朝，当为卿复仇。卿等与贞、秀会有期矣。"胜等拜谢，祝曰："此地非人所居，况无男子相卫，早一日归，乃一日之惠也。"

生自是边功名重天下。上颇知贤昙，擢生为招文馆大学士兼平章军国中书左丞相。后以英宗被弑、迎立晋王功，进开府仪同三司、上柱国、太师。铁木迭儿为太子太师，生乃劾其"诬杀忠良，奸贪不道，至陷廉、竹家小"。自是，玉胜、验红并两家婢妾，皆从生矣。铁木迭儿恨生，使其欢为御史者，亦劾生"享大爵而以事夷君为耻，诈巡边而以故军妇为妾"，盖指吴妙娘也。上不听。生喜，归语道芳。道芳回："功名富贵，皆有定数，人亦何为！"时丽贞侍侧，从容进曰："妾闻勇略震主者身危，功盖天下者不赏，君之谓也。君见欹器乎？满则覆。今君满矣，愿急流勇退，保摄天和，行歌花鸟，坐拥琴棋，不亦乐乎？"生闻之，豁然大悟，乃抱丽贞置之膝，两脸相亲，豁然叹曰："久沉宦海，得卿提醒。大丈夫弃功名如敝屣，视富贵如浮云，安用担惊受恐、拖朱紫为傀儡态耶？"恳乞天恩，力求致仕，赋诗《浩然》而归：

"浩然长笑一临风，解带于今脱鸟笼。此去溪山访明月，不来朝陛拜重瞳。诗书事业原无底，将相功劳总是空。尘外逍遥真乐地，早携仙侣醉花丛。"

生归，又娶美姬一二人，曰碧梧、曰翠竹，及而贞、玉胜、晓云等共十二人，号曰"香台十二节"。婢辈山茶、桂红等及新进者仅百余人。号曰"锦绣百花屏"。佩环之声，闻于市井，麝兰之气，达于街衢。生每夜暮，皓齿轻歌，细腰双舞，笙歌杂作，珍馐若山，红粉朱颜，环侍左右，虽南面之乐，不过是也。宅后设一圃，大可二百亩，叠石为山，器篱为径，峻亭广屋，飞阁相连，异木奇花，颜色相照，四景长春，万态毕集。生得游，必命侍妾捧笔砚，每至一处，必加题咏。然亦不能悉记，而吴中传闻者，止二三词而已。

《题绣谷堂》（词名《临治江仙》）

"帘卷华堂名绣谷，高山翠列如屏。四围风送珮环声。奇花千万种，松林两三层。山外有山山外水，水边山顶皆亭。绿阴斜径小桥横。眼前堆锦绣，何处问蓬瀛？"

《题筠溪轩》（词名《浣溪沙》）

"香销篱黄金地棠，风生水榭竹阴凉。小窗飞影印池塘。浪泼春雷鱼欲化，竹围山径凤来翔。暑天水簟即潇湘。"《题曲水流觞》（词名《天仙子》）

"春晓辘轳飞胜概，曲曲清流尘不碍。玉龙昨夜卧松阴，云自盖，山自载，偃仰屈伸常自在。浮筋更把兰亭赛，别是人间问世界。恍如仙女渡银河，溪虽隘，行偏快，只用光生长坐待。"

园内凿池，仅百余亩，内设六岛，每岛皆有楼、台、亭、榭，其制各异，石桥相连，下可舟揖，谓之"西池六院"。一院则使一二妾居之，二妾则以六婢事之。每院笙歌，昼夜不绝。

一夕月夜，生与道芳驾小舟遍游池岛，命各院八窗洞开，垂帘明烛，萧鼓低奏。清风徐来，水月相荡，时执棹者吴妙娘也，生命为吴歌，随波宛转，声若洞箫。各院皆以清笛应之，俨如鹤唳松稍，不觉尘骨皆爽。生乐甚，命酌酒，与道芳对饮。因举手托道芳腮，戏曰："今夜夫人兴动矣。"道芳正色应曰："夫妻相敬如宾，何戏狎如此！"生曰："夫人乃铁石人耶？"舟过一院，匾曰："碧香琼馆"，贞与云所居也。生因以手招贞，贞与云登舟。生曰："才得罪夫人，二卿为我谢之。"贞举爵劝道芳，芳却之。贞跪下，芳急扶起，曰："贞姐自重，即当强饮。"继而，晓云亦举酒跪奉。芳

亦扶起。谢曰："量不能矣。"生笑曰："量颇容人，乃不能容酒耶？"芳又强饮之。西南一院隔栏遥呼曰："妾未尝见夫人饮，愿下执壶。"生视之，乃玉胜、金园也。令取小舟渡至。亦各捧酒奉道芳，芳力辞。玉胜、全国劝曰："妾等樗材，恩承樛木，久涵饮德之恩，恨无涓滴之报。今借花献佛，望夫人少饮。"生亦劝曰："来意至诚，亦当少尽。"道芳乃啜其半。复强饮之，不觉香肌醉软，睡态渐增。生命卧榻设重茵绣枕，扶道芳寝。乃与丽贞推篷坐月中，飞觞浪饮，纵棹遍游各院，笙歌愈觉嘹亮。生曰："与卿等联句可乎？"众曰："可"

"筵开画舫夜初长（生），绝胜当年醉白堂（园）。水底明河斜转影（胜），云连新月细生光（贞）。诗盟不就君须罚（云），……"

生抱云戏曰："卿今夜欲罚我乎？尚记得床后小轩不能禁否？"云笑曰："此为验红所诱耳。"生以手插入云怀，摩弄其乳，春兴勃然，欲狎云于坐中。云曰："夫人在坐，愿公少待。"生曰："汝畏夫人乎？我当先狎夫人。"乃舍云而就榻，将欲解道芳衣；生醉后性急，忽动道芳佩玉一声，道芳惊醒。生抱而戏曰："如此良夜，适兴何妨。"道芳起坐，曰："侍妾满前，明月照目，不意海内名公、朝廷重宰，乃儿戏一至此耶？"生不答，惟求相合。道芳怒起，拂衣登岸。贞等劝生曰："夫人性重，欲与聚首，在妾院中可也。"生曰："然。"率贞等邀道芳同宿，使众妾即环侍左右。明日，生酒醒，但见玉人如砌，香雾冲帘，生心荡然，恣意纵欲。芳谏曰："公非少年矣，愿当自惜。"生笑曰："老当益壮，何借之有？"

自是，淫乐无所不至，或吟咏，或局戏，或清淡，皆与众妾在焉。一日，月上忘归，尝有诗云：

"共榻清淡花雾浓，并头联句月明中。起来一笑同携手，绣谷堂深烛已红。"

或宿一院，则各院送茶，婢辈皆待生睡，方敢散归。或生少出，则各院明烛待之，香薰翠被，任生择寝。或生浴，则众妾环侍如肉屏。或天寒，必三妾共幔。生之家事，各有所司，生不自与，惟吟风弄月、逍遥池岛而已。

一夕中秋，月明如昼，生方与众妾泛舟，忽见西南祥云聚起，鸾鹤旋飞，空中隐隐如有鼓吹。顷间，红光照水，香气逼人。生与芳等视之，见一女子立涯上，呼曰："祁君，妾复来矣。"生停舟相接，乃玉香仙子也。玉香自袖中出丹一帖授生，且曰："令家人分服之，皆可仙矣。况道芳乃织女星，贞乃王母次女也，余皆蓬岛仙姬，不必尽述。今欲缘已尽，皆当随公上升。"言毕而去。

生自是飘逸有登天之志，绝欲服气，还精固神，举足能行空，出言可以验祸福。人皆异之。后携芳、贞等人终南山学道，遂不知所终云。

古杭红梅记

唐贞观时，谏议大夫王瑞字干玉，乃骨鲠臣也，出为唐安郡刺史之任。有二子，长名鹏，次名鹗，皆随焉。

鹗颇有素志，处州治中，红梅阁下置学馆读书。阁前有红梅一株，香色殊异，结实如弹，味佳美，真奇果也。郡守见而爱护之，每年结实时，守登成以数标记，防窃食者，留以供宴赏、馈送，抵待宾客。是以红梅畔门锁不开，若遇宴赏，方得开门。

忽一朝，阁上有人倚栏，笑声喧哗。门交回报，恐是宅眷之人，又不闻声音，遂立阁前看视，则封锁不开。惊诧而回，急报刺史。开锁看之，杳然无人。只见壁上有诗一首，墨迹未干。诗曰：

"南枝向暖北枝寒，一种春风有两般。凭倚高楼莫吹笛，大家留取倚栏干。"

郡守见之，嗟叹良久，乃曰："其诗清婉，无凡俗气，此必神仙所题。"遂以青纱笼罩之。或遇宴赏，郡中士夫争先快睹，皆称盛事。自此门禁甚严。

忽一日设宴，王鹗与先生李浩然登阁。是时红梅未有消息，鹗倚栏曰："顾盼上诗，意清绝，是谁为之？然未有佳效。"浩然曰："何也？"鹗曰："我观其首句'南枝向暖北枝寒'，今小春十月，安得南枝向暖之状貌也？"遂以手指红梅而言之曰："何不便开花，以实前诗？"以手指处，红梅遂开，清气袭人，莹白夺目，顿觉身在仙境也。鹗惊骇。浩然曰："非为怪异，乃百花之魁也。"以诗赠鹗：

"南北枝头雪正凝，因君一指便霞蒸。从知造化先逞瑞，来岁巍科必首登。"

王鹗告先生曰："蒙赐佳章，期望不浅，未敢续貂，伏惟请益云尔。移植扬州入秘神，孤根一指便回春。姑仙应解寻芳意，先发南枝赠故人。"

浩然叹曰："览此诗，前程未可量也。"久之，同下楼，秉烛，各回书院。

夜到半，鹗独坐于书帷之中，焚香诵读。鹗性孤洁，只留一小童相随，不觉城楼更鼓已三鼓矣，将解衣就寝，忽闻有人声，鹗曰："是谁？"乃是一女子之声，应曰："妾乃门者之女，灯下刺绣鸳鸯宿莲池，莲池绣未完，鸳鸯绣未了，适值雨骤风颠，银灯吹灭，辄至书帷，告乞灯火。念奴至此已立多时，见君气吐虹霓，胸蟠星斗，书声

越三唱之丝桐，咳唾倾囊中之珠玉，治唐虞而驾秦汉，师孔孟而友曾颜，奴亦乐道喜闻，不敢间断君之书思也。候君就寝，乃敢叩窗，辄欲借灯，不阻乃幸。"王鹗闻其吐词美丽清雅，颇有文士之风，疑非门者之女也。女子曰："奴生长于斯，况前守于此置有学馆，奴供洒扫，接见贤豪，剽窃词章，暗阅经史，日就月将，亦心通焉。食麝柏而香之美也，无足怪焉。"王鹗曰："才学如此，想必能诗。"女子曰："略晓平仄。"鹗曰："请灯为题。"乃呈一诗云：

"无情风雨扑银缸，乞火端来叩玉窗。恨隔疏棂一片纸，却将鸾凤不成双。"

诗毕，女子复吟一绝，以答王鹗云：

"闻君未觐意何浓，才子佳人不易逢。只为乞灯当午夜，便劳宋玉咏高峰。"

王鹗闻之，神思淫荡。见女子有怜才之心，而鹗有愿得之意。但恨窗前阻隔，莫尽衷肠，遂作一诗以见其意云：

"蓦闻诗句最钟情，便欲寻芳与结盟。可奈书窗灯影隔，惜花空自梦瑶英。"

女子曰："君既有惜花芳心，何为教人独立于窗外乎？"乃吟一诗云：

"独立更深体觉寒，隔窗诗和见尤难。合欢既肯将花惜，对面何如冷眼看？"

王鹗高举手，持灯于窗隙之间照之。见女玉容媚雪，花貌生春，衣云袖以飘飘，顶霞冠而烁烁，神仙之艳质，绝代之佳人也。王鹗曰："人耶？鬼耶？故来相戏尔。吾乃朝臣子弟，廊庙才人，恪守不谈鄙陋之言，佩服不私暗室之语。一失士行，万瓦俱裂，名教之罪人也。适来赋诗之根源，非汝借灯，特是戏谑之言，原非本情。我心如石，不可转也，淫戏非所愿闻，汝宜速回，无贻后悔。"女子答曰："奴亦非人非鬼，乃上界谪降仙子也，适为蓬莱上客，骖鸾舆而游三岛，驾鹤驭以访十州，经过蜀郡，乃于云际闻君弦诵，特伫以听；隔窗外而见郎神气清爽，玉树琼枝，骨格孤高，原非尘埃中人。妾为宿缘仙契，固非偶然，愿奉箕帚之下尘，以和鸾凤之仙侣，尔亦如弄玉之于萧史，琼姬之于子高，上元夫人之慕封秀士也。妾言已出，君且勿疑。"王鹗曰："此非仙侣之言也。我闻神仙居溟漠之洞，处无虚之乡，爱太极之门，住蓬莱之岛，同天地之寿，餐日月之光，世界破坏，此身不毁。吾今见汝以丝帛之服饰身，以淫乱之言惑人，色念不消，花心犹在，何得为神仙乎？"女子答曰："君言非道理之言也。妾闻天地之大，岂偶然哉！日月交光，阴阳相游，上至天仙眷属，不异人寰，下至草木昆虫，岂无配偶？婴儿少女，存大道之玄机；乾覆坤载，作万物之父母。而以独阳不成，孤阴不生。郎是儒生，穷理多闻，廉耻四维，固不可不张，大道玄门，亦不可不度。妾虽仙侣，降谪凡世，与君凤契姻缘，今当际遇，布露再识，无用多疑，永夜良宵，敢告子识。"鹗曰："既是流品与鹗有缘，奈严君在堂，家法整肃，何况为

人之子不告而娶非礼欤?"女曰:"礼固然也,男女之情,虽父母亦有不可间断。郎与先生李浩然阁上之诗,则妾所愿也。君指'首句谁为之,无有佳效',妾领君言,故发南枝,满春色于花间,寄芳心于言外。君寓意作诗以挑之曰'姑仙应解寻芳意,先发南枝赠故人',妾本仙质上品,南宫仙属,我见君诗,已见先有情矣。是时妾在阁上,为先生李浩然在傍,不敢求见。今夕私逼,岂偶然哉?君如肯点头领妾之意,妾意降志以侍君子。妾有大药,可驻君颜;妾有大道,可赠君寿。同日与君入蓬莱,居长生馆,坐龙车而游三岛,驾鹤驭以访十州,食王母千岁之桃,饮麻姑琼液之酒,享物外逍遥之乐,结天下无尽之缘。过隙白驹,乃人间之光景;黄粱槐国,实昨夜之悲欢。生死轮回,立而可得。利禄如蝇头蜗角,郎且勿贪;山家有凤舞龙吟,君宜静听。比时取舍,可自裁之。"鹗曰:"天道甚远,吾不能知。今日相逢,誓不及乱。鹗有素志,平生不敢犯慎独之戒,且好德不好色也。"遂灭灯拥衾而坐。仙子推门,不得入,乃扣窗再嘱曰:"君已无情见拒,奴亦暂且告别,他日再来。"抱恨而去。鹗通宵不寐,书窗渐明,方下榻而观。案下有诗一绝云:

"尽道多情反薄情,南枝空自叹芳英。萧生若有神仙骨,好共乘鸾驾玉京。"

鹗只疑是妖魅,恐为所惑,不足介意。

次夜,又闻东阁有人歌红梅曲者徐徐而来。细听其声,乃昨夜女子之声。鹗遂灭灯就寝。其曲乃《减字木兰花》也:

"清香露吐,玉骨冰肌天赋。素质玲珑,微抹胭脂一点红。迥然幽独,不比人间凡草木。移种蓬山,解使傍人取次看。"

曲罢,继诗一绝云:

"一谪人间已有年,暂抛仙侣结尘缘。多情却被无情恼,回首瀛洲意惘然。"

诗罢,复来扣窗。王鹗不应。女子曰:"人非草木,特甚无情,一失机心,终身之恨。"徘徊窗下,往来叹嗟。又曰:"郎心匪石不移,妾意繁花撩乱,君非美玉之品,亦非封侯之徒。"怒骂而去。不觉鸡声报晓,楼阁初残,则听窗声,沓然无迹。

鹗乃整衣下榻,又见案上一幅花笺,观其字如凤舞龙蟠,翰墨潇洒。其诗曰:

"谁道仙姬不嫁人,请看弄玉与云英。料君未有封侯骨,敢问君王乞与卿。"

鹗见诗意谓昔云英弄玉之事,又闻昨夜怒骂云"君非封侯之徒",而欲求神仙配偶之意。"情思相感,昔已有人,今何不然?"乃思刘晨阮肇天台之游,慕阳台宋玉之事,独行独坐,如醉如痴。窗前绝弦诵之声,梅下注相思之泪。焚香静坐,遐想缅怀,欲一再睹仙子,不可得也。乃吟一绝以惆怅云:

"当年错拒意中人,此日相思枉效颦。咫尺桃源迷去路,落花流水漫寻春。"

又于红梅阁下题一绝云：

"南枝曾为我先开，一别音容回不来。尽日相思魂梦断，雨云朝暮绕阳台。"

又于阁上眺望，徒倚栏干以吟风，笑咏桃花而卧月。

自此寝食日废，念兹在兹。而先生李浩然知其王鹗染红妖魅也，多方劝谕，勉之以诗云：

"书中有女玉颜新，感事寻梅太损神。恐有花妖偏媚眼，好呈彩服慰双亲。"

王鹗终不听，自此嗟叹悲泣，略无情绪。时绕梅边，如有所待，或见怪异，致被父母怀疑于心，恐有他事，遂移王鹗寝于中堂，千金求医，多方疗治。旬余稍妥，饮食渐进，举止如常。

忽一日，鹗又独步红梅阁下，惆怅不已。特见梅花自开，芳枝斗艳，寒蝉噪于疏影，清风袭人暗香。忽忆壁上之诗，依前诵"南枝曾为我先开"之句，今物在人非，不觉泪下，遂望南枝别作一绝云：

"风流业债告人难，女貌郎才好合欢。今日花开人不见，几回肠断泪阑干。"

诗毕，又作《减字木兰花》词一阕云：

"素英初吐，无限游蜂来不去。别有春风，敢对群花间浅红。凭谁遣兴，写向花笺全无定。白玉搔头，淡碧霓裳人倚楼。"

作罢，见树上有一幅花笺，遂用梅枝挑下。乃一诗云：

"知君情梦慕瑶芳，我亦思君懒下床。只恐临轩人不顾，令人道是野鸳鸯。"

王鹗看罢，诗意谓定约今宵欢会，乃下阁复归书院，喜不自胜。预设绮席，薰降真香，排列酒肴，以候仙子之至。

遇夜，果来。鹗乃燃烛，肃敬迎之书帷中，叙间阔之情，分宾而坐。仙子笑谓鹗曰："前日相拒，非君无情。今日相会，莫非良缘？"王鹗答曰："恨无仙骨，多有夙愆。初时拂逆仙颜，深为冒犯。自愧沉沦业海，以致仙风迥隔，恐万劫难逢。岂期再睹玉颜，从此再无相负。"仙子曰："妾初瞻仰之时，知君素有仙方，偶会期愿可谐，尽在天上人间。惟君神契，妾意是思。今睹忆念，果金石不移。味其诗词，又心口相应。与子偕老，地久天长。"鹗再拜赋诗云：

"敢将风质伴仙俦，同坐云车玩十洲。今日幸谐鸾凤侣，桑田变海此生休。"

仙子曰："初见君颜，缘尚未偶，今日知君情意坚，确信是天缘，非人所能合也，妾敢因辞哉！妾有仙家酒肴，长春美酝，千岁松醪，瑶池蟠桃，天苑仙果，王麟白兔之脯，龙肝凤髓之馔，愿奉君前，惟情所愿。"但将碧玉簪敲身上所系佩玉数声，俄有青衣二童子各持金卮玉斗、嘉肴美馔，罗列于前。果非人世间所有之物，自是仙家异色品味也。鹗因问曰："仙子名籍，属何洞天？"仙子曰："妾乃是南宫品仙也。每至三元日，降下凡间，随意游赏。见郎君精神爽异，才思孤高，契妾夙心，愿谐仙侣。正谓在天愿为比翼鸟，入地共成连理枝，每携手以同行，长并肩而私语，天地有尽，此誓无穷。"遂解衣就寝。仙凡胥庆，始觉人间玉绳遗转，银漏急催，却早城乌啼晓，扶桑鸡唱，欢情未厌，离思复牵矣。

仙子晨兴，急整霞帔，忙穿绣履，乃别鹗曰："妾获倚书帏之谐，素望后期未卜。"离情缱绻，不忍别去。许以七夕复会，遂以分袂，命驾云车。行间，又谓鹗曰："君欲知妾之名姓否？妾乃张氏，小字笑桃，籍在琼楼，别有名号。君宜记之。"言讫出户，望东北角腾空而去。

后至七夕之夜，王鹗瞻候，仙子果至。鹗笑而迎之。遂携手而书帏，再叙归欢。仙子言曰："妾暂赋《式微》之章，君忽恋人间之喜，故来见辞。"鹗曰："何弃我速乎？"仙子曰："奴赴此期，恐负私约耳。若失大信，将何面目以见我仙侣乎？虽是暂别，何用增悲，既谢留别，难为割舍。妾欲与君同赴华胥之约，可乎？"鹗曰："凡愚下质，梦不到于仙宫，既许同游，愿尾车尘之后。"

仙子遂以手携王鹗之手，同行碧落之中。鹗神思恍惚，见侍从数人，体貌妍丽。忽见二只白鹤从空而来，请仙子、王鹗乘之，向空而去。

至云端，见琼楼鹤绕，碧殿鸾翔，奇花开春，鸣禽和日，真仙之境也。俄有一青衣玉女来，迎入仙府。有命："置宴于碧霞殿。兹者承劳仙眷远来，筵中以添座位，用敢奉邀，幸望惠然。"鹗曰："主人情重。"遂同望至碧霞殿。主席者，乃房杰仙子也，不施铅粉，自有仙姿。主席者先为笑桃叙间阔之情，次及鹗。鹗曰："鹗乃诗书寒儒，簪缨孺子，不期庸质，误入洞天。既获瞻承，易胜荣幸！"主席者答曰："妾姓房名杰，今日之会，喜遇佳宾，愧无倒履之迎，幸有投辖之饮。"又令左右青衣往玉英馆请诸仙主座。须臾，仙女十数辈皆来，披霞佩露，绝质奇容，前揖主席，次与笑桃叙久别之怀。乃与王鹗相揖，排列而坐，开樽酬酢，酒已三行，主席者曰："我辈前列仙品，各有仙局所拘，每以邂逅为期，岂料有此佳会。乃蒙君子不鄙而访临，决匪人为，实惟天幸。然所居之馆名崇英，又有玉英之馆，以众仙女所居。各座仙女，名曰柳梅卿、宋梅庄、王兰素、韩婉清、李渭琼、凡梅英等。今日筵中之酒，其品有三：一曰透天酡，可驻人颜；二曰碧玉浆，令人智慧；三曰白梅香，令人增寿。今酒已三行，吾辈各举前日阁上所题之诗，曰：'南枝向暖北枝寒，一种春风有两般。凭枝高楼莫吹笛，大家留取倚栏杆。'"房杰曰："果是出尘之句，实符今日之仙会也。杰敢续貂。"乃和其韵：

中国禁书文库

国色天香

"朔风晴雪对严寒，南北枝头总一般。向暖让人先去折，耐寒有令不须干。"

合座称赏，曰："杰旧日佳章，予不敢及。今日之诗，幸逢敌手，愿和以示鹗。"云：

"冰肌玉骨不知寒，酌酒探花态万般。吹彻风箫还起舞，参横月落满栏干。"

众仙称贺，才调清雅，一座尽吹。鹗已中酒，群仙姊妹俱起舞于前，殷勤相劝。鹗又强饮，乃至大醉。群仙曰："华胥僻陋，谢君访临，此会千载一遇，愿得佳章，用光此席。"鹗曰："仆虽不才，唯命是从。"乃作诗一绝云：

"喜随驾鹤会群仙，济济仙才尽出伦。相庆佳期觞咏处，不知谁是惜花人？"

仙女看诗，相顾而笑曰："谢君佳作，甚有余味。"酒已罢，乃随众仙登阁玩赏，见红梅甚发，大胜于前。众仙觅诗，鹗又赋云：

"误入华胥喜结盟，倚栏还欲赏梅英。题诗聊索仙成美，谁道无情却有情。"

众仙见诗，皆含笑相谢。惟笑桃改容，谓鹗曰："何酒后把心不定，乱发狂言？"遂投笔砚于前。鹗曰："诗本性情，诚酒后狂妄也。"诸仙劝笑桃，令鹗再作，以解其温。鹗遂奉命，仍以红梅为咏，寓前日持赠故人之意云：

"玉骨冰肌别样春，淡妆浓抹总宜真。个中谁辨通仙句，折取南枝赠故人。"

笑桃见诗，且喜且怒，颦眉蹙面，谓鹗曰："君词清绝，始见郎君，奈何末句折我南枝，似乎诗谶，恐妾与君佳会不久！"鹗云："仙缘奇遇，正望情如胶漆，生则与子同处，死则与子同穴，何怒如此，欲遂生离？"笑桃曰："郎是梅树，妾犹花也，折以赠人，可乎？"次又谓鹗曰："生死离合，自有定数，亦非人所能为。果应折取南枝，使妾之心进无所望，退无所守，虽欲再与君遇，不可得矣！"遂放声大哭。玉颜声娇，坐客闻之，莫不流涕。鹗曰："醉后诗词，有何足凭？仙子之言，果为诗谶，岂折南枝系仙子身命之所在耶？"鹗乃再赋一诗，以解其怒云：

"春风勾引上瑶池，共赏琼芳醉玉卮。寄与花神须爱护，冰壶留浸向南枝。"

群仙怒曰："碧霞之殿，华胥之仙馆也。南宫之仙，我之姊妹也。为君有仙骨，故以身相托，游君以华胥，饮君以琼液。蓬苑之仙花，可为轻易折以与人？狂生之喜，酒之过量也。"遂令众仙推鹗。鹗乃惊醒，身已在红梅阁下矣。

时画角催晓，玉龙东驾，天外清风徐引，梅边香风袭人。鹗心绪恍惚不堪，起造红梅阁上，即见仙宫所赋之诗，皆题壁上，墨迹未干。复望阁下，红梅花开满枝，唇轻点绛，面莹凝酥；稍南一枝，独出群花之外。鹗曰："夜来所言折取南枝，此身坠于阁下，情人何在，不得同归！"遂大怒，欲折之。其枝稍高，手不能及，便阁下呼一使，令折取。其花忽堕数片于阁前，次第相成一韵：

"昨夜蓬山共赏春，惜香怜玉最相亲。东风好与花为主，可折南枝赠故人？"

王鹗看诗未毕，其使将南枝折下矣。

鹗将花枝持归书院，以瓶贮之，痛惜流涕。是夜，闻人扣窗，鹗料是笑桃之来也，乃出迎之。见笑桃蹙眉皱黛，粉褪红销，举止无聊，语言失序。鹗惊谓曰："仙子何为苦恼狼藉如此耶？"笑桃曰："为君坏我南枝，今妾何计归故园邪？在侍女分离，委欲以侍情，郎有堂君在上，必不相容，进退无路，去止两难。"王鹗曰："既无归路，正契仆情，幸谐同衾共枕之乐，安得有再来忽去之理？"笑桃曰："两人同心，誓不殊改，岂不知桑中之奔为女子之耻，不告而娶为男子之非乎？"鹗曰："父母虽严，心常爱我，以我恳告，必相怜悯。倘得允从，与子偕老，实所愿也。"仙子曰："若谐素愿，与子相偶，不惟大有益于君，令君取富贵如反掌耳。"鹗曰："愿得成双，何言富贵乎！"

鹗遂入阁拜夫人。夫人曰："何谓也？"鹗曰："见有犯理之事，冒罪恳前。数日前遇仙女，已许鹗为配偶，其缘已谐，既无损于身，且有益于儿，为天上之仙俦，非图人间之富贵。伏愿容许，以伴读书，而亦可进取，誓不别娶。"夫人惊曰："儿想被妖精之所惑，故来发此狂言。果是神仙，岂染此凡俗？汝且远之，勿以介意。久则夺尔神气，坏尔形质，死在须臾，堕入鬼录。父母养尔成气，袭箕帚之业，惟不知汝心何为如此也！"

夫人告于谏议，谏议曰："我有法术，能制妖祟；从鹗之言，请试之。乃备大礼以迎新妇，大会宾客，先求有道仙官书灵符，候新妇至，和降真香沉香而焚之。果是神仙，何得畏惧？若是妖邪，岂敢进前！"

遂择日与鹗纳妇，书请群僚，云："新妇幼小，养在宅中，今日长成，宜其家室，故请同僚同光此席。"众僚各备礼相送，谏议辞不受贺。乃集众官僚属，酒已三行，及烧斩邪符篆，焚降真沉香，令新妇出。笑桃同鹗拜于筵间，亦无所惧。新妇乃顶玲珑凤冠，摄玎珰玉佩，长衫大袖，淡饰雅妆，绣履踏月，执扇掩面，侍女扶持，相参礼拜，从容中度，殊无失节。合属官僚皆称贺。众议曰："新妇新郎，真神仙中人也。"须臾，左右侍从捧玳瑁盘，进百花鲛绡两端，上奉翁姑；遗梅脑一盒，以奉从僚，香味袭人，非凡间之物。郡中士夫百姓，皆欢欣鼓舞。宴罢宾客，谏议谓夫人曰："我家三世奉善，誓不杀生，处事平正，传家清白，以慈祥接下，天遣仙女以配吾儿，果无疑矣。"自是养亲以孝，勉夫以学，出言有文，治家有则。

当年朝廷选士，鹗以进身为重，昼夜攻书，忘餐废寝。笑桃谓鹗曰："何苦如此？"鹗曰："进取之法，以苦为先。正扬名以显父母之时，苟不劳心，实为虚度此生矣。"笑桃曰："我为君先拟题目，令君得预备应试，可乎？"王鹗曰："试官不识何人，子却

先知题目，亦不妄邪？"笑桃遂怀中取出三场题目示鹗。鹗曰："子戏我乎？"笑桃曰："君勿见疑。"鹗遂日夜于窗下按题研穷主意，操笔品题。数日间，思索近就。笑桃谓曰："君文虽佳美，愿为君赋之。"略不停思，一笔而就。引古援今，立意造辞，皆出人意表。鹗惊异之，叹曰："真奇绝尘世！"遂熟记焉。试期之日，鹗别父母及笑桃而行，笑桃谓之曰："前程在迩，切勿猖狂。"

鹗到东京，领试题，皆笑桃所拟者。就便上卷，并无涂抹改易。主考咸称"文章老健，必有神助之者。"称为奇才，大魁天下。

鹊既得意，泥金之报，殆无虚日。忽御笔诏授眉州签判。鹗归辞父母亲戚，携笑桃之任。前眉州太守已替，新太守未来，遂权郡印。

忽一日，有守门吏报云："有一秀才，姓巴名潜，言与权郡有亲，故来相访。"遂至厅上，乃见其人顶平目深，高唇长舌，鬓卷发长，其容貌虽粗俗之常人，其言语乃文章之秀士，一进一退，灿然有礼。王鹗曰："素昧平生，有何姻眷？"秀才曰："潜本巴郡人，寄居眉州三峰山下读书，积有年矣。为与汝夫人有亲，故至于此。一日权州到任，失于探问，不得讲探亲之礼，幸恕狂率。请略告夫人。"

鹗遂入宅，谓笑桃曰："有一秀才，姓巴名潜，言与夫人有亲。"笑桃闻之情思不乐，谓鹗曰："彼乃妖精，急以剑击之！"秀才见鹗急来，有杀气，指鹗谓曰："汝妻是我妻，未蒙见还，反欲害我。"便下砌走。鹗急遣人追之，不知所在。

鹗谓笑桃曰："彼何故有此事？"笑桃谓鹗曰："君相遇情好，恕妾之始末，不可不谕。妾乃上界仙花一枝红梅也，身已列于仙品。时西王母邀上帝，设宴，令仙苑群花尽开，以候上帝之观望。时妾适因群仙宴，酒醉未醒，有违敕旨，遂得罪，便令人将妾自天门推下，随落三峰山下。妾既推下，残命未苏，久之，遂依根于石上，附体于岩前，迎春再发，以候赦而复归仙苑。不意所居之地有一巨穴，中有巴蛇。此畜寿年千岁，乃聚土石之怪、花木之妖于洞，恣逞其欲。妾乃被胁入洞中，欲效欢娱。妾乃仙花，誓死不从。此畜爱妾貌美，又且畏天行诛，监妾于后洞。一日，此畜归巴中看亲，妾乃乘间走出洞门，复归三峰山下。斯时太守张仕远适来此山，见此红梅一株，香色殊异，乃移妾栽向阁之东。栽近月余，巴蛇归穴，探知其事，欲谋害张仕远以夺妾。张公乃正直之人，尝有鬼神拥护，无可奈何。一日，张公解任，除唐安郡守，爱妾此花，携之入蜀，栽于唐安郡东阁内。张公解任之时，则妾已得地，本固根深，不容转移，于是久住于蜀。妾遇君时，有姊妹数人，虽群花之仙，非品格之仙也。而妾乃居南宫，君旧折我南枝，曾为堕落。自此南宫既坏，我无可依。配君数年，男女已长，妾亦尘缘将尽，复居仙苑，异时为天上人也。"鹗闻之，乃思前日诗意折花之谶，

劝勉笑桃，幸无介意。

后数日，群僚请太守众官合宅家着聚往三峰山下游赏。笑桃闻邀同往，不肯前去。王鹗强之。至三峰山下，妓女列宴，笙歌满地，游人欢悦，车马骄阗。至暮，忽一阵狂风吹沙拔木，天地昏暗，雷奔雨骤，人皆惊避。乃见一大蛇从穴中而出，官吏奔走，鹗亦上马，令左右卫护宅眷以归。须臾，有一骑吏驰至宅内，急报太守："有一大蛇，形如白练，拥了宜人轿子入穴。"鹗举身内扑，哭不胜悲。

次日，令人往三峰山下寻觅踪迹，惟有红履在地。王鹗曰："此乃孽畜所害。"计无所施，乃急修书以报父母。

一日，郡中有一先生，衣鹿皮衣，来郡衙求谒。门吏不肯通报。先生叱门吏，直至厅前。先生揖云："知权州有不足之事，贫道故来解之。"鹗曰："我之不足，君安解之？"对曰："巴蛇害人性命，何不杀之？"遂请至阶，及坐，问："先生有何术可以御之？"曰："来日与君同往三峰山下。"

乃以壮士百人，直至穴前。先生画地为坛，叩齿百遍，望天门吸气，吹入穴中。须臾，穴内如雷声，其蛇乃挺身从穴中而出，身长五丈余，赤目铁鳞，一见先生，欲张口吞之。先生大叫一声，震动山谷，其蛇乃盘绕。先生取下瓢，下火数点。须臾，火起十余支，旋绕大蛇于火中烧死，白骨如雪。先生乃取火丹入瓢。鹗曰："感荷先生大恩，今孽畜烧死，已报其仇。欲得宜人尸骨归葬，吾愿足矣。"

先生遂与鹗领军士入洞中。行至一里余，见洞中峥嵘，朱帘半卷。先生将入其门，见仙洞高明，花亭池沼，绝无鸟迹，唯乱花深处，乃有群女出焉。笑桃亦在其列。鹗见笑桃，唤回："王鹗来寻宜人。"笑桃答曰："妾在此无恙。"鹗遂与笑桃并众人出穴，一同拜谢先生。先生曰："今日之事，满吾愿也。吾非凡人，乃三峰山下万岁大王。为孽畜居穴中，累被他害，终不能报，遂往名山拜求神仙，欲觅方术，蒙仙师授我火丹之诀。"言罢，只见大虎踊跃，大叫于三峰山下，先生忽然不见。

王鹗乃与笑桃并轮归州，郡僚宴贺。

未及半年，忽有吏报云："家有书至。"鹗开视之，其中云"汝可归毕姻陈氏"事。时笑桃在旁，见书泣曰："妾不负君，君何负我？"鹗曰："我前日修书奉父母，宜人已被害，而敬以达之父母，盖深惜痛之也。不意父母念我远宦，为给陈侍郎家婚姻，不知宜人复为先生救出。今当再修书以报父母知之，则可以速退陈侍郎家婚姻也。"笑桃曰："不可。前日报妾已死，今日报妾复生。若退陈氏亲事，则必问其事之由。既说巴蛇所驱，人必疑巴蛇所生子女之辱，当何言哉？有何面目归见翁姑？妾已随君有年，子女俱已长成，世缘已尽。妾所居南宫之地，今复修成，妾当归矣。君宜念妾所生子

女，宜加保护，毋以妾为念。君若不弃，异日红梅阁下再叙旧欢。"言讫泪下。王鹗子女相抱而泣，不胜其悲。笑桃辞王鹗，下阶，衣不曳地，望空而去。鹗追不及，抱子女哀哭，昼夜不绝。郡中闻者，皆为哽咽。

鹗愁肠如结，离恨如丝，携子女以入房，痛鸾凤之折伴，遂将郡印帖于僚属，乃携子女还家，以构陈氏之好。

鹗虽再娶，而意不满所怀，遂嘱托朝宰，改任向蜀。未几，诏授唐安郡尹。鹗喜，趣装，携子女之任。

未及半月，早到唐安。骑从拥后，旌旗导前，竹马来迎。受贺方毕，遂载酒肴，携子女，直诣红梅阁上，叙旧日之情。花艳重妍，鹗乃指梅谓子女曰："母当时临别约我来也。区区既到，何得无情？"子女号哭，鹗亦伤心，乃题诗于壁以记云：

"宦游何幸入皇都，高阁红梅尚未枯。临别赠言今验记，南枝留浸向冰壶。"

鹗乃画一轴红梅仙子，永为奉祀；伏愿男登高第，女嫁名家，地久天长，流传万古。

相思记

洪武元年，有冯琛者，字伯玉，成都府人也。其父冯缊，为元朝先锋，生琛于金陵，时至元六年庚戌岁。父丧，生幼恃伊舅氏养育。长至总角，颖悟聪明，词章翰墨，与世不相侔，特出乎人表。

未几年，南北盗起，生奔走流离，浪迹江湖，飘至临安府。时直殿将军赵或见生，大奇异之。赵公无子，进收为己子。生事之如亲父。公有女名云琼，幼丧母，公命庶母刘氏育之。年至一十三岁，同生延师教之。生愈加恭敬如亲妹，而琼视生亦如亲兄。

一日，生因思干戈不宁，恻然有感，赋诗以呈师云：

"两虎争雄势不休，回头何处是神州？一朝鼙鼓喧天动，万里尘埃匝地浮。白日豺狼当路道，黄昏烽火起边楼。何时南北干戈息，重睹君王旧冕旒？"

其师诵毕，自称曰："此子日后有大志，非常才也。"赵公亦喜。

将二载，刘氏以云琼年长及笄，遂乃令入闺房，习学女工。

一日，生在书馆独坐，见春风明媚，蜂蝶交飞，不觉惆怅，吟一绝云：

"桃花如锦草如茵，妆点园林无限春。蜂蝶分飞缘底事？东君应念断肠人。"

生吟毕，云琼在书馆后游玩，听其吟诗，有惆怅之意，悒怏不乐。

越数日，百花亭前牡丹盛开。琛往观之，琼亦在彼，遂同玩赏。琼问曰："'东君应念断肠人'，为谁作也？"生笑而不答，又将牡丹花为题，吟诗一首云：

"娇姿艳质解倾城，似语还休意未成。一点芳心谁共诉，千重密叶苦相同。君王爱处天香满，妃子观时国色盈。何幸倚栏同一赏，恨无杯酒泛芳馨。"

琼见诗，知生意属于己，乃一笑，叹息而去；回头顾生，惟不言焉。

生自此之后，见其姿容秀丽，其心不能自持。琼娘此后亦无心针指，时出游戏消遣。见蜂蝶纷纷，景物繁华，赋诗一首云：

"春色平分二月时，弓鞋款款步莲池。九回肠断无由诉，一点芳心不自持。灼灼奇花留粉蝶，阴阴枯木啭黄鹂。晓来闷对妆台立，巧画蛾眉为阿谁？"

琼有侍女韶华，颇巧慧，能讴诗，见琼长吁短叹，识其意而不敢问。一日，偶过书馆，生戏之曰："我万里无家，一身孤子，子与我结为兄妹，何如？"韶华答曰："贱妾卑微，何敢投君子？"生曰："无伤。"二人即拜为兄妹。自此之后，与生来往甚密。

一日，生问曰："连日不见琼娘，果恙乎？"答曰："娘子近来得一疟疾，倚床作《望江南》一阕。"生曰："愿闻。"韶华诵云：

"香闺内，空自想佳期。独步花阴情绪乱，漫将珠泪两行垂，胜会在何时？恹恹病，此夕最难持。一点芳心无托处，荼蘼架上月迟迟，惆怅有谁知？"

韶华诵毕，别生而去。生知琼有意于己，潸然泪下。

次日，赵公会宴，琼侍父侧，虽然视目往来，不能通得一语为憾。生归室，见宝鸭香消，银台烛暗，愁怀万斛，展转至晚，乃赋一律云：

"暗思昨日可怜宵，得见佳人粉黛娇。银海晓含珠泪湿，金莲微动玉钩摇。谢鲲从折机边齿，弄玉空吹月下萧。一笑倾城殊绝代，宁教不瘦沈郎腰！"

一日，生与韶华曰："我有手书一缄，烦汝送与琼娘，幸勿沉滞。"韶华接去，乃潜纳于镜奁内。

次早，琼娘梳妆见书，视之，乃《满庭芳》词，云：

"蝉鬓拖云，蛾眉扫月，天生丽质难描。尊前席上，百媚千娇。一点芳心初动，五更情兴偏饶。诉衷肠不尽，虚度好良宵。秦楼明月夜，余音袅袅，吹彻鸾箫。闲敲棋子，愈觉无聊。何时识得东风面，堪成凤友鸾交？凭鸿雁，潜通尺素，盼杀董妖娆。"

琼娘读毕，怒责韶华曰："汝怎敢传消递息？我与夫人说知，必难容矣。"韶华悲泣哀告。琼意稍解，乃曰："舍人何以知我病，送药方与我？当以实对。"韶华答曰："向者舍人与姜言曰'我四海无亲，欲与结为兄妹'。当时姜惶愧不敢当。复问：'娘子无恙乎'？姜曰：'因病，稍安'。姜复读娘子《望江南》词与听，舍人不觉泪下。至晚，以书令姜达焉。"琼曰："我虽未愈，不服此药，亦不可辜其美意。我回一缄以谢之。"

韶华即候琼作书毕，以诣生室。生见韶华，甚喜。生执观之，乃和《满庭芳》一阕，云：

"短短金针，纤纤玉手，闲将缓带轻描。描鸾刺凤，想象剔还挑。不觉黄昏又到，谁知玉减香消。鸳鸯思转辗，又忽至中宵。阳台魂梦杳，彩鸾归去，辜负文萧。美人生几，行乐陶陶。何日相逢一面，樽前唱彻红绡。知此时，芳心动也，愁杀盖宽饶。"

生视毕，不觉失魂丧志，莫知身之所在。

琼曰："彼时以我病愈，兄妹之情，喜之。"当时，韶华颇疑之，退而叹曰："人生莫作妾婢身，城门失火，殃及池鱼。后必贻祸于我矣！"自此，非堂前有命，不出于外。琼虽意恋，无由相会。

生自此之后，竟不得见，惟悴疲倦，饮食减少。夫人刘氏时加宽慰，生但俛首而已。

一日，夫人与侍妾数人，于后花园迎风亭上观赏荷花。琼推疾不出。夫人去后，琼潜至生室，问曰："兄何恙乎？"生泪下，不能答。琼曰："万事由天定，非由人矣。兄何故如此？尝闻夫子曰'贤贤易色'，古圣人所戒。"生曰："钻穴逾墙，吟琴折齿，妹独不知？"言未终，侍妾报曰："夫人至。"琼曰："且与告辞，情话难尽。翌日牛女佳期，妾当陈瓜果，暮与君登楼乞巧，以占灵配。"生诺。

至期，生乃赴约。刘氏命琼在堂行酒，亦召生与宴。不胜懊恼。仰观其天，轻去翳月，乍明乍暗，织女牵牛，黯淡莫辨。忽听樵楼鼓已三更，乃赋诗曰：

"几度如梳上碧空，缺多圆少古今同。正期得见嫦娥面，又被痴云半掩笼。"

次日，于堂侧偶见云琼，生以此诗示之。琼亦吟一绝云：

"停杯对月问蟾蜍，独宿嫦娥似妾无？今日逢君言未尽，令人长恨命多孤。"

琼自后作事，闷闷不已，女工之事，俱无情意。患病数日，家人惊惶，乃白刘氏。

夫人即唤韶华，曰："汝知娘子病源乎？"韶华不敢答。夫人问之再三，华无奈，只得白诸夫人，乃曰："娘子与冯官人相见之后，至今三好两怯。"

夫人即与公曰："尝闻男冠而有室，女笄而有家。今琼年二十，闺房之事，想已知之。自琛居于门下，亦有年矣。而琼岂无思念之心？妾观动静之间，俱有不足之意。不如早纳琛为婿，庶免彰人之耳目。"公大怒，不允；寻思良久，曰："依汝之言，必无惑矣。"时韶在侧，奔告于琼。琼令华告生。生喜，赋诗一首贺云：

"昨日窗前问简篇，银釭双结并头莲，当时似此非容易，今日方知岂偶然。红叶沟中传密意，赤绳月下结姻缘。从前多少心头事，尽付东流水一川。"

翌日，公或探生。生曰："投托门下，多蒙厚意，敢效结草之恩。"公曰："吾欲纳汝为婿，不知可乎?"生曰："既蒙有命，安敢不从。"遂喜而退。

越十日，公命媒妁行聘为婿。至期，屏开孔雀，褥隐芙蓉，花烛荧煌，歌弦管沸。生与琼拜于堂，一如神仙归洞府，郎才女貌世间稀。

饮罢，筵散，生女入洞房。象床瑶席，凤枕鸳衾。生与琼曰："昔暮娘子之心，每于花前月下，抚景伤怀。今日至此，非天缘何如!"琼曰："遇君之后，行无定迹，寝不贴席，今日天随人愿，获侍巾栉。但愿君子始终如一，则万幸矣。"琼拟蜂恋蝶意，遂以词云：

"翠荷丛里鸳鸯浴，碧桃枝上鸾凤宿。花烂枝上柔，俄惊一夜秋。百岁共和谐，相看奈汝何。"

生亦口占《减字木兰花》词云：

"调云弄雨，迤逦罗帏同笑语。春透花枝，一时相怜相爱，还了平生债。鱼水欢情，发下青丝结誓盟。"

越月，公被召，促装赴京，嘱托生家事而别。

越三月，公奏曰："臣老，不堪用。有婿冯琛，素怀异才，臣荐为国，非私也。"上大悦，遣使召生。

生与琼曰："蒙旨征召，暂与相别。"琼曰："相会未几而又遽别，奈何! 妾闻金陵胜地，多有歌楼妓女，切不可以留恋。"生曰："噫! 卿误也。我心犹如冰玉，后当自见。"言毕，即促行装起程。

琼令韶华备酒，饮别于郊外。琼握生手，相视大恸。生亦呜咽。琼曰："君今弃妾，妾无负于君。"生曰："今日之行，出于无奈。卿有是言，殆非以为陌路人邪!"琼曰："君无二心，妾何以报!"口占二首以赠云：

"鱼水欢娱未一秋，临岐分袂更绸缪。诉君不尽衷肠事，惟有潸潸珠泪流。

香闺绣幕恨悠悠，一片离情不自由。争奈君心似流水，滔滔东去不能留。"

生亦吟一律以答之：

"懒上雕鞍闷不胜，此心如醉为多情。空垂眼底千行泪，难阻天涯万里程。最苦凄凉冯伯玉，可怜憔悴赵云琼。

男儿且学四方志，铁石心肠作广平。"

思琼情不能已，又作《茶瓶词》云：

"忆昔当年相会，共结百年姻配。枕边盟誓如山海，此意千载难买。恩和爱，知何在？情默默，有谁揪采？妾心未改君先改，争奈好事多成败。"

吟毕，痛哭不舍。

生又扶琼至家，嘱韶华劝慰。次早，不令琼知而去。

琼晚见月界窗痕，风鸣纸隙，举目无亲，因作《临江仙》词云：

"明窗纸隙风如箭，几多心事多忘。荼蘼架下见行藏。交加双粉蝶，并肩两鸳鸯。岂知今日成抛弃，尪嬴减玉销香。谁与诉衷肠？行云空缥缈，恨杀楚襄王。"

生行不觉月余，未尝不思琼也。及见京畿将近，偶成一律云：

"冉冉时光日似梭，相思无计欲如何。五云缥缈皇都近，万里迢遥客恨多。愁望银河有织女，飞魂阆苑问仙娥。

金陵漫说花如锦，一点芳心只自和。"

生行至金陵，见上于奉天殿，上甚爱其才，即日除授为起居郎。一日出朝，因见便人，作书以寄：

"云琼娘子妆前：拜违懿范，已经月余，思仰香闺，动静行止，未尝离于左右。迩来未审淑候何如？琛至京，蒙授起居郎。谁料非才，幸际风云之会，得依日月之光。偶因风便，封缄以寄眷恋之私云。"

琼得书，一喜一悲。贺者填门，琼悲号不已，刘氏命具杯酌，弦歌宽慰。琼编《驻马听》，命韶华讴之，闻者莫不凄惨。自兹命无聊赖，鸾孤凤只，竹瘦梅瘴，面似梨花带雨，眉如杨柳含烟。因风凉月冷，影只形单，赋诗一律云：

"夜深独坐对残灯，默默怀人百感增。愁肠百结如丝乱，珠泪千行似雨倾。月照纱窗光皎皎，风摇铁马响铃铃。总藉夫人宽慰我，金樽漫有酒如渑。"

素娥善能言语，一日对琼曰："妾闻西湖鸳鸯失侣，相思而死，何谓也？"琼曰："汝戏我乎？"曰："既知，何不自思？"琼曰："汝不闻李白云：锦水连天碧，荡漾双鸳鸯。廿同一处死，不忍两分张。"素娥曰："谁无夫妇，如宾似友，至于离合，故不可测。《关雎》诗曰'乐虽盛而不失其正，忧虽深而不害于和'，是以传之于经。娘子朝夕哭泣，过于哀怨，倘有不测，将如之何？望以身命为重。"琼意稍解。恐生心有异，不能无疑焉，乃作古风一章以自慰云：

"忆昔与君相拜别，三月鹃声哀夜月。鸳鸯帐里彩鸾孤，惆怅良人音信绝。妾心如水水复深，妾泪如珠珠溅血。深院无人春昼长，几回独把湘帘揭。湘帘揭起双飞燕，燕燕差池相眷恋。令人感动心益悲，欲寄征鸿飞不便。文君空有白头吟，婕好漫赋齐

纨扉。君心若似我心回，妾亦于君复何怨！"

琼作虽非怨悔，相思之心殊切。抚景兴怀，时无休息。伫见征鸿北去，乌鹊南飞，寒蛩在壁，秋水连天，桐风飒飒，桂月娟娟，香残烛暗，枕冷衾寒。斯时也，空闺寂寂，人各一天，经年累月，有谁见怜？遂作《满庭芳》词云：

"皓月娟娟，青灯灼灼，回身转过西厢，可人才子，流落在他乡。只望团圆到底，反属参商。君知否，星桥别后，一日九回肠。相思无尽极，惨云愁雨，减玉消香，几回梦里飞扬。犹记山盟海誓，地久天长。春已老，桃花无主，何日遇刘郎？"

题毕，谓韶华曰："古之女，亦有如我者乎？"答曰："有之。如秦氏之丧身，姜女之死节，皆如此也。然悲欢离合，亦自古有之。若不惜其身，至于殒绝，亦或有之。"琼曰："汝之言，我非不知，但恨与生会合未久，遽成离别，恐作王魁负桂英也。"因而赋歌一首云：

"黄昏渐近兮，白日颓西。对景思人兮，我心空悲。云归岫兮去远，霞水兮呈辉。倏无光兮黯淡，月初出兮星稀。叹南飞兮乌鹊，绕树枝兮无依。人凭栏兮徙倚，追往事兮嗟吁。香消玉减兮，颜落色衰。陟高庭兮眺望，仍凝思兮迟迟。霜凋残兮落叶，雨滴损兮花枝。花委谢兮寂寂，叶辞柯兮凄凄。恨关山兮路远，极望兮天涯。自勉强兮假寐，风飒飒兮吹衣。奈好梦兮杳渺，忽惊觉兮邻鸡。何妆台兮抑郁，临宝镜兮惨凄。一鬟云鬓兮，为谁梳洗？兰心蕙质兮，空自昏迷。睹双飞兮粉蝶，听百啭兮黄鹂。何人生兮不若，嗟物类兮如斯。愧年少兮多别离，望美人兮空踌躇。"

韶华观其吟，亦掩泪，谓琼曰："娘子之意，恐生有'富易交、贵易妻'之谓也。若此者，可令人赍书与之，以察其动静可矣。何乃孤眠独宿，行吁坐叹，而自苦若此邪？"琼曰："书，不必也，自生别后，有诗十余篇，并录寄赠，以见我心。"即日遣家童，赍书抵京。

生得书，不胜欢喜，展而读之，皆琼之佳。制云：

"泪雨汪汪洒满衣，含悉强赋断肠诗。自从昔日相分手，直至今朝懒画眉。东阁尚怀挥翰墨，西园犹想折花枝。自君一去无消息，独对青铜怨别离。"

生读罢，不胜悲咽，遂差人接琼抵京。

琼谓韶曰："我今将去，妆从我去何如？"韶曰："妾幼倚夫人，居于内阁之中，亦生死相随。今夫人将行，妾愿随侍。"即日治装而去。

直抵金陵。离城五里许，生已预在郊外等候。琼至，既见，生曰："一别许久，不想今日复见仪容。"琼再拜谢，曰："妾女流也。不知礼法，荷蒙君子不弃，誓同生死。"言毕，即令乘轿归衙。

重寻旧约，再整前盟。生喜，赋诗一律云：

"朱颜一别已经春，两地相思各惨神。失意如今还得意，旧人偏觉胜新人。颠鸾倒凤情何洽，誓海盟山乐更真，寄语司天台上客，更筹促漏莫交频。"

绸缪间，不觉五更至矣。生整衣冠而进朝。

俄闻倭夷有警，上赐生为靖海将军。生即日承命，至衙，谓琼云："吾奉君命，领兵收贼，料有一载之别。汝保重。吾不敢久留，以缓君命。"于是率凤阳精兵四万，上亲劳军士。同兵部尚书于斌，左平章廖禹，复率羽林卫五十八万军马，旌旗蔽野，水陆并进。

生之英风锐气，时与倭夷鏖战。倭夷诈败佯走，生兵追之。倭度其半入，以精兵五十万，出其不意，同别道尾其后。官军溺死者无数，江水为之不流。生呼谓众曰："今天败我，非众人之罪也。第无以报效！"

生复招集残兵，整顿军旅，身先士卒。众乃奋身戮力，与敌鏖战，无不一以当百。倭夷大败。生喜曰："不意天兵之果锐也如此！"倭夷遂遣使臣求和。生恐有变，许之，奏凯而还。

上得捷音，天颜大悦，谓宋景曰："以赢败之兵入危险之地而能克敌者，皆卿之举荐得其人也。"景稽首拜曰："遇臣无琛之明敏果断，一得其人，不负臣下之望。"上曰："古有社稷之臣，今冯琛近之矣。"

生引兵入玄武门。上召生入丹陛。上尉劳之曰："克战之功，出于卿也。"生拜曰："陛下顺天行道，御物无私，臣下奉行政令而已，何功之有！"上即敕生为镇国大将军，赐剑履趋朝。云琼封为赵国夫人。金冠霞帔。夫荣妻贵，近臣未有。

夫何盛极有衰，天年不远，洪武七年甲寅岁十一月初一日壬戌，薨。病重之夕，执琼手云："吾负汝矣。路隔幽冥，不一相见也。"急呼家童燃灯，取笔题曰：

"九泉未敢忘因爱，一死无由报主恩。君命妾情俱未了，空留怨气塞乾坤。"

琼曰："君无忧也，不久当相见。"言未毕，生卒。

次日，大夫宋璟奏闻。上曰："天何夺吾玉之速也？"命礼部官具棺椁，拟以王礼祭之。赠明仁忠烈成安王。

越十五日丙子，琼亦以忧思，不进饮食而卒。敕赐合葬于采石之阳。

越一月，御祭。墓碑丹书，命陶凯篆刻，宋璟作序。

有子二人。长曰明德，娶尚平公主。次子明烈，娶廖禹之女。是为记之。

蛤蟆吐丹记

天顺时，青川孔天祐，性酷好仙，常遇黄冠及名山大川。宫观真像，即虔礼之。进古太山回，遇一之老人，黄冠杖履，呼天祐曰："子好道乎？"曰："心诚好之，但未

得入道之门耳。"老人曰："汝知炼蛤蟆之术否?"曰："不知。"老人袖取一缄与之，曰："功满三年，蛤蟆忽失去。再逾三年，道可成矣。勉之! 勉之!"

天祐意老人异人也，不敢轻启其封。至家，焚香，始开之，内皆符咒诀法。遂择日取蛤蟆，依法修炼。每咒，则蛤蟆开口；烧符，则吞之。

遂精心炼及三年，忽不见。又三年，复回，生两翅，身赤，能飞。语告天祐曰："昔授子术者，乃中宫上德真君。予吞符限满时，有老人在黄云中召我，不觉一跃而至其前，袖我而去。去上六菜花山黄鹤洞，受戒三十六月，始命我吞坤精丹，饮无极水。赤身生翅，能御风云，瞬息千里，亦得与天同寿矣。真君许我度子后，令入月宫为蟾蜍伴也。"言毕，委首张口，吐二丹，金光绚耀，复语曰："五月望，天道吉日，一丹子食之，一丹可烧以茅山芝，便成鹤，骑赴南泉，自有金童为子导也。"嘱罢而飞入云中，渺而不见。依其言，遂仙去。

弘治十八年，邻人张四老见其与黄冠道士在太山游。

卷九

东郭集

赵简太子猎于山中。虞人导前，鹰犬骖右，捷禽鸷兽应弦倒者，不可胜数。有狼当道，人立而啼。简子怒，唾手奋髯，援乌号之弓，挟肃氏之矢，一发饮羽，狼失声而遁。简子怒，驱车逐之。轻尘蔽天，十步之外，不辨人马。

时墨者东郭先生，将北适中山以干仕，策蹇驴，囊图书，宿行失道，卒然值之，惶不及避。狼顾而人言曰："先生岂相厄哉！昔隋侯救蛇礼获珠，蛇固弗灵于狼也。今日之事，何不使我得早处囊内，以延残喘？异时脱颖而出，先生之恩大矣，敢不努力以效隋侯之蛇。"先生曰："嘻！私汝狼以犯赵孟，祸且不测，敢望报乎！然墨者之道，兼爱为本，吾固当有以活汝也。"遂出图书，空囊橐，徐实狼其中；三内之而未克，徘徊踌躇，追者益近。狼请曰："事急矣，惟先生早图！"乃跼踏其四足，索绳于先生束缚之；下首至尾，曲脊揹胡，猬缩蠖屈，蛇盘龟息以退。命先生，先生如其指。入狼于囊，遂括囊已肩，举驭上，引避道左以待赵人之过。

已而简子至，求狼弗得，不胜其怒，拔剑折辕端示先生，骂曰："故讳狼方向者，有如此辕！"先生伏质就地，匍匐以进，跪而言曰："鄙人不慧，将有志于世，奔走四方，实迷其途，又安能指迷于夫子也？然闻之大道以多歧亡羊。夫羊，一童子可制，尚以多歧而亡。今狼非羊比也，况中山之歧，可以亡狼者何限！乃区区循大道以求之，不几于守株缘木者乎！况回猎，虞人之所有事也。今兹之失，请君问诸皮冠，行道之人何罪哉！且鄙人虽愚，亦熟知夫狼矣，性贪而狠，助豹为虐，君能除之，固当窥左足以效微劳也，又安敢讳匿其踪迹哉！"简子默然，回车就道。先生亦驱驴兼程而进。

良久，羽旄之影渐没，车马之音不闻。狼度简子之去已远，乃作声囊中曰："先生可以留意矣。愿先生出我囊，解我缚，我气不舒，我将逝矣。"先生举手出狼。狼出，咆哮，望先生曰："适为赵人逐，其来甚远。虽感先生生我，然饥饿实甚，使不食，亦终必亡而已矣。与其饿死道路为乌鸢啄食，毋宁死于虞人之手以俎豆赵孟之堂也。先生既墨者，摩顶放踵利天下为之，又何吝一驱不以啖我而活此微命乎？"遂鼓吻奋爪以向先生。先生仓卒以手搏之，且搏且却，拥蔽驴后。狼逐之，便旋而走。自朝至于日昃，狼终不能有加于先生。先生亦极力为之拒，遂至俱倦，隔驴喘息。先生曰："狼负我！狼负我！"狼曰："吾不得食汝不止！"相持既久，日将尽矣，先生心口私语曰："天色已暮，狼若群至，吾必死矣。"乃绐狼曰："民俗：为疑必询三老。且行，以求三老而执之，苟谓我当食，我死且无憾。"狼大喜，即与偕行。

此时道无行人，狼馋甚，望见老树僵立路傍，乃谓先生曰："可问是老。"先生曰："草木无知，叩焉何益？"狼曰："但问之，复当为汝言矣。"先生不得已，揖老树，且述其始末。问曰："狼当食我耶？"树中忽然有声如人，先生曰："是当食汝！且我，杏也。昔年老圃种我，不过费一核耳。逾年而华，再逾年而实，三年拱把，十年合抱，于今三十年矣。老圃，我食之；老圃之妻，我亦食之；外至宾客，下至农仆，我食之；又时复鬻我实于市以规利，其有德于老圃甚厚矣。今老矣，不能敛华就食，老圃怒，伐我枝条，芟我枝叶，且将售我工师而取值焉。噫！以樗朽之枝，当桑榆之景，求免于主人斧钺之诛而不可得！汝何德于狼，乃觊幸免乎？"言下狼鼓吻奋爪以向先生。先生曰："狼爽盟矣。矢询三老，今值其一老，违见食耶？"

复与偕行。狼复馋甚，望见老牸曝日败垣中，谓先生曰："可问是老。"先生曰："向者草木无知，谬言害事。今牛，又兽耳，更何问焉？"狼曰："第问之，如其不问，将咥汝矣。"先生不得已，揖老牸，仍述其始末。问曰："狼当食我耶？"牛皱眉瞠目，低鼻张口，向先生作人言，曰："是当食汝！我头角幼时，筋力颇健，老农钟爱我，使二群牛从事于南亩。既壮，群牛日以老惫，我都其事。老农出，我驾车先驱；老农耕，我引犁效力。斯时也，老农视我如左右手，一岁中，衣食仰我而给，婚姻仰我而毕，赋税仰我而输。今欺我老弱，逐我于野，酸风射眸，寒阳吊影，瘦骨如山，垂泪如雨，涎流而不能收，步艰而不能举，皮骨俱亡，疮痍未瘥。迩闻老农将不利于我，其妻复妒，又朝夕进说其夫，曰：'牛之一身，无弃物也。其肉可脯，及皮与骨角，可切磋为

器。'指大儿曰：'汝受业疱丁之门有年矣，何不顾刃于硎以待乎？'迹是观之，我不知死所矣！然我有功于老农，如是其大且久，尚将嫁祸而不为我德矣。汝有何德于狼，乃觊幸免乎？"言下狼又鼓吻奋爪以向先生。先生曰："无欲速。"

遥望有一老子，枝藜而来，眉发皓然，衣冠闲雅，举步从容。先生自谓曰："此必有道之人也。"且喜且愕，忙然舍狼而前，拜跪泣诉，曰："我有救狼之德矣，今反欲食我，乞丈人一言而生。"丈人问救狼之故，先生曰："是狼为赵人窘，几死，求救于我，我即倾囊而匿之于内，是我生之也。今反不以我为德，而反欲咥我。我力求救，彼必不免，是以誓决三老。初逢老树，强我问之。我答曰：'草木无知，问之无益。'强我数四而问焉，殊料草木亦言食我。次逢老丈，强我问之。我亦无奈，遂问，那禽兽无知，又几杀我。今逢老牸，是天未丧斯文也。愿赐一言而生我。"因顿首杖下，俯伏听命。丈人闻言，吁嗟再三，以杖扣狼胫，厉声曰："汝误矣。夫人有恩而背之，不祥莫大焉。汝速去，不然，将杖杀汝。"' 狼艴然不悦，曰："丈人知其一，未知其二。初，先生救我，束缚我足，闭我囊中，我跼蹐不敢息。又蔓词说简子，语刺刺不能休。且诋毁我，其意盖将死我于囊中，独窃其利也。是安得不咥？"丈人顾先生而谓曰："公果如是？是亦有罪焉。"先生不平，尽道其救狼之意。狼亦巧言不已，而争辩于丈人之前以求胜也。

丈人曰："是皆不足信也。"谓狼曰："汝仍匿于囊中，我试观其状，果若困苦如前否？"狼欣然从之。先生囊缚如前。而狼未之知也。丈人附耳谓先生曰："有匕首否？"先生曰："有。"于是出匕焉。丈人曰。"先生使强匕摘其狼！"先生犹豫未忍。丈人抚掌笑曰："禽兽负恩如是，而犹不忍杀之，子则仁矣，其如愚何！"遂举手助先生操刃共毙狼，弃道而去。

由是观之，其为人也，而不能以报恩者，是亦狼矣。可以人而不如狼乎？

笔辩论

班超旧自西域，止于洛阳，闭门养疾，无所逢迎。有一儒生，锐首而长身，款扉投谒，自称故人。门者辞曰："君侯久劳于外，精神消亡，不乐于应接，虽公卿大夫，犹不得望见颜色，安问故人！"生闻之，黪然变色，毛发竦竖，排门而入，即谓超曰："子当壮年，激功速利，驰志异域，弃我如屣，跨跃风云，一息万里，子固绝我矣，而我与子未尝绝也。凡子之建功名、享爵位、耀于今而垂于后者，我与有劳焉。子不德我，乃待我以不见乎？"

超闻之，瞿然而视，且怒且疑，与之坐而问之："子欺我哉！逢掖之士，淹寂穷庐，游咏术艺，呻吟典漠，研朱渍墨，占毕操觚，自厌百家，腕脱大书；若史迁发愤于纪传，伏生皓首于遗经，董子下帷而讲授，刘向闭门而研精，相如托讽于词赋，杨雄覃思于《法言》，彼皆收功于既死之际，成名于隔世之间，乐为辽阔，往而不反，故汝得以扬眉吐颖，含毫锐思，或逞才以效能，或摛藻而绮靡，写幽思于尺素，垂空言于百世，虽圣智之有余，谅非尔而莫济。仆诚不与吾子立，故逃尔而远逝。于是要楯具之剑，拥丰特之旄，左执鞭弭，右属鞬囊，射泓玄之流，招剧季之豪，望蒲类而北向，逾流沙而西涉，鸣铎伊吾之野，饮马长城之窟，羁名王于罃组，膏犹豪于铁钺，横四校于龙堆，出九死于虎穴。但见千车云屯，万骑云合，矢如彗流，戈如雷逝，纷纷纭纭，天动地跶，智者为之愚，勇者为之怯。设于是时，固已销锋敛迹，颠倒筐筐，闻铿鼓而迫逋，望羽檄而胆眘，又岂能出一奇、画一乩，以相及哉？夫名不可以虚得，功不可以幸取，劳之未图，报于何有？"

生乃卓然起立，进而言曰："吾闻大功无形，大利难名，仁人垂德于不报，志士弛荣而不争。凡我之功，远者、大者，人所共知，不待缅缕，近在子身，何独未喻？子游京师，困于逆旅，与我佣书，来其官府，握手终日，未尝厌汝。工汝字书，顺汝指使，成汝文章，通汝志意。仰事俯畜，皆我是赖。及为令使，掌书兰台。晨入暮出，必与汝偕，言无汝违，行无汝乖。夫何一旦绝已固之交，结无信之友，坏可成之功，造难就之计；舍圣贤之业，操不祥之器，乘机蹈危，以徼一时之富贵？然我犹图封官之勋，忍投地之耻，将全汝交，未即背弃。若乃戎车竟野，伏钺瞻师，文告之修，我记汝词。虎符尺籍，有所征发，我传汝信，应期而合。或移书而安文，或安屯而数实，或计功于幕府，或通信于邻国，凡此多端，匪我弗克。汝在于墨，上书乞兵，我写汝心，卒获所请。汝厌西上，情怀百首，泣血腾章，实我所摹。汝姊陈同，悲叹激切，感动天子，实我所书。既而，还旅穷荒，悬车帝里，微我之惠，何以及此？虽然，此特其小小者耳。若夫铺张鸿休，润色弘烈，书之彝常，列之简册，使汝得以流芳声、腾茂实，光明融显，千载而不灭者，其功岂易易哉？今子徒欲夸浅近之效，忘本原之义，是何异于始皇之疏杰，而平原之木遂也！"

超乃盱睢失容，意若有避。生曰："未也。愿安汝听，少穷我臆。昔汝先君，间关抵蜀，我在童髦，资其简牍。逮汝兄固，父书自续，念我前功，复见汝录。我乃竭其管见，投以寸心，道叶胶漆，利同断金。相其成书，蔚为词林。向使固不恒其德，背好忘故，改行易业，效尤于汝，则孰为之缀词，秉翰以成其制作哉？且夫万里封侯，立功异域，荣则荣矣，孰与夫论道属书，为世儒宗，以间父之绩？薄伐西戎，恢我疆土，忠则忠矣，孰与夫继代作史，勒成一家，以佐汉之光？向使戎敌之人，或神巫之言，悼斩使之耻，兽心坌跃，狙诈焱起，吾将见汝膏身县度之墟，暴骨弃之于野，生为囚俘，死为夷鬼，又安敢望青紫乎？故子常鄙我而不用，我亦笑子身勤而事左，劳大而功细也。"

超闻期言，俛首流汗。揖客门外，自愧不学，卒以惭死。

虬须叟传

吕用之在维扬日，佐渤海王擅政害人。中和四年秋，有商人刘损，挈家乘巨船自江夏至扬州。用之凡遇公私来，悉令侦觇行止。刘妻裴氏，有国色。用之以阴事下刘狱，纳裴氏。刘献金百两免罪，虽脱非横，然亦愤惋，因成诗三首曰：

"宝钗分股合无缘，鱼在深渊日在天。得意紫鸾休舞镜，断踪青鸟罢衔笺。金杯倒覆难收水，玉轸倾剞懒续弦。从此蘼芜山下过，只应将泪比黄泉。"

其二

"鸾辞旧伴知何止，凤得新格想称心。红粉尚存香幂幂，白云将散信沉沉。已休靡琢投泥玉，懒更经营买笑金。愿作山头似人石，丈夫衣上泪痕深。"

其三

旧尝游处偏寻看，睹物伤情死一般。买笑楼前花已谢，画眉窗下月空残。云归巫峡音容断，路隔星河去住难。莫道诗成无泪下，泪如泉滴亦须干。"

诗成，吟咏不辍。因一日晚，凭水窗，见河街上一虬须老叟，行步迅速，骨貌昂藏，眸光射人，彩色晶莹，如曳冰雪，跳上船来，揖损曰："子衷心有何不平之事，抱郁塞之气？"损具对之。客曰："只今便为取贤阁及宝货回，即发，不可更停于此也。"损察其意必侠士也，再拜而启曰："长者能报人间不平，何不去蔓除根，岂更容奸党？"叟曰："吕用之屠割生民，夺民爱室，若令诛殛，固不为难。实愆过已盈，神人共怒。只候冥灵聚录，方合身百支离，不唯难及一身，须殃连七祖。且为君取其妻室，未敢迢越神明。"

乃入吕用之家，化形于斗拱上，叱曰："吕用之违背君亲持行妖孽，以奇虐为者，以淫乱律身。仍于喘息之间，更慕神仙之事。冥官方录其过，上帝即议行刑。吾今录尔形骸，但先罪以所取刘氏之妻，并其宝货，速还前人。倘更悦色贪金，必见头随刀落。"言讫，铿然不见所适。

用之惊惧，遽起焚香再拜。夜遣干事并赍金及裴氏还刘损。

损不待明，促舟于解维。虬须亦无迹矣。

侠妇人传

董国度字元卿，饶州人，宣和六年进士第，调莱州胶水簿。会北兵动，留家于乡，独处官所。中原陷，不得归，弃官走村落，颇与逆旅主人相得。念其贫穷，为买一妾，不知何许人也。性慧解。有姿色，见董贫，则以治生为己任。罄家所有，买磨驴七八头，麦数十斛，每得面，自骑入市鬻之。至晚，负钱以归，如是三年，获利益多，有田宅矣。

董与母妻隔别滋久，消息皆不通，居常思戚，意绪无聊。妾叩其故。董婆爱已深戚，不复隐，为言："我故南官也。一家皆在乡里，身独漂泊，茫无归期。每一想念，心乱欲死。"妾曰："如是，何不早告我？我兄善为人谋事，旦夕且至，请为君筹之。"

旬日，果有客，长身虬须，骑大马，驱车十余乘过门。妾曰："吾兄至矣。"出迎拜，使董相见，叙姻戚之礼。留饮。至夜，妾始言前事，以属客。是时房令："凡宋官亡命，许自陈，匿不言而被首者，死。"董业已漏泄，又疑两人欲图己，大悔惧，乃绐曰："毋之。"客忿然怒，且笑曰："以女弟托质数年，相与如骨肉，故冒禁欲致君南归，而见疑如此，倘中道有变，且累我。当取君告身与我，以为信。不然，天明执告官矣。"董亦惧，自分必死，探囊中文书，悉与之。终夕涕泣，一听于客。

客去。明日，控一马来，曰："行矣。"

董请妾与俱。妾曰："适有故，须少留。明年当相寻。吾手制一衲袍赠君，君谨服之，唯吾兄马首所向。若返国，兄或取数十万钱相赠，当勿取。如不可却，则举袍示之。彼尝受我恩，今送君归，未足以报德，当复护我去。万一受其献，则彼责已塞，无复护我矣。善守此袍，毋失也。"董愕然，怪其语不伦，已虑邻里知觉，辄挥泪上马。疾驰到海上，有大舟临解维，客麾便登。

遂南行，略无资粮道路之费，茫不知所为。舟中奉侍甚谨，具食，不相问询。

才达南岸。客已先在水滨，邀请旗亭，相劳苦，出黄金二十两，曰："以是为太夫

人寿。"董忆妾语，力辞之。客不可，曰："赤手还国，与欲妻子饿死耶？"强留金而出。董追挽之，示以袍。客曰："吾智果出彼下！吾事殊未了，明年挚君丽人来。"径去，不返顾。

董至家，母、妻、二子俱无恙。取袍示家人，缝绽处金色隐然。拆视之，满中皆箔金也。

逾年，客果以妾至，偕老焉。

钟情丽集（上）

时有辜生者，轳其名。本贯广东琼州人氏，丰姿冠玉，标格魁梧，涉猎经史，吞吐云烟，其士林之翘楚者也。一日，父母呼而命之曰："尔有祖姑，适临高黎氏，乃子奉朝廷命而为土官，即尔之表叔也。经今数载，音问杳然，疏间之甚也。孔子云：'亲者毋失其为亲，故者毋失其为故。'此人道之当然。即辰春风和气，景物熙明，聊备微货，代我探访一度，以将意耳。"生唯唯听命，收拾琴书，命仆僮佑哥从行。

生既至，入谒表叔，见之尽礼。乃引赴中堂，进拜祖姑暨姊并诸兄弟，皆相见毕。于是诸亲劳苦，再三询及故旧，生一答之，尽恭且详。乃馆生于西庑清桂西轩之下。

明日侵晨，踵春晖堂，揖祖姑，适瑜侍焉，将趋屏后避生，祖姑止之，曰："四哥，即兄妹也，何避嫌之有？"瑜得命，即下阶与生叙礼。生窃视之，颜色绝世，光彩动人，真所谓入眼平生未曾有者也。

厥后，祖姑甚钟爱生，晨昏命生与瑜侍食左右。一日，谓生曰："诸生久失训诲，汝叔屡求西宾无可意者。幸子之来，姑舍此发蒙，一二年间回，不晚矣。"复顾瑜曰："四哥寒暑早晚但有所求，汝一切与之，勿以吝啬。"女唯唯听命。生亦拜谢。然生虽慕瑜娘之容色，及察其动静有常，言词简约，生心知，不敢有犯，又以亲情之故，不敢少肆也。

表叔择日设帐，生徒日至。虽注意于书翰之间，而眷恋之心则不能遏也，累累行

诸吟咏，不下二三十首。不克尽述，特揭其尤者，以传诸好事者焉。是夜，坐舒怀二律，诗曰：

"连城韫匮已多时，耻效荆人抱璞悲。白璧几双无地种，灵台一点有天知。青灯挑尽难成梦，红叶飘来不见诗。寂寂小窗无个事，娟娟斜月射书帏"

又：

"多愁多病不胜情，怅味萧然似野僧。绿绮有心知者寡，箜篌无字梦难凭。带宽顿觉诗腰减，身重应知别恨增。独坐小窗春寂寂，感怀伤遇思匆匆。"

一日，生命侍僮佑哥问瑜娘取槟榔，遂以蜡纸封蜜酿者十颗馈生，并标书于其上曰："进御之余，敬以五双奉兄，伏乞垂纳。"生但谓其有容色，不意其亦识字也，见之，大悦曰："西厢之事，可得而谐矣。"乃制《西江月》一词，命佑哥持以谢云：

"蜡纸重重包裹，彩毫一一题封。谓言已进大明宫，特取余甜相奉。口嚼槟榔味美，心怀玉女情浓。物虽有尽意无穷，感德海深山重。"

生情不能已，复继之以诗曰：

"有美兰房秀，嫣然迥不群。清才谢道韫，美貌卓文君。秋水娟娟月，春空蔼蔼云。何当阶下拜，珍重谢深思。"

女见之，微微而哂，就以云笺裁成小简以复云："感承佳作，负荷良多，第以白雪阳春，难为和耳。"生得此简，欢喜欲狂，不觉经史之心顿放，花月之思愈兴，他无所愿也，惟属意瑜娘而已。朝夕求间寻便，欲以感动于瑜。然瑜驯谨稳实，生挑之，不答；问之，不应，莫得而图之。

一夕，月初出，叔婶会饮于漱玉亭上，命使女召生。生以手挥之，使先行。生徐徐后至兰房东轩之隅碧桃树下，遇瑜独归。生曰："五姐何归之速耶？"瑜曰："倦甚，故归。"生曰："久怀一事，欲以相闻，不识可乎？"女以他辞拒之，曰："昨承佳作，健羡，健羡！"生曰："不为是也。"女不答而去。生大惭，悒悒而赴宴，半酣而回。自是桃下之遇，不果所怀，遂制平韵《忆秦娥》以泄悒怏之意云。

"忆秦娥，忆秦娥，无意奈渠何！一场好事，从此蹉跎。茫茫日月如梭，悠悠光景逐流波。花天月地，毕竟闲过。"

一日，生在外馆，女潜入其所居之轩，发其书笥，见所作之诗词，知生之意有在也，默记归录，至"白璧""灵台"之句，感叹移时。及察见生之容色变常，饮食减少，颇怜之焉。

一夕，女晚绣绿纱窗下。生行过窗外，偶念周美成词"些小事，恼人肠"之句，瑜隔窗问曰："四哥何事恼愁肠也？盖为我言之？"生曰："子自思之。"女曰："兄欲归乎？"生曰："不然。"女又曰："兄思兄之情人乎？"生又曰："非也。"女又曰："春寒逼兄耶？"生曰："非寒也，愁也。"女曰："何不拨之乎？"生曰："谁肯与我拨之？"女笑而不答。生欲进而与之语，自度不可，于是退居轩间，思向者窗前之言，乃作《花心动》词以识其事：

"万绪千端，恼人肠肚事，有谁共说？多丽多娇，有意有情，特地为人撩拨。绿纱窗晚珠帘卷，绣床上描花模月。如簧语，一声才歇，干愁顿雪。惟恨衷肠未竭。空惆怅，归来又成间绝。一片乍灭，千种仍生，拥就心头如结。琴心未必君知否，何日也，山盟同设？休猜讶，不是狂蜂浪蝶。"

生命侍僮持以示女。女览之，掷地曰："我本无此意，四哥何诬人也！"僮归以告。生殆无以为怀，乃于轩之西壁墨一莺，后题一绝于上云：

"迁乔公于汇金衣，独自飞来独自归。可惜上林如许树，何缘借得一枝栖？"

见者谓其题莺，殊不知其托意于其中也。

一日，瑜之侍妾碧桃偶过生轩，归谓瑜娘曰："向来见西边轩里琼州官人画一鸟于壁上，甚是可爱。"瑜因伺生出，遂抵生轩，玩索良久，知其意也，乃作一词，书于片纸之上，置于几间而归。诗曰：

"金衣今已换人衣，开口如啼却不啼。自是傍墙飞不起，休悲无树借君栖。"

生归，见瑜所和之诗，正想象间，忽见绛桃持一简至。生视之，乃《喜迁莺》之词也。

"娇痴倦极，御柳困花柔，东风无力。桃锦才舒，杏花又褪，种种恼人春色。不恨佳期难遇，惟恨芳年易。不堪据处，有东流游水，西沉斜日。记得此意，早筑盟坛，共定风流策。也不难，愁更休烦梦，务要身亲经历。欲使情如胶漆，先使心同金石。相期也，在西厢待月，蓝田种璧"。

生得此词，大喜过望，愿得之心逾于平昔，每寻间，便思与女一致款曲，终不可得。

后二日，表叔赴县，婶又宁归，女乃潜出，直抵生轩。生偶辍讲而归，适瑜在焉，揖而谢曰："往日之词诚能践之，虽死无憾。"瑜曰："前词聊以宽兄之意耳，岂有他哉？"生曰："所为'身亲经历'者，果历何事耶？"女不答，遂欲引去。生掩窗扉而阻之，因谓瑜曰："辂自二月来抵仙乡，今则霙莢已三更矣。自从见卿之后，顿觉魂飞魄散，废寝忘餐，奈何无间可乘。今蒙下顾寒窗，而辂偶出适归，抑且不先不后，岂非天意乎？而卿又欲见拒，此辂之所深不识也。"瑜曰："兄言良是，妾岂不知而为是沽娇哉？抑以人之耳目长也。"生曰："为之奈何？"瑜曰："俗言心坚石也穿，但迟之岁月而已。"生曰："青春易掷，若迟之以岁月，岂不错过了时节哉！"瑜曰："妾，女子也，局量偏浅，无有深谋远虑，在兄之图之，则善矣。"言未已，忽闻众声喧哗，遂遁去，不得再语。生乃制《浣溪沙》以记其事云。歌曰：

"云淡风轻午漏迟，昼余乘兴乍归时，忽惊仙子下瑶池。有意鸧鹒窗下语，无端百舌树梢啼，教人如梦又如痴。"

一日，生陪叔婶宴于漱玉亭中，生辞倦先归。和乐堂侧闻有讽诵声，生趋视之，见瑜独立蔷薇架下，拂拭落花。生曰："花已谢落，何故惜之？"女曰"兄何薄幸之甚耶！宁不念其轻香嫩色之时也？"生曰："轻香嫩色时不能伫赏，及其已落而后拂之而惜，虽有惜花之心，而无爱花之实，与薄幸何异？"女不答。生曰："往日'图之'一言何如？"女曰："在兄主之，非妾所能也。"忽觉人声稍近，遂隐去。生作《减字木兰花》以思其实焉。

"小亭宴罢，偶到蔷薇花架下。忽惊兰香，独立花阴纳晚凉。手拈花瓣，轻轻整顿频频看。花落花开，厚薄之情何异哉！"

又一夕，叔婶俱赴邻家饮宴，生独视轩中，怅怅然若有所失。正忧闷间，忽见瑜娘掀扉而入，谓生曰："兄何忧之多耶？"生曰："愁何足惜，但肠断为可惜耳。"女曰："何事肠断？"生曰："尽在不言中。"女曰："妾试为兄谋之。"生曰："卿言既许矣，不可只作一场话柄，恐断送人性命。惟子图之。"女曰："兄尚不念图，况妾乎？"生曰："辂图之熟矣。"女指墙，谓生曰："奈此何？"生曰："事至如此，虽千仞之山，尚不足畏，数仞之墙，何足道哉！"女曰："所能图者，其计安出？"生乃以扇指示所达之路。女曰："是不言也，妾之一心，惟兄是从而已。事若不遂，当以死相谢。第恐兄之不能践言耳。"生以手抱瑜，欲求合欢，女不从。正反覆间，忽闻叔婶回，进出迎接。次日，生乃作《凤凰台上忆吹箫》之句以示女云：

"水月精神，乾坤清气，天生才貌无双。算来十洲三岛，无此娇娘。堪笑兰台公子，虚想像，赋咏《高堂》。何如花解语，玉又生香。茫茫！今宵何夕，亲曾见姮娥，降下纱窗。又以将合，风雨来访。记得何时，约言难践，空愁断肠。肠断处，无可奈何，数仞危墙！"

生念瑜娘之言，欲实其心，奈何无路可达。因自思之："惟有得向春晖堂安寝，则身可通矣。"遂称病不起。表叔省之，生诈之曰："近来数夜卧此轩间，才瞑目，便见鬼魅或牛头马面等来相击闹，心甚怖焉。但以精神恍惚所至，不以为意。昨夜又梦一长牙者，语余曰：'明日大王来请你，你勿复起。'不觉今日身体沉重，不能起也。"叔闻此语，大惊，进移之东轩，命其小子名铭者伴生寝焉。生思念："本欲设计寻入中堂，只得移向东轩，无以异于西轩也。"至夜半，佯狂大叫。举家惊视，生良久始言曰："向见一人冠黄巾，同昨所见长牙者坐，骂余曰：'我叫你莫起，你强要起。'黄巾者曰：'大王请先生去作平贼露布耳，无他也。'言未已，又见一红发尖嘴者至，曰：'连忙去，无羁滞。'将促余出，我与勍敌良久，喜诸人起来，散去，不然，被伊捉去矣。"祖姑闻言大惊，令请良巫祈禳。生乃厚赂巫者，命伊言曰："若在此宿卧，恐性命难保。除非移入中堂，则无事矣。"彼时即移生入中堂。生病渐安，日则肄业于轩间，夜则归宿于堂上。

一日，夜静，生步入兰房西室之前，正见瑜于月桂丛边焚香拜月，生立墙阴以听之。吟：

"炉烟袅袅夜沉沉，独立花间拜太阴。心事不须重跪诉，姮娥委是我知心。"

瑜吟讫，突见生至，且惊且喜曰："闻兄被魅，今安能到此耶？"生曰："若非被魅，安能得此会乎？"乃相与携手入室，明灯并坐。生熟视之，容貌愈娇，肌肤愈莹，情不能忍，乃曰："我肠断尽矣。"欲挽女以就枕。女坚意不从，曰："妾与兄深盟密约，惟在乎情坚意固而已，不在乎朝朝暮暮之间也。苟以此为念，则淫荡之女者也。淫荡之女，兄何取焉！"生曰："卿虽不从，辂之至此，设使他人知之，宁信无他事也？"女曰："但秉吾心而已。"生虽不能自持，然见其议论，生亦喜其秉心坚确，不得已而从，进相与坐谈。女曰："妾尝读《莺莺传》《娇红记》，未尝不掩卷叹息，但自恨无娇、莺之姿色，又不遇张生之才貌。见兄之后，密察其气概文才，固无减于张生，第妾鄙陋，无二女之才也。"生曰："卿知其一，未知其二。且当时莺莺有自选佳期之美，娇红有血渍其衣之验，思惟今日之遇，固不异于当时也。而卿之见拒，何耶？抑亦以愚陋之迹，不足以当清雅之意耳，将欲深藏固蔽，以待善价之沽焉？"女正色而言曰："妾岂不近人情者，但以情欲相期美满于百年也。假使今日苟图片时之乐，玉壶一缺，不可复补，合卺之际，将何以为质耶？"生曰："此事辂任之，勿虑也。但不如此不足以大情之交乎，卿请勿疑。"女曰："谚语有云：'但得五湖明月在，不愁无处下金钩。'正此之谓也。兄自此勿复举矣。"生兴稍阑，乃口念《菩萨蛮》以赠之：

"不缘色胆如天大，何缘得入天台界？辜负阮郎来，桃花不肯开。芳心空一寸，柔肠千万束。从此问花神。何常苦逼人。"

女亦口念《西江月》以答生云：

"借问朝云暮雨，何如地久天长？殷勤致语示才郎，且把芳心顿放。苦恋片时欢乐，轻飘一点沉香。那时三万六千场，乐汝无灾无障。"

生自后每遇瑜娘，委道百端，略不经意。一见生有异志，则正言厉色以拒之。又作《望江南》词以示生焉。

"堪叹宝到碧纱厨。一寸柔肠千寸断，十回密约九回孤，夜夜相支吾。驹过隙，借问子知乎？弱草轻尘能几许，痴云阁雨待何如，后会恐难图。"

生情不能已，复继之以诗一绝云：

"青驾无计入红楼，入到红楼休又休。争似当初不相识，也无欢喜也无愁。"

女见此诗，笑曰："兄岂不喻往夜之言乎？"生曰："余岂不喻？但以兴逸难当，姑排遣之耳。"暨晚，生归独坐，自思："费尽心机，得达女室，终不见从，必无意于己也。"

至夜，复思："不如与女作别。"至，则长吁短叹，凭几而卧，终不与女一言，问之亦不答。百般开喻，逼勒再三，始一启口曰："我今夜被你断送了也。"女大悟，谓生曰："兄果坚心乎？"生曰："若不坚心，早回去矣。"因呼碧桃添香，呼生共拜于月下，祝曰："妾瑜，生居深闺，一十七岁于兹矣。今夕以情牵意绊，不得已，以千金之体许之于情人辜辂者，非惟有愧于心，亦且有愧于月也。敬以月下共设深盟；期以死生不忘，存亡如一，无负斯心，永远无也。苟有违者，天其诛之。"祝罢，挽生就寝，因谓生曰："妾年殊幼，枕席之上，漠然无知，正昔人所谓'娇姿未惯风和雨，分付东君好护持'。望兄见怜，则大幸矣。"生笑曰："彼此皆然。"遂相与并枕同衾，贴胸交

中国禁书文库

国色天香

二二三

股。春风生绣帐，溶溶露滴牡丹开；檀口揾香腮，淡淡云生芳草温。曲尽人间之乐，不啻若天上之降也。虽鸳鸯之交颈，鸾凤之和鸣，亦不足形容其万一矣。辗转之际，不觉血渍生裙，乃起而剪之，谓生曰："留此以为他日之验。"生笑而从之。女以口念《虞美人》词以赠生云：

"平生恩爱知多少，尽在今宵了。此情之外更无加，顿觉明珠减价玉生瑕。霎时丧却千金节，生死从今决。祝君千万莫忘情，坚着一钩新月带三星。"

生亦口念《菩萨蛮》以赠女云：

"春风桃李花开夜，烛烧凤蜡香燃麝。鱼水喜相逢，犹疑是梦中。感情良不少，报德何时厂。细君问莺莺，何人解此情？"

瑜得生词，谢曰："妾今溺于兄之情爱中，故至丧身失节，殊乖礼法，非缘兄亦不至此也。幸为后日之图，则妾之所托亦至此矣。"生曰："五姐千金之身为我而丧，犹当铭肝镂骨以报子之深恩矣，岂肯负月下之盟耶？"

自后生夜必至。一夕，谓女曰："我以亲托于门下，人皆罔知，诚恐他日此事彰闻，亲庭谴责，何颜重上春晖堂乎？"瑜曰："妾虽女流，亦颇知礼，岂不知韫椟之可嘉，失节之可丑乎！以子之情牵意绊，以至于斯，倘他日事情彰明，寻奉巾栉于房帏之中。事若不果，当索我于黄泉之下矣。"遂相与泣下数行。又一夕，生复赴约，女目生良久，曰："观子之容色辞气，决非常人，他日得侍房帏，则虽不得为命妇，亦不失为士夫之妻耳。苟流落俗子手中，纵使金玉堆山，田连阡陌，非所愿也，惟兄之是从而已。"生感其节义，作诗以赠之：

"水月精神冰雪肌，连城美璧夜光珠。玉颜偏是赡宫有，国色应言世上无。翡翠衾深春窈窕，芙蓉褥软绣模糊。何当唤起王摩诘，写出和鸣鸾凤图。"

女亦吟一律以答生云：

"深感阳和一气嘘，吹开玉砌未生枝。合欢幸得逢青史，快睹曾应失紫芝。碧沼鸳鸯交颈处，妆台鸾凤下来时。此情共誓成终始，莫把平生雅志亏。"

初，瑜父选民间女之艳色者以为媵，得八人焉。分四与瑜：曰碧桃，曰绛桃，曰仙桃，曰小桃；分四与琼：曰腊梅，曰月梅，曰红梅，曰素梅。父命母诲之。自瑜交通生后，四桃心怀忧惧，惟恐事泄，罪及于已，四桃上书谏曰：

"娘子生长名门，深居幽闺，世荣封袭，家极华腴。况兄神态芳菲，懿德清淑，才

华充赡，妙手精工，芳名洋溢乎三洲，美誉昭彰于十邑。尚不保身律己，却乃失节丧身，理义有亏，彝伦败。倘或闺中事露，门外风闻，非惟有损于己身，抑且玷辱于父母。亲庭谴责，他人笑讥，名节荡然，性命难保。诚恐楚国亡猿，祸延林木，城门失火，殃及池鱼。后悔难追，噬脐莫及。苟能先事改过自新，勿蹈前非，待时而动，则娘子幸甚，妾辈亦幸甚！"

瑜得书，览毕，喟然叹曰："尔言良是，但余以死许辜生。背之不祥。今日之事，其咎在余，谅必不相累也。"碧桃曰："其然，岂其然乎！娘子若不自新，我辈终当去突。"瑜泣而谕之曰："余与辜生牵情溺已而成痼症，身可死而情不可解也。虽苏张更生，不能移吾之初志耳。汝欲去之则去。"四桃同泣而应之曰："妾辈侍奉闺帏，已非一日。娘子开心见诚，推恩均惠，感戴不已，补报无由。倘若事露，娘子捐身，妾辈安能独存哉？誓必不相负也。"乃相抱唏嘘而泣。入之，拭泪吟诗一首，以释闷云。至暮，生至，女乃出所吟诗并四桃所谏书以示。生读之觫然。诗曰：

"一轮明月本团圆，才被云遮便觉残。欲把相思从此绝，别君容易望君难。"

良后，暮聚晓散九月余，温存缱绻之情，益以加矣。不觉大火西流，金风又起。父母以生久别，遣仆持书促归甚急。生得书，言之叔婶，治装行为归计。生至夜复抵女室，告以将别之由。二人不忍相别，悲不能已。女泣久之，拭泪曰："第无伤感，且尽绸缪，未知后会何时也。"生曰："我去三两月，必至再来，子毋劳苦构思成疾，此时暂别而已。"女吟诗二绝以别生云：

"乌啼月落满天霜，执手相看泪满眶。明月相如归去也，文君从此倍凄凉。"

又诗：

"秋雨梧桐叶落时，悲秋怀抱正凄凄。多情自古伤离别，莫笑莺莺减玉肌。"

生乃以玉耳环馈女，并留题一绝云：

"黄雀衔来已数年，别时留取赠婵娟。莫将闲事劳心曲，常把佳音在耳边。"

暨晚，生以他事不果行。至夜，女命侍女以白金十锭、青布四端、花巾二十条、裙带二十双并词一阕以赆生。词名《柳梢青》：

"南陌花残，西厢月暗，风雨凄凄。见说君归，顿松金钏，暗减玉肌。吁嗟后会难期，将何物，表人别离。万斛离愁，千行情泪，两地相思。"

生亦立缀排十韵，以赠女别云：

"驱驰来戚里，特地探仙乡。推馆开纱帐，拦阶随雁行。二天恩不断，一德感难忘。况复兼葭质，亲陪兰蕙旁。尘埃沾洁节，襟袖染余香。月下深盟固，花边思语长。绝胜鱼得水，何异凤求凰。只谓欢娱永，谁知归思忙。百年终有在，一旦不须伤。若问重来日，花黄与菊香。"

生别，至家后，行止坐卧，无非为女记忆也；经书、家事，略不介意，终日昏昏而已。先是，城之西北隅有林曰"迈游"，山明水秀，多生佳丽。有名小馥者，字微香，亦美丽超群。其俗有纺纱场之习，生尝游畋其间，与之亦相好也。生有诗以赠之曰：

"生长茅茨在迈游，微香两字动炎舟。玉般温润千般馥，花样娇妍柳样柔。巧笑千金苏氏小，清歌一曲杜家秋。也知好事人人爱，不可明知但暗求。"

微香缉知生归，意其必访己也，日日候待，杳无消息；疑其必有他遇而忘己也，仍效温飞卿体作《懊恨曲》以怨之云：

"莲藕抽丝哪得长？萤火作灯哪得光？薄幸相思无实意，可怜蝶粉与蜂黄。君何不学鸳鸯鸟，双去双飞碧纱沼。兰房白玉尚缥缈，何况风流云雨了。大堤男女抹翠娥，贵财贱德君知么？夭桃浓李虽然好，何似南山老桂柯。悠悠万事回头别，堪叹人生不如月。月轮无古亦无今，至今长照丁香结。"

微香亲书于鸾笺之上以寄生。适生之友王仲显与生检阅诗书，得此曲，问："谁之笔也？"生以实告。遂与王生共探之。微香以生久别，见生大喜，而生忧闷之心凄然可掬。微香以王生在彼，亦不敢诘生。

至夜，王生倦而寝矣。微香谓生曰："自从君之别妾也，不觉乌兔沉东西矣，而妾思君之心不啻若大旱之望云霓也，深藏固蔽以待君久矣。近闻君归，喜动颜色，思得一见而无由。今夜既蒙垂顾，正当缱绻以偿契阔之情，而君之短叹长吁、愁然不乐，何也？岂非疑妾有外意，抑亦君有外遇乎？"生曰："感子之情，亦已多矣。奈何以新变故易，以故变新难。"微香笑曰："妾之言果不差矣。君盍均而惠乎？"生不答。微香曰："君寓临邑，所寓者得非临邑之人乎？"生曰："然。"复问；"女为谁名？何氏之女也？"生不肯言。再三逼勒。良久，始言曰："子亦我之情人也，语之何害。子宜秘之，勿言其姓名于人，斯可矣。"微香指灯而言曰："我若违子之祝，有如此灯。请言之，勿虑也。"生乃曰："黎氏，名瑜娘，字玉真。"微香叹息而言曰："此女无双也。

二二六

其面圆而光，其质富而温，其目淡而澄，其声清而婉，果然乎？"生曰："子之言，若亲见也。何以知之？"微香曰："妾之表亲有善穿珠者，前日往临高，知黎士官宅有此人也。且闻其善诗，有作赠君否？"生乃诵其《柳梢青》与微香，微香击节叹曰："才貌兼全，真天上之人也。子之视我如土芥，宜乎！"乃缀《满庭芳》一阕以赠生：

"月下歌声，风前愈觉，遥思当日风流。枕边言语，尤记在心头。王佩玎珰，别后空惆怅，永巷闲幽。行云去，才离楚岫，却又入瀛洲。仙境里，奇逢姝丽，端好绸缪羡金桃玉李，凤偶鸾涛。一个文章清雅，一个体态娇柔。谁念我，雕栏独倚，一日似三秋。"

生观讫，答谢曰："余受卿之情不为不多，负卿之罪不为不少。"立缀《木兰花》一阕以答之：

"念当时行乐，乌乍落，兔乍生。向花下重门，柳边深巷，弄笛三声。毕声断，柴门启，见花颜玉脸笑相迎。喜气春风习习，歌喉山溜泠泠。自从别后阻归程，非是我无情。奈故思漫漫，新欢款款，誓下深盟。情已固，心意谁评？从今长揖谢芳卿。肠断纺纱场上，月轮依旧光明。"

明日，生与王仲显回归。抵家后，因念微香之语，乃赋长歌一篇以贻之云：

"我生幸值升平时，春风和气长熙熙。幸今喜在繁华地，山水清佳人秀丽。此生此世岂徒然，好展情怀乐所天。不须贪富贵，何必求神仙。万岁虚生耳，纵有千金亦须死。世间万事非所图，惟慕娇娆而已矣。君不见卓文君，至今千载芳名传。古人今人同一致，有能逢之亦如是。人生年少不再来，人生年少早开怀。黄金买笑何足吝，白璧偷期休更猜。我曹不是风流客，懒向金门献长策。脚跟踏遍海天涯，久慕倾城求未得。亲家有貌倾长城，养在闺门十八龄。蕙性芳心真慧默，玉颜花貌最娇婷。春山远远秋波浅，嫩笋纤纤红玉软。暗麝芬芬百合香，绿云绕绕双乌绾。上迫能字卫夫人，下视工诗朱淑真。柳絮才华应绝世，梅花标格更超群。云闺雾阃深深处，罗帏锦帐重重贮。绝似嫦娥住广寒，世人有恨无由睹。记得春光三月天，曾寻流水到桃源。春晖堂上分明见，晚绣窗前款语言。僮仆往来传意绪，诗词络绎通情素。数向花前密约时，同于月下深盟处。烛摇红影照兰房，香喷清烟袭象床。一线枕痕生玉晕，碧梧枝上凤求凰。芳情百纽丁香结，真心一点蔷薇血。个中顿觉两心知，妙处偏难向人说。朝朝暮暮恋高唐，忘却人间日月忙。回首白云归思切，金刀寸寸断人肠。美满恩情呻吟绝，

消魂怕唱阳关叠。依依牛女隔星河，杳杳行云归楚峡。香罗玉带又何时，惆怅西风泪湿衣。旧摺牵连推不去，新愁构结有谁知？惟有多情旧知己，每把甘言慰愁耳。素承佳惠感难忘，自觉违心惭不已。徐徐思后更思前，回首西风一怅然。应是前生曾结种，今生偏得美人怜。"

微香得此歌，以示其同伴，众口称夸，乃作手卷以赠生焉，名《双美》，请画图于其首。微香又摅妙思，作《并美序》一篇以冠其端，复继之以长歌一篇，以传好事者：

"琼南人物倾天下，才子佳人两无价。吴门越里何足数，蓬岛瑶池此其亚。画堂重重闭广寒，青骢白马跃金鞍。奇才美貌皆潘岳，腻体香肌尽弱兰。弱兰潘岳今何许，听说琼林鸾凤侣。风友鸾朋绝世无，一双两好真无比。天与风流年少郎，声名籍甚动炎荒。风流骥子麒麟种，绘句文章锦绣肠。生来洒落起尘俗，绣虎雕龙总入目。万卷诗书千首词，儒林声价金推独。"

"清风明月四清香，胜景名山足遍经。曾向朱崖开绛帐，忽从戚里遇娇婷。娇婷自是豪家子，长养绮罗丛队里。天上丽质自超群，百媚千娇谁与比。水月精神冰雪肌，芙蓉如面柳如眉。春山淡淡横蛾黛，夏玉铿金满箱篋。光风溜溜泛崇兰，碧涧溶溶淄皓月。久擅芳名荡海天，风流年少总夸妍。笑他有眼何曾见，羡子相逢岂偶然。偶然相逢真奇遇，时人哪得知幽趣。红叶飘时传丽情，绯花泛水知山路。直入蓬莱第一层，云轩谒拜许飞琼。鲛绡帕上题佳句，鹊尾炉前结好盟。黄莺唤友迁乔木，丹凤求凰栖翠竹。醉风芍药暗生香，着雨夭桃红杏肉。绝似姮娥降月宫，宛如神女下巫峰。翻嫌月殿非人世，却笑巫山是梦中。何似相逢明盛世，早能偿此风流债。负兹通古通今才，遇此倾国倾城态。倾国倾城世无多，通古通今谁复过。绝胜兰香伴张硕，宛然萧史共秦娥。秦娥萧史虽无比，不过如斯而已矣。天香国色产南方，不让中州独专美。嗟予与子素相知，记纺纱场夜月时。求作狂歌赞并美，聊传盛事记佳期。"

生自别瑜娘之后，倏尔斗柄三移，而相思之心常在目也。奈鳞鸿杳绝，后会无期。是月某日，适值祖姑生旦，乃托所亲于父母曰："某日祖姑诞辰，理当往贺。何吝四哥一行，而不使之往庆之耶？"父从之。次日，遂命生起行。

既至，表叔一家喜生再至，莫不欣然。于是复馆生于清桂西轩之下。生遍视窗轩如故，诗画若新，惟庭前花木有异耳。不胜旧游之感，遂吟近体一律以寓意云。诗曰：

"一年两度谒仙门，前值春风后值冬。草木已非前度色，轩窗还是旧游踪。重临桃

柳三三径，专忆高唐六六峰。知是盟言应不负，虚言万事转头空。"

生至数日，不能与瑜一语。因设卧中之计，尚未克果，而祖之寿日届矣。乃制《千秋岁令》一首以庆寿云：

"菊迟梅早，报道阳春小。坡老说，斯时好。北堂萱草茂，南极箕星皎。人尽道，群仙此日离蓬岛。

宝日红光耀，金兽祥烟袅。丝竹嫩，幡桃老。永随王母寿，却笑籛铿夭。画堂年年，膝下斑衣绕。"

后一日，生侍祖姑于春晖堂上，忽见堂侧新开一池，趋往视之，正见瑜倚墙而观画焉。生笑而言曰："不期而遇，天耶？人耶？"瑜娘曰："天也，岂人之所能也。不期然而然，非天而何？"遂挽生共坐于石砌之上，且曰："此地僻陋，人迹罕到，姑坐此，徐徐而入可也。"遂相与诉其间阔之情、梦想之苦，自未及酉，双双不离。辄闻婢唤之声，女遂辞去，复顾生云："自此路可以达妾室，兄其图之。"生颔而归馆。

至更深夜静，生遂逾垣而入，直抵女室。时女已睡熟矣。生扣窗良久，女始惊觉，欣然启扉相迓，谓生曰："待兄久不至，聊集古句一绝，方凭几而卧，不觉酣矣。"生问："诗安在？"乃出以示生。诗曰：

"月娥霜宿夜漫漫，鬓乱钗横特地寒。有约不来过夜半，月移花影上栏杆。"

生览毕，亦口占律诗一首云：

"再到天台访玉真，入门一笑满门春。罗帏绣被虽依旧，璧月琼枝又是新。可喜可嘉还可异，相恰相爱更相亲。何当推广今宵事，永作天长地久人。"

女亦和云：

"洞房今夜降仙真，软玉温香满被春。慢说别离情最苦，且夸欢会事重新。意中有意无他意，亲上加亲愈见亲，欲得此情常不断，早寻月下检书人。"

自是，二人眷恋之情，逾于平昔。一日，生携微香手卷示瑜。看未毕，怒曰："祝兄勿多言，却又多言！妻之名节扫地矣！"生解说百端，女终不与一言。后夜复往，坚闭重门，无复启矣。女方悔己前非，咎生薄幸，终日闭门愁坐，对镜悲吟，一二日间才与生相见。见之，亦不交半语。凡半月间，生不能申其情，'悒怏满怀，大失所望，乃述近体一律以示之。诗曰：

"巧语言成拙语言，好姻缘作恶姻缘。回头恨撚章台柳，赧面惭看大华莲。只谓玉女玩味良久，始笑曰："兄寓此久矣，盍归纺场之情人乎？"生曰："卿何为出此言也？独不记月下深盟乎？且铬当时不合失于漏泄，罪咎固无所逃矣。然古人有言曰：'往者不可谏，来者犹可追。'遽忍以往者之小过而阻来者之大事乎？"瑜拜谢曰："兄之心金石不渝，妾之怒聊以试兄耳。"亦续吟一律云：

"一洗前非共往愆，从今整顿旧姻缘。声名荡漾虽堪怨，情意殷勤尚可怜。任是春光先漏泄，忍教月魄不团圆。莫言幽约无人会，已被纱场作话传。"

自此之后，情好如初。一日，以前卷展开评论，瑜曰："微之才调何如？"生曰："卿乃天上之碧桃，月中之丹桂，彼不过微芳小艳而已，岂敢与卿争妍媲也？正昔人所谓西施、王嫱争洗脚脸与天下妇人斗美者也。"女感其言，乃吟《长相思》词一阕以戏生。词曰：

"大巫山，小巫山，暮暮朝朝云雨间，谁怜凤偶闲？歌已阑，乐已阑，才向瑶台觅彩鸾，金波依旧团。"

一夕，天色阴晦，生与瑜待月久之，乃同归室，席地而坐，尽出其所藏《西厢》《娇红》等书，共枕而玩。瑜娘曰："《西厢》如何？"生曰："《西厢记》，不知何人所作也。记始于唐元微之，尝作《莺莺传》并《会仙诗》三十韵，清新精绝，最为当时文人所称羡。《西厢记》之权舆，其本如此也欤？然莺莺之所作寄张生：'自从别后减容光，万转千愁懒下床。不为旁人羞不起，为郎憔悴却羞郎。'此诗最妙，可以伯仲义山。牧之，而此记不载，又不知其何故也。且句语多北方之音，南方之人知其意味者罕焉。"又问："《娇红记》如何？"生曰："亦未知其作者何人，但知其间曲新，井井有条而可观，模写言词之可听，苟非有制作之才，焉能若是哉！然其诸小词可人者，仅一二焉。子观之熟矣，其中有何词最佳？"瑜曰："《一剪梅》。"生曰："以余看之，似有病。"女曰："兄勿言，待妾思之……。"曰："诚有之。"生曰："何在？"曰："离有悲欢、合有悲欢乎！"生笑曰："夫离别，人情之所不忍者也。大丈夫之仗剑对樽酒，犹不能无动于心，况子女之交者！其曰离有悲，固然也；离有欢，吾不之信也。至若会合者，人情之所深欲者也。虽四海五湖之人，一朝同处，而喜气欢声亦有不期然而然者，况男女交情之深乎？谓之合有欢，不言可知矣；谓之合有悲，吾未之信也。"瑜曰："兄以何者为佳？"生曰："'如此钟情古所稀，吁嗟好事到头非；汪汪两眼西风泪，洒向阳台化作灰'一诗而已。"瑜曰："与其景慕他人，孰若亲历于己？妾之遇兄，较之往昔，殆亦彼此之间而已。他日幸得相逢，当集平昔所作之诗词为一集，俾与二记传之不朽，不亦宜乎？"生感其意，乃口占一曲，自歌以写怀云。歌云：

"西江月上团团，锦江水上潺潺，荒坟贵贱总摧残，回首真堪叹。回首真堪叹，可怜骨烂名残。须要留情种在人间，付与多情看。待月情怀，偷香手段，这般人真好汉。想崔张行踪，忆温娇气岸，相对着肠频断。此情此意，我尔一相逢岂等闲。须教通惯，休教明判，若还团圞，且作风流传。"

初交通后，收敛行踪，无罅隙之议，故人无知者。因其再至，情欲所迷，罔有忌惮，一家婢妾，皆有所觉，所不知者，惟瑜父母而已。瑜亦厚礼诸婢，欲使缄口，奈何一家婢妾，皆欲白之。自度不可久留，乃设归计，尚未果也。忽一婢惧事露而罪及己，窃言之祖姑。祖姑以生之驯谨达礼，必无此事，反答其婢。自是众口渐息。时又叔婶同寓别馆，祖姑昏耄，不知防备，始大得计，略无畏惧之心，暮乐朝欢，无所不至。

一日，生与女同步后园晴雨轩中，徘徊观竹，正谈谑间，而瑜之弟黎铭值而见之。生大骇，恐言于叔婶，乃厚结铭心。初，生有一琴，名曰"碧泉"，平生所嗜好者，铭尝问取，生不之与，至是而遗焉。虽得铭之欢心，然而诸婢切切含恨，惟待叔婶回而发其事。生自思其形迹，不宁，"设使叔婶知之，负愧无地矣！"托以归省，告于祖姑。祖姑固留之再三，生终不从。瑜夜潜出。与生别曰："好事多磨，自古然也。欢会未几，谗言祸起，奈之何哉！兄归，善加保养，方便再来，毋以间隙，遂成永别，使设盟为虚言也。"因泣下而沾襟。生亦掩泪而别。女以《一剪梅》词一阕并诗一首授生，曰："妾之情意，竭于此矣。兄归，展而歌之，即如妾之在左右也。"

"红满苔阶绿满枝，杜宇声归，杜宇声悲。交欢未久又分离，彩凤孤飞，彩凤孤栖。别后相逢是几时？后会难知，后会难期。此情何以表相思？一首情词，一首情诗。"

又诗：

"万点啼痕纸半张，薄言难尽觉心伤。分明一把离情剑，刺碎心肝割断肠。"

生亦缀《法驾引》词一首以别女云：

"归去也，归去也，归去几时来？峡口云行仙梦杳，雨中花谢鸟声哀。落叶满空阶。真个是，真个是恼人肠。沙上鸳鸯栖未稳，枝头鹦鹉叫何忙。相对泪沾裳。须记得，须记得月前盟。料必两人扶一木，莫移钩月带三星。了此此生情。"

女览毕，谓生曰："往者迈游诸女，所赠之诗，意甚忠厚，今将薄礼寄兄以馈之，可乎？"生曰："可。"女乃命侍女取花巾十条、裙带三十三双，与生收讫。女含泪再拜而别。

生既归家后，命仆以女所寄之物以遗纺纱微香。微香寄声与仆曰："寄语辜郎：彼岂不知赵姬之言乎？"仆归以告。友王仲显在焉，生微笑之。友曰："何谓也？""按《左传》赵姬之事，赵姬曰：'好新慢故易'，微香特讽予也。"次日，复命仆待书以赂。微香展而视之，乃唐体诗一律：

"传与多情旧故人，几乎为尔丧良姻。空怀杜牧三生梦，难化瞿昙百忆身。雨散云收成远别，花红柳绿为谁春？不堪回首纱场上，风雨潇潇月一轮。"

微香静而思之，终疑于"为尔丧良姻"之句，欲生之来以实之，亦次韵一律以答之。诗曰：

"彼情人是我情人，就说无因亦有因。千里相思愁里句，几番欢会梦中身。天边依旧当时月，洞口时非往日春。若念小楼移手处，重来花下赏冰轮。"

生感其意，复以诗一律而绝之焉：

"纺纱场下好情缘，回首西风倍惨然。已按赤绳先系足，免劳青鸟再衔笺。任从柳色随风舞，莫惜韶光彻夜圆。不是怜新违旧约，由来好事两难全。"

微香得此诗，知生之绝己也，然而慕生之心，未尝少替，亦和一律以答生云：

"纺纱场下旧情缘，怕说情缘只默然。今日翻成班氏扇，当时休制薛涛笺。玉萧已负生前约，金镜偏教别处圆。自是人心多变易，休教好事不双全。"

生时名籍甚，郡邑咸欲举生为庠生。生父爱子，不欲远涉利途，恐致离别之苦。然而众论纷纷，无时休息。生潜喜，乘间言于父母曰："除非出外可避。"父喜曰："可往祖姑家少避五六个月，众口无不息类。"生曰："如或官司逼勒，如何？"父曰："只言随伯父之任矣。"生之伯父有为高官者。父即日命促装起行。

既至，祖姑一家欣喜，待礼如初。生告所来之由，叔曰："倘若不厌寒微，姑寓于此，朝夕与诸少讲明理义，此某之所深幸也。"生拜谢，退居所寓之轩，偶见绿纱窗上题诗一绝云：

“壁上莺还在，梁间燕已分。轩中人不见，无语自消魂。”

生知是瑜之笔，亦书一绝于其旁曰：

“肠断情难断，春风燕又回。东风和且暖，雅称结双飞。”

生思玩间，忽见瑜娘独至，且喜且悲，再拜谓生曰：“兄真信士也。缘自兄归之后，媒妁克谐，逮无虚日，父母亦有许之者，但未成事矣。妾心想迫于父母之命，不得已而饮恨于九泉之下，不及与君诀别为怀。今幸不死，尚得相见，殆天意乎！未审计将安出？”生曰：“此辂之所以日夜切思者也。盖尝思之有三：亲戚不可为婚，一也；父母之命不可违，二也；不敢言于父母，三也。为今之计，惟在乎卿主之而已。”瑜曰：“凡妾可力为者，敢不自效！望兄指引，则善矣。”生密约于女耳边之言。女曰：“正合妾意。”言未已，忽听笼中鹦鹉叫：“大人回！大人回！”女闻之，遂遁去。临行，反顾生曰：“兰房之约，三更后、四更前，正其时也。”

是夜，月明如昼，万籁无声，生视诸仆皆睡熟，轻步潜至女室。瑜见之，喜不自胜，且曰：“丑陋之质，于兄故不敢辞，但以月明花开之景，不可常得，思与君少同伫赏，以度良宵耳。”生然其言，遂并枕于玩月亭右厢阶下。俄而，婢女数辈捧馐肴至，罗列满前。二人相与劝酬，极尽款曲。女曰：“既逢佳景，可无述作以记之乎？”生曰：“短章寂寥，片文拘泥，与其合笔而和题，孰若同声相应，亦足以见吾二人之劲敌也。”瑜曰：“就以‘月夜喜相逢’为题，五十韵为率。”生即为首倡曰：

“今夕是何夕，奇逢不偶然。况当明媚景，正是艳阳天（生）。烂烂星珠灿，圆圆月鉴圆（女）。风轻万籁寂，露浥百花鲜（生）。河影清还浅，奎缠断复连。乾坤真罔极，光景自无边。大地冰壶隐，长空雪浪翻。连枝横鉴发，素晕隔檐穿。更漏转三鼓，槐阴过八砖。溶溶春似海，缓缓夜如山。织女偷情看，姮娥着意怜。千年逢一会，二鸟降双仙。谈笑幽亭上，追随小院前。各分双美具，端的四兼全。旧恨应皆释，新愁觉欲颠。重来谐素约，又共展华筵。何须金石奏，且把海螺传。美酒倾珠落，香羹和玉涎。脍用金刀切，茶将活火煎。冰壶双鬓执，罗扇小鬟搀。并枕挨肩玉，低鬟动髻蝉。柔肠频眷恋，莲步漫周旋。红袖深藏笋，罗衣懒上船。献酬多节重，议论每牵缠。不必宣金石，何劳奏管弦。休乱同坐久，且共把诗联。共吐珠玑唾，同裁月露篇。声声争响亮，字字竞鲜妍。可羡唐商隐，堪夸燕丽鲜。新清开府句，秀丽薛涛笺。佳兴如流水，神词若涌泉。孟郊应退舍，蔡琰可齐肩。转战敌逢敌，擒词玄又玄。刳藤烦

字扫，香剂情思研。宴罢情将困，吟成意尚牵。掀峥香自馥，入室步争先。好事虽多舛，佳期喜独偏。笑携双玉手，共卧五花毡。莲步移红玉，珊瑚堕翠钿。交加连理树，掩映并头莲。色胆大如今，丽情深若渊。耳边言切切，心上意悬悬。风蜡摇红影，龙涎薰碧烟。情痴疑是梦，骨冷不成眠。缱绻两情好，绸缪一意专。既如鱼水乐，又似漆胶坚。了毕平生愿，深酬宿世缘。愈亲须愈敬，相守莫相捐。密约长如此，深盟永不迁。任他沧海竭，此乐尚绵绵。"

联成，女出云笺，命小桃书毕，已四鼓矣。不复就枕，但立会而已。生口占一绝云：

"名花并立笑春风，谁识常空一窍通。欲验佳期何处见，白罗裆上有残红。"

自是之后，幽会佳期，殆无虚日；眷恋之情，亲呢之意，有不可得而言语形容者。所作诗词，不可尽述，站记含蓄意深者十绝：

"昨夜东风透玉壶，零零湛露滴真珠。寄言未问飞琼道，曾识人间此乐无？"

"一线春风透海棠，满身香汗湿罗裳。个中好趣惟心觉，体态惺松意味长。"

"脸脂腮粉暗交加，浓露于今识翠华。春透锦衾红浪涌，流莺飞上小桃花。"

"宝鸭香消烛影低，波翻红浪枕边欹。一团春色融怀抱，口不能言心自知。"

"葡萄软软蛰酥胸，但觉形销骨节熔。此乐不知何处是，起来携手问东风。"

"淡淡溶溶总是春，不知何物是吾身。自惊天上神仙降，却笑阳台梦不真。"

"形体虽殊气味通，天然好合自然同。相怜相爱相亲处，尽在津津一点中。"

"半夜牙床戛玉鸣，小桃枝上宿流莺。露华湿破胭脂体，一段春娇画不成。"

"烛尽香消夜悄然，洞房别是一般天。若教当日襄王识，肯向阳台梦倒颠？"

"鱼水相投气味真，不胶不漆自相亲。两身忘却谁为我，恐是天生连理人。"

一日，祖姑独坐春晖堂上，生侍之，顾生，谓之曰："昔传姻事为'下玉镜'，何谓也？"生以温峤事为对。祖姑曰："汝知发问之意乎？"生曰："不知。"祖姑复曰："汝宜益加进修，吾之女孙，誓不他适，当合事汝，亦使温峤之下玉镜台也。"生拜谢。至暮，生以此告瑜。瑜喜，笑曰："古人有言：'人心同欲，天必从之。'岂虚语乎！"生曰："明日当辞归，遣媒言议，勿失时也。"

明日，遂告归。及抵家，以祖姑之语告其父。父欣然从之。择日命媒行。既至，以所来之由告叔。叔曰："四哥才貌，出众超群，可敬可爱，得婿如此，足慰人心。奈他人讥笑何？"媒曰："何伤乎？温峤之下五镜台，娶姑之女。"又曰："老泉女适程氏，舅之子也，况乃孙乎？自古迄今，但闻传其事以为话，未闻以是病之者，夫何疑之有？"叔婶允之，遂备黄金二锭、羊一牵为定礼。生婢有名朝华者，从媒同至，乃出书以示瑜。瑜披读曰：

"玉真小娘子妆次：辂世吞姻缘之契，缔结丝萝；叨因叔侄之情，寓居门馆。讵意天缘会合，亲逢旷世之娇娆；人意交孚，果是前生之配偶。荣生意外，喜溢眉间。缅想淑候，兰蕙其芳，冰霜其洁。秋水为神玉为骨，倾国倾城；芙蓉如面柳如眉，欺花欺月。柳絮因风起，蔼然谢道韫之才；寒藻漾涟漪，粲若朱淑真之文采。诚所谓天上之神仙，君子之好逑者也。辂一寒如此，百技无能，才匪逮人，貌非出众，忝得一拜于云阶，幸已足矣。何况侧身于玉树，恩莫大焉。粉身不足报深思，万死亦难酬厚德。扪心有愧，揣己何堪！曩间太夫人因亲致亲之言，归心如箭；今见椿府君执斧代柯之举，喜意若川。倘若叔姤再不他辞，想应汝我心谐所愿。百岁姻缘，在此一举；千金会合，于此片时。专望竭力赞襄，毋使青蝇谐白玉；同心协力，庶教丹桂近嫦娥。则平生之心愿足矣，月下之深盟遂矣。兹因媒氏之行，敬缄鸾而申微悃，特诉凤以候佳音。即辰天地皆春，山川自秀，伏乞保重千金之体，永终百岁之期。不宣。"后二日，媒氏告归，瑜乃出笺以寄生。书曰：

"伏自一别，倏尔旬余。蝴蝶之粉未干，麝兰之香犹在。松竹之表，尝仿佛于目睫之间；金石之盟，每念昭于心胸之内。忽喜冰人之传事，又兼云翰之飞来，千欣！千喜！恭惟文候，学贵天人，博通古今，风采联贾少年之弱冠，文华负李长吉之奇才，诚所谓文苑中之英华，士林中之翘楚者也。瑜也，貌微无艳，才非道韫，自谓于世而无取，夫何在兄而见怜！幽谷发阳春，多感吹嘘之力；葵花倾晓日，幸蒙光照之私。托庇二天，已非一日。讵意人心有欲，天意果从。因亲复得致其亲，莫非命也；发愿竟能谐所愿，不亦宜乎！忽然手舞足蹈不自知者，自此生顺死安而无复憾。事已定矣，言更何云。惟冀尊所闻行所知，益励占鳌之志；宜其家宜其室，伫看协凤之祥。不须待月于西厢，正好挑灯于北牖。毋使前人独专其美，免思微弱以丧厥躬。伏乞鼎调，以副时望。不宣。"

是月也，忽御史按临，遴选其民俊秀者补弟子员。乡老举生为庠生。后数日，生父赍书以告瑜父。生乃吟诗一首，并写花笺以寄瑜云。诗曰：

"书寄平生故友知，白衣今已换蓝衣。微躯从此如鹰系，佳兆何时协凤飞？上苑杏花愁容去，西厢明月为谁辉！几回暗想兰房事，不觉临风泪雨霏。"

瑜得生书，亦作一启并歌一篇以复云：

"寂寂兰房愁独倚，忽见长须致双鲤。云是琼林天上郎，如今已入黉宫里。入黉宫

里为何如？渐磨仁义乐菁莪。方巾员领真超卓，黄卷青灯好切磋。君不见买臣衣锦归乡里，至今名姓光青史。又不见县官负弩迎相如，至今千载扬芳誉。男儿得志皆如此，男儿莫厌穷经史。上方治定崇文儒。彬彬济济纡青紫。夫君子，真英豪，器宇堂堂气象高。心通万卷犹嫌少，日诵千篇不惮劳。此时已入文章岛，如今遂却平生志。鏖战文场应可期，太平治化真堪异。蒲柳应知得所依，凤凰何日又同飞？坐看花浩班班降，羞杀人间俗子妻。"

仆归，将诗以示生。生与同学生览毕，无不叹服称美者。其启中有儆句云："但能有理可明，不怕无官可做。"又云："前日之良心因妾既丧，今日之放心在君当收。"又云："莫为蒲柳之姿，堕却云雷之志。"若此之言，非见理分明者，安能及此耶？但恨不见全篇以书记焉。

钟情丽集（下）

时生入泮宫，不两月间，生父捐馆。生哀毁逾礼，水浆不入口者三日。既葬，躬自负土，不受人助。事丧之后，终日哭泣而已，不复视事。时有白鹤双竹之祥，人以为孝感所致。自是家道日益凌替，而瑜娘之父始有悔亲之心，遂不复相往来。而生以守制故，不暇理事，不相闻者二载。

然而，喻娘慕生之心易尝少置？风景之接于目，人事之感于心，累累形诸诗词，多不尽录，姑记一二以语知音者：

《鹊桥仙》

征鸿无信，游鲤无信，更相望断春潮无信。玉郎何处不归来，怎禁许多愁闷。青山有尽，绿水有尽，惟有相思无尽。眼中珠泪几时干，肠一寸截成千寸。

《瑞鹧鸪》

芭蕉叶上雨难留，松柏梢头风未收。万闷千愁无着处，并归心上与眉头。肠如袜线条条断，泪似源头混混流。倚遍栏杆人不见，满天风雨下西楼。

《长相思》

春望归，秋望归，目断江山几落晖？啼痕点点垂。朝相思，暮相思，终日何时是尽期，腹心寄与谁？

《一剪梅》

雨打梨花深闭门，辜负青春，虚负青春。伤心乐事共谁论？花下消魂，月下消魂。愁聚眉峰尽日颦，千点啼痕，万点啼痕。晓看天色暮看云，行也思君，坐也思君。

《满庭芳》

愁锁春山，泪潆秋水，时时独向西楼。望穷千里，山水两悠悠。惆怅故人独在，

离别后，日月难留，肠断处，愁愁闷闷，风雨五更头。相思何日了？无肠可断，有泪空流。湘江潮信断，楚峡云收。只恐寻春来晚，东君去，花谢莺愁。兰房下，何时与你，交颈绸缪。

时有同郡富室符氏者，素闻瑜娘才色，闻生久不至，遂散财赂，冀必得瑜娘为婚而后已焉。故有与瑜娘父言者，非誉符家道之华腴，必称符才貌之出众；非言生家道之萧条，必毁生行止之落魄。瑜父遂欲解盟，然犹虑构成词讼，犹豫未决。又有为其画策者，曰："内外兄弟姊妹，不可为婚，法律所禁。倘或兴讼，以此推之，何畏之有？"遂决意许符氏，然犹未敢轻动。或劝其家纳符氏聘礼者，瑜父从之。

后瑜娘缉知，悲不自胜，以死自誓，终不他适。黎闻之怒。瑜乃以白巾自缢，赖众知觉救解，得免。黎方觉悔。

然瑜之心虽不肯从，而符之盟终不可解。正忧间，忽值其姑适王氏者归宅，黎命之解慰瑜心。乃从容劝瑜百端，瑜应之曰："结亲即结义，是以寸丝既定，千金莫移。儿非不爱荣盛而恶贫贱，但以弃旧怜新、厌贫就富，天理有所不容，人心有所未安。"始以瑜言告黎。黎曰："瑜言诚有理，奈彼符氏何！"凡瑜所亲爱者，皆令劝之。

一日，碧桃乘间谏瑜曰："娘子懿德娇颜为诸姊妹中之巨擘，然请娘子俱适名门宦族，或田连呼陌，或金玉盈箱，娘子独许寒酸，妾辈甚不惬意。近见大人别缔良姻，甚喜，甚喜。娘子何故短叹长吁，减却饮食，损坏形容，而为伤感之甚耶？"瑜曰："汝知其一，不知其二。古人有言：'今日之富贵，安知异日不贫贱乎？今日之贫贱，安知异日富贵乎？'彼符氏虽富，而子弟之品不过一庸夫而已，纵有金玉盈箱，田连阡陌，生为无名人，死亦作无名之鬼，何足道哉！且辜生虽贫，丰姿冠世，学问优长，他日折丹桂如采薪，取青树如拾芥，何患不至富贵乎？未受他人盟约，尚当求择其人，况先受其人之聘而负之，可乎？有死而已，誓无他志！"

一日，绛桃复谏曰："自从定亲于辜生之后，一别三年，谅必他娶矣。娘子何故劳心苦志以思之？"瑜曰："汝勿言，吾意已决矣，纵苏张更生，不能摇动。且辜生久不至者何哉？盖生之为人，孝心纯笃，乃翁捐馆，方泣血而不暇，况有心相忆乎！"又曰："夫愿相守而厌相离者，淫妇之道也；托终身而期远大者，贤女之所虑也。尔何以淫妇期我，而不以贤女期我也？"绛桃拜谢而去。

未几，生家苍头忽持书至，密以一笺付瑜。瑜泣读之，乃叠韵诗一首。诗曰：

"一自往年边扁便，无奈鳞鸿专转传。劝君莫把海山盟，移向他人擅闪善。"

自是生即禫之后，夜就枕间，忽梦往黎室。至相见，讬延至于春晖堂后新创亭上坐，顾其额曰"剪灯书窗"。壁间所挂吹弹歌舞四画，上题有诗，附录于此：

谁家有女颜如玉，手持几竿昆仑竹。镂玉编云一片形，含商弄羽千般曲。一声迟，晓起丹山彩凤啼，一声疾，半夜孤舟嫠妇泣。一声喜，秦楼仙侣同飞起。一声悲，异时忠臣乞食归。十分妙趣真无比，良工写入霜缣里。时人莫道是无声，仙声不入凡人耳。

右调《佳人吕玉萧》

中虚外实木一片，吟向佳人怀里见。玎玎珰珰几点声，细细粗粗四条线。一声清，半夜天空万籁鸣。一声浊，八月秋风群木落。一声苦，昭君马上啼红雨。一声欢，妃子宫中洗禄山。风流画史龙眠老，笔端写出心机巧。劝君莫道是无声，仙声不入凡人耳。

右调《美人弄琵琶》

及生至黎室，正想问，忽见瑜至，相见之际，再拜再悲。遂相携手入于兰房之内，二人席地而坐，历道其梦想之苦、解盟之由，相对泣下。已而，瑜收泪言曰："今日相逢，将以为可喜，则又可悲；将以为可悲，则又可喜。悲耶？喜耶？吾不得而知之。"生曰："苦尽甘来，一定之理。前日之别因为可悲，今日之逢则又可喜。可悲者既已过矣，可喜者当以与卿共之。"瑜遂命绛桃取酒，与生共饮；复命仙桃以侑觞。仙桃请歌东坡《水调歌头》。生曰："时势不同，情怀各异，被调虽妙，非吾事也。"乃止。缀《念奴娇》一曲，命仙桃歌之。绛桃和之。

"牵情不了，叹人生、无奈别离多少。一自殷勤相送后，天际归舟杳。倩女魂消，崔微梦断，瘦得肌肤小。寒闺深闭，肠断几番昏晓。怅望凤鸟不至，妖禽怪鸟，恣狂呼乱叫。悄悄忧心何处告，且喜故人重到。满酌流霞，浩歌明月，与尔开怀抱。等闲信笔，写出《念奴娇》调。"

曲尽，二人相顾，泪洒数行。已而，复相谓曰："今夜相逢，何啻梦中，可无述以记之乎？"生请其题。女曰："以'梦寐'为题，不亦宜乎？"生遂援笔书于纸屏之上：

"久别喜相会，春从何处来？四眼频相顾，双睛何快哉！对此一盏灯，如醉又如痴。大旱见云霓，和羹得盐梅。忧心冰似伴，笑脸天如开。呼童且奉酒，与君开此怀。"

写毕，忽听角起谯楼，钟鸣梵宇，推枕欠伸，乃是南柯一梦。而且忆其诗词，因起而录之。始欲治装竟寻旧约，奈何秋闱在迩，正吾人当发愤之际也，更兼有司催逼赴试甚急，生无奈何，只得起服回学肄业。故特命苍头北行，以申前好。岂知瑜父不以生为念，终无一言以及亲事，但厚赂以馈生耳。苍头临行之际，瑜乃以笺付之，令持以献生。

一日，苍头抵家复命，具言以结盟符氏，生心大恚。复闻瑜有书奉寄，生大喜，拆而视之，乃情札一纸，并诗十韵。生读之，叹曰："清才丽句，虽李易安、宋淑真不过是也。"书曰：

"妾瑜，盖尝因亲致亲，虽有惭于圣训，以爱结爱，岂有负于初心？敬陈悃幅之诚，上达高明之听。伏念妾瑜三才末品、一介女流，愧无顾国倾城之姿，且有至愚至陋之累。叨蒙不弃，肯结契缘；复感纳聘，重申结好。感恩有日，报德无由。岂期凶变于门，山崩水竭，遂使鱼沉湘水，雁杳衡阳。一别悠然，三年在迩。寸心千里，眼穷云海之微芒；一日三秋，肠断光阴之转递。前言难践，后会何时？风风雨雨不曾停，闷闷愁愁何日了！罄南山之竹简，写意无穷；决东海之洪波，流情不已。愁如云而常聚，泪若水以难干。春苑花开，怅满艳阳之景；夏凉燕乳，情嗟长养之天。秋观明月倍伤神，冬玩香梅增感慨。警于心，触于目，无非惆怅之时；俯乎人，仰乎天，尽是相思之处。一心怏怏，两泪汪汪。一日十二时，时时怅望；五更三四点，点点生愁。坐如尸，立如斋，形同枯木；瞻在前，忽在后，目若紫芝。簪折瓶沉，月下已辜向日约；香消玉减，镜中无复旧时容。密约成虚，怕过旧时游处；欢娱陈迹，难期后会何时。深怀千言万语，与谁说浼；决尽一心一意，惟子是从。愿若果乖，虽生无益；情如不遂，便死何妨！岂抛彩凤文鸾，去逐山鸡野鹭？父纵许盟于异姓，妾肯委质于他人？誓于此生，靡敢失节，皇天后土，实所鉴临！碧落黄泉，要同一处。天作比翼鸟，地成连理枝，允副王郎之愿；生为同室亲，死为同穴鬼，毋为居易之言。赵璧重完，尚希躬往；乐镜再合，早致良图。姑共挽桓君之车，庶免抱淑真之恨。偿足死生之债，莫负锚铢；未终龟鹤之龄，长坚金石。诚能如此，妾虽垂首九原之下，亦且甘心矣。惟兄是图之，毋使落他人之手也。临书肠断，不知所云。更有平日所作鄙句，并用奉呈。

　　朝朝暮暮忆崔徽，鬓雾蓬松泪两垂。蚕茧丝丝何日了，鹭鸶骨瘦几时肥！西厢待月人何在？北里锵鸾事已违。肠断画梁双紫燕，飞来飞去又飞归。

　　相思相望泪频倾，欲化云娘恨未能。帘外厌闻无喜鹊，窗前愁伴有心灯。千般娇媚颜何在？一种风流病又增。可惜佳期成阻隔，愁愁闷闷几层层。

　　红颜薄命古今同，不怨苍天只怨侬。松柏岁寒终不改，鸳鸯颈白也相从。要知赵客终完璧，莫学陈玉只赋龙。今日西厢门下过，汪汪雨泪洒西风。

　　鸾凤分群失一友，朝思暮忆倍凄凉。当时何啻鱼游水，今日方成参与商。流泪泪流流尽泪，断肠肠断断无肠。风流有债难偿子，独对西风叹几场。

　　平生志愿未能酬，百岁姻缘一旦休。两股钗分诚有日，一根簪折整无由。愁攒眉上铅难尽，泪落床头枕欲浮。倘若情缘中道绝，微躯此外复何求。

寂寂深闺尽日闲，伤情无语倚栏杆。恨从别后生千种，愁拥心头结一团。藕断也知丝不断，烛干信是泪难干。他时若落庸夫手，璧碎珠沉也不难。

雨打梨花倍寂寥，几回肠断泪珠抛。暌违一载更三载，情绪千条有万条。好句每从愁里得，离魂多自梦中消。香罗重解知何日，辜负巫山几暮朝。

两地相思各一天，可怜辜负月团圆。每盟金石坚孤节，生怕红尘随俗缘。鸾鸟柔肠虽断尽，鲛绡鲜血尚依然。花开月白人何处，无奈千愁万恨牵。

浊纸鲜鲜染泪红，遥传长恨寄匆匆。须知身在情终在，务要生同死亦同。苏雁影沉传去后，秦箫声断月明中。云收雨散知何处，目断巫山十二峰。

如此钟情世所稀，这般心事有谁知？丁香到死香犹在，竹节经霜节不移。有意有心常怅望，无言无语但呆痴。碧梧翠竹元由见，一日思君十二时。"

生得书后，遂整伤再寻旧约，奈何秋闱在迩，有司催逼赴试急，生不得已，即时回学温习旧业。与友人数辈，虽朝夕同学共榻，然而思慕瑜娘之心无时不然。他不暇及，集古人诗句十首，以思瑜焉。

"岂是丹台归路遥，月魂潜断不胜招。何因得荐阳台梦，几度难寻织女桥。惨惨凄凄仍滴滴，霏霏沸沸又迢迢。砌成此恨无量处，纵得春风亦不消。

丈夫身上泪沾襟，书尽谁怜得苦吟。紫府有缘同羽化，瑶台无路可追寻。能消造化许多力，不受尘埃半点侵。惟有当时端正月，只应常照两人心。

花有清香月有阴，断肠魂梦两沉沉。才开暖律先偷眼，莫为游蜂便吐心。薄雾浮云愁永昼，落花流水怨离琴。相思一夜梅花发，夕梦时时到竹林。

鱼在深渊月在天，魂归冥漠晚归泉。相思相见知何日，多病多愁损少年。独坐独行还独立，相怜相爱莫相捐。两情宛转如心素，愿作鸳鸯不羡仙。

擘破云鬟金凤凰，离人别处倍堪伤。双双瓦雀行书案，两两时禽噪夕阳。谁爱风流高格调，我怜真白重寒芳。而今往事谁重省，说与流莺也断肠。

路隔星河去往难，罗裳不暖午风寒。朱经玉树三山祷，共待天池一水干。阆苑有书难附鹤，碧桃何处共骖鸾。山长水阔人还远，春色无由得再看。

临高万丈日斜西，相望长吟有所思。白雪为肌玉为骨。芙蓉如面柳如眉。鸳鸯被合抛何处，红叶蛾黄化为迟。独倚栏杆意难写，援毫一咏断肠诗。

云想衣裳花想容，美人千里思无穷。春从流水三分尽，心有灵犀一点通。长乐梦回春寂寂，馆娃愁重雨濛濛。不堪吟罢重回首，更隔巫山几万重。

寄语麻姑借大鹏，琼台重密许飞琼。常疑好事皆虚事，谁识鸾声似凤声。雾鬓云鬟差玉颈，云裾月风想娉婷。此时为汝肠肝断，一片伤心画不成。

月窟媚娥不惜栽，天花冉冉下瑶台。独教罗邺能吟毕，曾是刘郎再看来。满眼春愁无处着，半生怀抱向谁开？此时愁望情多少，一寸相思一寸灰。"

诗既成，乃命仆持书报黎，称"将赴试"，密付前诗，以寄瑜娘。瑜见之，不觉失声长叹，亦集古诗十首以复生曰：

"故园东望路漫漫，泣血悲风翠黛残。去日渐多来日少，别时容易见时难。春蚕到死丝方尽，沧海扬尘泪始干。无可奈何花落尽，五更风雨五更寒。

玉容寂寞倚栏杆，抱得秦筝不忍看。桂树参天烟漠漠，月娥霜宿夜漫漫。春花秋月何时了，暮雨朝云去不还。正是消魂时候也，金炉香烬漏声残。

残妆漏眼泪栏杆，睹物伤情死一般。三径冷香迷晓月，十分消瘦怯春寒。黄花冷落不成艳，青鸟殷勤为探看。天若有情天亦老，可怜辜负月团圆。

黄菊枝头破晓霜，此花不与俗人看。车轮生角心犹转，蜡炬成灰泪始干。云鬓懒梳愁折凤，晓妆羞对怕临鸾。故人信断风筝线，相望长吟泪一团。

暑往寒来春复秋，故人别后阻山舟。世间美事难双得，自古英雄不到头。豆蔻难消心上恨，丁香空结雨中愁。欲知此后相思处，海色西风十二楼。

百岁中来不自由，同着身上属谁忧。金丹拟注千年貌，仙鹤空成万古愁。岂有较龙曾失水，敢教鸾凤下妆楼。两身愿托三生梦，几度高吟寄水流。

枯木寒鸦几夕阳，自从别后减容光。遥看地色连空色，人道无方定有方。披扇当年吸温峤，此生何处问刘郎。愁来欲唱相思曲，只恐猿闻也断肠。

天上人间两渺茫，天涯一望断人肠。多情不似无情好，尘梦哪如鹤梦长。沧海客归珠送泪，坠楼人去骨犹香。人生自古谁无死，烈烈轰轰做一场。

天涯海角有穷时，此恨绵绵无绝期。明月清风如有待，冷猿秋雁不胜悲。曾听弄工人间曲，只许高人个里知。寂寞日长谁问我，每因风景寄君诗。

真成命薄入寻思，独立沧浪自咏诗。粉面怕遭尘土浣，此心准有老天知。诗成夜月人何在，花落深宫雁亦悲。今日春风亭上过，寒猿晴鸟逐时啼。"

写毕，令仆持报以复。

生见瑜诗，叹赏不已，思慕倍常，功名之心如雾之散，眷恋之意若川之流。不觉成疾，勿能言动。旁求良医，拱手默然，莫知所以。有一后至者，叹曰："此必害相思之病也，虽卢扁更生，亦莫能施其术。诚能遂其怀，不治而自愈矣。"初，生之遇瑜，人莫知之也，至是，闻医者之言，举家失措，莫知其由。乃询诸仆，咸曰："不知。"询之祐哥，始以实告。即时命仆亟至临邑，别以他事诣瑜父，而密以实告祖姑。祖姑得之，窃以言瑜。瑜即解玉戒指一枚并负笺一幅，以投仆，曰："饮之即愈。"仆回抵家，遂以玉戒指磨水，与生饮之，顿觉轻减，稍稍能言。仆乃以瑜娘所与之笺呈上。生拆视之，乃诗一首云：

"妾即君兮君即妾，君今有恙妾何安。凤凰倒了连云翼，松柏须宜保岁寒。当日造端良不易，从今燃尾谅犹难。天应怜悯人辛苦，破月应知自有圆。"

生览诗数次，忽觉身健，渐渐病愈。时槐黄在迩，生以病故，不克赴试，始有重访旧游之意。

又月余，仍催装复抵黎室。既至，表叔以生久别，眷待甚厚，延于宣抚外堂之西庑。生见颇有外之之意，意甚不快。又以瑜娘平昔敬重于生，疑其必有交通，每使瑜弟黎铭伴生。生自念负疾远来，思欲与瑜一致款曲，留连半月，竟莫能得，悒怏殊深。

忽值瑜母寿旦，夜间设席庆寿，生入伴斋，至三更后，遂轻步入瑜房中。瑜正忧间，见生前至，相与唏嘘，叹息久之。已而，细诉衷肠，论其间阻解盟之事、致病之由，不胜凄惨。言犹未尽，忽闻门外呼唤之声，生遂含泪而别。临行之际。瑜谓生曰："兄姑留此，不数日父亲将有远行。"生曰："诺。"

后数日，黎与子果去。生大喜。即日黄昏，外门未闭，生直至女室，相携玉手，同至剪烛西窗。生顾窗中诗画，宛如梦中，无有或异。于是始谋私奔之约，生深然之。既而，参横斗落，遂不复寝，乃相送而出。东方渐白，门犹未启，二人相返于剪烛轩下。此轩远僻，人迹罕闻，乃制《南宫一枝花》一曲，按琵琶歌以赠生。夫瑜平昔善歌，恐闻于外，昔时生每强之不得，今请自歌之。生心欣听，响遏行云，声振林木，骇然惊服。词名《一枝花》，带过《小梁州》。

"春愁艳色中，夏景繁华里，秋悲霜降后，冬恨雪零时。触目攒眉，许多情意，心事有谁知？三年里几字不通，一日间百忧并集。

《小梁州》

望碧天，茫茫不尽；念青鸾，杳杳无期。可怜辜负深盟誓。玉人何处？招之不至。乐昌镜破，凤钗双离。萧郎萧断，蔡琰笳悲。怪累朝鸟雀频啼，喜今宵玉手同携。《小梁州》，漫把曲儿歌，大都来细把离情诉，声声短叹长吁。钟情到此，悲欢离合都经历。怅杀我无双翼，安得双双花并蒂、对对凤于飞？古人言：'在天愿作比翼鸟，入地愿成连理枝。'这言儿也、君须记。死生随你。问我何归，相思而已。

歌毕，天明，生乃出。瑜遂书前曲，命婢持示生。

生制《耍孩儿》一曲，暮春同游，命瑜歌之，生拂弦以和之。并附于此。

《耍孩儿》

老天生我非容易，把俺置入花天月地。欢娱正值少年时，况两人貌美才奇。我便是琼瑶藏中无双宝，你便是紫阳场中第一枝。往古谁堪比？冠世才、风流曹子建，倾城色、窈窕太真妃。

《五煞》

虽二人、只一身，十分佳、一样齐，根如连理花同蒂。琪花瑶草相晖映，玉蕊金英付护持。谁知得、真情意。博山下深深密约，洞房中悄悄幽期。

《四煞》

情乍深渐妮亲，头妠交又解携，回头间别三年矣。尔思于两行红粉泪，予思尔几句断肠诗。鳞鸿绝、书难寄。百样相思端绪，万般离况情思。

《三煞》

可胜叹嗟！椿树倒、痛在心，那堪岸泮严束系。欲重来，奈多修阻不克谐。我的心情，秋冬春夏四时里，恨怨悲伤四字儿。此无聊不在心，便在眉。令那割人肠的花开月白，那更苦人心的燕语莺啼。

《二煞》

我只道破镜不圆，谁承望去壁重归。诉艰辛、一一从头起。耳才闻处肠先断，口未言时泪早垂。相对几声长吁气：哀哀怨怨，噫噫唏唏。

《煞尾》

此意儿重若山，此情儿融似泥。两人莫负平生志。情粘骨髓刀难割，病入膏肓药怎医？任生生死死，要一处相依。

《尾声》

如此如此，永由伊。由伊肯嫁情人，殒身做一个风流鬼。体独使崔张、卓司马专美。

自是之后，多会于漱玉亭上。

次夜，生复至，且约以是月中秋，相与践东门之约。瑜允之。

次日，生将辞归，适黎亦回，乃设席以待生。酒至半酣，黎起，举杯谓生曰："往日时误结丝萝，有乖国法，今思改正。且瑜娘，老夫所钟爱者，不欲外适，恐致相见

之难，将求佳婿以赘之。况且子既绊于文林，必历乎仕路，但与瑜娘相呼为兄妹，不亦宜乎？"生听其言，唯唯从命。复以红罗一匹以与生，曰："劳于远来，无以为馈，聊以表吾违约之过。子其纳之。"生亦受之不辞。宴罢，日暮，生回室，思欲与瑜一会，重申旧约，奈何无间可乘，转辗反复，莫能成寝。既晓，瑜乃命碧桃以罗鳞趾一片并近体一首以别生云：

"间别三年始得逢，才逢数日却匆匆。一身归去轻如叶，万恨生来重似蓬。莫把仙桃轻漏泄，好教云翼早相从。向来言约君须记，只在中秋一月中。"

生归家数日，复往旧约。及至，不复露身，但离于佃夫之家，阴使老妪为通情焉。至中秋夜，赏月罢散，俱已醉寝，瑜乃窃开后门走出。时生正仁立俟候，忽见瑜至，相与同到寓所。命佃夫抬轿，至海滨。时舟在岸，生乃抱瑜登舟，渡海而东。半月间，始得登岸。其程中所作《八景》，附此：

《兰房寂寞》

素娥今夜到蟾宫，鹤怨猿悲惆怅中。香冷博山人不见，秋风秋雨泣寒蛩。

《花槛萧条》

绕栏浓艳四时开，都是区区手自栽。此生莺花谁是主，故园猿鹤不胜哀。

《仙门夜月》

惨淡中秋半夜天，相期私出小门前。回首见月颜何厚，步未移时泪已涟。

《古道秋风》

野草寒烟望眼荒，秋风飒飒树苍苍。不知此地是何处，怕听猿声恐断肠。

《博浦开船》

平生不省出门前，今日飘零到海边。同驾木兰从此去，鹤归华表是何年？

《扁舟驾浪》

一叶轻舟鼓浪行，摇摇摆摆几层层。也知平日优游好，争奈安从险处成。

《孤棹摇风》

苦爱风流不肯休，西风吹起浪波流。人言舟里黄泉近，终日昏昏怕举头。

《列楼登岸》

沙白茅黄海气腥，人言此地是丰盈。岸头举目非吾土，两泪汪汪别二亲。

登岸之际，忽见仆夫在彼俟候，迎喻归家。

既至，择日设花烛之会，行合卺之礼。二人交欢之时，不啻若仙降也。乃于枕上共成一词，以识喜云。词名《一剪梅》：

"金菊花开玉簟秋，鸾下妆楼，凤下妆楼。新人原是旧交游，鱼水相投，情意相投。举案齐眉到白头，千岁绸缪，百岁绸缪。顶香待月旧风流，从此休休，自此休休。"

自是之后，符氏缉知，具状词告于郡。

时倅郡者由进士出身，博学好事，亦重风情案，闻生之才名、瑜之佳誉，勒生与瑜供状词。辂供曰：

"伏以不告而娶，固知获罪于圣门；窃负而逃，未免有乖于国法。虽然有咎，未必无因。谨具状由，备陈始末。缘念我祖之妹、我父之姑，早适临高之县，厥姓曰符，厥官曰土，世居临邑之乡。所有孙女，正及可筓之岁；念予小子，先成结谊之盟。自是冰人亲断千金一诺，复兼月老更交礼于双璧。玉镜之台，吾已下矣；芙蓉之褥，余得隐焉。讵念人心不测，天地无常，俄焉时候，倏尔云亡。彼海翁遽然易虑，慕彼千金之值，欺予六尺之孤，弃旧好而结新欢，见小利而忘大义。父心母意虽欲更张，女愿男情粘滞不了，是以犯在色之戒，通和好之私。日盛月新，胶坚漆固，两情难舍，百计无由。万虑千思，惟恐破乐昌之镜；三更半夜，遂窃效卓氏之逃。自博浦而下船，至烈楼而登岸。艰于山，险于水，始克到家；寄诸东，转诸西，末逞宁处。冤家有头债有主，已被告明；官司无党亦无偏，从公勘审。今蒙唤问，所供是实，得罪惟甘。尚冀审缘由，果孰先而轨后；曲成斯美，俾有始而有终。望大人宽宏法之仁，小子遂宜家之乐。生则仰天而祈祷，死则结草以报恩。不在多言，伏乞台鉴。"

瑜娘供状：

"妾瑜告则不得娶，所以悖理而私奔；观过斯知仁，尚望容情而恕罪。荷申悃愊，上渎高明。伏念瑜父生母育，忝处中闺，师顺婉闲，谨训内则。先时结谊，以缔好于辜生；近日解盟，复许亲于符氏。欲从乎先进，则不顺乎亲；欲适乎后人，则有伤于信。是以犹豫而莫决，未知定向以适从，三思于心，两端互执。出乎此则入乎彼，理势必然；舍乎利而取乎义，心情方慊。况且符氏粗粗鲁鲁，孰若辜子颙颙昂昂，泾渭判然，薰莸别矣；难离难合，不得不然。所以月下花前，预许偷香之约；更阑人静，竟为怀璧之逃。驾一苇之仙舟，凌千层之碧浪；渡蓬莱之仙境，抵琼馆之名区。谁想洞房之乐方深，而符氏诬词已下；枕席之欢未已，而府中胥吏来拘。自作自欢，事已发矣；吐情吐实，伏乞鉴焉。尚冀秦台之镜照临，孟母之刀剖析。庶俾一段良缘，始终美满；免丧三分微命，翁刘云亡。夫如是，则妾再生之辰也。谨具厥由，详情乎理。"

郡捽览毕，以硃笔判曰：

"盖闻《易》备三才，贵阴阳之正义；《诗》称四始，开男女之及时。《春秋》著谨始之友，经书重大婚之礼。兹乃彝伦之大，实为风化之原。著于理径昭昭者也；传诸后世，郁郁乎哉！矧今圣化，人物衣冠之盛，不异中州，尚期媲美于鲁邹，岂意犹存于郑卫。切照书生辜辂，初知文墨，略涉诗书，况能怀席上之珍，何患无书中之玉？处子瑜娘，生长富华，性质婉娈，何不韫匵藏之宝，待夫善价之治？却乃逞己私情，污吾淳俗，非独有违于国法，抑且有叛于圣经。揆诸理而罪固难逃，原其心而情实可恕。再照土官黎稠，蠢小黎蛮，野哉羯者，不能修理帷幕，安能制服黎民？矧今背约欺孤，损贫就富，事由其始，罪所当先。原告符氏，猴头鼠尾，狼子野心，不能揣己自量，却又夺人匹配。且复捏虚词诬告，欺诳官司，理既有亏，法当坐罪。牵连之人数，各科断于本条。呜呼！一理所存，两端互执。欲断之符氏，恐开争占之方；欲断之辜生，虑起淫奔之路。是故度以中正之道，宜归父母之家。风流案自此打开，陷人坑从今填满。旷夫怨女，永无间言；债主冤家，大家解结。一惟圣朝之律，深惩荡俗之非。凡诸后生，当鉴前辙。判语已毕，合属施行。"

于是命黎父领之回。

先是，二人淹滞囹圄，极情凄惨。乃至判断明白，将使瑜父领瑜前回，二人相语别曰："妾与君历尽危险，备经辛苦，犹不得遂其美满之情，今日系于囹圄之门，此人之意恶者也。非缘兄，亦不出此。我父又将领妾远回，今夜与君在此，不知明日又在何处也。死则已矣，倘若不死，庶毋相忘于患难之中。"二人抱头大恸，绝而复苏者数次。既而，拭泪立会数次，极其绸缪，不觉樵阁日上三竿。女遂自摘其发系生之臂，生亦摘发以系瑜臂。已而，仰天叹曰："纵今生不得为同室人，亦当死为同穴鬼；纵有死生之殊，永无违背之异。皇天后土，其证之焉！"瑜乃口念《沁园春》一阕，歌以别生。每歌一句，长叹一声。满狱闻之，莫不掩泣。歌曰：

"夫为妻去，妻为夫死，死又何难？念狼虎丛中，曾经险阻，镬汤狱里，受尽辛酸。有口难言，含冤莫诉，碎了心肠烂了肝，愁杀处，见君尤缧绁，我独生还。

恩情万种千般，誓死死生生永不单。这三世冤家无解结，一条性命惜摧残！生不同衾，死当同穴，付与符氏冷眼看。须记取，绵绵长恨，天上人间。"

女别时，生之婢女以酒送瑜。瑜出一简以付之，使其与生。乃《醉春风》词一曲：

"玉貌减容色，柳腰无气力。可怜好事到头非。啾啾唧唧，彩凤分飞。宝瓶坠井，魂招不得。回头长叹息，血点盖胸臆。乾坤有尽意无穷，惜惜愁愁，嗟嗟叹叹，相思罔极。"

瑜娘既出，生亦疏放，而溺于所爱，恩愈厚而情愈深，终日不食，终夜不寐，痴痴呆呆，如醉如梦，动静语默，皆思瑜之心形也。其至精神耗损，容有变色，所为之事，旋踵而忘，不知其与苟情崔魄，孰果先而孰后也。尝作《玉蝴蝶》令一阕云：

"憔悴玉人去也，深盟已负，幽怨难招。终日昏昏，无赖无聊。恨如山，重峰叠嶂；愁苦线，万绪千条。想娇娘，眼波波深恨，旆摇摇难招。游魂飞散，金钗脱股，玉带宽腰。被冷香残，兰房寂寂，长夜迢迢。僧金迦，情谁解结？风流案，何日能消？可怜俏玉人何在，风雨潇潇。"

又诗曰：

"临风长叹息，好事到头非。一点心难朽，千年愿已违。离鸾终日怨，塞雁几时回？寂寂寒窗下，无言但泪垂。谁想凤和凰，翻成参与商。灯残心尚在，烛冷泪还长。当日同司马，如今似乐昌。相思成痼疾，自觉断中肠。"

瑜娘自归之后，黎幽之冷室，使之自尽。瑜终日独自悲吟，欲殒命，然以未得与生诀别，尚不能忍，乃作哀词八首以自吊云：

"暗室兮寥寥，长夜兮迢迢。欣欢兮今何在，天涯兮亦何遥。愁频结兮不能消，魂已飞兮不能招。风流债兮偿未了，鸳鸯颈兮何时交。

妾心兮悲又悲，皇天兮知不知？相思兮此际，相见兮何时？雁儿东去，燕儿西归，镜已分兮钗已离。心盟有在兮君应不违，灵神作证兮吾将谁依？在天愿作兮比翼鸟，在地愿为兮连理枝。天地兮无穷尽，此情兮无绝期。

日在兮青天，鱼在兮深渊。天与渊兮悬何切，我与君兮合无缘！不怨父兮不怨母，不怨人兮不怨天。但怨红颜多薄命，倚门长叹泪涟涟。

幽室无人兮与鬼交亲，微喘苟存兮与鬼为邻。愁眉兮终日颦，幽恨兮几时伸。誓此生兮不惜身，即与子兮合其真。生当为兮同室人，死当为兮同穴尘。

春风桃李兮今何在，秋雨梧桐兮增感慨。填不平兮美满坑，偿未了兮风流债。香罗重解兮何时，佳期已失兮难再。

百年伉俪兮一旦分张，覆水难收兮拳拳盼望。倘若不遂所怀兮死也何妨，正好烈烈轰轰兮便做一场。莫教专美兮待月西厢，何州偃仰兮苦恋时光。

树欲静兮风不休，梗欲停兮波不流。海纵枯兮心尚在，石虽烂兮情犹存。于今堪叹亦堪悲，无缘佳期不到头。甘向牡丹花下死，便为情鬼也风流。

只为君情兮若牵缠，遂使今日兮受斯愆。窃负而逃兮真可慊，缧绁而拘兮犹可怜。父兮母兮不相见，兄兮弟兮不相捐。与其苟生于人世，孰若饮恨于黄泉！"

词成，黎以公干之县，祖姑乃窃开纵瑜潜而出。

时生家仆来探访消息，瑜乃出一简付之，命遗与生。生拆视之，不觉放声大哭。其书曰：

"妾与君自交会以来，殆始四载于斯矣。吾兄使妾眷恋之心始终弗替，绸缪之意生死弗改。瑜月下之盟，口血犹未干也；灯前之语，德音尚在耳也。妾拳拳是念，切切惟思，未尝一日而去怀，惟冀与子偕老而已。曩者中秋之行，始得遂志，自谓可以驯至百年而不负，灯前月下之心遂矣。奈何无知恶小切齿，在州构成官讼，遂至钗分镜破，簪折瓶沉。父母恶之，乡人贱之，臭秽彰闻，闺门骈笑，良可悲夫！妾今幽居别室，风月不通。正欲自尽也，则恐自经沟渎，人莫知之；正欲苟存也，则将何面目去见父母？是以犹豫未决，思欲与子一诀而后捐身也。呜呼！百年伉俪，一旦分张；千载佳期，时难再得。想迎风待月之时，握雨携云之会，其可得乎？吁！不可得也。此妾之所以长叹深悲者也，所以饮恨长逝者也。妾所以作哀词录之以奉呈焉，以表生死不忘之志。瑜泣血谨书。"

生览毕，忽焉如有所失，乃作《嗟嗟凤侣》六章以自广云：

"嗟嗟凤侣，在天一方。思之不见，我心孔伤。

嗟嗟凤侣，在天一涯。思之不见，我心孔悲。

嗟嗟凤侣，非梧不栖。胡为乎哉，一东一西。

嗟嗟凤侣，非竹不食。胡为乎哉，一南一北。

嗟嗟凤侣，遭幽囚兮。一日不见，如三秋兮。

嗟嗟凤侣，落樊笼兮。一日不见，如三冬兮，使我心忡忡兮。"

生即日促装兼道而行，直抵黎之左右潜居焉。使人以密告祖姑，祖姑密以告瑜。瑜闻生至，思得一见而无由，乃作《首尾吟》二律以馈生云：

"生不从兮死亦从，天长地久恨无穷。玉绳未上瓶先坠，金轸初调曲已终。烈女有心终化石，鲛人何术更乘风？拳拳致祝无他意，生不相从死亦从。

生不相从死亦从，吁嗟好事转头空。暌违已似河边柳，偶得全凭塞上翁。幽香未消幽恨结，此身虽异此心同。拳拳致祝无他意，生不相从死亦从。"

辜生是日又得此诗，越加忧惨。知瑜以死相许也，乃溺恨燥肠作赋，名曰《钟情》，密以馈女云：

"予自与卿交合之后，悲欢离合，莫不备经。然后知吾二人钟情之至，亘古至今，天上人间所未有者也。自前寓此，仓卒并日，埋身晦迹，一月余矣。思与子一会，以叙往昔之好，以成往昔之盟，以谐往日之愿，以践往日之言，不可复得，可胜叹哉！近得子所作《首尾吟》二律，感伤悲戚，怨恨凄惨，且以见吾子之无二志矣。读之再三，感之不已。呜呼！不知何时复得相见也。兹不揆愚鲁，强写情怀，作成鄙赋一篇，名曰《钟情》。夫情所钟者，皆吾与于经历之所履也，不待赘言已可知矣，然未有不因言而见心者也。吁！韩子所谓'物不得其平则鸣'，岂虚语哉！今因人便，敬述谬作以寄吾子，希吾于其采之。虽然，文华虽工，无补于事，要在践言耳。同生死人辜辂拜首献赋曰：心动为情，与生俱生。蕴之而为至中之德，发之而为至和之声。至微至妙，惟纯惟精。因乎万物之感，故有二者之名。叹夫人之所禀虽同，我之所钟独异。非忧惧之切心，匪爱恶之介意。杳杳焉莫究其由，茫茫焉莫窥其际。但见感乎物，应乎中，触于目，着于躬。乾旋坤转，吾情之无穷也；日往月来，吾情之交通也；春风和气，吾情之冲融也；骤雨浓去，吾情之朦胧也；泪之洒然，气之嘘然，吾情之所以如山如峰也。然一身之有限，而万状之无涯。既而乐之，乐忽变而哀，情之所钟，为何如哉！察其所由，源源而来。想其月明风清，寂无人声；兰肩启矣。情人止矣。尔乃一气潜消，两情不已；贯两玉而一串，洽两身而一体。岁岁焉猗猗焉，不啻乎凤之和鸣、枝之连理也。虽文萧之绊彩鸾、三郎之幸妃子，天下钟情之乐，又岂加于此哉！至若子规声苦，秋闺夜雨，人既归兮，臂既解兮，尔乃恨结于心，愁塞于眉，嗟赤绳之缘薄，

叹鳞雁之音稀，肃肃焉，切切焉，奚啻乎雁之失群、鸾之分飞也。虽溺爱之苟情、多情之崔魄，天下钟情之苦，又岂有加于此哉！呜呼！噫嘻！吾之与子，交情之至，止于此矣！方跨粉墙，游洞房，待月明，窃仙香，赴云雨之幽会，期天地而久长，此情之钟于乐之一也。及其辞阆苑，归琼馆，赴佳期，望穿眼，念日月之流迈，伤春景之不返，此情之钟而为苦之一也。及至久别而相逢，久室而复通，携琴以遂相如，举案以待梁鸿，此又情之钟而为苦之一也。讵意事发入于公门，身居于图圄，埋龙剑于狱中，分明镜于江浒，此又情之所钟而为苦之一也。情兮情兮，钟情立此当何如！乐极哀生，言既不虚；苦尽甘来，言岂我诬？悼往者之不可救，念来者之犹可图。望赵卿之返璧，期合浦之珠还。誓此心兮，生死不殊；誓此情兮，生死不逾。身虽异处，情非二途。卿其我乎？我其卿乎？钟情之赋，止于如斯，复何言之可言欤！乃从而歌之曰：乾坤易尽兮，情不可极。云雾可消兮，情难释。江海可量兮，情难测。情之起，先天地无始。情之穷，后天地无终。微此人兮，吾谁与同？微此情兮，吾何以终！"

瑜览赋毕，不觉失声大哭。既而，援笔修书一览以答生云：

"同生死人妾瑜拭泪含涕，谨布心声，特令便人代为申达微意，以渎情人宰兄：妾惟悲欢相继，虽事势之必然，生死同途，实人情之至愿。皇天后土，鉴一生无二之心；霜竹雪梅，秉万古不移之节。春情如海，永不枯干；盟誓若山，何由转动？但恐情命短短，物在人亡，空垂首于九原，枉分身于两处，为此悲耳，岂不哀哉！妾今在幽房，何殊地狱。吞声哽咽，绝如泣血之子规；顾影悲吟，恰似失群之孤雁。欲苟延性命，亲却不从；将殒灭微躯，兄又不至。伤心积恨，岂止一端；残喘微躯，惟欠一死。感兄不弃，幸轻百里而来询；嗟妾无缘，不得一朝而相见。室迩人遐，空怀恨焉；月缺花残，实可伤也。近得情书飞坠，华翰传来，测亮新奇，凄凉惨切，备尽悲欢离合之状，极夫风流慷慨之言。蹙额开缄，含泪披读，泄胸中之苦趣，开笔下之陈言。奈何纸短情长，未免言穷意并，伏乞采之，实为幸也。"黎归，闻其母纵瑜，大怒，愈加禁锢，节其饮食。生潜住月余，不复通其消息，愈加忧怏。然赖祖姑时加问，且命生姑留于此，因便窃发。

又月余，值黎岳父之诞辰，黎偕其妻俱往之外氏。是夜，祖姑乃穴墙纵瑜而出，命佃人舁之，随生东归。

数日至家，再设花烛之宴，重誓山海之盟。生乃命婢把酒，与瑜共饮。欢甚，生

口占一绝以侑女云：

"经霜松柏愈森森，足见平生铁石心。今夜灯前一杯酒，故人端为故人斟。"

瑜接卮，亦吟一绝以答生云：

"经霜松柏愈苍苍，足见平生铁石肠。今夜灯前一杯酒，故人端为故人尝。"

瑜复酌酒，再酬生云：

"经霜松柏愈班班，足见平生铁石肝。今夜灯前一杯酒，故人端为故人谈。"

生接卮，亦吟以复云：

"经霜松柏愈青青，足见平生铁石盟。今夜灯前一杯酒，故人端为故人倾。"

瑜归之后，祖姑乘间劝黎，因许瑜归宁。祖姑密使人报生知，夫妻遂备礼起行。既至，俯伏请罪。居月余方归。

瑜娘孝敬其姑，恭顺其夫，待姊妹以和友为先，遇仆婢以恩惠为本。一家内外，无不敬之。机杼之精，剪制之巧，为一时之冠，时誉翕然称之。暇日，则与生吟咏。厥后生摄巍科，偕老百年，永终天命。

玉峰主人与生交契甚笃，一旦以所经事迹、旧作诗词备录付予，令为之作传焉。既成，乃为之赞曰：

"伟哉辜生！卓冠群英，玉质金声。懿哉瑜娘！秀出群芳，国色天香。日秀日芳，今古无双。可羡可嘉，千载奇逢。意密情浓，成始成终。洋洋美誉，流播乡间，莫不日善。斯色斯才，生我琼台，猗欤休哉。玉峰主人，笔力通神，相像写真，作此传记，传之无涯。"

玉峰主人庆生诗：

"几回离合几悲欢，如此钟情世所难。雪冻不催松落落，飞蛾难掩月团团。丰城龙剑分终会，合浦明珠去又还。从此玄霜俱用尽，好将诗句咏关关。"

俟轩陈隐公诗：

"好将诗句咏关关，青鸟何妨再探看。无可奈何风大急，似曾相识月团团。画蛇笑彼安蛇足，失马知君得马还。好把风流收拾起，早携书剑上长安。"

玉峰主人结：

"早携书剑上长安，莫恋人家岁月长。金榜题名千古旧，布衣换却锦衣还"

清虚先生传

先生，空谷人也，与丽香公子、飞白散人、玄明高士为友，甚相得，三人者，每感其吹嘘之力。惟玄明稍以高自据，先生遣弟子山云遮道而进，将掩其不备以站之。

云至，玄明敛容问曰："子欲昧我邪?"云曰："非弟子之浮薄敢与先生抗，实先生使之来耳。先生乐人之从，高士顾精明自励，不从之迷，何相忤邪?"玄明曰："先生固东西南北人也。某循途守从之士，安能顺之? 且先生行必万里，急则怒号，其性恍惚，令人不能捉拎。是以丽香公子触之而脱冠拜谢，飞白散人遭之而委身如狂。先生且以为鼓舞之术，而不自知其严。子亦知之久矣。子以轻清之才，必有覆护之德。幸为我解焉。"云曰："高士诚明见万里者。其如前驱，实无定踪。倘解高士之围，必被扫逐。"

言未毕而先生至。云乃避之，先生复就焉。云又避之如飞，先生怒而追之，云乃散去。先生怒益急，山鸣虎啸，石走沙飞，江湖作浪，天地震动，云惧，尽其族而复请命。

顷之，飞白散人啸舞而至，与先生相翱翔而问故。先生号呼道之。飞白拍地而笑曰："玄明乃公之良夜友也，胡相隔哉!"遂挽先生访丽香。

丽香方苦寒，如沉醉状，颠倒欲眠。先生扶之，而丽香益泄不宁，惟颠首而已。飞白亦击其额而侵之。丽香力不能胜，乃微告曰："二公少避，某即醒矣。"飞白乃避地，先生亦息焉。丽香遂振衣而起，含笑相揖。既而，知玄明之外见，乃郝然对曰："吾四人者，天地之秀也。安能缺一哉? 某传世几叶，支衍虽盛，使无玄明公照顾，则皆影灭矣。况玄明亦与二公有光，何独避之?"飞白亦笑曰："玄明虽有缺处，亦颇明白可接。"先生乃和声然之，令云去侧而请焉。

玄明至，交好如初。情思相合，心胆相照，终夜依依，密不忍舍。自是以为常。每至晓，玄明扶云西归，惟丽香则与先生倚栏相笑而已。

先生盛盖天下而不征诸色，泽及万物而不见诸形。然晚年亦性暴好杀，触之者股栗，犯之者容槁。此其所禀之气然也。天下之人，想像其丰彩，而不能物色之，故称之曰"清虚先生"云。

丽香公子传

公子，世传春申君所生，而又曰大树将军之别枝，皆未老，然其为人，色艳质美，人咸爱之。与清虚先生交，先生每狎之，公子必佯狂而舞。及飞白散人至，公子必倾心饱其慧而低首不言，若曲腰向谢之意。玄明高士笑而问曰："子非贱也"遇清虚而即舞；子非贫也？见飞白而多贪。吾甚昏于是。"公子笑而答曰："以子之明，不能亮察我邪？某奕叶联芳，身荣朱紫，根据封土，孰能摇兀？但清虚先生善发人，故某一相接，遂胸中道理勃然萌动，是以不觉其舞蹈耳。至于飞白散人，则轻狂无籍人也，得借一枝，便合缱绻，且欲相压，令人心腹不能自露。况稍得意，弥漫天地之志，欲使万物皆出其下。某以一介之资，安能不顺受其泽邪？"

明日，玄明以告飞白。飞白怒骂曰："公子出身草莽，令色谀言。某虽轻狂，力能屈之，使不见天日。"玄明惧，求解于清虚。清虚飘然而来，以和气劝飞白。飞白意乃释，且谢曰："得先生之解，不觉点化矣。"公子遂洗容出见，不动颜色。飞白愧，披拂倒地，不敢仰视，且自释曰："欲使公子流芳耳，敢有泪滴之累耶？"自是飞白甘为下流，不复与公子比肩矣。

玄明知之，亦负惭自蔽者数日。后形迹稍露，乃逾垣一窥公子之影。公子挽清虚，颠首招之。玄明伛偻而来，且掩其半面以谢。公子曰："某与高士形影相随，何避嫌之有？"乃席地而坐，终日依依，至晓而散。识者谓公子有容人之度，良有以也。

公子少时为妇人女子所爱，有妆残者，必捐己以亲之。清虚先生每戒之曰："子为色所累，必遭夭折。"公子曰："今已衰老矣。夫大丈夫宁寸斩焚身，岂死于妇人女子手耶？"遂谢事，甘朽林下，其族亦渐见零落。

后青帝宰世，公子之子孙渐盛，支宗繁衍，不可胜计。然成之者，清虚与力焉。而玄明、飞白，特往往来一亲近而已。

飞白散人传

散人乃神仙者流，性喜寒，为人洒落，绝无渣滓。四友中独与清虚交契，甚不值于丽香，而于玄明，则淡淡相安而已。

一日，玄明方出游，丽香侯于墙阴，犹未相接，而清虚先生摇丽香之肩而问曰："玄明今夕来否？"曰："未也。"曰："子惯为玄明影射。"曰："玄明家于东海，其来也逾万山，渡长水，所至之地，一草皆辉。某生于斯，长于斯，进不能前，退不能后，所知者不过撮土之区耳。而玄明之来否，安能逆睹哉？"清虚不悦，乃使人捉散人至。散人遣其仆霰子先报曰："奈将六出矣。"顷之，前呼后拥，结阵而至。如衔枚疾走，不闻行声。见者皆凛凛伫目而视。玄明知之，中道而避。清虚以为得计，狂荡不能自禁。

丽香垂首斜欹，若有怒意，嘘气成雾，直浮青霄。玄明知之，乃乘呼挺身而出，与飞白相对。飞白亦仰视玄明，辉光相荡，似有争意。玄明让曰："吾二人者，不择富贵。而子入，贫者蹙额，何不仁也！且自古田土不择高下，虽不洁地亦委身亲之，何不义也！人皆上进，而子独甘下贱，虽公庭之前，万舞自得，何无礼也！辱泥涂，投井堑，而庭除之前每见侮于童子，何不智也！积厚如山，夸耀于世，方见重于人，人皆称赏，而略受温存，去不旋踵，何不信也！某之所以避子者，诚不屑见子耳，岂有所畏哉！"飞白乃回首应曰："子真蟾蜍耳！胡不自鉴，敢与某比？某之术，倏然而灭，倏然而成，清虚且让吾之神；剪发不足以尽巧，飞絮不足以象容，丽香且让吾之色。子何人也？昭昭者未几，而昏昏者继至。安能若某之所至，旁烛无疆，孙康得以夜读，李得以擒吴，伟烈照辉，举世称瑞，岂不压倒元白邪？"

清虚因二人凛色交射，各争容彩，乃与丽香从中解纷。散人笑曰："玄明以满足自恃耳！"玄明亦笑曰："飞白以撒泼自放乎！"丽香曰："二公之才，皆皓皓乎不可尚者，正相映以扬休光可也，而乃争高下间哉？"二人感而谢焉，遂为莫逆友。自是宇宙重光，皆二人力也。

后散人遇词客于庭中，客曰："想公久矣。公能爽吾愤耶？"散人不应。客怒，令童子扫其党而烹之。散人知不免，乃投于鼎镬，尸解而去。时玄明在上，丽香在前，而清虚往来于左右，皆不能挽而留也。

玄明高士传

高士生于东海，而其长也，又涉于西海，辙迹遍天下，人皆仰之。未有一登其门者，惟唐玄宗幸其第，遂有广寒宫之名。

高士为人丰采无比，圆神不滞，且识盈虚之数，不以显晦介意。清虚、丽香、飞白三人皆亲炙其辉，而丽香犹一步不忘焉。清虚、飞白忌之，遂加屈辱之苦。丽香望救于高士，高士自昼至暮，始素服而来。丽香方负罪鞠躬叩首以谢，而高士惟冷视而已，不能扶之起也。丽香怒曰："高士以经天纬地之才，昭明洞察之德，乃不能驱清虚于空谷，扫飞白于炎方，使我草莽之士垂首丧气于此耶？"高士曰："居，吾明与子：子非岁寒材也，求免于飘零足矣，而欲拔萃以取荣哉？"丽香益怒，复求解于清虚。清虚不觉大笑，奋然一声，飞白惊倒。丽香遂排脱而起，自是感清虚而疏高士矣。

高士一夕为阴谋所掩，卒然临之，魂魄俱丧，平生所有，吞并殆尽。九州之人，无贵贱，无大小，皆焚香秉烛以救之。而三人者，则如常而已。然清虚犹凄然有惨意；飞白犹暗然有悲色；而丽香则迎笑而问之，若有幸其磨灭者。既而，高士幸完璧。清虚、飞白从而短之，高士曰："丽香非有他也，限于力也。某与丽香可以神交，不可以力助；可以形影，不可以形求。何我韬晦之时多，相会能几何哉！"丽香闻之，叹曰："一疵不存、万里明尽者，吾高士也！向压于飞白而不救者，亦限于力耳！某诚非才，何以知高士之量！"寻续旧交，遨游良夜，或平原旷野之中，或岩古壑之岭，或琼楼玉

宇之上，或纱窗静槛之下，四友无所不至。所至之处，清气郁然，非寻常俗比矣。

然高士少时爱学美人眉。丽香谓曰："以某之色，得君之眉，媚不可言矣。至老年，血魂消瘦，每持一钩，钓于江汉间。"飞白谓曰："独钓寒江，宁舍我为伴耶？"清虚乃笑曰："吾稍奋焉，则公等或昏昧而逃匿，或弃职而捐躯，尚能相安相得于宇宙间哉？"三人拱而谢曰："愿淡洵以交，万年一日。幸毋相，以至于是。"清虚曰："戏之耳！"复叮咛以为永友，期与天地相终始。

风流乐趣

风月场中毛女、云雨帐内将军，二人但遇就相争，不顾忘身丧命。一个喜钻窍寻孔，一个喜啖肉吞勒。要知胜败与输赢，且听下回词咏。

诗曰：

> 散闷无拘不作忙，只凭谈笑度时光。
>
> 聊将大艳风流传，说与知音笑一场。

话说乌将军与毛洞主的故事。这将军生在脐下，长在腰州，姓乌名龟，表字骨轮，列号风月散人。其性有刚柔兼济之才，其身有变化多端之术，弄手段能缩能伸，显威风可小可大。喜时节似铁加钢掘上而掘下，闷来时如绵去倒东而倒西。窃玉偷香，不亚于西厢张琪；取勇当先，胜似那江东楚王。莫道不可将凡比圣，圣凡皆赖此物而生。

忽一日，奉太保命令，领兵前往裸人县，剿捕毛洞中女寇走一遭。

唱：

一边点动人和马，炮响三声离了老营。抗枪舞棒军呐喊，叉手趋脚将威风。碗子盔边生紫雾，龟背壳上蚌青勒。这一去，高山峻岭路，铁壁铜墙撞透明。

在路行程多风景，中间少带骨碑名。将军挂印俱人马，正马军随拗马军。兵似群鸦来噪凤，将如楚汉惯争锋。

这一去揉碎梅花诚妙手，劈破莲蓬断根，鳅如菱窝钻到底，双龙入海定成功。短枪刺开格子眼，双弹打破锦屏风。

只用孤红一拈香肌俏，引得我临老入花丛。走了九溪十八洞，见了些金菊到芙蓉。剑行十里人马进，不觉春分昼夜停。对对蓝旗报回玉，拍马已到黑松林。两乳尖幽屯驷马，杜家庄上扎辕营。中间揭起青衿帐，五爪将军两下分。坐下腰州毯太保，捉下能争惯战人。

说话太保便问："是何人出马？"声音未竟，只见黑松林下闪出一将，生得粗粗大大，又不细细长长。要知此将住何方，腰州府成群结党。道："末将不才，出马一遭，不领兵卒，只须二子。"

一骑马冲出营来，但见洞门外好景：阴崖险峻，玄孔深幽；两行黑松掩映，一股清水奔流；前尖后长，犹如边城围绕；中间水发，恰似湖海汪洋。观不尽洞门好景，高叫："红心小卒，报与你毛洞主得知，叫她强将出马，弱将休来！"

这小校不听便罢，既然听说，即到里面声言："祸事！外边有一独目将军，甚是雄将，声声叫杀，句句不饶。"

毛洞主听说，带领水手，身出洞来。且看将如何排兵，怎生打扮：

戴一顶紫巍巍一抹耿不呆的檐盔，披一领细毛织就的乌油龟背铠，使一根光筋缠就木炳的点钢枪，骑一匹追风赶日惯战竖头马。

这将军更看那女怎生模样，如何装束：

她生得丹凤眼，悬胆鼻；一张没牙口、两片粉红唇；戴一顶前尖后长荷包样扁食盔，披一领里红外白、青边黑缝两片顽皮甲，使一条不伸不缩明伤人、暗埋伏紫金，骑一匹能颠惯跛赤眼清鼻大口无头马。

问知："来将通名，不消问吾。"

言："乃是威镇腰州乌将军是也！今奉腰州毯太保命令，领兵讨伐作乱淫寇。早早下马受降，免遭千戳万戳之苦。若是牙崩半个不字，凭着俺景东人马大披挂的将军，填凿洞口，杀进子宫，拿住你等，刺血饮马，取髓补精，那时悔之晚矣！"

这女子微微冷笑，答曰："但见你人物标致，未知你出马鏖战如何？此时休要逞啰啰，管叫你一会儿刚强性过，那时节洞门伏首，休教二子来拖。直杀你人困马乏要求

和，那时方才怕我！"

这将军也不答话，两手拄定光金似铁硬的独龙枪，照着那女子分心就刺。这女子也不慌，也不忙，凤点头侧身躲过，取出五采盘桓锦皮套数，及架相还，两下皮鼓打动，怎见得好杀。

唱：

你与你主争自在，我与我主助风情。你使懒汉推车法，我使驾牯去催更。倒浇蜡烛身流汗，隔山讨火洞门红。正是两家盘桓处，中间捎果子名：

两个栗子答了话，一对枇杷大争锋。只爱平坡员眼口，金桔怀内有风菱。银杏高时莲子放，胶枣乌梅紧皱纹。小红染污葡萄被，樱桃山内咬橙丁。柿饼脸红通红了，橄榄回味各人心。

只战得月暗秋窗嫌夜短，风吹竹径恨更钟。第一合才用机关无胜负；第二合再加手段见输赢；第三合打起精神嗷战久；第四合看看筋力不从心。当时恼了毛洞主，怒发冲冠起歹心："我今若不显手段，乐得冤家毛精神。"

口里念动妖邪咒，款款轻轻叫了几声。金莲高峰两腿里，悠悠戏沟洞红心。

乌将不识轻生计，尽力具兵重扑门。佳人见来心内喜，放出大水要淹人。五爪将军忙来展，怎当他急浪滔滔里外生。烟漫阴崖傍岸柳，撞塌洞口正当松。

常言道：势硬难熬软。话不虚传果是真。三略六韬虽是晓，二十四解欠分明。怎当他摧上摧下来得快，左别右扭不饶人。翻身再摆龙翻里，拿住将军胯下存。腰酸腿困难咂争，手软心忙没了神。再着一会儿不丢跑，定死在佳人手相中。

幸亏二子多能干，倒把将军拉出洞门。虚点一枪逃了命，到底难熬久战人。前走的厌头塌脑腰间将，后赶的跛口张牙再兴兵。一身英雄随流水，五陵豪气逐东风。好似猛风吹败叶，犹如急雨打残红。雨散云收鸳帐冷，香消风尽绣楼空。编成毛女乌龟传，说与风流子弟听。

赛花铃

[清]白云道人 撰

第一回　护花神阳台窃雨

诗曰：

弹铗朱门志未扬，为人须负热心肠。

宝刀一掷非谋报，侠骨能令草木香。

其二：

匣底恬锋未曾试，男儿肝胆向谁是。

手提三尺黄河水，天下安有不平事。

这两首诗，名为宝剑行，是赠侠客之作。大凡天生名流，为国柱石，必定上有神灵暗佑，下有侠杰扶持。凭你群奸说陷，百折百磨，到底有个出头日子。所谓吉人天相，然在自己，也须具有慧眼。先辨得他果是仙真，果是侠客，然后不被人欺，而仙侠为我使用。有如宋朝文彦博，征讨贝州妖人王则。一日，升帐独坐。忽被妖人飞一大石磨，从空打来。刚到头上，却得一人飞空抱出，把那交椅打得粉碎。彦博唬了一跳，起来拜谢其人，竟不认得。求其姓氏，那人并不答话，但写"多目神"三字而去。彦博才省起，幼时读书静室，夜半曾有一鬼乞食，形容甚怪，自言是上界多目尊神，因犯九天玄女法旨，罚他下方受苦。彦博遂饱赐酒食，又为他向玄女庙中，主诚求恩，果然即得超升。所以今日特来相救，以报前恩。这所谓神灵保护的了。

还有侠客一桩故事。明朝苏州有一钱生，名唤九畹。为人怀才抱行，磊落不羁。一日偶在虎丘梅花楼饮酒，见一壮士欠了酒钱，为酒保挫辱。钱生看他不是凡流，竟与他清偿所欠，并邀同饮，那人欣然就座。谈论中间，钱生细叩行藏。那人道："俺隐姓埋名已久，江湖上相识，但呼俺为申屠丈。因在此期一道友梅山老人，偶来闲步，不料忘带酒钱，致遭酒保无状。这也是小人，不必计较了。只是有累足下应还，何以克当。两人自此结纳了一番，后三年，钱生携资宦归，途遇响马，正在危急之际，忽见一人从松梢而下，手持尺刃，杀散强寇，亲解生缚。仔细一看，其人非别，原来就是申屠丈。钱生向前拜谢，申屠丈笑道："梅花楼一夕酒资，自当偿答，何用谢为。"遂跨步而去。这是旧话，不必细说。

近有一人，也亏了仙真暗佑，侠客扶持，后来得遂功名，脱离祸纲。说来到也希罕，因做就一本话头，唤做《赛花铃》。看官们不嫌烦琐，待在下一一备述。

那人是明朝直隶苏州府太仓州红家庄人氏，姓红，名芳，表唤子芬。父为礼部侍郎，去世已久。娶妻王氏，琴瑟调和，年俱三十以外。单生一子，唤名文琬。生得仪容秀雅，资性聪明，年方八岁，便能吟咏。芳与王氏，十分爱惜，不啻掌上之珠。每日亲教攻书，不容少辍。你道红芳是个宦家公子，为何不延请西席，却自己教诲？原来先礼部是个清正之官，家道不甚丰裕，又因文琬年纪幼小，所以不请先生，只得权自教他几载。正所谓：

二义并尊师即父，一经堪授子为徒。

却说红芳，家虽清俭，其所居宅第，层楼曲室，仍是阀阅门楣。靠后建着园亭一座，内造书室三间，收拾精雅，即文琬在内读书。室之左首，靠着太湖石畔，有牡丹花二本。其一，枝叶扶疏，根株甚大，乃侍郎公所种。其一乃红芳亲手栽培，未满十载。此外又有桃柳梅竹之属，独墙角边有绝大的槿树一株，葱茏高茂，将及百年之物。只是园虽幽雅，往往有妖物作祟。喜得红文琬年纪虽轻，胆力颇壮，所以同着书童紫筠，在内肄业。祖上相传，又有宝剑一口，名曰五道水。光芒焕发，真不亚于干将莫邪。

一日午余读倦，红芳将剑细细的玩弄多时。红生在旁从容问道："敢问父亲爱玩此剑，不知有甚好处？"红芳答道："凡做男儿的，上则安邦定国，下则斩怪除妖，非此利器莫能也。"红生道："据着父亲这般说起来，在孩儿辈，只宜学剑足矣，何以咬文嚼字，又做那清苦生涯。"红芳莞然笑道："吾儿点点年纪，谁料敏悟至此。只是但知其一，未知其二。当那用兵时节，非武无以戡乱。若在太平之世，所以致君泽民，岂能舍此三寸毛锥。吾愿儿为文臣，不愿儿为武将也。"自此，红生将那宝剑挂在床头，不时把玩。

光阴荏苒，那一年倏又长成一十五岁。一日早起，忽闻外边传进："方相公来了。"红芳急忙放下书卷，向前迎接。原来这姓方的，名唤永之，是方正学之后，乃一饱学秀才，就在三十里之外，白秀村居住，与红芳是嫡表兄弟，故来探望。红芳迎进客座，问过起居，遂置酒饭款待，着文琬出来，亦相见礼毕，方公欣然笑道："与贤侄别来未几，一发长成可喜。适才遥闻诵声朗朗，所读何书？"红芳道："经与古文，俱已读完，近来胡乱读些小题。只怪他性耽音律，闲时每每吟哦不辍。弟以诗乃不急之务，若专心致志，必致有妨正业。怎奈再三规训不从。"方公道："作诗是文人分内事，何谓不急。侄既有此妙才，做表叔的就要面求一首。"因指庭前菊秧为题，文琬不假思索，应声占道：

芍药花开春暮时，东篱消息尚迟迟。

寄言墨客休相笑，一日秋风香满枝。

方公听毕，拍案称赏道："细聆佳咏，异日前程远大，不卜可知。虽云未臻大雅，然由此再一琢磨，足与李杜平分一席。"红芳道："不过随口乱言，仁兄何乃过为奖誉。近闻畹芳与仲馨二位贤侄，闭户苦读，想必进益颇多。"方公摇手叹息道："只一部经书，尚未读完，那有进益的日子。"原来方永之有侄，名兰，表字畹芳；子名蕙，表唤仲馨。俱与红生年纪相仿。当下方公又问道："不知今岁西席何人？"红芳道："弟因窘乏，不及延师。即欲附学，又无善地，只得自己权为设帐。"方公道："有了这般资颖，后日必成伟器。虽则自训真切，然闻古人易子而教，还不如延师为妙。我闻曹士彬为人忠厚，所学淹贯，现在敝友何家设帐，不若来岁吾与老弟，共请在家，上半载在弟处坐起，下半年在敝居终局。又闻沈行人之侄西苓，也要出来附学，约他同坐，岂不是好。"红芳道："如此极妙。在弟虽窘，亦不吝此几两束修。只是顽儿自幼娇养，恐怕难以出外。"方公道："我与贤郎，虽云中表，实系叔侄至亲，何妨就业。兄弱息素云，久欲与弟结秦晋之雅，今不若就此订定。则以侄兼婿，骨肉一家，那时便可以放心得下了。"红芳大喜道："若得如此，何幸如之。但愧家贫，无以为聘耳。"方公厉声道："吾辈以亲情道谊为重，一言即定，安用聘为？"红芳即时进去，与王氏商议，取出祖上遗下的紫玉钗二股，放在桌上道："今日就是吉日，权将此钗为求允之仪。"方公慨然收领。

当晚无话，至次日饭后，同去约了沈西苓。又到曹士彬处，定了来岁之约。光阴迅速，不觉又是新正天气。红家备了船只，一边去接先生，一边去接沈西苓及方兰、方蕙。到馆之夕，未免置酒相款，各自收拾书房安歇，不消细叙。

却说沈西苓，讳叫彼美，乃沈行人之侄。家居吴县，年方十八，学问充足，进学已二载了。只为曹士彬时髦望重，又兼方红二公相拉，所以出来附学，与众窗友俱不相投，独与红文琬十分莫逆。自此倏忽二载，文琬一来自己天性聪明，二来曹士彬教训之力，三来沈西苓切磋之功，所以学业大进。诗文韬略，无不博览精通。当下取一表号，唤做玉仙。只因两赴道试，不能入泮，居常愁眉蹙额，快快不悦。亏得曹士彬与沈西苓，曲为解慰。于时，中秋节近，士彬与众生俱各归去。玉仙闭门自课。

忽一夜，读至二更时候，不觉身子困倦，遂下庭除闲步。徘徊之际，忽然月色朦胧，阴风惨刮。遥闻半空里喧嚷之声不绝，侧耳静听，却是西北角上，哄声汹涌，恰像兵马格斗的一般。玉仙惊叹道："不知又是什么妖物作怪了。"连把紫筠呼唤，已是熟睡不醒。便向床边取了宝剑，往太湖石畔，潜身细看。只听得哄声渐近，一阵狂风过处，见一老姬，手执双刀，向南疾走。那老姬怎生模样？但见：

骨格轻盈，梳妆淡雅。论年庚，虽居迟暮；觑丰态，未损铅华。疾行如电，执利刃而飞趋。杀气横眉，似衔枚而赴敌。若云仙子殊姑射，道是妖姬似永儿。

那老姬过后，随有一将，獠牙红脸，貌极狰狞。手执巨斧，急急的向南赶去。红生偷眼一看，吓得遍身寒抖。原来那将生得：

躯干夭乔，威风凛凛。鬓须苍赤，状貌森森。执开山之巨钺，力堪破石；具丈六之修躯，顶欲摩天。似此狰狞恶相，疑为木客。若令浑身披挂，即是神荼。

只见红脸将向前驱赶，那老姬回身，抖擞精力，杀了数合。正在酣战之际，刺斜里又忽地闪出一个美貌女子来。那女子生得如何？有诗为证：

国色最盈盈，温柔似太真。

含娇依淡月，弄影惜残春。

杨柳风前断，荼蘼架畔亲。

慈恩今已谢，惆怅洛阳尘。

那女子柳眉直竖，星眼含嗔，舞着双剑，与红脸将接住。一来一往，三个混战了一会。那老姬气力不加，刀法渐乱，被那红脸将一斧砍倒。女子急欲救时，又被红脸将轮斧劈来，遂绕着太湖石畔而走。其时，玉仙看得长久，心甚不忿。暗想：何物妖怪，辄敢如此跳梁。我闻宝剑可以驱邪何不将来一用。便大着胆，等那红脸将将次赶近女子，提起宝剑，用力砍去。只闻空中铮然一响，连剑与女子都不见了。时已二更天气，要去寻剑，却又骤雨如注，只得进门安寝。

次日清晨，急往园中，遍处寻觅，绝无踪迹。惟见老牡丹根株断落，跌倒在地。那新种的小牡丹，全然不动。又寻至墙角边，只见宝剑砍在槿树之上，剑口血迹淋漓。玉仙不胜骇异。即时拔出剑来，把那槿树一顿砍倒。忽然一阵香风过处，夜来那个美貌女子，罗袖飘飘，玉环唠唠，向前深深万福道："妾乃花神也，自居此园，历有年所。近来祸被槿精，渔色欺凌。因妾贞介自守，以致昨夜老母与彼相角被戕。若非君子解救，妾亦为之命毙矣。重蒙厚德，特此致谢。"玉仙又惊又喜，向前揖道："仙卿洪福，自应免祸。槿精作祟，理合去除。若在小生，何力之有。但今日之会，信非偶然。不识仙卿，亦肯效巫山之雨，令小生得以片时亲近否？"花神低首含羞，徐徐应道："感君大谊，岂敢固却。如欲荐枕，愿俟夜来。"玉仙笑而许之。

及至夜深时候，果见花神冉冉而降。于是披芙蓉之帐，解雾之衣。玉股既舒，灵犀渐合。既而翻残桃浪，倾泻琼珠。而红生已为之欣然怡快矣。有顷，花神整妆而起，向着玉仙，从容说道："妾虽爱君，奈因天曹法重，自后不获再图一会。然君佳遇颇多，姻缘有在。日后有一大难时，妾当竭力图报，惟郎保重保重。"说罢，回首盼生，殊有恋恋之意。而窗外香风骤起，遂凌风而去。玉仙似梦非梦，痴痴的沉吟了一会，始知红脸将是槿树精，老妪与美貌女子即是牡丹花神也。又连声叹息道："非此宝剑，则花神何由免厄，而精祟何以得除。今既斩灭，谅无事矣。"

到了次早，会值曹士彬与沈西苓俱已到馆，遂将此事搁起不题。要知后来如何？下回便见。

第二回　劫村落漁池弄兵

当下曹士彬到馆，随后方兰、方蕙与沈西苓，一齐同至，各自攻书无话。

你道，下半载应在方家供膳，为何仍到红家？只因方公患病，故将酒米蔬肴送到红生家里，托暂支持，俟病愈之日，即同过去。不料那一年，流寇猖獗，湖广、江西等处地方，俱被残破，一连夺踞二十余城。亏得张总制兴湖广总兵莫有功，督兵征剿，稍稍败退。然风闻开去，各处草寇，聚众相应。遂有一员贼将，啸聚泖湖，手下约有三千贼众，官兵莫敢剿捕。其人姓唐名云，系山东响马出身。生得虎头猿臂，黑脸长髯。会使一把大刀，更精骑射，百发百中，所以众贼推拥为首，自号黑虎天王。当下扎寨，连接数里。凡苏松等处，市镇村落，无不被其剽掠。早惊动了上司官长，邀请提督岑元文进剿。

那岑元文，以武进士历有战功，升至右府同知，赐一品服，奉敕镇守吴淞。一日升帐，只见众将官纷纷禀报，泖寇唐云，十分猖獗。正在议论间，又值抚院檄文已到，随带副总镇王彪，立时起兵征进。那王彪能使六十三斤一条大鞭，有万夫不当之勇，最为岑元文心腹健将。当下领了三千铁甲军，星夜杀奔前来。地方少不得派出粮饷，犒赏军士。延挨数日，打下战书过去。那黑虎天王，闻了这个消息，登时唤过手下四员大将商议。一名三眼夜叉黄俊，一名独脚虎史文，一名小金刚鲁仲，一名撩天手陈达，俱有千斤气力。黑虎天王把上项事说了一遍，史文便道："吾主不必忧虑，官兵若到，只须如此如此，管教他片甲不回。"众人齐道："史大哥说得有理。"计议已定，即批发战书，约定明午出战。其夜，忽值本处乡绅，公宴请着岑元文饮酒，全无整备。及闻战期即在明日，大家仓皇失措，各自整理船只器械。挨到明晨，湖上并没动静，但有几只小船，对面时常来往。岑元文不以为意，遂促王彪为前部，招集众将，一直杀过山去。将近山前，只见芦花滩里，泊下许多船只。岑元文见了，连叫众将放炮。那贼船上听得炮声响处，并没一个迎敌，拥着两员头目，东西逃窜去了。王彪乘势杀上岸来，斩开了寨栅，并不见有甚兵马，止有粮草金银，堆积如山。众兵看见，尽去抢掳。捡着好的呈献主帅，其余各自分头抢散。正在扰嚷之际，忽然见山后火起，四下喊声齐举。须臾狂风骤作，走石飞沙，早有四员贼将从旁杀出，把昝元文大兵，截为数处。那官兵身边揣着金帛，谁肯恋战。独有王彪自恃骁勇，便轮动钢鞭，向史文就打。史文往后一退，反把王彪围住垓心。此时王彪，独战五将，并无惧色。杀到申牌时分，手下仅存二十余人，只得下了一只小船，向南而走。又被鲁仲一箭射中水手，那船便支撑不定。陈达飞棹赶上，用力一枪，搠着了王彪左腿，翻身落水。众兵不敢捞救，竟死于泖湖之内。正是：

瓦罐不离井上破，将军难免阵中亡。

却说昝元文，见王彪围困垓心，正欲奋勇援救，又遇黄俊伏兵，拦住去路，杀得七损八伤，大折一阵。归点残兵，刚剩得六百余人，又没了王彪一员勇将。昝元文又羞又恨，欲待再战，缺少兵马，欲归吴淞，又恐部抚归咎，便将百姓大骂道：“今日之败，都因地方不行救护。这些奸民，决与湖寇通情。且不要管他黑白，一个个砍了他的性命，才雪我恨。”即时传下号令，将近泖一路地方，尽行剿灭。可怜老幼男女，霎时间杀伤了五六百人，俱充作贼人首级，到部抚报功。惊得远近百姓，也有丧身锋镝的，也有逃窜远去的。儿啼女哭，一时星散。

却说黑虎天王，胜这一阵，皆由史文妖术。及见官兵败去，越无忌惮，率着众贼，四处打粮。看看掳到红家庄来，红芳听得风声不好，后知方公病体已愈，急忙打发儿子与曹士彬等，前往方家读书。又将细软什物，收拾停当，雇了船只，着王氏竟到长兴处家避乱，自己住在家里，探听消息。正是：

宁为太平犬，莫作离乱人。

红生到了方家，举家相见，礼毕。此时素云，年已及笄，生得眉横柳叶，脸衬桃花，真有倾国倾城之色。又兼方老安人，亲教诗词，颇谙吟咏。当下在房，一见红生，急向后屏躲避。红生虽不及细看，然亦窥见美艳非常，不觉暗暗欢喜。

看官，你道红生往来读书，已经数载，为何素云尚未识面？只因这头姻事，方公力欲许生，老安人却谦他家事单薄，意犹未决。况闺禁甚严，红生虽系娇客，非奉呼唤，不敢擅入中堂。即或暂时进去，自有婢妇先行禀报，然后进见。所以红生虽欲偷觑，其如闺阁深藏，难图半面。不料那一日，偶然撞见，顿觉芳情牵惹，一时按纳不下。闲话休提。

且说玉仙见了方公，备述泖寇焚劫，甚是披猖，所以先期避难。方公与老安人道：“既然如此，可宽心在此读书，待平静之后，归去未迟。”红生又细细的慰问了一会，自到白云轩卧内，打扫收拾，日与士彬、西苓讲诵不辍。正是：

闭户不闻戎马事，垂帘惟读圣贤书。

且说素云小姐，年当二八，正在动情时候。自那一日，窥见玉仙，风流俊雅，不觉春思顿萦，终日不情不绪，针线全抛。一日午睡起来，连呼侍婢凌霄，杳不见至。忽见几上有花笺一幅，遂研墨濡毫，以屏间画鹊为题，吟诗一绝道：

谁向生绡写得微，寒梅终日向相依。

佳人睡起朦胧眼，错认盘旋欲去飞。

原来素云房内有婢女三个。一唤紫菊，一唤春兰，另一即凌霄也。虽均有姿色，惟凌霄尤觉娉婷独立。至如素云宠爱，亦惟凌霄最为得意。当日因往后园，攀折桂花，所以不在房内侍候。素云题诗已毕，犹搦管沉吟。忽值方公走进，一眼看见，便问道："我儿所作何诗？可取来我看。"素云连忙双手奉上。方公看毕，欣然笑道："我儿有此诗才，谢家道韫，不足数矣。只是咏物之作，须要不即不离，有玲珑活变之致，方见匠头。吾儿此诗，骨格虽全，风韵犹乏，更宜精细为妙。"素云道："孩儿睡起无聊，偶尔成咏，谁料为爹爹所见。幸蒙教诲，望乞和韵一章，使孩儿学为规则。"方公一头笑，一头取笔，向笺后写道：

怪杀良工心思微，双双灵羽镇相依。

自从七夕填河后，长绕南枝不肯飞。

方公题毕，把与素云看了一遍，便将来放在袖中，竟自蹀出外边去了。素云唤着凌霄问道："适才我再四唤你，只是不见，你在何处去了这半晌？"凌霄道："说也好笑，适因小姐熟睡不醒，悄悄的走入园中，折取桂花。谁料红郎望见，笑嘻嘻的走近身边，深深揖道：'敢问姐姐，可是凌霄否？闻得小姐，最会作诗，奈小生孤馆无聊，不获觌面请教，望乞转达妆右，幸将珠玉见赐，以慰饥渴之望。'凌霄便抢白道：'君乃东床娇客，祖腹有期，何得倩着婢侍传言，有失尊重。万一为沈生并吾家小主窃见，岂无瓜李之疑。况幸遇妾身，若是一个不晓事的，张扬出来，不惟郎君行止有乖，连累小姐面上，也不好意思。'为此，正欲告禀。小姐，你道红郎好笑也不好笑。"素云听说，俯首不语。既而低声说道："你今后没有要紧，不可再到园中。从来文人轻薄，你若遇见，只宜回避，不可与他调戏，亦不要将他抢白。我方才睡起，唤你不应，做下画鹊一诗，忽被爹爹撞见，把来袖了出去。你可走到外厢，看是如何，便来回复我。"凌霄连声应诺，遂急急的悄然步至书房门首。

那一日，适值曹士彬不在馆内，只见方公向着袖中摸出花笺，递与红、沈二生道："我因二位老侄诗才甚妙，今以画鹊为题，做下拙作二首，幸勿见笑。祈依韵和之。"又对方兰、方蕙道："你两个也做一首，倘有不明之处，可向沈大兄请政。"二生看毕，连声称赞道："细观两什，字字珠玑，一空凡响。自是天上神仙，非复人间粉黛。侄辈

袜线菲长，岂敢班门弄斧。"方公道："二位老侄，不必太谦。幸即次和，以成一时之兴。"言讫，便自踱了出来。

看官，你道方公时何将此二诗，俱称自己所作，要着二生和韵？只因方公素慕红生之才，又闻沈西苓亦名誉藉甚，故借此一题，要他两下和来，以观高下。又因素云，当时亲口许了红生，不料老安人几番埋怨，意犹未决。为此进退两难，正欲红生显出手段。倘若和得高妙，果有出人意见，一来与自己增光，二来学着古人，雀屏中选之兆，三来使老安人晓得，红生学问富足，日后必然显达，不致反悔姻盟。所以瞒了女儿，竟自拿出外厢索和。

当下红、沈二生领了方公之命，与方兰、方蕙，各自就席。须臾，红、沈二生先完，随后方兰、方蕙次第成咏。要知和得高下如何？且听下回解说。

第三回　慧娇姚衡文称藻鉴

诗曰：

一曲阳春竞唱酬，高才难息谤悠悠。

早知世道多奸险，扣舌何如得自由。

当下红玉仙、沈西苓将鹊诗依韵和就，随后方兰、方蕙亦各完篇，共录在一方桐叶笺上，以待方公评阅。等了一会，只见方公欣然踱进房来，红、沈二生便将诗稿双手递过。方公接来看道：

其一：

画史深夸挥洒微，翠屏喜鸟似依依。

双睛更遇仙人点，奋翅天涯自远飞。

其二：

三匝空怜月色微，南林今幸一枝依。

故园欲去愁无主，故傍山梅不忍飞。

其三：

笔尖巧夺化工微，双鹊浑然永自依。

何事儿童痴蠢甚，几番驱逐不曾飞。

其四：

灵画年深墨迹微，一双灵鹊向花依。

旧巢今被谁人占，独自迟回不肯飞。

方公看罢，连连赞赏道："细观笺首二章，必系二位老侄所咏。工力悉敌，寓意各深，真是锦心绣口，使我不胜欣快。只愧儿侄辈，东涂西抹，较之绣虎才情，万不及一，真豚犬耳。二生再三谦谢道："下里巴吟，谬承见赏，殊非侄辈所以请政之意。"方公又将方兰、方蕙的诗，细细的评驳了一番，遂将诗笺袖着，回进内房，把与素云看道："我以儿诗，并我所作，以示红、沈二生，并汝兄汝弟，着各次韵成章。汝且试为评阅，四人高下若何？"素云一连哦了数遍，便说道："首章，规模宏大，有高飞远举之志。次作清新秀雅，不愧大方，然一似有思归之忧者。至第三首，虽非前比，犹有可观。若末篇，潦草不工，卑卑乎不足观也。据着孩儿管见如此，未知爹爹严命以为确否？"方公道："我儿评品，语语切当。依我看来，第一作想是沈西苓，第二篇口气想是玉仙侄，第三想是蕙郎，若第四定是兰郎这蠢才了。"遂命素云，用上批语。及至一一相询，果如所言。二生看了，亦各叹服。独有方兰批坏，深憾姊氏较评之刻。又见众人暗地笑他，闷闷不悦。话休繁絮。

当日正在看诗，忽见书童报进："红相公来到。"玉仙随着方公，急忙迎进。见毕，坐定，备问家中消耗。红芳叹息道："不要说起，自你出来，不上半月，即遭那伙贼寇，到村焚劫，把屋宇家私，都化作灰烬了。你难道还不相闻么。更有一件奇怪，周围俱各烧尽，独有牡丹亭还留在那边。闻说时常鬼现，贼兵倒也不敢擅进。"说罢，父子俱各感伤不已。方公与曹士彬从旁劝慰乃止。当晚少不得置酒款待，不消细叙。到了次日午后，红芳作别，自往长兴外家去了。

且说玉仙，自闻此信，终日眉头不展，面带忧容。却得方公几番劝慰道："吾侄家业虽废，犹幸骨肉无恙，何必过为无益之忧。目下闻得宗师将到，且自安心读书，以图克捷。"玉仙听说，只得强自排遣。一夕，与沈西苓趁着月色澄清，坐于竹荫石畔，闲话移时。玉仙微微叹息道："小弟时运不济，命途多舛，年将弱冠，功名既未到手，怎奈家下又遭焚劫。遑遑如丧家之狗，为之奈何。"西苓道："仁兄学业已成，又在具庆之下。今虽偃蹇，后当显达。若在小弟，幼年失怙，书剑飘零，虽获幸拾青衿，而负郭无田，齐眉无妇。窃恐将来，不知更作何状也。"玉仙道："我两人虽则异姓，实胜同枝。他日乘车戴笠，永以为好，无相忘此日之情。"正说话时，忽闻后楼，呜呜的笛声吹响。玉仙慨然道："弟欲即事为题，共联一律，以舒郁勃，不知兄意若何？"沈生道："我亦正有此兴。兄如首倡，敢不效颦。"玉仙遂朗吟道：

幸同知己滞孤踪，（玉仙）　曲经无人云自封。（西苓）

梅影横斜侵石砌，（玉仙）　笛声断续到帘栊。（西苓）

柳眠不定因风扰，（玉仙）　花睡含矉带月浓。（西苓）

坐久却怜清露下，（西苓）　梦魂空忆楚云峰。（玉仙）

玉仙吟罢，兴犹未已。复作《蝶恋花》词以寄感。词曰：

夜静谁怜萧馆独？笛弄琼楼，空忆人如玉。孤鹤梦寒声转促，梅花落尽青山绿。破入清商成断续，袅袅余音，赠我愁千斛。曲罢不知银漏速，多情想倚阑干曲。

吟毕，抚掌大笑，即时进房，将词录出。写罢，重复吟哦了数遍，然后解衣就寝，

一夜无话。到了次日，又值文会之期，曹士彬吃过早膳，同着红、沈二方，自去课文不题。

且说素云，自从凌霄传着玉仙的说话，又见生诗才隽逸，不觉春心顿动，往往托着凌霄，觇生动静。其日倚着雕栏，正在凝眸独立，忽见凌霄手持一张笺纸，笑吟吟的走至。素云问其所以，凌霄道："今日红家郎君与曹先生俱以会文出外，书房不锁，被我闯进去闲耍一回。只见砚匣底下压着这张花纸，甚是可爱。又见有几行墨迹在上，小姐平素是极好写字的，故拿来比一比，看谁的好。"素云接来一看，却是一首《蝶恋花》词，句既清新，字又端楷，赏玩数四，方知红生是为夜来闻他吹笛而作。便将来折为方胜，藏在镜箱之内。当晚玉仙、西苓与方兰、方蕙回来，各将文字清出，呈与曹士彬批阅。曹士彬先将沈西苓二艺看了一遍，密密圈点道："荆玉无瑕，秋兰挺秀。至其蹊径独辟，有白云在山，芙蓉露之故。"次将红玉仙的卷子看道："析理入玄，譬如悟僧说偈，语语真机，并无一点障碍。矧又高华秀茂，不作秦汉以下文字，试必冠军，允堪独步。"随后把方蕙的二艺，略略批点道："开讲宏阔，居然大家笔力。中二比，曲折匠心，题旨毕出。独后半篇，稍嫌卑弱耳。"再将方兰的卷子看了一遍，用笔一勾道："说理则牵引支离，对股则叠床架屋。终为顽石，何以琢磨。"不料那一日，方兰偶然不在馆内，沈西苓看见批坏，接过来与红玉仙从头看罢，忍笑不住。既而方兰进来，问道："吾等文卷，先生曾已阅过否？"西苓戏道："弟辈拙稿，俱被勘驳。惟吾兄的，先生最为奖赏。"方兰道："那有此话，仁兄莫非取笑。"玉仙便取出来，展开一看。只见，自破承题以至结尾，涂抹之处，不计其数。方兰看见如此批坏，登时脸色涨红，夺去藏匿。沈生又谑道："兄的文字，掷地当作金声，惜乎先生一时错误，沉没佳章，殊可扼腕。"玉仙亦笑道："吾弟佳作，清奇典硕，在他人再没有做得出的，可惜先生不识奇物耳。"方兰自觉无颜，正在愤懑之际，又被沈、红二生当面讥笑，不觉发怒道："小弟虽则一字不通，你两个却也忒煞轻薄。昨日偶因身子不快，所以做得平淡，难道我两篇头也完不来的么。"沈生道："完得来完不来，总与别人无干。弟辈偶尔取笑，吾兄何太认真。"玉仙道："也不要怪着吾弟，高才见屈，自应愤怒不平。"当下二人，你一句，我一句，半真半谑，气得方兰不能开口。再要争竞几句，又值曹士彬走到，只得气愤愤的踱了出来，坐在椅上，暗暗的想了一会，愈觉恼恨道："前日的鹊诗，既被那素云满口乱嚼，今日又遭小红当面讥讪，他夫妇如此情毒，我须寻一计较摆布他，才消此恨。"又想道："那厮六礼未行，有何把柄，做得我家姊丈。须要寻计，拆散他这头姻事方好。"正在自言自语，适值方蕙走来看见，便问道："吾弟为何不去读书，却怒悻悻的坐在这个所在？"方兰道："我的文章不好，被看先生批坏，与那沈红两个有何干涉，只管刺刺的恶言取笑，不怕人的面痛。就是西苓，不过暂时相处，也还气得他过。若那小红，与我乃是郎舅至戚，反帮着外人，把我讥诮，岂不可恨。"方蕙劝道："只要自家争气，做得没有破绽就罢了，何消着恼。"方兰又怕叔婶得知，必要见怪，只得忍气吞声。自后与沈、红二生，面和心不和，暗暗怀恨，不消细说。

那一年，正值科考，宗师发下牌来，先着县尊考录童生。等得试后出案，玉仙高取第三，方蕙亦以第十名复试，惟方兰取在一千零七名。既而府试已过，宗师坐在江阴吊考。先录过了各县秀才，然后挂牌考试童生。玉仙府案，仍列第三，只与方蕙两个讲道。四书两篇，经与论各一篇，真做得锦绣相似，欣欣然俱觉得意出场。及至宗师所发案，玉仙取在第七名，拨入府学。到了送进学一日，鼓乐喧天，一路迎接回来。拜见方公夫妇，方公大喜道："得婿如此，我无憾矣。更愿及早着鞭，毋负我望。"方老安人默然不语。方兰在旁，微微冷笑。只有方蕙，为着功名蹭蹬，又见红生进学之后十分得意，自此日夕忧苦，染成弱症，沈西苓亦以考在三等，没有科举，快快不乐。当下红生满怀欢喜，写了一封书信，着紫筠持到长兴，报知红老夫妇。过了数日，只见红芳即着紫筠赍书回报，红生拆开一看，其略云：

四郊多垒，三匝无枝。每切破家之忧，却获入泮之喜。所以继祖业而高大门闾者，非汝而谁。更宜努力，再图秋闱奏捷。至嘱至嘱。

红生又得了平安家信，愈觉欢喜。遂赋五言一首以自遣道：

家破何须恨，业成志岂违。

愿将寸草意，聊以报春晖。

自后，方公相待之情，愈加丰厚。生亦埋头苦读，以图远举。只是孤馆凄凉，每当风晨月夕，未免因春惹恨，睹花增感。每每想着素云，十分美貌，虽订姻盟，怎奈媒妁未通，六礼未备，尚未知久后姻亲果是如何。又想起父子各天，虽则外家至戚亦无久居之理。以此寝食俱忘，时时浩叹。

忽一日，检理诗稿，不见了曩夜闻笛的那一首《蝶恋花》词，忙向紫筠诘问道："我这里并没有外人进来，为何不见了花笺一幅？"紫筠只是推着不知。既而红生又细细的翻捡了一会，再三盘诘，紫筠忽然醒起。要知果是何人拾去？下回便见。

第四回　俏丫鬟带月闯书斋

红生不见了《蝶恋花》词那幅笺纸，再四诘问紫筠，紫筠忽然醒起道："那一日，只有凌霄姐在此闲耍半晌，除非是他拿去。"红生道："他又不识个字儿，拿去何用。"正在猜疑不定，恰值凌霄持着午膳走至。红生满面堆着笑容，扯住问道："前日砚匣底下，有一张笺纸，上面写着几行字儿的，被着姐姐拿去，望乞捡还。"凌霄道："这也好笑，我要这笺儿何用，为何向我取索。想是那一日，我家小姐在此闲玩，或者是他拿去了。"红生道："既是小姐拿去，烦乞姐姐讨来还我。"凌霄也不回言，竟至绣房，向着素云，道其所以。素云见说，即忙取出花笺，递与凌霄道："我要这笺儿何用，你可拿去掷还了他，切莫与外人知道。"凌霄应了一声，遂又趋出书斋，带笑说道："小姐说要他无用，着我送还了你。"红生慌忙展开一看，却不是前日的笺纸，又别是新诗一绝。其诗道：

懒抚焦桐懒赋诗，满怀幽思倩谁知。

鸟啼花落春将去，总是香闺肠断时。

红生看毕，暗暗惊喜道：原来小姐才情如许，深愧小生薄福，何以消受。只是室迩人遐，使我一片相思，顿添几倍，小姐小姐，你但知鸟啼花落，乃是断肠时候。亦曾想着凄凉孤馆，有欲化之魂否。遂于笺后题词一首道：

人在曲房，仙洞惆帐，佳期如梦。青鸟带书来，空把相思传送。珍重珍重。盼煞隔墙花动。

——右调《如梦令》

红生写毕，也瞒着凌霄道："这幅笺儿不是我的，想是小姐错把拿来。不敢相留，烦乞姐姐带去，纳还妆次。"凌霄不知头脑，便即取词而去。

次日，红生正在回廊之下，徘徊独步。忽见凌霄走至，红生含笑问道："姐姐此来，想必小姐更有话说。"凌霄道："如今将原笺还你了。"红生接过一看，却又是一首新词。只见上面写道：

庭院深沉人悄悄，几阵狂风，断送花容老。梦破翻嫌莺语巧，云埋咫尺书窗杳。

未卜佳期何日好，秦晋空联，反觉添烦恼。昨夜月明愁更绕，笛声吹破关山晓。

——右调《蝶恋花》

红生展玩数四，不觉叹息道："谁想小姐如此厚情，一片幽思，已展于尺幅之内。却教我旦暮间何以排遣。因想此事，必须求着凌霄，或者得与小姐，相见一面。"遂将素云瞒着他，暗寄情词之意，备述一遍。凌霄亦叹息道："原来小姐恁般多心，连我也瞒着了。只怕非我也成就不得好事。"此时，适值紫筠不在，红生四顾无人，不觉情兴勃勃，便将凌霄一把搂住。凌霄满面涨红，用力死挣道："快些放手，我若声张起来，只怕羞破了你的脸皮。"那红生毕竟胆怯，惟恐叫喊，将手放松。凌霄乘势挣脱，便一溜烟走进去了。红生刚欲掩门，恰遇西苓走至，即邀进坐下。红生道："细观仁兄，若有不豫之色，何也？"西苓叹息，答道："我与兄聚首数年，今一旦远别，能无怅怅。"红生道："有何事故，便欲归去？"西苓道："昨闻宗师回省，弟以正考见遗，要先往省城告考。倘获侥幸，则与仁兄同赴科场。若仍不取，有一敝友在京，就到北监营谋了。只在明旦一别，后会难卜，以是不免快快耳。"其夜，二人唧唧哝哝的直话至二鼓就寝。到得鸡鸣时候，西苓即便起来，收拾行李，向着方公与曹士彬，辞别而去。红生独送至十里之外，口占一词为别。其词曰：

乱烟罩远树，鸡唱天初曙。一湾流水孤舟去，断肠惟此处，断肠惟此处。长杨已赋，休叹功名暮。□□日青云路，却因远别增离绪。赠君拈俚句，赠君拈俚句。

——右调《东坡引》

吟毕，犹依徊不舍。西苓握手辞谢道："蒙兄远送，足领厚情。此处已是十里长亭，就此别了罢。"红生坚执再送一程，只得快快分袂，回到书斋。收拾琴箱，也要别了方公，暂归长兴省亲，以便到京乡试。遂即整衣，同着方蕙，进至后房。时因方公卧病在榻，方老安人与素云俱坐在床之左侧。素云见生，即欲回避。方公止之道："红家官人，乃是至亲骨肉，那里避得许多。无论订姻，即是表亲，原该兄妹称呼的。只今以兄妹之礼见罢。"礼毕，即命坐于床之右首。红生问道："老伯尊体无恙？为何日高尚未起来梳洗？"方公道："只因昨夜冒着风寒，不觉旧恙复发。老年风烛，已是没用的了。"红生本欲别公回去，闻说有病，只得耐住不言。少顷茶罢，忽闻桂香扑鼻。红生便问道："此时刚值季夏，为何就有桂花？"方公道："此是你表妹房前的四季桂花，年年不待中秋，预先开的。"便叫蕙郎："快去折一枝来，与红家哥哥，以作今秋折桂之兆。"连唤数声，无人答应。素云便自进内，折了一枝，置于几上。红生取花细玩，不胜欣喜。于时偷眼相窥，更觉情热。只恨人前，不便道及衷曲，快快而别。红生回至书房，把那桂花再三细玩，题着绝句三首道：

其一：

如来全粟布秋枝，仙子殷勤赠别时。

可惜清香虽不减，月明□□□想思。

其二：

朝来何意忽相逢，阵阵天香带晓风。

珍重姮娥亲有约，一枝擎出广寒宫。

其三：

丹桂何缘预放时，清香扑鼻最堪思。

深知折赠非无意，月窟期攀第一枝。

题毕，复研墨濡毫，用着楷书，细细的写在一方素笺之上，以待觅便，寄与素云。于是，乃是六月中旬。当夜月明如水，红生勉强饮了数杯，不情不绪，凄凉万状，独自靠在栏杆，举首看月。忽闻隔院红楼，丝竹竞奏，嘻笑之声不绝。愀然长叹道："所谓欢娱嫌夜短，寂寞恨更长。信有之乎。"又向竹荫之下，徘徊了半晌，只得进房就寝。翻来覆去，展转不寐。将至二更时候，忽闻门上指声弹响。侧耳听时，又微闻咳嗽之声，便即起来，悄悄的启扉一看，只见梧桐径畔，站着一人。上穿淡罗半臂，下著半旧纱裙，发卷乌云，眉横远岫，乃一十六七岁的美丽人也。曾有一诗为证：

二八最盈盈，含愁似有情。

西厢曾伴月，南陌解闻莺。

逐队依兰幌，微歌发艳声。

主家谁姓氏，疑是郑康成。

红生向前一看，原来非别，即是凌霄也。只见笑容可掬，低低说道："你看，月转西廊，夜已深了，为何郎君尚未安寝？"红生亦欣然笑道："不知姐姐在外，有失迎迓，幸勿见罪。敢问如此夜深，忽蒙光降，可是小姐有甚么说话否？"凌霄微微摇首道："非也。"红生又笑道："然则姐姐来意，我已猜着了。莫非为着小生衾寒枕冷，有见怜之意么？"凌霄道："亦非也。为因月色溶溶，特来与郎闲话片响。"红生一头笑，一头伸手搂抱。那凌霄半推半就，凭着红生抱进罗帏。原来只系单裙，遂即解松绣带，一霎时云雨起来。但见：

金莲高耸，粉脸轻偎。皓体呈妍，约纤腰而掀翻红浪；朱唇屡咂，倚绣枕而搅乱云鬟。一面笑喘吁吁，娇声如颤；几度绸缪款款，魂魄俱飞。正所谓鸳鸯本是双栖鸟，菡萏元开并蒂花。

有顷，皓魄西沉，鸡声欲唱，而两人欢娱已竟。红生又抱住问道："蒙卿厚爱，生死不忘。但不知有何良计，使我得与小姐相会否？"凌霄道："老安人防闲甚密，虽有诸葛，无计可施也。"红生听罢，不胜怅快。于时，方公病已少瘥，为因试期将近，红芳屡次差人催逼起身。只得收拾收李，带了紫筠，作别方老夫妇，前往金陵赴试。

抵省之后，遍处打听沈西苓消息。原来告考不取，已往北都去了。既而三场毕后，竟遭点额，怏怏而归。先往长兴，省候父母，免不得盘桓数日。然后取路来到方家门首。只见门上挂着孝球。及至中堂，又见举家戴孝，生甚惊愕。忙问所以，方老安人出来哭诉道："自侄儿去后，表伯的病体又复凶剧，以致药石罔效，于五日前已经身故了。昨即差人亲到长兴报讣，想必与侄在路上错过。"红生听罢，不觉哭仆于地。忙唤紫筠，置备祭仪，拜伏灵前，哀恸欲绝。方老安人与素云，亦呜呜的陪他哭了一场。红生自此，心绪不宁。哀毁骨立，兼值沈西苓北去未返，方蕙又因痛父过伤，卧榻不起，每日只与方兰同馆。又是面目可憎，话不投机的。惟于风清月朗之夜，翻出几张旧诗，细细哦咏。方兰看见，早已十分厌恶。又每每撞着红生与凌霄，立在墙边偶语。心下狐疑。

一日着红生出外拜客，将书匣开，捡出那花笺一看，只见都是情词。词尾写着"贱妾素云书赠"六字。看毕，不觉暗暗欢喜道："我怀恨许久，正无发泄之处。谁想做出这般勾当，只怕你也安身不牢了。"便拿了笺纸，急忙走进内房，递与老安人道："这纸上写的诗句何如？请婶母细看一看。"老安人接过，从头看了一遍，慌忙问道："你从何处得来的？"方兰便把始末细陈。因说道："这样轻薄之子，原不该容他穿房入户。那段姻事，叔叔前日亦不过是空言相订，并不曾行礼纳聘，怎见得就是他的妻子。今若如此胡行，弄出一个话把，岂不坏了方氏门风。就是婶母，还有甚体面。况这厮近来家业荡尽，赤贫如洗，就使妹妹嫁了他去，难道是不要吃着的么。"方老安人道："你也说得有理，只是一时不好遣发他。"方兰道："这个何难，只消如此如此，便可以逐渐撒开了。"

原来方老安人，为因红生家事单薄，原有赖姻之意。当下又值方兰搬弄这场是非，心下十分恼怒，只是不好晓扬。便即步出书斋，向着红生分付道："曹先生既已抱病回家，沈西苓又说北京远去，你在此读书，只怕心性不静。此去上南二十里之外，有一个慈觉寺，倒有许多洁净禅房。那当家老和尚，向与我侄儿相熟，我今日备下盘费，着侄儿送你主仆，且到那边去暂住几时。待先生病痊之日，就来接你。"当晚连连催促起身。素云闻了这个消息，心下骇然，一时间猜不出老安人是何主意，便取出几两零碎银子，着凌霄悄悄的送与红生，以备寓中薪水。红生无奈，只得收拾行李书箱，命紫筠挑了，自己与方兰辞别了老安人，一直来到寺中。借下三间小小的书室，把行李放在右首一间，做了卧房。方兰与长老送至房内，一茶之后，各自辞别去了。红生在寺，听着暮鼓晨钟，转觉凄惶无限，每每想念："不知为着何事，平白地把我遣了出来。"又因急急起身，不曾与素云会得一面。左思右想，心下十分不快。

忽一日，检点书籍，不见了小姐所赠之笺，方知被那方兰窃去，决在老安人面前搬了是非，所以有此一番风浪。正所谓：

不如意事常八九，可与人言无二三。

第五回　慈觉寺春风别梦

诗曰：

萧寺奚愁夜独吟，天涯何处少知音。

最怜一和萧声后，更把相思寄梵林。

当下红玉仙，自寓在慈觉寺内，倏忽月余。终日凄凄冷冷，那有情怀，把那八股拈弄。每想着方兰窃去诗笺，致遭摈遣，时时浩叹不已。惟托之吟咏，以自消遣。一夕更余时候，红生读罢将睡，推窗一看，只见月朗风清，便把萧儿吹度一曲。既而终曲，忽远远听见隔墙，亦吹得萧声嘹亮。红生听久之，朗吟绝句一首道：

玉漏迟迟夜未央，远帘花影露凝香。

洞萧何处吹明月？不道离人已断肠。

吟罢，听那萧声哀婉，愈觉凄凉。遂步出庭除，向着石栏徙倚者久之。时已夜分，只得进房，和衣而寝。次早起来，梳洗才毕，只见一人，年将三五，唇红齿白，温雅绝伦。把房扉轻轻推启，飘然直入。红生慌忙起身迎进，揖毕坐下。那生细细的先问了红生姓氏，红生随后也询其居址姓名。那生从容答道："小弟姓何名馥，表字猗兰。敝居即在东村，此去不及五里。为因家下不能静坐，所以同一族兄寓此肄业。昨夜忽闻萧声甚妙，弟亦酷嗜此伎，特来请教。"红生道："俚音污耳，反辱仁兄谬奖。但弟曲终之后，闻得墙东亦度妙音，即是兄否？"何馥道："因闻雅奏，辄敢效颦。所愧音调乖讹，必为大方窃笑。惟籍仁兄，有以教之耳。"停了一会，何生又问道："春王未闻吾兄高辙，今已秋杪，何因到此？"红生道："向来原执贽于曹士彬，在舍肄业。适因进场之后，抱恙回家，弟又遭涨寇焚劫，所以暂寓此地。"何生道："曩年弟亦从着曹师数载，然则与兄虽非共学，实系同门。"红生笑道："既然如此，小弟与兄乃是契友了。不识令兄在馆否？容当奉拜。"何生道："家兄昨日，偶因有事归去，想数日后方得到馆。"红生道："寓中更有相知否？"何馥道："并无他友。"红生道："只恐禅寮寂寞，难以独坐，何不过来与弟同榻，以待令兄来时移去，何如？"何馥道："感蒙雅爱，敢不领教。但恐鄙人无似，不足以辱仁兄之知遇耳。"红生抚掌笑道："虽则乍晤，

一见吾兄丰庞秀丽，不减美人。倘获并寓，正所谓兼葭倚玉。惟虑兄意不允耳，何乃过谦如此。"原来何馥发甫复眉，果然生得秀媚无比。所以红生谈笑间，颇多属意，而微言带谑以探之。何生意亦领略，微微含笑，遂即起身别去。自此往来数四，相得甚欢。红生相思无限，渴欲以桃代李。何馥含情缄意，应酬若出无心。

一日，红生偶然步去相望，何馥置酒款待。二人杯盘交错，甚是亲狎。正酬酢之间，忽然阴云布密，霎时间落下雨来。红生见雨势骤大，私自喜曰："令夕雨阻，必遂我愿矣。"遂慢慢的且谈且饮将至黄昏时候，红生假意起身作别道："蒙兄殷殷相劝，弟已不胜酩酊。只是这样大雨，如何过去，可有雨具否?"何馥道："夜深雨阻，古人曾有剪烛西窗之兴，吾兄何不在此联榻谈心，而急于返去耶。"红生听了这一句话，正中机怀，不觉满心欢喜。便即脱巾卸服，又取巨觥斟满，与何馥一连饮了几觥。遂命书童妙才，点灯收拾。霎时间，倏又雨散云收，依旧一天星月。红生恐被后悔，急忙解衣。正欲上床，只听得外面叩门甚急。唤着妙方启门一看，却是何馥的族兄何半虚，满身透湿的踱将进来。何馥忙与他换了衣服，与红玉仙相见。两下通问已毕，何生道："大兄何处来? 却是这般夜深?"何半虚道："不要说起，偶被一朋友拉去吃酒，怎奈死留不放，以致夜深，又遇着这样大雨。"红生知不可留，遂即辞别归寓。当夜快快而睡，不消细说。

次日，何半虚与何馥同来拜望，把些闲话，谈了半晌。何半虚向着袖中，摸出几篇稀旧的烂文章求教。红生看过，不觉暗暗捧腹，只得加上圈点，极口移赞。何半虚见了，十分欢喜，便要与生同寓，以便时常请教。红生欣然应允，遂叫书童打扫东首那一间空室，摆下两张书桌，把文房四宝并行李什物，陆续运至。当晚收拾停当，却因屋窄无处安榻，何半虚向红生床上一看道："吾兄尊榻颇宽，况近日天气寒冷，三人同睡何如?"红生听说，点头依允。当下整顿已定，吃过夜膳。何半虚先自睡着，红生亦解衣上床。独有何馥，徘徊不进。红生催促几次，只得把条春凳，旁着床沿，和衣而睡。红生见了如此光景，心甚不悦。睡到半夜，伸手摸他一摸，那一时恰值初冬天气，夜色甚寒，已是四肢冻得冰冷。遂把自己所盖的红绫绵被，扯出一半，与他盖了。又取枕儿，与他枕着，自却曲肱作枕而睡。何馥醒来，忽见枕被如此停当，明知是红生美意，然佯推不知，并不说破。窥见窗上略有亮光，遂即起身，开门出去。红生只道他即进来，竟不闭门。谁知西风甚急，在那门缝里刮进，吹得毫毛直竖。又因被着何生许多做作，心下十分不快。遂冒了风寒，登时身体发热，饮食不进。何馥见了，也不动问，竟往旧寓安歇去了。

一日清早，何半虚有事出去。红生尚未起身，何馥进来问道："仁兄尊恙，日来稍觉平安否？"红生道："我病日复沉重，大半为着吾兄而起。近来亏得令兄相伴，庶慰寂寥。若论猗兰这般薄情，早已索我在枯鱼之肆了。"何生道："弟蒙兄一见如故，岂敢有负雅爱。奈因家兄在此，所以不便捧足。若或遇其他出，小弟即来奉陪。"红生听说，从床上跃起道："吾兄此言，真耶？假耶？"何生笑道："一言既出，驷马难追。"红生满心欢喜，顿觉病势去了一半。但心犹怏怏，所虑的只恐何半虚归来。谁想到了晚间，不见动静。遂闭上书房，把些闲事话了一会，又取出紫箫，各吹度一曲。时已漏下二鼓，红生携着何馥之手，低声笑道："你看月转西轩，夜已深了。日间捧足之言，兄岂相忘耶？"何馥只管翻看红史，沉吟不语。又停了一会，只见妙才走来问道："大相公不知还来睡否？"何馥逡巡答道："你且闭门睡罢。"红生听见，信以为实，遂急忙忙卸衣就寝。不提防何馥假推登厕，竟已回到旧寓去了。红生一场没趣，咨嗟不已。遂作词一阕以志恨。其词曰：

孤馆人无寐，霜天籁正清。旅怀难禁许多情，凄楚不堪，雁唳两三声。剪剪西风急，娟娟皓月明。相思无奈到残更，悔杀当初两下莫牵萦。

——右调《南乡子》

吟罢，依依若失，只得和衣假寐。到得东方才白，即便起身，将夜来所作《南乡子》一词，写在一方笺上，着紫筠送与何馥。何馥随即过来，红生愀然不悦道："足下言犹在耳，何失信若此。古云'落花有意随流水，流水无情恋落花'询有之乎？"何馥道："落花固为有意，流水未必无情，但恐隔墙春色，被人猜耳。虽然弟固不能忘情于兄，兄亦何消如此着急。只在早暮间，弟决有以报兄也。"言讫，向生别道："弟今日要去望一朋友，至晚就回。"便自蹀了出去。红生那一日，愈觉不情不绪，惟拿着一本《艳史》消遣了一回。将至傍晚，悄然步到何馥的寓前一看，只见房门锁闭，妙才亦不在那里。红生看了半晌，心上一计道："今晚要他到我寓所，只在这锁身上。"遂寻了一根竹片，把那锁门塞满，竟悄悄而归。等到黄昏，只见何半虚。吃得烂醉，同着何生来了。红生看见，又喜又气。气的是何半虚同来，面目可憎。喜的是何馥锁门不开，必来同睡。那何半虚已是十分酩酊，进得书房，便立脚不住，跨上床去，倒头而睡。何生竟去点火开门，你道这锁门已经塞满，怎生开得。连声唤问妙才，妙才推着不知。枉费了许多气力，只得回身走进房来。红生佯问道："吾兄为何还不去睡？"何生道："书房门锁，平日是极易开的，不料顿然作怪，连那锁匙也透不进了。权借大兄的床上一睡，明早去开罢。"说完，衣也不脱，竟向何半虚的那头睡着了。红生也就上床，只听得半虚鼻息如雷，何馥早已沉沉睡去。便轻轻伸手，将他小衣去下，自却捧足居后。而何生竟若未之觉者。把手去抚摸，只觉浑身细腻，光滑如脂。红生此时，意荡神飞，

中国禁书文库

赛花铃

不能自禁。〔下省41字〕然两不通语，红生犹恐不为指破，后日定要仍前做势。遂百般使之自觉，何生并不做声。将及二鼓，方才事毕，遂并头交股而睡。次早起来，何半虚又有别事，用过早膳，即出门而去。红生与何馥相顾而笑，既而何馥又向着红生笑道："乘人熟睡，私下三关，仁兄应得何罪。"红生亦笑道："冒犯之罪，固知莫赎。但为兄萦逗许久，直至昨夜，始遂此愿。窃恐兄之播弄小弟，其罪亦足以相偿也。"言讫，濡毫展纸，题下绝句一首，以赠何生。其诗曰：

其一：

昨夜寒蛩不住啾，月明霜冷共悠悠。

西窗幸获同君梦，消却平生万斛愁。

其二：

芸窗日日费相思，天假良缘不自持。

鳌鱼才脱金钩去，又逐风波险处来。

要知后来何如？且待下回细解。

第六回　晚香亭夜月重期

却说红生与何馥，正在谐谑之际，忽于几上拈着一卷《艳史》，取来一看，却是文成与小友唐虞的故事。便掩卷而笑道："天下果报循环，原来如此迅速。只是文成奸人妻小，后日被人取债，固理所当然。若那唐虞一节实为多事。"红生道："文成设局奸骗，坏人名节，情实可恨。至于唐虞之事，所谓小德出入可也。"何馥道："当日也算唐虞的情好，若不肯从他，如何处置。"红生道："文成这样厚情待他，岂有不感动之理。况此事不比妇人家，怕坏了什么名节。当日文成的小使秀童说得好，今日世间人，那个不如此的。但惜其初会之夜，即为俯就，试觉容易了些。据着今时相处的朋友看来，再过几月，只怕也难成事理。"何馥道："莫说几月，唐虞倘或不肯，就过几年何益。只为一时感他情厚，所以半推半就了。"正说话间，恰遇何半虚笑嘻嘻的踱进房来，邀着红生去游太湖，遂即闭了书房而去。三人一路说说笑笑，迤逦而行。忽远远望见一只快船，飞也撑来。何半虚指着说道："玉仙兄，你看那边船里来的，可不是个观音出现么。"红生回头一看，只见那船中，果有一位美丽女子。但见：

脸映芙蓉，神凝秋水。眉纤纤而若柳，发扰扰而如云。怕着瞧时，意欲避而回眸转盼。为含羞处，帘将下而微笑低头。虽则是春风已识盈盈面，犹惜那玉笋窥难步步莲。

那船内的女子，一见红生，却便十分顾盼。只见舱内又走出一个少年来，红生仔细一看，认得是方兰。连忙问道："方兄，别来已多时，为何再不到寺中一会，今却往那里去？"方兰听见，便叫歇船。走到岸上相见道："红兄还不知么，舍弟因哭父过伤，身故已十余日了。今婶母与舍妹，俱到东门外关仙转来，正要报兄得知，不期在这里相会，省得小弟又要到寓惊动。"说罢，竟下船而去。红生得了这个信息，怏怏不乐。明知是方兰怪他，所以不来相报。只得勉强盘桓了半晌，归到寺中，便打点整备楮帛往吊不题。

却说何半虚，自从见了方素云，心下十分牵挂，竟不知是谁家女子，怎么倒与红玉仙相熟？便对红生问道："昨日在那湖边相遇的，是什么令亲？"红生一时失却检点，便把方公前日订姻一事，并方兰平昔妒忌因由，备细说了一遍。正是：

逢人且说三分话，岂可全抛一片心。

何半虚听着这番缘故，心下便起了一点不好的念头，不住的转道："我何半虚，若得了这样美丽女子做了浑家，也不枉人生一世了。只是红玉仙既已订姻在前，只怕那方妪不肯改变，怎生得一计较，先离异了他，便好图就自己的亲事。"又想道："白秀村就在左近，我不若以吊丧为由，去望那方兰，乘机挑拨，有何不可。"当下主意已定，遂备办吊仪，写了一个通家眷弟的名帖，竟向白秀村来。访至方家，吊奠已毕，方兰迎进客座，分宾主坐下。何半虚道："今先祖与先祖何士恒，原系极相好的通家，不料年来疏阔，兼以寒素，不敢仰扳。岂料令年弟甫弱冠，便尔兰摧玉折，使弟辈闻之，殊为扼腕。"方兰道："先叔既已去世，舍弟又值夭亡，家门不幸，一至于此，有辱赐吊，足见通家至谊。"何半虚又将些闲话，说了一会。既不见素云的身影，却又不好问起，只得没趣而归。

一日，正在家中闷坐，家童忽报方相公来拜。何半虚慌忙整衣迎进，方兰再三致谢。既然而一茶又茶，即欲起身告别。何半虚一把拖住，忙命厨下备酒相款。方兰见如此厚情，踌躇不安。何生挽留就席，须臾酒至半酣。何半虚问道："前日兄去关仙，果有验否？"方兰道："这是婶母与舍妹要去。据着小弟看来，这也是荒唐之事，不足信也。"半虚又假意问道："舟中那一位年将及笄的闺媛，是兄何人？"方兰道："这是舍妹。"何半虚即接口道："原来就是令妹，未知曾受聘否？"方兰道："先叔在日，曾口许红家。然无媒妁，又不曾行礼，即婶母也不知详细的。今先叔已故，红玉仙家业罄然，家婶母意中，尚有几分未决。"半虚又问道："如今令婶处，还有几位令弟？"方兰道："先叔只有亡弟一个，今既相继而亡，序着嫡支，应该小弟承祧。"何生道："兄如此说，只今家事既已归兄，即令妹出嫁，亦惟吾兄做主。依我看来，得一佳婿便好，倘或错配了对头，不但令妹无倚，即吾兄家事，也难独美了。"方兰叹息道："小弟鄙意，也是如此。只是婶母有些犹豫耳。"何半虚击节道："是了，目前设有一人，原是旧家门第，家资约有四五千金，人材又甚出众，不知兄肯撮合否？"方兰道："弟原要寻一人家，今承老兄见教，待归与婶母商议妥帖，当即回复便了。"何半虚道："实不相瞒，适才所言，就是小弟。只因当时发了一个痴念，要求工容言德之配，若或不遇，情愿终身不娶。所以蹉跎至今，未谐伉俪。前一遇令妹，弟看来好个福相，因此特求足下作伐。"遂向袖中取出白金二十两，递与方兰道："些须茶敬，伏乞笑留。事成之后，另有重谢。"方兰愕然道："婚姻大事，须凭家婶母作主。既承美意，小弟只好从中帮衬，怎么就蒙厚惠，这个断不敢领。"何半虚道："兄若玉成此事，后日媒礼，当再找八十两。倘或不成，今日薄意，也不消挂齿了。"那方兰原是势利之徒，听说便想道："这人倒也慷慨，我妹嫁他，料必不差。况红玉仙平日待我，刻薄无礼。今趁此机会，拆散了他。一则出了我的恶气，二则家业可以独吞，三则又得了他百金媒礼。倘若红家有话。婶母自去理直，有何不可。"暗暗的打算一会，遂向半虚说道："既承美情，权且收下。若是不能效劳，依先奉纳。"当下酒散别去。何半虚看见收了他的二十两头，想来事有可谐，心下暗暗欢喜。到了次日，只见方兰又来，笑容可掬，向着半虚说道："昨日承教，小弟回去，在婶母面前，竭力撺掇，已有八九分好指望了。但小红在此，不便做事。须寻一事端，使他去了方妙。"何半虚道："这个只要令婶心允，如今世上没头官司甚多，只消费一二百金，就好超度这小红了。"方兰沉吟了一会道："若要事谐，必须如此。"何半虚点头称善，随又置备酒饭，殷勤留款而别。

且说红生，自闻信后，过日几日，备办楮帛，亲往吊奠。又作挽诗一章以挽之。其诗道：

尔死黄垆地，吾生白日天。

相依曾几载，离别是今年。

梦断凭蝴蝶，魂归托杜鹃。

故人从此绝，流泪独潜然。

读罢，抚棺潸潸哀恸欲绝，方老安人出来相见，备诉方蕙身故之由，泪如雨下，极其悲痛。当晚仍留在白云轩安寝。恰值方兰以事出外，红生秉烛独坐，愀然长叹道："死者难以复生，言念吾友，竟作终身之别。生者姻好无期，虽获订盟，未审于归何日。重来孤馆，物是人非。想起当时执经问难，聚首一堂，宁复知凄凉欲绝，遂有今夕乎。"正在自言自语，忽见凌霄悄然走至。红生笑问道："姐姐间别多时，愈觉丰姿秀丽。当此夜阑，幸蒙赐降，岂巫山神女欲向襄王，重作行云之梦乎。"凌霄掩口而笑，低声答道："禁声，小姐在外，谁逗你耍来。"红生又惊又喜，连忙问道："果、果、果然小姐到来么？"凌霄道："小姐有句说话，要与郎君面讲，特着妾来相报，已在窗外，好生迎接。"红生听说，欣喜欲狂。正欲趋步下阶，只见素云已是翩然走进，掩扇低鬟，欲言又忍。红生向前深深一揖道："小生风尘末品，琐尾无似，向承令先尊不弃，许谐秦晋。及寓名轩，屡辱小姐瑶章见惠，每欲面谢谈心，其如中外严隔。又不幸令先君物故之后，祸生几席，致为姜菲谗间，立被摈逐。今幸小姐惠然顾我，料必不弃寒微，实为万喜。"素云娇羞满面，低声答道："下妾生长深闺，言不及外。今因有事面陈，所以夜深逸出。曩者，先君重郎才貌，将妾附托终身。岂知一之土未干，而变生肘腋。细揣家母与兽兄，意中竟欲将我重栽桃李，更结朱陈。此事唯妾知之，

设果事真，唯有以死相报。在君亦宜及早图维，以成先君之志。"言讫歔泣下。红生正欲启口，忽闻后楼连声叫唤，惟恐老安人知觉，遂急急的不及终语而退。红生送出，凝眸怅望。只见凌霄复回转身来，遥语生道："小姐着我传语报郎，自后日乃是望夕，郎于向晚假以探望为由，再来过宿，小姐还要与你面会。切宜牢记，不可爽约。"红生连声应诺，回至轩中，对着一盏半明不灭的孤灯，长吁短叹，展转不寐。次早作别回寺，到了十五日薄暮，只说探望方兰，悄然独自往扣。老安人只得款留夜饭，仍宿于白云轩内。

原来方兰尚未归来，所以素云约在那一夜相会。当晚红生坐在卧内，守至二更，喟然叹息道："月转星疏，夜已将半，小姐之约谬矣。"沉吟之际，忽闻窗外轻轻步响，慌忙趋出一看，只见凌霄独自走至。红生惊问道："为何小姐不来？"凌霄道："老安人虽已安寝，惟恐醒来叫唤，所以小姐出在晚香亭内，着妾请郎过去一会。"红生遂同着凌霄，委委曲曲，转过了几层廊庑，始抵晚香亭。素云傍着阑干，愁容满面。见了红生，低声说道："前夜正欲与君细话，不料母亲呼唤，以致匆匆趋进，不及罄谈。今又约郎相会者，非为别事。单因劣兄既不至馆，曹先生又不终局而散，际此岁暮天寒，郎君独自寓居寺内，老母供给渐薄，将若之何。故为郎计，不如收拾行李，谢别寺僧速去与令尊商议，央媒纳采，方保无虞。若再逡巡，只怕一堕兄母局中，便难挽回了。百年之事，贱妾之命，皆系于此，郎勿视作等闲，而尚迟留于进退间也。"红生道："荷蒙小姐垂爱，岂不知感。但此事，小生亦尝终夜思维。只因被盗之后，骨肉分离，竟无寄足之地。若欲央媒纳聘，非百余金，不能料理，须待冬底收租，或可措处。以是迟迟不果，非小生之不为留念也。"素云道："郎君所言亦是，但天下无有做不来之事，亦不宜守株待兔，坐见决裂。妾积有首饰微资，约计三十余金，悉以赠君，少助一礼之费。又金簪一枝，并君家原聘玉钗一股，送君带去。虽微物不足以见珍意者，欲使郎君见簪如见妾容耳。"红生道："过辱卿卿雅爱，使小生没齿难忘。但畴昔之夜，匆匆惊散，深可怅恨。今夕风清月朗，尊堂又值熟寝之际，未识小姐亦肯见怜否？"素云正色道："贱妾所以会君者，是为百年大事，岂肯蹈淫奔丑行，而偷苟合之欢乎。妾颇知诗礼，固能以节自持。不谓君乃黉门秀士，而曾不闻绥绥之狐之可鄙也。"言讫，翻身而逝。红生一时春意勃然，便向前一把搂住凌霄，凌霄坚推不允。要知巫山之雨，再能窃否？只看下回便见。

第七回　感新诗西窗续旧好

诗曰：

寂寂萧斋书和酬，那堪联榻更含愁。

最怜好梦重谐后，无奈相思明月秋。

话说红生，被着素云抢白了数句，翻身进内。红生只得把凌霄抱住求欢。凌霄半推半就，即于晚香亭下，绸缪了半晌。有顷，云收雨散，已是五更天气。红生回至白云轩，把那残灯剔亮，将所赠簪钗，藏作一处。暗想此事，必系方兰为难，须依小姐之意，早去与父亲商议。当下和衣而寝，等得天明，即别了方老安人，前往长兴。见了红芳，便把赖婚之事，备细说了一遍。红芳大惊道："方家见我家业萧条，就欲赖此姻事，怎么是好。"红母道："依我主意，只今朝廷闻说要点秀女，何不真此机会，备了聘物，送去做亲，看他怎生发落。"红芳道："你这个算计也好。"随即就选了一个吉日，备办礼物，竟把红生送到方家来。方老安人见了，好生不悦。把那礼物，一件也不受。对着红生道："我这里妆奁毫未准备，你令尊也忒造次了。今着人舟且回，你却在这里住几日再处。"红生听说，闷闷不乐，只得勉强住下。过了数日，忽闻提学将到，红生遂禀过安人，带了紫筠，仍往慈觉寺里读书。却喜何馥弟兄尚在，三人依前同寓，握手道欢，意殊恋恋。然红生以暂晤，旋当各别，每每向馥叹息。馥亦不禁嘘吁。红生又以春茗一封，金扇一柄，丝带一双，玉环一枚，送与何馥。馥以珀坠、京香答之。生情不获已，复作杂词三首以示馥。其词曰：

□□□重逢，把酒临风。莺声依旧过墙东。却忆当时□□□，尽变芳丛。行色已匆匆，情绪无穷。明年花发向谁红？料得玉楼侬去后，自有人同。

——右调《浪淘沙》

轻云日暮凝寒碧，芳草萋萋，遍南陌。此后相逢浑未得。一番憔悴，满腔萧索。总为伊悲戚。东君那惜天涯客，浪把殷勤漫相掷。魂梦只愁山水碧。彩笺题遍，青衫泪湿，料得无消息。

——右调《青玉案》

碧天暮冷，想楚风瘦月依然如昨。咫尺天涯成浩叹，总是东君情薄。纸帐寒生，牙床烟锁，辜负当时约。最无聊处，空斋相对萧索。即有阮籍风流，相如词调，至此还闲却。别后不堪云梦杳，生怕他人轻诺。凤去秦楼，莺离楚树，消息应难托。闲情万斛，请君及早收着。

——右调《念奴娇》

何馥看毕，笑道："东君固为情薄，然玉楼君去，岂复有人同耶。"二人话得兴浓，适值何半虚不在馆内，即于太湖石畔，竹荫之下，解去褻衣，恣意谐谑了一会。其情款款，绝妙男女欢媾一般，初不知为二男相并也。即而事毕，红生叹息道："昨闻文宗将到，只在数日之内，弟即束装别去，不知后会有期否？"何馥道："只在尔我有情，奚虑山遐水阻。愿兄着意功名，不必以后会挂怀也。"遂一同趋进书斋。忽何半虚仓忙走至，向着红生说道："弟有一事，欲借重吾兄大笔，未识允否？"红生道："愿闻尊谕，倘可效力，敢不领教。"何半虚道："时下王团练，闻得昝都督高升部署，其父昝老封翁七秩寿辰，特央小弟写一锦轴贺寿。弟恐鄙俚不堪，意欲求恳吾兄至家，代笔一挥。"红生唯唯应诺，并不推辞，竟辞了何馥，遂一同前去。一到了何家，急忙置酒款待。饮至半酣，何半虚忙唤家童取出锦轴来，红生展开一看，却是一幅金镶蜀锦的寿轴。看毕，便索笔要写，何半虚道："弟有一律，尚未成章，当口占请教。"便朗朗念道：

> 香满金炉烛满台，八仙仿佛下蓬莱。
>
> 鹤如白雪云中舞，桃似朱霞海外来。

红生微笑道："尊作固为妙绝，但止半律。不如待小弟完篇罢。"遂援笔写道：

> 片片丹霞绕户明，北堂寿域届斯辰。
>
> 风来瑶岛香初度，月泛琼觞花正春。
>
> 云外已来青鸟使，庭前喜看彩衣新。
>
> 一樽遥向南山祝，愿得遐龄比大椿。

写毕，何半虚哦咏数四，连连称赞，复以巨笺索诗。红生便将所作秋兴八首写道：

> 西风飒飒送悲笳，篱下秋寒菊未花。
>
> 梁寺残钟敲夜月，汉宫衰草接天涯。
>
> 云连塞北烽常炽，雁到江南信屡赊。
>
> 极目萧条愁不尽，烟深何处望京华。
>
>
> 无边风雨入重阳，雁渡江南到处凉。

败叶惊残乡国梦，寒砧敲破故园霜。

风连竹响从秋落，雨带潮声彻夜长。
一片闲愁无语处，楚山烟树尽苍苍。

日落平沙野色浓，清溪寂寞冷芙蓉。
月明湘水谁家笛，风过秋山何处钟。
钓石于今青藓合，琴台自古白云封。
关河迢递愁多少，独旁南屏对暮峰。

画桥秋水接通津，红蓼丹枫处处新。
满地黄花应笑客，一江鸥鸟暗窥人。
毡寒夜雨思杨子，裘敝秋风魏汉臣。
自古豪华俱有泪，五陵年少莫愁贫。

碧天如水雁来时，野客支颐几度思。
巫雨不经神女泪，湘涛空绕楚王祠。
身留海角思仍杳，诗入清秋句自悲。
风景萧萧催日暮，天涯何处问归期。

露滴金茎冷玉台，满庭荒草未曾开。
清江霞影横空落，野塞笳声扑梦来。
作赋独怀王粲志，长沙偏屈贾生才。
干戈到处谁能靖，回首南云思转哀。

秋郊云物望中移，独立长亭怅远离。
去燕无情还泛泛，归鸿有意故迟迟。
怀才不辨祢生赋，忧国谁怜屈子辞。
区宇即今犹战伐，十年沧海泪空垂。

翠壁嵯峨宿雨收，塞南草木复惊秋。

鲸鱼寥落空江冷，客子萧条故国愁。

日远长安青嶂隔，径荒乡曲白云浮。

援毫莫道频题句，杜老经今哭未休。

写得诗既清新，字又端劲，在座宾客，无不称赞。独何半虚口内虽则叹赏，心下着实有些妒忌。正在备酒款待，忽见方兰着人赍书相报。拆开一看，其上写道：

　　承谕云云，弟时刻在念。已于家婶母处，委曲言之，甚有许允之意。讵料此君，前又假托点选淑女为名，特备礼币，欲求赘入寒舍，即谐花烛。弟向家婶母，又力阻之，所以坚辞不受。但恐稍缓，事必有变。况此君若在，决难妥就。急宜设计，祛之远去。则旦暮可谐，决能为兄作嫁衣裳也。

何半虚为见红生文才高妙，心下已怀着十分妒忌之意。及接方兰的简札看了，便欲设谋陷害。当夜假露殷勤，置备酒肴款待。红生开怀畅饮，直至更阑而散，就留宿于后亭。初时酒醉，上床便即睡去。后渐渐酒醒，只见窗上月光射进，皎如白日。遂即起身，将欲开门出玩。忽听得门上轻轻弹响，连忙启问，却是一个绝色女子。身着一绣衣，外青里朱，下穿八幅湘裙，袅袅亭亭，真是天然国色，斜倚着园扉站着。红生慌忙施礼，那女子亦深深万福道："敢问郎君即是红玉仙么？"红生低声答道："小生即是红文琬。敢问姐姐贵姓芳名？因何夜深却在此处？"那女子道："妾家即在何半虚隔壁，先君已故，止有老母在堂。因值月色甚佳，所以潜出香闺，徘徊半晌，不意与郎君相遇。"红生又问道："小生偶尔至此，缘何姐姐知我姓字？"女子道："日间在楼上，望见郎君挥洒寿章，真有子建七步之才，遂询及侍婢，知君为红玉仙也。"红生笑道："小生袜线庸才，酒后僭笔，乃有辱姐姐，谬为推奖，能无愧汗。但细观玉貌，想芳年正在二八，未审曾许配人否？"女子道："老母钟爱惟妾，所以未即轻许。妾又素性爱才，誓必择配。只因日间窥郎，姿宇不凡，又复诗才敏捷，故俟夜阑母睡，潜出以图一会。郎如不弃，可同至舍一谈。"红生欣然偕往。自园门转西，紫竹径内，有小楼三间。楼西又有巍房一带。生上楼时，只见残烛尚明，文器具备。叙谈半晌，女子取出紫竹鸾箫，求生一弄。红生接箫，徐徐吹了一曲。又持纨扇乞诗，红生举笔写道：

　　偶携双凫下仙洲，谁想花源境自幽。

　　相对不知明月上，夜深吹笛白去楼。

女子接过，遂出罗帕一方赠生。上有诗云：

其一：

紫紫红红斗艳尘，香闺寂寞暗伤神。

欲知黯然双眉色，半是怜春半恨春。

其二：

昨夜东风送暮春，淡烟疏雨滞芳尘
细腰莫向南楼倚，花落莺啼愁杀人。

红生看罢，连声赞道："好诗，好诗，小生俚语兔园，怎及姐姐锦江秀句。"女子道："俚言求正，岂堪谬誉。但妾今夜潜来会君者，非敢效桑间濮上之行，实因慕君才貌，不耻自媒。倘君不弃葑菲，愿作丝萝之托。"红生谢道："荷承姐姐过爱，没齿难忘。所恨小生已缔朱陈，不克奉命，为之奈何。"女子道："郎君既有佳配，贱妾甘作小星。"红生大喜道："若得如此，铭刻难忘。愿乞示以姓氏芳庚，使小生异日得以备弊纳聘。"女子微笑道："到那时自有见妾之处，何消盘问。"正语时，忽听得东角园侧，有人呼唤。红生只得仓惶作别。要知何人唤生？下回自见。

第八回　赠吴钩旅次识英雄

红生当下正与那女子绸缪细话，忽听得有人呼唤，连忙趋出看时，却是何半虚家的小使。因起身登厕，看见园门开了，故此叫唤。红生语以他事，遂闭门而睡。次日天明，作别回去。何半虚送出红生，登时去拜望方兰。方兰接进坐定，叙过寒温。何半虚道："昨承翰教，悉知仁兄破格垂爱。欲作数字奉复，惟恐隐衷不便形之楮墨，故特拨冗走晤，不知吾兄可有良策，为弟开导否？"方兰道："荷蒙长兄降盼之后，自惭无功可效，所以时刻挂之心坎。今幸事有八九，但红生若在，不无阻碍。故必如曩时所谋，驱之远徒，才为稳便耳。"何半虚道："向蒙见谕，弟已相忘了。更乞仁兄为弟言之。"方兰道："在弟亦别无良策，为今之计，莫如寻一没头事陷害他，使他立脚不住，则这头姻事，可以唾手而就了。"何半虚又慌忙问道："寻着那一件事？方可陷害他？"方兰道："只今守汛的王守备，与弟至厚。只须如此如此，便可以陷害那厮了。"何半虚听罢，心下大喜，拍手称赞道："妙计妙计。"遂一同往见王守备。王守备延入营内。相见毕，分宾主坐定，把地方上的闲事，话了一会。随后王守备开口问道："敢问二位老亲翁光降，有何见谕？"何半虚未及回言，方兰便一把扯了王守备，走到侧边，附耳低声说了几句。只见王守备笑嘻嘻的点头说道："多承见爱，决当一一遵命。"二人遂即起身作别，王守备送出营门，又向着方兰道："所谕之事，决不差池。但所许云云，必要如数。"方兰点头唯唯，自回家去。何半虚那晚，也不到寓，竟自回到家里去了。

　　且说红生，自在寺内，又过了数日，打听宗师消息。方欲收拾起身，忽一日傍晚，听得叩门甚急。红生只得起身启视，却见一人，背着包裹，挨身而进。红生慌忙问其来历，那人答道："小人唤做花三，系远方人氏。为因贸易，来到贵郡。奈帐目不能上手，今以催索到乡。不料远近并无客店，特向宝刹暂宿一宵。"红生道："我亦借寓读书，你要寄宿，须问当家和尚。"那人不由分说，竟把行李，向着供佛的案桌边放下，和衣而睡。红生也即进房，读了更余天气，上床安寝。谁料翻来覆去，再睡不着。

　　约至半夜，忽听得外面一片声沸嚷，约有二十余人，惧是腰刀弓箭，斩门而入。

一见花三，大喊道："盗在这里了。"竟把花三并红生一齐捆缚。红生连声叫屈，众人道："花三是个有名湖盗，打家劫舍，犯着弥天大罪，我们缉捕已久，谁教你窝藏在这里。且带你到王将爷那边去，冤枉与不冤枉，听凭发落。"遂将铺盖，并那口宝剑，抢掠一空。

候至天明，一齐解到王守备营里来。红生哭诉道："生员谆谆守法，向来寓寺读书，不与户外一事。这个花三，从不认识。昨晚强要借宿，绝无窝藏情弊，伏乞审情开豁。"王守备那里肯听，呵呵冷冷笑道："做了窝主，还称什么生员。这花三既在你寓中，他抢掠的金珠千两，窝在那里？不用刑法，你如何肯招。"喝把红生夹起来。可怜瘦怯身躯，怎生受刑得起，只得认屈招供。王守备寻了招词，也不究那贼赃，竟将红生并那宝剑，锁禁在一间冷静屋内，待日起解协镇。

红生被禁，每日茶饭不充，又兼两足夹坏，十分疼痛。自嗟自叹，料想凶多吉少。但父母不能得见一面，每思量了一会，即泪如雨下。一夕更阑人静，月明如昼。正在暗暗悲泣，忽见一个女子，从空降下，向着红生低声唤道："红郎红郎，你还认得妾否？我特来救你也。"红生抬头一看，只见两脸胭脂，双眉黛绿。那女子非别，即花神也。便纳头拜下道："望乞大仙快快救拔弟子。"花神道："你家虽焚毁，且喜那牡丹亭依然无恙。当日感承你拔剑相助，今闻有难，特来相救。你不消忧苦。"便把手一指，那枷锁纷纷自落，两足伤痕亦即平愈如初。花神遂一手携着红生，一手与他取了宝剑，令红生闭了双眼。只闻宝拔剑一挥，脚下如登云雾，拥着红生，飘飘漾漾，顷刻间离却龙潭虎穴，已在官塘路口了。红生开眼一看，慌忙拜谢道："自非大仙超救，我的性命，旦暮不保。此恩此德，没齿难忘。"花神把剑递与红生道："从此一别，后会难期。只是此剑，目下就有出头日子。愿乞珍重珍重。"言讫，已失花神所在。红生趁着月光，向前行了一会。怎奈路途不熟，盘费全无，不觉放声大哭道："我如今单身逃命，无处投奔。万一有人追来，左右原是一死。"正在啼哭之际，只听得半空中说道："前往北方避难，不惟保尔无虞。更获功名之路。只此十步外，有黄金二锭，可呕取之。"红生遂向前一看，只见草丛中火光闪烁。仔细看时，却是一个小匣。启之，果得黄金五十余两，便飞步向北而走。

看官，你道红生这场大祸，从着那里起的？原来就是方兰为何半虚设计，将银五十余两，买嘱王守备，教他先着花三向寺借宿，旋即差兵捕获，其名为放鹰。后因红生逃出，又是何半虚出银，把来做了一个照提。此是后话不题。

且说红生，一路奔走，猛省得沈西苓在北坐监，何不上京一走。一则避此灾难，二则寻见沈生，倘得谋个出身也好。暗暗算计已定，在路晓行夜宿，急急的趱行前去。

一日到一店中沽饮，独自一个，慢慢的饮了数杯。忽然想起，家中消息全无，素云姻事未遂，不觉长叹数声，涕泪交下。只见旁边站着一人，虎形彪目，相貌堂堂。及视其身上，衣衫褴褛，恰像个乞丐模样。向着红生，呵呵笑道："我辈须要慨当以慷，足下少年作客，正所谓鸿鹄有万里之志。虽则独酌无聊，何故学那楚囚悲泣。"红生听他说话不俗，一发起敬。暗想此人，必系埋名豪杰，便招他同坐吃酒。那人也不推让，便向红生对面坐下。只见那满着座头吃酒的客人，俱喧哗笑道："这个后生客官，忒没分晓，怎生同着一个花子吃酒。"那人侧着头，任凭众人喧笑，只做不听得，拿起双筷，把三四碗蔬肴，吃得罄尽。又向红生问道："细观足下，甚有不豫之色，不知有何心事，俺虽沿门乞食之流，素负肝胆。倘不弃嫌，有甚用着俺处，俺须不避水火。"红生惨然泪下道："小生原系金阊人氏，为因避难而来，不曾与家中父母话别，以此望云增感，不觉堕泪耳。"那人道："足下既系思亲，何不修书一封，着人带去，以免尊父母远顾之忧。"红生道："书已写下，怎奈衡阳雁断。"那人道："足下孝思可敬，俺虽不材，愿作陆家黄耳，为你带去何如。"红生欣然笑道："若得吾丈肯怜我父子各天，将书捎带，报问平安，誓当铭之心骨，不敢背德。"那人道："足下说那里话来，我与你不过萍水相逢，因见被难，所以愿作便鸿捎信，我岂图你日后的酬谢么。"红生便向包袱内，取出书来，递与那人道："半年离梦，千里信音，全在这一封书上。幸蒙老丈慨许寄报，真大恩人也。望乞上坐，受我一拜。"说罢，便双膝跪下，那人伸手，一把扶起。引得左右在座饮酒的，无不相顾而笑。那人重又坐定，从容问道："足下既云避难离家，此行还到何处地方？作何事业？"红生道："小生有一故人，援例入监，现今寓在京师，我此去只得投彼相依，以便再为之计。"那人道："目今流寇纵横，中原鼎沸。大丈夫苟有一材一技，何患无小小富贵。若能运筹帷幄，斩将搴旗，则斗大金印，取之易于翻掌耳。足下既有故人在京，急宜前去，趁事机之会，成远大之业。至于家事，何必挂怀。况俺这般行径，那些凡夫肉眼，无不笑我是个乞丐。谁想足下一见如故，邀我同饮，这双眼睛，会能物色好汉，也算是一个豪杰了。"说罢，站起身来，正欲举手作别。忽瞧见红生所佩宝剑，便道："这是龙泉剑，愿借一观。"红生慌忙解下，双手递过。那人接来，定睛细看了一会，啧啧赏道："好剑好剑，真是丰城神物。不知足下何处得之？"红生知其属意，便道："方丈，此剑乃家传异宝，莫非见爱么？"那人道："千金易得，一剑难求，岂有不爱之理。"红生道："既是这等，即以相赠便了。"那人接了宝剑，只一拱道："承惠承惠。"正所谓：

> 红粉赠与佳人，宝剑传与烈士。

当下座客，看见红生把那家传的无价宝剑，脱手相赠，无不愕然惊骇。红生既将宝剑赠了，便道："老丈能识此剑，想必神乎其术，幸乞试舞一回。"那人欣然，拔剑起舞。左盘右旋，曲中其度，烁烁闪闪。但见电光万道，惊得红生不能开眼，耳边只闻风雨之声不绝。须臾舞罢，那些座客，始初认他是个乞丐的，无不惊讶，以为异人，茫然自失。那人临去，红生又扯住问道："愿闻高姓大名，以便佩之不朽。"那人厉声道："足下要问俺姓名居址，莫非不能忘情此剑，好在异日向我取索么？只是俺四海为家，原无定迹。若问日后相逢，当在金鼓丛中，干戈里面。"话讫，取了宝剑，一拱而去。当晚，红生就在店中歇了。次日算还饭钱，雇了牲口，一直到京。向着城中寻下歇店，便去访问沈西苓。谁想城里城外，整整的寻了十余日，绝无影响。回到店中，闷闷不悦。打点明日，要到八旗下去访问。只因红生这一问，管教：毕竟后来若何？且待下回细讲。

赛花铃

第九回　闯虎穴美媛　故人双解难

诗曰：

已作凌云赋，那堪志未酬。

看花几失路，醉酒复为仇。

直道今谁是？孤怀夜独愁。

秋风情太薄，偏老骕骦裘。

话说红生到京，遍寻沈西苓不见。一日要到八旗营内探问。忽在一家酒肆门首经过，遂进店中沽饮。一连消了两壶，不觉醺醺沉醉。算还了酒钱，跟跟跄跄，取路回寓。只见路旁有绝大的花园一座，仔细一看，原来园门半掩，便挨身进内。但见四围翠竹成林，桃李相间，中间楼房三带，甚是齐整。正游玩时，只见秋千架后，有一美人，年方及笄，貌极妖娆。同着几个使女，在那里折花。一见红生，就转过牡丹亭去。红生注目良久，也随至牡丹亭，却不见那美人。只见亭内琴书笔砚，色色俱备。红生乘着酒兴，磨墨濡毫，题一绝句于壁云：

宿雨初收景物新，醉中何幸遇芳春。

桃花仿佛天台路，羡杀盈盈花下人。

写毕，步出亭来。再欲徘徊细玩，忽远远听见喝道之声，从外而至。内中一人，绯袍大帽，拥着许多带刀员役，大踏步的踱进来了。红生急欲趋避，早被那官儿瞧见。大喝道："这厮怎生在我园内，手下，快与我拿住。"红生此时，酒尚未醒。欲待上前分诉，奈模模糊糊，莫能措语，竟被那人役痛打了一顿。那官道："这分明是个奸细，不可释放，且带在一边，待我明日细细详审。"手下一声答应，就把红生一推一扯，锁在正堂左侧厢房里面。红生初时酒醉，被锁锁着，即沉沉睡去。及至黄昏时分，其酒渐渐醒来，摸着项上，却有一条绝大的铁链锁紧。心下慌张，罔知所以。只见一老妪，手中拿着白米饭半盂，并鱼肉各二碗。递与红生道："此是我家小姐好意，送与你充饥的。"红生仰首直视道："你是何等人家，敢拘禁我在此。"老妪笑道："你这郎君，兀自不知。北京城内外，那个不晓得这个所在，是俺家总督团营昝老爷的别墅，敢有这

等擅闯的么。我小姐为见你斯文俊雅，不是无赖之辈，故特命老身送饭与你。又着我传谕手下员役，明日老爷审问时，叫他们大家帮衬，从宽发落，这也是你的福分，邀得我家小姐这等见怜。"语罢，竟自去了。红生听了这一番说话，心下十分懊悔。没来由闯此横祸，似此孤身客邸，料想没人搭救的了。一夜凄惶，不消细说。

次日饭后，早有三四个兵丁，如狼虎的一般，把红生横拖直拽，一直带到中堂阶下。须臾鼓声三响，只见那咨总督身穿大红暗龙马衣，两边兵役，各执利械，吆吆喝喝地坐出堂来。原来这咨总督，就是镇守吴淞的咨元文。为因剿寇有功，升授团营总兵。当下出堂坐定，左右就把红生卸了锁链，当面跪下。咨元文厉声喝道："你这厮，无故闯入我家园内，意欲何为？"红生哀禀道："念红文琬乃是吴郡生员，为因求取功名，来至京都。昨晚实系酒醉冒犯，并无别意，望乞老大人审情宽恕。"咨元文微微冷笑道："分明是一个奸细，还敢说什么生员。叫左右的，把那厮夹起来。"阶下一声应诺，就把红生拖下阶沿，将要上刑。只见管门的手持一个红束，慌忙禀说："有兵部项老爷手拜见。"咨元文便站起身来道："且带在一边。"遂趋至仪门，接着一位官长进来。红生偷眼一看，那官儿恰似沈西苓模样。正欲叫喊，又住口道："既是西苓，为何又说项老爷。倘或不是，如何是好。"停了一回，只见那项兵部一眼瞧着红生，甚有顾盼之意。红生便想道："虽不是西苓，也该过去分辨一个曲直。"遂大着胆，等待他宾主坐定，便叫起屈来。那项兵部听见，亲自下阶细验，认得是红生。大惊道："贤弟在家读书，为何却到这所在？"更不待红生回话，即叫随役："扶起了红相公。"便向咨元文道："此乃小弟故人红玉仙，是个饱学秀才，不知有甚冒犯处，却被老先生拘审？"咨总督道："这人是昨晚在花厅上亲获的，不是奸细，即系白撞，老先生不要认错了。"沈西苓艴然道："同学好友，安有认错之理。就有不是之处，也该发到有司官审理。"便叫随役："把红相公好好送到衙内，不得有违。"随役听见分付，登时扶拥着红生而去。咨元文愤愤不平道："此人即系良善，也该待我问个明白，怎么擅自夺去。"沈西苓道："那些武弁，听凭指挥。他是秀才，只怕老先生也奈何他不得。"遂即起身作别，骤马而归。

红生已先在署中，当下坐定，就把前后事情，备细述一遍。沈西苓再三安慰道："花三虽则被获，那赃物并无实证。据我看来，决系仇家买嘱了王守备，设谋陷害。今既来京，料想也没事了。至如咨元文别墅，吾兄原不该擅闯，以后切须谨慎为主。"红生唯唯称谢。因问道："适才兄到咨府，那门役禀称兵部项老爷，这是何故？"沈西苓道："原来兄尚未知，那嘉兴项工部，是我旧交。自从分袂进京，亏得他青目，只说是项家子弟，随在任所。所以顶了项姓，获中了一名乡试。后又是他营谋，得补兵部员

外郎之职。前已着人赍信报兄，奈因流寇阻梗，半路回转，不及递上。"红生道："恭喜仁兄，鹏程远举，使弟闻之，殊为忭快。所恨小弟命途多蹇，一事无成。今虽幸遇仁兄，尚无安身之地，如之奈何？"沈西苓道："吾兄大才，何患功名不就。只要着意揣摩，以图高捷便了。"当晚置酒叙阔，饮至更阑而散。次日收拾书房，力劝红生精心肄业。怎奈心绪不宁，容颜渐瘦，不觉厌厌成疾。时作诗词以自遣。其略云：

闷坐对斜阳，愁杀秋容到海棠。风日□端催太骤，鸳鸯。楚水吴山各一方。雁落白云乡，足上无书空断肠。路隔天台今已矣，凄凉。后日相思后日长。

——右调《南乡子》

枝头莺语溜，叶底蜂簧奏。登楼恰值花时候。楼中人在否？楼中人在否？相思情厚，寂寞双眉皱。梦陌楚山云岫，可怜赢得腰肢瘦。海棠开似旧，海棠开似旧。

——右调《东坡引》

且把红生按下不题。单说昝元文，因沈西苓擅行发放，便大怒道："叵耐小项这般欺我么。此人分明是个奸细，他偏认做故人，竟自放了去。这样放肆，怎好让他。待我寻个破绽算计他一番，才雪我这口恶气。"一日，适值项工部设宴，邀请部属各官。沈西苓与昝元文，也都在席上。酒至数巡，内中有奉承势利的，向着昝元文一拱手道："前日老总翁征服洳湖水寇，弟辈不知详细，望乞赐教一二。"昝元文道："列位先生，若不厌烦，小弟愿陈其概。前奉简书，征那洳寇时，只因王彪不谙军务，以致输了一阵。后来是俺奋勇直上，遂斩首五百余级，又倒戈而降者，共三百余人。我想如今寇盗猖獗，原要有些武略，方能济世安民。所以干戈交接之时，原用不着这诗云子曰的。"说罢，只听得满座唯唯称是，独有沈西苓忿然道："小弟是吴郡人，前台翁剿寇时，亦曾与闻其详。只闻官兵败了一阵，又闻杀害百姓五百余人，却不晓得台翁原有这般克捷。"昝元文听说。默然不语。沈西苓又道："诗云子曰，虽是用他不着的，然从来武以平乱，文以治世。难道马上得天下，就可在马上治天下乎。故汉高祖有言，追杀兽兔者狗也，发纵指示者人也。"昝元文登时变色道："你比我作狗么。"沈西苓笑道："弟不过援述先言，岂敢以狗相比。"项工部亦笑道："善谑兮不为虐兮。"于时一座大笑，便将巨觥，各劝沈、昝一杯。既而席散。沈西苓回到署中，备细与红生说知此事，因叹息道："以败作功，欺君误国，莫此为甚。吾岂肯与那厮共立朝端，意欲出本弹劾，兄意以为何如？"红生力劝道："此人奸党，布满中外。兄当相时而动，不可直言贾祸。"沈西苓道："我岂不知，只为身居郎署，安肯虚食君禄，而钳口不言，使豺狼当道乎。"红生又再三劝住。于时科考已过，已是七月中旬。沈西苓对着红生道："兄若早至京师，这一名科举，可以稳取。今场期已近，意欲与兄营谋入监，则易得与试。但须数百金，方可料理。弟愧囊空，不能全为周助，为之奈何。"红生道："弟乃落魄之人，无一善况。即使进场，亦万无中式之理。但承仁兄厚爱，真出自肺腑，敢不领命。前幸花神救拔时，又蒙指点，拾得黄金五十余两，一路到京，所用不多。其余现在箧内，乞兄持去，为弟打点。倘或仰藉台庇，侥幸一第，则仁兄厚恩，与生我者等也。"沈西苓即日与红生援例纳赀，入了北监。随又谋取了一名科举。

光阴瞬息，俄而又是八月初旬。红生打点精神，进场与试。及至三场毕后，候至揭晓，已中五十二名举人。沈西苓把酒称贺，红生再三谢道："皆托仁兄洪福，得邀朱衣暗点。虽则一第，不足为荣。然家贫亲老，姻既未谐，又遭仇难，若非侥幸此举，几无还乡之日矣。"自此红生另寻了一个寓所，又过两日，吃了鹿鸣宴，谢了房考座师，正欲差人归家报捷，适值科场蠹缘事发，红生以临场入监，惟恐有人谈论，终日杜门不出，连沈西苓亦为他怀着鬼胎。忽一日，沈西苓早朝已罢，来到政事堂议事。只见江南都堂一本，为湖寇事。其略云：

湖寇唐云，近复拥众万余，出没于太湖松泖间，以致商贾不通，生民涂炭。臣屡檄守镇将士，及地方官，督兵会剿，而皆畏缩不前，并无斩获。此实总兵将领，漫无方略。而纵寇玩兵之所致也。臣窃谓，崔符不靖，则必人民鸟兽，南亩荒芜。夫既民散田荒，则钱粮何从征办。而兵饷因以不足。故今日之急务，以剿寇为第一。而剿寇之法，务宜洗尽根株，此实国家重事。不得不据实奏闻，伏乞圣恩裁夺。臣不胜惶悚待罪之至。

沈西苓见了本章，向着昝元文笑道："前闻老台翁说，湖寇唐云已经剿者剿抚者抚，洗靖根株矣。今何湖泖间仍复跳梁如，岂即是前日之唐云，抑别有一个唐云耶？"昝元文涨得满面通红，大怒道："汝辈腐儒，只会安坐谈论，岂知我等忘身为国，亲冒矢石，为着朝廷出力，何等辛苦，乃敢横肆讥议耶。"遂拂袖而出，心下十分衔恨。连夜倩人做就本章。要把沈西苓劾奏。要知所劾何事？下回自见。

第十回　触权奸流西　剿寇共罹缺

却说昝元文，被沈西苓当面讥诮，不觉大怒道："竖儒如此无理，誓不与共立朝端。"遂央人做就本章，次日早朝具奏。那本内备说西苓冒藉欺君，不供郎职。与流寇暗通消息。共开八款，遂奉旨下着大理寺审究。项工部见报大惊道："吾每每说那昝元文奸险非常，不可与之争竞。谁想西老不听吾言，果有今日之祸。"遂往见昝元文，代为请罪。又央兵科给事中田大年，并同年保奏。奉旨姑减一等，押发辽阳安置。沈西苓得旨，因以钦限难违，即与红生作别。恰值项工部亦携酒饯送，三人坐下，痛饮了一回。沈西苓潸然泣下道："弟为奸臣陷害，远配辽阳，今此一别，只怕后会无期了。"项工部道："仁兄虽则远行绝塞，料必天相吉人，旋车有日，万乞加餐自爱。"红生道："今日之行，实为昝贼所陷。弟恨绵力，不能少奋一臂，扑杀此獠。倘有侥幸日子，管杀他也到雷州。"沈西苓道："吾一身固不足惜，所痛家下老母与舍妹，别无倚赖。倘蒙仁兄念及故人，肯为青目，感戴不朽。"言讫握手欷，泪如泉涌。红生道："天恩雨露，不日金鸡诏下，仁兄且自放心前去。所谕之事，自然领教。不必挂怀。"遂满斟一杯，递与西苓。西苓接酒，悲愤不能下咽。刚饮得一口，遂即放下。项工部又再三解慰。既而酒散，修下家书一封，递与红生道："此书烦兄带至家中，付与家母亲拆。若在京中，诸事已有老仆主管，我已分付他即到仁兄寓所。待荣归之日，挈带归去。"当下牵袂依依，再欲分付几句，却被长解催促，只得洒泪而别。红生归寓，又作律诗一首，并盘费银五十两，着人赶去，送上西苓。其诗曰：

> 洒泪阳关北，相看云路赊。
>
> 别离从此日，生死各天涯。
>
> 露滴征衣冷，风翻雁影斜。
>
> 此行无驿使，何处寄梅花。

红生正在寓中闷坐，忽闻外边纷纷传说，所中本省举人，圣上俱要亲临复试。红生也未免把那经史温习一番。到临场那一日，只见御颁题目，却是"皇都春雨"二十韵。红生素习诗词，这二十韵，只消一挥而就。

钟声初应律，斗柄正逢寅。

奎璧文明转，乾坤沛泽匀。

卷帘书帙润，落笔墨池驯。

浪底鼍鸣急，溪边燕影频。

恩弘培嫩草，怒激散浮萍。

弱质惊摧委，名花喜濯尘。

暮烟生古壑，晚浦接平津。

野豹皆藏雾，江豚尽出滨。

宫桃红色乱，御柳绿容新。

气冷侵朝袖，阴浓覆座茵。

催开孤岭秀，洗出五峰真。

乌鹊咸依倚，蛟龙岂隐沦。

雷鸣千里肃，泽降万家春。

无语花翻槛，多情鸟唤人。

风来云片片，水过石磷磷。

瑞应黄农象，祥符虞夏淳。

耕夫忘帝力，士子叹皇仁。

诏就来丹阙，诗成献紫宸。

调元凭硕辅，济世贵经纶。

幸有怀才诏，还邀御目亲。

红生出场，自觉文章得意，遂将试卷，并平昔窗稿梓刻，遍送朝中士夫。忽一日，官报报来，备说试官将试卷进呈御览，皇上看见了红生排律，龙颜大喜。钦赐二甲进士。红生听说，欢喜不尽。即日进表谢恩，并拜见了科部各官。即欲整顿行李，给假省亲。忽见长班报说："项老爷来拜。"红生慌忙迎进，坐定，项工部道："承惠尊稿，句句清新，篇篇珠玉。自应皇上，恨相见之晚。昨弟偶在昝总老府上赴席，昝翁取出锦轴见示，内有仁兄祝词。后至牡丹亭小叙，又见壁上绝句，就是吾兄稿中之诗。昝翁闻知，十分钦慕，访得仁兄未谐佳偶，欲将伊女结为尊配，持简不佞执柯。"说罢，又指着阶下仆从说道："昝翁惟恐小弟不为转述，又遣盛价在此。一来奉贺高捷，二来恭报佳音。"红生道："弟已有聘在先，虽辱雅命殷殷，实难遵奉。"项工部道："前日沈西苓亦言兄未完姻，今何相拒之坚耶。况昝翁虽则武职，官居极品，伊女千金闺秀，淑德素娴，乃肯慕才见招，亦是十分好意，幸乞三思，毋致后悔。"红生正色道："无论小弟已有糟糠，即使一世无偶，亦岂以昝府为念哉。我友沈西苓，无辜受其毒陷，弟既不能奋臂以雪朋仇，复又与彼结为姻娅，则是上何以对苍天，下何以谢西苓乎。人生世上，富贵不忘其旧，利欲不动其心。我与西苓之谓也。宁肯富贵易交，而贵易妻哉。况此事亦台翁所目也。西苓即台翁之至交也。设使弟贪富贵而就姻，谅台翁决不色喜，何况为弟作伐，于心安乎。幸乞善为我辞，感甚荷甚。"项工部听说，不敢再劝，怏怏而退，竟写书回复了昝元文。那些仆从，听见红生说了这番话，更回去一一对那昝元文说了。昝元文大怒道："不中抬举的小畜生，怎么这般无状，倒把狂辞唐突我么。想这小畜生，也是南直隶人，一定是沈西苓同党了。前日沈西苓放肆，被我一本，就弄到远远地方，谅这畜生，是第二个小沈了。"正在踌蹰之际，恰值太仓王守备，差着家丁，将密揭投递。昝元文拆开一看，内中备言黑天大王猖獗，难以剿除，致彼都院具本劾奏，恳乞请旨调将收服等情。昝元文看罢，大笑道："那唐云也忒奇怪，我老昝不能剿灭，难道再没有强如老昝的么。"又低首沉吟了一会，不觉眉头一皱，计上心来，呵呵笑道："我要把那厮陷害，有何难哉。也不须寻他过恶，也不须嘱托纠缠，只消假公济私，明日奏上一本，举荐他征服唐云，却教各路协镇，莫发救兵。待他孤军深入，那条性命，却不稳稳送在黑天王之手。即使不致阵亡，保不得损兵折将。那时以军法究治，也不怕他不死。万一侥幸得胜，我又得举荐之功，再加陷害亦未为晚。"

当下计议已定，次日早朝，即具疏举荐。寻奉圣旨批下，授红生以兵部职方司之职，即着团营总督昝元文，速拨三千羽林军，着即督兵征进。俟有功之日，另行升赏。红生接了诏旨，不胜忧忿。明知是昝元文所害，然圣旨已出，无可奈何，只得领了敕命，刻日起程。临行那一晚，项工部与各部属，俱于卢沟桥设酒送钱。既而众官散去，项工部独留在后，执手向着红生道："兄亦晓得么，此举乃昝总督以却婚之故，所以假公济私。明为保举，实图倾害。惟兄以军务为重，早晚用心，以成大功。弟当侧耳而听捷音也。"红生道："昝元文狡谋陷害，小弟已悉其情。但今为天朝效力，虽马革裹尸，亦何畏哉。"遂与项工部作别而散。

次日起程，集点将士，却多是一班疲病老弱之辈，并没有半个壮丁。红生暗暗叹息道："前日昝元文率领许多兵马，兼有王彪助阵，尚且损兵折将，不能克服。况今势非昔比，以疲惫之卒，而欲剪此强梁之寇。昝贼的谋计虽工，在红某一身亦不足惜，其如国事何？"遂上疏请益，疏凡三上，俱留中不报。红生不得已，只得领了三千军士，迅速出京。在路脂车峭帆，不一日已抵泖湖，自与唐云对敌，按下不题。

却说何半虚，自从问了红生照提之后，弃儒纳吏，随又营谋考满文书，托人进京翰选了山东鲁桥驿一个驿丞，遂与方兰商议，要作速行礼做亲，以便一同赴任。方兰道："只今红玉仙已经逃遁无踪，若要行礼成亲，只消我三寸舌，向着家婶母甜言说合，不怕不从。但舍妹性资执拗，须要缓款而行，方得妥就。设或吾兄如此造次，小弟便不敢斗胆相许了。"何半虚看见方兰作难，料因心事未足，便将所许的八十两找足，外又加礼银四两，尺头二匹。方兰得了许多礼物，满心欢喜，便领了他的言语，即向方老安人面前，再三撮合，只因这一番，管教：

云翻雨覆风波起，玉碎香消脂粉寒。

毕竟方兰走去，说出什么话来？要知端的，且听下回解说。

赛花铃

第十一回　势利婆信谤寒盟

诗曰：

月下良缘已有期，谗言忍把旧盟欺。

谁知贞媛心非席，石烂泉枯总不移。

话说方兰，既得了何半虚的重谢，急来向着老安人说道："红玉仙为窝赃的事，前解到防官王守备处，正欲鞫问，谁想心虚，从着半夜里，竟自逃走去了。现今行文各处查缉，大抵是出头不得的了。所虑妹妹今已长成，还是别选良姻，还是守他来成亲么？"方老安人失惊道："原来他做了这样违条犯法的事。早是你来说着，不然我那里知道。只是他小小年纪，做了一个秀才，怎不守分。如今又不知逃在何处，若把你妹子嫁与他，只怕误了终身。若就别许人家，又恐老红要来说话。以此两难，如何是好？"方兰道："那红老儿是说不得的，他不曾费得半个铜钱，我这里并没出个八字，又没有聘书与他，怎见得就是他的媳妇。况且是自家儿子，做了不法的事，终不然把一个清白闺女，去嫁那不肖子不成。凭他告到官司，也是说得过的。"只这一番话，却中了方老安人的心。遂点头道："侄儿你到说来不差，只是如今所许的人家，须要胜着红家几分才好。据你前日所说的何宅，不知人家何如？可以对得么？"方兰道："我正为此事，要来与婶母商议。谁想何某已有了官职，不日就要上任。若肯许他，须作速出一庚帖，等他即日行礼。若婶母要依前盟，守着红玉仙回来，待我回绝了何家罢。"方老安人听说何半虚有了官职，不觉喜道："你说来不差，悉凭你主持就是。"方兰听见许允，满心欢喜，连忙去对何半虚道："承托的事体，家婶母初意，坚执不肯，被我再四把那话儿笼络他，业已妥当的了。但须作速订期纳聘，省得迟则有变。"何半虚大喜道："完美此姻，皆赖仁兄玉成厚爱，此恩此德，容当图报。至如聘金礼物，一一遵命便了。"遂选了吉日，送过聘来。方老安人少不得备办回盘礼物，俱不消细说。

却说素云在房，闻了这个信息，心下惊疑，暗着凌霄探个明白。谁知方兰与老安人做就机关，只说道是红家行聘，不日就要亲迎完娶，素云也信了。倒是凌霄乖巧，当行聘那一日，悄悄的偷那礼帖，把与素云一看。只见上面写着"何某端肃顿首拜"，止不住腮边扑簌簌滚下泪来。凌霄再三安慰道："是与不是，且再商量，何消这般烦恼。"素云道："你那里知我的心事来。从来婚姻之事，一言既定，终身不移。所以忠臣不事二君，烈女不更二夫。当初我爹爹亲口许着红生，虽则六礼未备，那股钗儿，已算是下定的了。况我明知事必有变，曾着你去约他面会两次。生死之盟，前已订定。岂料母亲听着谗言，背盟寒信。我若依允，却不做了失身之妇。若不肯从，怎生退得何家？"左思右想，与其偷颜失节，不若一死，倒觉干净。说罢，又唏嘘不已。凌霄又从容说道："闻得何家已选了什么官儿，若完了姻事，就要上任。据着贱妾看来，比着红家更胜几倍。料想老安人主见不差，小姐何为固执。"素云变色道："你说那里话来。莫道何家是个吏员官儿，就是当朝显宦，也难变易我一点冰心。甚且那一晚，亲口订约。青天明月，实共闻此言，岂得以贫富易心，腼颜苟活。况人孰无死。我若死得其所，可以含笑见我爹爹于地下矣。今后该说的说，不该说的再休多言。"正在唧唧哝哝，恰值老安人走到。素云慌忙把头来掇转，以袖拭泪。老安人惊问道："吉期已届，吾儿有甚烦恼，反掉下泪来。"素云道："还说什么吉期，孩儿的性命，只怕不久了。"老安人便把凌霄唤去，问其缘故，凌霄将素云的心事，一五一十说了一遍。吓得老安人心下着忙，急与方兰计议道："俱是你劝我许了何家，如今你妹子要死要话，不肯依允。万一做出一件事来，如何是好。"方兰道："做侄儿的原是一片好意，况何生虽则三考出身，也是一个小小官职，有何辱没了妹子。如今只索催他早些娶了过去，婶母还该用着好言开慰。想妹子也是一个聪明的，岂不晓得好歹。"老安人原是个没主意的人，听了这一番话，只得又到素云房内，徐徐劝道："吾儿且省愁烦，量做娘的，只生得你一点骨血，岂不要安放你一个停当。奈因红生家事日渐消乏，近又做了窝藏不法的事情，所以将你许了何家，有甚不好处。你只管执拗悲啼，却不要苦坏了身子。"素云目叹道："儿若依了母亲，做不得失节之妇，若坚执不从何以回得何家。如今儿已有个两全妙策，教他早来娶去，决不累着母亲受气。"老安人听说，才把鬼胎放下。话休絮烦。

　　不一日，笙歌动地，鼓乐喧天，何半虚家的亲船已到。素云暗暗妆束已定，向着祠堂，痛哭了一场，遂即移步出厅。方兰只恐有变，也不叫何生奠雁，竟唤着几个妇人，把素云推拥上轿，如飞的抬下船去了，自己却与凌霄另在小船送去，那嫁妆又另贮一船。行不上三四里光景，忽听得锣声响处，四下喊声骤起。只见芦苇里面，撑出几只巨艘。上面枪刀密布，竟把亲船拦住。为首一人，原来就是黑天王部下的陈达。看看觑近，抢上船来，把素云连着轿儿扛了过去，妆奁器皿也掳得精空。何半虚急忙赴水，才逃脱性命。方兰在后船看见，便拉着凌霄上岸，在黑地里藏身半晌。看看贼已远去，心下想道："我本意只要拆散红生的夫妇，以消当时恶气，故在婶母面前十分撺合，又在何半虚面前一力担当，谁料忽地里生出这个变故来。若归家去，不但婶母见责，连那何半虚也要怪我，终不然还他银子不成。更有一件，日后红家知道，这场是非怎生分解。何不趁此机会，骗了凌霄，拿些银子，出到外边暂住一二年，再作区处。有何不可。"当下暗暗算计已定，遂把凌霄藏在僻处，自己飞身回去，悄悄的取了四五十银子，哄着凌霄，只说领他归家，一径的雇船往外去了。不题。

再说素云，被着陈达掳去，送至中军请赏，黑天王一见，心下大喜。对陈达道："我这里有多少女子，却无一个绝色。谁想你拿着这样一个美人，真正有沉鱼落雁之容，使我一见，不觉为之神醉矣。自出兵至今，汝的功居第一，另行重赏。"又向着素云道："美人，我且问你，姓甚名谁，年纪多少？"素云已惊得魂魄俱丧，惟低头流泪，不措一语。黑天王道："你不须害怕，我将你做第二位压寨夫人，怕不富贵哩。"素云厉声答道："贱妾已有丈夫，断无相从之理。如不放归，愿求一死。"激得那黑天王性起，正要捉进强奸，谁想已有人报知仇氏。原来仇也有五六分姿色，亦系良家女子，素性淫悍，被着黑天王掳作正妻，却是十分畏惧。当下出来问道："闻得出阵，拿着一个美女，可唤过来与我一看。"素云连忙走至面前。仇氏细细的看了一会，说道"此女虽则美丽非常，若留之恐有不利。"黑天王忙问所以。仇氏道："我昨梦一仙姑，指一女子对我说道：'此女命犯伤官，花烛之夕，其夫就该遇难。若或留之，月内定遭其克。直待百日之后，恶星过度，方可成亲。'今此女与梦中相似，又闻自亲船掳来，则花烛遭厄之说，已符矣，岂可收纳，以被其殃乎。"说罢，即带素云，幽于别室，防禁甚严，永不许与黑天王相见。

单说素云，自遭幽禁，每日蓬头垢面，时时痛哭，将及月余。忽一夕，风雨萧瑟，雁唳蛩吟。素云想起幽囚盗窟，目下虽不被污，终难保免，不如早寻一死，倒觉干净。忽又想道："若竟是这般死了，不惟大仇未报，母恩未酬，又不知红郎今在何处，永无见面之日了。"想一会，哭一会，将至夜分，又泫然泣下道："我今身罹虎口，迟早总是一死，何须苦苦恋此薄命。罢罢罢，我只索要自尽了。"遂将腰边绣带解下，悬梁而死。可怜：

倾城倾国佳人，化作南柯一梦。

谁想素云命不该绝，将要悬梁，忽即沉沉睡去。朦胧之际，见一仙女，抚背而言道："吾乃尔夫家后园牡丹花神是也。汝不可短见，日后还有钗接镜圆的日子。目今罗星将过，还有一番水厄。特授汝以花须丸二粒，服之便可转死还生。珍重珍重。"素云接过，一口吞下，倏忽间遂不见了仙女。须臾醒来，犹觉余香在口，暗暗惊喜道："既是仙女救我，或者还有出头之日。只得勉强挨度，再为区处。"曾有名贤一诗为证：

　　惆怅佳人命最悭，才离虎穴又龙潭。

　　若非此夕花神救，安得明珠日后还。

　　且把素云按下不题。

　　再说红生，领兵出京，一路上官府不敢怠慢，到处措备粮饷应接。不一日，来到苏州，即着内丁，同了沈家苍头，先到沈西苓家内下书。又差人到家报喜。自己却为军情事重，不敢擅回。

　　一日正在舟中闲坐，只见报道："太仓王守备迎馈礼物。"红生看了手本，放在一边，置之不问。自卯至酉，并没一个人睬他。只得纳闷而去。到了明日清晨，又至船边伺候。如是者三次，竟不得相见。至第四日，候见红生上轿，认得面貌，就是前日把来问过照提的，不觉大惊。登时换了青衣小帽，央着本处乡宦钱世行，现任按察司廉使（致仕在家），王守备就央了他办下二百余金一副盛礼，下船请罪。红生再四推辞道："既蒙台命，不致难为他就是了。这礼物决不敢受。"钱世行便深深的打着一拱道："前日王弁曾获罪于老总台处，皆由奸人何半虚之计，实与他无涉。惟失于查察，获罪深重。容俟日后捕获时，自当解至台下，听候治罪。若使所备微仪，不蒙点领，则治弟亦不敢代为荆请矣。望乞海涵曲宥，则弟亦叨庇无尽。"红生道："虽是何半虚造谋枉屈。你为防官，就该审豁。为何通同设陷。今承老先生见教，姑恕不究。这些礼物，亦只得权领。"说犹未已，那王守备跪在船头，只管叩首不已。红生竟不睬他。钱世行道："今日王弁实已悔过待罪，伏乞老总台不念旧恶，所谓大人不作小人之过。"红生笑道："若非老先生力为见谕，决要处置他一个死罪。也罢，就着他为前部冲锋，以便将功折罪。"遂于当日，点起军兵，以裨将甘尽忠、水从源为后队，自己却与老将乌力骨，统领中军。一鼓造饭，二鼓取齐，三鼓进发。浩浩荡荡，杀奔洌河而来。要知胜负何如？且待下回分解。

中国禁书文库

赛花铃

第十二回　贞洁女捐躯殉节

　　当下红生领兵征进，先着探子，前去探听虚实。只见纷纷回报，黑天王正在山前点兵候战，鲁仲在山后看守营寨粮草。红生便唤甘尽忠、王守备分付："你二人可带本部兵五百，俱打着贼兵旗号，埋伏在两旁芦苇内，待他兵出之后，随即上山放火，夺得营寨即为头功。"又唤水从源分付道："你带部下人马，俱驾小船，前往山后水湾埋伏，只看山头火起，便从后乘势杀上，必得全胜。"分拨已定，自与乌力骨，领着中军，往山前进发。一声炮响，忽地里冲出五六十号船来。红生忙教摆开船只，两下混战一场。红生往后便退。黑天王赶至，略战数合又走。黑天王见红生船只乱动，遂招动令旗，前来追赶。未及数里，忽见山上火光烛天，烟气蔽日。黑天王只道粮草上火起，无心恋战。舍了红生，望着自己营寨而走。红生见他回阵，料得贼已中计，便同乌力骨回身杀上，又战一阵，杀伤贼众无数。黑天王慌忙下在一只小船而去，将近沙岸，只见山上炮石如雨，铳箭交加。左边冲出王守备，右边冲出甘尽忠，大杀一阵，竟不知有多少兵马在此。却不敢上山，遂绕山而逃。不料红生后又杀至，与王守备二将合为一处，就换乌力骨把守湖口，自与二将杀入老营。那鲁仲见势头不好，便弃了粮草，奔救大寨。将及交锋，背后水从源又驱兵掩杀一阵，鲁仲只得领了败残人马，望着左边小山，僻处逃躲。红生也不追赶，即鸣金收军。赏劳已毕，就在山下扎寨，自与水从源扮作小军，乘着一只小船，前去侦探。

　　约行二十余里，到一芦渚滩头。只见一只渔船，捞着一个死人在那里喧嚷。红生上前看时，却是个女子的尸骸，尚有几分气息，就唤渔船上的婆子，与他换去湿衣，把姜汤徐徐灌下，看是谁家闺女，好着人送他回去。正解衣时，忽见右臂上有小包一个，红生打开一看，是一段白绫裙幅，裹着一股玉钗，裙幅上又有绝句十首，一半字迹模糊，其一半云：

其一：

自怜薄命强依人，贞节那知不受尘。

寄语慈亲休怅望，入江犹是女儿身。

其二：

一点冰心矢不磨，孤魂飘泊更如何。

江妃有意从为伴，羞杀东陵设网罗。

其三：

冷冷碧水涨清溪，此夜孤魂何处啼。

河伯若教怜薄命，东流反向洞庭西。

其四：

夜静挑灯读楚辞，从今何处托心思。

生前未获谐鸳侣，死后相逢那得知。

其五：

一别慈帏已八春，涛声岳色共愁人。

愿持节义轻身死，玉碎香消总不论。

——薄命方素云临死偶书

红生诵毕，方知就是方素云。慌了手脚，便自去抱过船来，覆着绵絮，灌着姜汤。有顷，吐出了许多泥水，虽不能言，却已有几分苏醒了。红生急忙望空祷告，俄而素云星眸微启，低声说道："这是什么所在呀？红郎为何却在此处？莫非是梦中相会么？"红生向前便告以捞救之由。既而坐定，备询其投水之故。素云哭诉道："自与郎君别后，为遭兽兄不仁，强夺妾志，将妾许配何家。那时妾自分必死，但恐累及老母，以是隐忍苟活。不料何贼亲迎之夕，正拟以颈血溅其衣，却被黑寇手下的头目，掳至贼营。又欲强污妾身，幸喜盗妻仇氏，囚妾于别室之中，更获仙女授我灵丹，许我有相会之日，故尔迁延存命。然妾自料必死无疑，谁想昨日官兵征剿，黑寇战败而遁，仇氏与众将俱各分窜，不知下落。妾恐出头露面，又多一番辱，因作绝命词十章，投湖自尽。谁料获遇郎君救起，复得全生。想那仙女之言，果不虚谬。但不知我方氏祖上，做了许多恶事，使妾受此磨难。"说罢，不觉呜呜咽咽的哭将起来。红生再三劝慰道："小姐不必悲伤，大凡姻缘生死，会合分离，总是前生分定的。即如何贼与那方兰两个，用尽机谋，终成虚想，还亏得你冰清玉洁。这都是我在京日久，致你受此折挫。今日相逢，真出自意外，所谓天作之合也。但目下领兵在此，正与唐云厮杀之时，只恐留下不当稳便，随即差人护送回去，以俟剿贼之后，另容相会便了。"素云骇然道："郎君向在那里？何幸得此荣职？愿乞为妾细道其详。"红生遂把别后事情，也略略说了一遍。素云不胜欣喜道："如此待妾先归告知母氏，可不悔死他也。"红生遂出银一两，赏了渔翁，即备船只，就着渔船上的老妪，护送前去。从小港转至白秀村，着即上复方老安人教他好生调养，待剿贼复命之后，请假完婚。先具白金一百两，为小姐压惊之费。分付已毕，同了水从源送出港口，方才归入帐内，商议捣巢覆穴之计。

当日造饭食罢，点起合营将领，遣乌力骨等直逼贼营。那黑天王自从折了一阵，归遁武山，正与众将会集，整顿军船复战，忽见乌力骨已统兵近寨，便大怒道："匹夫如此小觑我，若不与他决一死战，我也决不敢望图王夺霸了。"即刻点兵下山，列成阵势。两军相遇，正在白苹桥迎敌。红生挥兵掩杀，把黑天王围了数匝。怎当他十分骁勇，大喝一声，官兵退下数里。乌力骨渐渐气力少怠，不敢当锋，望着本阵而逃。红生见乌力骨战他不下，遂唤众将一齐杀出阵来。水从源正撞黑天王船，未及数合被黄俊暗地里射了一箭，正中左肩。黑天王赶来抢时，幸得王守备接住，救得回来，已是箭深入骨，未几而死。黑天王遂即奋勇拒杀，红生率着甘尽忠、乌力骨驱着大队人马敌拒。站出船头，高声唤道："唐云，我这里天兵已下，你还不知死活，辄敢抗拒么。我劝你不如及早投降，庶不致死无噍类。我又为你保荐，使你不失封候。倘仍前跋扈，只怕后刃一加，你便噬脐无及了。"黑天王大笑道："我只道朝廷差着什么大将，原来是个白面书生，那里晓得兵家妙算，却是自来送死。"说罢，遂挥着众贼，冲杀过来。甘尽忠慌忙接住，两人混战了一会。不料陈达架起大炮，只一炮，把红生的大船打得粉碎。甘尽忠失脚堕水而死。陈达遂乘胜赶来。乌力骨舍了黑天王，竟与陈达厮杀，两个又战至傍晚，不分胜负。史文看见不能取胜，便披发仗剑，作起法来。只见口中念着神咒，道一声疾，顷刻间雨雹交加，满天蔽着黑雾，对面不能见人。红生在船，站立不住，只得弃船登岸。那军士刚刚渡得一半，越觉风狂浪涌，霎时间把那船只，都翻在水里了。官兵溺死者，不计其数。乌力骨向前禀道："贼兵甚锐，兼有妖术，我军若不退去，皆葬在鱼腹中矣。望乞作速传令退军，以便取到救兵，再图剿灭。"红生依允，只得退回十里。查点将士，折了大半。心下好生闷闷不悦。当夜惟恐贼兵劫寨，众军皆不卸甲。

将有一更天气，只见月光皎洁，红生步出帐前，看那星斗，忽见一人，布袍素服，腰边挂着宝剑一把，向红生笑道："别来未几，恭喜仁兄，荣登黄甲，奉旨出征。小弟偶尔相闻，特来问候，不知还认得故人否？"红生听说，只道是贼营遣来的刺客，吃了一惊。那人又笑道："仁兄休得惊疑，可记着当时在酒店中把宝剑赠那乞者么，即俺是也。"红生便大着胆，近前仔细一看，认得面庞不差，遂延入帐中，分宾主坐定。红生备细告诉道："小弟原系文弱书生，不谙军旅，谁想登籍之后，即遭奸臣中伤，致奉圣旨，着弟领兵剿贼。不料自与唐云相拒以来，屡战屡北，今日损兵折将，又大败一阵。若欲再战，并无良策。若即退兵，又恐朝廷以失机绳罪。以此进退两难，计无所出。天幸遇着仁兄赐顾，不知可有胜局，以救三军之命么？"那人听毕，不觉呵呵笑道："红兄之言，何其懦也。量那唐云，不过泖湖中一草寇耳。虽有数千人马，皆乌合之众，可以灭此朝食，何致数败者哉。昔日范仲淹韩琦二公，亦皆文章科第，乃胸中却有十万甲兵，故西夏人为之谣曰：'军中有一范，西夏闻之惊破胆。军中有一韩，西夏闻之心胆寒。'彼二公者，独非文士乎。今足下初登仕籍，即奉简书，正宜出奇破贼，扫清泖荡。上免当今宵旰之忧，下慰吴中士庶之望。所以取荣名，享厚禄，在此一举。何乃以小小挫失，遂怀退避耶。"红生听了这一番话，涨得满面通红，连声谢道："小弟不材，幸蒙仁兄赐谕。顿开茅塞，不觉愧汗浃背。但目下正在危迫之秋，万望仁兄有以教之。"那人道："既值败残之后，还宜按兵不动。可速移檄当道，请兵救援。并察贼众来往险要河港，严督居民钉栅断堰，以截其去路。更差心腹，潜至贼营，行离间计。使彼自相伤残，则可以一战而破矣。兵贵神速，更贵出奇。神而明之，惟在足下之一心耳。"红生肃然起敬道："多谢指教。遂命左右，备酒款待。

当下两个，促膝细谈。饮至三更天气，那人道："小弟此来，一则奉候台兄，一则有事相恳。前在酒肆中，匆匆乍会，即蒙以家传无价之龙泉见赐，如脱敝屣。岂今荣叨恩命，钱粮出于掌握，反有不为鄙人周济者乎。倘不见拒，愿当实告。"红生慌忙问其来意，只见那人言无数句，有分教：千余将士，几何尽丧泖湖。要知端的，下回便见。

中国禁书文库

赛花铃

第十三回　凭侠友功成奏凯

诗曰：

为友倾肝胆，提戈解寇围。

千金轻若屣，一诺重难回。

报国宁辞险，图功岂惮危。

妖氛从此靖，奏凯向朝归。

且说红生，当夜置酒款待那侠客。那人道："俺此来有事相求，若不见拒，愿当实告。"红生即问其来意。那人道："别无他事，特向足下暂借粮米二百担，白金三百两。到十日之后，即当加利奉纳，决不敢谬约也。如蒙见许，现有人舟等候，幸祈即发为感。"红生便叫管粮军士，着今照数付去。乌力骨听见，连忙近前密禀道："现今军中乏粮，若发去许多，万一愆期不至，岂不误了大事。"红生道："汝言固是正理，但业已许诺，只得付去便了。"那人看见左右俱有难色，便道："若或贵役不肯相托，俺岂敢强借，就此作别了。"红生欣然笑道："蒙兄约在十日之外，弟即着令除了十日口粮，其余照数奉与仁兄拿去。大丈夫肝胆相孚，千金不计，况此些须而有吝色者哉。"那人便指挥随来数人，将米运放舟中。向生一拱，竟自下船而去。于时天色大明，只见黑天王率着众贼的船只，约有五六百艘团团围住，四边炮响如雷。红生看见来得势头，即便收兵上山，只得勉力拒守，以待近处援兵。谁料各路守镇官，俱受了昝元文的约束，那一个肯发兵来。一连拒守七日，人心愈危。怎奈贼兵愈众，山下围得铁桶相似。红生料难脱身，大哭道："我为奸臣所卖，以至此地。今日为国而死，诚为死得其所。"遂召诸将安慰道："尔等随我出征，本图建功立业，谁想天助寇贼，致遭数败。古人有言，人生自古谁无死，只要死得其所耳。今我势穷力尽，若同尔等降贼，亦有何难，只是日后朝廷别选良将，再来剿除，却不是仍旧一死，不过偷生几日，却贻万世臭名，非豪杰之所为也。为今之计，到不如舍命一战，或可全生。就是力毙而死，也不失做个忠臣义士。当日田横之客五百人，自杀在海岛中，至今称其义勇。倘尔等不以我言为然，愿速斩我之头，以献唐云可也。"众军听毕，哭声震地。顷之，俱踊跃大呼道："我辈愿死不愿降!"红生见众军士肯出死力，遂复出战。自午至酉，两边伤死甚多，不能取胜，红生只得仍旧上山。

其夜二更时分，坐在山顶石上，只见贼将史文领了二百余人，绕着山脚巡哨。仰首见了红生，大叫道："红爷不必害怕，我有一言奉告。闻得朝廷发与红爷，止有二千残弱之兵，今已深入不测，死伤大半，料想不能济事了。何不解甲归降，共图富贵。况今世界纷纷，有何皂白，纵使尽忠死节，安得旌表，却不白白枉送了性命。"红生大骂道："狗鼠盗徒，我恨不能即时歼灭以报□□，反敢乱言无忌。你晓得红爷是何等样人，敢来饶舌么?"史文明知志不可夺，遂即率众退去。俄而相拒，一连又是五日。不料寒威愈甚，粮又断绝。众军士啼啼哭哭，哀震山谷。

红生与王乌二将，也没做理会。但闻喊杀连天，正在危急之际，忽见西南角上，有几十只大船来到，竟不知是何处兵马。须臾，湖上杀声振动，只见那来的大船上，旌旗蔽日，剑戟横空，约有五百余人，全身披挂，俱是勇纠纠的精壮汉子。初时还认是唐云一伙，那知一上岸来，就把山下围困的贼寇，冲得七零八落，四散逃窜。内有黄罗伞下，罩着一人。腰悬宝剑，手执丈八蛇矛，生得威风凛凛，气概轩昂，在山下大呼道："快请红老爷下来相见。"王守备伸头一看，急忙报与红生道："前日那个借粮的，已把贼兵杀败，特来请见。"红生大喜，疾趋下山。那人迎住道："蒙兄慨借粮米、白银，原订十日之后奉璧，今特送到，幸勿见罪。"红生再三谢道："吾兄真信人也。但弟被着唐云围困，死在旦夕。顷闻仁兄已经杀败一阵，不知可能相助一臂否?"

那人道："俺料足下不能取胜，所以特选精卒五百余人，星夜前来救援，保为足下破之。"红生道："敢问吾兄，从何得此兵卒，以救小弟。"那人呵呵大笑道："原来足下尚未知俺行藏。俺前年打从伏虎山前经过，被一伙草寇围住，俺拔剑乱砍，一连砍死数贼。那寨主见俺本事高强，便请上山入伙。住不多时，寨主病故，众喽罗遂推俺为头目。以此积草屯粮，四方好汉，纷纷投聚。不上半年，遂拥众三千余人。但成则为王，败则为寇。算来也不是长久之计，每望招安，又无进路。今幸足下收服唐云，俺正好率兵相助，以便归顺朝廷。只为粮草缺乏，所以前来告借，今特送还。愿当剿除此贼，以效微劳。"红生道："原来仁兄慷慨仗义，乃是当世之豪杰。便欲弃暗投明，愈觉可敬可羡。曩者，请问姓名，未蒙见示。今既殄灭强寇，共立功名，不是埋踪遁迹之时了，望乞剖白。"那人道："俺姓庄，字伟人，江北人也。自幼遇一异人，授我五雷正法，并兵书一卷。只因二十岁上，为父报冤，杀死仇家一十六口，遂即遁迹江湖，未尝白人。今遇知己，辄敢尽言。"红生听说，益加恭敬。那庄伟人便将送到之米运起，着军士饱食一餐，教他休息。自却领了兵马，杀到平坡大叫："唐云，早早下马受缚。"黑天王听得，大怒道："我与你唇齿相依，为何反来自相攻击。"正欲出战，黄俊在旁说道："不劳大哥费力，待小

弟生擒此贼。"便轮动双刀，直取伟人。伟人大喝一声，竟把黄俊一刀砍死。鲁仲看见，举刀来迎，不一合又被庄伟人一剑挥为两段。惊得黑天王拍马拖刀而走。庄伟人奋勇赶上，只一箭，射中肩窝，便轻舒猿臂，活捉过来。那众贼，弃戈卸甲，愿乞投降者，约有五六百人。其余各自分头逃窜。庄伟人急忙鸣金收军，着将黑天王解到红生帐下。红生便令军士，把来上了囚车，即日解京候旨发落。所获的金银财帛，悉散与众军卒。王守备原居旧职，待请旨后，别加升赏。遂邀庄伟人到营，殷殷作谢道："若非仁兄到来，弟已死于唐贼之手。今获灭此巨寇，全仗神力。敢问用兵之道，何者为先？"庄伟人道："为将之道，因敌制宜。上识天文，下察地利。强而示之以弱，实而形之以虚。静如处女，动如脱兔。为奇为正，莫知我之所之，斯为上将耳。至如唐云，不过一勇之夫。虽众至数千，皆乌合之众。惟藉洑荡，以为巢窟。欲剪除之，直易易也，何须劳兵动将，费国家之帑金者哉。"红生道："弟愧腐儒，不知军旅之事，幸遇仁兄，成此大功，意欲结为兄弟，未知允否？"庄伟人欣然许允。遂备牲礼，当日就对神八拜，订为生死之交。

　　因以钦限严急，不及省亲。即欲班师就道，忽见管门兵役，向前禀道："早间拿着一个贼党，现在衙门外，等候发落。"红生便叫解进来。须臾，只见捆着一人，解至阶前跪下。红生喝问道："看你小小年纪，怎生投在贼营。今唐云等既已阵获，汝何不即时卸戈归顺，直待缉拿。在我跟前，有何话说。"那人俯伏，不敢抬头。低声哭禀道："小人并非是贼，恳乞老爷超豁。"红生又问道："你是何处人氏？姓甚名谁？如果冤枉，可着地邻保结，饶你一命。"那人道："小的是本地人，姓何名馥，其实是清白良民，望乞老爷详察。"红生便将众军士喝退，分付掩门，且带在后堂审问。暗暗传令，着把何馥的绑缚松了，更衣相见。那些兵丁，互相猜疑。俱道是本官的亲戚，先前拿获何馥的，倒捏了两把汗，连忙向着何馥哀恳道："小的们有眼不识泰山，一时冒犯，望乞海涵，在老爷面前饶恕则个。"何馥也摸不着头脑，只唯唯答应。既而进去，只见红生嘻嘻笑道："老弟别来许久，怎不做那长进的事，乃陷身于盗党。幸而遇我，不然几乎性命不保矣。"何馥仔细一看，认得是红生，始把鬼胎放下，欣然拜谢道："小弟命不该死，幸遇红爷。但其中冤抑之情，一言难尽。"红生便命看椅坐定，从容问道："贤弟有何冤抑，可为我备细陈之。"何馥道："弟之冤苦，皆为着红爷而起。"红生惊问道："我与你天各一方，为何为着我来，这也十分奇怪，须即一一言之。"何馥道："当日红爷被家兄何半虚，邀请到舍，做那寿诗。弟有弱妹，名唤媚娘，年当及笄，尚未受聘。因为爱着红爷才貌，那一夜潜出闺门，向着月明之下，与红爷相会。将欲面订百年，不料闻谕已经纳聘，遂即许作小星。及至次日，红爷归寓，祸遭那个变局，以后探听，杳无下落，致舍妹时刻思念，命我直到前途访问。不想经过盗穴，竟遭黑天王手下拿住，强屈入伙。弟再四哀求，那里肯放，只今已将三个月。前在阵中，几乎丧命。昨被贵役拿住，绑缚拷打，体无完肤。若非遇着红爷，则命已登鬼。"言讫，泪如雨下。便解开衣服，把与红生细看。果然遍体带伤，红生心下惨然。即时传令，着把原获何生的兵役拿到，喝令重责四十。何馥看打到二十棍，为之力劝道："这是小弟命蹇所致，还求红爷饶了他这二十棍罢。"红生喝叫放起，忙命备酒。当下与何馥饮酒中间，又细细的问道："当时吾弟，并不说起有妹，即曩夜相会，又不肯说出姓名，其中莫非别有缘故？"何馥道："原不是小弟嫡妹，实姓吴，是弟姨母所出。只因自幼父母双亡，无所依托，所以继与家母。家母爱之如亲女，与弟亦胜如同胞兄妹。故以实情语弟，央弟出来访探。敢问红爷，何时进京，怎生就得荣升贵职？"红生亦备细的将前事话了一遍。是晚直饮至更深而散，就留在帐中安宿。

次日起来，红生执手问道："贤弟在家，既系无聊。还是先归，还是与我同进京师？待复命之后，一同南回。"何馥道："承辱厚意，本欲奉陪。但自陷贼巢，离家日久，恐老母有倚闾之望。思欲回去，报一确信，又省得表妹挂心。"红生道："这也说得是。"遂取过元宝一个，并方小姐所赠的玉钗一股，付与何生道："二物虽微，权为聘礼。待回朝之后，即图归娶也。"又作小词一首，附赠媚娘，其词曰：

昨夜东风帘外转，晓来无数凄惶。莺啼鸟语为谁忙？可怜春欲去，空解惜春光。

不管落花飞絮乱，只愁香散池塘。佳音虽获寄纱窗。相逢期尚远，相忆在兰房。

——右调《临江仙》

红生送过何猗兰，正欲择日起程。恰值本府知府，并同知司李，备酒在虎丘，与红生称贺，兼为饯别。红生向着庄伟人道："既蒙郡公招饮，弟与兄早间先到山寺，以作竟日之游。亦古人偷得浮生半日闲之意也。"庄伟人道："弟亦正有此意。"当下遂一同去游虎丘。看有何话说，下回便见。

第十四回　游山寺邂逅娇姿

且把红生按下，再说昝元文。自将沈西苓劾奏流西，又将红生假公济私，举荐他收服黑天王。以是满朝科道，俱各愤愤不平道："他虽官害极品，不过是一武弁出身，怎敢窃弄威福，把我等文官小觑，致流者流，降者降。若不将他弹奏一本，将来朝纲必致紊乱。"遂将昝元文阴受泖寇唐云厚贿，反把百姓杀害，充作贼俘，欺君误国等情，做了本头，奏闻圣上。不觉龙颜大怒，立时批下，着将昝元文革了职，候刑部勘问。昝元文闻了这个消息，吃了一惊，连夜打发家小，并将金珠细软，前往浙江暂住。

原来昝元文，单生一女，名唤琼英。年方二八，尚未受茶。自前番在后花园内瞧见红生，丰姿秀丽，心下十分想念。不料昝元文回来撞见，认是奸细，竟将红生捆吊密室。琼英不胜怜悯，候至夜深，密着老姬，潜将酒饭与生充饥。及次日遇着沈西苓救去，琼英方才放心得下。然未知姓甚名谁，无从探访，心心念念，思慕不置。只因年已及笄，春心飘荡，兼值深闺迥寂，从不见人，所以一遇红生，便觉十分属意。闲话休提。

且说当日，随着母氏急忙忙收拾起身，在路晓行夜宿。不一日，舟次苏州。琼英对着老夫人说道："孩儿一路，为因思念爹爹，心烦意乱，今日舟抵姑苏，闻得虎丘山寺，风景秀丽，意欲上崖去，散闷片时，不知母亲允否？"老夫人道："果然闻得，虎丘为苏州第一胜景，汝若要去，可令乳娘相伴，随喜一会，我自坐在船中罢。"琼英听说，心下大喜。次日清早，催唤早膳吃过，即带了乳姬，并丫鬟仆从，前往虎丘游赏。只因此一去，有分教：

画船唤起相思恨，佳句消磨锦绣肠。

再说红生，正欲进京复命，恰值府厅各官，备酒在虎丘饯别。红生遂与庄伟人，于早间先到山寺随喜。正在徘徊之际，忽见一队仆媵，随着一个美丽女子，款款而来。红生慌忙近前一看，乃一绝色佳人，与方素云不相上下。即着随行兵役，问是谁家宅眷。须臾回说，乃是昝老爷的小姐，名唤琼英。只因昝总兵被着科道纠弹，奉旨革职，所以夫人小姐，潜往浙江暂住。便途经过，到寺游赏。红生听说，大喜道："原来昝元文也有今日，只可惜他的女儿，曾有一饭之恩，何以报答。"一边自言自语，那琼英觑见红生，也暗暗惊疑道："昔在园内遇着的书生，怎生也在这里。看他许多役从，难道已经出仕的么？"即着家童问明是那一位官长。家童去了一会，登时回报道："乃是钦差征讨湖寇的兵部职方司红老爷。"琼英心下想道："或者面颜相似，不是他么？为何就得这般荣擢。"当日回到船中，愈加思念不已。吟诗一绝，以自遣道：

　　相逢谁解不相思，相见那知意欲痴。

　　今夜孤舟何处泊？落花空对水差差。

　　昝小姐到得船中，老夫人即催开船，赶到平望停泊。次日五鼓起身，自向武陵进发。

　　且说红生，当晚在虎丘寺内，饮宴之后，忽报天使来到，开读圣旨已毕，天使道："恭喜老先生，剿除巨寇，皇上大喜，特着下官星夜前来，催促进京复命，并要众将官立功册籍，以便次第行赏。钦限紧急，老先生只索即日起程，不便逗遛了。"红生便与庄伟人，择日班师。一路至北逢州过县，无不尽有人马迎送。

　　不一日，来到鲁桥驿。那驿丞不早准备，缺少驿夫。本府知府，不好意思，就把驿丞解来请罪。红生仔细一看，认得就是何半虚。佯为不知，厉声喝骂道："王师奏凯，凡经临地方，上下衙门，无不躬亲迎送。你许大前程，辄敢违误么。"何半虚抬头，见是红生，惊得魂不附体，连连磕头道："愿求饶恕。"红生喝叫重打四十，即以抗误王师论罪，革去本职。可怜何半虚，打得两腿鲜血淋漓，即日收拾起身回去。自不消细说。

　　且说红生，不一日到了北京，项工部闻知，即到寓中相会。当下叙过寒暄已毕，项工部道："溪寇纵横，虽则是疥癣之疾，然损兵折将，连年征讨，未获扫清。今仁兄此举，本为奸臣设谋倾害，谁想竟成大功，凯旋复命，使弟辈殊为庆忭。但闻初时，亦屡为贼败，不知后来怎得即尔洗除？愿乞为弟细罄其详。"红生道："小弟弄笔书生，素不谙军旅之事。前者奉命前去，自分必死。盖权奸名为荐举，阴实中伤，故所调军士，皆老弱疲病不堪者。况又粮草不继，外绝救援。弟虽身先士卒，日夜饮泣，其如贼寇披猖，致遭连败。天幸遇一壮士，援戈相救，遂得转败为胜，得以一战扫除。此君姓庄名伟人，亦是江湖豪杰。少不得面圣之后，还要同来奉拜。"项工部道："此皆仁兄洪福，所以有此际遇。"说罢，即令备酒，与红生称庆。当晚尽欢而散。

　　次日，红生早朝复命，龙颜大喜。便宣入金銮殿，细问平复之由。红生把诸将效力，并庄伟人解救之事，一一具奏。圣上十分慰劳，钦赐蟒衣一袭，玉带一围，官封兵部少堂。庄伟人弃邪归正，平复有功，即授都督之职。乌力骨、王守备等，俱有汗马之功，超升三级。水从源、甘尽忠没于王事，荫封其子。宣诏已毕，红生谢恩出朝，拜望同年，并翰林科道各衙门知识。在路，忽遇着昝元文，昝元文远远望见红生，即把马头拨转，向着小路而去。红生陡然想起，前日保我剿寇，本欲置我死地，谁知反得成功，岂不是

因祸致福。只有沈西苓被他陷害，至今尚在远方，实是可伤。今幸被弹革职，现在审问。若不与西苓雪冤，更有谁人出力。思忖了一回，遂去与庄伟人商议此事。庄伟人听说，不觉大怒道："这样奸臣，何消与他絮叨叨的论辩，我明日早朝，少不得要上朝谢圣。倘或撞着时，一顿打死便了。"红生道："他既奉旨候勘，是个钦犯，不是这般卤莽的。待奏过圣上，慢慢的与他厮闹未迟。"再三劝慰，庄伟人那里肯听。

次日早朝谢恩已毕，正要出来寻那昝元文，昝元文合该晦气，正在朝房之外，劈头撞着庄伟人。喝问道："你这个就是昝元文么？"昝元文慌忙应道："阁下是什么贵职？"那庄伟人便大声道："簇新钦授都督庄伟人的就是。今早一来上朝，二来要打杀一个奸贼。"话声未绝，挺出升箩大的拳头，只一拳把昝元文打去了十数步。早惊动了文武各官，尽来解劝。庄伟人道："待我再是一拳，就结果了这奸贼了，到省得他刑部衙门受苦哩。"正在喧嚷，适值红生与项工部来到，竭力劝免。昝元文抱痛而回，竟不知为着甚么缘故。庄伟人既打了昝元文，便去上朝。朝罢，归与红生计议道："一不做，二不休。我今日既打了那厮，那厮明日少不得决有本进了。明早我与你两个，各弹他一本，倒也使得。"红生道："弟亦料着。此贼气愤愤而去，决有本章奏闻圣上。与其让他先动手，不如弟与仁兄各上一本。兄把克饷丧师，杀害忠良之事劾奏，待弟把那不法欺君弥天大罪，细细具疏。他已是革职候勘的，怕不将他断送了也。

算计已定，次早二疏同进。昝元文亦具本进上。圣上看见大怒，便着锦衣卫拿下。其沈西苓，即日召还原职。旨下之日，那些受害的官员，俱各补疏进内，即着三法司勘问。因恩赦减等，发到雷州安置。家小田园，一概抄没。红生与庄伟人闻知，俱各大喜。飞即差人，同着天使出关，迎接沈西苓。要知后来如何？下回便见。

第十五回　上冤表千里召孤臣

诗曰：

金兰旧谊并雷陈，路浦珠还侠气伸。

一叩九重开雨露，归来十里属阳春。

却说红生与庄伟人两个，一同具本，劾奏昝元文。随蒙旨下，着拿元文勘罪，押赴雷州安置讫，便将沈西苓赦还复职。当下红生晓得西苓将至，急忙出关迎接。两人相见，悲喜交集。沈西苓道："弟自蒙恩谴，只道此生终于异域，永与故人无相会之日矣。谁料赐环恩诏，即得还都。今日此晤，得非出自梦中耶？"红生再三安慰道："皆因小弟，致遭奸贼中害。自从别后，弟每回肠日九，天幸偶尔春闱奏捷，又遭昝贼假公济私，将弟举荐，剿荡湖寇。幸获扫平复命，得报大仇。今日与兄相会，诚出自圣天子雨露隆渥，并吾兄忠诚格天之所致也。"沈西苓道："还藉仁兄雪冤，得返故土。自今以后之日，俱君之所赐也。"言讫，又将别后阅历之事，细细的叙了一遍。随即引去见庄伟人。庄伟人欣然置酒款待，三人尽欢而饮，将至半夜，沈西苓向着红生道："小弟离家数载，白云在望，血泪几枯。今虽幸得还京，已无功名之念，明日即欲上表乞养，未审台意何如？"红生道："小弟婚姻尚未成就，鄙意正欲陈词完娶。兄既宦情厌冷，弟亦作速出都矣。"二人商议已定，遂各写疏辞归。表凡三上乃许。会庄伟人出镇扬州，便一齐离京起程。城中部属，科道各官，无不备酒饯送，馈银作赆。路旁观者如堵，各各赞羡。

三人离京之后，一路谈笑饮宴，极其欢洽。不一日，早已来到扬州关上，同送庄伟人上任，就泊船在总府衙门前。红生想着扬州名妓最多，思欲前去一访。便改换衣服，瞒着庄、沈二人，止带两个仆从，只说去望朋友，悄悄的竟自踱到院中来。谁想妓女虽多，都是寻常颜色，并无所谓倾国倾城，举世无双者。又闻说城外略有几个好些的，便慢慢的迤逦踱出城来。行了数里，到处访问。看看天色傍晚，回城不及，红生心下着忙。又远远的行了几里，不觉红日西沉，素蟾东出。红生前不着村，后不着店，正思无处投宿，忽远远望见树林中有灯光照出，遂趋步从之，却是三间茅舍，四下甚是僻静。红生叩门许久，只听得里边有人脚步响，乃是一个年少妇人，启门而出。红生便即挨身进内，

中国禁书文库

赛花铃

三二一

告求借宿。抬眼仔细一看，恰有几分面善。那妇人亦定睛细视道："相公莫非姓红么？"红生失惊道："我是远方来的，娘子为何认得？"妇人道："原来隔别数年，相公已不认得了。妾即是方家的凌霄，何幸相公得到这里相遇。"红生大惊道："怪道有些面熟，原来就是凌霄姐。你为何却在这里？"凌霄潸然泣下道："相公请坐，妾的苦楚，一言难尽。自从相公去后，方兰那厮，竟把小姐许了何半虚。后来何家迎娶，刚到半路，竟被强人把小姐掳去。那方兰惟恐老安人见责，把妾身当日拐了就走，经今数载，不知小姐怎么样了？妾又住在这里落难。"说罢，放声大哭。红生道："你如今既从了方兰，哭也无益了。只是他在此处，作何勾当？"凌霄道："据他说在城中生理，妾亦何从查考。只为不肯从他，终日在此逼迫。妾身也是难过日子的了。"红生道："如今却在何处？"凌霄道："往常间进城，或一日一归，或间日一归，今已去了数日，说准在明日回来。"红生道："方兰既要你成亲，也不差迟，你何故不肯？"凌霄道："这样不长进的杀才，并没有一点良心，料他是个没结果的，我怎肯从他。"红生道："既如此，你且不要烦恼。只你家的小姐，不知经过了多少患难，如今早已到在家里了。今有个沈相公，当日在你家读书的，已中了进士，现做大官。今泊在萱府前那只座船就是。不如我替你写张状纸，告到他手里，就求他带回，却不是好。"凌霄道："这等多谢相公，若得还乡，衔恩不朽了。"随急忙忙寻出一张旧纸，教红生写状。一边自去整备夜饭，与生充饥。就在几旁坐下，满满斟酒，以目斜送，甚是殷勤。红生旅邸凄凉，正在久旷之际，又是旧交，未免情动。那凌霄虽无十分容貌，然眉目秀丽，亦自可人。兼值灯火之下，越觉丰庞娟媚。红生又多饮了几杯，乘着酒兴，以言挑之道："姐姐前日在方家辛苦，今得闲养，面庞更觉标致了好些。"凌霄微笑道："相公倒会取笑，念着奴家，离乡背井，有甚好处。"红生道："姐姐既已随着方兰，向来还是一处歇息，还是两处各寝？"凌霄道："我房在东，他卧西首。"红生笑道："只怕男孤女独，风雨凄凉，怎当此长夜迢迢，管不得那东西之隔。"凌霄明知讽己，便含笑不答。红生又笑道："与姐姐阔别多时，还记得晚香亭内，曾试阳台之梦否？今夕何夕，得再相逢，信是天从人愿，不知姐姐意内若何？"凌霄听说，满脸晕红，低了头，寂不做声。见红生这般情厚，又且无人在此，便从旁坐下。既而又将酒满满斟送。红生亦送过一杯道："姐姐亦须陪饮一杯。"凌霄再四推辞，被着红生歪缠不过，只得吃尽了。谁知量甚不高，吃下了这杯急酒，登时面色通红，把持不定。一堆儿蹲在椅上。红生一把搂住道："姐姐酒量原来如此不济，愿即与卿再图欢梦，幸勿推阻，以负此良夜。"凌霄双手推开道："有甚快活处，相公莫要如此。"红生那里肯听，竟与解裙卸裤。凌霄此时，口中虽则假意不肯，心内早已十分情动，全不是对着方兰的口角了。当下红生婉转求欢，凌霄半推半就，遂即云雨起来。〔下省73字〕

有顷，云收雨散，整衣而起。凌霄重剔银灯，收拾已毕，便同红生一床而寝。

睡至天明，凌霄道："夜来所言，须得相公与我同去便好。"红生道："我有别事羁身，兼又不便与你同去。你到那里，我自指点你就是。"遂吃了早膳，一同到城。红生远远指着大船说道："这只大号座船，就是沈爷坐的。你去船边伺候，待沈爷出来，叫喊便了。"说罢，竟自转去。凌霄候了好一会，才见庄都督送着沈员外下船，凌霄从旁觑得分明，便一片声叫起屈来。沈西苓听见，忙叫手下人拿住，接上状词。看罢，知是方兰拐骗之故，心下转道："虽是那方兰无赖，做了这般没下梢的事，然当时曾经同窗数载，又不是管属地方官，怎好问得。便写了一个名帖，并那状词与凌霄，着人送至扬州府正堂审问，自己在船等候回复。府官见是沈员外送来的事情，不敢迟误，飞速出牌拘审。差人下乡，恰值方兰归来，不见了凌霄，正在那里喧嚷。差人向前，一把扭住。方兰不知就里，犹乱嚷道："我是方相公，你怎敢拿着我。"差人道："我是不敢拿你的，却为着本府太爷请你。"方兰吃了一惊，竟被差役，一直扯到府堂。府尊见了，大喝道："刁奴才，你拐骗良家女子，逃到这里，还是掠卖还是奸拐为妻？"方兰才晓得是凌霄这件事发作，只得跪上禀道："那个凌霄，原是自家的婢女，小人也是簪缨后裔，怎肯做那拐骗之事，望乞太爷审情超豁。"府尊大怒，喝道："谁许你多讲，且待那凌霄说上来。"凌霄便哭哭啼啼，把前后事情，细细的诉了一遍。方兰跪上去，再欲辩时，府尊不容开口，便抽签掷下，喝叫重打四十。又取一面大枷，枷在头门示众，即将凌霄并回词送上沈爷，待他自家发放。红生闻知，忙至府前，见方兰道："方兄请了，兄为何这般模样？"方兰哭道："说也可丑，其年仁兄为了官事之后，家婶母就把舍妹另许何半虚，比及何家娶去，路上又遇着强盗掳去，如今舍妹还不知下落。此事原是弟与凌霄同送亲的。因无面目回家，只得同着凌霄，住在这里。谁想这个丫头，听人唆哄，霹空写着一张状子，告到太爷，竟说我是拐骗，为此屈受刑责。想我异乡孤另，没人搭救的了。"说罢，泪如雨下，甚是可悯。红生听了，到也慈悲起来。说道："看你流落异乡，身受刑罚，其实可怜。只是当初你的念头不好，所以到了这所在。我与你无论别的，就是同窗几载，岂能无情。"方兰点头道："弟自今已经件件晓得了。"红生便向店中，买了一个帖儿写着，便着巡风民壮传进府去。府尊连忙接进赍宾馆内，聚话多时，亲自送出头门。红生见了方兰，假做吃惊，对着府尊道："这方兰乃是小弟的同窗敝友，不知犯着何事，却被老年翁惩之以法。"府尊一拱道："领教。"红生别了府尊，府尊登时开枷释放。方兰大吃一惊道："红玉仙为何与本处太爷相熟？今日倒感激他的大恩，得以开劈。若不遇着他，几乎把那性命送在此处了。"当下再三拜谢，苦苦要留红生到寓。红生道："我因匆匆返棹，不得工夫。你若要归去，可于今晚作速收拾，明日早到庄总爷衙门前待我。"方兰唯唯，应声而去。红

生亦遂即到总府前来。此时，沈西苓尚未开船，遂同去拜辞庄伟人。伟人又整备筵席，留着二生祖饯。直至次日送出，沈西苓与红生刚欲下船，只见方兰背负包裹，站在岸边等候，红生忙唤他下舱相见。方兰见了这二生这般显耀，逡巡不敢下船。红生在船内微微冷笑道："看你急急而来，恰是丧家之狗。若追前情，决不轻恕。但今见你十分狼狈，我也不必深究了。"方兰听得，只得含羞，走下船舱，撇了包裹，向着二生，深深做了两个揖。转眼望见凌霄，立在前舱，越发面色涨得通红起来，旋即走至后梢去了。二生也佯为不知。

当晚饮酒中间，沈西苓便唤凌霄出见，从容语以其事。红生听见，假作不知。不一日，已到苏州关上。红生谓沈西苓道："弟以白云念切，归思甚浓，不得造府叩谒。至方家岳母处，亦不暇探候。惟凌霄姐，既承挈携而归，望乞差一尊价送去，殊沾高谊不浅。"言讫，遂即握手言别。

红生即一径到了长兴，拜见红老夫妇。红公与老安人大悦，便问别后事情。红生细述一遍道："不肖命途多舛，数遇凶危，始遭方兰欲赖姻事，与何半虚局计，诬陷窝主，被擒收禁私狱，天幸花神援救，得脱牢笼。及至京都，又因醉闯昝元文别墅，被他朝回遇见，认做奸细，拿住不放。又亏得沈西苓救免，既而春闱奏捷，昝贼犹欲害儿性命，将儿举荐一本，奉旨征剿湖寇。当时与贼三战三北，被困山头三日。若不遇那庄伟人解围，早已作睢阳后身矣。其间艰苦，一言难尽。今幸功成名立，得蒙圣恩，钦赐归娶。皆上赖父母之福，下藉庄、沈之力，不肖何有焉。"红公与老安人道："家无读书子，官从何处来，还自你读书的功效。至于患难险阻，也算做天相吉人了。汝于次日，可到祖茔拜祭，也见你荣名及祖。"红生唯唯应诺。要知后来何如？下回便见。

第十六回　赐环诏一朝联三媛

话说红生又盘桓了几日，遂往太仓州，于旧宅基上，起造堂屋，比前更加齐整。又于花亭之前，起建一座花神阁，内供花神神位。雕梁画栋，备极轮奂之美。但见：

桂殿兰宫，雕甍绣阁。阑干曲曲，备十二之萦回。楼榭嵬嵬，环三千之体势。春来花木争妍，夏至菱莲竞放。小桥流水逐挑浪以过津，幽径埋香转竹林而入胜。诚为裴度之绿野，不数石崇之金谷。

红生正在建造屋宇，忽报守镇王将爷进谒。红生下阶迎接。原来就是王守备。已为叙功，超升游击。一见红生，便拜谢道：“前者剿灭巨寇，小走并无寸功可纪。荷蒙举荐，得与升赏，感仰厚恩，铭之五内。所有何半虚一事，卑职业已捕获，今特解来候请发落。”遂着手下兵役解进。只见何半虚戴着枷，一堆儿跪在阶下。红生虽是大仇，看了如此光景，却有几分怜悯之意。只得假做不见，自与王守备把些闲话，谈了半晌。恰值何猗兰亦来拜贺，相见礼毕坐定。何馥把进京事情，一一询问已毕，便道：“何半虚冒犯翁兄，罪在不赦。但与小弟实系同宗，所以乃父再三央弟冒恳，弟亦难于启口。倘获以薄面，许其悔过，则感荷巨渥，胜于重生。况何半虚没有兄弟，若蒙严创，则乃父一线之传绝矣。”说罢掉下泪来。红生道：“若论谋我原聘寒荆，并陷我不法，即置之死地，亦不为枉。若以笔砚交游，曾经连床共寓，岂无宽宥之念。只是以同袍而机械叵测，真一禽兽也。今日不过杀一禽兽，还说甚么何半虚。”王守备亦再三哀恳道：“据着何半虚，向卑职苦苦哀救转恳，亦万分追悔无及。望乞海涵饶恕。”何馥又跪下哀求。红生慨然道：“听了子舆氏一句说话，于禽兽又何难焉。又有二位面上，便宜了这畜类罢。”王守备与何馥，慌忙致谢，遂即起身作别。何半虚连连叩头，相随而去。

那时，红生建造修葺已毕，亲往长兴，迎接红老夫妇还家。那些亲友馈送贺礼，填门塞户，登时声势赫奕。里中老老幼幼，无不称羡。又过数日，卜吉完姻。当迎亲那一夕，方吴二小姐一同进门。真个是笙管沸天，亲宾满座。交拜已毕，正欲迎入洞房，吃那合卺杯。忽外面一片声沸嚷报道：“圣旨已到。”红生急忙焚香迎接，天使进入正厅，开诏宣读。却是圣上赐来封诰，兼闻红生未娶，特命昝元文之女琼英赐配红生。命完姻以后，作速上京赴任。红生谢恩已罢，心下想道：那昝元文虽系奸邪，他女儿曾有一饮之恩，况今业奉圣旨赐婚，怎敢不从。遂禀过红老夫妇，忙备暖轿接去。当下三位夫人，同赴花烛，拜见舅姑，合家甚是欢喜。那亲戚朋友，愈加称贺，俱不消细叙。沈西苓与庄伟人，亦具差人驰送贺礼。

当夜，红生与三位夫人饮酒中间，素云道："妾自与君订约之后，将谓姻好有期，不料兽兄诱母夺志，遂致流离患难，出万死而得一生。今幸团圆，实出自神天佑庇。敢问曩时赠君玉钗、琼簪安在？"红生道："蒙赐二珍，其琼簪佩带在身，顷刻不离。见簪如见卿耳。"素云道："那玉钗却在何处？"红生遮隐不得，便把赠与媚娘始末，细说一遍。素云绝无醋意，笑谓媚娘道："姐姐亦以此钗作合，可称媒妁。今既完聚，何不取来，会合一处。"媚娘便向衾内，取出玉钗。红生亦向怀中，取出琼簪。并素云这一股，俱置桌上，命琼英收藏，以作传家之宝。媚娘道："妾自那一夜，与君会后，料君必无弃妾之意，妾亦自幸终身有托。讵料鱼沉雁杳，竟尔音信茫然，使妾终日闭门愁泣，染成一病，几乎不起。幸有表兄寻访，得会君家。今日断钗重接，完妾素志，可谓天从人愿，苦尽甘来。但有恳于郎君者，家表兄幼年丧父，母又多病，功名未遂，凤鸾不偶，此妾所以放心不下耳。"红生欣然笑道："不待卿言，我亦筹之熟矣。他为你我牵丝，我亦为他作伐便了。"媚娘见说，不觉笑逐颜开，向生作谢。只有琼英，双眉绿锁，向着红生泫然泣下道："二位夫人虽罹坎坷，今获坦夷。独妾虽则上邀天子之洪恩，今宵得成伉俪，其如家破人离，难以自问。曾于曩日，在园内遇一书生，彼时力劝家君，毋致毁辱，而家君固执不听，谁知此生乃是项员外之好友，乃春闱奏捷之后，与老项两个，苦苦与家君作对，以致籍没家赀，遣戍边远地方，只今举目无亲，未知金鸡下赦，尚有日否？"红生鼓掌大笑道："小生与卿，已经两次相会，难道还不认得么？要知昔年在园内相遇之人，即是区区也。感卿一饮，并蒙圣恩深重，所以曲就良姻。若论令尊相待之情，言之令人发指。今既蒙夫人见谕，则令尊之事，且再缓缓计议，夫人请自保重。"琼英听说，把红生仔细一认，不觉吃惊道："原来闯园的就是郎君。后在虎丘相遇的，亦是郎君。今又毕竟与君成了姻媾，不信天下有如此异事。"说罢，大家惊异者久之。

当夜，就在素云房中安宿。次及媚娘，再次琼英。自不必细说。过了几日，红生去拜望沈西苓，并到方、何二家见礼，先至沈家，西苓慌忙接入，置酒相款。红生道："今日小弟此来，非为别事。一为拜谒尊堂，二为令妹作伐。舍亲何猗兰，年方弱冠，尚未联姻，竟欲相求令妹庚帖送去，未审兄意允否？"沈西苓道："贤弟既以为可，则竟自执柯可矣，又何必问弟之可不可乎。"遂即进内，请了母命，写了一庚帖，付与红生。红生接过，因请太夫人拜见。西苓遂着侍婢请出沈母，向着红生，再三致谢救子之恩。

当下红生辞别西苓，即至方家。方老安人与方兰，十分恭敬，备陈前日负盟之愆。红生笑而不答。遂到方公墓上祭拜，以谢当日知遇厚情。

旋到何家，拜见已毕，即取沈家庚帖，递与何馥道："此是敝友沈西苓之妹，年方二八，才貌双全。只今西苓现为工部员外，与弟乃是莫逆至交，为此特来与老舅作伐。"何馥道："感蒙老姊丈盛情，自当拜领。"便即择日纳采，即于是秋完姻。当花烛之夕，红生与媚娘同去贺喜。只见二位新人，长短适均，容色相敌，翩翩然一对佳夫妇也。乃作词以贺之曰：

天上玉梅清瘦，院外笙歌迭奏。青鸟度蓝桥，却喜仙郎成就。知否？知否？就里春光暗透。

——右调《如梦令》

次日红生归去，闻知曹士彬在项工部家设帐，便同沈西苓，何猗兰前去拜望。曹士彬见二生俱跻贵显，大笑道："二三子俱已作云中人，只愧我这领破青衫，不知几时脱下。"其年苏州提学考取童生，红生即为何馥写书作荐，何馥便获入泮。既而又闻，报到沈西苓升了户部侍郎。红生即持刺往贺。坐席未定，又见京报人报着，红生亦升了兵部左堂。遂即并辔至京。次年何馥科举入场，正值项工部主考，出京之时，曾受红、沈所托，遂领了南直乡荐。曹士彬与项工部有宾主之情，亦得与榜。

红生在京，忽一日报到，扬州都督庄伟人，将本职印章，并自身所用甲胄，及谢表一缄，挂在无双亭上，竟向终南山修道去了。红生对沈西苓道："庄伟人进退希奇，其视富贵功名，浑如空花野草，真是大丈夫作为，使我一闻此信，顿觉宦情灰冷。窃念小弟与兄，既已功成名遂，亦当知止，步其后尘可也。"沈西苓道："仁兄所言，与弟意吻合。若不急流勇退，窃恐宦海无边，终遭复溺耳。"两人即日上疏，致仕而归，一同到家。

红生孝事父母，亲奉甘旨。三位夫人，琴瑟调和。那凌霄因有数幸之情，令充下陈。自此，吟风弄月，行乐追欢，俱不消细说。

光阴如箭，倏忽间过了三载。忽一日，有一道士闯进大门，管门的拦阻不住，竟被他走入中堂。管门的连忙传禀进去，红生带了仆从，出来一看，只见那道士：赤面碧眼，草履箬冠，背上横着一把剑儿，破衲中露出两臂毛长寸许，举动古怪，竟不像个咬菜根的。红生问道："老师父从何到此？"那道士道："我当初原是个杀人的祖宗，今做了怕死的菩萨。老擅越就不认得了么？"红生听说，到也惊疑起来。便留坐问道："敢问师父，可是化斋么？"那道士大声道："我不为化斋而来。"便于背上解下宝剑，说道："这件莽东西，久已用不着了。谨此奉璧。"红生接过手中，仔细一看，才晓得就是庄伟人。慌忙与他相见。施礼，看坐道："庄兄，只闻你弃官入道，谁想尊容改变，令小弟一些也认不

出了。"即命厨下置酒款待。庄伟人道："贫道只为还剑而来，山中白云，限期相候，不及奉扰了。"红生因叩请长生之术，庄伟人道："内丹外丹，都是不容易的功夫。你要益寿延年，只把广成大仙十二字的题目做起。"红生道："怎的叫做十二字题目？"庄伟人道："'必净必清，无劳尔形，无摇尔精。'这便是十二字的长生妙诀。"红生又挽住问他居住何山，庄伟人挥手道："三年前还有止息之地，近来无有安顿处了。"言讫，飞步而去。

红生自此清心寡欲，同着三位夫人，共修积气累精之术。后数年，沈西苓过访，见红生容颜转少，因问道："仁兄别后，反觉少年了。"红生便道及庄伟人送还宝剑，并传十二字的仙诀。沈西苓请出三位夫人，看了一看，不禁大笑道："足下爱花，今更能养花，而因以自养。直是宝惜造化的手段。"因绘其斋额曰"宝玄斋"。后红生徙居村僻，匿隐姓名，只自称宝玄居士。

看官们，只这一套故事，业已讲毕。在下的还有几句后文。人都道红生只一把宝剑，做出许大规模。分明是英雄亏着宝剑。若论宝剑，落在庄伟人手里，做出许大局面，许大功名，却还是宝剑靠着英雄。这怎么说，总之是红生送得不差，所以有了这本故事。说来到底是古人两句道得好：

红粉赠与佳人，宝剑传与烈士。

后　序

先正谓："班固死，天下无信史。"近眉公陈老谓："六朝唐宋，皆稗家丛说。"嘻！果如所言，亦恶在其公史小说也。而余谓稗家小说，犹得与于公史。劝善惩淫，隐阳秋于皮底；驾空设幻，揣世故于笔端。层层若海市蜃楼，绯绯似鲛人贝锦。一咏一吟，提携风月；载色载笑，傀儡尘寰。四座解颐，满堂绝倒。而谓此数行字，遂无补于斯世哉！虽然，局面褊小，理意不能兼该，犹之乎一器而适一用，故曰小说家也。究其所施，非说干戈则说鬼物；非说讼狱则说婚姻。求其干戈、鬼物、讼狱、婚姻兼备者，则莫如白云道人之为《赛花铃》。盖富贵贫贱，夷狄患难，一以贯之者也。

白云道人，茗上逸品。饱诗书，善词赋，诙谐调笑，恒寄意于翰墨场中。故其下笔处诗词霏霏，而诵其说者恍身入万花谷中，见花神逞技，是《赛花铃》之所由长于小说，而亦白云道人之所以名《赛花铃》也。

嘻！游戏三昧，炼假还真，□老以为正果功夫，然耶否耶？总之，咏游笔札，浪谑词林，尼圣所谓游于艺者是矣。吾未措手，乌得言有，缃帙已全，谁曰不然，此又白云道人意中意耳。予故不敢自为娱赏，乞付书林氏，嘱令梓刻，以广其传。而烟水散人又严加校阅，增补至十六回，更觉面目一新。窃料是编一出，洛阳纸贵无疑矣。海内巨眼，自应鉴诸。

风月盟主漫书

皇家藏绣像珍稀秘本

第二篇

香閨秘史

[清]西泠狂者 撰

第一回 三姓同盟齐开店

诗曰：

> 风透纱窗月影寒，鬓云撩乱晚装残。
> 胸前罗事无颜色，尽是相思泪染斑。

又诗曰：

> 西邻歌吹玉缸红，始信蓝田有路通。
> 无砂汝南鸡唱晓，惊回魂梦各西东。

这两首诗，乃正德初年，文侯穆正仁与同里女子周氏伯玲所作。正仁年幼博学，与周氏胞兄名贵者，素同笔砚。次年就在周家做个馆池，正仁卧赶于花园久南轩，朝夕攻苦，不过问外事，正仁于举业之余，喜欢填词作赋，终日购求歌谱，竟无寻处。

一日偶向友人齐头谈话，看见桌上，有九种宫谱，遂借未灵。乃分一半给周同，请他代抄。正仁未抄写多少，而周同已缮写完了。且平仄板眼，点画柔媚。正仁此应惊诧，细问速成之因为，周同道："弟有弱妹字伯玲者，素亲翰墨，为我分担其作，故这样快完成也。"

正仁称奇，从此存收窥瞰，一出一进，靡不注目，偶遇周同他来，正仁以喝茶为由，闯入内室，即正好伯玲在窗下刺花，四目留恋，两情相通，因怕人看见，不敢久留，急忙回到南轩。写诗一首在团扇之上，托伯玲的丫环转给。伯玲收到扇子一看，知道正仁的所在，于是写古风一章，以给正仁曰：

> 妾本荮菲姿，春青谁为主。
> 欲结箕埽缘，严亲犹未许。

怜君正年少，胸中富经史。

相适荷目成，愁绪千万缕。

从此之后，两人常有书信来往。

次年元宵佳节，夜深人静，正仁独自睡在南轩，忽听有人叩门，快起来开门，只见红娘拥护伯玲而来，正仁狂喜交集，抱伯玲到床上，共成云雨，干到鸡叫才去。且订相逢之期，遂作前那二诗，两人私通，半年有余，家中并无人知道。

中秋节的夜里，伯玲要正仁到绣房同卧，却被家中的小厮贵郎听见，等到天亮正仁出房的时候，贵郎手拿利斧忽然闯入，正仁听到脚步声，慌忙跑出来。却正好撞在斧子上，大叫一声，迸血而死。

贵郎的来意，也是贪得伯玲的美貌，要求拔个头筹，不料伤了正仁，扔下斧子躲了出去。伯玲听得叫喊声，走出一声，见正仁被打伤死去。一时慌了手脚，将罗帕缠在颈上，双手抱着正仁的尸体而勒死。

后来周同知道了，告诉正仁的父母，报了官，贵郎远逃，不得凶卖，正仁伯玲，空死非命，可见男女情欲贪之有损无益。但这一件事，人人能知而不能避，小子不敢望世人，个个要做柳下惠，坐怀不乱；但不可如登（徒）途子，见色忘身。那宁元未年初之时更有一件奇怪的事。

且说宋自金虏南侵，日以衰削，徽钦二宗，銮舆北狩，设立伪傍，中土瓜分，本康王作质逃归，藉崔府君泥马救渡，建立临安，暂作偏安之计。

这临安地面，原系繁丽之邦，复经驻跸作都，见人烟稠密，风景豪华，商贾交集市中，臣民从迁境内，丰乐楼宴钦通宵，西子湖笙歌彻夜，秀州即令嘉兴府是相去二百余里，比常亦大不相同，百货驻集，万趾齐臻，家殷卢裕，更不下临安富庶。

离城十余里，新方地面，有个土人金束祖，号作东溪，久住村中，与贻邻穆恩英王征，为莫逆至友。三人都靠耕种度日，虽不是巨富，约有千金产业，还有一件怪事。

三人三十过头，都无子息，打伙而向寺处祈求，临安三天行竺，一年准走一次，齐云普陀，各处进香，上幡许愿，绝无音响。

偶然来到一位博士先生，杭州人氏，术艺精高，秀州绅士都来请他看阳宅，王生接到家中，也烦看看住基，金穆二姓听了，未免也去看看，这位先生开口很奇，便来打探的，他道："怎么三处房都一般基址，一样规模，利害却也相当，都主难为启嗣，这都是什么缘故呢？盖因尊居尽是子地午向，门宜开子己方，反离在申地，绝嗣元兆也，水须自右倒左则吉，今却自左倒右故凶，那博士先生道：

"巽己水来便不佳，必招军贼事如麻。

因遭公事牛羊败，动火遭瘟莫怨嗟。

奸淫偷盗杀残疾，寡姨孤弱守空室。

寅午戌年定不然，管取凶多还少吉。

此乃万古不易之论，抑且三印华堂，前嫌阴宅，后太消削，龙首低重，虎方高耸，必然难招胤嗣，宅中都有如夫人么?"金东溪等同笑应道："豕儿尚无消息，小星亦在他家，望先生尽心指点。"博士先生道："三处潭府，幸得右首丰侧其开敞，学生再一致创，生子可望偏房，但虑正室恐终无济，学生还有一言，倪老先生有弄克之哀，穆老先生宅中有横之惨，须作速迁移吉，学生愚直，承三位下问，不敢阴违，这些都是书上所讲的，或平日能行善果，自必转祸为祥。非学生所能知道也。"

这三都想有娶妾的心意，都未隐而发，听先生所言，则含机事，各自谢了先生，把门窗略改了方向，不由大妻作主，一起叫来媒人，聘娶妾滕。金穆二家，妻子都没说什么，依凭丈夫作主，单有王生妻子，听说要娶妾，狠狠的将博士先生咒骂一阵，寻死寻活，就是不允，还未撺哄别人妻子，同心作梗。幸好她们没听她的话，这也是东溪家门福荫。可给倪小桥满志风骚，一场扫兴，不请三五日时间，金穆之事，都已完成，同日娶来一妾，请亲设宴，煞是风光。王生两处帮忙，泪从肚落，看来很是伤心。

王生无奈妻儿，正好眼热，金穆娶过数日，两下私下议论此事，穆恩英道："王先生娘子十分妒悍，宗犯可危，我们三人素称契厚，凡事和同，今日两家娶妾，怎忍撇他一人，独自冷淡，况且当日先生看论阳宅之阳，又是三家齐有份的，如今被内里霸着不容，你我怎么为他设一良计，完成此心愿，才是好交情。不然叫他一人孤孤零零，看我两家热闹，实在是难过。"金东溪道："极是易事，妻子任你怎样凶狠，难管丈夫外情，教王生莫要娶回家内，悄悄养居别宅，不许走漏风声，怕他怎的。"穆恩英道："此事美妙。"遂暗与王生说知，自然乐从，果然另置了别室，私娶在外。王生的妻子开始时毫不知觉，日深夜久，渐渐传闻，日夕心吵闹，王生气忿不过，又私与东经恩英商议，竟自住在妾处，绝不回家。妻子大恨，抑郁苦痛，呕血而死。

王生料理丧务，三七出了枢，打扫房屋，把妾移到家里，一双两好，甚是和乐，可煞作怪，不及半三，三家齐齐有孕，求神拜佛，越是殷勤，临月生将下来，又喜一样三个孩子，分娩之时，相去不出一月，三朝满月，摆酒做戏，家客盈门，父母惜如珍宝。

养到周岁，三人共议办席，齐整酒筵，请位蒙馆先生与儿子取个学名。至期亲朋齐集，直到村西，邀请一位余马老教书，马六十六老官来到，曾老进门，与亲邻见礼已毕，忙从袖中摸出红纸一张，递与东溪道："小启一通。微表学生庆祝三位公郎之意，万勿见笑。"东溪等同称谢，内有好事邻居，过去观看，那上面写道：

伏以大椿之基。肇于今日。仓箱之富，定于后时，打表场中拟雕梁画栋，底田内，将桃被泽池塘。堂前列十二金钗，愿贤淑不生妒悍。膝前有七子团圆，惟振发克绍箕裘。和黍秀而上实，桑麻茂矣还腾，和善人家庆有余，犁片之子驿且甫。

众观邻看了大笑道："极承先生过奖，只是未勾却以片视三舍亲颖。"马老道："圣人之言，一字不苟，学生述而作也。"顺史席德，东溪左，将马老逊居首席，其余亲邻，以列次去，酒将半酣，东溪等叫抱出三婴，求职学名，马教书搜索枯肠，与金家取名文秀，王家唤大安，穆这叫做元吉。东溪等谢过马老，整杯再酌，夜分方散。

三家俱盼着儿子，到了六岁，请蒙师，同堂学业，三子性质，幸皆聪明，穆元吉更是俊慧，但因生在农庄人家，父母无心要他应科登第，续到十二三岁，文理将通，辞了先生，在家料理田业、幸俱平守。不意穆家病事忽生，恩英偶去亲戚家贺寿，饮酒直到黄昏，大醉而回，凑着阴雨天色，独自走过一条大桥，失足跌入水中，酒醉之人，挣立不起，黑夜里，虽然叫喊，无人救捞。

家人抱尸痛哭，众人劝慰，备棺收殓，送入祖茔，请来僧超度。金东溪王生怜元吉幼年失父，凡事尽心看顾，元吉亦敬二人如亲父。三家想当年风水先生之言，说穆家和早，穆姓防横亡，今果半言不差，先生真有神术。

自此三家肯修善。古语有云："光阴似箭，日月如梭"，不数年之间，金文秀等年力俱壮，一齐加冠义亲，父平要替他央人取号。这三个少年，独好新奇，不肯依着旧套，仰慕爱侍思小敬心，桥峰溪宇泉州，埔塘亭的叫法，各人恁自臆见，取个表字，金文秀唤作先来，王大安取做良臣，穆元吉称为和德，三人犹如同胞兄弟，比父辈更加亲爱。

娶过妻房，亦甚和好，三家打火相连，时刻来往，并无间隔。金先来妻子朱氏，名曰碧红，一般农户人家出身。王良臣所娶，乃冯知县之女，小字会娘，冯知县虽系官身，家住本村，故结了亲事。穆和德心爱斯文，娶的是村中梅老儒幼女金花，俱有几分姿色，三姓既无寒之累，又斯守着年幼娇妻，却甚名平床业，那料福退灾生。

忽然一年，本村瘟疫流行，三姓人家，无一不病，百计迎医，用心吃药，双早殁了采了五口。这小夫妻三对，幸都无事，金东溪同着一妻一妾，王生自身，并穆和德嫡母，七日之内，相继而亡，三家男妇，忙乱月余，方科安妥，只是病时医药医治，亡人衣丧葬，兼以三人娶采聘礼酒筵各项经费，家业用去大半，田产卖了十分之六，现物毫无存留，虽不至衣食不敷，也不如前富裕。

一日穆恩英生忌，穆和德道："我等承祖父遗留，当努力田园，日见隆盛方好，不期连遭颠沛，存蓄一空，日用以艰难，生计鲜少。常常听得人说：'大战之后必有疫，大疫之后，更有大荒'，眼见得金家人马，每每杀来，万民涂炭，把宋帝直赶到此地，整岁构兵，酿成灾疫，这两句也是应验了，万或年岁再一荒，这些田地，没有收成，恶生非它度日，饥饿时候，又无处典卖，只好看着饿死。先圣有言：'人无远虑，必有近忧。'每想到此，实是可危之事。"金先来道："我也正为此事，常挂心头，早有一个想法，未曾与二兄说法知，今日偶然谈到这些，便说出来商量商量，亦属美事。"

"临安府内，改拜皇，非常兴旺，连我秀州，亦颇繁华昌盛，前日偶往县中完粮，打从六里经过。面连铺面，做买卖的，亦捱肩叠背。却好东塔寺前，遇着母亲的亲戚，在那里开了黄山陕客店，留我去叙情，因天色晚了，回不来，就住在他家，说起行客一事，赚钱甚好，舍采开久，齐处闻名，主顾络绎不绝趁过万金当家，现在已七十过头精力甚好，止有一子，年尚还小，无人料理，况且要人手，未免要恩退步，欲把开得。他说只是招牌，然要二百两，店中床帐卓椅，锅灶碗盏，铜锡皿碗类共一百余金，再须数百两现银，放在手头接客，必有千金，方可轻活，不致掣肘，房子或贷或买，不在数内。因想我们三人，齿同意合，况且世代相与，胜如亲生，意欲亲心合力，均平凑出本银，顶了这行，公分利息，不但可免目下饥寒，或者托赖天地祖宗之灵，积攒得此家当，也不邮得，二位尊兄孰见何如？"王良臣道："此计不差，若苦苦死守农业，略遇凶年，性命难存，据令亲说来，此行多寡有些进益，应该不致亏折资本，况我们生理，也不指生那么大富赚钱，只愿复得父产，不堕先人之志，便自己心满意足了。"穆和德道："事愿该行，但令亲是旧生熟客，所以源源而来，还怕我们顶后，客人见了已换新主，一时散去，这是招呼不拢来的，那时怎么好。"金先生道："我以前也想到这些，舍亲说行中有个父接客之人，这是断少不得的，顶行仍是要用他在有，一来客人不走，二则货物高低价上落，件件都熟悉，必无差谬；三则各行旧例，与一应牙规，以惟他记得。"王良臣道："若有此人，就不必疑心了，我们今日说定，明早就作急设处银子起来，金大哥先到令亲戚家里，说明白，莫被别人下手。我三人虽见契厚，尚无疏说，明日副三牲，对神前立誓愿，东鸡插（歃）血，结为八拜之交，凡事无欺，可行之时，家小要移到一内外可钢嫌疑，帐目更无暧昧。"穆和德道："二兄主见既定，小弟当附尾，事要慎之于始，莫待后悔，便无及了。"金先来道："这个自然。"是晚匆匆而散，良臣归家，对会娘说知开行之事，会娘道："到城市中住居，毋论嫌钱不嫌，看看风景，也强知纳闷乡村。"一宿无话。

次早良臣为首，取了两人分金，在家整备牲畜，金一纸马，邀到金穆，先叙年岁，原是同岁同月的，金先来长王良臣二十日，王良臣大穆半月，遂以金为长兄，王硬居次，穆又次之。祭神立誓，歃血订盟，义气愿若桃园，节概拟追管鲍。王良臣亲自动笔，做下一纸盟书。他说：

　　窃以桃园之义，既然响绝千秋。即雷陈之交，非商万古，割度分多，管鲍允称无我。生期死赴，范张不愧同心。……披肝露胆，务期暗室小期，并力同心，心使化私如一。

三人立盟，颜是真切，离用福物，非极欢欣，自此内外却以兄弟之称，胜过同胞兄弟：

三人立盟后，立意开行，是穆和德，周金先生到他亲戚家里，把顶店一节，细细说明，办席蔬酒，写定议单，把行中所有现成器物，也开帐地算，共约三百余金，归来合齐猛措处了银子，名将田产便卖，凑足千金之数择一吉日，匆到行中，兑付银两。正题：

　　八拜仿桃园，同心地亦坚。
　　取叩联盟者，能如此日妍。

不知三人开行，是否有展，且听下回分解。

第二回　店中淫声先来乘

　　且说旧生交盘明白，搬移出外，店屋暂浍祖银，待后得同议灵，接客伙计钟明，重新写张合同，每当享力银二十四银，三人把家小都搬向新屋，止有王穆二人生母，愿地旧居，不到行中，和德专馆行中货物，出入帐目，银两公同封锁，钥匙三人递收，月终算帐后交倒，利息每季一分，无来王良臣轮流同钟明，到码头水口接客，支持买卖。

　　房子共有三间四进，门前楼屋一带，做了客房，进内平厅三间，和德把两间做卧室，一间分走路。第三屋内，是厅楼三间，上下俱堆贮客货，侧放一柜，和德在此收存帐目。向后小楼三间，乃是金王两家作房，厨灶在内。

　　开行之后，四伙计殷进送迎，脚有公道。又有现银应发客商报行的，所以去来不绝，又兼穆和德总理帐目，小心忠厚，客伙中甚是敬他，两两三三传说开来，尽道本行诚实，等旧添许多新客，生意甚是茂盛。

　　但因三家人口重多，费用繁多，虽是银子日在手内搏弄，算趁钱，又甚微细。接客人家，原有两话旧话道："客来客盘缠，客去便无钱，"开及半年，每人两次，也各分得三五两赚银，虽不能利息丰盈，却自衣食富裕，三家之内，幸各无闲话。

　　时至夏末秋初，行中买卖冷淡，客商日见稀少，钟明与金先来，分在西北两门接客，王良臣往下去探望母亲，穆和德在门首呆坐半日，有些体倦，归来打盹去了。钟明在北门，守至午后，并无客到，只身归来，见没一人在外，直到厨下，却遇会娘站着烹茶，见了钟明，笑问道："钟叔叔，今日可有客么？"钟明道："想是外边反乱，绝影没有，也是奇闻，因腹中饿了归来，王二娘可有午饭么？"会娘笑复道："客人不曾接得，还要吃什么饭，家中人俱吃完了，明日一起吃罢。"钟明也戏道："难道我不在家中，二娘就没有我的心，不留一碗儿我吃？"会娘把钟明瞅了一眼，笑骂道："休得放屁，我与你有甚相干，留你吃，怎样叫做有心没心。"钟明道："会娘爱我，便有心了，不爱我叫无心。"会娘带笑骂道："还要说些甚。"

　　不妨马氏金花到，会娘道："饭在里边锅里放着。你自取去吃就是，休消絮聒。"

钟明拿饭，望外而去，暂不表。

都说金先来王良臣回家，与穆和德钟明计议道："行中近来光景，忒煞萧条，不但毫无赚钱，要贴补吃用，须要别生良策才妙。"钟明道："现在炎暑才过，金风秋起，商贾疑留之时，况兼各行都要抢夺主顾，须得一人前和主金问关口，邀接来商，或者不致空回。"王良臣道："总是家中清闲，一无所事，待我前往苏州接客。"金先来道："还是我去，这次钥匙你掌管，怎好去得。"王良臣道："钥匙是什么大事，哥哥收着一样。"金先来道："不可坏了规矩，弟必于要去，多与弟妇收着，用时取出也不迟。"良臣议定，一经进内，装束轻囊，会娘闻知，大不不欲之意，良臣坚执要去，将锁匙交付妻子道："外面讨时就给出，不可有误"，背起被囊，作别金穆二人，和内外男妇，雇船向姑苏进发。

道这会娘性极淫荡，自从完姻至今，夜夜逼着丈夫如此，却又会找架子，言谈贞洁，故良臣而不疑，独眠刚有两宵，欲火早高千丈，与钟明二弟时言语相嘲，眉来留恋，情意虽浓，只因行中人杂，耳目众多，苦于无处下手，钟明胆怯，又不敢上会娘楼去，为金先来夫妻住在隔壁，恐怕知风，会娘又深喜和德为人，温柔真切，每以邪语相知。和德立心忠直，待如亲嫂，金不在愿。会娘不得一人到手，急得两头没走跳处，夜间孤衾独拥，短叹长吁。暂不表。

再说这良臣出发门数日，接得一陕西毡货客人，约有千金交易，先把信一封寄本行。自己寓在枫桥，守看后客，未定归期。钟明同着金先来，往北门码头，陪客发货，和德在家收点记帐，内里摆设接风酒筵，忙做一堆。凑着脚夫先要称些银子。和德特寻会娘计取锁匙。厨房不见，叫到后楼，于灯光之下，见会娘坐在马桶上小遗。

和德欲待退出房，会娘道："适闻到处喊叫，如今又待空手转去，去做个男子汉，假腥腥何用，既要匙用，怎为不取。"和德因楼下无人，脚夫看着，只得带笑近身，接了忙走。会娘道："这冤家已是有心，只故假装以锁匙为名，私以楼间寻我，但不晓我心里如何，尚不敢这次动手。趁今日人际之际，待我着实撩拨他，必然成就，免得干熬，何苦孤枕自支，图甚名节，谅来烈女传上论我不着。

埂是日货多，又值临安府拘刷船只，装兵山淮，小小渡船，躲无踩影，一直打从北门，长肩挑回，路黑夫少，约至起更时候，尚发不完。和德守在中厅柜前，不敢暂离。

会娘重施脂粉，整理衣衫，走下楼来，见和德独自在外，欣欣得意，先到厨房观看一边，见朱姐金花正在灶上。手忙脚乱，各办蔬菜，料得无防范，不与一个看见，翻身复至和德坐处。

笑着对和德道："你先前怎生无礼，我等前回，须对人，若要求饶，可又我不礼。"和德道："我适才因看紧要，打发脚夫，来讨锁匙，并没有得罪嫂嫂，何出此言？"会娘道："你还口强，为甚我刚小遣，你便悄来瞧我？"和德道："急切要匙业用，不及看候，况又是嫂嫂叫我进去拿，悉反归罪于我？"会娘见暗挑不动，又含笑明言道："我斗你要哩，哥哥不在，你岂不知，绝不顾我，何忍心至此？"和德道："哥哥去多时，不久自归，嫂嫂莫说这话，外人闻之不雅。"会娘道："唯有你我在此，那得外人，非是我做嫂嫂的不存颜面，因见你一表非俗，将来必然发达，意俗结纳于未遇之先，况你俊雅可人，不等哥哥粗鲁，世间男人，那肯不偷女色，你莫谓我无媒自套，故作腔调。"和德道："嫂嫂好没来由，这些说话，甚觉无趣，我与哥哥誓同生死，嫂嫂义总无二，叔嫂相奸，即如禽兽，遇叔果落寞，嫂嫂自非外人，何须结纳，我穆和德，虽不续出，良心自在。嫂嫂再勿多言，反伤弟兄情分。"会娘还待说些什么，和德起身，往外就走。

会娘老大没兴，口里喃喃呐呐骂道："短命杀才，好歹不知，做作恶的，终不然天下只有你是男子种，老娘没你，渝便干鳖杀了不成。"带骂带怒，一直往卧楼而去。

却说金先来，因天夜记念家内，着钟明陪着客人，脱身先回，想帮和德照料，到家刚至厅前，闻得男女说话，忙止步闪在门外窃听，二人之言，句句皆知，暗知和德不济，女娘俯就，兀自托，结久弟，怕甚名头坏了？又不是我起心奸骗无理亦无碍的，况如今世界同胞共母，叔嫂越租弄个爽利，穆弟真是迂腐之徒，不想冯氏，原来是风流人物，岂可放过。

呆想一坐，正遇和德走出，先来隐身不见，待他防去，急急进厅，飞奔会娘卧楼，却好在胡楼脚下，黑暗之中撞着，会娘问道："何人乘黑到此？"先来低声，装作和德口气道："嫂嫂是我，莫要做声。"便双手把会娘搂住，就要亲嘴。会娘将头挣开道："你方才卖情，如今谁劝你来，我也不信你心肠是铁打的。"先来道："我岂不知嫂嫂好意，适间恐有人窥探，故作违心之谈，今在暗中作事，料没人知，特来趋赴嫂嫂雅情。"一手即扯会娘裤子，会娘起意多会，欣然俯就，把身躯凑将下来，先后挺具直笀，一顶尽根，抽过三四十下。

会娘道："直干不妥，到楼间床上去。"先来已经到手，不怕改移，把具抽出，同至楼内，早见灯光明亮，会娘方知不是和德，问先来道："是乐么，怎假装小叔，设心骗我？"先来道："伯叔雅分两样，我适才在门外，听你俩言话，深怪三弟寡情，嫂嫂商怀，不能领受，又想二弟久出，实相亏，特充冲三弟，前来请罪。"会娘道："好一副乖滑嘴儿，只是可惜太便宜了你。"先来无暇回问，将会娘拘至床沿，役翻倒睡，揭起湘裙，竟将裤子褪去，这场好干。只见：

在下的俏躯高耸，欲了不尽之余，在上壮茎力送，拟拟点花房之穷。淫津点滴滴闲流惟永无佑日，前矛坚挺往来忙，谁许暂有里时，一个假秦都游说，几遭按剑之羞，何妨逆来顺受，一个假陈仓暗渡，欣逢接之善，直欲垒攻巢，但知锦帐长凤云会，那顾桃园义思。

二人干够多时，停戈罢战，抹试整衣。会娘道："愿将今日意，莫与外人知。"先来道："情肠两地牵，谁人敢浪言。"先来带笑下楼，悄无人知。

至外厢看和德也随进来，遇见先来，问道："哥哥几时回？"先来道："我在北门许久，刚才到家。"和德道："怎我在门首不见你？"先来不来答应，假装理货，和德也就罢了。

直至更深，货方发完，客到饮酒，乱过半夜才睡。

会娘此夜，等前略觉快活些，但也尚有孤眠之叹，日常常与先来先偷干。钟明每于无人之处，撞着会娘捏手捏脚，亲嘴哑舌，搂抱摸乳，肉麻光景没一件不做到，只是缘份浅薄，将要成事，又被人冲散，只好心热而已。

又过十余日，王良臣始与大队贩锡箱并江绿纸扎客人，同船归行，饮完洗坐酒席，良臣出门，悄至会娘房中求欢。在会娘是求而不得之事，毫不推卸，脱下小衣，仰卧床中，任凭先来舞弄。

两人偷弄惯了，没人看破，竟放大胆子，门也不关，尽情作耍。

怎料良臣同客看货，忘带行李包，走转来拿，便中又在人家扳得断枝丹桂，进门将一半分与朱氏梅氏，其余特留会娘，与之插戴。走到楼下，闻上边隐隐似有笑语声，又觉床身振动不止，良臣想道："谁在楼中作耍？嫂嫂共弟妇，俱在下面，我亲手递与他，穆弟外在柜前坐着，家中再无别人，除非是哥哥与钟明，钟明谅无此胆，难道是哥哥，盟言在耳，想也未必，等我上去再听。"

轻轻走至外楼，立着窃听，果有人在床云雨，闻得先来道："乖乖可好么？"会娘道："不要多说，了事快去，莫被他回来遇着。"先来道："二弟同客看货，到晚分归哩，我问乖乖，两人玉茎，还是谁的大些，行事那一个长久？"会娘笑而不答。先来道："你不说么，我便不干了"，提具出来，会娘道："怪忘八，如此腾弄人，你等兄弟又大又久，所以我真心爱你。"先来把会娘紧紧一搂道："我亲亲说来差但每次与你相会俱是日间，防有疏漏，俱匆匆完事，若得彻夜欢娱，尽我平生竟兴，管教你至死想

我。"言毕又干，金钩又系，娇喘微吁，声达于外。

良臣暗想："原来果是这没正经的在此胡为，欲待走进冲破，一时难以收手，且同在此开行不成，妻子必须休弃，外人知风，体面丧尽，将欲含忍实是气忿不过，可恨他睡我妻子，又来谈及这肉具短小，本领中平，恶与甘休？"呆了一会道："罢莫得躁暴，有防久计，况客人又在店中等着，此一张扬，被众客传出，四远皆知，我老王到难做了。他既不仁，我更不义，暂且忍着，自有处置。把手中桂花，插在壁间，仍旧蹑手蹑脚复了下楼，取其自去。

先来倚持酒兴，又要卖弄手段，交会娘干数千回合，弄得会娘心融体快，口里亲肉乖哥、无所不叫，两足高悬，纤腰敬摆，得意之像，尽不能述。先来日晡方才完事下楼来，暂不表。

却说良臣这一番去，果是大暮始归，见了先来，不题半字。吃些夜酒，各自归房，良臣闭好房门，会娘故作娇痴，坐倒良臣怀里，装娇作势道："你怎去了这几多时，把人竟然撇下。"良臣将会娘推起道："休得假亲热，你自有真心实恋的人心，那里希罕我在与不在，我出外不及一月，你在家中就做出这样好事，亏你还有面目见我。"

会娘是心虚的人，听了此言，怎能竟自伏输，遂看着脸嚷着："你休要胡言乱语，我又做了什么事，大惊小怪怎的，你因多时阔别，特来偎倚着你，怎倒将人吆喝？我知道，你出外二十余日，相与得几个心上人儿，使用妻子不着故如此改变，我嫁到你家，是明媒正娶的黄花闺女，又非私偷苟合，若无七出之条，休想动我动儿，怎么我就见你不得？"良臣道："好一个泼妇，你亲自做下丑事尚自嘴硬，我在吴又归时，便有人露出风声，尚然不信，日间亲眼见你，与先来这天杀的，在床扰捣，还要卖乖。"

会娘被丈夫一句说破真情，面色红涨，出声不得。良臣又道："我彼时撞破，恐你做人不成，特看夫妻之面，含忍在此，你道我不知，我还有记号在外，试同去取来。"便一手拿灯，一手拽着会娘，同至外楼，将日间所押桂花，拔了又来道："你看，这不是我彼时拿回的么，还赖到那里去？你还爱他龟长战久，真心相与，他与是你丈夫了？还知道另有我在，倒反来诬蔑我有外情，请想七出之条，可有奸淫在一条否？"

会娘见丈夫所言，只字不差，再也不必开口，低首无言，面壁而坐，手弄衣带。

良臣把手中桂花扯烂，弃于窗外，向会娘道："据我意见该与你个死，并那无耻禽兽，一齐杀了，才是丈夫气概，看在多年夫妻情份，不忍下手，你如今待要悉生，可自招来。"会娘道："这是我不该一时被他骗了，如今求你往日恩爱，一概恕免，下次现示做这一便罢，若不相信，对天赌个誓愿。"良臣道："自古道：'偷鸡猫儿性难改'，凭你讲得如此，总是难听一面，那有闲工夫，时刻管着你，况开此牢行，一脚下踢不开，朝夕相见，眼内火出，谁保你下次有无？纵是作速政好，也是折了当时，便宜与人，悉气得守？”会娘道："怕折便宜，有堪难处，偿若有忘旧恶，仍然好心相待，我明日也用一小计，骗姆姆到此，与你相交儿时，却不扯平？"良臣原有此心，生死无

欺，这样狗彘之事，何可昧心做得，我悉忍为。"会娘道："这倒扯平，神明看来，管你如此闲事，普天之下，一日一夜，不知有几千十万生灵，私下偷情，若都要掌恶溥

的判官，农名书记，岂不要设立数千员，单管情欲，阎罗老子又要考较重轻，轮回报应，连吃饭屙屎空隙，必是没有的了，况唐朝做了天下之王，李世民发好不英武，子孙手里，那个皇后不与臣子义欢，彼此也只平常，不见仍中宗明皇等辈，拿奸杀妇。这样事在我开行歇客人家，只好当蝼蚁大小事务什么做得欣不得。

这臣良假意撇清，被会娘一席话，说得良臣嘻嘻笑道："你这个不习上的泼贱，把天下一件事，说是芥英子样的微细，若据你言语，天下妇人，凡是男子，便可交合，要什么明媒正娶，一夫一妇，同谐白发，就是朝廷高律，也不该有奸淫一款了，论起此事，原非出我本心，要却因他妻子，但这禽兽无礼，若不报复，笑我无能，如今便依你说，只是明日即要成事，迟则莫怪粗鲁，休说我不存颜面。"

会娘见丈夫口气松下，把心中惊恐撇下。正是：

> 万恶淫为首，阎君岂放宽。
> 淫妇心毒恶，巧语欲满天。

要知良臣是否得朱氏否，且看下回分解。

第三回　会娘遭金兵乱淫

且说会娘见丈夫口气松宽，把心中惊恐撇下，移轻身来，笑对丈夫道："看你心上如此着急，迟不得一两日子，倒会说些假道学话，包管你明日到手就是，若与那人相好了，也须常常想念我做媒的功绩，不有撇在脑后。"良臣道："你的媒人却是那个，若是男媒，不免也要去常谢的了。"会娘站起，把良臣身上，重重打了几下，侧且而视道："少耍狂言造语些，请去睡觉罢。"良臣便不言语，与会娘归床而息，只因说得动兴，不兼久旷之余，这一次双接风快乐，断免不得的了。

会娘此时常又做出千般体态，枕席之上，着急温存，把良臣骗得心欢意乐。

天明起来，夫妻照会仃妥，良臣假装体倦，推金来先出门拉客。

午后，会娘烧下一锅热水，提到卧楼，把浴盆放在床前，先叫丈夫躺在床上，垂下帐幔忙去请朱姐净浴。

朱氏不知是计，问会娘道："二叔叔不在家么?"会娘道："吃饭便去接客，每日规则，不晚不回的。"朱氏便把自己房门锁好，同至会娘楼内，会娘将水倾在盆，取过浴布，用手把自己房门反扣定了，径自下楼观风。

朱氏脱去了衣裳，刚倒身坐行浴盆之内，良臣在床，觑了莹白肌肤，丰腻肉穴兴不能遏，也脱做赤身，觅奔浴盆，把朱氏当胸搂住。朱氏出于不意，此惊非小，一时气脑，半话也说不出口，欲待挣扎，又一丝不穿，两腿未曾夹紧，早被良臣分开，横着下体在内，知将硬东西，左右急撞，有水濡润，毫不费力，一顶深入不毛，提有百十余回，朱氏兴趣又动，翘股而迎，但苦盆沿损损腰，将身扭捏，良臣会意。把朱氏抱起放于春凳之上，两足架在双肩，用力抽插。

朱氏初时有些忿怒，得趣之后，丁香半叶，玉臂环拥，足无意而高挑，脸斜偎而紧贴，良臣满身舒畅，一股漫泉，喷入朱氏穴中，且不提出淫具，两手捧定朱氏脸儿，布嘴支讨他津唾润口。朱低无奈只得度了两口与良臣，还把双眼闭着。良臣将他乳头摩弄，又攒定金莲在手，把那已经泄得软如绵的淫具，放在朱氏阴户内，低头看着行事，不觉淫兴复浓，淫具却又空硬如前，良臣重新又大开旗鼓，用力狠战，朱氏道：

"罢么，什么紧要的事，干个不休，婶婶上来遇见怎好？"良臣也无瞰回言，但只一笑，又干够多时，方罢手而起，还把朱氏抱在怀里，坐于膝上，亲嘴咂舌。朱氏道："羞人答答的，你怎诱人干这样的事？"良臣道："我想慕嫂嫂已久，今日巧遇，略为表而已，来日甚长哩，怕什么羞，古人说得好，'光阴能几何，欢乐顺及时。'我与嫂嫂正在少年之时，若不及早些乐地，有日老来，死期将去，要去作乐，也不能够了。"朱氏道："婶婶不是不知的，我因疲倦，在此打盹，她满疑我接客去了，如今依原寂睡，日悄自下楼，人终不知，朱氏怕水凉，摧开良臣，急向盆中，喜得天色正当潮热，不异炎暑，汤微温，朱氏草草浴完，穿衣而去。

良臣试净身体，坐在床上私喜，会娘到来，笑问道："计策如何？今番要谢谢媒人了。"良臣亦笑道："若无良策，怎会偷汉，这时候实是懒于动弹，晚上再与媒人消火罢？"会娘道："这样不济事的小秋，也要学偷女人，一次便弄得头盔倒挂，以后只过索烦些罢，你如今可还折便宜么，再若拘管老娘，我的儿，叫你们口吃不了，还包着走。"

良臣道："你看这淫妇意要大开门了。"会娘向良臣劈啐了一口，走下楼来，良臣酣睡一觉，暗地溜到门前，人鬼不觉。从此金王两人，互相取乐，先来妻子被淫，总也不知，会娘虽露此破绽，良臣佯为不闻。会娘肆无忌惮，放心偷先来弄。

一日，良臣先来俱不在家，会娘独坐楼中，无人消遣，蓦闻钟明在下面讲话，又起怜爱之心，急走下来，见钟明在堂点货。会娘正要开言调戏，闻得外面有人言语，闪在门后，丈夫同客人说话而至。

一场扫兴，慢步归房，暇中想起丈夫回争闹，说金闻到家，就有人透露风声，必然是三步这天杀的，卖节沽名，把我搬斗，遂心中着实怪恨和德，常在丈夫并先来面前，说三短处。这梅氏金花，系儒家女子，性颇贞静，每在内遁，见男女四人，不时私自调笑，常在波及，梅氏只是正色拒之，即悄对和德说知，要他分本回乡，和德猛想乱离日甚，将来商价为甚流通，行片费用颇大，利息是无望了，况兼众人作事乖张，杀身之祸，俱不可保，莫若远离为妙，免得日后也在浑水之中，受不白之名。

适值这日行中无事，金王俱闹在家，和德请到四位哥嫂道："弟蒙二位仁兄提掣，合本经营，极是美事，但家母还在乡间，现有病患，无人料理，特唤弟妇，义不容缓，今日空闲，把从前帐目，逐一清算，不拘利息有无，弟自领本，归乡度日。二兄如今已是轻车熟路，力尽优为，小弟去亦无碍。自从起手到今，毋论帐目银钱，家中大小等事，弟稍有欺心，归途既葬鱼腹，身道异处，神明报应二兄。"

金王初意尚欲相留，闻和德说及此言，两人疑心刺他阴事，又添会娘常有怨言，

原欲分开，只因难以启口，今日和德自出主意，正中两人心愿。

先来道："贤弟想是见近日生意欠好，要分去了，常言道：'守得荒年有熟年'，即已沾手，那里心急得来，不敢苦留贤弟，总有亏折，以至埋怨，两弟兄还且守着，再看光景。"

和德道："弟非独善其身，见势景不妙，想然而去，就是两位仁兄，也要算个前后，今日兵马扰乱，谁人拿着血本，担惊受怕，远出为商，我们开行人家，苦没客来，便难过日，不如顶与人家，或暂且停业，别为营运，待地平静，再来开张，未为不可。"

良臣道："那有此理，若一歇生，旧客便跳槽了，重开还有谁来，岂不前功尽弃。若说要顶与人，如此之际，有哪个该晦气的，瞎了眼睛，拿银子白送你用，贤弟纵要归去，我们实是歇手不得。"

和德道："既然二兄执意要守旧业，弟怎敢强谏。"遂叫进钟明来，把历来帐目，从头彻尾，清算一遍，除本文之外，尚得利银三百余两，和德拔起本银，又分出利息。

雇下船只，收拢房中物件，别却哥嫂，打点回家，赎还田产，在自家门前，开张生白酒铺子，诚省度日，却也安闲自在。

再说这金王两人，依旧开着此行，又有半年光景，金兵渐渐逼来，客人绝迹不至，这番先来亲到临安接客，良臣在家，与会娘朱氏轮番取乐，既无和德夫妻碍眼，又兼钟明在江塔寺前，包下一个土坡，时刻不离，总之行中毫无买卖，良臣亦任他去来，先来去不多时，接得一苏木胡椒客商到得，货堆两月，并无人买，又到几个糖客，系金陵人，向在闽在做官，胃白糖百桶欲要带回家，闻金兵已抵瓜州，宋家兵马守住江口，不容民船往来，归家不得，暂在客房住扎要候平静动身，却不卖货。

未及一月，传说金兵渡江，直抵临安，宋兵逃散，不日即到秀州，城内外人家，无不搬移藏避。金王亦谋暂躲乡间，因货迟阻，捱过三五日，据说宋帝已迁都四明，临安朱刺史差人往金营纳敦，这秀州也献地请降。金营发来告示，晓谕居民，秋毫无扰，各安生业。王金胆便大了，守着货物，毫不敢动。那消数日之间，金兵大至，果是雄威猛勇。金兵即到秀州，各门俱以重兵屯列营寨，刺史封起府库，请开钱粮户口册籍，备办酒相迎。外解送犒兵银一万两，金帅准降。下令一应大小官员，照旧供职，养马十日起行，凡城以内寸丝不动，安堵如故。城外人家，兵丁大惊，金帛子女，略无存留，但不杀人。

先来良臣离知，慌急无措，钟明目击此事，又来通报，合家慌乱，忙把衣服被褥，打成几个仓裹，藏些干粮在内，身旁各带散碎银数两，弃了家私货物，撇却客商。良

臣先来钟明，俱挑行囊一担，手抚朱氏会娘，同往乡村躲路中逃窜男妇，如山遏来，子寻父的，夫喊妻的，哭声遍野。

先来等五人，行无一里之遥，早不见有，包中却有银物，良臣不舍，走回叫喊一通，不知去向，再轮旧路，正遇先来张头望脑，在人丛里摧挤，却独自一人并不见朱氏会娘在旁，良臣急问道："嫂嫂弟妇何在？哥哥在此寻谁哩？"先来道："适才传说兵追到，众人一涌，遂失散了她们两个，故在此寻。"良臣跌脚道："快上前叫，谅无落后之理，两人急急寻赶。暂不表。

却说朱氏会娘，被人众拆开，俱寻不见丈夫，又闻兵马赶到，不敢出声唤。会娘行半里。欠，寸步难移，见路旁一丛茂草，钻身而入，早有一中年妇人，先坐在内哭泣。朱氏谅来也是避难之人，近前同会了，泪如雨下，细思丈夫怎生和我在此，不知何时相会。

表会娘跟着众人，往前乱走，距至黄昏日落，众人还不敢住脚。会娘鞋张渺小，走得两脚肿痛，又苦黑夜不能再走，坐在路旁高阜去处，要忙良臣追寻。坐过一夜，渐渐天明，只见王小三肩挑被仓，跄踉而至。会娘见了，叫道："钟叔叔那里去，可见我丈夫么？"钟明道："昨日出门之后，因往东塔寺前，看了相知，不料他已出门，及至赶得上朱，又被人多溃散，一时难寻。我在前面等候半日，不见影音，闻得兵马追来，拼命赶路，你怎么还坐在此处？"会娘道："我实是走不动了，脚都红肿，肚里又甚饥饿，叫我怎么赶路。死生自有定数，我在此听天由命罢了。"钟明道："怎说这话，万一落了胡儿之手，多死少生，我挽着你，且拓填去，寻条活路，若遇得一支渡船，竟叫他载到平湖城中，我有至亲在内，权且住着，待事平自然团聚。"钟明遂一手把会娘扶起，挽了同行，又走有二三里地面暂坐歇气，望着路侧地远远地有座土山，土山凹里，藏着一带茅草矮房。钟明指道："那山凹草房内，想有人家，且去买些饮食，衬衬肚子，再思走路，这回实是饿得难过。"会娘道："这会儿便是兵马杀到面前，也断走不动了，那村人家里，且借歇一宵，明日看光景另思安身之处。"

两人商酌已定，站起身来，沿路前进，走至土山凹内，推进屋去，俱是空空，并无一人，但遗下些桌凳床锅灶之类，会娘向钟明讨个包，做个枕头，向床上睡去，钟明坐在凳上，双眼瞧定会娘。

会娘道："这里既无人烟，何处寻得甚东西来吃？"钟明道："这却难事，此时有钱总无买处。"会娘想了一会道："何曾人有去吃，我也不知各包俱有，那曾想及，这叫做搜远不搜近。"钟明到会娘头下，取出被包，解将开来，都是白面饼火攻，更兼煮肉烹鸡，会娘坐起，同钟明饱餐一顿，多余的仍原包好，钟明叫会娘站开，将被褥铺在床上，会娘依原去睡。小碛顶好前后门扇，嘻地一笑，径倒身来，与会娘同睡。

会娘道："你怎么也在这里来睡，万一有熟人撞进看见，不像体面。"钟明道："如此幽静地方，再兼这乱离时候，有甚熟识之人撞到此处，我与你两情甚浓，只恨天不做美，屡次蹉跎，趁此机会，已是天赐良缘，岂肯当面错过哩?"

一边说，一边来扯会娘裤子，会娘两手微微遮隔，钟明性急无把自己裤裆拉下，露出肉具，昂然跳跃。会娘淫兴勃发，任从钟明脱去内裤，分开两腿，挺具冲用力抽提。

正在彼此眷恋，着意送近之际，忽听外面一片马嘶人沸，戈战胃胃之声。钟明心荒，停身细听，早有数人扑下门来，抢入屋中，抬头一看，尽是光头辫发之人，腰佩矢弧，手悬利刃。钟明会娘知是金兵，此惊不小，未及穿衣，慌忙披起，金兵一见大笑。

也不知嘀咕的是甚，拿住钟明，寻条麻绳，将亲绑于屋柱之上，推倒会娘，取具便干，一个接一个，齐来淫乐。

会娘初时惊急，及到以淫，及觉本事过人，抽送得法，津津有味，搬弄到第三鞑子，阴户中便觉疼痛，小腹微胀，气恼。

捱到完事，又是一个上来，放具又弄，会娘实是抵挡不住，苦口哀求，任你讨饶，越弄个床摇屋震，不肯住手。

这壁厢钟明看得垂涎，气得目绽，却又吓得胆碎，绑手麻木，未敢做声。

少顷会娘腹胀体酥，四肢无力，气息奄奄。金兵又笑喊一会，提出肉具，扶会娘坐着在他腹上，用力揉擦，流出白水碗余，方得保全性命。金兵知会娘不堪再弄，和无郑出衣被，拴在马上，次将会娘扶持上马，转身又往房内搜寻，别无他物，放下钟明，要银子。钟明道："逃难之人，那得银子与你。"

第四回　仗兄义义迎家人

且说金兵要钟明给银子，钟明道："逃难之人哪得银子与你。"金兵将钟明衣服剥下，腰间搜出碎银二十余两。骂道："这个刁顽蛮子，藏着银子，诈若没有，休要还他衣服。"遂拿了银子衣服，一齐上马，钟明与会娘四目留恋，心中不舍，钟明上前一步。将会娘马头拦住，哭告道："情愿送了衣服银两，还我妻子去罢。"金兵性发，拔出钢刀，将钟明分为两段。会娘见了，惊得打颤，不敢做声，相随同往。话分两头。

却说朱氏在草丛中，坐了一日一夜，饿得目昏肠碎，只得出来寻食，亦被一队金兵，撞着掳去，暂不表。

再说先来良臣，因失落妻子，东追西奔，遍地寻觅，误了行期，不访金兵骤至，躲藏不迭，拿到营中，烧水喂马，一路带去，不肯释放，行中货物，抢得罄尽，也暂不表。

话说这和德在家，闻知金兵犯时，百姓搬避，不见金王两家小下来，心中挂念，后闻金兵已拔营临安去乞，秀州邹外地方，俱为劫掠，不见金王实信，坐立不安，王良臣生母重病在床，也央人求说良臣，访他儿子。良臣特至行中，探望金王下落，见一路人烟绝望，行内细软皆无，止存粗重木石器皿。就是客货，亦无丝毫，明知被抢，但不得人口消息，愈加惶惑，再开到侧间厢房内去看。尚商商无所解为上一百篓竹纸，原捆不动，和德暗想道："这是沧海遗珠子"，仍把房闭上，又各处要检看，略无他物，仔细思忖，欲待回乡，悲房子无人看守，所留财物，被人窃取，欲代之载回乡下，待访出二人付还，又恐日后别拘失脱，疑心也是被我拿，尽转寻思进退两难，从客踱出门首探看，要寻熟人，问声金王行止。

却好逃回两家紧邻，和德拱手相问。邻人道："穆官人你的造化，早分了去，人财平稳，他们全家俱是被掳去了，有人亲眼觑见，还说老五杀在路上，尸体现存，两位令亲，不知何日方归，行中货物，所留多寡，你须代他发去，恐有客来取讨，也好圆个后日主顾。"

和德道："正有此意，恐乱中失物尚多，金王二兄回来，疑我谋赖，故尔犹豫。"邻人道："岂有言话，但人心难料，你是老成之见，竟后悔，如今我们与你共同立个单

帐，他时尚有闲话，众人自来作证。"和德道："若得列位如此用情，方敢胆收去。遂寻出纸墨笔砚，在众人前，逐件点登帐目，请各邻人俱姓名，押个花守，相谢众邻。

临别又问钟明所杀地方，然后寻个，把屋内一应留遗，载在家中叠好，细与母亲妻子，留言四人被掳钟明被杀之事，母亲叹秘，和德堕下泪来，又恐良臣母病中闻此凶信，以致下虞，只说行中无恙，好言安慰。

即取二两银子，在本村买具棺木，用船载了，寻着钟明尸首，盛在棺中，叫人抬往三塔寺山门内放着。

走回家里，心里只是金王两人放不下，茶饭懒用，想起三人结义，誓同生死，后因他人作事乖张，致生离别，不料有此大变，人亡财散，我本叨天底，安然无事，恶忍忘了盟言，听凭他流离颠苦，譬如我当迟疑，不会分出，如今断然外中劫中，不免设处几封银子，密密带着，扮作乞儿，一路访去，不幸遇见，打伙归来，再得这完聚，不岁同盟之雅。生意既定，不与母妻说知，原复将产卖了百余两银子，打叠包裹停当。

次日黎明，买副牲礼，烧了吉利纸，换上一身破衣，别却母亲妻子，独自一人，出门走。

梅金花婆媳苦留，和德不听，头也不回，一直望临安而去。于路逢人访问，绝无消耗，大兵经由之地，人亦稀少。和德受了无限苦楚，风眼雨缩，忍饿吞饥，捱了十余日，看看走到富春驿左侧，遇着一班难民，逐人认过，不见金王在内，因身子疲倦，向驿前街沿上，暂坐竭力，先有几个驿夫，也坐在彼，闲话之间，探听得金华府内，无相寺中，拘锁着三二百抢去妇女，亲人认明回赎，和德闻言，不敢停阻，急急由严州府兰谷县，两日之日，赶到金华，进了通寺远门，往无相寺。

捱身细认，果见朱氏在内，蓬头垢面，不似人形，朱氏见了和德，嚎声痛哭，哽咽得半字不出，和德不禁泪雨如珠，待朱氏哭声少住，问道："二嫂何在？二位哥哥可过么？"朱氏道："那日与二婶同逃出门，在途中拆散，直到桐庐县地方撞见，见是打扮千娇百媚，带笑对我说：'一严州府防御使娶去作妻，令往赴任。'绝不提二步半字，飘然而去，也不知所言真假，哥哥样式未会面。"说毕，又哭道："望叔叔可怜，救奴回家，死不忘恩。"和德道："事已这般，嫂嫂不必伤悲，正为要寻兄嫂回乡，所以不惮跟跋涉远来，但不可急，待我寻个头路，便好为计。"逐步向口下砚望一回，满眼俱是胡人，不敢后启盼，见大王殿门上，挂着一告示，看者纷纷，也试走去一看，即好是回赎妇女而体，急步捱上，分开人群。

和德看毕，心中暗喜，对朱氏道知，嘱她耐心暂等，待往府中赎了来领，这朱氏不免再口叮咛，和德允诺，抽身离去，复出通无门，寻下客寓，安歇一夜。

次日升堂，诉说苦情，当堂呈上白银十六两，知府见和德衣衫褴褛，言词哀痛，不嫌价少，叫库吏收过赎银，令和德亲手写下领状，掣一根一签，差人同去认领朱氏。和德叩谢知府，一同差役至辖官处，除名挂号，将朱氏放出。来差回到寓中，和德称银一两相送。朱氏到店主内室梳洗，和德又到铺上，买了一二件洁净布衣，与朱氏换往江口乘船。

却好一只尽是回赎妇女在内，往临安行。和德因要到严州跟寻会娘，恐去船至彼，不肯耽搁，安顿朱氏在船，稍对朱氏道："嫂放心船下，我先严州寻二嫂，得便也赎同归，这船明早方行，我起岸先行，总在严州相会。"朱氏道："叔叔是在严州下船，休要久延时日，两不相顾。"和德道："不须嫂身又走。"日色斜西，早至严州。寻到防御使衙前，访问会娘信息，偶遇衙内一老苍头，系南直定上府人氏，为人梗直好善，和德相见，诉说来意。

苍头怜爱无辜受难，代进衙中揸查，果有冯氏在内，却是主人爱妾，心内踌躇，若竟与老爷明讲，这事不负了那人来意，除非设良计，呆想半日。点头道："如此如此，其事济矣。"暂不表。

却说会娘，至秀州掳去，众兵淫乱了数次，献与本营将官，那将与严州防御使是好友，一日同饮中，见会娘侍立坐侧，凤眼斜桃樱唇欲绽，装出无数娇态，那防御使不觉情动，遂备礼娶为侧室。过门后，会娘被窝中，枕席上，放出那携云握雨的功夫来，骗得防御使心欢意乐，衙中权柄，尽归会娘掌握，每日价玉食锦衣，呼奴使婢，那记半个王字。只因她人倚势专权，与防御使大夫人，为切齿之仇。这苍头是大夫人心腹，久恨会娘，但系主人宠他，无可奈何，只好心怪而已。

这日却好和德寻来，说要回赎，苍头正中下怀，又离散之情可悯，密定一计，叫和德进耳房暂坐，径入内室和夫人说知。这夫人满心欢喜，对苍头道："既有亲者赎，若得冤家离，莫大文希，只是这天杀的，岂肯放她去。"苍头道："莫道老爷不放，便是新娘若肯回？依奴之意，趁老爷患病在床，夫人自做主，免得日后悔。"防御使夫人道："我有计，老爷为那贱人，弄得体弱神虚，一病数日，若不早早撵，性命可虞，今乘他病中，将那贱人发付来人。"苍头道："甚妙，但不可迟。"防御夫人亲自到书房，正遇会娘缠脚，防御夫人道："你家丈夫在外探望，立等见，快快出去，莫被老爷知恶。"会娘闻色变，也不语，缠完脚慢道："什么亲，如今既到此见他何用，叫回罢。"防御夫人道："你是丈夫卖，还是兵抢？"会娘道："他怎卖我，是被抢。"防御夫人道："即非卖，丈夫无罪也，夫妻之情陡地分离，既远相寻，怎忍不见，我和衙中就是你久占的巢穴和以？"会娘见夫人发话，又理合，只得外见，口中尚自咕不住，及至耳

房见，却是和德，愈添不乐，怒问道："你来此做甚？"

和德见会娘前，正待喜，忽闻此语，兼之怒容，也站住道："不知嫂下落，特来访，已在金华赎大嫂，现在舟中，闻得嫂在此，故来奉请回。"会娘道："你休做梦，吾今已别室，你等休想，世有防御使妻不做又从闲事，莫骗我回，转水嫌钱么？""这是不行，我丈夫与你并非房族，干你甚事，要你远胡做。"对苍头道："他非我夫，来赎不存好意，誓不去！"苍头正待言，夫人手持荆至前，把会娘劈头乱打，喊骂道："你个怪贱淫根，你就是防御妻室，倒撺了我出去罢，适间老爷吩咐，要你即离衙，跟了亲人归，若说半个不，即是砍下你头来。

和德峥势凶恶，特把原由一一道出。苍头听罢，遂壁间除下腰刀，径奔会娘道："这是不义这妇，便背亲人，既有老爷命，吾亲手杀也。"和德扯住苍头，居中劝解，防御夫人道："不要来人半文，出门径走。"会娘无奈，只得跟行。这里夫人拨出眼中钉，十分舒畅，撑至天晚，故为惊惶，道会娘盗物而逃，防御使大怒，叫人对知府讲明，差人缉捕。夫人私自捺定，暂不表。

再道和德与会娘，行至严州郊门外水口，天已傍晚，刚刚遇着顺风，朱氏所坐载船已正拢岸住，和德先跨进舱，与朱氏说知后，后扶会娘上船。再加一人船钱，安歇已定。当日行船，于路和德屡思金王二兄，寻觅不遇，幸得二嫂，又不在费银两，也是一苦，且同两嫂先归。待我再来访求，必要寻见方已。不上三四日之间，船已抵临安江口，众客起岸，分头而行，和德着朱氏、会娘，翻山越岭，至赤山埠，叫只西子湖中小船，渡至响水上岸，到松木场计船回，三人行过差羊访，正撞着金先来，王良臣二人，敞衣垢后，沿门行乞。

五人相见悲喜增多加，先来问道："二弟何来，怎又与嫂嫂们厮遇？"朱氏垂泪道："我被掳，直至金华，受了许多辱，求生不能，欲死不得，幸得三弟前来赎取，重见天日。"会娘默然不语，先来致谢和德，又把钟明死信，并写官森之事告知，会娘忽含悲道："我自分散后，却好遇钟明，正同来寻你们，撞遇金兵，被掳上马，钟叔叔来夺时，竟被砍死，说来可怜。"金先来道："多蒙三弟义气，幸得骨肉保全，为今之计以作速回，另寻生计为主，但我两囊中，并无分文，怎好？"和德道："愚弟，尚带有，不烦哥哥费心，逐同往松木场，雇下塘船一只，三男两妇，会伴同归，暂不表。

却说梅氏金花，自丈夫行启，同婆婆在家针指，一日偶要做府，不风有蒲席，婆婆道："糖桶中倒有，却是取他不得？"金花道："一时若无买处，且开一桶，只取蒲席不妨，便去甚物在地，外面用纸封的。金花的拾起，去纸开看，上个文银煎饼，每饼约重三十余两，金花道："原来糖中有银子藏着，我们逐桶看看，想俱有的。"

于是婆媳二人忙将百桶齐齐打开，内中止上白糖四十桶有物，其余六十桶沙塘并无。金花道："把银子收起，各桶取蒲少许，仍将糖桶封好，试将四饼兑看，共重百两，计有中之数，不与一人知风。"对婆婆道："行中各持抢尽，独遗此货，内里私藏，又无心中为我们所得。明系天意，儿子回时，且莫与他讲，他若一知仍要还人。"婆婆点头会意。

未儿五人到家，系明候问，重定田园，和德把行中收回各物并地方公帐，一并交付二人，金王感之不尽，细探糖客已无一菜迹，把糖变卖，共得一百余金，两家均分过活，金花闻糖已经卖去，方将所得银两，说与丈夫知道，和德又将四百两分赠金王，两人私心感戴，各无话说。

只有会娘，一心思忆防御使衙中受用，深和德赎回苦守，每每对丈夫说，和德开列铺时，常来诱我，今赎我下来，又在途中要与我睡，苦苦哀求，得免污辱，良臣听了在心。

偶然一日，至金先来家，先来谈和德好处。良臣道："但有些毛病，最贪女色。"先来道："这也从不闻介说起，以我论之，此人还是抑下恩后身哩。"良臣将妻子所言，微微表与先来代为不平，连朱氏也与称屈，良臣有些恼着妻子，令人叫妻子过先来家，并按了和德同会是非。

先来交开行时，把会娘挑逗和德的话，并和德拒会娘之言，从头说出，会娘无言抵对，朱氏又把途中夥搭客船，舱里共有十余妇女，坐在后舱，男人坐前舱，叔叔平日不相见情由，也细说一遍。和德外将严州赎回，不肯还家，反加挥此的话，也略一道白。会娘满目羞态，良臣操欲打。众皆劝息，自此良臣吟淡会娘，不与近身。

先来又已收心，不干偷摸之事，会娘又无别遇，你想风流淫奔的妇人，如何寂寞得过。一日黄昏，大哭数场，奔走他地。后无杳信。

良臣因在今家闲话，归家方知，求治不活呜呼哀哉，后无一子。

先来与朱氏，后来日子稍富，过得也爽快，七十有余，双双归泉，留有一子一女，后续主业终身。

和德连生三子，各攻举，俱入仕途，为元时显宦。和德同妻直至九十过头，无病而终，受人尊重。子孙绵绵不绝。

雨花香

[清]石成金 撰

第一种 今 觉 楼

世人要享快乐，只须在心念上领略，则随时随地俱享快乐，切莫在境界谋求，不独奢妄难遂，反多愁苦无休。试看陈画师，不过眼前小就，便日日享许多自在快乐之福。谁个不能，那个不会，读者须当悟此。

予尝诌二句曰："福要人会享，会享就多福。"要知人若不会享福，虽有极好境界，即居胜蓬瀛，贵极元宰，怎奈他心中忧此虑彼，愁烦不了。视陈画师之小局实受，反不如也。

人能安分享乐，病也少些，老也老得缓些，福也受得多些，寿也长些，陈画师即现在榜样也。

崇祯年间，扬州西门外有个高人，姓陈，名正，字益庵，生得丰姿潇洒，气宇轩昂，飘飘然有出尘之表。家甚淡薄，只一妻一子一仆，幸西山里有几亩旱田，出的租稻，仅仅供食，这人读书不多，因看破人世虚幻，每日只图享乐，但他的乐处与世人富贵荣华、酒色财气的乐处不同。他日常说："文人有四件雅事，最好的是琴棋书画。要知弹琴，虽极清韵，必须正襟危坐，心存宫商，指按挑剔，稍不留意，即失调矣。我是个放荡闲散的人，那里奈得！所以并不习学。又如着棋，高下对敌，筹运思维，最损精神。字若写得好，亲友的屏轴、斗方、扇条，应酬不了，且白求的多。我俱不为。四件之内，只有尾上的绘画一件，任随我的兴趣，某处要山就画山，某处要水就画水，某处要楼台树木，就画楼台树木。凡一切风云、人物、花鸟、器用，俱听我笔下成造。我所以专心学画，若画完一幅，自对玩赏，心旷神怡，赠与知音，彼亦快乐。"每喜唐伯虎四句口号云：

不炼金丹不坐禅，不为商贾不耕田。

闲来画幅青山卖，不用人间作业钱。

陈画师因有了这个主意，除卖画之外，一应诗文自量自己，才疏学浅，总不撰作，落得心无罣碍，只是专享闲乐之福，就在西门外高岗上，起盖了三间朝南小屋，安住家口。苑阔约四五丈，栽草花数种，如月季、野菊之类，并无牡丹、芍药之贵重的。周围土墙柴门。苑之东南上，起了一间小楼，楼下只可容三四人，一几四椅，中悬条画，几上除笔砚之外，堆列着旧书十余部，用的都是沙壶瓦盏。楼上起得更加细小，只可容二三人，设有棕榻小桌，四面推窗明朗。楼之南面，遥望镇江长山一带云树烟景。楼之北面，正对着虹桥法海、花柳林堤。楼东一望，名花园亭阁，高下参差。惟楼西都是荒坟荒冢。陈师坐此楼，自知往日之尘劳尽去，顿生觉悟，因题"今觉楼"三字匾，悬于下层，又诌一对联粘柱，时刻自醒兼以醒人。联云：

　　觉性凡夫登佛位，乐心斗室胜仙都。

此联重在"乐觉"二字，所谓趣不在境也。楼之上层，曾有客登此楼西望，尽是高低坟墓，每云不乐。师因晓之曰："昔康对山构一园亭，其地在北邙山麓，所见无非丘陇。客讯之曰：'日对此景，令人何以为乐？'对山曰：'日对此景，乃令人不敢不乐。'我深敬服其所以起楼在荒冢旁，原是仿此。今每日目睹此累累者，皆是催我急急行乐，不容少缓也。"因又诌一联，粘上层柱云：

　　引我开怀山远近，催人行乐冢高低。

陈师自立规矩，每日上半日画些山水，卖得笔赀，以为沽酒杂用。凡有求画之人，都在上半日相会。一到午后，便停笔不画，一应亲友，令小童俱答外出。却在楼上，任意颠狂笑傲。夏则北迎保障湖内，莲叶接天，荷花数里，或科头裸体，高卧榻上，或乘风透凉，斜倚栏边，世之炎暑，总不知也。冬则西岗一带，若遇有雪，宛如银妆玉琢，否则闭窗垂幕，炉烧榾柮，满室烘烘，世之寒冷总不知也。春秋和暖，桃红柳绿，梧翠菊黄，更自快心。每日清晨向东遥望，曈曈朝气，生发欣然。每日午后，虹桥之画船箫鼓，桓舞醑歌，四时不绝。陈师曾遇异人，传授定慧功夫，静坐楼上。任意熟习，少有倦怠，或缓步以舒身体，或远眺以畅神思，或玩月之光华，或赏花之娇媚，或随意吟几首自在诗文，或信口唱几支无腔词曲，或对酒当歌，或谈禅说偈，种种闲乐，受用甚多。但陈师的性情，落落寡交，朋友最少，只有两人与师契厚，一个是种菜园的姓李，只因此人邻近不远，极重义气，所以时常来往。一个是方外僧人，诨名懒和尚，一切世事，俱不知晓，只喜默坐念佛，偶然说出一句话来，到有许多性理，所以时常来往。这两个人酒量甚小，会饮每人不过四五杯，就各醺然。陈师每常相会，也不奉揖，也不套话，也不谦上下，只一拱手，随便就坐。且这卖菜李老，并不衣帽，惟粗粗短衣草鞋，卖完了菜就到陈师楼上闲玩。若遇饮酒，就饮几杯，桌上放的不过午饭留下的便肴一二碟。这懒和尚不吃荤腥，只不戒酒，若是来时，不过腐干盐豆佐酒。隔几日卖菜的李老，也煎碗豆腐□□□和尚，到他家草屋里饮乐。因陈师小楼在荒郊野外，忽一夜有六个强盗，点明火把，各执器械，打开陈师门，吓得陈师连叫大王，怜念贫穷，并无财物。众盗周围照看，并无铜锡物件，即好衣也无。正在搜劫，忽闻门外有多人呐喊捕捉，众盗慌张，既无财可劫，又听众声喊叫，一哄而散。原来是卖菜李老，在竹篱内探知盗至师室，因叫起众邻救援。陈师知道，感激不已。自后过了两个多月，又见一军官骑着马，带了三个家人捧着杯缎聘礼，口称北京来的某王爷闻师画法精妙，特来请师往京面会。礼拜之后，力辞不脱，陈师亦有允意，忽见懒和尚到来，同见礼后，向来人说："既承好意远来，屈先暂回，待僧人力劝陈师同去。"来人闻言，遂将礼物留下送别。这懒和尚拉陈师密说："我等世外高人，名利久忘，只图闲乐，何苦远到京都，甘受尘劳！可将妻子仆人，暂移乡村，只留我僧人将礼物璧回，推陈师得病，已另搬西山服药。"陈师依计，次日来人见画师藏躲，因无罪过，遂而辞去。续后闻得聘到京都之人，俱遭罪辱，方信懒僧高见。陈师迟了几日，知京人已散，复又至小楼，仍旧安享闲乐，每常自撰四句俚咏云：

岗上高楼整日闲，白云飞去见青山。

达人专领惺惺趣，不放晴明空往还。

又常述大义禅师传授密诀八句，普示人众云：

莫只忘形与死心，此个难医病最深。

直须提起吹毛利，要剖西来第一义。

瞠起眼睛别起眉，反复看渠渠是谁。

若人静坐不施功，何年及第悟心空。

陈师后来老而康健，寿至九十六岁，无病而终。予曾亲见此老，强壮不衰，乃当代之高人，诚可敬可法也。陈师所生一子，承继父业，家传的画法，甚是精妙。其契友李菜、佣懒和尚，寿高俱至九十以外，总因与陈师薰陶染习而致也。

惺 斋 十 乐

石成金　天基

乐于知福

人能知福，即享许多大福，当常自想念。今幸生中国太平之世，兵戈不扰，又幸布衣蔬食，饱暖无灾，此福岂可轻看！反而思之，彼罹灾难困苦饥寒病痛者，何等凄楚，知通此理，即时时快乐矣。

乐于静恬

不必高堂大厦，虽茅檐斗室，若能凝神静坐，即是极大快乐。试看名强利锁，惊风骇浪，不知历无限苦楚。我今安然静怡性情，此乐不小。惟有喜动不喜静之人，虽有好居室，好闲时，才一坐下，即想事务奔忙，乃是生来辛苦之人，未知静怡滋味，又何必强与之言耶！

乐于读书

圣贤经书，举业文章，皆修齐治平之学。人不可不留心精研，以为报国安民之资，但予自恨才疏学浅，年老七十余岁，且多病多忘，如何仍究心于此！尚欲何为乎？目今惟将快乐诗歌文词，如邵子、乐天、太白、放翁诸书，每日熟读吟咏，开畅心怀而已。又将旧日读记之得意书文，重新诵理，恍与圣贤重相晤对，复领嘉训，乐何如耶！

乐于饮酒

予性喜饮酒，耐酒量甚小，每至四五杯，则熙熙皞皞，满体皆春，乐莫大焉。凡酒不可夜饮，亦不可过醉，不但昏沉不知其乐，且有伤脏腑也。

乐于赏花

观一切种植之花，须观其各有生生活泼之机，袅袅娇媚之态，不必限定牡丹、芍药之珍贵者。随便各种草本、木本之花，或有香、或有色、或有态度皆为妙品。但有

遇即赏，切勿辜此秀色清芳也。

乐于玩月

凡有月时，将心中一切事务，尽行抛开，或持杯相对，或静坐清玩，或独自浩歌，或邀客同吟。此时心骨俱清，恍如濯魄水壶，置身广寒宫矣。此乐何极！想世人多值酣梦，听月自来自去，深可惜哉！

乐于观画

画以山水为最，可集名画几幅，不必繁多，只要入神妙品，但须赏鉴之人，细观画内有可居可游之地，心领神怡，将予幻身恍入画中，享乐无尽，不独沧海凄然，移我性情也！

乐于扫地

斋中扫地，不可委之僮仆，必须亲为。当摸箕执帚之时，即思此地非他，乃我之方寸地也。此尘埃非他，乃我之沉昏俗垢也。一举手之劳，尘去垢除，顿还我本来清净面目矣。迨扫完静坐，自觉心地与斋地，俱皆清爽，何乐如之！

乐于狂歌

凡乐心词曲诗歌，熟读胸次，每当诵读之余，或饮至半酣之时，即信口狂歌，高低任意，不拘调，不按谱，惟觉我心胸开朗，乐自天来，真不知身在尘凡也。

乐于高卧

睡有三害：曰思，曰饱，曰风。盖睡而思虑，损神百倍。饭后即睡，停食病生。睡则腠理不密，风寒易入，大则中厥，小亦感冒。除此三害，日日时时，俱可享羲皇之乐，不拘昼夜，静卧榻上，任我转侧伸舒，但觉身心快乐，不减渊明之得意也。

中国禁书文库

雨花香

第二种　铁　菱　角

积财富翁，只知昼夜盘算，锱铢必较，家虽陈柴烂米，有人来求救济，即如剐肉。有人来募化做好事，若修桥补路之类，即如抽筋。且又自己甘受苦恼，不肯受用，都留为不肖子孙嫖赌浪费，甚至为有力势豪攫取肥橐，全不醒悟。观汪于门之事，极可警心。

家贫妄想受用，固是痴愚。若有财富翁，不肯受用，所谓好时光、好山水、好花鸟诗酒，都付虚度，岂非枉过一生！更为痴愚，诚可惜可怜。

曾有一后生姓汪，号于门，才十五岁，于万历年间，自徽州携祖遗的本银百余两，来扬投亲，为盐行伙计。这人颇有心机，性极鄙啬，真个是一钱不使、二钱不用，数米而食、秤柴而炊。未过十多年，另自赚有盐船三只，往来江西湖广贩卖。又过十多年，挣有粮食豆船五只，往来苏杭贩卖。这汪人，每夜只睡个三更，便想盘算，自己客座屏上粘一贴，大书云：

一予本性愚蠢淡薄自守，一应亲友，凡来借贷，俱分厘不应，免赐开口。

予有寿日喜庆诸事，一应亲友，只可空手来贺，莫送礼物，或有不谅者，即坚送百回我决定不收。至于亲友，家有寿日喜庆诸事，我亦空手往贺，亦不送礼，庶可彼此省事。

一凡冬时年节，俱不必踵贺，以免往返琐琐。

一凡请酒最费赀财，我既不设席款人，我亦不倒人家叨扰，则两家不致徒费。

一寒家衣帽布素，日用器物，自用尚且不符，凡诸亲友有来假借者，一概莫说。

　　　　　　　　　　　　　　　　　　　愚人汪于门谨白

汪人生性吝啬，但有亲族朋友来求济助的，分厘不与，有来募做好事积德的，分厘不出。自己每常说："人有冷时，我去热人，我有冷时，无人热我。"他自己置买许多市房，租与各人开店铺，收租银。他恐怕人挂欠他的房租，预先要人的押房银若干。

租银十日一兑，不许过期，如拖欠就于押银内扣除，都立经帐，放在肚兜。每日早起，直忙到黑晚还提个灯笼各处讨租。有人劝他寻个主管相帮，他答道："若请了主管，便要束脩，每年最少也得十多两银子，又每日三餐供给。他是外人，不好怠慢，吃了几日腐菜，少不得觅些荤腥与他解馋。遇个不会吃酒的还好，若是会吃酒的，过了十日五日，熬不过又未免讨杯酒来救渴，极少也得半斤四两酒奉承他。有这许多费用，所以不敢用人。宁可自己受些劳苦，况且银钱都由自手，我才放心。"他娶的妻子也是一般儿俭啬，分厘不用。一日时值寒冬，忽然天降大雪，早晨起来，看地下积有一尺多深，兀自飞扬不止，直落得门关户闭，路绝人稀。汪人向妻道："今日这般大雪，房租等银是他们的造化，且宽迟这一日，我竟不去取讨，只算坐在家中吃本了，但天气这等寒冷，我和你也要一杯酒冲冲寒，莫失了财主的规矩。"妻道："你方才愁的吃本，如今又要吃起酒来，岂不破坏了家私。"汪人道："我原不动己财沽酒，我切切记得八月十五中秋，这一日间壁张大伯，请我赏月，我怕答席，因回他有誓在前不到人家叨扰，断不肯去。后来，他送了我一壶酒，再三要我收，勉强不过，我没奈何只得收了。我吩咐你倒在瓦壶里，紧紧封好，前日冬至祭祖，用了一小半，还剩有一大半，教你依旧藏好，今日该取出来受用受用。"妻笑道："不是你说，我竟忘了。"即时去取出这半壶酒来。问丈夫道："须得些炭火暖一暖方好饮。"汪人道："酒性是热的，吃下肚子里自然会暖起来，何必又费甚么炭火。"妻只得斟一杯冷酒送上，汪人也觉得寒冷，难于入口，尖着嘴慢慢的呷了一口，在口中务温些吞下，将半杯转敬浑家。妻接下呷半口，嫌冷不吃了。汪人道："享福不可太过，留些酒再饮罢。"他自裁的一顶毡帽，戴了十多年，破烂不堪，亦不买换。身上穿的一件青布素袍，非会客要紧事，亦不肯穿，每日只穿破布短袄，但是渐次家里人口众多，每日吃的粥饭都是粗糙红米，兼下麦贲。至于菜肴只拣最贱的菜蔬，价值五六厘十斤的老韭菜、老苋菜、老青菜之类下饭，或鱼或肉，一月尚不得一次，如此度日。还恨父母生这肚子会饥渴，要茶饭吃，生这身子会寒冷，要棉衣穿。他自己却同众人一样粗饭粗菜共食，怕人议论他吃偏食。就是吃饭时，他心中或想某处的盐船着某某人去坐押，或想某处的豆船叫某某人去同行，某处的银子怎的还不到，某处的货物因何还不来，某盐场我自己要盘查，某行铺我自己要看发，千愁万虑，一刻不得安宁。其时西门外有个陈画师，闻知汪人苦楚得可怜，因画一幅画提醒他。画的一只客船装些货袋，舱口坐了两个人，堤岸上纤夫牵船而行，画上题四句云：

船中人被利名牵，岸上人牵名利船。

江水滔滔流不尽，问君辛苦到何年。

将画送至汪人家内，过了三日，汪人封了一仪用拜匣盛了，着价同原画送还，说："家爷多拜上陈爷，赐的画虽甚好，奈不得工夫领略，是以奉还。"价者依言送至陈楼。陈师开匣，看见一旧纸封袋，外写"微敬"二字，内觉厚重，因而拆开一看，原来是三层厚草纸包着的，内写"一星八折"。及看银子是八色潮银七分六厘。陈师仍旧封好，对来价说："你主人既不收画，竟存下来，待我另赠他人。这送的厚礼太多了，我也用不起，亦不敢领，烦尊手带回，亦不另写回帖了。"价者听完即便持回。陈师自叹说："我如此提醒，奈他痴迷不知，真为可怜。"这汪人因白送了八分银子就恼了半日，只待价者回来，知道原银不收，方才喜欢。他的鄙吝辛苦的事极多，说也说不尽。

内中单说他心血苦积的银子竟有百万两，他却分为财、源、万、倍四字号四库，堆财到有这许多银子，时刻防间。他叫铁匠打造铁菱角。每个约重斤余，下三角，上一角，甚是尖利，如同刀、枪，俱用大簏笒盛着，自进大门天井到银库左右，每晚定更之。后即自己一笒一笒捧扛到各路库旁，尽撒满地，或人不知，误踹着跌，鲜血淋漓，几丧性命。到五更之后，自己又用扫帚将铁菱角仍堆笒内，复又自捧堆空屋。虽大寒、大热、大风雨，俱不间隔。其所以不托子侄家人者，恐有歹人通同为奸。这汪人如此辛苦，邻人都知道，就将"铁菱角"三字起了他的浑名。一则因实有此事，收撒苦楚。二则言铁菱角，世人不能咬动他些微。这汪人年纪四十余岁，因心血费尽，发竟白了，齿竟落了，形衰身老，如同七八十岁一般。到了崇祯末年，大清兵破了扬州城，奉御王令旨，久知汪铁菱家财甚富，先着大将军到他家搬运银子来，助济军饷。大将军领兵尚未到汪门，远远看见一人破衣破帽，跪于道旁，两手捧着黄册，顶在头上，口称："顺民汪于门，迎接大将军献饷。"将军大喜，即接册细看，百万余两，分为财、源、万、倍四字号四库，因吩咐手下军官，即将令箭一枝，插于汪铁菱门首，又着百余兵把守保护，如有兵民擅动汪家一草一木者，即时斩首示众。汪人叩首感激，引路到库。着骡马将银装驮，自辰至午，络绎不绝。汪人看见搬空，心中痛苦，将脚连跳几跳，说："我三十年的心血积聚，不曾丝毫受用，谁知尽军饷之用！"长嚎数声，身子一倒，满口痰拥，不省人事，即时气绝。将军闻知，着收敛毕。其子孙家人见主人去世，将盐窝引目以及各粮食船只房屋家伙，尽行出卖，以供奢华浪费。不曾一年，竟至衣不充身，食不充口，祈求诸亲族朋友救济，分厘不与，都回说："人有冷时，我去热人，我有冷时，无人热我。"子孙闻知，抱愧空回。只想会奢华的人怎肯甘贫守淡！未久俱抑郁而死。此等痴愚不可不述，以醒世也。

中国禁书文库

雨花香

第三种　双鸾配

世人只知娶妻须要美貌，殊不知许多坏事都从此而起。试看陈子芳之妻，常时固是贞洁，一当兵乱若或面不粗麻，怎得完璧来归！前人谓丑妻瘦田家中宝，诚至言也。

这一种事说有三个大意。第一是劝人切不可奸淫，除性命丧了，又把己妻偿还，岂不怕人！第二是劝老年人切不可娶少妇，自寻速死，岂不怕人！第三是劝人闺门谨慎，切不可纵容妇女站立门首，以致惹事破家，岂不怕人！

崇祯年间，荆州府有一人，姓陈，名德，号子芳，娶妻耿氏，生得面麻身粗，却喜勤俭治家，智胜男子。这子芳每常自想道，人家妻子美貌固是好事，未免女性浮荡，转不如粗丑些，反多贞洁，因此夫妻甚是和好。他父亲陈云峰，开个绸缎店铺，甚是富余，生母忽然病故，父亲在色上着意，每觉寂寞，勉强捱过月余，忙去寻媒，续娶了丁氏。这丁氏一来年纪小，二来面貌标致，三来极喜风月，甚中云峰之意，便着紧绸缪，不上半年，竟把一条性命交付阎家。子芳料理丧葬，便承了父业，不觉过了年余，幸喜家中安乐，独有丁氏正在青年，又有几分颜色，怎肯冷落自守！每日候子芳到店中去，便看街散闷。原来子芳的住房却在一个幽僻巷内，那绸缎铺另在热闹市口，若遇天雨就住在店中，因而丁氏常在门首站立。一日有个美少年走过，把丁氏细看。丁氏回头□看那少年，甚是美貌。两人眉来眼去。这少年是本地一个富家子弟，姓都名士美，最爱风流，娶妻方氏，端庄诚实，就是言语也不肯戏谑。因此士美不甚相得，专在外厢混为，因谋入丁氏房中，十分和好，往来日久。耿氏知风，密对丈夫说知。但子芳极孝，虽是继母，每事必要禀命，因此丁氏放胆行事。这日，子芳暗中细察丑事，俱被瞧见，心中大怒，思量要去难为他，负碍着继母不好看相。况家丑不可外扬，万一别人知道，自己怎么做人。踌躇一回，到不如叫他们知道我识破，暗地里绝他往来，才为妥当，算计已定，遂写了一帖粘在房门上，云：

陈子芳是顶天立地好男子，眼中着不得一些尘屑，何处小人，肆无忌惮！今后改过，尚可饶恕，若仍前怙恶不悛，勿谓我无杀人手也，特字知会。

士美出房，看见唬得魂不附体，急忙奔出逃命。丁氏悄悄将帖揭藏，自此月余不

相往来。子芳也放下心肠。一日正坐在店中，只见一个军校打扮的人，走入店来，说道："我是都督老爷家里人，今老爷在此经过，要买绸缎送礼，说此处有个陈云峰是旧主顾，特差我来访问，足下可认得么？"子芳道："云峰就是先父，动问长官是那个都督老爷？不知要买多少绸缎？"那人道："就是镇守云南的，今要买二三百两银子，云峰既是令先尊，足下可随我去见了老爷。兑足银子，然后点货何如？"子芳思量父亲在日，并不曾说起，今既来下顾，料想不害我甚么，就去也是不妨，遂满口应承，连忙着扮停当，同了那人就走看看。

　　走了二十余里，四面俱是高山大树，不见半个人烟，心上疑惑，正要动问，忽见树林里钻出人来，把子芳劈胸扭住。子芳吃了一惊，知是剪径的好汉，只得哀求，指望同走的转来解救。谁知那人也是一伙，身边抽出一条索子绑住子芳，靴筒里扯出一把尖刀，指着子芳道："谁叫你违拗母亲，不肯孝顺，今日我们杀你，是你母亲的主意，却不干我们的事。"子芳哭道："我与母亲虽是继母，却那件违拗他来？若有忤逆的事，便该名正言顺，送官治罪，怎么叫二位爷私下杀我？我今日无罪死了，也没有放不下的心肠，只可怜我不曾生子，竟到绝嗣的地位。"说罢放声大哭起来，那两人听他说得悲伤，就起了恻隐之心，便将索子割断，道："我便放你去，你意下如何？"子芳收泪拜谢道："这是我重生父母了，敢问二位爷尊姓大名，日后好图个报效。"那两人叹口气道："其实不瞒你说，今日要害你，通是我主人都士美的意思。我们一个叫都义，一个叫都勇，生平不肯妄害无辜的，适才见你说得可怜，因此放你，并不图甚么报效，如今你去之后，我们也远去某将军麾下效用，想个出身，但你须躲避，迟五六日回家，让我们去远，追捕不着才是两全。"说罢随举手向子芳一拱，竟大踏步而去。子芳见他们去了，重又哭了一场，展转思量，深可痛恨，就依言在城外借个僧舍住下，想计害他。

　　这士美见子芳五六日不回家，只道事已完结，又走入丁氏房内，出入无忌。一夜，才与丁氏同宿，忽听得门首人声嘈杂，大闹不住。士美悄悄出来探信，只见一派火光，照得四处通红。那些老幼男女嚎哭奔窜，后面又是喊杀连天，炮声不绝，吃了大惊，连忙上前叩问，方知李家兵马杀到。原来，那时正值李自成造反，联合张献忠势甚猖獗，只因太平日久，不独兵卒一时纠集不来，就是枪刀器械，大半换糖吃了。纵有一两件，也是坏而不堪的，所以遇战，没一个不胆寒起来。那些官府，收拾逃命的，就算是个忠臣了。还有献城纳降，到做了贼寇的向导，里应外合，以图一时富贵，却也不少。那时到荆州也为官府一时不及提防，弄得百姓们妻孥散失，父子不顾，走得快的，或者多活几日，走得迟的，早入枉死城中去了。士美得知这个消息，吓得魂不附

体,一径望家里奔来,不料这条路上,已是火焰冲天,有许多兵丁拦住巷口,逢人便砍。他不敢过去,只得重又转来,叫丁氏急忙收拾些细软。也不与耿氏说知,竟一溜烟同走,拣幽僻小路飞跑,又听喊杀连天,料想无计出城,急躲在一个小屋内,把门关好。丁氏道:"我们生死难保,不如趁此密屋,且干个满兴,也是乐得的。"士美就依着他,把衣服权当卧具,也不管外边抢劫,大肆行事,谁知两扇大门,早已打开,有许多兵丁赶进,看见士美、丁氏尚是两个精光身子,尽指着笑骂。士美惊慌无措,衣服也穿不及,早被众人绑了,撇在一边。有个年长的兵对众说道:"当此大难,还干这事,定是奸夫淫妇,明白无疑。"有几个齐道:"既是个好淫的妇人,我们与他个吃饱而死。"因将丁氏绑起,逐个行事。这个才完,那个又来,十余人轮换,弄得丁氏下身,鲜血直流,昏迷没气。有个坏兵竟将士美的阳物割下,塞入丁氏阴户,看了大笑。复将士美丁氏两颗头俱切下来。正是:

万恶淫为首,报应不轻饶。

众兵丁俱呵呵大笑,一哄而散。可见为奸淫坏男女奇惨奇报。

这子芳在僧舍,听见李贼杀来,城已攻破,这番不惟算计士美不成,连自己的妻小家赀,也难保全。但事到其间,除了逃命二字,并无别计,只得奔出门来,向城里一望,火光烛天,喊声不绝,遂顿足道:"如今性命却活不成了,身边并无财物,叫我那里存身!我的妻子又不知死活存亡,到不如闯进城去,就死也死在一处。"才要动脚,那些城中逃难的,如山似海拥将出来,子芳那里站得住,只得随行逐队,往山径小路慌慌忙忙的走去。忽见几个人,各背着包裹奔走。子芳向前问道:"列位爷往那里去的?"那几人道:"我们是扬州人,在此做客,不想遇着兵乱,如今只好回乡,待太平了再来。"子芳道:"在下正苦没处避乱,倘得挈带,感恩不浅。"众人内有厚友依允。子芳就随了众人,行了一个多月,方到扬州。幸这里太平,又遇见曾卖绸缎的熟人说合,就在小东门外缎铺里,做伙计度日,只是思想妻子耿氏,不知存亡,家业不知有无,日夜忧愁。

过了几月,听人说大清兵马杀败自成,把各处掳掠的妇女尽行弃下。那清朝诸将看了,心上好生不忍。传令一路下来,倘有亲丁来相认的,即便发还。子芳得了这个信息,恐怕自己妻子在内,急忙迎到六安打探,问了两三日不见音耗,直至第六日,有人说一个荆州妇人在正红旗营内。当下走到营里,说了来情,就领那妇人出来与他识认,却不是自己的妻子。除了此人并没有第二个荆州人了。子芳暗想道:"他是个荆州人,我且领了去,访他的丈夫送还他,岂不是大德!"遂用了些使费银子,写了一张领状领了回来。看这妇人,面貌敦厚,便问道:"娘子尊姓?可有丈夫么?"那妇人道:

"母家姓方，丈夫叫都士美，那逃难这一夜不在家里，可怜天大的家私尽被抢散。我的身子亏我两个家人，在那里做将官，因此得以保全。"子芳听得暗暗吃惊，这天网恢恢疏而不漏，都士美的奸淫，不料他的妻子就来随我，只是他两个家人却是。那个方氏又道："两个家人叫做都义、都勇也，是丈夫曾叫他出去做事，不知怎的就做了官。如今随征福建去了。"说罢呜呜咽咽的哭起来。子芳问道："因何啼哭？"方氏道："后有人亲见，说我丈夫与一个妇人，俱杀死在荆州空屋里，停了七八日尸都臭了，还不曾收殓，是他就掘坑埋了，连棺木也没得，可不凄惨！"子芳听了暗想道："那妇人必是丁氏。他两人算计害我，不料也有今日。此信到确然的了。"子芳见方氏丈夫已死，遂同方氏在寓处成了夫妻。

次日，把要回荆州查看家业话说明，便把方氏暂安住在尼庵内。一路前往，行了几日，看见镇市路上有个酒店。子芳正走得饥渴之时，进店沽酒，忽见一个麻面的酒保，看见了便叫道："官人你一向在那里？怎么今日才得相会？"子芳吃惊道："我有些认得你，你姓甚的？"酒保道："这也可笑，过得几时，就不认得我了？"因扯子芳到无人处说道："难道你的妻子也认不得了？"子芳方才省悟，两个大声哭起来。子芳道："我那一处不寻你，你却在这里换了这样打扮，叫我那里就省得出？"耿氏道："自当时丁氏与都士美丑事，我心中着恼，不意都贼陪着笑脸，挨到我身边作揖。'无耻！'我便大怒，把一条木凳劈头打去。他见我势头不好，只得去了。我便央胡寡妇家小厮来叫你，他说不在店里，说你同甚么人出去五六日没有回来。我疑丁氏要谋害你，只是没人打听，闷昏昏的上床睡了，眼也不曾合。忽听得满街上喊闹不住，起来打探，说是李贼杀来。我便魂不附体，去叫丁氏，也不知去向。我见势头不好，先将金银并首饰铜锡器物俱丢在后园井内，又掘上许多泥盖面，又嘱邻居李老翁，俟平静时代我照看照看。我是个女流，路途不便，就穿戴你的衣帽，改做男人随同众人逃出城来。我要寻死，幸得胡寡妇同行，再三劝我，只得同他借寓在他亲戚家中。住了三四个月思量寻你，各处访问，并无音信，只得寄食于人。细想除非酒店里那些南来北往的人最多，或者可以寻得消息。今谢天，果得破镜重圆。"他两人各诉避难的始末。回到店中，一时俱晓得他夫妻相会，没一个不赞耿氏是个女中丈夫，把做奇事相传。店主人却又好事，备下酒席，请他二人。一来贺喜，二来谢平日轻慢之罪。直吃到尽欢而散。

次日，子芳再三致谢主人。耿氏也进去谢了主人娘子。仍改女妆，随子芳到荆州去。路上，子芳又把士美被杀及方氏赎回的话，说将出来。耿氏听了，不但没有妒心，反甚快活说道："他要调戏我，到不能够。他的妻子到被你收了，天理昭昭，可是怕人！"

到了荆州原住之处，只见房屋、店面俱烧做土堆，好不伤心！就寻着旧邻李老翁，悄悄叫人将井中原丢下的东西，约有二千余金，俱取上来。子芳大喜，将住的屋基，值价百余金，立契谢了李老翁，又将银子谢了下井工人。因荆州有丁氏奸淫丑事，名声大坏，本地羞愧，居住不得，携了许多赀本上路，走到尼庵，把方氏接了同行。耿氏、方氏相会，竟厚如姊妹，毫无妒忌，同到扬州，竟在小东门外，自己开张绸缎店铺，成了大大家业。

子芳的两个妻子，耿氏，虽然面麻，极有智谋，当兵荒马乱之时，他将许多蓄积安贮，后来阖家俱赖此以为赀本。经营致富，福在丑人边，往往如此。方氏虽然忠厚、朴实，容貌却甚齐整。子芳俱一样看待并无偏爱。每夜三人一床，并头而睡，甚是恩爱。不多几年，却也稀奇，耿氏生了两男一女。方氏又生了一女二男。竟是一般一样。子芳为人，即继母也是尽孝，即丑妻也是和好，凡出言行事，时刻存着良心，又眼见都士美奸淫惨报，更加行好。他因心好，二妻四子二女，上下人口众多。家赀富余，甚是安乐享福。

一日，在缎铺内看伙计做生意，忽见五骑马，盛装华服，随了许多仆役，从门前经过，竟是都义、都勇。子芳即刻跳出柜来，紧跟马后飞奔，原来是到教场里拜游府，又跟回去，至南门外骡子行寓处，细问根由，才知都义、都勇俱在福建叙功擢用，有事到京，由扬经过。子芳就备了许多厚礼，写了手本，跪门叩见，叙说活命大恩，感谢不忘。又将当日都士美这些事情告诉，各各叹息。他两人后来与子芳做了儿女亲家，世代往来。这也是知恩报恩的佳话。可见恶人到底有恶报，好人到底有好报，丝毫不爽。

第四种　四　命　冤

　　凡为官者，词狱事情，当于无疑中生有疑，虽罪案已定，要从招详中委曲寻出生路来，以活人性命。不当于有疑中竟为无疑。若是事无对证，情法未合，切不可任意出入，陷人死地。但犯人与我无仇无隙，何苦定要置他死地！总之，人身是父母生下皮肉，又不是铜镕铁铸，或是任了一时喜怒，或是任了一己偏执，就他言语行动上陶定破绽，只凭推求，又靠着夹打敲捶，怕不以假做真，以无做有。可知为官聪明偏执，甚是害事。但这聪明偏执愚人少，智人多，贪官少，清官多，因清官倚着此心无愧，不肯假借，不肯认错，是将人之性命为儿戏矣。人命关天，焉得不有恶报！孔县官之事可鉴也。

　　师道最尊，须要实有才学。教训勤谨，方不误人子弟。予每见今人四书尚未透彻，即率踞师位，若再加棋酒词讼杂事分心，害误人子弟一生，每每师后不昌，甚至灭绝，可不畏哉！

　　刀笔杀人终自杀。吴养醇每喜代人写状，不知笔下屈陷了多少人身家性命，所以令其二子皆死，只留一女，即令女之冤屈，转害夫妇孤女，以及内侄，并皆灭绝。天道好还阅之凛凛。

　　人之生子，无论子多子少，俱要加意教训。切不可喜爱姑惜，亦当量其子之才干如何，若果有聪明，即令认真读书，否则更习本分生业，切不可令其无事闲荡。要知少年性情，一不拘管，则许多非为坏事，俱从此起，不可不戒。

　　予曾著天福编云："要成好人，须交好友。引醛若酸，那得甜酒。"总之，人家子孙，一与油刮下流交往，自然染习败行，及至性已惯成，虽极力挽回，以望成人，不可得矣。

　　明末扬州有个张老儿，家赀富厚，只生一子，名唤隽生，甚是乖巧，夫妇爱如掌上珠宝，七岁上学读书□同先生说明，切莫严督，听其嬉戏，长至一十六岁，容貌标致，美如冠玉。大凡人家儿女肯用心读书的少，懒惰的多，全靠着父兄督责，若父兄懈怠，子弟如何肯勤谨！况且人家儿子，十四五至十八九，虽知他读书不成，也要借

雨花香

读书拘束他。若无所事，东游西荡，便有坏人来勾引他，明结弟兄，暗为夫妇，游山玩水，吃酒赌钱，无所不为。张隽生十六岁，就不读书，没得拘管，果然被几个光棍搭上了。那时做人龙阳，后来也去寻龙阳，在外停眠整宿，父亲不知，母亲又为遮掩。及到知觉，觉得体面不雅，儿子也是习成，教训不转了。老夫妇没极奈何，思量为他娶了妻房，可以收拾得他的心。又道如今大人家好穿好吃，撑门面，越发引坏了他。况且门面大，往来也大，倒是冷落些人家。只要骨气好便罢，但他在外边与这些光棍走动，见惯美色，须是标致的女儿方好，若利害些的，令他惧怕，不敢出门更好。两人计议了，央了媒妈子，各处去说亲。等了几时，门户相当的有，好女子难得。及至女子好了，张家肯了，那家又晓得他儿子放荡不羁，不肯结亲。如此年余，说了离城三里远的一个教书先生吴养醇家女儿。这吴先生才疏学浅，连四书还不曾透彻，全靠着黄谋荐举，哄得几个学生骗些束脩度日，性喜着棋，又喜饮酒，学生书仿，任其偷安，总不教督，反欢喜代人写状词。凡本乡但有事情，都寻他商议，得了银子，小事架大，将无作有，不知害了多少人的身家性命，本乡人远近都怕他。他生的两个极好的儿子，不上三年都死了，只存一女名三姐，且喜这女性贞貌美，夫妇极爱，因媒来说张家婚姻，吴老自往城中察访，一见此子标致，且又家财富余，满口依允。择吉行礼，娶过张门，吴家备些妆奁来，甚是简朴。张老夫妇原因吴养醇没子，又且乡下与城中结亲，毕竟厚赠，到此失望，张隽生也不快，及至花烛之时，却喜女子标致。这番不惟张老夫妇喜欢，张隽生也自快意。岂料新人虽有绝世仪容，怎如得娈童妖妓，撒娇作痴，搂抱掐打。张隽生对他说些风流话儿，羞得不敢应，戏谑多是推拒，张隽生暗说终是村姑。只是张老夫妇，见他性格温柔，举止端雅，却又小心勤慎，甚是爱他，家中上下相安。如此半月，隽生见他心心念念想着父母，道："你这等记忆父母，我替你去看一看。"次日，打扮得端整，穿上一件新衣，平日出入也不曾对父母说，这日也不说，一竟出门出了城。望吴养醇家来，约有半路，他当时与这些朋友同行，说说笑笑，远处都跑了去。

这日独自行走，偏觉路远难走，看见路旁有个土地祠，也便入去坐坐。只见供桌旁有个小厮，年约十六七岁，有些颜色。这隽生，生得一双歪眼睛，一付歪肚肠，酷好男风。今见小厮，两人细谈，见背着甚重行李，要往广东去探亲贸易。隽生便留连不舍，即诌谎说："广东我有某官是我至亲。"便勾搭上了，如胶似漆，竟同往广东去了。

只是三姐在家，见他三日不回，甚捉不着头路，自想若是我父母留他吃酒，也没个几日的，如何不回来？又隔两日，公姑因不见儿子，张公不好说甚的，为姑的却对三姐道："我儿子平日有些不好，在外放荡，三朋四友，不回家里。我满望为他娶房媳妇，收他回心，你日后可拘收他，怎这三四日全然不见他影？"三姐道："是四日前他说到我家望我父母，不知因甚不回，公婆可着人去一问。"公婆果着家人去问，吴养醇道并不曾来。回报张老夫妇道："又不知在那妓者、那光棍家里了，以后切须要拘束他。"

又过两日，倒是三姐经心，要公婆寻访，道："他头上有金壍，身上穿新纱袍，或者在甚朋友家。"张老又各处访问几多日，并不见他。又问着一个姓高的道："八日前见他走将近城门，与他一拱，道：'到丈人家去。'此后不曾相见。"张老夫妇在家着急痴想。却好吴养醇着内侄吴周来探消息，兼看三姐。这吴周是吴养醇的妻侄，并无父母，只身一人，只因家中嫁了女儿，无人照管，老年寂寞，就带来家改姓吴为继子的。这日张老出去相见，把吴周一看，才二十岁，容貌标致，便一把扭住道："你还我儿子来。"这吴周见这光景，目瞪口呆，一句话说不出。倒是三姐见了，道："公公，他好意来望，与他何干？"张老发怒道："你也走不开，你们谋杀我儿子，要做长久夫妻，天理不容。"说到这话，连三姐气得不能言语。张老把吴周扭到县里。这县官姓孔，清廉正直。但只是有一件癖处，说人若不是深冤，怎来告状？因此原告多赢，所以告的越多。这日张老扭吴周叫喊，县官叫带进审问。张老道："小的儿子张隽生，娶媳方才半月，说到丈人家中去，一去不回。到他家去问，吴周就是小的媳妇吴氏姑舅兄妹，作兄妹的，他回说'并不曾来'。明系他姊妹平日通奸，如今谋杀小的儿子，以图夫妇长久，只求老爷正法。"县官叫上吴周："你怎么谋杀他儿子？"吴周道："老爷，小人妹子方嫁半月，妹夫并不曾来，未尝见面，如何赖小的谋害？"县官又问张老说："你儿子去吴家，谁见来？"张老道："是媳妇说的。"又问："你儿子与别人有仇么？"张道："小的儿子，年方十九岁，平日杜门读书，并无仇家。"又问："路上可有虎狼么？"张老道："这地方清净，并无歹人恶兽。"县官想了一想，又叫吴周："你有妻子么？"吴周道："不曾。"县官就点了一点头。又问家中还有甚人，道："只有老父老母。"知县道："且将吴周收监。"

张老讨保，待拘吴夫妇并媳吴氏至，一同审问。不数日人犯俱齐，知县先叫吴氏，只见美貌，便起疑心。想道：有这样一个女子，那丈夫怎肯舍得？有这样一个女子，那鳏夫怎能容得？奸有十分，谋杀也有八九。便作色问道："你丈夫那里去了？"三姐道："出门时原说到我父母家里去，不知怎么不回。"县官道："这句单饶得个不同谋的凌迟。"叫吴夫妇问："你怎纵容女儿与吴周通奸，又谋杀张婿？"吴道："老爷，天理良心，女儿在家，读书知礼。他兄妹，女儿在家时，一年相会不过一两次。女儿嫁后，才到我家，张婿从不曾来，怎么平空诬陷？"县官叫吴周问："你这奴才，如何奸了他妻子，又谋他命？尸藏何处？"吴周道："老爷，实是冤枉。妹夫实不曾来，求老爷详察。"县官道："你说不谋他，若他在娼家妓馆，数日也毕竟出来。若说远去，岂有成婚半月，舍了这样花枝般妇人远去？把吴媳拶起来，快招奸情。这两个夹起，速招谋杀与尸首。"可怜衙门里不曾用钱，把他三人拶夹一个死，也不肯招。官叫敲，敲了又不招。捱了多时，县官道："这三个贼骨，可是戾气钟于一家。"分付且放了，将吴媳发女监，吴老、吴周发隔别大监。

　　吴老妇人讨保，到次日另审。吴老妇人见此冤惨，到家晚夕投井而死。次日审问，又各加夹打，追要尸首，并无影响。吴老因衰年受刑，先死狱中。县官不肯放手，把吴周仍旧拷打，死而后已。只有一个吴媳，才知父母并吴周俱死，叫冤痛哭，晕死复苏，道："父母死了，叫我倚靠何人？"旁人道："正是，夫家既是对头，娘家又没人，监中如何过？也只有一条死路了。"三姐道："死我也不怕，只是父兄实不曾杀他，日久自明，我要等个明白才死。"县官送下女监，喜得不多时，官已被议。

　　这孔县官是陕西人，离任回籍。新县到任，事得少缓，只有张隽生，只因一时高兴，与小厮去到广东，知无贵亲，将隽生灌醉，把他金壤衣服，席卷远去，醒来走投无路。后来遇见一林客人，惯喜男风，见隽生年少清秀，便留在身边，贪他后庭。过了年余，身上生了广疮，人都嫌恶不留。隽生自想，我家中富厚可过，娶得妻子才得半月，没来由远来受此苦楚，沿途乞化回来。乡里不忿，将隽生扭至新县，问出实情，重打四十。将吴媳提监，发放宁家。三姐不肯回去，众邻再三劝他道："你不到张家，到何处去？"三姐道："我原说待事明即死，只是死了要列位葬我在父兄身边，不与仇人同穴。"众人道："日后埋葬事自然依你，但你毕竟回张家去为是。"三姐依言，回到家中见了公婆。张老夫妇自己也甚是惭愧，流泪道："都是我这不长进的畜生，苦累了你，只是念他是个无心，还望媳妇宽恕。"三姐走到自己房中，张隽生因受刑伤，自睡一处，叫疼叫痛，见三姐到房，又捱起来跪着三姐，思量哀求。这三姐正色道："我与你恩断义绝了，我父兄何辜，你平空陷害他，夹打至死，母亲投井而亡。二年之内，你的父母，上下衙门，城里城外人，那个不说我奸淫坏？我名节两载，牢狱百般拶打，万种苦楚，害我至此。你好忍心，你就往远处去，何妨留一字寄来，或着一朋友说来，也不致冤枉大害，如何狠心，竟自远去！自己的妻子纵不思想，那有年老的父母全不记念，你不孝不慈，无仁无义的畜生，虽有人皮裹着，真个禽兽不如。"隽生只低着头道："是我不是。"因爬起来把三姐的手一把捏。三姐把手一挥道："罢了，我如今同你决了。"因不脱衣服，另睡一处，到得夜静自缢而亡。各乡绅士夫闻知，才晓得从前不是贪生，要全名节，甚是敬重，都来拜吊。即依遗言，葬于吴老墓旁。吴家合族同乡里公怒，各处擒拿隽生，要置死地。隽生知风，带着棒疮逃难到陕西地方，投某将军麾下当兵。随奉将令，于某山埋伏在山坡伏处，忽见一人蓬头垢面，披衣赤足，如颠如狂，亦飞奔来，自喊道："我是孔某，在知县任上，曾偏执己见，枉害四条人命，而今一个被刑伤的瘸腿老鬼，领着一个淤泥满脸溺死的女鬼，一个项上扣索吊死的女鬼，又跟一个瘸腿少年男鬼，一齐追赶来向我讨命，赶到此地，只求躲避一时。"隽生知得此事，正在毒打，恭遇大清兵已至山下，架红衣大炮，向山坡伏处，一声响亮，打死几百人。孔县官、张隽生俱在死数，打做肉泥，连尸骸都化灰尘。可知，有子不教之父，误人子弟之师，刀笔害人之徒，偏执枉问之官，以及习学下流，邪心外癖，竟忘父母妻室之子孙，俱得如此惨报结局，可不畏哉！

为官切戒

石成金　　天基

夹棍大刑，古今律例所未载，平刑者所不忍用也。若非奇凶极恶之大盗，切不可轻用，更遇无钱买嘱之皂役，官长一令，即不顾人之死活，乱安腿骨，重收绳索。要知人之腿足，不过生成皮肉，并非铜炼铁铸，才一受刑，痛钻心髓，每多昏晕几死，体或虚弱，命难久长。即或强壮，终身残疾，竟成废人。是受刑在一日而受病在一世矣，仁人见之，真堪怜悯。予亲见一问官审问某事，加以大刑，招则松放，不招则紧收绳索。再加审问，招即放夹，不招即敲扛。当此之时，虽斩剐大罪，亦不得不招。盖招则命尚延缓日月，若是不招，即立时丧命。苦夹成招，所谓三木之下，何事不认！嗟乎，官心残忍至此。试看姚国师已经修证果位，只因误责人二十板，必俟偿还二十板，方始销结。误责尚且如此，何况大刑，又何况问罪，又何况受贿受嘱，不知问官更加如何报复耶！但审问事情，若惟凭夹棍成招，从来并不真实，必须耐着性气，平着心思，揆情度理，反复询诘。莫执自己之偏见，缓缓细问，多方引诱，令其供吐实情。则情真罪当，不致冤枉平民，屈陷良善。此种功德，胜如天地父母，较之一切好事，不啻几千万倍矣。或谓如此用功细问，岂不多费时日，倘事案繁积，如何应理得完？殊不知为官者，若将酒色货财诸嗜好，俱自扫除，专心办理民事，即省下许多功夫，尽可审理。虽有迟玩之谤，较彼任听己意，草率了事，任随己意，不顾民之冤屈者，岂惟天渊之隔也！予亲见一好官，终其任，并未将一人用大刑收满，后来子孙果然显报，福寿无量。此为官第一切戒最要紧之事。又有不可轻易监禁人犯，不可轻易拘唤妇女诸件。予另著有于门种一卷，升堂切戒一卷，以及命盗奸斗诸案，各有审问心法，俱已刊刻行世。凡为官者，细看事情，时刻体行，福惠于民，即福惠于自己，流及于子孙，世代荣昌矣。

第五种　倒肥鼋

能杀得人者，才能救得人，虽孔圣人遇着少正卯，亦必诛之。要知世上大奸大恶，若不剿除，这许多良民，都遭屠害。试看甘翁将元凶活埋，便救了无数人的性命，全了无数人的夫妻，保了无数人的赀财，功德甚大。府县喜奖，百姓讴歌，天锡五福三多，由本因而致也。

杀除此等凶恶，用不着仁慈姑恤，以此辣手，不独没有罪过，反积大德。

大清兵破了扬州城，只因史阁部不肯降顺，触了领兵王爷的怒，任兵屠杀。百姓逃得快的，留条性命，逃得缓的，杀如切菜一般。可怜这些男女，一个个亡魂丧胆，携老抱孩，弃家狂奔，忙忙如丧家之犬，急急如漏网之鱼。但扬城西南二方，兵马扎着营盘，只有城之东北邵伯一带地方，有艾陵湖十多里水荡，若停船撤桥，兵马不能往来，只有南荒僻静小路小渡可通桥墅镇，走过桥墅镇，便是各沟港乡庄，可以避乱。要知这桥墅镇，乃是归总必由之路。

这地上有两个恶棍，一个诨名大肥鼋，一个诨名二肥鼋。彼时江上出有癞鼋，圆大有四五丈的，专喜吃人不吐骨头，因他二人生得身躯肥胖，背圆眼红，到处害人，是以人都叫他做肥鼋。他二人先前太平时候，也做些没本钱的生意，到了此时，看见这些人背着的，都是金珠细软，又有许多美貌妇女，都奔走纷纷，好不动心，即伙同乡愚二十多凶，各执木棍，都到桥墅总关要路上，拦住桥口，但有逃难的，便高喊道："知事的人送出买路金银，饶你们性命，若是迟些，就当头一棍送你上大路。"那些男妇听见，哭哭啼啼，也有将包裹箱盒丢下来，放过去的，也有不肯放下物件被抢被夺的，也有违拗即刻打死撇在桥下的。这为头两个恶棍，坐在桥口，指挥抢劫，欣欣得意，方才大半日，抢劫的包裹等物竟堆满了两屋，又留下标致妇女十余人，关闭一屋，只到次日同众公分。

日将晚时，又来了六个健汉，情愿入伙效力。那两个肥鼋，更加欢乐。到了定更时，来的六个大汉，忽然急忙上前，将二鼋绑住。其羽党正要动手解救，忽然河下来了一只快船，装载了十多人，四面大锣齐敲，鸟枪五千齐放，呐喊振天，犹如数百人来捕捉。众恶见势头不好，俱各飞跑。船上一白须老儿，跳上岸吩咐从人："但跑去不必追赶。"就在桥口北首，并排筑两个深坑，着将捆的两个肥鼋，头下脚上，如栽树一般倒埋，只留两只脚在外，周围用土拥实。原来这老儿姓甘名正还，就住在桥墅北首半里远，家业不甚富厚。彼时闻知两恶伙众劫夺，忿恨道："如此伤天害理，若不急救害人无数。"即刻传唤本庄健汉并家人二十多个，自备酒饭，先着六人假说入伙，深晚密将为首捆下，自己飞船随到，活埋二凶，又将写现成大字帖，粘在桥柱上云：

为首两恶，我们已捆拿活埋。余党不问，倘再效尤，照例同埋。凡被掳劫的金银等物，开明件数，对确即与领去。掳来妇女，已着妇看守，问明住处，逐位送还。特字知会。

贴出去对确来领者，已十分之七，其余封贮不动。又封己银赠送跟去有功的人。过了十多日平静，将剩的物件，俱缴本县收库，俟人再领。其掳的妇女，俱各回家团聚。府县闻知此事，欢喜不已，俱差人持名帖到甘翁家慰劳，破城在四月，到七月十二日，即是甘翁八十大寿。

本日自城至乡，有数百多男女俱各焚香跪满庭堂，挤不上的，俱跪门外场上叩头。又听见鼓乐喧天，乃是江都县知县，奉陈府尊委来贺寿。全付旗牌执事，亲自到门，抬着彩亭，上列"齿德兼隆"四金字匾额。又本城佐贰各官同乡绅人等公送许多礼物庆贺。甘翁一概不收，置酒款待。翁是时三子十二孙，五个曾孙，寿高一百三岁，子孙科甲联绵，后来凡贼盗过桥，即战兢畏缩，几十年路不拾遗。

第六种　洲老虎

事有不便于人者，但有良心尚不肯为，何况害人命以图占人田产。此等忍心，大于天怒，周之恶报，是皆自取。

或问癞鼋吞食周虎之子，何如竟吞周虎，岂不快心！要知周虎之毒恶阴谋占洲滩，遂害人性命，若竟吞其身，则有子而家业仍不大坏。今只吞其子，留周虎之头以枭斩示众，并令绝嗣。又今妻妾淫奔，家赀抄洗，人谓周之计甚狠，孰知天之计更狠。

不孝为诸恶之最，今曹丐只图进身，现有瞽母竟谎答只身，既进身而自己饱暖受用，竟忘瞽母之饥寒苦楚，曾不一顾，又不少送供馈，是曹之根本大坏。即不遭周虎之棍击脑破，亦必遭雷斧打出脑浆矣。其形相富厚，何足恃乎！

顺治某年，江都县东乡三江营地方，渡江约四五里，忽然新涨出一块洲滩，约有千余亩。江都民人赴控具详请佃。其时丹徒县有一个大恶人，姓周名正寅，家财颇富，援纳粟监护符，年已半百，一妻一妾，只存一子。这人惯喜占人田产，夺人洲滩，淫人妻女。家中常养许多打手，动辄扛人毒打。人都畏惧，如虎乡里。因他名唤正寅，寅属虎，就起他诨名叫为洲老虎，又减口叫他做周虎。他听人呼之为虎，反大欢喜。

本县又有一个姓赵的，家财虽不比周富，却更加熟谙上下衙门，也会争占洲滩，却是对手。因江中见有这新洲，都来争论。周虎道："这新洲我们预纳了多年水影钱粮，该是我们的。"赵某道："这新洲紧靠我们老洲，应该是我们的。"江都县人又道："这新洲离江都界近，离丹徒界远，应该是我们的。"互相争讼。奉院司委镇扬两府，带领两县，公同确勘，禀驳三年有余，不得决断。周虎家旁有一张姓长者，诌小词二首，写成斗方，着人送与贴壁，周虎展看，上有词云：

莫争洲，莫争洲，争洲结下大冤仇。日后沧桑□□定，眼前讼狱已无休。莫争洲，各自回头看后头。

且争洲，且争洲，争洲那管结冤仇，但愿儿孙后代富，拚将性命一时休。且争洲，莫管前头管后头。

　　周虎看完，以话不投机，且自辞去，照旧不改。周虎每日寻思无计，一日自街上拜客回来，路遇一乞丐，生得形相胖厚，约有三十余岁。周虎唤至僻静处，笑说道："你这乞儿，相貌敦重，必有大富大贵，因何穷苦讨饭？"乞丐回复道："小人姓曹，原是宦家子孙，因命运不好，做事不遂，没奈何求乞。"周虎又问："你家中还有何人？"乞丐问道："蒙老爹问小人家中何人，有何主见？"周虎道："若是个只身，我就容易看管。"曹乞丐有个瞽母，现在因谎答道："小人却是只身，若蒙老爹收养，恩同再造。"周虎向乞丐笑道："我有一说，只是太便宜了你，我当初生有长子，死在远地，人都不知。你随到我家竟认我为生父，做我长子，我却假作怒骂，然后收留。"丐即依言，同回家内，先怒问道："你这畜生，飘流何处？如此下品，辱我门风。"要打要赶，丐再三哀求，改过自新，方才将好衣好帽，沐浴周身一新，吩咐家人，俱以大相公称呼。乞丐喜出望外，犹如平地登仙，各田各洲去收租割芦，俱带此丐随往。穿好吃好，如此三月有余，周虎又带许多家人打手，并丐同往新洲栽芦。

　　原来新洲栽芦，必有争打。赵某知得此信，同为头的六个羽党，叫齐了百余人，棍棒刀枪蜂拥洲上，阻拦争打。这周虎不过三十余人，寡不敌众。是日两相争打，器棍交加，喊声遍地，周虎的人，多被打伤。因于争斗时，周虎自将乞丐当头一棍，头破脑出，登时毕命。周虎因大喊大哭："你等光棍，将我儿子青天白日活活打死，无法无天。"赵某等看见，果然儿被打死，直挺在地，畏惧都皆逃走。周虎即时回去喊报县官，因关人命，次日本县亲至新洲尸处相验，果是棍打脑出，吩咐一面备棺椁着，一面多差干役各处严拿凶手。赵某并羽党六人，都锁拿送狱，审过几次，夹打成招。县官见人命真确，要定罪抵偿。赵某等见事案大坏，因请出几个乡宦，向周虎关说，情愿将此新洲总献，半亩不敢取要，只求开恩。周虎再三推辞。其后周虎议令自己只管得洲，其上下衙门官事，俱是赵某料理，他自完结。赵某一面星飞变卖家产，商议救援。这周虎毒计，白白得千余亩新洲，心中喜欢，欣欣大快乐，因同了第二个真子，带了几个家人，前往新洲察看界址。

　　是时，天气暑热，洲上佃屋矮小。到了夜晚，父子俱在屋外架板睡着乘凉。睡到半夜，周虎忽听儿子大喊一声，急起一看，只见屋大的一个癞头鼋，口如血盆，咬着儿扯去。周虎吓得魂不附体，急喊起家人，自拿大棍飞赶打去，已将儿身吞嚼上半断，只丢下小肚腿脚。周虎放声大哭，死而复苏。家人慌忙备棺，将下半身收殓。方完，忽见三个县差，手执朱签。周虎看朱签即"押周正寅在新洲俟候，本县于次日亲临验审。"周虎看完惊骇道："我这儿子是癞鼋吞食，因何也来相验？"问来差原委，俱回不知。地方小甲搭起篷场公座俟候。

到了次日，只见县官同着儒学官，锁着被犯赵等六人，并一瞽目老妇人，带了刑具件作行人，俱到新洲芦席篷子下坐定。周虎先跪上禀道："监生儿子，实是前夜被江中的癞鼋吞死，并不是人致死，且尸已收殓，棺柩已钉，只求老父母准免开棺相验。"县官笑道："你且跪过一边。"因吩咐件作手下人役，将三个月前棍打脑破的棺柩抬来，不一时抬到。县官吩咐将棺开了，自下公座亲看，叫将这瞽目老妇膀上用刀刺，血滴在尸骨上，果然透入骨内。又叫将周虎膀上刺血滴骨，血浮不入。随令盖棺，仍送原处。即唤周虎问道："你将做的这事，从实说来。"周虎见事已败露，只得将如何哄骗乞丐，如何自己打死情由，逐细自供不讳。县官道："你如此伤天害理，以人命为儿戏。因你是监生，本县同了学师在此。今日本县处的是大恶人，并不是处监生。"他虽已实说，也一夹棍，重打四十，打得皮开肉绽。着将赵等六人讨保宁家。就将锁枷赵某的锁枷，将周虎枷扭带回收在死牢内，听候申详正法。

洲上看的无数百姓，俱各快心。有精细人细问县官的随身内使，方知县官因在川堂金押困倦，以手伏几，忽见一人头破流血满身，哀告道："青天老爷，小人姓曹，乞化度日，被周虎哄骗充做儿子，在众人争打时，自用大棍将小人脑浆打出，登时死了。图占人的洲滩。小人的冤魂不散，但现有瞽目老母在西门外头巷草篷内，乞化度命，只求伸冤。"县官醒了，随即密着内使唤到瞽目老妇，细问果有儿子。犹恐梦寐不确，特来开棺滴血，见是真实，才如此发落。众人听完，总各知晓。

这县官审完事，同学官即到周家查点家产。有周家老仆回禀："主母同家中妇女，闻知事坏，收拾了金珠细软，都跟随了许多光棍逃走了。"县官听完道："都是奸淫人妻女的现报。"因将家产房物，尽数开册变价，只留五十两交瞽目老妇，以为养生棺葬之用。其余银两贮库，存备赈饥。至于周虎自己原洲并新洲共计三千余亩，出示晓谕城乡各处，但有瞽目残废孤寡之人，限一月内报名验实，尽数派给。各听本人，或卖或佃，以施救济之恩。

不多时京详到了，罪恶情重，将周虎绑了，就在新洲上斩首。把一颗头悬挂高杆示众。人人大快，个个痛骂。赵等六人并江都县人，俱不敢再占洲滩。本乡人有俚言口号云：

> 两个尸棺，一假一真，
>
> 假儿假哭，真儿真疼。
>
> 谋财害命，灭绝子孙。
>
> 淫人妻女，妻女淫人。
>
> 枭斩示众，家化灰尘，
>
> 现在榜样，报应分明。
>
> 叮咛劝戒，各自回心，
>
> 诸恶莫作，众善奉行。

第七种　自害自

人之所为，天必报之。凡一往一来，皆有因由。在明眼观之，通是自取。彼昏昧之徒，任意作为，只图谋利于己，全不代他人设想，殊不知或报于本身，或报于子孙，断然不爽。要知微末尚有赠答，何况于陷害人之身家，平阅之凛凛。

王玉成前生必负此偷儿之债，所以今日特地卖妇偿还，即其嫂之慧心应变，亦是上天知王心之坏念，有意安排。不然，远人久隔何独于此口恰归耶！

我有老友赵君辅，为人最诚实，从不虚言。他向我说，扬州有两件事原都是图利于己，不顾他人的，谁知都是自己害了自己，说来好不怕人。

顺治四年有个许宣，随大兵入粤，授为邑令。他妄欲立功，乃搜乡间长发愚民十四人，伪称山贼，申报上司尽杀之。杀时为正午时。是日，许之家眷赴任，途中遇盗，劫杀男妇，恰是十四口，亦是正午时，此果报之巧者。又崇祯年间，南乡王玉成与兄同居。兄久客粤，成爱嫂甚美，起心私之，乃诈传兄死，嫂号哭几绝，设位成服。未几即百计谋合，嫂坚拒不从。成见其事不遂，又起坏念，鬻于远人，可得厚利，因巧言讽其改嫁，嫂又历色拒之。适有大贾购美妾，成密令窥其嫂，果绝色也，遂定议三百金。仍给贾人曰："嫂心欲嫁，而外多矫饰，且恋母家不肯远行。汝暮夜徒猝至，见衣缟素者，便拥之登舆则事成矣。"计定归语其妻。嫂见成腰缠入室，从壁隙窥之，则白金满案，密语多时，只闻暮夜来娶四字，成随避出。嫂知其谋，乃佯笑语成妇曰："叔欲嫁我，亦是美事，何不明告？"妇知不能秘，曰："嫁姆于富商，颇足一生受用。"嫂曰："叔若早言，尚可饰妆。今吉礼而缟素，事甚不便，幸暂假青衫片时。"因成独忘以缟素之说语其妻，且妇又性拙，遂脱衣相易，并置酒叙别。嫂强醉之，潜往母家。

抵暮，贾人率众至，见一白衣女人独坐，蜂拥而去。妇色亦艾醉，极不能出一语。天明成始归，见门户洞达，二稚子嚎啼索母，始诧失妇，急追至江口，则乘风舟发，

千帆杂乱，不能得矣。于是寸肠几裂，不知所出。又念床头尚有卖嫂金，可以再娶。成家及开箧视之，则以夜户不闭，已为穿窬盗去，方捶胸恸哭。而兄适自各归，肩囊累累，里巷咸来庆贺。嫂闻之即趋归，夫妇相见，悲喜交集。成即失妇又失其金，二子日日伶仃啼泣，且无颜对兄嫂，惭痛之极自缢而死。后来到靠兄抚养二子。我细听老友说完，极为叹息。可见天视甚近，岂不畏哉！

第八种　人抬人

凡为官者，只是淡无嗜好，静不多事，便是生民无限之福。要知得淡静二字，即是纯臣。

凡人只是安分不妄想，便享许多自在之福。

当四海升平，但有奏请，以及廷臣面对，建置更革，或书生□游，不谙民事，轻于献计，若一旦施行片纸之出，万民滋害，可不慎欤。

为官者，往来仕客甚多，如何应酬，但须酌量轻重，速赠速去。不可听在本地招摇生事，致污官箴。

我生于顺治末年，如今寿将七十。江都县的官，我眼见更换几十人，再不曾见熊县官，自康熙二十六年到任，至三十三年，在任八年之久的。这熊县官讳开楚。他是湖广人，只是不肯多事，小民便享许多安静之福。那时汤抚宪颁有对联云：

不生事，不懒事，自然无事。

能养民，能教民，便是亲民。

凡为官的，须把此联时刻警佩。熊公做到二年后，闻有个刘御史，坏了官，自京都回家，由扬州经过。熊公即备程仪银十二两，前去迎接。束房禀道："这个御史是削职回去的，老爷可以不必送礼迎接。"熊公笑道："世人烧热灶的极多，烧冷灶的极少。本县性情专喜用情在冷处。但本县与此人无交，只此便见心思了。"束房不敢违拗，因随熊公，到东关外刘御史船上相会。御史立于舱口，惊叫道："人情浮薄，我自罢官，一路来无人睬着，今何劳贵县远迎，又送程仪呢？"熊公道："些须微敬，不过少尽地主之谊，卑职不敢动问大柱史，因何被议？"御史道："我在朝房议事，科道各官，多有妄行改革，我说当此太平之时，民以无事为福，那众官俱以我为庸才，暗中竟说我既喜无事，只宜致仕闲逸的话，奏闻，蒙皇上削职还乡。今贵县问及，不胜惭愧。"熊公道："凡治民之法，利不百不可轻易变法，在上台更为紧要。倘上宪若喜多事，再遇不善奉行的下司藉情滋扰，小民受无限的苦累，上台那里晓得！即如做县官的，若喜多准词状，多听风闻，那恶棍并衙役人等，便藉倚着遍地里诈骗，愚懦百姓，就难以安乐了。若地方上有大奸大恶，又须严刑尽治，榜示众知，令棍徒敛迹。若是一味安静不理，则虚费朝廷俸禄，而奸恶得志，百姓反不得安生了。总之，滥准、株连、差拘、监禁，此四件是为官大忌。请教大柱台以为何如？"刘御史点头道："此论深得为官妙法，我心敬服，但我平生自爱，沿途以来，从不谒客。今虽承贵县光顾，又承赐惠，感激不已。即日开船起程，亦不敢到贵县告辞。"说完打恭相别而去。

到了康熙三十三年，正值大计，考察各官贤否，江南督抚会题，竟将熊公填注才政平常，揭语已经到部。熊公探知此信，就打点罢官回去。过了两个多月，忽然京中飞报到县云，江都县熊知县大有才能，已奉旨行取来京，内升遍传此报。府官同大小各官、两城乡绅、士民，都到县贺喜。这熊公甚是惊疑不信，只恐虚报，续有都中来的亲友细说，方知刘御史去后年余，因有一县官多事，百姓聚众鼓噪。皇上闻知，想及刘御史曾说民以安静无事为福的话，特召进京供职。此时科部已将熊知县议令解任，刘御（史）看见，因而抗众议道："目今四海升平，为州县官的，不肯多事，与民安静，最是难得。这知县不可不行取进京升赏，以励各官。"因同了天下遴选卓异的好官，并列上奏奉。旨依议才有此报，熊公方才知感，又向县東房道："岂料昔日些微，今得如此好报。"便择日起程进京。这日官宦士民齐到县前恭送，人千人万，拥挤不开。前边列着奉旨行取的两面金字朱牌。许多旗帜整齐，好不荣耀，无人不赞扬。虽定熊公清正，却深亏刘御史之力。可见人要抬举人，切不可遏抑人，亦不可随俗炎凉也。

第九种　官业债

　　圣人治世，不得已而设刑。原为惩大□□□，以安良善，非所以供官之喜怒。逞威以□□□，每见官长坐于法堂之上，用刑惨刻，虽施当其罪，犹不能无伤于天地之和。况以贪酷为心，或问事未实，或受人贿嘱，即错乱加刑，甚至拶夹问罪，枉屈愚懦，其还报自必昭彰。观姚国师之事，甚可禀也。

　　州县前有等无籍穷民，专代人比较，或替人回官，明知遭刑，挺身苦捱。这样人，扬俗名为溜儿，今日得钱捱打几十，调养股腿尚未全好，明日又去捱打，可怜叫疼叫痛，不知领打了几千几百。同是父母生成皮肉，一般疼痛，为何如此？总因前世做官，粗率错打，所以今世业债，必然还报。试看姚国师修至祖位，亦难逃避，可不畏哉。

　　永乐皇帝拜姚广孝为国师。这姚广孝法名道衍，自幼削发为僧，到二十余岁，就自己发愤上紧参悟，因而通慧。凡过去未来，前世后世俱能知晓。辅佐皇上，战争开创，大有功勋。及至天下平定，皇上重加恩宠。他仍做和尚，不肯留发还俗，终日光着头，穿着袈裟出入八轿。人都知道皇上尚且礼拜，其满朝文武各官，那一个不恭敬跪拜！从古至今，都未见和尚如此荣贵者。他是苏州人，一日启奏皇上要告假回苏祭祖，皇上准假，又与丹诏敕书，令其事毕速回。

　　自出京城，一路来奉着圣旨，座船鼓乐，上至督抚，下至承典，无不远接。他路上有兴，即唤一二官谒见、面谕，爱养百姓，清廉慎刑。若是没兴，只坐船内，参禅念佛。沿路旌旗锦彩，执事夫马，填满道途，好不热闹。及离苏州约十里多远，吩咐住船，国师于黑早穿了破纳芒鞋，密传中军官进内舱低说，本师要私行观看阊门外旧日的风景。这苏州城内，备齐察院，候本师驻剳。凡有文武各官接到船上的，只将手本收下，谕令都在察院候见。说完遂瞒着人众，独自上岸，往城步蹰。那常随的员役却远半里跟着。行至阊门外，只见人烟骤集，甚是繁华，路上遇见许多大小官员，俱是迎接国师的。这国师亦躲在人丛，忽遇一细官、两个皂隶喝道奔来，也是跟随各官，迎接国师的。这国师偶从人丛中伸头看望，只见那马上坐的细官，一见国师便怒气满面，喝叫这野僧侧目视我，但本厅虽是微员，亦系朝廷设立，岂容轻藐，甚是可恼，

忙叫皂隶将国师拉倒，剥去衣服，重责二十板。责完放起，只见远跟的员役，喊道："这是当今皇上拜的国师，犯了何罪，如此杖责，一齐拥上将这马上坐的细官，用绳捆绑。"一面扶起国师，坐轿进院。随后院司各官闻知大惊失措，各具手本，但请国师将这细官，任行诛戮、免赐，奏闻宽某等失察之罪，便是大恩。原来这细官乃是吴县县丞，姓曹名恭相。他知责了国师，吓得魂不附体，曹县丞也道性命只在顷刻，战战兢兢，随着解差，膝行到案下叩头请死。

国师吩咐着大小各官上堂有话面谕，说道："凡为官治理民事，朝廷设立刑法，不是供汝等喜怒的，亦不是济汝等贪私的，审事略有疑惑，切莫轻自动刑，不要说是大刑大罪，即杖责若是错误，来世俱要一板还一板，并不疏漏。本师只因前世曾在扬州做官，这曹县丞前世是扬州人，有事到案，因不曾细问事情真确，又因他答话粗直，本师一时性起，就将他错打了二十板。今世应该偿还，所以特特远来领受这苦楚，销结因果。"本师出京时，即写有四句偈，一面说，一面从袖内取出，谕令各官共看：

奏准丹诏敕南旋，袈裟犹带御炉烟。

特来面会曹公相，二十官刑了宿愆。

各官看完，因吩咐各要醒悟，将曹县丞放绑，逐出。又吩咐侍者烧汤进内，沐浴完，穿着袈裟端坐椅上，闭目而逝。各官无不惊异。续后督抚奏闻，不说责辱一事，只说自己回首，钦赐御葬，至今传为奇闻。

第十种　锦堂春

富贵贫贱，皆难一定，如蔡文英本是寒士，江纳以眼前境界，妄欲悔亲，岂知未久而即荣贵乎！予友史缙臣题堂匾曰："那里论得。"诚格言也。

一饮一啄，尚有数定，何况夫妻之配合乎！婚已聘定，即境异当安，若妄想悔改，皆痴迷之至也。

昔年扬州有个江纳，原系三考出身，选得某县丞，因本县缺员，他谋署县印，甚是贪赃，上司叱逐回乡，只生一女，欲将宦赀择一佳婿，倚靠终老。奈曾定于蔡文英为妻。这蔡文英虽然读书进学，家甚贫寒。江纳外装体面，便目之为路人，常怀离婚之念，所虑女婿是个生员，没人弹压得他。蔡家也不来说亲，江家也并不提起。

一日与本地一个乡宦商议此事，这乡宦姓曹名金，颇有声势，人都怕他。他见江纳欲要离婚，便说道："这事何难？我与兄力为，须招他来，我自有话与他说，怕他不从。"江纳欢喜道："此事得成，学生自当重谢。"就下了眷弟名帖，期次日会饮。蔡文英看称呼虽异，亦要去看他怎生发付。到这日就是布衣便服，辞了母亲，竟来赴酌。进了江门，只见坐中先有一客，行礼之后，问及姓氏，方知是曹老先生。蔡文英要把椅移下些，不敢对坐。曹乡宦那里肯，正在那边推让，只见江纳故意慢慢的摇将出来。蔡文英就与江纳见了礼，茶也不曾吃。江纳道："我们不要闲坐，就饮酒罢。"曹宦道："但凭主人之意，无有不可。"江纳便把盏要定，曹宦坐第一位。曹宦道："今日之酒，专为蔡先生而设，学生不过奉陪，怎么好僭！"蔡文英听见这话，便暗想：我说他今日请我，有甚好意，他特地请那曹老要来弹压着我，就中便好说话。那江纳不来定我首坐便罢，若来定我首坐，我竟坐了与他一个没体面去。江纳此举只为离婚，况且原与曹宦商量过的，见曹宦不肯上坐，道里边有甚九里山计埋伏在内。江纳走过来，一力定要蔡文英坐。蔡文英初时也逊与曹宦，因有奉陪的话，此番并不推却，俨然竟上坐了。

大凡不修名节的人，日日在没廉耻里住的，那里来顾蔡文英这一坐，就是轻薄曹宦了。但只要蔡文英依允，便为得计，明知轻薄也死心受了。坐中只有三桌酒：一桌是蔡文英上坐，一桌是曹宦奉陪下坐，一桌是江纳旁坐。蔡文英见有酒送来就吃。有问就答，欢呼畅饮，毫不知有先达在坐。直到酒阑立起身的时候，只见那曹宦走上前与蔡文英说道："学生久仰长兄，今日才会，恨相见之晚。今日得奉陪尊兄这半日，足见高怀，不消说起是个聪慧过人的了。学生有句话动问，可知江翁今日此酒，为何而设？"蔡文英带笑说道："我晚生是极愚蠢的，老先生休得过誉。但是今日之酌晚生虽不晓事，或者可以意想得到。"曹宦携着蔡文英之手，满面堆着笑容道："我说兄长是个伶俐人，毕竟是晓得的，但兄长且说出来，若与江翁之意一些也不差，一发敬服了。"蔡文英带着冷笑道："毕竟是亲事，上边有甚说话了。"曹宦点点头道："长兄所见极到。学生又请问长兄，令先尊过聘之日，用几多财礼？"蔡文英道："实不瞒曹老先生说，闻得先父在日曾说，当初原是江翁要来攀先父，此时江翁在京要图一个好缺，少欠使用，着人与先父说过，钗镯缎疋之类，一应折银。先父就依来人说话，过聘之日，只用银一百两，此外并无所费。"曹宦道："尊兄未到之前，江翁也说有百两之数，足见至公一毫也没甚相欺了。江翁见长兄目下窘乏，竟欲将日前尊公之聘送还。一来尊兄有了这些银子，经营经营可以度日。二来明日尊兄高掇之后，怕没有好亲事！要江翁这样的恐怕还多呢。"才说完话，也不待蔡文英答应，就叫手下人取笔砚过来。只见豪奴十余人，突然而入，拿纸的拿纸，拿笔的拿笔，磨墨的磨墨。虽显无相抗之情，却隐有虎豹之势。蔡文英看了这光景，便鼓掌大笑，伸手抒毫，写了一纸退契，又在自己名下着了花押。蔡文英道："今要烦曹老先生做个见人，倘或晚生一日侥幸，岂可令世人疑晚生有弃妻短行的事！"曹宦一心要图江老之谢，况且事做到八九分了，岂可为这花字不写，便丢了空！曹宦也提起笔来着了花押。把银子兑足，要交割的时候，蔡文英失声道："嗳呀，这银子且慢与我着。"曹宦与江老道："却还有甚话？"蔡文英道："我还有老母在家，必须与老母讲明，须他也用一个花字便好。"又转口道："这也但凭江翁之意。"江翁只要做事十分全美，便道："我到忘了令堂这个花字，是决要的。"曹宦道："这个不难，把银子且交付，我家人拿了，就随了蔡兄去，讨了蔡孺人的花押，把银子兑换这张退契回来，岂不甚好！"江老连声道："是。"蔡文英欣然别曹宦。曹宦就叫四个管家，跟了蔡文英去。蔡文英一到家里，对管家道："我老安人性子却甚，不好说话，待我拿这纸退契进去，与他说个停当，讨了花押出来，那时自当奉谢，诸位且宽心坐坐。"安放了曹家人，一边自走进去对母亲说："江老假意将酒款待，藉曹宦势，威逼退婚事。"说了一遍，母便咬牙切齿，千禽兽万禽兽骂将起来。蔡文英慌忙道："母亲慢声，曹家人在外边，且不要惊动了他们。我如今开了后门就将这纸退契，去喊府尊。"一气跑到府前，却好府官晚堂未退，蔡文英将此事始末禀了，现有曹宦家人在生员家里持银守候。

这府官姓高，是个一清如水，尽心爱民的。听见此事，差人即刻唤到曹家人问道："江纳要蔡秀外退婚，这事可是真的么？"曹家人都说是真的。又问道："如今江纳要还蔡秀才的聘礼，现在何处？"曹家人一时瞒不过，只得取出来道："现在这里。"又问道："今日你家老爷也是目击这事的么？"曹家人说："今日是江纳请家爷吃酒，看见是看见的，其中退婚因由恐怕也不知道。"高府尊就笑道："本府晓得你家老爷是有道气的，怎么得知这事？"就叫库史分付将这一百两银子且上了库。一面发签拿江纳，明日候审。

蔡秀才召保，曹家人发放回去就退了堂。那些差人晓得，江纳是个佛主，怎肯放手，连夜伙去吵闹，这也不提。

明日高府尊早堂事毕，见农民跪上来禀道："曹爷有书拜上。"高府尊问道："那个曹爷？"农民又禀道："本城乡宦讳金，曾做过科官的。"高府尊道："取来看。"中间不过是要周旋江纳体面，退婚实出蔡秀才本心等语。看完了，就叫束房发一回帖。便问堂吏道："那江纳可曾拿到么？"只见差人跪上去禀道："已拿到了。"府尊道："既是拿到，怎么不就带上来？要本府问起，才来答应？你这奴才，情弊显然了。"就在签筒里起三枝出来，将差人打十五板。要知道这十五板，是曹宦这封书上来的，先与江纳一个歹信。凡为官的做事理上行走，在宦途还有人敬他，若似这般歪缠，那正气官自然与个没趣，即或情面难却，做事决不燥辣。

江纳看见差人先打了板子，万丈豪气已减去大半。府尊就问江纳道："你因甚缘故就要蔡秀才退婚？"江纳道："爷爷，小官江纳，怎敢行此违法之事？但是蔡文英好赌好嫖，不肯习上，他家道日贫，屡次央人来索还原聘，情愿退婚。江纳见他苦苦追求，万不得已应允。昨日蔡秀才又要在聘礼之外加倍取索，江纳执意不从，他就来诳告，伏乞青天爷爷鉴察。"府尊道："我昨日看见那蔡秀才，全不像个好赌好嫖，不肯习上的，恐怕还是你嫌他贫么？"江纳满口赖道："实是蔡秀才自要退婚，况且江纳薄薄有几分体面，蔡秀才不曾死，女儿又要受一家聘，也是极没奈何的事，望老爷详察。"府尊道："据你口词，是极要成就蔡秀才，到是蔡秀才有负于你。他今不愿退婚，你正好成就他了。"江纳道："如今既是他不仁，我也不义。江纳也不愿与他结亲了。"府尊笑道："据你说，如今又不要成就他了，也罢，如今本府与你处一处，毕竟要蔡秀才心悦诚服才好，不然本府这里依你断了，他又到上司那边去告，终是不了的事。本府处断，当初蔡秀才有百金为聘，你如今要与他开交，直须千金才好。"江纳连忙叩头道："尽江纳的家当，也没有千金，那里设处得出？求老爷开恩。"府尊道："你既是这般苦求，

本府与你两言而决：你若不要退婚，蔡秀才一厘要你不得。你若立意要退婚，限三日内再将七百金上库，凑成八百。教蔡秀才领了这些银子，本府就与你立一宗案，可令蔡秀才没齿无怨了。"江纳却全没有要蔡秀才完姻之意，只要求八百金之数，再减下些便好。府尊看了这光景，藉势威逼，不问可知。江纳便磕穿了头，告破了口，再不睬了，提起朱笔批在签上，着原差限三日内带来。回复如迟，重究。江纳回来，只得又与曹宦商议，出五百金完交。到第三日，一面进曹宦的书，一面将五百金上库。午堂差人又带江纳上去，府尊问差人道："江纳完多少银子了？"差人道："已上过六百了。"江纳又跪上去苦苦的求道："江纳尽力措置，才得这些银子。此外一厘也不能再多了，叩求老爷开恩。"府尊道："这二百银子也不要你上库了，你到曹乡绅家讨一帖来，就恕你罢。"差人又押江纳到曹宦家来讨帖。曹宦晓得这风声，就不相见，说有事往乡里去了，有话且留在这里罢。

江纳一向结交曹宦，今略有事，就不肯相见，却是为何？若是江纳拿了这二百两去，那曹宦自然相见了。空着手去说话，怎肯相见？江纳会意，只得回来凑了一百现银，写了一百欠贴，教人送与曹宦。曹宦那个帖，就是张天师发的符也，不得这样快到府里了。

当日蔡文英、江纳一齐当面，府尊就叫库吏取出那六百两银子，交与蔡秀才。蔡文英看也不看，那里肯收。府尊看在肚里，悉见江纳之诬了。因失声道："我到忘了，"对着江纳道："你女儿年纪既已长大，定是知事的了。本府也要问他肯改嫁，不肯改嫁？"就发签立刻要江纳的女儿来审。不多时女儿唤到。府尊叫江纳上来道："你女婿有了六百金也不为贫儒了，我今日就与蔡秀才主婚，两家当从此和好，不可再有说话。若不看曹乡宦的情面，本府还该问你大罪。"一面吩咐预先唤的花红鼓乐，一乘轿，一匹马，着令大吹大打迎出府门，又叫一员吏将江纳完的六百两银子，送到蔡家，看他成亲回话。惊动满城的百姓，拥挤围看。没有一个不感府尊之德，没有一个不骂江纳之坏。那江纳羞得抱头鼠窜而归。

这蔡文英有了膏火之助，并无薪米之忧，即便专心读书，联科及第。不过几年，选了崇阳县知县，又生了公子，同着老母妻子上任，好不荣耀。他做官极其廉明正直，兴利除害，凡有势宦情面，一毫不听。百姓们遍地称功颂德，又差人接了江纳到任上来，另与公子并教公子的西席，俱在书房内安养，甚是恭敬。将从前的事毫不提起，到是江纳每常自觉羞愧。

一日蔡文英到书房里谈话，江纳拉到一小亭子上，背着西师恼愧道："当日的事，都是曹宦做起，后来府尊要他帖子，才减二百两，他就躲了不面措去。我一百两现银，又写一百两欠帖，才肯发帖。后来晓得府尊另断成婚，自己不过意，着人将欠帖送还与我。但曹宦在地方上，凡有事不论有理无理，只得了银，便以势力压做，不知屈陷了多少事。有一日忽然半夜里失了火，房屋家产尽成灰炭，父子家人共烧死九口，竟至阖门灭绝。你可不快心！可不害怕！当初他若肯好言劝止，或者没有其事，也不可知。我如今想起来，恨他不过。"蔡文英笑道："岳父恨他，在小婿反欢喜他。当初若无此事，小婿江宁科举，北京会试一切费用，那有这许多银子应付？即或向岳父那借，也只好些微，决不有六百两助。我可是感激他。"不了翁婿大笑。

一日时值立春，天气晴和，内堂设宴，铺毡结彩，锦幛围列。老母夫妻公子团聚欢饮。蔡文英道："今日在这锦绣堂中，阖家受享荣华，皆是高府尊成全，不可不知感图报。"其时高府尊已年老告致，因备了许多厚礼，差人赍书，遥拜门生，往来不绝，竟成世交矣。

第十一种　牛丞相

雷者，因阳气被阴气裹不得出，猛然劈出，所以成声，原有天神主之。人有乖戾之气，上与相合，则击之。要知良善之人，从未有遭雷击也。

牛耕马驮，辛苦万千。猪羊充食，千刀万剐。是皆恶报偿还。前因后果，必然之理也。

人心行好，狗可变做状元。人心行坏，丞相可变做牛。好坏都是自作自受，冥王何预焉。

明朝有个状元罗伦，他是江西吉水县人，极有胆气。凡见事有不当者，即敢言直谏。朝廷因他忤旨，谪他到福建市舶。未几奉旨复官，他辞疾不赴。这罗状元是个理学大儒，腹中博通今古，天下的事物，那件不知，那件不晓。

一日由扬州经过，行到弯头东乡地方，忽然阴云四合，大雨倾盆。罗状元奔到村馆中避雨，只见雷电交加，霹雳一声，将耕牛一只击死田内。少刻云散雨止，远近的人都拥挤来看，罗状元亦随众往看。只见牛身被雷斧破开，血流倒地，因而心中不忿，大喊道："牛是诸畜生内最有功于人的，每日耕田耙地，千辛万苦，到后来皮肉筋骨，都供人用，最为可怜，有何罪过？"此时朝中有许多大奸大恶，天雷不击，何以击此最苦之牛？就借避雨村馆中笔砚，在牛身上，大大的字写二句云：

不去朝中击奸相，反来田内打耕牛。

同看的都欢喜说道："这才批得真正有理。"众人正在称赞之时，忽见天上乌云一块，疾来如飞，罩聚牛身。复又一雷，看的众人都惊跌在地。少刻爬将起来，同罗状元再去一看，那牛身上二句之下，竟是雷神用朱笔另写二句云：

他是唐朝李林甫，十世为牛九世娼。

罗状元同众人看罢，方才知道这牛是奸相变的。他受尽万千苦楚，再加雷斧而死，以报宿世之恶也。唐朝至今尚未报完，惊叹不已。这罗状元因此明白，回到吉水本乡，闭户另著明理书传世。可见恶人果报，填还应在屡世不止也。

第十二种　狗状元

佛法广大，不论四生六道，但有觉悟，自然正果。可惜此狗，修入洪福，贪迷荣贵，幸而不幸也。

极细如蝼蚁虮虱，皆具佛性。一得觉悟俱可成道，况狗兽之大乎！独叹人为万物之灵，百般呼唤，痴迷不醒，深可惜也。

一踢尚还五板，若杀彼生命，供我肥甘，如何还报得了，可不害怕！

予于状元不说姓名，恐单污于人也。阅者相谅，勿谓无稽虚语。

扬州小东门内有个韦明玉，三十多岁，因往镇江游甘露寺，就在寺内削发为僧。方丈中彻大师，是个参悟得道的高僧，每常说法，直截指点，座下拱听甚多。方丈内养有一狗，但遇大师说法，即伏旁侧耳细听。或说世情闲话，狗即外出。

一日明玉腹饥，先取一饼在东廊下倚柱咬吃。这方丈狗来跳望，如有求食之意。明玉性起，怒踢一脚。其狗负痛就地急滚，明玉懊悔，自思：饼又不曾与食，何苦踢此一脚，令他痛滚。心中不忍，因将吃不完的半个饼，丢地与狗咬吃过了。三日狗死，报知大师，令埋于后园。

过了十八年，忽报本地新科状元到寺内进香，兼看江景。大师即忙传众僧远远迎接。只见许多旗伞、执事、皂隶夫马，好不荣耀。状元在山门外下马步行，甚是幼小美貌端庄。上殿焚香拜佛完，到方丈谒见彻大师，留茶谈话，甚是谦和恭敬。揖别而出，又往两廊闲步，忽见明玉倚柱背脸，状元看见大怒，呼来跪下说道："我来寺里进香，又不曾滋扰汝等，如何没眼看我？好生可恶。"喝叫左右拖在廊下，责了五板，逐出。然后往山顶后边观看江景才回去。众僧送山下辞归，都来看明玉。这明玉苦眉道："我并不曾说话冲撞，又不曾行止犯法，无辜遭此官棒。"其实不服，恼恨不已。正在苦楚之时，忽又见戴红高帽的两个夜不收，将明玉和尚，拉着往外飞出，口中喊道："状元叫你去立等说话。"明玉惊怕，暗想道："莫不是方才打得不好，又要重打不成？"没奈何，只得随去。慌得寺内众和尚，齐进方丈，公禀彻大师，要往状元府前焚香跪门。彻大师吩咐道："汝等不必前去，此番必不难为他，我于状元未来时，已先有

二句，粘在壁上。"呼侍者取来与众共看，上写云：

一脚还五板，半饼供三年。

众僧看完惊异，方知这状元前生是本寺狗变的。随着人探听，果然唤到时，状元看着明玉道："我方才一时怒气，责汝五板，仔细想起甚不过意，但你在寺众清苦，竟在我府中另扫一间静室，每日蔬菜茶饭供养你修行，岂不自在!"明玉和尚喜出望外，感谢不已，竟依住下。光阴瞬息已将三年，明玉和尚忽而去世。状元吩咐："造龛送化而终。"可见世人一举一动都有前因，凡事岂可不慎耶!

第十三种　　说蜣螂

神鬼仙佛，或现或隐，遍满世界。奈人之肉眼凡胎，何能知识？可见一切欺心坏事，虽于无人处为之，在神明已洞若观火。所谓暗室亏心，神目如电者，丝毫不错。

人只要心存正念，虽形迹垢污，亦不妨碍。若徒饰精洁于外，机甚左矣。

康熙初年，扬州有一人姓陈名友德，年四十余岁，性最爱洁，每喜穿玉色极细布袍，石青缎套，常坐船至江西湖广卖盐。

一日行到湖广岳州府，顺路闲往岳阳楼游玩，但见楼虽倾坏，其江山景致甚佳。正在玩赏时，见一寒士，身穿破衣，尘灰垢泥，来向友德拱手道："台兄想是闻岳阳楼的景致来玩的，但此楼胜处，全在衔山吞江，气象万千，真天下之奇观。"友德是个爱洁的人，见其人邋遢，因而不礼貌，亦不应答。那寒士忽倚着楼上栏杆，来携友德的手，指点山水之妙。忽有蜣螂虫迎面飞来，友德以手挥落楼檐。那寒士看见说道："这蜣螂虫，俗名推屎郎。虽是秽污推粪之虫，但其志在于转凡脱化鸣蝉，栖于树杪，餐光畈露，贵加飞腾，乃最有能干之物，未可轻忽也。"友德口虽微应，亦不答话。少刻下楼别去。

后十年，友德一日进扬城南门，由大街出小东门直事，正行路时，忽然见三个人将友德周身一看，慌忙齐说道："兄可姓陈名唤友德么？"友德惊异问道："小弟是便是的，但与兄们从未识面，如何知我姓名？"三人道："祖师在南门里常家降乩，判云：'此时有一人姓陈名友德，年约六十余岁，须发雪白，身穿玉色布袍，石青缎套，从南门大街往北走，可代我赶上唤来，我有话说。'因此奉请回去一见。"友德怒喊道："我平生最不喜仙佛，你们说甚么祖师，妖言惑众，哄骗谁来，快快回去。"那三个人坚不放手，婉言恳求道："你就不信仙佛，屈去一到，即刻便回也不妨事。"说完拉着急走。友德无奈，只得随去。口里自说道："我只不信，看他们如何骗我！"旁人听见的也跟随二十余人同去，看如何行止。

到了南门内常家，果见香烛供献，二人扶鸾。友德站立案旁，亦不跪拜。忽见乩判云："陈友德你来了么？"友德恼怒，亦不应答，乩因判四句云：

十年不见陈友德，今日相逢鬓已霜。

记得岳阳楼上会，倚栏携手说蜣螂。

友德见此，即刻跪倒在地，叩头百余，谢罪敬服。众人细问原委，友德将十年前如何逢遇，如何说蜣螂的话，从头至尾，细说一遍。在道的三人，跟去二十余人俱皆叹服。友德从此投拜祖师门下，修真悟道，后得正果。可见不曾通彻仙佛的人，切不可一言毁谤也。

第十四种　飞蝴蝶

全钱化蝶飞，唐库之奇传。此从前听闻之语，不意再见真事于今日，岂非异乎！或者道士藉此以醒世之钱财，未可着实看也。

事有利益于人者，或幻或不幻，虽凡夫亦是仙佛，否则即真仙真佛，正与凡夫相等，乃知人具济世利人之言行，即是现在之仙佛矣。至若藉道法以图遂贪欲坏事，恐凡夫人身俱不得也。

哄传扬州府学前，有一道士卖药甚奇。予随众往看，果见数百人围聚。予挤进观看，见有一道士，年约四十余岁，头戴小木冠，纳衣蒲团，手执云帚端坐，余无他物。人来问话，他不多言；人来买药，只取钱一文，将钱丢于道士面前。道士随用手在云帚上一抹，即有一颗药与之，随抹随有，虽数百人数百颗，丹俱不完。其丹大如指，顶朱色，能治百病，茶汤任下。卖药一时内，道士忽有向来人说："你为人极孝，奈少奉养，我当赠送。"即用手在钱堆上，或抓一把，三五十文不等，或两手捧一捧，一二百文不等。忽有向来人说："你家有婚姻喜事，缺少银钱，我当赠送。"任意取钱与之。或说饥寒急迫赠送的，或说病欠调养赠送的，钱数多少不一，人人都说着。

道士赠送人的钱虽多，来买药的钱更多。未曾半日，面前即堆积钱约有数千，看的人越多。正在拥闹之时，人丛中忽挤出两个公差来，向道士喊道："你是何方妖人，敢在江都县衙门左近，以卖药为名哄骗人的钱！我是积年快手，专拿你这等人治罪。"道士笑道："贫道在此卖药，治人疾病，积下来的钱虽多，贫道整几百几十救济人。二位既是县差到此，贫道不好简慢，该以茶奉敬。"一面说，一面在衲衣袖内用手接一盅热茶。茶内两个枣儿，连茶匙俱有，奉与来差。复将手在袖内又接出茶一盅，一样奉上那一位。两个差人惊怕不敢吃，因说："我们来不是吃你茶的。"道士笑道："你二位不吃茶，贫道知得二位的心思，但这面前堆的钱是留了济世利人的，非比外道用以遂自己贪欲的，莫想擅动一文。"又向二位道："既不吃贫道的茶，可仍旧将茶还我。"两县差因将不曾吃动的茶两盅递交道士。那道士用左手开着袖口，右手接过一盅茶，把茶盅连茶果远远的往袖中一撩（音辽去声），接过那一盅茶，也远远的往袖中又一撩。

临了将两只袖子往空中一大摆，说道："贫道这钱是没得奉敬的。"因两手将钱捧了许多往空中一斥（音虎），只见钱都变了许多大蝴蝶，纷纷飞去。那道士又捧着钱，一斥一斥，都斥完了。那满空蝴蝶有几千，飞得好看。众人都仰面齐看，这道士竟不见了。少停一刻，许多蝴蝶都往天心里，上飞如灰点，也没了。许多众人议论，也有说是神仙下降当面错过的，也有说是幻法骇人的，也有说是真正救济人的，也有说是差人不该滋扰他的。这两个县差也甚懊悔，后来人都散去，遍传以为奇闻。

第十五种　村中俏

妇人若有奸情，心变两样，嫌此爱彼，渐成杀身大祸，甚可畏也。

不听邻老极好佳言，自速其死，皆由平昔藉以卖线，喜看妇女而喜调妇女所致，又可畏也。

老诚男人，切莫娶风流妇女，汪原事即是明镜。

扬州南门里，有个汪原，是沿街背着线笼生理，年当强壮，尚无妻室，藉卖线为由，专喜看人家妇女，兼且说粗谈细，油嘴打话。因生意稀少，有朋友荐他到西乡里走走甚好。

一日到了陈家庄地方，见一妇人叫住买线。这妇人美貌孝服，约有二十四五岁。汪原与之眉来眼去，甚是欢喜。访问庄邻，遇一老者说道："这妇人郭氏，有名的叫做村中俏。虽然标致，去岁嫁了一个丈夫，不上半年得了痨病而死，不问而知是个喜动不喜静的妇人了。我看你是个老诚人，身就壮实，恐怕还不是他的对敌。"汪原道："只因我家中无人照管，不妨娶他。"因而烦媒说合，一讲就成，娶进门来，夫妻十分和好。

过了两个多月，汪原的面皮渐渐黄瘦了，汪原的气息渐渐喘急了。他有个同行卖线的刘佩吾，时常在汪家走动，早晚调妇，遂成私好。这佩吾晓得温存帮衬，又会枕上工夫。妇人得了甜味，因而日渐情密，且见丈夫有病，哼哼叫叫，煎药调理，看为仇敌。邻里人都知道风声，那汪原弱病卧床，佩吾假意问病，遂与妇人背地亲嘴，被汪原看见，奈病难开口。

次日略觉清爽，因向妇人说道："我在这坊住了多年，虽然小本生意，却是清白人家，你须要存些体面。我是不肯带绿帽子的，倘然出乖露丑，一刀头落，休想轻饶。"妇人勉强说了几句白赖的话，转脚便向佩吾说知。佩吾道："既然你丈夫知觉，我下次谨慎些就是。"妇人道："你我恩情是割不断的，乘其病卧，我自有法。"佩吾别去，那妇人淫心荡漾，一心迷恋奸夫，又恐丈夫病好，管头缚脚，不遂其欲，夜半乘夫睡熟，以被蒙其头，将一袋米压上，不容转气，汪原被他安排死了。

到天明料然不醒，假意哭将起来。佩吾听有哭声，又听得街坊邻佑，都说："这人死得不明，我们急速报官。"佩吾心内如乱捶敲击，三十六策，走为上策，要往淮安亲家逃躲两三个月，等事情平静再回来。因一气从弯头高庙走至邵伯镇，已有四十多里，心略放宽。因饿见个饭店，便走进去，拣个座位坐下，叫："主人家快取些现成饭来吃，我要赶路，有好酒暖一壶来。"主人家答应了，须臾间只见店小二摆下两个小菜，放下两双箸，两个酒杯。佩吾道："只用一双箸，一个杯。"小二指着对面道："这位客人，难道是不用酒饭的?"佩吾道："客人在那里?"小二又指道："这不是你一同进门的?"佩吾道："莫非你眼花了。"小二擦一擦眼道："作怪！方才有长长的一个黄瘦汉子，随着客官进来，一同坐地，如何就不见了?"佩吾想着汪原生时模样，料是冤鬼相随，心上惊慌，不等酒饭吃，便起身要走。

店中许多客人闻知小二见鬼，都走拢来围住佩吾座位。问其缘由。佩吾慌上加慌，登时发狂起来，口中只喊："我死得好苦。"众人道："这客人着鬼了，必有冤枉。"有附近弓兵知道，报与邵伯巡司。巡司是冷淡衙门，以有事为荣，就着弓兵拘审。当下众客人和店小二扶着佩吾来到巡司衙门。佩吾双眸反插，对着巡司道："你官小断不得我的事。"巡司大惊，即叫书手写文书，解江都县来，即刻带审。鬼附佩吾，将自己通奸，郭氏压死丈夫的事直说。且官取了口词，便差皂拘拿郭氏对理。

这郭氏安排了丈夫，捱到天明，正要与佩吾商议，不料他已逃走。这场大哭才是真哭。哭罢，收拾衣物当银收殓。众邻见汪原暴死，正在疑心，忽然公差来拘。郭氏到官，兀自抵赖，反被佩吾咬定，只得招承。冯知县定郭氏谋杀亲夫凌迟处死。若非佩吾通奸杀心何起，亦定斩罪，不多时男妇同赴法场，一斩一凌迟。来看的人几千百，都各凛知果报昭然。

第十六种 天外缘

恩若救急，一芥千金。试看彭之施济，不过银五两，袄一件，遂令受者铭感肺腑，诚可法也。

人一好赌，未有不受苦丧身破家者。试看彭案若非慈心为主，得遇救济，竟至身家妻子莫保，是谁强逼，可不警醒！

俗谓钱在手头，食在口头，可知若非大有主见之人。现钱在手，未有不多费浪用而致害者。观彭事甚可鉴也。

人若不经一番大苦，其平常劝谕，何能改易！只看彭人自从遭难之后，即另换一付心肠，竟至勤俭成家，但恨事败悔迟，世人急须早醒。

官征钱粮，必须入柜汇解，若任役私收，定致侵那，虽惩重法，又何益乎！

扬州旧城东岳庙前，有个开磨坊的彭秀文，性喜赌博，又喜奢华，因买充了江都县里书办，把磨坊交与胞弟开张。那时候县官征钱粮，只有田亩地丁，是听民自封投柜，其余杂办银两，俱交收役私收给串，逢解时将银入解。这秀文因而谋收行夫牙税银两，得权到手，收的银子，任意大赌大费。次年复又谋收，那新掩旧，不得露丑。却喜一件，为人极有慈心，时常将官银封小包几十个，每包五六分，放于身边，遇见跛的、瞎的、年老有病的，给与不吝。

一日，县中收完钱粮，在磨坊店门前闲立，看见对面庙门石鼓旁，倚了一个薄布衣的穷人，低头流泪，连声愁叹。秀文因问那汉子，为何如此愁苦。那汉子说："小子姓黄，是某科举人，有至亲在扬州现任的某官，因来向官恳些盘费，前往京都谋事，谁知这官只推不认得，反令下役呼叱，不容见面，害得小子宿的寓处房饭钱全无，房主赶逐，进退无路，计惟寻死，所以伤惨悲痛。"秀文蹙然，道："你既是书香一脉，前往京都需用几多盘费？"其人说："还房饭连搭顺船稍，若有银五两，将就可到。"秀文因见此人苦楚，遂说："此时十月天气寒冷，我看你身上尚无棉衣，我先取件旧布棉袄，与你穿暖，明日仍到此处，我有资助。"与衣别去。

次日，果来俟候，秀文就与银五两，黄举人记着姓名，感激叩别。忽然本县因事参离任，康熙某年间，新县官到任，大有才能，点收钱粮，俱系亲自遴选，不容贪谋，不论正项杂项，俱听纳户自封投柜，逐项清查。秀文侵用的夫税银子，水落石出，节年计共侵银一千六百余两，严拿收禁比追，受了许多刑杖，怎奈家产尽绝，官不能庇，问成斩罪在狱。

未曾年余，幸遇皇恩大赦，死罪减等，秀文改为流徙关外三千里，因而金妻出狱，急押起程，胞弟哭别，亲友赠送盘费，奈上路未久，银已用完，可怜夫妻沿途乞化而去。真个破衣赤足，受尽万苦。

出得关外，自量有死无生。行至流徙之处，忽遇一人立于店铺门首，呼近细看，先说道："你莫非是彭恩人么？"秀文日久总忘，并不相认。那人自说："昔日在扬州东岳庙前赠我盘费棉衣者，即是我也，我受活命大恩，时刻切记。"说完就将秀文夫妇拉入店铺内室，与好衣帽换着，治席款待，叩头致谢。秀文因问黄举人如何住到此处，黄举人道："重蒙大恩，得银搭船到京，投某王爷宫内效力。某王见我至诚，十分优待，其时王有契友，犯罪该斩，王求父皇，免死流徙此地。王因我可托，特交银万两，着我同王友开这店铺。凡山陕川广各省货物，即日用米粮布帛，俱皆全备。恩人夫妇可住于我家，代我掌管料理。"秀文喜出望外，因受了万千苦楚，性情顿改，凡事俭约，虽不过啬过吝，却也诸事朴实。

过了年余，黄举人又分一铺与秀文，立起最富家业。后来寄书信，并带许多关外土产物件与胞弟磨坊内，方才得知详细。如此因缘奇遇，不可不述其始末也。

第十七种　假都天

人心多愚，原易惑以邪说，如释则有炼魔之术，道则有黄白彼家之说，外此又有无为教、白莲教，名号不一。要皆惑人者也，一为所惑，因而脱骗财物，生盗生奸，甚至聚堂作乱，然及其后，未有一人不败者。两陆棍只知藉神谋财害命惊众，彼时富未享而俱丧狱底，其为首之活都天，乡愚信哄，尤可怜也。

三教大圣觉世利人，俱当敬奉，何宋秀才惯喜讪谤，今遭惨死，是皆平昔毁轻神佛之自取也。

扬州便益门外，黄金坝地方，于康熙十四年间，有一乡愚担粪灌园。忽有陆大、陆二两个人向他说道："你终年灌园，极其劳苦，我有一法，可得万金财主，你可依呢？"乡愚听得，喜不可言，因引至无人僻静空处传授，须得如此如此，乡愚领会。

明日，乡愚正在灌园时，忽然狂呼踊跳，自称都天神下降，大喊道："若不立庙祀我，这地方上百姓，各家男女，都遭瘟死。"是时正值瘟疫大行，家家病死的人极多，人都信以为真。旁边陆大、陆二竭力赞助。先于空地暂搭盖芦席殿篷，奉乡愚正中居坐，称之曰活都天。远近闻名，叩首祈祷，男女杂遝者不可计数。香烛牲礼酒肴供献，络绎不绝。

这活都天终日默坐神案上，并不饮食。乡人愿免灾疫，俱争先布施，或施殿梁银若干，或施殿柱银若干。砖瓦、木料、石灰、人工等银，俱交陆大、陆二登填姓名，收银入柜。正在人众拥挤时，忽有一屡年毁神谤佛的宋秀才走进席殿来，指着活都天高声大骂道："你这瘟奴才，不知死活，平空的自称活都天，哄骗乡野男妇，须不能惑得我宋相公，我且打你个死，看你如何治我。"一面骂，一面走到神座，把活都天两三掌。陆大、陆二拦阻不放。宋秀才又喊道："我从不信邪，我且将你这些供的酒肴，先请我相公受用受用。"即用手乱抓入口，又斟大盅酒乱吞，又吃又骂。那日看的人竟有上千，都拥挤不开，只见这宋秀才吃完了酒肴，忽然跳上几跳跌倒在地，反手如捆绑一般，高声自喊道："活都天老爷，我小人一时愚昧，冲犯得罪，只求活都天老爷饶我小人罢!"又高喊道："不好了，不好了，活都天老爷不肯饶我，又打棍了。"喊了多时，口鼻七孔中俱流出鲜血来，面色渐渐青紫。少停一时，气断身冷，直挺在地。陆大、陆二大喊道："这宋秀才不知人事，获罪活都天老爷，因不肯宽赦，就把他的性命追去了。你们众人内有认得他家的，速些送信去，着他家人来收殓。"停了一日一夜，次日宋家男妇多人，痛哭不已，买棺抬去埋了。众人都亲眼看见，个个惊怕，更加凛然敬重，人来的越多。

将近一月，布施的银钱、米粮、木料、砖瓦堆满几屋。忽一日，本府太守金公，亲来进香，只见许多旗伞、执事、皂快人等，好不热闹。这日哄动远近人更多，陆大、陆二欣欣然大有兴头。金公到了活都天处，下了轿，也不上香，也不礼拜，即立着先问活都天之外，庙中主事的是那几个人，本府问明便好布施礼拜。那陆大、陆二站立在旁，急忙说道："就是我兄弟两个做主。"又问已有钱粮若干，尚欠若干，俱有收簿，逐细禀答完了。金公即便于席殿正中坐下，吩咐皂快，先将陆大、陆二拿下，然后将活都天绑倒，不由分说，把这个三个人，就在席篷下，每人先打二十大板，然后叫上来喝道："尔等做的事，本府俱已知道，可从直说上来，如何造谋装都天，如何害死宋秀才，细细说明，如不实说，即刻打死。"这活都天哭禀道："小的是个挑粪的愚人，一些事都不晓得，俱是陆大、陆二做的，求老爷只问他二人就明白了。"金公即唤二人审问，抵赖不肯承招。金公吩咐将带来的夹棍，把二人夹起，捱不过刑，陆大只得直说道："当日哄这愚人装做都天，俱是小的二人主谋帮助的。预先说明，凡得银钱，俱是三人均分。这宋秀才平日是个惯会骂神佛的人，因算计于某日黑夜，小的们请他到无人处商议，求他假来打骂，却自己跌倒喊打，惊骇人敬怕。骗人多布施的，说明凡有财物俱作四分均分，宋秀才才肯入伙的。"金公又问："这宋秀〔才〕因何七孔流血呢?"陆大又不肯招。金公怒叫用棍狠敲，陆大只得直招，是放了毒药在酒肴内，哄他吃下，七孔流血死了的。金公又问道："宋秀才既然依你入伙，何苦又害他的命呢?"陆大供说："恐怕多他一人，就添一股分银，因此害他的。"金公又问："这活都天用何法不饮食呢?"陆大供说："每夜三更人静时，把活都天抬下来，荤饭吃得极饱，所以日里不吃饭食了。"金公听完大怒，放了夹，吩咐每人再加责二十大板，带回府收禁。吩咐将收积的银钱同物料变价贮库，买米赈济饥民。众百姓都感颂金府尊神明。回衙门之后，过了三日，又提出三人，各责二十板，先后俱死于狱。间隔今多年，但遇不真实的事物，即云黄金坝的都天假到底。

第十八种　真菩萨

财也者，天地间之公物也。天地间公物，理宜为天地间公用。富翁当推有余以济人，所谓不如积阴德于冥冥之中，以为子孙长久之计，此司马温公之至言也。

观世音菩萨，普天之下，家家供奉，人人感颂，总为能救苦救难而致于此。人之言行，有能多方救济者，虽是尘凡之人，即是现在之菩萨矣。

闵世璋，是歙县人。他在扬州行盐，乐善不倦，乃笃行君子也。每年盐业利息，自奉极俭余悉施济，全不吝惜。曾一日见郡有夫妇负宦债，以身偿宦，逐夫收妇。其夫妇痛哭，矢死不离。闵公知实，代偿其逋，夫妇仍归完聚，此特一节。当时扬州水旱频仍，闵公捐赀赈济，全活饥民不计其数。再如倡育遗婴，提携贫交，施絮衣，救难妇，修理桥路，种种不可枚举。闵公寿过八十，康强如壮，子孙蕃衍科名鹊起，咸谓德行之报。

扬州有个蔡琏，这人秉性仁慈，于顺治十二年，创立育婴社在小东门。其法以四人合养一婴，每人月出银一钱五分。遇路遗子女，收至社。所有贫妇领乳者，月给工食银六钱。每月望验儿给银，考其肥瘦，以予定夺。三年为满，待人领养。时陈公卓致政家居，为之刊定社规：内分缘起第一，乳母第二，捐银第三，收养第四，保婴第五，领养第六，清核第七，艺文第八。其议论至详至善，每本二十余页，名曰育婴编。此法不但恤幼，又兼济贫，免人世溺婴之惨，功莫有大于此者。

凡城邑村镇，宜永远仿此而行。始初蔡公五十余岁，尚未有子，因倡此社，后生三子五孙，寿至八十七岁。天报善良，洵为不虚。扬城因其活儿甚多，俱以真菩萨称之。予见愚人溺儿最惨，要知物命至微，尚体天地之心，放生戒杀，况乎子女！乃或以野合淫奔而灭其迹，或以家贫身病而弃所生，于是有既生而损者，有未生而堕者，

骨肉自残，良心灭尽。人世恶业，莫过于此。若所以杀女之情，近愚山施氏，破之甚悉。歌云：

劝君莫溺女，溺女伤天性。男女皆我儿，贫富有定分。若云养女致家贫，生儿岂必皆怡亲。浪子千金供一掷，良田美宅等灰尘。若云举女碍生儿，后先迟速谁能知。当阶玉树多先折，老蚌双珠不厌迟。有女莫愁难遣嫁，裙布钗荆是佳话。嫁不论财礼义存，择婿安贫免牵挂。漫忧养女玷家声，为儿娶妇亦关情。淫首百恶尔先戒，不种孽根孽不生。杀女求儿儿不来，暮年孤独始悲哀。不如有女送终去，犹免白骨委蒿莱。赎人妻女救人殃，阴骘缠绵后必昌。若还多女竟无男，前生债主今生偿。劝君莫杀女，杀女还杀子。仁人有后恶人亡，挂折兰摧疾如矢。劝君莫杀女，杀女还杀妻。生殄婴孩死索命，牵衣地狱徒悲凄。劝君莫杀女，杀女还自杀。冤冤相报几时休，转劫投胎定夭折。孺子入井尚堪怜，如何摘女葬黄泉。及笄往嫁尚垂泪，何忍怀中辄相弃。古往今来多杀机，可怜习俗不知非。人命关天况骨肉，莫待回首泪满衣。

扬州有个程有容，业盐生理。大清初年，条陈利弊，当事多嘉纳之，性醇好善，诸如育婴拯溺，以至桥路之施，力行不倦。城南有败闸，植巨楠百数沉于水，大舟触之立破。人目为神桩，有容募人，涸水拔之。岁大饥，请于鹾院出金粟助赈，身董其事。就食者计有七十余万人，凡两个多月，未尝告瘁。恩赉有如，生平推诚待物，行必以恕，曰："吾留有余以与子孙也。"后果子孙绕膝者三十余人，利甲联绵，更置义田，以瞻宗党之不振者，至今尚存，乡里咸呼公为菩萨。

扬州府太守蒋恭靖讳瑶正德，时大驾南巡，六师俱发，所须夫役，计宝应高邮站程凡六，每站万人。议者欲悉集于扬，人情汹汹。公惟站设二千，更迭遣以迎。计初议减五分之四，其他类皆递减，卒之上供不缺，民亦不扰。时江彬与太监丘得，挟势要索，公不为动。会上出观鱼，得一巨鱼，戏言值五百金。彬从旁言，请以畀守，促值甚急。公即脱夫人簪珥及绨绢服以进，曰："臣府库绝无缗钱，不能多具，上目为酸儒弗较也。"

一日，中贵出揭帖，索胡椒苏木奇香异品若干，困以所无，冀获厚赂，时抚臣邀公他求以应。公曰："古任土作贡，出于殊方，而故取于扬，守臣不知也。"抚臣厉声令公自覆，公即具揭帖，详注其下曰："某物产某处，某物出某处，扬州系中土偏方，无以应命。"上亦不责。又中贵说上选宫女数百以备行，在抚臣欲选之民间，公曰：

"必欲称旨，只臣一女以进。"上知其不可夺，即诏罢之。

予谓此一官，当急难之际，用尽智力，宁可自己不顾害累，而庇令万民安稳，何等心思！虽西方菩萨，现身救世，亦不过如此。目今官之有才能、有智谋者颇多，但专图利己，谁肯利民！请以蒋公为式而力行之。不惟功德福报，抑且芳名流传不朽矣。

雨花香

第十九种　老作孽

　　男女虽异，爱欲则同。老年人只宜安静，乐享余年。切不可寻少艾在旁，不是取乐，反是自寻苦吃，又是自讨罪受，于人何尤。予曾著笑得好书，载有老人房事，修养软围，跪香寻齿等说，极其形容，不是有意嘲笑老人，正是谏劝老人也。

　　富贵之家，每每老夫多娶少妾，或老而断弦仍娶幼女，只图眼前快乐，不顾后来苦楚。要知老人之精力，日渐衰败。在少年妇女，青春正艾，若要遂其欢心，则将灭之灯，何堪频去其油，必致疾病丛生，身命随丧，甚可畏也。若要不遂其欢心，则女虽有夫，如同无夫，孤守活寡，误害终身。衾寒枕冷，日夕悲怨，于心何安，甚可怜也。若要防闲太紧，则女必忧郁生病，往往夭死，岂不大损阴德！若要防闲稍宽，则种种丑事远近轰传，岂不大辱家声！总之老虽爱少，怎奈少不爱老，憎嫌之念一起，虽烈妇亦生心外向，请达者自想，何必贪一时之乐，而受无限之苦耶！

　　妇女生来情性犹如流水，即以少配少，若有风流俊俏之勾引，还要夺其心肺，何况以老配少！既不遂其欢心，又不饱其欲念，小则淫奔，大则蛊毒，甚至计谋害命。此理势之所必然，每每极多。可不凛然沈老之作孽，还是三妇人不曾同心计谋，留得病死，事出万幸，未可以此为法。

　　康熙初年，有个沈登云。他居住扬州南门外，年已六十岁，精力强健。他生平坏病，终日只喜谋算人的田地，盘剥人的家财。自己挣积约有六七千金事业，尽好过活，有了正妻又娶一妾，只是并不曾生一个儿女。此是沈老儿做人残忍，所以上天令其无后。到了六十岁大寿日，亲友来祝贺的甚多，沈老儿备了许多酒席，款待人众。自于席上，忽想起年周花甲，尚无子息，好不苦楚，因流下泪来。近他的座上有个樊老者，约有七十余岁，是他的好友，看见他苦恼，因劝慰道："我也是六十岁上无子，现今生了儿子，虽然幼小，毕竟可免无后之讥。你既悲伤，何不再娶个如夫人来家，还可生

得一两个儿子出来。空空流泪有何益处!"沈老感谢他教得是，散了酒席，过了几日，算计又要娶小。

家中原初的妻妾闻知齐劝道："有子、无子都是前世修来的，若命里无子就娶一个来，也没得生育，不如安分过活，何等不好!"沈老不依，主意要娶。寻了媒婆，各处说合，寻了三叉河镇上范家女儿，名唤二姐。这女儿的父亲已故，只有寡母在堂，女才十九岁，因高不成，低不就。媒婆来说沈家有几万两银子的财主，田地极多，一马也跑不到。家里陈柴腊米，穿金戴银，若是嫁了他，如何享用，他情愿把岳母，如何养老送终，倘若生了儿子，万贯家财，都归你手里执掌造化不了，只是莫忘记了我说合的媒人。妇女们没得见识，听了这些话满心欢喜，竟依允了。可怜把一个少年如花的女儿，活活葬送了。

不多时，这沈老儿事事丰盛，娶了范二姐过门。见了这少年标致女子，极大的欢喜，床上的事，曲意奉承，十分努力。范二姐原是黄花女儿，情窦未开，趣味未知，混过了满月，这沈老儿因扒得多了，虽然强壮，终是年老，身上就添了好几般病痛，看看再扒不得了，添了那几样病：

头里昏晕，眼里流泪，

鼻里清涕，喉里痰喘，

心里火烧，肚里胀塞，

腰里酸疼，腿里软瘫。

沈老周身病痛，请医百般调治，医令独宿保养。原旧的一妻一妾，不必说起，仍是常守活寡。新娶的范二姐，如何守得! 捱过了两个多月，沈老的病症，幸喜好了。怎奈那下身物件，竟软如绵花，沈老也自觉没趣，只得扒将下来，说道："我有许多钱财，又有许多田庄，我与你穿好的，吃好的，尽好快活过日子。"二姐恼怒道："古人说得好，良田万顷不如日进分文，我要家财何用?"沈老又勉强应道："我因害病，被你吵笑，待我调养几日，与你要要，只怕你还要讨饶哩!"二姐把手在沈老脸上一抹，道："你自己好不知羞，还来说大话哄人。"因而男女俱扫兴而止。

自此以后，二姐看见俊俏后生，恨不得就吞在肚里。只因嫁了这老年人，不由得他不痛恨母亲，不由得他不咒骂媒人，苦在心里说不出来。

偶一日，在后门口闲玩散闷，看见一个美少年走过去，彼此对看个不住。正在看

得有兴，忽被家人冲散。原来这少年姓张，因他生得标致俊俏，人都叫他做赛张生。只离沈家半里路远。此生一见二姐，魂都留恋，每日来盼望。一早一晚竟与二姐勾搭上了，你贪我爱，如胶似漆，乘沈老养病，不必红娘勾引，亦不必跳墙，每晚竟是二姐于更深时，从内里开门接迎张生入房做事，黑早送出。原旧的妻妾以及家里人，俱也知道风声，都不管事。如此往来也有两个多月。

一日晚间，沈老走到二姐房里来，在门外听得有男人在房内低声嬉笑，沈老着实动疑，敲门多时，二姐假推睡着，将人藏躲桌下才开门。俟沈老进房，于黑处遮掩放出。沈老只推不曾看见，说了几句闲话，回到书房里，再三思量，若要声张，只恐丑名遍传，如何做人！若要不声张，如何容得！想出一计。正屋后一进，有高楼三间，沈老将二姐移到高楼上做房。二姐恐沈老疑心，只得依从，又着原妻妾看守，不许下楼。沈老又在楼旁一间屋里独宿。沈老只是病不离身，有一长者来候他的病，也略知他家些消息，因劝他道："尊体年老多病，何不把二位小夫人早早配与人，就积了些阴德，又省了些烦恼，且又得了些财礼，岂不甚好。"沈老口虽答应，心还不舍。

过了两个月，二姐日夜思想那少年，渐渐饮食减少，面色枯黄，医药不效，竟成了相思百日痨，果然未满百日，呜呼死了，二姐的寡母来吵了几场，哭死了几回。过了十多日，伏在棺上死了。

这赛张生终日在后门前痴望，杳无消息，买棺的日子，才知道二姐日夜相思死了。这赛张生走投无路，只得回家日夜痛哭了几十回，着实想念不舍。白日里看见二姐牵了去，竟是活捉张三郎，真正戏文，也是他奸人的妻女现报。

沈老原初的妾，终日孤眠，守得没出头日子。虽看上了几个人，奈看得严紧，总不能到手，随后月余，也忧郁死了。原配首妻无人做伴，孤苦伶仃，终日烦恼，不上半年也往阎家去了。沈老见儿女不曾生半个，一妻二妾都死了，心上好生不过意，好生孤苦凄惨，看见原初妻妾的两个棺材，想起当日他两个人曾说许多好话，劝我莫再娶小，只因我一时昏迷，都不依从，致有今日，痛哭一场。又看见寡妇的棺材，想起他在生时，费了多少辛苦，养成一个上好女儿，指望配人，图后来快活养老，都因我不曾把他女儿安置好处，坑害死了，以致他衰年无靠，苦恼死了。又痛哭一场。及至看见二姐的棺材，又想起初婚的月内，我与他两个人恩爱绸缪，何等亲厚，都因我不自谅衰老，早遣另配，保全他性命，以致把他活活害死了，又痛哭不止。

知此日夜悲啼，声哑泪枯，病症日添，服药不效，时常看见寡妇同三个妇人讨命，没有几日活拉了去。族众并不理着收殓，都来吵闹家财，停尸四日，臭气薰人，蛆虫满地，方才草率买棺入殓。幸有一个略好的，将公项提起些须，雇人把五个棺材抬去埋了，随即把房卖银瓜分，可叹这个老儿，只喜谋算人的家财，苦挣一生，不曾做件好事，只落得将许多产业，一旦都分得精光。他把四个妇人性命，活活的坑害死了，后世又不知如何果报，岂不是老来作孽，世人不可不知警戒！

第二十种　少知非

少年子弟，宁可终身不读书，不可一日近小人。此陈眉公格言也。要知少年人虽不读书，只是愚朴，却不害大事。若一与小人亲近，染成败坏习气，如油入面，岂独贫贱！每致丧心非为，身家不保，及陷于罪悔之已晚。试看郑友，若不改邪归正，必遭大难，小人之害如此。

少年人只是勤俭守分，不务外事，则一生受享许多快乐。若或一时昏迷错误，随即悔改，犹可收之桑榆。此帙书少年人不可不熟看。

我有一个朋友姓郑，名君召。他父亲开张布店，约有三百余两本银，因只生他一人，母亲又去世得早，十分钟爱，不曾教训，从小时就不肯读书，最喜玩耍。到二十一岁就娶了媳妇与他，若是勤俭安分，尽好过活。不意父死之后，他把布店都交与汤伙计掌管，自己只喜闲荡，最爱穿好的，吃好的，每日摇进摇出。人人都说他为富家郎。我看这光景，因做了个鼓儿词，写成斗方，劝他莫学奢华，词云：

劝你们莫奢华，淡泊些最是佳。何须浪费争高大，珍馐罗列喉如海，衣服新鲜锦上花，只恐福小难招架。这作为怎能长久？总不如朴实成家。

有个小人姓杨，他帮闲，称最篾片，居先专会吸人咬人，所以人都叫他做杨辣子。看见郑友奢华，不知有几万两的家财，因来假同他亲厚，凡有诸事，十分帮衬，十分奉承，郑友不知利害，竟与他往来，做了莫逆，一刻不离。

一日杨篾片欢喜，向郑友说道："人生在世，最难得是少年标致，又难得是手有余钱。古人说得好，不玩不笑，误了青春年少，若过到壮老年纪，岂不将好时光虚度！须要学几出好戏，不独自己玩玩，又且免些村俗，知些欢乐。我有个极好极厚的师傅，他是个串戏老作家，我同你去玩玩，岂不甚妙！"郑友点头道："承兄指教，好是极好，只恐怕多费银子，又恐怕我生性蠢拙，习学不来。"杨帮闲道："都在我身上，尽力嘱师傅，用心教导，包管学会，在别人要学会了一出戏，极少也要谢银一两，我与他至厚，只等他教会了，串熟了，每一出不过谢他五钱银子，他也不好较量。"郑友听见所费不多，就满心欢喜，拣了一个好日子，穿了新衣服，同了杨帮闲来拜戏师。

那师一见郑友大喜，叙过几句闲话，笑说道："尊兄这样一个标致相貌，该做个旦脚，只是不敢有屈，竟学一个小生罢。"郑友依允，将抄的曲本交与他，按着鼓板，口传声教。他偏有聪明，不消两三日，已将一二支曲子唱上了。师傅又大喜。上半日唱曲子，到了下半日，就大家闲散玩玩。那同伙的五六个少年人，都说道："取纸牌骰子来，大家看个东道，晚上吃酒，不好偏扰，一家不过费几分银子，事极微。"末拉，郑友入座，他回道："从来不知看牌掷骰。"随即有一个人指教他习学，果然一学就会。先是几回东道酒食，到后来竟是赌钱。先是几钱，到后来竟是几两。我听见郑友入在赌钱场里，心中大恼，又做了一篇，戒赌的唱儿送与他，词云：

劝你们莫赌钱，迷魂阵似密甜。无昏无晓相留恋，头家帮客都想赚。打骂争喧最可嫌，娼优隶卒同卑贱。起先时衣囊拆揭，到后来典卖田园。

怎奈郑友听如不听，只因众赌友串通一气要赢他，不肯放松，总不要郑友拿出一厘现银，都是杨帮闲一力招架。郑友初出来玩的，赌到兴头上，竟写一行字付银几两，又付银几两，都交与杨头家。不过玩了十多日，竟输了一百二十余两。临了那一日，众人收起筹马牌骰，都向郑友要银子，他却并无分厘。众人大嚷道："好不公道，假如你赢了别人的银子，你可要别人的银子！"这个要剥衣服，那个要拳打脚踢。这个要抓泥来涂污，那个要锁起来喊官。郑友急得走投无路，只得哀求杨朋友招架，宽期几日，做好做歹放去设措银子交还。因将父遗的本银，又将些布疋贱价卖银，反是杨头家假做好人来说合。纹银八折交代，兑出纹银一百余两，又封一两银子谢戏师，方才退帖开交他。一伙小人在暗处瓜分完结。

这郑友回到家中细想，自恨道无端信人去串戏，起先看东道，及至后来赌钱，白白被人骗去百十两银子，受了多少羞辱，着了多少气恼，若早听某人好话，不致如此！

银子费去，又不曾玩得快活，好生不值。正在纳闷，另有一个姓袁的帮闲箧片来说道："我闻得郑大爷因输去银子，连日在家纳闷，目今苏州来了一个出奇的妓女，才一十七岁，人材出众，真个是现在的西施。我同你去玩一玩，消消忧闷，何等不好？"郑友听得大喜，因同了袁人前往。诱到钞关门外堂，巷里一家果见有妓女，骨格轻盈，十分娇媚，郑友春兴勃然。又袁人在旁撺掇，自然上了道儿。郑友就星飞回家，取了五两银子，两疋彩缎，两只银杯，送到妓家，交与鸨儿，以为初会之礼。那鸨儿收了银子礼物，甚是欢喜，连忙定桌席，花攒锦簇，吹弹歌舞，宿了三日。一切赏赐等项俱出袁人之手。郑友银子用完，又来家设措银子去接用。我那时在他布店里，闻得郑友才离了赌场，复又去嫖，不怕他取厌，又做一唱词送了去。词云：

劝你们莫要嫖，姊妹们惯逞娇。做成假意虚圈套，痴心恩爱如珍宝。当面温存背跳槽，黄金散尽谁欢笑。只落得梅疮遍体，最可怜衣食无聊。

那郑友只当不曾看见，慌忙带了银子又到妓家去。

原来这妓者叫做怀哥，不独生得标致，且有一身本领，吹得弹得，写得好，画得好，唱得又好，饮得又好。所交的都是贵介公子，在街巷中也是数七数八的。这郑友不过生意人出身，字画吟咏，总不知晓，即打差之费，亦在鄙吝半边。那怀哥眼界极广，那里看得他在心，所以鬼脸春秋不时波及。郑友是个聪明人，用了几十两银子，反讨不得个喜欢，心中深自懊悔，推事辞了妓者，独自坐在家里，好生烦恼，痛恨这杨、袁二人，想道："若不是他们来引诱我，怎得自寻罪受！"因吩咐门上店里人，"此后二人若是再寻我，总回他不在家。"发誓永不与他们会面。正在懊恨时，适值我到了他家，说道："我今日特备了一肴一壶，在舍下恭候，同你去散闷。"又请了汤伙计做陪客，遂同了二人到家里。三人共席，饮了几杯。我对郑友说道："在坐无别人，可谈肺腑。我因与你父亲交厚，他去世之时，请了我在床前，当你的面叮咛托我教训，虽然我是你的朋友，我却是你的父辈尊长。你这几年嫖赌摇嗹，凡下流的坏事，无不做到。我几次做歌词劝你，你都不睬，你只想这四五年来，总因不守本分，费了多少银子？吃了多少苦恼？受了多少羞辱？也知道盐也是这样咸，醋也是这样酸，苦辣味都尝尽。但你是个极聪明人，智巧有余。凡百诸事，一学就会，如何这等瞌睡昏迷，呼

唤推摇都不得醒。你若再不急急改过自新，必致贫贱非为，死无葬身之地矣。我向日曾将少年人的行止好歹，细细的做了一帙，刻在人事通书内。因说得甚长，今印了一本，装订整齐，送与你带回家去，细细熟看，心中自然明朗。我劝你就从今日起，依我的好话，只当重又从你母亲胎里，另生出个新鲜身子来。真是已过昨日如前世，睡起今朝是再生。把那些坏人一概都辞绝，把那些坏事一概都不做。每日只坐店中一心一意，只勤本分生理。你这汤伙计，是个诚实好人，齐起本银来，快托他代你往娄塘、江阴、苏州收买布来，多买多卖。我又闻得你尊嫂，十分贤能，屡次谏劝，你总不听。今后家中事，快托他代你料理。我知道尊翁所积有限，怎比得富贵人家！王孙公子，成千累万供着浪费。幸喜这汤铭兄至诚照管，若遇坏人，此时本银已经都亏折完了。切须改过，包你不久就兴旺发财，不独我心欢喜，不负令尊的嘱托，即是令尊知家声不坠，也含笑于九泉矣。"郑友听完这些话，两泪交流，说道："我非草木，从今谨遵老伯台训，急急改过自新了。"我听完这话，也甚欢喜，三人痛饮而别。自后我又察访，郑友果然勤俭安分，一毫坏事不为。又过月余，我由江都县门前经过，遇见郑友在县前伺候。我急问因何在此，为着何事。郑友诉说道："自老伯劝谕之后，我专心改过学好，不意某人欺我忠厚，挂欠我许多布银，向他取要，除布银不还，反把我殴辱，忍耐不住，我因写了状子告他，与他不得开交。"我力劝他回去，同申再要，如何不还！又吩咐他，今后宁可价钱让些，切莫赊欠，免得淘气，切莫告状。因而又做一词寄与他，词云：

劝你们，莫兴词，告状的，真是痴花钱，费钞荒田地。赢了冤家图报复，输了刑伤活惨凄，如炉官法非儿戏。有甚么深仇大隙，自寻那困苦流离。

过了年余，郑友从大东门走，见城门内枷了许多人，访问，原来是县官访拿刮棍并赌博、打降等犯，每人四十板枷，两月示众，看来竟有杨、袁，并当日同赌的在内。郑友急忙低头走去，只推不曾看见，自想道："若不是改过学好，今日也难逃此难。"见了更加学好，每日将我与他的人事通一本，又另将我做的四个唱词抄写一本，都放在几上，时刻熟看体行。

又过了三年，郑友是三十大寿，生了一男一女，那日设席，请的亲友都是长厚好人。那酒席中甚是欢喜，自己计算，竟有父遗的本银增添两倍。因感激我教训成家，拜我为义父，极其尊敬。我又教他代汤伙计娶了亲。自后除本分利。

后来将生的男女，两家结婚至厚。现今过活，甚是快乐，真个是败子回头金不换也。世上人只看这郑友，若不是肯听好话，自己悔改学好，怎得有个好日子过活！少年人不可将我这些话，看做泛常揭过，才有大益也。

第二十一种　刻剥穷

为人只要存心宽厚，富自久长。如财自刻剥奸谋中得来，子孙不独谋官一事，安保其不从，嫖赌讼奢内破败耶！

扬州城隍庙悬有一联云："刻剥成家，难免子孙荡费。奸淫作孽，岂能妻女清贞。"此格言，世人不可不时刻谨佩。

每月利息若三二分，皆不为过，多则贫人如何交纳得起！财翁全以宽厚为心，自生好子孙矣。

康熙初年，有个张侉子，他原是辽东人，曾做过游击。因犯了事，带了二百余金，逃走到扬州东乡里躲住，最有勇力，能会刀枪拳棒，专放加一火债，常于每年三四月间，粮食青黄不接之时，借米一担与人，到秋来还米一担五斗，名为借担头，只隔四个多月，就加米五斗，利息竟是加一之外。乡中但有穷人无粮的，没奈何不顾重利，只得借来应急。倏忽秋来，他就驾船沿庄取讨，若或稍迟，小则嚷骂，大则拳打，甚至占人田产，不管卖人也要交还。人都怕惧，不敢拖欠。积有千余两现银，生有二子。长子痴呆，不知人事，只会穿衣吃饭，连数目、方向俱不知晓。次子人都叫他做小侉，虽然乖巧，奈他性情不定，易惑易动，不安本分。奢华浪费，父死之后，竟是挥金如土。他的费用事甚多。我只说一件便知。

他曾于大雪时看见一人骑匹白马，上好鞍辔，人众称赞。小侉羡慕不已，即着人买匹白马，置新鞍辔。又特另雇人草料喂养，出入骑坐，自为荣耀，欣欣得意。偶往仙女庙镇上骑马走动，遇着江都县县丞，不曾下马。那县丞差人拘查，小侉慌了手脚，忙请个大乡宦恳嘱，送了县丞礼物银子，约费百余两方才了事。因自恨平民无职，要买一微官才可骑马张盖，才可皂役喝道。有人知其痴呆，因伙通骗棍，谎说现今吏部某人是我至亲，需银四百余两，即可印给凭据去做官。小侉大喜，即如数交兑，立即有笔帖为证。骗棍脱银过手，远遁他方。候至年余，毫无影响。告追无人，寻觅无处。

续后又遇一人，向小侉说道："你向日只图价少便宜，不够料理，怎有官做！须得银千两，兑交我这样至诚人，星往北京图谋，包管确实。如不放心，某人做保。"小侉听说大喜，又如数兑交，脱银过手，伙同保人，又复远逃。

小侉连连遭骗，今日卖田，明日卖房，到后来除没得官做，反将家产用尽。奴仆见穷将来，俱已散去，呆兄与嫂妻，俱因饥寒难过，接连先死。小侉日夜愁苦，没奈何照依乃父借米与人的例，走到人家借担头来度命，到得秋来没得还，受逼受辱，捶骂捶打，弄得孤苦只身，夜无宿场，日无食场，竟至饿死路上。棺木俱无，地方小甲用芦席卷了埋去。乡老都知老侉盘剥人报应，有以诗云：

从来放债没羊羔，一月三分律有条。

色低数短真刻剥，坐讨立逼太凶豪。

授你家财无尽足，典他房地那宽饶。

不杀穷人怎得富，也与儿孙留下稍。

第二十二种　宽厚富

圣贤仙佛，莫不以利人为亟，世间第一好事，莫如救难怜贫。试看陈翁存此好心，不过取息略微，遂享全福之报，最可法也。

穷富何常！有少富而老贫者，有祖父穷而子孙富者。沧桑迁改，盈虚消长，岂能预料？但彼我同生天地间，彼不幸而穷，我有幸而富，理宜周济扶持。乃世有不能怜之恤之，而反欺之谋之者，是诚何心哉，难免后报如然。

扬州便益门外有个陈之鼎，这人家赀没多，总不过银百余两，生有三子，开个小米铺糊口度日。他立志要救难济贫，每恨力不从心，因自立一法，将本银百两，到秋成收稻价贱时，尽数买稻堆贮。因冬米久贮不坏，即于冬腊人牛闲时，碾出米来堆在庄上，平时只在近处随买随卖，只到三四月青黄不接，便将庄上的米，着儿子陆续运到米铺里，只零星卖与贫苦人论升论斗，若到了三四斗整担的，就出多价也不肯卖。他的本意说，成担多买，毕竟是有钱人家。他铺里米价又比别家减一分钱，譬如别处米价每斗银一钱，他只要九分。这些贫淡人都到他家来买。这个三四升，那个七八升，日日拥挤不开，都是三个儿子料理。但是往乡装米，以及买稻上碾，并门前零星发卖，都是儿子，并无伙计。真是父子同心山成玉，兄弟同心土变金。因此钱财日发一日，又且省俭不奢，不到四五年，竟积起本银五百余两。他又尽着多本多买。他仍开这小铺，照旧例发卖。

偶一夜，有小人把他米铺门前垫沟厚板偷起了去。早起三个儿子在街坊喊叫："谁人起沟板去，速些送来，免得咒骂。"喊了三四遍并无影响，不意黑晚有个某刮棍，吃酒吃得大醉。此时三月春天，他把衣服脱得精光，在陈米店前指名大骂道："你门前铺地板，是我掘起来买银子用了。你敢出来认的话，我就同你打个死活。如不出来认话，如何如何。"辱及父母三代。陈老三个儿子，俱不能忍耐，要出去理论。陈老先把大门铺门都锁了，吩咐儿子家俱不许出门。他是醉汉，黑夜难较，尽他咒骂，切莫睬他。

那刮棍又将沟泥涂污门上，复又大骂四五回，喊得气喘声哑，自己没意思回家去了。

那人因大醉脱衣受冻，喊损气力，本夜三更时就死了。他妻子说："虽同陈老儿家相骂，他闭着门，并不曾回言，又不曾相打，没得图赖，只得自家买棺收殓。"三子才知道，若是昨晚不依父言，出来同他打骂，夜里死了，如何就得了结！陈老行的宽厚事，如此类颇多。他过七十岁时，家财竟至上万，时常吩咐儿子存心宽厚，不可刻剥贫人。后来陈翁活到九十一才去世。虽无官职荣贵，却是夫妻结发偕老，三子四孙，人伦全美，财富有余，此天报良善之不爽也。